大运河畔的家族

上部

赵吉臣 著

北方文艺出版社

图书在版编目（CIP）数据

蓟运河畔的家族/赵吉臣著．- - 哈尔滨：北方文艺出版社，2024.8
ISBN 978-7-5317-6099-3

Ⅰ.①蓟… Ⅱ.①赵… Ⅲ.①长篇小说 - 中国 - 当代 Ⅳ.①I247.5

中国国家版本馆CIP数据核字（2024）第003259号

蓟运河畔的家族
JIYUNHEPAN DE JIAZU

作　　者/赵吉臣	封面插图/赵吉平
责任编辑/王　爽	书名题字/赵吉成
装帧设计/汲文天下	特约编辑/陈长明

出版发行/北方文艺出版社
发行电话/（0451）86825533
地　　址/哈尔滨市南岗区宣庆小区1号楼
邮　　编/150008
经　　销/新华书店
网　　址/www.bfwy.com

印　　刷/河北赛文印刷有限公司	开　　本/787×1092　1/16
字　　数/585千字	印　　张/36.875
版　　次/2024年8月第1版	印　　次/2024年8月第1次印刷
书　　号/ISBN 978-7-5317-6099-3	定　　价/128.00元（上、下）

目录

上部

引子 1

第一章

一 3
二 7
三 11
四 17
五 21
六 27
七 31
八 39
九 47
十 51
十一 54
十二 57
十三 59

十四 65

第二章

一 68
二 75
三 81
四 86
五 90
六 92
七 95
八 97
九 100
十 105

第三章

一 109
二 112

三 116	七 191
四 118	八 198
五 122	九 207
六 126	十 219
七 128	十一 222
八 130	十二 229
九 133	
十 136	第六章
	一 233
第四章	二 238
一 139	三 241
二 144	四 245
三 147	五 248
四 151	六 251
五 154	七 253
六 158	八 264
七 161	九 268
八 165	十 270
九 169	十一 274
第五章	第七章
一 174	一 280
二 177	二 282
三 180	三 285
四 183	四 288
五 185	五 292
六 188	六 295

七 299	五 327

第八章

一 306	六 331
二 311	七 335
三 316	
四 318	

第九章

	一 340
	二 342

下 部

第十章

一 345	二 401
二 347	三 404
三 351	四 407
四 357	五 412
五 367	六 416
六 370	七 420
七 378	八 422
	九 427

第十一章

一 382	**第十三章**
二 386	一 430
三 388	二 433
四 392	三 437
五 395	四 441
	五 444

第十二章

	六 446
一 399	七 448

八 451
九 453
十 457
十一 459

第十四章

一 465
二 467
三 470
四 473
五 477
六 481
七 484
八 486
九 488
十 489
十一 491
十二 493

第十五章

一 498
二 504
三 506
四 510
五 513
六 516
七 519

第十六章

一 524
二 526
三 528
四 532
五 535
六 538

第十七章

一 543
二 548
三 550
四 553
五 556
六 558
七 559
八 560
九 561

第十八章

一 564
二 566
三 568
四 571
五 573
六 576
七 579

引子

在津沽大地上，一条古老的运河弯弯曲曲地流向大海，流向盛产各类海鲜，尤其是举世无双的对虾的中国最大内海——渤海。它的名字叫蓟运河。它日复一日，年复一年，哺育着两岸七十二沽的芸芸众生。

它的下游，临海西岸坐落着一个年轻而又复杂的移民村落——新立沽。说此村年轻是因为在二十世纪初，一位天津籍的东北督军，敌不过土匪出身的张作霖，告老还乡。谁知这位退位的督军，带着一家老小途经家乡毗邻之地，见此长满蒿草、芦苇，遍布湿地的荒野，便命手下跑马围之为己有。从此，这里才有了人间烟火。

据传，袁世凯在小站训练新兵时，此人是他的侍卫官。有一次，慈禧太后来兵营巡查，在袁世凯的陪同下检阅部队时，不料皇太后头上的金簪掉在了地上，紧随袁世凯的他躬身替皇太后拾了起来。检阅结束时，他扑通跪倒在慈禧面前，双手举着金簪高声禀报："金簪落地，重上佛山。"慈禧见状，龙颜大悦，夸奖其机灵威武，有忠孝之心，更褒奖袁世凯治军有方。之后，此人更博得了袁世凯的信任，步步高升至东北吉林督军之职。

说此村复杂是因为这里的村民来自晋冀鲁豫四省四十六个县，自二十年代至四十年代，他们或逃荒躲债，或躲避战乱，或因其他原因，流落到此开荒租地。人们操着各种方言，为了一个目的——生存，开始在一起居住、

交往、繁衍。人们在自己开垦的田间的主干沟渠，长长的"M"形两岸上造房搭灶，择水而居。东一家，西两家，南三家，北五家，零零散散地定居下来。路人戏称这些野侉子的低矮的土坯房像"羊拉屎"哩哩啦啦。当年外地讨饭的人们讨了三四天都没有转悠出这个村庄。要说这个村最出名的事件，是很久以前发生的一起惨案。一名本村地主不满贫雇农分了他的土地，在一个小雨凄凄的春天，从天津小站纠集一伙恶棍，在漆黑的夜里杀害了几个农会干部……

从此这个村便背上了"土匪村"的恶名，本地人很长时间不愿跟这个村的野侉子们打交道。

上部

第一章

一九六〇年春天的一个夜晚，在新立沽地头西北干渠"7"字形里角居住的刘家，低矮的小土屋里传出一个女人凄楚的哭泣声。昏暗的煤油灯照着屋里的每一个人。炕头上，刘家老二刘金贵的妻子抱着死去的三岁的女儿，不住地抽泣。他们的大儿子乳名小山，学名刘树山。二儿子刘树河，小名小河，看着妈妈怀里死去的妹妹，也不住地哭泣。刘金贵驼背瘦高的身体蜷坐在破旧炕沿的东头，倚着土墙垂着头，不说一句话。刘金贵七十多岁的小脚老母亲脸色苍白。十三岁的树山瞟了妈妈一眼，痛苦地跑出了矮小的土屋，蹲在漆黑的院子里呜呜地哭了起来。顿时，一种说不清的痛心袭上心头，他猛地捶了一下自己的头，抹了一下泪水，哽咽着说："小丫儿，以后哥上哪儿看你去呀！呜呜……"

听到刘金贵妻子的哭声，住在他家东边的大哥刘金水和挺着大肚子的大嫂，急匆匆地跑了过来。"哭！哭！"不知是妻子的哭声，还是什么原因激怒了刘金贵，他像无情恶棍似的从炕沿处一下子站起来，吓得小河打了一个寒战。眉清目秀、面黄肌瘦的妻子并不惧怕自己的丈夫,满脸泪水,哀怨地哭诉:"你还有脸撒火……"刘金贵气急败坏地骂了起来。

十几天过去了,这天临近傍晚,树山和弟弟树河在自家院子里玩耍,母亲从屋子里出来,面带阴郁之色,她还为失去小女儿而痛苦和自责。她走到院子南面的草垛旁,躬身抱些柴草,准备做晚饭。只见一男一女两位穿戴朴素的年轻人,从马路上走过她家的小土桥。树山一看蔫了下来,跑到他妈跟前说:"妈,王老师、李老师来了。"他母亲忙放下怀里的柴草,一扫愁容,淡淡一笑说:"老师来了,快进屋。"引领两位老师进了破旧的土屋。进了西屋,她忙拿起炕上的炕笤帚,在炕沿上扫了几下,让两位老师坐下。树山拿起茶缸子给老师倒水。他母亲一时不知说什么好,问道:"是不是我们两个孩子在学校调皮,惹老师生气了?"李姓女老师看上去有些疲惫,笑了笑说:"没有,刘树山这孩子挺好的,团结同学,学习认真,学习成绩在班里一直名列前茅。我们这次就是家访一下,与家长见见面。"树山的母亲又问道:"两位老师还没吃饭吧?我这就做饭去。"李姓女老师不好意思地笑了笑,说:"先坐下说说话。"树山的母亲一听就明白了,忙说:"老师,你们先坐着,我这就去做饭。"说着出去了。她来到外间屋迟疑了一下,走了出去,碰见丈夫刘金贵从生产队收工回来。她指了指东面大伯哥刘金水家,说:"老师来了,我上那屋去一趟。"刘金贵的神色庄重起来,把肩上的平锨拿下来,靠到了土墙上,然后拍拍破旧的黑衣黑裤,佝偻着身子进了土屋。

树山的母亲来到大伯哥家。树山的大娘正坐在灶口旁烧火做饭。树山的母亲说:"大嫂,还有胡萝卜吗?树山的两个老师来了,看那意思,想吃顿饭,我就留下了,给做顿胡萝卜粥呗。"树山的大娘站起来说:"是吗?有。"她走到菜板子前,在下面拉出一只柳条篮子,只见里面有多半篮子红红的胡萝卜呢。树山的母亲蹲下去,准备拿几个,不好意思地说:"我们分的那份都吃没了!""都提去吧。"树山的大娘说。"用不了这么多。"树山的母亲从篮子里拿着胡萝卜。"让你拿着,你就拿着呗,两个孩子正在长身子的时候,吃得多。"树山的奶奶从西屋里踮着小脚走出来插话说。树山的母亲只好提起篮子往外走。树山的大娘在她身后说:"前些日子,你大哥弄了些胡萝卜和棒子面,借了一辆自行车给城里他三叔送了去。熬过这个春天就好了。"树山的母亲听了苦涩地一笑。

第一章

树山的母亲回到自家屋里，便忙着洗胡萝卜做饭。树山从屋里跑出来，帮母亲洗胡萝卜。树河也从外面跑进来，帮着烧火。西屋里，刘金贵问两位老师："你们老家是南方的吧？""是的。"姓王的男老师说。刘金贵抽起了旱烟。树山的奶奶过来了，说要帮着二儿媳妇做饭，树山的母亲不让，说："有两个孩子帮我呢，用不上你老帮忙，你老上屋里陪老师说话去吧。"老太太进了西屋，两位老师忙起身让座。老太太一摆手，说："你们坐。"她走到炕前，很麻利地坐在炕沿上，对两位老师说："我家两个孩子给老师添麻烦了，你们大老远地到我家来，孩子不听话了，是吧？不听话就打他们两下，没事，小孩子就跟小树似的，就得常修理。"两位老师笑了，李老师笑着说："我们就是到家里看看，孩子在学校都挺好的。"老太太笑着说："啊，好就好。"说话间，从外间屋飘进来一股股葱花炒鸡蛋的香味，同时夹杂着胡萝卜玉米粥熬熟了的饭香。

天暗了下来，刘金贵起身，在里外屋各点了一盏煤油灯，里外屋都亮了起来。

饭熟了，树山的母亲向两个孩子使了眼色，他们起身躲到了外面去了。她掀开锅，多半锅黄黄的胡萝卜玉米粥热气腾腾，她盛了两大碗，小心翼翼地端到了西屋炕上的饭桌上。两位老师忙让老太太上炕吃饭，老太太起身说："你们吃你们的，我在树山他大娘那屋呢，我估摸着饭也熟了。"老太太说着便往外走，树山的母亲留也留不住，她打开外屋的破木门，目送着老婆婆出了门。她转身把盛着炒鸡蛋、咸菜条的两个盘子，放进盛棒子饽饽的柳条浅子里，端进西屋。两位老师有些不好意思地说："大家一起吃吧，两个孩子呢？"树山的母亲微笑着说："你们吃吧，吃完了，黑灯瞎火的，还得回学校呢。两个孩子脸儿小，出去了，我们不着急。"说着，她和丈夫都出去了。两位老师也不再客气了，对视一眼坐了下来。这位王老师拿起一个棒子饽饽，深深地咬了一大口吃了起来，看那咀嚼的样子，着实香甜。只见这饽饽几口下来便所剩无几了。他看着眼前这一大碗胡萝卜粥冒着热气，用筷子在碗里轻轻地搅拌了几下，夹起一块胡萝卜，轻轻地放到嘴里，之后又轻轻地喝起粥来。不多时，偌大的一碗粥便喝光了。

刘金贵在锅台旁边蹲着，吧嗒吧嗒地抽着旱烟。树山的母亲出去了。过了一会儿，王老师出来了，微笑着对刘金贵说："谢谢了，老哥。""吃

5

饱了？"刘金贵站起来说。"吃饱了，今天是最饱的一次。"王老师感激地说。树山的母亲从外面进来了，说："多吃点儿，没啥好吃的。"李老师也过来说："老姐姐，真的谢谢你们了！说实话，这几个月，今天这顿饭真是吃得最饱的，也是最好的、最香的。"说到这里，她从兜里掏出钱来，非要留些钱。树山的母亲说什么也不收钱，嗔怪地说："两位老师哪能这样呢？你们这不是磕碜我们吗？我们再穷也不能见钱眼开啊，你们可是孩子的老师啊。"两位老师没办法了，一个劲儿地道谢。临走时，树山的母亲硬让他们两位拿着那半篮子胡萝卜，不好意思地说："你们瞧得起我就拿着。不瞒你们说，这是从孩子的大娘那屋里弄来的，我们的那份吃没了。去年秋天，天气不好，家里有几分自留地，种别的来不及了，就撒了点胡萝卜籽儿，就是它救急了……这萝卜无论如何要拿着。"两位老师盛情难却，半推半就之中，提着半篮子胡萝卜走了。

　　刘家女儿的死，对于孩子的母亲来说，留下了深深的心理创伤，多少天过去了，她始终提不起精神来，一旦想起夭折的小女儿，就禁不住落泪。她真的害怕再生孩子了。为此，她非常害怕夜晚的到来，惧怕丈夫的纠缠，她采取了绝对的，然而永远也不能被丈夫接受的避孕方式——不让丈夫碰她的身子。她的这一行为是根本行不通的，在丈夫看来，她简直是疯了。刘金贵本来就脾气暴躁、少言寡语，加之生活艰辛，每天从事繁重的体力劳动，这种难言之火，终于在一天夜里发泄了。跟奶奶在东屋睡觉的树山突然被母亲的哭声惊醒，他惊慌地爬起来跑到西屋。只见父亲骑在母亲身上猛烈地捶打，他扑上前，拉住父亲哀求道："爸！别打了！别打了！"怒气冲冲的刘金贵跳到炕下，两手叉腰，怒目圆睁，骂骂咧咧。树山的母亲蒙着被，只是呜呜地哭泣。小树河惊醒了，傻看着。树山奶奶搗着小脚过来了，斥责二儿子："你这是作吗？三更半夜的，啊？"树山的母亲仍旧蒙着被子哭诉："孩子死了，你一个眼泪疙瘩都不掉啊！闺女咋的啦？她不是你的骨肉？打孩子死后，我一想起来，心里就难受啊！你死了这份心吧！我是不会再给你生孩子了！"

　　老太太看了二儿子一眼，坐到二儿媳妇头前的炕沿上劝道："山他娘，两口子过日子，遇见事商量着办。再难的日子，不也熬过来了……"树山、树河看看他父亲，又瞧瞧蒙着被子的母亲，不说话。

这天，树山放学回到家，一进外屋就见地上有几块的碗的碎片，一摊稀粥洒在地上。他父亲低着头蹲在灶门墙根下，只听西屋里他母亲哭诉着："这日子，我一天也不想跟他过了……""山他娘，忍耐着点儿，看在我老婆子和两个孩子的分上，啊！"树山的奶奶哀求道。"别求她，他娘的！"刘金贵腾地站了起来骂道。"你想气死我呀，你爹气了我半辈子，你又来气我，我是哪辈子造的孽啊！山他娘不小心弄洒了点儿稀粥，你就摔盘子砸碗？"树山的奶奶打开破蓝布帘子，气愤地用一只手点着刘金贵。傻愣了半天的树山壮着胆子向里屋走去，嘟囔着："天天吵！"刘金贵看了大儿子一眼，没有言语。起因很简单，吃晚饭时，妻子端稀粥时往桌子上蹾了一下碗，弄洒了点儿，刘金贵就大发雷霆。

原本不怎么和谐的夫妻关系，因日子艰难，一天甚过一天，双方都不正眼看对方一眼。妻子的娘家对这个野侉子女婿嫌弃了，认为这野侉子家庭亲情太薄，太抠了，怂恿其离婚。

终于有一天，妻子决意离开这可恶的丈夫。她决意要走的那几天，以泪洗面，给两个孩子的衣服该补的补了，该洗的洗了。她走的那天，漫天大雪，她紧紧抱住两个孩子的头，泣不成声，她左叮咛右嘱咐："从今往后，娘……就管不了……你们了，哥俩好……好照应，娘……对不住你们了……"

两个孩子一个劲儿地哭叫："娘……"不让母亲离开半步。刘金贵把两个孩子从妻子的怀里拽了出来，粗暴无情地骂道："滚！快滚！"树山的母亲一扭头，痛苦地冲出了土屋，漫天的雪花飘落在她瘦弱的身上……庭院、大地皑皑一片，一行脚印清晰可见……

父母离了婚，树山、树河留在了脾气暴躁、少言寡语的父亲身边，留在了年迈的小脚奶奶身边。

树山的母亲走了，奶奶便承担起家务，树山依旧到六七里外邻村的王南沽小学去上学。

俗话说得好，没妈的孩子受人欺。一天课间休息，树山等几个男孩子跑到教室外房山处，玩起了弹球。孩子们玩得很兴奋，轮到树山弹球了，他铆足了劲儿猛地把手中的玻璃球弹了出去，"啪"的一声，击裂了一个亮晶晶的菊瓣玻璃球。高他一个年级的大龙急了，上来就打，志林等忙凑上来拉架。大龙不依不饶，非让树山赔他的玻璃球，树山争辩道："我赢了！没羞没臊，你耍赖！"志林等人也说："树山赢了，这球就是人家的了。""你等着！"大龙自觉理亏，一甩手走了。

放学了，树山的值日小组在打扫，志林等人帮着一起做。他们打扫完，从学校出来，已是夕阳西下，小路边吐露新芽的树枝上，鸟儿叽叽喳喳。

树山与志林等小伙伴在十字路口将要分手，志林说："你路过大龙家，他打你咋办？"树山并不惧怕地说："他敢！"说着走了。

独自回家的树山在路过林家房后的小路时，被林家的大龙拦住了，大龙叉腰示威说："你别从我们这儿走！"倔强的树山争辩道："这是生产队的路，我就走！"大龙依仗在自家门口，个头比对方高，冲过来抬手就打，树山并不示弱，两人就势扭打在一起。两个小孩在地上滚了几个回合，最后树山把大龙骑在了身子底下，两只小手狠狠地把大龙的双手压在地上。"哇"的一声，大龙哭了起来，后面的孩子们赶到，把两人拉开了。大龙的奶奶踮着小脚扭出来，冲着树山吓唬道："你是谁家的孩子，在俺家门口打俺们大龙，看我找你家大人去！""是你家大龙先动的手，他不让我路过，他还有理了？"树山被几个同学拉着，一边走一边回头申辩着。

一场大雪过后，天气寒冷。下课了，一帮穿着黑棉袄、黑棉裤的男孩好动，在教室外的房山处玩起了骑马游戏，以此增加点儿热量。规则就是分为甲乙两组，每组至少四五个人，每组推出一人划拳定输赢。输者躬身做马状，赢者跃身骑马。如甲方输了则做马状，一人倚靠墙壁或树干什么的，其余的人从此人开始，依次躬身，让乙方骑上去。之后，由甲方站立者与乙方前骑者划拳定输赢，就这样往复。同年级二班的庄富贵这组划拳输了，组员便依次躬身，得胜的树山这组一个个飞奔骑上去。结果庄富贵被压倒了，树山正压在他的身上，其他孩子顺势都胡乱压在了他俩的身上，压在最底下的庄富贵大哭起来，上面的孩子们一下都散开了，庄富贵哭着指着树山跑回了家。

放学了，又下起了雪，树山等几个小伙伴的棉帽子上落了一层雪花，他们急促地往家赶。路过庄富贵家门前，早就瞄着树山的庄富贵父亲高声喊道："站住！"树山一激灵，庄富贵的父亲冲上前，板着大圆脸，瞪着两只

第一章

大眼睛，举起大手照着树山的后脑勺"啪啪"两个脖溜子，威胁道："下次你再欺负我们富贵，我就打折你的腿！"吓得树山哭着跑到一旁的田地里，顾不得回头，就往家跑。田地里，上一场大雪还没有融化，加上新雪，更难行走。他深一脚浅一脚地前行，遇到的田沟齐腰深，两只小手刨雪爬上来，没走多远又是一条田沟。他艰难地爬上爬下。雪花无情地飘落，刺骨的寒风拼命地吹打着小小的身体，他的两只小手冻得通红，挂着两行泪珠的小圆脸儿也冻得红红的。他浑身是雪地到了家，两行眼泪扑簌簌地往下掉，两只红肿的小手僵硬疼痛，小小的身体微微地战栗着，撇着小嘴，一时说不出话来。父亲得知儿子受了委屈，瞪起一双小眼睛，却狠狠地打了儿子一顿，咬着牙骂道："小王八犊子，看你下次还惹祸不！"树山哭了半宿，奶奶劝也不止："山哪，止了吧！你娘离了婚走后，你爸不成心思，莫怪他打你，啊……"

第二天，树山气鼓鼓地早早来到学校，叫上同班的马志林、杨鸿志等几个要好的小伙伴，气势汹汹地闯进二班教室。他径直扑向庄富贵，不管三七二十一，抬手就是两个重重的耳光，庄富贵顿时鼻孔鲜血直流。树山扭头便走，马志林等人簇拥着，庄富贵哭嚷着还要让他父亲打他。放学后，倔强的树山在马志林等小伙伴的簇拥下，依旧从庄富贵家的门前大摇大摆地过去了，没见庄家人的身影。

一年后，刘金贵又娶了个女人。那是过年前的一天，家里没有什么客人，只是很少到树山家里来、在城里居住的三叔一家都来了。树山对父亲的再婚很反感，表现得很不高兴。可是，他并不认识的三叔一家的到来使他感到很新奇。三叔高高的，三婶很漂亮，怀里抱着一个小妹妹，更使他眼前一亮的是他们后面跟着一个穿戴干净的小弟弟。他害羞地与三叔三婶打了招呼便跑到了庭院。这时，他父亲带着一个怀里也抱着小姑娘的瘦高女人进了院子，她身后还跟着一个身穿花棉衣的小姑娘，树山扭头跑到大娘的屋里躲了起来。

刘家老小，里外间两桌坐得满满的，吃着喜宴。刘金贵平日紧锁着的眉头，今日舒展了，他带着新婚妻子来到老母亲这桌前叙话。

刘金贵的老母亲盘腿坐在炕里的饭桌旁，看一眼树山的三叔刘金东，对二儿子说："山他爹啊，当着他三叔三婶的面，我老婆子唠叨两句。还是那句话，从今往后，山他们哥俩就跟我过了，他俩的口粮你们得供，穿戴你们就别管了，只要我老婆子还活着。"

树山、树河挨着他们的奶奶坐着，一听这话，把头低下了。刘金贵看一眼刘金东，有些难堪。

刘金东解围说："就依老太太的吧。"刘金贵默认了，新婚妻子神色严肃。

下午，三叔一家回城里，刘金水领着树山和树河去送，树山很高兴。路上，活泼漂亮的小树民蹦蹦跳跳，使树山忘记了父亲娶继母的事。

突然，小树民被凹凸不平的土路绊倒了，树河哈哈笑了起来，树山赶紧走过去把小树民扶起来，笑着说："我们这儿的土路，比不上你们城里的大马路，光溜溜的。"小树民拍打着身上的尘土骂道："这破马路！"三个孩子说笑着继续往前走。

"你们那里的电影院是个大房子吧？"树河问小树民。"大，盛好多人呢，你们呢？""我们看电影上大队那边，在外边看。"树河说。"冬天看电影多冷啊。"小树民看一眼小树河。"我们这儿都这样。"树山解释道。"你们那儿有洗澡堂子吗？"树河又问。小树民摇一摇小脑袋说："我们家那儿有一个，你们呢？"树河摇摇头。小树民投去怀疑的目光："那……那你们咋洗澡？"树山指一下路边结着厚厚冰盖的沟渠说："夏天到这大沟里洗呗。会洗澡的上南面的大河边去洗。""那……冬天呢？"小树民急着问。"我们冬天不洗澡。"树河挠着头喃喃地说。树山不好意思地笑了一下。就这样，三个孩子一问一答地来到了蓟运河边。

河面厚厚的冰盖上，来往的行人都很小心。几个孩子欢快地跑上冰面，后面的大人们嘱咐着："别跑，小心摔着！"几个孩子哪听这个，刚上冰面没走多远，小树民扑通摔了个大马趴，他笑着爬起来，又跟着哥哥们小跑。树山娴熟地滑着冰，小树民也学着滑冰，突然，又是一个屁股蹲儿，树河在后面笑得前仰后合，树山赶紧把他拉起来。孩子们在前面跑着闹着，大人们在后面瞄着孩子们，说话间就来到了河对面。小树民对树山、树河说："你们到我们家去吧，看电影、洗澡。"树河立刻用企盼的眼神看着他哥哥，树山很想去，嘴上却喃喃地说："不去了……"

树山、树河望着三叔一家走远了，才和大伯向家里走去。走在冰面上，树山问大伯："三叔他们我咋没见过？"大伯停顿了一下，说："等你大了就知道了。"

晚上，树山在自己的小厢房里问三叔的事，奶奶把脸一沉，嗔怪道："小孩家的打听这事做啥，睡觉！"树山只好躺下睡了。

一晃几年过去了，刘家大院已有十几口人了。刘金水喜得一儿一女，刘金贵那屋也新添了一男一女两个娃。由老太太照料的树山、树河也长高了。孩子们出来进去，刘家有些人气了。可是提起吃喝，这却成了大人心中不小的压力。出了正月，刘金水借了一辆大架自行车，驮着百八十斤稻米，到北山那边换棒子去了。两天了，天将黑了，还不见他的人影。树山的大娘、奶奶更坐不住了，到自家的小土桥那边，向道北方向张望好几遍了。树山的奶奶放下那只打眼罩的手，口里一个劲儿地念叨："他爸也是的，哪有这么死心眼儿的人哪，换不了那么多棒子，就少换点儿呗，非得都换了？都两天了，还不见个人影，你不想着大人孩子都惦记着你？"老太的大儿媳妇阴沉着脸说："你老说得好，不多换点儿棒子，光干巴巴地吃这点儿稻米，是好吃了，嗓子咽着是顺溜了，能禁得起吃吗？赶明儿，大人孩子还不都得扎脖儿？"老太太听出来了，说："我也没拦着他，不让他出去换棒子啊，我是嗔怪他，不好换就早早回来嘛。"树山的大娘不说话了，扭头到屋里去了。树山、树河跟着奶奶还站在土桥头张望。老太太说："奶奶就盼着你俩长大，长大就好了。要是你大伯不给咱们娘仨也换点儿棒子，兴许早回来了。"树山没有说什么，领着奶奶回屋了。

天黑了下来，娘仨在小厢屋里摸着黑干坐着，小煤油灯也舍不得点。突然，听见院子有响动，树山和树河噌噌跑了出去，推开门一看，大伯推着大架子自行车，驮着两麻袋粮食进了院子。"大伯，可回来了。"树山喜出望外地迎了过去。树河跑到屋里高兴地对奶奶说："大伯回来了。"说着点着了煤油灯。一家人立刻欢天喜地起来。树山的大娘也笑着迎了出来，嗔怪地问："咋才回来？担心死了。"树山和大娘赶紧过去扶着麻袋。刘金水慢慢地把车子放倒在地上，顾不得卸下车上的棒子，回到屋里就躺到炕上，长舒了一口气说："总算到家了，累死我了。"树山马上拿茶缸子给他大伯倒水。树山的大娘忙着给热饭。老太太也踮着小脚进来了，一看大儿子躺着呢，

没有进屋里,就帮着大儿媳妇烧起火来。小树海、小树芬也不怕他娘吓唬了,放松地来回跑着玩。刘金水躺了一会儿,坐起来喝了水。树山的大娘开始放桌子端饭菜。刘金水拿起个棒子饽饽就是两大口,吃得这个香啊。树山的奶奶坐在一旁,看着大儿子吃饭的样子,问:"你咋才回来啊?"刘金水喝了一口大米稀饭,说:"走得远了点儿,再加上半道车胎爆了两回,去的时候一回,回来的时候一回。咋这么倒霉呢,刚把车胎补上,绑好了麻袋,刚要骑上车就碰见了管事的,他跑了过来,让我站住。我一看不好,心想一定是抓投机倒把的,我蹬车就跑……"树山的大娘问:"这次是咋换的?""一斤稻米换一斤四两五,也不好换。一家也就是换十斤二十斤的,留着熬稀饭吃。害怕被管事的发现给扣了,还是和原来一样,猫在一户人家里,让人家偷偷到外面给张罗了几家。还是老规矩,完事多给了人家半斤稻米……"刘金水吃饱了,疲劳减轻了许多,带着胜利者的表情,轻松地讲述着这次换粮食的经历,树山认真地听着……

天气一天比一天暖和。这天早晨,阳光初照。树山、树河走在上学的垄沟埂的小路上,看着地里通往他家的一根根电线杆子,有些急了。树河说:"电线杆子都埋上好几天了,大队咋还不派人给咱们家通上电啊。"树山笑着说:"快了,没准儿今儿个就给咱安上了呢。""我不信!"树河跑到前面回过头说。"你说啥时候安上呢?"树山反问。树河想了想说:"我说啊,明天?不行就是后天?大后天?"树山笑了:"到底是哪天呢?"树河灵机一动,说:"哎?志林他爸是队长,准知道。""对,找他问问去。"小哥俩蹦着跳着,不一会儿不见人影了。

晚上,树山和树河放学后来到地头上的小路,远远就看见通往他们家的电线杆子上架上了电线,两个孩子大喜过望。"安上啦,我家也安上电灯啦!"两个孩子高喊着,满脸兴奋地拔腿就跑,不一会儿就蹿出老远……

小哥俩气喘吁吁地跑进大院,噔噔噔地跑进他们的小厢屋。老太太已把饭做熟了,摸着黑坐在屋里,等着他俩回来吃饭呢。老太太见两个孙子跑了进来,说道:"你俩这是做啥?"树河一看房梁上挂着一个电灯泡,顾不得说话,撇下书包,就找开灯的线绳。老太太忙制止:"别瞎摸,人家安电的说,千万不要让孩子们瞎摸,这电就是老虎。说西头的郑老头儿死犟,跟人家犟,碰了一下头发丝粗细的电线,就电了一个跟头呢。"树山笑了,说:"奶奶，这个灯绳电不着人，他就是为了开灯使唤的。"树河咔嚓把电灯打开了，小灯泡里面的小钨丝立刻发出红红的亮光来，把屋子照得通明。老太太一看也笑了，用一只手打着眼罩纳闷地说："可说呢，这小灯泡比煤油灯敞亮多了，照得我睁不开眼了。莫不是那两根电线里面通着煤油不成？"树山扑哧笑出了声，解释说："奶奶，那电线里面没有煤油，是电。"老太太认真了，问："电是啥呢？它咋能照得满屋子通亮呢？"树山挠了挠头说："我也说不好，反正它能照亮。打谷场上的电滚子，它带动着转得多快啊。"树河说："电棒儿不就是通的电吗？"老太太说："看把你们俩高兴的，快吃饭吧，都凉了。"两个孩子这才想起来吃饭，忙着放桌子吃饭。刘金水笑着进来了，小树海和小树芬也笑嘻嘻地跟在他的屁股后面。"娘，还是电灯亮堂吧？"老太太笑了："咱们乡下人也用上电灯了。听人家说，这电灯是城里人享用的。"刘金水笑了笑，说："这回有电了，过些日子给你老买一个电匣子，让你老天天听戏。"老太太喝了一口稀饭，说："别为你娘花这个钱，钱本来就稀罕，攒着花在你们大人孩子身上吧。"刘金水看了老娘一眼，没有说话。

　　清明前夕，一天晚上，树山和树河趴在被窝里，和他奶奶一起，在明亮的灯光下，拿着他俩的棉裤棉袄，在里子上抓虱子呢。娘仨的双手不停地挤着一个个虱子，不时发出啪啪的声响。树山对奶奶说："奶奶，你老把我的棉裤、棉袄拆了，改成夹裤、夹袄吧，要不改成单衣裳。清明我们六年级的学生要上城里烈士陵园扫墓去呢，要不多热啊。"老太太说："那还行？清明前后一场冻，有的年头儿，沟里冻得结冰，耗子都能跑过去呢。"树山为难地说："我那天穿啥衣裳啊？去年秋天穿的裤子、褂子都小了，今年还穿不更小了？"树河也说："我的也小了，我不拾我哥穿过的了。"老太太嗔怪道："你这孩子，谁家的孩子不拾上面哥哥姐姐的衣裳啊？孩子多，谁家有富余钱，光买新衣裳啊？穿小的衣裳还挺好的，就撇了？怪可惜的。"树河噘着嘴不说话了。老太太想了想，说："我的箱子里有几件你爷爷当年穿过的蓝衣裳，给你改改行吗？""行！你老拿出来看看。"树山高兴了。老太太下了炕，打开箱子在里面翻找。树山只穿着小裤衩从被窝里钻出来，跳到地上帮着奶奶找出来一只包裹，放到炕上。老太太打开包裹，从里面抽出来两三件蓝色中山装，树山一看，笑着摆弄起来。

　　清晨，初升的太阳照亮了大地，给初春的天气送来了<u>丝丝暖意</u>。今天

13

是清明节，树山身穿奶奶改做的蓝衣蓝裤，佩戴着红领巾，一只手臂上别着中队长的臂章，很兴奋。这是他十几年来第一次到离家二十几里以外的地方，而且是到城里。树河围着他转，奶奶叮嘱他："到城里，千万别乱跑乱颠啊，那里人多车多，不像在咱们家里，满大道没啥车。""奶奶，我知道了，你老都说好几遍了。"他高高兴兴地出了门。

树山和马志林早早地来到了学校。男女同学在操场上说说笑笑、打打闹闹。一声哨响，开始整队了。树山拿着少先队队旗，表情严肃地在六年一班前面整队，随后他站在了队伍的前面。"出发！"校长一声令下，一百多名六年级的学生排着队，向蓟运河堤岸的土路走去。队伍来到了河岸的码头。大大的平底木渡船，被一条横贯两岸的钢丝绳牵引着靠岸了。树山引领着本班同学缓缓登上了平平的渡船。船工高喊一声："站好啦，开船啦！"船工用钢钩似的工具，牵引着钢丝绳在船上来回走动着，木船载着学生，在宽宽的河面稳稳地向对岸移动。蓝蓝的河水轻轻地拍打着船帮。十来分钟的工夫，木船平稳地停靠在河对岸。下船后，队伍向烈士陵园的方向进发。

树山认真地打着队旗，走在本班的前面。这里的马路与他家里的土路一样，他的鞋子和裤腿上沾了一层尘土，小脸儿红红的，额头上沁出了汗水。

城区旁边的烈士陵园到了。大门外，人头攒动。树山庄重地打着队旗，随着长长的队伍进入陵园内。松柏青翠，哀乐低回。祭扫烈士墓的师生、机关企事业单位人员一拨又一拨。在革命先烈的纪念碑前，树山与全乡的同学们列队，举行了庄严的祭奠仪式。

汉白玉纪念碑矗立在烈士公园广场中央，纪念碑上苍劲的金色大字"人民英雄永垂不朽"熠熠生辉，此时更显肃穆庄严。纪念碑前，一位上身穿着崭新的小白褂，胸前佩戴着红领巾的俊俏的小姑娘，庄重地站在麦克风后面，深情地向革命烈士献词："青松翠柏，肃穆挺拔，哀乐低回。今又是清明祭扫烈士墓，春光送暖，阳光明媚。我们李沽乡全体师生，怀着无比激动的心情，向革命先烈献词……想当年，无数革命先烈为了国泰民安，抛头颅，洒热血，前仆后继，献出了宝贵的生命，甚至连名字都没有留下。在我们这片富饶的土地上，在蓟运河铁路桥头，在敌人的碉堡面前，他们冲锋陷阵……我们李沽乡全体学生，将永远铭记你们的遗志，好好学习，天天向上，永做社会主义的接班人，全体敬礼！"

树山与在场的同学们一起,向英雄纪念碑敬了个标准的少先队队礼,他的小脸儿依旧是红红的,表情一直是严肃、庄重的。

仪式结束,他和同学们列队缓缓瞻仰着一座座烈士墓。他的神情很凝重。

树山走出陵园,班主任李老师将树山手里的队旗拿了过来,顺便给学生分了几个小组,并讲了一些自由进城的安全事项,特别强调了行人要靠右行走的规则。可是,对于第一次进城的孩子们来说,他们总想着实体验一下,走在平坦的柏油公路上的感觉。然而他们没走上几步,就被身后的汽车鸣笛声、自行车铃声惊扰,孩子们神色紧张地跑到坑坑洼洼的便道上,相互讥笑起来。树山这时露出了笑容。他看着人们骑着自行车,在平坦的公路两边轻松地骑着,还有来来往往的汽车,心里很羡慕。这里的路不像家里的土路,一下雨就泥泞不堪,骑车啥的都不行了。看人家城里人,下雨天照样能骑车,多好啊。他的两只眼睛有些不够用了,这儿看看,那儿瞧瞧。他看到砖瓦盖起来的二三层的楼房,一排排平房,更感觉自家的土坯房子太破了。他三叔家的弟弟树民,当年说的电影院、洗澡堂子,他也看到了。可是,衣兜里仅有的两三毛钱,还是到乡里商店卖破烂儿多日积攒的呢,他是舍不得进去体验一番的,在外望一望也就罢了。"这就是一中啊!"不知哪位同学嚷了一句。树山眼前一亮,顺着学校大门口,向里面的教学楼眺望,这可是他神往的地方啊。他四下张望着,希望能在大街上碰见三叔家的弟弟树民,到他家看一看……

下午,树山的奶奶找二儿媳催要两个孙子的口粮。树山的后妈一脚门里,一脚门外,对找上门来的婆婆高声回绝道:"我没有富余粮食,白养着几口子吃闲饭!"树山的后妈这几年先后生了小儿子树江、小闺女树英,再加上她带过来的两个闺女,一家也有六口人呢。这年月,她这家人的吃喝也是大问题。老人也知道她这屋里的难处。可是,当初她进门时就说好了,生产队里分给两个孩子的口粮,也是计在她的户头上的,如今她咋翻脸不认账了呢?老人气得一时说不出话来:"……我不跟你理论!"老人扭头便往回走。"你跟谁说也没有用,这个家我说了算!"老人实在忍不住了,婆媳俩在庭院争吵起来。老太太数落道:"……我们老刘家真是瞎了眼,娶了你这个娘儿们,你要是好的,人家能休了你?呸!早知你不是个东西,就不该娶你!"脾气怪异的她被婆婆揭了伤疤,加之理亏,一口气没上来,昏死过去。在一旁劝架的树山大伯、大娘慌乱地跑过去，拼命地把她撅了过来。"啊！我不活了……"她撒泼哭闹，老太太吓坏了，踮着两只小脚回到自己的小土屋里，再也不敢说话了。

　　树山从城里回到家里，见奶奶独自在小屋里流泪，心里知道奶奶又跟正屋的后妈生气了。他掏出几块冰糖，放到奶奶的手里，说："我从城里买的。"老太太把冰糖塞回树山的手里，说："奶奶不吃。"树河进来了，老人见到两个孙子，又伤心起来，抑制不住哀伤，哭诉道："我的……娘……啊……我……这辈子苦啊……没过上……一天……舒坦日子……啊……我的……娘……啊……""奶奶……奶奶，你咋啦？"树山、树河扑到奶奶的怀里，焦急而又恐惧地追问。"孩子呀，奶奶对不住你们哪！"奶奶停止了哭泣，用一双老手摸着树山的头。他们不知道奶奶说的是什么意思，疑惑地望着奶奶伤心的样子发呆。"奶奶悔啊，千不该万不该让你娘走啊！孩子啊，奶奶死了，你们可咋过啊，那个娘儿们心眼儿忒歹毒了！"两个孩子听了奶奶的话，吓得哭了起来："奶奶，奶奶别说啦！"树山的大娘解劝完树山的后妈进来了，见娘仨在掉眼泪，嗔怪道："你老也是的，惹她干啥，好歹将就着是一家人。她不给你老粮食，我不说过了吗，上我屋里舀去嘛。她寻死寻活的，我总劝你老，你老就是不听，非惹她。她再走了，知道的说她不对，不知道的说咱老刘家不是过日子人家，人嘴两扇皮啊！"老人家听了大儿媳的话，一句话不说，心里搁不下了。树山的大娘仍旧解劝着："你老也别生气了，天不早了，今晚就上我屋里吃去吧。""你们吃你们的吧，我这就给孩子们做饭。"说着，老人家了下炕，走到外间屋。树山忙着抱柴烧火，大儿媳知道老人的倔强脾气，没说什么出去了。饭熟了，玉米稀粥、玉米饽饽、咸菜条。老人家一口饭没有吃，十五岁的树山望着满头白发的奶奶，说："奶奶，快吃饭吧，别为我们发愁，我就要六年级毕业了，我毕业就上队里干活儿。"老人家听了大孙子的话，心如刀绞，颤抖地说："奶奶就指望这一天啊。"

　　刘金贵气呼呼地一进门就骂道："这娘儿们，真不是个东西，让她滚蛋！"说着一屁股坐在小杌子上。老人家脸一沉，说："那年树山他娘，你听我一句，也不会落到这份上，你是不想让我活啊！"刘金贵不敢再说什么了，只是闷着头独自生气。

　　夜里，老人怎么也睡不着，思前想后，觉得这一辈子太累太苦了。她

想起了可恨的老头子所做的一件件糟心事，逼得她背井离乡，从山东老家逃荒要饭流落到这里，一晃二十多年了。这些年来吃苦受累，没吃没喝没有灰心，如今却让她心灰意冷。她今天真的想到了死，泪水浸湿了她破旧的棉被。老太太望着两个熟睡的孙子，犹豫了，然而，她一想到那位可恶的二儿媳妇可能因她而离去，她害怕了……第二天早晨，树山发现狠心的奶奶带着无尽的怨恨服毒自尽了，他抱着奶奶的头号啕大哭："奶奶！奶奶……""娘！娘啊……你咋走这一步啊！儿子无能啊！娘！娘啊……"刘金水闯进小厢屋扑到老母身上放声痛哭。这时，刘金贵闻声跌跌撞撞闯进来，一看傻了："娘啊！娘……"可是，老人早已不能回应任何人了。

四

老人的死，最伤心的是两个孩子。脾气暴躁的刘金贵一气之下把老婆赶回了娘家。后来，刘金水无奈地把可恨的弟媳又接了回来。但是，倔强的树山说什么也不跟后妈生活，坚持和树河单独过。大娘心肠软，让两个孩子跟着她生活了。

傍晚，树山和小伙伴马志林，还有已经到生产队里干活儿的杨鸿志，在水车房旁边做着人生的一次重要的抉择。树山沉着脸说："我想好了，我不上学了，到队里干活儿。"马志林惋惜地说："你考上城里的一中了，不上了多可惜啊，我没有你的脑子，只好干活儿了。""对啊，我家的成分不好，上了学也没用，你不一样啊。"杨鸿志解劝道。树山苦笑了一下说："我家里的情况你们都知道，我和我弟跟着我大伯大娘过，我后妈脾气又不好，我奶奶这一死，一大家子就大伯大娘在队里干活儿。今年开春，我大伯借了一辆自行车，到外地多换些棒子回来，差一点儿让人家当成投机倒把的，给逮起来，多亏骑车跑得快没逮着。现在还能将就着，我要是再去城里上学，还要住宿，不挣钱还花钱，我咋上学啊？"树山眼圈红了。马志林也不知咋开导了。杨鸿志也不作声了。树山叹了口气，说："就这样吧，我不能只顾自个儿了，我大伯大娘也不易。我干活儿了，树河就能多上几年学。"小哥仨相互拍拍肩膀走开了。

转天，树山倚靠在北墙老式大柜旁，对坐在炕沿上的大伯说："大伯，我六年级毕业了,不上初中了,到生产队去干活儿。"他大伯大娘听了,迟疑了一下,没有表态。刘金水抽了口旱烟说:"大山啊,这上学的事,主意你自己拿,你要是想上学,大伯不拦你。"树山的大娘一听,一甩手出去了。树山瞟了一眼大娘的背影,严肃地说:"大伯,我说不上就不上了,帮着你老多挣点儿工分。"刘金水"吧嗒吧嗒"抽起烟来。

过了一会儿,刘金水犹豫地说:"你都考上了区里的中学,你还小,生产队里的活儿你扛不住,活儿太累。要不你上完初中再说,那时你身子骨也硬朗了。"树山坚持说:"大伯,你老啥也别说了。家里这么困难,我不能再上学了!"树山的大娘在外间屋洗碗,一句话没有说,照样干她手里的活儿。就这样,树山在毕业后的第三天,便到生产队干活儿去了。

现在,正值麦茬地插秧时节。树山和马志林被马志林的老爸——马队长分派了活计,他让他俩牵着牲口耙水地,小哥俩一听挺高兴。孩子嘛,他们以为牵着马耙地是件挺好玩的事情。树山牵着一匹棕色母马,马志林牵着一匹黑色母马,别看这两匹马高大,但性情是温顺的。两人牵着马,肩上还扛着一根一丈多长的细竹竿,高兴地来到水田里。一位老农给树山的牲口套上一副旱耙,上面还压着一块石头,这种耙是用来初步耙平水地的。老农把竹竿一端绑在牲口的龙套上当缰绳,他做了一个示范,树山平时见过,一看就明白了。他脱掉上衣,只穿着小裤衩,牵着牲口在水地里,像转大磨似的,跑开了,口里偶尔喊着"驾!驾"。马志林牵着牲口,在隔壁初步耙过的地块套上了水耙,这种水耙需要一位老农把扶着,进一步找平。耙完之后,沉淀两天,就可以插秧了。不多时,两个孩子被泥水溅得浑身上下湿漉漉的,小脸儿溅得全是泥点子,成了小花脸儿。

太阳热辣辣地炙烤着大地。两个孩子尽管额头上沁出了汗水,但并没有感觉天气有多热。他们第一次牵着高大的牲口,在水田里与牲口同步,深一脚浅一脚地奔走,多半时间是小跑,脚底不时被草根扎破。他们虽有些振奋,但更多的是紧张和脚心钻心的疼痛。

两个孩子在兴奋紧张之下,牵着牲口不知不觉来到了下一块地。树山不敢牵着牲口过去,隔壁的这位老农放下水耙,帮他弄了过去。树山又牵着牲口紧张地转开了大磨。

中午了,两个孩子把牲口卸了套,一瘸一拐地把牲口牵到土路的沟边,在一棵树上拴好缰绳。他们坐下，看了看被草根扎破的脚心。两人都有几处伤口，里面都浸了泥水。两人无所谓地一笑，站起来跳到沟里，痛痛快快地洗了个澡，上来立刻面貌一新。马志林回头一笑，跟树山说："正好脚疼，骑骑马试试？"树山也有此意："试试就试试。"马志林让树山牵着马缰绳，他拽着马鬃，蹿了两下，没有上去。在树山的帮助下，马志林噌地骑了上去。可是，他死死地抓着马鬃不放，生怕掉下来。树山牵着马犯难了。他一看，前面有一块土台子，立马把马牵到土台子旁边，拽住马鬃，猛地一蹿，骑到了马背上。两人相视一笑，轻轻地催促一下，两匹老马非常温顺地驮着两个孩子，向小队部稳稳走去。他俩显出很开心的样子。

晚上，天蒙蒙黑了，牵着牲口跑了一天的树山，刚把牲口递给饲养员，他大伯拉着水车招呼他："大山，累不累？"树山笑了，说："不累，有点儿紧张。"他一瘸一拐地走了过来。刘金水问："扎脚了？""没事。"树山抢过他大伯手中的拉水车就走。"你这孩子，给我拉着。"刘金水追了过去。爷俩到村里大队部那口机井处去拉饮用水，这是近一两年才有的事。前些年，各家各户春秋都是饮用自家门前大沟里的水。到了冬季，在家门口挖一口土井。这里临近渤海湾，河水与海相通，海水潮涨潮落，咸咸的海水时常倒灌到沟渠里，沟里的水又苦又涩，只有夏季雨水大了才好喝一些。自从大队打了一口深水机井之后，每个生产小队都置办了一辆两轮的水罐小拉车。水罐是铁皮柴油桶改装的。从此，家家户户就用它拉水，喝上了甜甜的机井水。

树山拉着水罐车，跟大伯来到了东西只有几排土房子的村里。爷俩顺着一条中心街，继续向南走了一段路，来到水罐前。这个水罐足有十几米高，为防冬季结冰，外面是红砖砌成的，里面是粗粗的三个水泥管拼接而成的。水罐前面有十来个人挑着空水桶，在排队等候，有几个小孩在接水。约等了一刻钟，树山排上了，他把拉水车倒推到水龙头前开始灌水。十几分钟的工夫，水罐灌满了。爷俩小心翼翼地用力把水车拉到宽宽的土路上。刘金水驾上拉水车，树山用一根绳子拉着，向村外走去，土路坑坑洼洼。

天黑了下来，一钩弯月挂在东边，爷俩在夜幕下，拉着水车深一脚浅一脚在土路上吃力地走着，躲避着深深的大车辙，水桶里的水咣当咣当地拍打着桶壁，不时从上方的喇叭口飞溅出来。爷俩额头的汗水顺着脸颊往下流，后背的衣服也被汗水浸透了一片。他们来到一个涵洞处停下，只见车辙很深，里面还有稀泥。他们放下水车,在旁边找了些土块垫了垫。刘金水驾上水车,使足了力气,树山在车后用力推车。"咣当当",水车冲了过来,水桶上方喇叭口飞溅出了一些水。爱骂街的刘金水顺口骂道:"妈的,又洒了一两瓢水!"树山说:"你老歇会儿,我驾辕拉会儿,咱家这段路好走点儿。"刘金水抹了抹额头上的汗水默认了。树山驾上车使劲儿往前拉着。刘金水推着车帮,说:"匀着点儿劲儿,马上就到家了,饿了吧?"树山笑了。

爷俩拉车通过自家的小土桥进了院子。放水了,树河过来把着黑色胶皮管子,往水桶里放水。树山的大娘生育晚,小弟弟树海、小妹妹树芬都很小,在外间屋来回跑着玩耍。

吃过了晚饭,大伯说:"干了一整天活儿,怪累的,洗洗脚早早睡觉吧,明天一大早还得出工起呢。"树山一笑,坐了一会儿,就到小厢屋睡觉去了。他一躺下就是一宿。一大早四点多钟了,刘金水推门去叫他,他还在呼呼大睡呢。刘金水又叫了两声,不见他动弹,不忍再叫他了。他刚转身,树山突然坐了起来。他揉了揉眼睛就下炕穿衣服。"要不,早晨就不上工了,怪累的,脚还疼吗?"刘金水用商量的口气问道。"没事。"树山穿好衣服,忍着脚痛走到门口旁边的小水缸前,拿起水瓢从里面舀了一瓢凉水,倒到脸盆里。这水是从沟里打来用来洗涮的。树山洗了几把脸,跟着他大伯上工去了。

爷俩沿着生产队这一条上水沟埂穿行。四下望去,有的地块已插上了绿油油的秧苗,有的地块水汪汪的一片,有的地方还露着翻耕过的黑色土块。爷俩来到秧苗地里,一条条秧苗畦里,绿油油的。男女社员们有的已经坐着自己做的草墩子,在秧苗前快速地起着嫩嫩的秧苗。树山一眼便看见了父亲刘金贵和继母也到了地里,他沉下了脸。马队长过来,给他儿子马志林和树山分配了活计,让他俩跟着几个壮劳力运秧苗。两个孩子听完分派,从一旁的马车上挑选了两对儿三角锥形柳条架子筐,找了两条扁担,挑起柳条筐,赤着脚一前一后,来到泥泞的垄沟埂上。杨鸿志在地里向他俩打了招呼。叔叔大爷见了他俩,你一言我一语地笑着说:"啊,刚超过筐头就挑丫子啊,行吗?""试试呗。"马志林笑着说,树山只是一笑。"有啥不行的?少挑呗。古语说得好,勤来勤去搬动山嘛。""可别跌到稻地沟里,抱着丫子洗澡啊,哈哈……""嘿嘿……"两个孩子也跟着笑。

两人摆好柳条筐，下到丫子畦里，提起一把把秧苗，往柳条筐里装。估摸装到少半挑筐的时候，两人一对眼神儿，拾起扁担，躬身上肩。树山稳稳用劲儿，扁担两头的筐头儿平稳地离开了地面。他的两只小脚板，十只小脚趾用力地抠着地面，扎破的脚心一阵阵疼痛，他咬着牙挺着小腰板，迈开了脚步。后面的马志林往上拱了拱身子，筐头将离开地面，他的小腰板儿却佝偻着，吃力地移动着脚步。叔叔大爷们见状，笑着鼓励说："挺起腰板！""对！不能弓着腰啊！"志林猛一挺腰板，没有掌握好平衡，连人带筐滚到了小水沟里，人们一阵大笑。此时，树山的筐底被土块绊了一下，两个筐头儿摇晃起来，他踉踉跄跄没有稳住步伐，"扑通"，身子一歪，骑坐在沟埂上，引得人们又爆发出一阵笑声……

这天傍晚，树山的大娘偷偷跟小哥俩说："你妈托人捎口信，想见见你们俩，你们上你姥姥家去一趟。"树河一听可高兴了，树山不怎么高兴，他恨妈妈心太狠了，但他还是想看妈妈一眼。小哥俩急忙吃了晚饭，到自己的屋里换了一身衣服，兴奋地跑过他家门前的小土桥，向北边七八里以外的姥姥家走去。自从妈妈离开他们，这是他们第一次上姥姥家。他们到了姥姥家，妈妈见到两个儿子，忙把怀里抱着的二女儿小文敏放在炕上。母子突然相见，都激动得不知说什么好。妈妈见到两个孩子，眼泪哗哗地流了出来。哥俩见妈妈那憔悴的样子，不知说什么好，傻待在那里。年迈的姥姥说："你们快过来，让姥姥看看，别傻待在那里。"小哥俩慢慢地凑到姥姥跟前，老人拉着两个孩子的手，掉起了眼泪。树山的母亲止住了眼泪，拉着树河的手问："谁让你们来的？""大娘。"树河爽快地回答。她又问树山："大伯大娘挺疼你们吧？"说着又哽咽了。"嗯。"树山也不看母亲一眼。"孩子，妈对不起你们……你们还小，有些事你们不懂……"树山的妈妈哭哭停停，在两个孩子的面前像犯了罪似的，不知说什么好……从姥姥家回来，大娘小声问树山："见着你妈没有？"树山苦笑了一下，点了点头。大伯也为他们高兴。

插秧这活计已经持续半个多月了，眼看就要完工了。放眼望去，稻田里一片嫩嫩的绿色。这不，在这块边角地里，树山和马志林正一前一后练习插秧呢。他俩俯着小腰板，两腿叉开，颇有老手插秧的架势。树山打头，左手拿着秧苗，右手不住地往水田里插着一撮撮秧苗，眼睛不时瞄着前方的秧苗，后面的马志林使劲儿地追赶。树山唯恐被赶上，也是闷头用劲儿，他顺手拿起身后的一把秧苗，两眼一瞟前面的秧苗，笑了："志林你看看，你插的秧七扭八歪的，比我的还瞎呢，成了一片瞎鸡窝了，嘿嘿！"马志林站起来也笑了："大人不说了吗，咱们刚学插秧，就得练手法，练速度嘛，嘻嘻！""那也得差不多啊。"树山抹了一下额头的汗珠。"反正它得长稻子。"马志林又俯下身子不说话了，树山也不敢怠慢，俯下身子干了起来。小孩子的活计，基本上是补缺。水田提前耙完了，他俩就专职帮着运送秧苗了。插秧是他俩运完秧苗的业余之事。

夕阳西下，马志林的父亲，马队长来到地头一看笑了，说："比前几天强多了，能看出六趟垄来了。"小哥俩直起腰，不好意思地傻笑着。马队长说："赶明天，你们俩是愿意上各户起猪粪，还是上稻地沟种豆子啊？""啥都行，大伯。"树山爽快地回答。"弄猪粪吧？"马志林看着树山征询道。马队长说："那好吧，明天你们俩跟着两个婶子、大娘，到各家猪圈起猪粪去吧。树山，你在家里等着就行，从你家起，挨着干。"两个孩子笑了。每隔一些日子，生产队就要派人到各户猪圈里清理一遍。把猪粪清理到猪圈外面，积攒到冬季，再组织社员把这些猪粪过筐计入工分后，运到地里做肥料。

一大早，吃过早饭，树山在院子里拾掇着锹镐。两位中年妇女肩上扛着锹镐进了他家的大院子，马志林跟在她们身后。树山微笑着打过招呼，一位中年妇女知道他与大娘生活，指了指他大娘家的猪圈，说："先起你家的猪圈吧。""行。"树山答应着。他与马志林来到猪圈前，向里一看，一头半大白猪与一头小黑猪，还在猪食槽子前舔食着残糠剩菜。他俩穿上雨靴子跳进猪圈，两头猪吓得钻进低矮的猪窝棚里面，低着头惊恐地注视着他俩。马志林两只手对着两头猪向前一扑，做了个鬼脸儿，鼓一下嘴巴："呜！呜！"两头猪一惊，"嗖"地哼哼着冲出窝棚，蹚进外面的粪便池子里，翻滚的稀粪汤子顿时发出浓烈的臭味。"嘻嘻……真是个孩子，你吓唬它们，它们能不害怕吗？"两位中年妇女笑着也跳进猪圈里。找了个位置，拿起平锹锄起一锹稀粪汤子，顺势扔到圈舍外面。躲在犄角旮旯的两头猪低着头，小心翼翼地顺着墙边逃进了窝棚。树山和马志林找了个位置,也干了起来。突然,树山的一锨稀粪甩到圈舍墙头边,"噗"的一声飞溅到他的身上、脸上,马志林的小脸儿也多了几滴粪点子。一位婶子笑着说:"傻孩子,你俩个子小,别贪多,少锄一点儿嘛。这样吧,你俩在半截腰站一个,倒锨干吧。"马志林站到粪池上沿,树山站在粪池下面,他把稀粪倒在马志林的锨上,马志林举锨轻松把猪粪甩到猪舍外。两个孩子一笑,一锨一锨配合着干了起来。不多时,两张小脸儿沁出了汗水,手一抹,顿时变成了小花脸儿。

小树海领着妹妹小树芬来到了猪圈旁看热闹。树山问小树海:"树河下地挑菜回来了吗?"小树芬抢着说:"我二哥啊,还没回来呢。"说话间,树河从地里背着一柳条筐野菜进了院子,小脸儿晒得红红的。突然,他惊叫着跑过来:"哥,哥,小兔子出窝啦!""是吗?"树山也是一脸惊喜,他看了两位中年妇女一眼。"休息会儿吧!"一位中年妇女心领神会,笑着说。两个孩子噌噌跳出猪圈,跑到兔子窝前,趴到小门前,隔着镂空的铁皮向里张望。只见窝里三四只小灰兔子毛茸茸的,一蹦一跳,正在玩耍。见有人来了,一只小兔子噌噌钻进地下的洞口,其他的小灰兔也尾随着逃进洞里。树山领着几个孩子又跑到兔子窝后面。一个凸起的小土台子上面有一扇木板,木板上面压着一块圆圆的小石磨。这是树山特意给母兔产子做的地下洞窟小产房。树山把盖子打开,几个孩子争着抢着顺着洞口往里张望,四五只小灰兔又惊恐万状,相互挤压。树山伸手逮出一只来,小灰兔四腿胡乱蹬着。"嘿嘿,不要怕,我们只是看一看。"说着把小灰兔轻轻放在了地上。小灰兔也许是受到了惊吓,趴在地上不敢动弹,两只大耳朵耷拉着,两只圆圆的眼睛半睁半闭,大有束手就擒的样子。几个孩子笑嘻嘻地逗起了小灰兔。

一大早,一家人围坐在饭桌旁吃早饭。树山吃罢,从桌旁站起来,在盛饽饽的浅子里拿了一个棒子饽饽,走到菜板子跟前掌起菜刀,从棒子饽饽当中一切两半,走到饭桌前,他大伯给夹好咸菜熬小鱼,嘱咐道:"中午那里有蒸饭的,提前蒸蒸。""知道了。"树山用手绢把棒子饽饽包好,放到他上学用过的破书包里走到屋外。他顺手从墙根儿拿起一把平锨,扛到肩上,高高兴兴地走出大院子。

太阳初升,他走在稻田沟埂的羊肠小道上。举目望去,一片片秧苗绿油油的,长势旺盛。很快,他来到了生产小队部,马志林也到了,两人一笑相互拍了一下肩膀算是打了招呼。两位老车把式往牲口棚一挥手，两个孩子心领神会，蹦跳着跑进了牲口棚。一位老饲养员正在给马匹添加饲料。马志林说："大爷，我们去城里拉粪，牵那两匹马呀？"老饲养员点了一匹枣红马和一匹大白马。然后，他伸手去解槽子横梁上两匹马的缰绳，吩咐道："你俩提拉一桶水到外面，给牲口饮一下水。"两个孩子回头，走到墙角的水缸旁。树山拿起铁皮水舀子，从水缸里舀了水，倒到下面的水桶里。之后，两人提拉着水桶来到场院。老饲养员牵着两匹马在打滚儿。两匹马左右翻滚了几下站了起来，抖了抖身上的尘土，又打了几个喷嚏。树山高兴地接过这匹枣红马的缰绳，牵到水桶旁，枣红马顺从地喝了几口水抬起了头。树山牵着它来到一架胶轮马车前，老车把式接过缰绳，麻利地给枣红马套龙套。

准备就绪了，打头阵的老车把式一声"驾"，枣红马一仰脖儿，驾着马车轻松地小跑了起来。树山噌噌窜上了马车，一屁股坐到苇薄上面。树山一摆手，马志林没有上后面本应他跟着的那辆马车，噌噌也爬到了这驾马车上，小哥俩好不兴奋。马车上了颠簸的土路，枣红马兴奋劲儿还没过去，还是小步颠颠的。老车把式轻轻向后一拉缰绳，枣红马立刻放稳了脚步。马志林问树山："你上区里头，这回是第二回了吧？""是，第一回就是今年春天清明节扫墓那回。"树山想起学校的事情，更重要的是他的奶奶就是那天夜里离开他的……他的脸色黯淡下来。马志林自豪地说："城里我去五六回了，我爸冬天带我洗澡就有三四回了……"树山羡慕地看着马志林不说话。这次上城里来拉粪，树山又高兴又不高兴。高兴的是，他想再到城里逛一逛，开开眼界；不高兴的是，他一想到城里，就想到城里的一中，这是他不得不放弃就读的地方。

渡船足够大，两辆马车顺利地登上了平平的渡船，一红一白两匹马在渡船中央安静地站立着。马车四周有行人和一辆辆自行车。渡船在人们叽叽喳喳的说笑当中，平稳地到了对岸。渡船停稳，行人先下了船，枣红马驾着马车也顺利下了船。上了河堤上的土路，两匹马快速地地小跑着。两个孩子还是乘坐在一辆车上，马志林似乎想起了什么，问树山："那回你上城里花了几毛钱？"树山不好意思了，说："买了两根冰棍儿，还有冰糖。"树山脸色又沉了下来。马志林也沉下脸来，想起了那次在新华书店，他看上了《西游记》小人书，由于钱不够，没有买成，现在想起来还耿耿于怀。他说："哼，我要是有钱了,把《西游记》小人书都买下来。"树山一笑,问道:"你啥时候有钱?"马志林低下头,不好意思地傻笑了一下说:"反正咱们一天能挣六分工了,年底一分咋也得值几分钱吧,兴许年底一算账能分点儿钱呢。"树山一撇嘴说:"扣去分的粮食钱啥的,哪年分过钱?你们家分过钱?反正我们家没分过钱,听我大伯说,还欠生产队的钱呢。"马志林张了张嘴,说不出话了。

  枣红马拉着车来到城外的一条残破的柏油马路上,车上的两个半大孩子精神起来,抻着脖子往城里那面张望着,然后问老车把式大粪厂还有多远。老车把式说快了。一辆汽车呜呜地驶了过去。不一会儿迎面"嘟嘟"开来一辆冒着黑烟的东方红牌红色拖拉机,枣红马拉着车不慌不忙地摆到一边,拖拉机过去了。两个孩子目送到老远。马志林羡慕地说:"咱们要是有一辆多好啊,那多快啊,比马车拉东西还多。我开车,你坐车,多好玩啊。"树山笑着说:"你开累了,我再开啊,凭啥都让你一个人过瘾啊?""那也行。"马志林跟真的一样说。树山笑着建议说:"跟你爸爸说说,队里买一辆呗。"马志林小嘴一撇,说:"队里哪有那些钱呢,忒贵买不起呀!"老车把式"喔喔"几声,枣红马顺从地拐进一条土路。

  大粪场就要到了,粪便的腥臭味一阵浓似一阵。不一会儿,臭气烘烘的大粪场到了。两个孩子跳下马车,见不远处堆着一堆堆人粪尿基肥。在它们上风头不远有几间简易房子。马车在简易棚子旁边停下。在北面不远处,两位老者在一辆淘粪马车那里,摆弄着粪便罐上的胶皮管子,泄着稀臭的粪便。他们是生产小队派来,常年在城里淘厕所积肥的。他们把粪便拉到政府划拨的这一块空地,晾晒闷捂发酵后,就有了上好的农家肥。两个孩子也不怕臭气熏人,好奇地跑过去,向老人打了招呼,见粪便放进了一个铺有麦秸和泥土的方池子里,散发出令人恶心的腥臭。一位老人对两个孩子说:"俩傻孩子,这有啥看头?怪臭的!"两人扭头跑开了。稍事休息,两辆马车在一处发酵过的大粪堆旁停好。两个孩子很麻利地把车厢两边用苇薄围好了,之后拿起平锹往车厢里一锹一锹地装着大粪。这种熏人的腥臭味,不时地一股一股钻进鼻子里面,呛得两个孩子不时打喷嚏。

  天气闷热起来,两个孩子黑红的小脸儿,全是汗水。他们脱掉了上衣,光着膀子干了起来,后背也冒出了汗。一个多小时过去了,一车大粪装好了。

两人赶紧跑到大树阴凉处去歇息乘凉。一位老者嘱咐道："凉快一会儿就得，树底下阴风大，时间长了会伤身子得病的。"两个孩子离开了大树底下。

吃中午饭了。两个孩子，在简易棚子外面的脸盆里，好歹洗了两把脸，拿出各自的午饭。树山是棒子饽饽夹咸菜熬小鱼。马志林是棒子面加麦子面的发饽饽，里面夹的也是熬小鱼。两个孩子让了一下叔叔、大爷，立马把饽饽放到嘴边，深深地咬了两大口，三嚼两嚼就往肚里咽。树山一下噎住了，急忙跑到屋里拿起水瓢，舀了半瓢"咕咚咕咚"喝了几口，一伸脖儿，噎住的饽饽下去了，逗得大人们一阵哄笑。一阵微风吹过来，粪便的腥臭味便飘了过来，人们闻着臭味，依旧吃得香甜。

吃罢午饭，远远望见北面乌云爬了上来。老车把式一看不好，立马拾掇停当，一声鞭响，枣红马俯下身子四蹄猛蹬，马车吱扭着缓缓启动了。车把式一挥手跳上车辕，树山也蹿到车上，把一块草帘子铺好，坐在大粪干上面，嗅着浓烈的臭味上路了。

北面的乌云似乎比往常来得快。老车把式心里着急，担心这雨真的下起来，这上不接村、下不够店的，困在半路上该咋办呢。他不时催促着已经很卖力气的马走得再快一些。两匹马的身上流出了汗水，它们脖子上的套包子和脊背上的䪞鞍衬布都湿透了。老车把式跳下了车辕，跟着枣红马一起快速地走着。树山一看也跳下了车，紧跟在车后，遇到有车辙的地方，他就用力推一下车帮。为了抢在雨前回到家里，两匹马拉着满满两车大粪，伸着长长的脖子，低着头吃力地大步往前走着。乌云压到了头顶上，两辆马车紧赶慢赶终于来到蓟运河码头。一些人在码头前面焦急地等候。渡船向这边移动。

渡船靠岸了，行人争抢着上下船，船工喊着"先下后上"，也无济于事。一阵混乱之后，船工搭好厚厚的桥板，老车把式一声鞭响，枣红马使足了力气，驾着重载冲向渡船。枣红马四蹄重重地踏到桥板上，船板"咣当"一声，马车稳稳地驶到了船上。这时，后面这位老车把式，催促着大白马冲向渡船："驾！驾！驾！"大白马三步两步冲向船上，一个车轱辘轧着半面桥板冲上了船，"扑通"，这块桥板翻滚到船下。树山在后面看得真真切切，吓了一身冷汗。

乌云越来越低，眼看就要有一场大雨了。船工们快速地拽着钢丝绳，

渡船平稳地冲向对岸。船很快靠岸了，行人急着下船。两辆马车也顺利下了船。"轰隆隆"，几声闷雷下来，掉起了雨点儿。两位车把式抡圆了鞭子，催促着牲口赶路，力争赶在大雨下来之前，回到仅有几里地的小队部。树山在车后用力推着马车。一道闪电，树山吓得一激灵，紧接着一个霹雳，大雨点子劈头盖脸地落下来，土路顿时湿滑泥泞起来，车轱辘左右打滑。树山他们和两辆车马被大雨肆意拍打着，他们的衣服已经湿透了。老车把式唯恐车轱辘陷进泥里，做着最后的努力，拼命地驱赶牲口……

今天又下起了中雨，看样子一时半会儿晴不了。刘金水站在门口，看着院子里的雨点儿，望了望阴沉沉的天气，说："看来今天出不了工了。"树山听了高兴起来。树河也高兴了，对他哥说："你下不了地干活儿了，给我编一个篮子吧，你答应好些天了，挑菜的篮子都坏了。"树山笑了，说："你真会分派活儿。那你到沟里把柳条泡上吧。"树河答应着，找了个破麻袋披到身上，跑到草棚子里拿了两三把剥了皮的柳条，又顶着雨跑到大沟边把柳条泡到了水里。

树山在草棚子的土地面上刨了一个浅浅的碗大小的坑，然后在上面铺了一块破麻袋片。树河把泡软的柳条拿了过来。树山挑选好做径的细长柳条，开始编篮子底。他用力地摆弄着柔软的柳条，一上一下地编织着。很快，一个小小的圆形篮子底编好了。他把它翻过来后，小心翼翼地把径条个个向上撅成百十来度，同时用细线绳均匀缠绕起来，形成了一个上口大的喇叭形状。树河立马递过来一个半椭圆状的篮子把，树山接过来放到中间位置，站起来端详了一下，然后把它仔细调理周正。他坐下来一圈一圈地用力地编织着。

草棚子外面，雨依旧不知疲惫地下着，草棚子沿头儿雨滴"滴答滴答"地伴奏着。树河饶有兴趣地陪着他哥。该收边儿了，树山停下问树河："做一个拧边儿吧？也结实。"树河笑了，说："好啊！你会吗？""试试呗。"树山轻松地说。他做了几次都没有成功。树河有些泄气："我说不行吧，还是弄平常的边儿吧。"树山急得额头上冒出了汗珠。他挠了挠头发，看了一眼外面，雨还没有歇一歇的意思，他站了起来。树河提醒他："听说王老二他哥会拧这种边儿，让他教教你。"树山没有说话，又望了望外面，提起这个半成品的篮子递给树河："去，把它泡到沟里吧！"树河顺从地披上破麻袋，接过这个半成品篮子出去了。

　　吃过午饭，树山坐不住了，披上破麻袋，顶着小雨上小队部那边请教去了。树山光着脚板，在垄沟埂湿滑的小路上快速走着。淅淅沥沥的小雨，淋浴着绿油油的秧苗。他来到马志林家，跟马大娘打了招呼，把马志林叫到外间屋："王老二他大哥我不熟……"马志林听罢讥笑道："我以为啥事呢，顶着雨过来，就是学一个拧破篮子边儿啊！至于这么着急吗？"树山笑嘻嘻地推着马志林来到邻居王老二家，正巧碰见他出来。树山说明了来意，王老二犹犹豫豫地说："他是在家呢，睡大觉呢……"接着神秘地说，"他这几天心情不好，他搞的那个对象跟他散了。""为嘛儿呢？"马志林问。"人家嫌我们家穷呗，盖不起房子。"王老二紧接着说，"我叫他一下。"说着跑进了屋里。不一会儿，王老二出来了，不好意思地说："他说头疼。"树山一听，迟疑一下，说："那就算了吧。"树山和马志林回到马家。马志林生气地说："他是不是不愿教你啊？"树山小脸儿沉了下来。"真是的，有啥了不起的，不就是一个破篮子边儿吗？"马志林撇着小嘴说。树山一回头瞅见水缸旁有一只篮子，正是拧边儿的。他笑着跑过去，拿起这只篮子就端详起来，也顾不得里面还盛着半篮子野菜。马志林说："对，这个篮子就是王大哥给编的。"这时，马大娘领着小女儿从外面进来。树山一笑，又抱着这只篮子相上了面。他起身披上破麻袋走了。刚到地头，他又扭头回到马家。马志林问道："啥丢下了？"树山不好意思地说："我是想拿着这个篮子回去当样子。"马志林摇了一下头笑了，说："我算服你了。"他把这只篮子递给树山。

　　树山回到家里，立刻把泡在沟里的半成品篮子捞了上来，钻进草棚子干了起来。他先在每一道径上插了几根细小的柳条，一步一步地拧了起来，三四道径编上后，如麻绳的效果出来了。他兴奋了，继续往下做，可是一截儿编下来，就见篮子边儿，粗的粗，细的细，高低不平不匀称。他停下来，一看不行，拆开了重新做。他干了一阵子，效果还是不好，又拆开了。他大伯刘金水进来了，屁股后面还跟着树河。"不好弄吧？其实这窍门就是一张窗户纸，明白的，一捅就透。"刘金水坐下来说。树山抹了把额头上的汗珠子，笑着站了起来，说："现在有点儿像了，就是不如人家编得顺溜好看。"刘金水一听，说："一回生二回熟嘛，这次有这么个模样就行，哪有刚干就像样儿的啊？"树山被他大伯这么一鼓励，信心又来了。他把柳条喷了喷水，稳稳地编了起来。还别说，这次效果真不错。他大伯一看笑着说："挺好嘛，像根小麻花似的，蛮好嘛。"树山也笑了，可是编到一半的时候，所谓的小麻花又粗了起来。他大伯说："这地方粗了，是不是条子多了？不中就去掉几根嘛。"树山一拍脑瓜，恍然大悟："我说呢，就是这个问题，条子多了，就得去掉几根；少了呢，就得续上几根，这才拧着匀称。"刘金水赞同地说："就是嘛。"树河立刻把小镰刀递了过去。接下来，顺利多了，也匀称了。可是，最后结尾时，他做了几次，都没有麻花的效果。

　　雨停了，天暗了下来，大屋的小树海叫喊着："吃饭啦。"爷仨起身吃饭去了。心里有事，树山只吃了一块发饽饽，喝了一碗稀米饭，又钻进草棚子，拿起一新一旧两个篮子来到了小厢屋。他打开灯，拿着这只旧篮子，仔细观察篮子边的接头。他观察了一阵子，也没有确定接头的位置。他坐下来，一点儿一点儿地寻找，猛地他发现了端倪，接头找到了。他上下打量着接头的关键节点，慢慢地，他笑了。他放下旧篮子，拿起水舀子，到水缸里舀了些水，喝了一大口含在嘴里，往新篮子接头处喷了一大口，就着潮湿劲儿，编织起来。不一会儿，接头接好了，看上去接头处与其他地方没什么两样，很匀称。树山高兴地提拉着新篮子，跑到了大屋里，笑着说："大伯、大娘，你们看看。"他大娘接过圆圆的新篮子，夸奖道："好，好，好，这种边儿瓷实，像麻绳一样，耐用不爱坏。我们大山子，就是手巧。"然后对小树海他们几个笑着说，"你们几个，将来就得给你们大哥学着点儿。"刘金水拿过来笑着说："这回编得比哪回都好嘛，就得这样，艺多不压身嘛。""还得改进。"树山真有点儿成就感了，憨厚地微笑着说。

　　盛夏时节，站在水稻田旁，远远望去绿绿的，已分辨不出刚插秧时的垄沟了，更见不到田地里的水面了。现在是中耕除草施肥的阶段。稻田地里，一些人背着柳条斗子，从里面抓着一把把发酵的大粪在施肥。树山也挎着柳条斗子，在稻田地里学着大人的样子，骑着秧苗垄，左一把右一把地一步一步向前撒着大粪。突然，他脚底被什么咬了一下，疼得他直咬牙。他弯下腰伸手摸到脚底，笑了，直起腰来举起手，一只河蟹在他手里张牙舞爪地挣扎着。他找了根稗子草把河蟹爪绑好，美滋滋地装进了上衣兜里继续施肥。他来到地头，见他弟弟树河站在一位看青的老头儿面前抹眼泪，脚下有一捆青草。这位老头儿对树山说："你看看你弟弟打了牲口草，往家里背，让我撞见啦，我就把他拦下了，让他把草交到队上去。我也没说啥，他就哭了。队里让咱们队的孩子们到地里割几天牲口草，都交到队里喂牲口，省得派劳动力给牲口割草了。一分钱一斤，挣点儿卖草钱，攒着买个本买个笔啥的多好啊。这事你也知道，我能不管吗？"树山笑着迈过沟来，对老头儿说："大爷，你老应该管。"然后对小树河说，"树河，把草扛到队里吧，这种牲口草哪能晒了当柴草烧呢？"说着帮着弟弟把这捆青草抱起来，放到了弟弟的肩上。

中午收工了，树山一摸兜里的河蟹，心里美滋滋的。马志林跑过来问："你逮了几个螃蟹？"树山乐呵呵地说："五个，你呢？""六个。"马志林很得意。"我不信。"树山怀疑地说。"我骗你是小狗，还有比我逮得多的呢。"马志林乐颠颠地走了。

树山收工回到家里的大院子，弟弟树河跑过来噘着嘴说："小兔子死了三个。"树山一惊，忙问："啥？咋回事？""大伯说，胀肚子，着凉了。"树河沉着脸说。"咋着凉了呢？"树山皱着眉头，赶紧走到兔子窝跟前。树河从一旁的草堆边上，掀开一堆柴草，三个小死兔子肚子鼓鼓地躺在那里。他很后悔地指着兔子窝前面的围圈说："前个儿，我放出来，让它们在圈子里跑了一会儿，就一会儿。"树山急了，斥责道："我不说过吗，刚下完雨，地面太湿，别把兔子放出来，你咋不听呢？"树河哭了。要说心疼，他比他哥还心疼呢。小树海、小树芬跑过来了，树山同父异母的小弟弟小树江也跑过来了，几个孩子凑过来一看，叽叽喳喳起来。树山站起来，看了看几个小不点儿，对树河说："别哭了，快把它们埋了吧。"说着，到小棚子里拿了把掘锹，在一棵枣树跟前挖了个深坑，把三只小灰兔子埋了。几个孩子咋咋呼呼跟着瞎忙乎。

树河因死了三只小兔子，打了几天蔫儿，总是自责那天不该把小兔子从窝里放出来。可是一想起他妈，他就由忧变喜，高兴起来。自从那天见了他妈以后，他心里畅快多了。当初他妈最疼爱他。打那天起，他一有空闲就上姥姥家跑一趟。一天，树山收工回来，大娘不满地对树山说："树河我可管不了了，又上你姥姥家去了，猪菜也不打，草也不割，明天猪也断顿了，

烧柴也快没了。这孩子越来越不像话了。"树山生气了，安慰大娘说："你老别生气，天还没有黑呢，我先打点儿猪菜，顺便打点儿草，晚上他不回来，我去叫他。"大娘没有说话。

树山从地里打了一筐猪菜和一大捆青草，气喘吁吁地回到家，一问，树河还没有回来。他火了："等他回来，我非揍他一顿不可！"刘金水沉着脸，正与老婆赌气。"孩子干了一天的活儿怪累的，你还瞎叨咕！"他一边让树山吃饭，一边数落着老婆。"我是嗔怪树河，不该老上你姥姥家跑。"树山的大娘说。"你老就别说了，我又不累。"树山用毛巾擦洗着脸。他大伯没再说什么。

树河一直过了三天才回家。他怯生生地进了家，大娘阴沉着脸说："你可真有主意，还知道回家？"树河二话没说，忙拿起镰刀和篮子下地打猪菜去了。树河一边往地里走，一边抹眼泪，心想：大娘跟妈就是不一样啊……这几天他没在姥姥家，而是跟着他妈到她家去了。在那里，两个小妹妹总是围着他嬉戏，小妹妹的爸爸对他也特别热情。这几天，他妈什么也不让他干，包饺子、炒鸡蛋，让他吃了个够。他妈整天满脸笑容。他临回来时，他妈含着眼泪说："河，这回你也认识了，有空你就来……"树河含着泪，赶了二十里路回到了家。树河心里明白，回到家，大娘肯定不会给他好言语的。自从奶奶死后，他就觉得自己太可怜了，尤其是看到同龄的孩子身边有妈妈疼爱，他心里更不是滋味。

吃晚饭时，大伯、大娘没说什么，树山板着脸。回到自己的小厢屋，树山打开电灯质问弟弟："你干啥去了，好几天，你不知道家里等你拾草打猪菜啊？"十二三岁个子矮小的树河直愣愣地站着，低着头不说话。后来被哥哥追问急了，他含着泪说："妈妈让我上她家去了。"树山一听愣了，半晌说不出话来，直愣愣地看着弟弟那张红润的小圆脸。树山本想问一问什么，但没有问，低声嘱咐道："你也不小了，就这一次！千万别跟别人说，让人家知道了瞧不起，懂吗？爸爸也不饶你。""嗯。"树河含泪点点头。

七

今年是少有的风调雨顺，一片片稻田里，金黄金黄的。沉甸甸的稻穗个个弯着腰，秋风吹得它们轻轻地摇曳，好一派丰收景象……

中午，刘金水扛着平锹回到家里，径直向草棚子走去。不一会儿，他拿着苇帘子出来，正看见树山给生产队里打牲口草回来，拿着镰刀进了院子。他跟大侄子说："大山，上屋里拿两个饽饽，上涵洞那边下苇薄去。"树山笑了，他知道这是稻田将要住水，到了逮螃蟹的时节。树山进了屋，放下镰刀，从锅里拿了两个饽饽，夹上馇的小咸鱼，扛上那把平锹，跟着他大伯过了小土桥，向南走去。爷俩一边走着，一边吃着饽饽。他们来到涵洞前，树山脱了褂子和裤子，只穿着小裤衩下了沟，水过了他的胸脯。此时正值农历八月，即便是中午，水也是很凉的。他打了一个冷战，接过大伯递过来的苇薄，在涵洞口处展开，仔仔细细往水下的泥里插好。刘金水拿着平锹在苇薄的两侧清除了杂草，挖些软泥。树山用这些软泥在苇薄两侧修了两条上下走向光滑的小通道。他弄好之后，爬上岸来，细细查看，沟水微微地向下游流动着。

晚上，树山和树河吃过晚饭来到小厢屋，找出棉衣棉裤穿上，树河提着提灯，拿着一把捞笭，树山拿着两个小板凳、一个小鱼篓出了家门。小哥俩摸黑来到了这个涵洞处。树河点上提灯，一人一个小板凳，坐在了苇薄后面的涵洞桥面上。树山拿着这把捞笭注视着苇薄处。

天越来越黑，四周静静的，稻田里、沟渠里不时发出"噼啪"的响声。这是昆虫或鱼儿发出的声响。树河有些害怕，低声对树山说："这大开洼里多黑呀。"树山小声说："别说话，有声响，螃蟹不上来，你是不是害怕？"树河点点头。这时只见一只螃蟹顺着一条光滑的泥道爬了上来，他俩屏住呼吸，等待这只螃蟹爬到桥面了，树山轻轻举起捞笭猛地一扣，树河跑过去从捞笭里逮着这只螃蟹盖儿，一看它的两只大鳌，轻声说："是一个大长脐的，大前爪上的毛黑黑的。"说着放进了带盖的鱼篓里。哥俩又坐下静等。突然，一只黄鼬从旁边蹿过去了，吓得树河的头发根都立起来了。平静下来了，只见又有两只螃蟹爬了上来。很快，这两只螃蟹束手就擒了。提灯发出微弱的光亮，只能照到小哥俩的四周。半空中挂着小小的月牙，繁星眨着眼，远处依旧是黑黑的。树河本来就害怕，突然靠到他哥身上，一只手指着小通道的外侧草丛，只见从里面慢悠悠地拱出来一个黑乎乎的东西。两人定睛细看，是一只大刺猬，树山也有些害怕了，头发根立了起来。他奶奶在世的时候，总是嘱咐他俩，黄鼬啦，刺猬啦，不要惹它们，它们会"迷人"的，它们都

32

有"仙气"。树山有些胆怯地小心翼翼地用捞笭吓唬这只刺猬，只见它知趣地扭着圆圆的身子走开了。突然，又有一只黑乎乎的东西从涵洞的下游那端爬了上来，树山定睛一看，竟是一只大螃蟹。他一阵暗喜，轻轻一挥捞笭，扣住了这只大家伙。树河跑过去逮着一看，比上一个还要大一圈，笑嘻嘻地说："这个大螃蟹得两年才能长这么大啊！"树山疑惑地说："它咋从后面爬上来了呢？"树河摇摇头，已没有刚才的恐惧感了。可是，大道上不远处一个黑人影过来了，又让树河紧张起来。树山猜测道："差不多是大伯。""大山，有货吗？"这个黑影出声了。哥俩立刻笑了，树山回答道："大伯，可以，逮着几个了。"刘金水来到近前，两个孩子立刻轻松起来了。

这天阳光明媚，偶有朵朵白云从天上飘过，秋风习习。秋收了，金黄的稻田里，人们挥舞着镰刀你追我赶地收割着一撮撮沉甸甸的稻谷……这大忙时节，人们很劳累，但是也很喜悦和愉快。大人孩子们，马上就要吃到新鲜的香喷喷的大米啦，能不高兴吗？

夜晚，打谷场上灯光闪闪，尘土飞扬。脱谷机处，几位穿戴严实的女青年，一字排开站在隆隆作响的脱谷机后面，不停地拿起身后的一捆捆稻谷，娴熟地在脱谷机上滚动脱粒。扬场机旁，几位男劳力，拿着大大的平板木锨，不停地向扬场机肚皮里输送着一锨锨稻谷，它长长的脖子把稻谷抛洒到半空中，金黄的稻谷纷纷落地，一股股稻毛儿随风飘去。金黄的谷堆旁，一袋袋稻谷码放得整整齐齐。灌装的，过秤的，缝口的，每一道工序井然有序。树山和马志林正挥舞着木锨，往一个个麻袋里快速地装着稻谷。他俩经过这几个月的摔打，小身子骨硬朗了许多。马队长背着手过来了。他数了数一旁的空麻袋，这是公社粮站分配过来的，上面都写着"中粮"字样。他对缝麻袋口的男社员说："还有六十三条麻袋没装上？""差不多吧。"男社员停下手中的活计说。"今晚都得装完。这十多万斤公粮，明天就派车上交了。"马队长抓了一把金黄的稻谷，看了一眼。树山向马队长一笑，没有说话，低头又干了起来。"对了，赶明儿你俩跟车去交公粮吧。"马队长给两个孩子分派了活计。"行，大叔。"树山直起腰微笑着答应道。

四周漆黑一片，唯独打谷场灯火通明，尘土飞扬，机器轰鸣，人来人往，一派深秋夜战的忙碌景象……

第二天一大早，树山和马志林美滋滋地坐在双套马车上，来到了打谷场。

他俩跳下马车，车把式挥鞭调整马车。他俩来到码放整齐的麻袋前，只见顶层的麻袋上面落了一层薄薄的霜，这是深秋的标志。马车调整完毕，开始装车了。两个孩子站在车下，搭起一百四十多斤的麻袋，合力放到车厢，放平摆好。一袋、两袋、三袋……如此往复，一会儿的工夫，两个孩子便气喘吁吁了。底层装好之后，二三层更吃力了，好在车上有车把式接应着，他俩省力多了。车子装好了，两个孩子长舒一口气："我的妈呀！"便做出瘫软的样子，一下仰躺在一旁的草堆上。稍事歇息，他俩跳上车，车把式马鞭一挥，马儿一仰脖儿，载着一袋袋公粮上路了。

　　送公粮的马车来到了公社粮站，满载公粮的车队排到了院子外面。树山和马志林跳下马车，跑到院子里了解情况。粮站的一名工作人员在与交公粮的农民交涉："让你说，每袋刨去麻袋二斤半外皮，净重必须是一百四十斤，可是你的净重差半斤，我咋收？能让你卸车吗？""我们不是有意的，麻袋是按二斤去的皮，记错了。这样吧，别让我们拉回去了，算一下差多少，明天我们补多少，行吗？"粮站工作人员迟疑了一下，默认了。他一挥手，往院子里面的一座座土粮仓一指，说："卸车吧，下不为例。"这位农民咧嘴一笑，立马挥鞭赶车走开了。等了一个多小时，树山他们生产小队的公粮接受验收了。一名工作人员拿着圆锥槽形探测棒，往麻袋上一戳，然后拔出来，槽子里灌满了金黄的稻谷，与车同来的老会计凑上前说："这可是上风头的一等稻谷啊，下风头的二三等稻谷都留着分给我们社员自己吃了。"工作人员也不搭腔，把稻谷倒到手心里，扒拉着仔细查看，然后又放入口中一粒。依旧没有说话，他把探测棒中的稻谷倒入身旁的一个小桶里，走到车后又探测了一棒，如此这般查验一番。之后，他表情严肃地说："卸两袋，过一下分量。"树山和马志林赶紧去搬两袋稻谷下来，往磅上一放，一百四十二斤半，高高的。这名工作人员一挥手，说："卸车吧。"会计把他拉到一边，小声问："老弟，给几等啊？""二等。"这名工作人员严肃地说。老会计求情："别啊，我们的稻谷成色多好啊，粒多饱满啊。抬抬手，给一等吧。"这位工作人员依旧严肃地说："你说得不错，水分大一点儿，二等不错了。"说完一扭头走开了。老会计自知无望，咂了一下嘴，追赶马车去了。在一座座土粮仓前面的广场前，树山、马志林帮着粮站雇用的农民往粮垛上卸粮袋。一名粮站工作人员在一旁统计着数量。老会计过来了，站在这名工作人员一

旁，好像是对树山、马志林两个孩子说话："咱们的稻谷多好啊，绝对够一等价啊，一毛二分五。他好歹扒拉了两下子，上下两扇嘴皮子一吧唧，愣给了咱们二等价！哼，差五厘呢，没办法啊！"他说完看了马志林一眼，"志林，你都看见了吧？没辙啊。"马志林笑着说："二等就二等吧，我看见其他村的，他也都是给的二等价啊。""二等就二等吧。"老会计自言自语地走开。

　　打谷场上开始分口粮了。大人孩子在磅秤、稻谷堆前，一边忙着，一边说着话。一位妇女发着牢骚："今年咱们大丰收了，大人孩子也不多分点儿。到时候咱们少要点儿粮站给返销的陈棒子，生山芋干不行吗？难吃死了。"刘金水用木锨灌满一袋稻谷，接过话茬笑着说："赶明儿老马的差事让给你吧，让咱们队的大人孩子，天天吃大米白面，我们都乐意啊，呵呵！"这位妇女笑着说："我可没有这个本事。"老会计过着秤，插话说："行啦，一口人二百来斤的稻谷，再加上麦秋一口人百八十来斤的麦子，一年一口人光细粮就二百多斤，这可是头一年啊。再加上供销社返销的棒子、高粱啥的，一口人一年三百左右斤呢。"旁边的妇女说："大哥说得不假，像你家，还有老牛家，为了要儿子生了一溜闺女，这五六个闺女还都小，饭量也小。孩子呢，一年二百五六十斤口粮，你家光吃细粮，咋吃咋够呢。不像我似的，生不出一个闺女来，生了四五个秃驴，光吃饭不干活儿啊，哈哈……每年我们大人孩子吃细粮，哪敢敞开肚皮吃啊。孩子他爸不时跟做贼似的，用车子驮点儿稻米，偷着到北山那头换点儿棒子，不就是为了多换点吃的吗！"刘金水问："对了，他是咋换的？"这位妇女说："现在还没去呢，今年开春那会儿，他爸去了一趟，说是一斤稻米换一斤四两五黄棒子吧。"刘金水说："和我换的是一样的。今年冬天，我得多换点儿，孩子们也大了，还有养的猪，光吃菜帮子掺稻糠也不行啊，也得加点儿棒子面儿，它才好上膘啊。要不到时候往屠宰场交也给不上你等级啊。"这位妇女笑了，说："哎哟，逃生到你家的猪算是有福啦，还能吃上棒子面儿？逃生到我家的猪算是倒霉了，一年到头儿不知道棒子面儿是啥滋味的。还别说，临出圈交宰猪场的那顿猪食，给加了点儿棒子面儿，让它多吃点儿，不就是为了增加几斤重量吗！其实呢，养它一年了，心里咋也有点儿舍不得。喂它一顿好吃的，别让它白来一世，啥好的也没吃上，有啥法啊。"刘金水四下看了看，说："我看老杨家还没来人，他家不比你家难？他家五六个大劳动力，自个儿一个人的口粮，一年三百斤根本不够吃。再加上成分高，老大老二都二十七八了，还没搞上对象呢，又没有一个能挨上干轻省活计的，一年到头都是出力气的活儿，能不下饭吗？他家又没有小孩子口粮做背头儿，哪年他们不拿细粮偷着换糙粮吃啊。"老会计接过话茬说："别哭穷了，咱们队忙到这样，蛮不错啦！"刘金水笑着说："也是。"人们也笑着附和着。

　　一帮孩子在宽敞的打谷场上追逐嬉戏。树山和马志林坐着空空的马车来到打谷场，他们是负责给各户往家里运送稻谷的。他俩跳下车按居住路线准备装车。树山的大伯问道："咱们两家的分完了，旁边的两堆就是，你装车时，咱们是最后一站，要放到最底层，卸车方便。"树山说："知道了，最后一趟再说吧。"说着装起车来。

　　天暗了下来，树山和马志林趴在送稻谷的马车上，树山的大伯也在车上。枣红马驾着车稳稳地驶过了他家的小土桥，进了院子。树山、马志林、刘金水跳下车，树河、树海、树芬也跑出来了。刘金水指挥着，让车把式在院子西面停了下来。树山的父亲、后妈和两个妹妹过来搬卸粮袋。树山也不说话，和马志林搭起一包麻袋，快速搬到屋里。第二趟，树山抱起一个小布袋来到屋里，往地上猛地一放，布袋底部突然撕开了一道口子，稻谷撒洒了一地。他继母看见了，脸立马拉了下来，树山忙解释说："我就这么一摆……"继母依旧阴沉着脸说："不愿意搬就别搬，拿口袋撒啥气啊！往场上分粮食是你大伯张罗着不让我们去人的。再说了，搬粮食是生产队分派你的活儿。你在别人家也这样乱撒乱扔吗？我谅你也不会这样。一年到头了，分这点儿容易吗？哼，小小年纪，心眼儿别不好使……"树山听了这一连串不中听的话，气得一句话也说不来。他父亲骂道："你这娘儿们，说的是人话吗？口袋破了就破了呗，粮食收起来也糟践不了，你的心眼儿咋这么脏啊？"树山的继母争辩道："是我心眼儿脏，还是你大儿子心眼儿脏啊？志林也是孩子，他搬的袋子咋没撕破呢？你大儿子要是心眼儿好使，轻轻放下，那口袋能撕破吗？一道儿倒腾了两回都没破，为啥临了到屋里了，经你大儿子的手就撕破了呢？"气得刘金贵说不出话来，举手过去就要打信口开河的老婆。刘金水忙跑过去拉开了。树山的继母带来的两个闺女忙把她推到了屋里。树山气得眼睛红红的，站在一旁，一句话也不说。马志林守在他旁边，也不说话。

　　晚饭熟了，树山在厢屋生气，他大娘打发树河去叫他吃饭。他来到大娘的正屋，大娘劝他："别生气了，她的脾气你还不知道？脾气上来，有影子的没影子的事全都来了，咋解气咋说，气死人不偿命的主儿。要跟她生气呀，气死多少回了。"树山的大伯也开导他："别动气了，她就是这么个人，不说邪词儿不好受，吃饭吧。明天还得干活儿呢，不吃饭哪行啊！"树山坐下，闷头吃饭，吃了半个发饽饽，一碗稀米饭，放下筷子回小厢屋去了。他很自责，自己不该没轻没重的，应该轻搬轻放，不然就不会招来后妈无端的指责。本来分了稻谷是一家子高兴的事，就为自己不小心弄破了口袋，惹得一家人跟着生气。想到这里，他心里畅快多了，对继母的怨恨减轻了许多。

初冬将至的阳光，让人感觉还是挺温暖的，干渠两岸的杨树早已落叶，只有柳树叶子还半绿半黄。

秋收忙完了，人们在光秃秃的稻地沟里清淤。树山、马志林，还有杨鸿志，都在了一条泄水沟里清淤。他们半劳力每人每天包干十五杆儿的活计，每杆儿两米，也就是说这三十米的活计，谁早干完了，谁早回家。杨鸿志干了两年农活儿，这种活计他熟路，一干上就顺当麻利。树山他们就不行了，每锨挖下去，黑淤泥就粘在锨上，跟年糕似的，他们干得很吃力，不时用小泥铲刮锨头，根本不出活儿。再看他们挖过的沟渠，像长虫杀蛤蟆似的曲里拐弯的。两个人抹了一下额头上的汗珠，跑到杨鸿志那里认真观察起来。只见杨鸿志左挖一锨，右挖一锨，淤泥到了他的锨头上如抹了油似的，顺从而整齐地被排在了沟埂上，锨头上几乎不粘泥。杨鸿志一边干着，一边讲解："下锨要侧着插锨，泥垡子要薄一点儿，深一点儿超过锨头儿，这样就不粘了。"树山看明白了，说："你是说侧着下锨，一面儿露一点儿，就不爱粘锨了，对吧？"杨鸿志笑了说："对对对！就是这个意思。不愧是高才生啊，多可惜啊，挖起了臭泥沟。"树山笑着说："别逗我了，我们这六十米的活儿干不完，你得帮我们干啊！"两人笑嘻嘻地走了。杨鸿志打趣地说："我才不管呢，这可是包活儿。志林，你爸看见了，罚我工分咋办？嘿嘿嘿……""我们给你补上，嘿嘿嘿……"

天蒙蒙黑了。树山干完包干的那段沟渠，扛着锨往家里走。将要到家时，他影影绰绰看见他家西头的自留地旁边的大沟边，有人影晃动。他走近一看，是他大伯刘金水在往沟里扔泥土搭坝呢。他笑了，他知道今年又要淘鱼了。他疾步走上前，立刻卖力地一锨一锨挖着泥垡子搭起泥坝来。

每年到了这个深秋收水的季节，他大伯都要张罗着把他家房后面这截七字形大沟，两头挡上泥坝，淘干里面的水。那鱼啊，白花花的，活蹦乱跳的。傍晚，捡大个的鲤鱼、鲫鱼、鲇鱼什么的，往大柴锅里一放，立刻发出"吱吱"的响声，飘出浓浓的鱼香，弥漫在整个土屋，十分诱人。熬熟了，盛上一小瓷盆，往桌上一放，孩子们忙不迭地狼吞虎咽起来。

刘金水搭好泥坝，吃了晚饭，来到隔壁二弟的屋里。二弟媳在外屋洗刷碗筷。刘金水说："他二婶，明天开始淘鱼了，你们谁有时间拿斗子淘淘水？"树山的继母脸一沉："大哥，你们淘吧，今年我们不淘了。"刘金贵从里屋出来说："你这是咋说话呢？你说不淘就不淘了？"树山的继母说："我说不淘就不淘了！"刘金贵犟劲儿又上来了："因为啥呢？""我不想吃鱼了。"树山的继母转身上里屋去了。刘金水吃了闭门羹出来了。刘金贵跟出来说："别听这娘儿们的，我干完活儿，大芝放学回来就下沟淘水。"本来操持这事，刘金水兴致很高，被二弟媳当面拒绝，心情大打折扣。他没说什么，沉着脸走开了。

第二天下午，刘金水早早干完了包干挖沟的活儿。他回到家里，从草棚子里拿出打水斗，提着一把掘锨来到小土桥一侧的泥坝处。他把掘锨插到泥坝的一端，把打水斗一端只有单绳的，拴在这把锨把上，他拿着水斗这端的两根绳子。他调整好站立的位置，向泥坝外一斗一斗淘起水来。树山回来了，他一看大伯自己在淘水，立刻解开那把掘锨上的绳子，跟他大伯淘起水来。他爸刘金贵干完活儿，也拿着打水斗过来了，放学的树芝跟在后面。刘金水知道二弟身体不太好，又与大芝一副架儿，忙说："你们爷俩站在前面吧。"刘金贵也不推辞，和他大女儿树芝站在树山他们爷俩的前面。这两副水斗在一起淘水，动作必须一致，否则两个水斗会打架的。树山和树芝在一边，他向大妹树芝点一下头，淘起水来。一下，两下，三下……两副打水斗配合得蛮好，谁知树芝动了一下站立位置，"扑通"，两只打水斗打起架来，树山的打水斗，撞上了前面的打水斗。树芝笑了，树山也笑了……

刘家男女劳力们，上午干完包干的活儿，下午就抓紧回家淘水，就这样，耗时三个半天，这段七字形大沟的水终于淘干了。今天该出鱼了，刘金贵一个人拿脸盆在淘水。树河站在苇薄的后面，小脸儿上净是泥点子，两只腿插在深深的稀泥里。苇薄前面细水流淌，大小杂鱼顺着水流，流到苇薄上。他

拿着笊篱兴奋地往水桶里逮着活蹦乱跳的小杂鱼。不时有大鲫鱼、鲤鱼、鲇鱼冒险到此光顾,都被他一一拿下,看他的样子,好不惬意。小树海、小树芬、小树兰、小树江、小树英在岸边来来回回地跑,叽叽喳喳地乱叫着:"这儿有一条大鲤鱼。""那儿有一条大黑鱼。""这有一条大黄鲇鱼……"好一派热闹景象。

　　树山和他大伯在拐弯处截了一个小泥坝。泥坝两边浅浅的浑水里,大鲫鱼、鲤鱼翻着白儿,"噗噗"地乱扑棱。刘金水乐呵呵地说:"今年的鱼比往年多多了。"树山乐滋滋地拿着一大把柴草放到泥坝下面,上面撂上稀泥。他迫不及待地把跟前的几条大鱼逮着扔到岸上,然后两手压着草把往前一推,薄薄的浑水被挤到前面去了,后面立刻没有了明水。刘金水夫妇,还有树芝,马上下到沟里,拉着一个大木盆跟在后面,仔细寻找落在后面的鱼、螃蟹、蛤蜊什么的。树芝在苇丛里面的稀泥里,抭出来一条大大的黑鱼,它犹如一个黑木桩。她刚把这条大黑鱼放进大木盆里,他哥树山逮了一条大鲤鱼和一条大草鱼。岸上的小树海嚷道:"哥,快来逮这条大鲇鱼啊!"过路的行人也过来观看。树山禁不住诱惑,从沟边蹚着稀泥来到前面,一把按住了这条鲇鱼。他逮上来一看,好家伙,这条鱼的嘴前面长着一个长长的尖,像一个大锥子,身子圆圆的,足有二尺来长。这种鱼在夏季用渔网很少能逮着,它的尖嘴刺破渔网,它就逃掉了。树山"嗖"地把它扔到了岸上的土路上,小树海逮了起来。刘金水在泥沟里,一只手拿着一只大螃蟹,指派道:"大海,你带着你弟弟妹妹他们,到房后面拾螃蟹去,都爬到墙上去了,捡大的逮,小的不要。"小树海兴奋地领着弟弟妹妹跑过了小土桥。他们从屋里拿了一只篮子,跑到了房后面。只见房子土墙的下半部分,爬满了铜钱大小的小螃蟹,偶尔有几只大螃蟹。几个孩子终于有了用武之地。他们争着抢着逮螃蟹,墙上的大螃蟹逮完了,就在岸边的苇丛里寻找螃蟹。他们闹着,跑着,逮着一只只螃蟹,好热闹啊……

八

　　年关将近了,刘金水吃了晚饭,对妻子说:"我说,要过年了,哪天把猪交了吧,卖了钱攒一辆自行车。树山他们也都大了,有一辆大架车子,干啥也方便不是？"树山一听，看着他大娘。他大娘停了一下，看了一眼树山，沉着脸说："行啊。"树山和树河心里这个乐啊。刘金水又说："这样，明天大山和老二，上队里借一辆小拉车，到大队米面场打一包稻核子，交猪的时候，给你三叔送点去，快过年了。"树山乐了，他大娘真有些不高兴了，但没有说话。

村里的米面加工厂生意兴隆，加工米面的村民都排到了大门口外面。树山哥俩排上了，树山把一麻袋稻谷倒到笸箩里，加工人员拿着大簸箕，一一装入打米机的漏斗里，机器外侧的小出口均匀地流出一粒粒去掉谷皮的米粒……第二遍，米粒立马变得青白青白的，散发着油润的光泽。树山在机器的里侧，麻利地收拾着机器筛下来的细糠，它是喂猪的好饲料。树河在机器前面撑着口袋，加工人员用小型簸箕一一往口袋里灌装着青白的稻米。哥俩刚收拾利索，下一家的稻谷立马倒入了机器……

小哥俩把两面袋大米、半袋细糠、一袋粗糠，都放到小拉车上，各自戴好蓝色旧棉帽子和手套，树山驾车上了路。出了村北口，拐入一条向东通往刘家的土路。向北望去，稻茬地光秃秃的，沟坡田埂还残留着薄薄的白雪。土路南面的干渠里，结着厚厚的冰层。两岸的树枝上，一群群小家雀叽叽喳喳地飞来飞去。树河推着车问他哥："明天咱们上宰猪场交猪，走多长时间啊？""一个多钟头吧。"树山喘着粗气说。"三叔家在哪儿？"树河又问。"我也没去过，明天不就知道了吗？"树山说。"城里的洗澡堂子的水烫得慌吗？"树河又问道。树山笑了，说："你问我，我也没洗过，我也不知道啊。"树河今天的话不知为什么这么多，他又问："大伯说攒一个自行车，是真的吗？"树山来了兴趣，说："大伯不是说了吗，卖了猪就买自行车零件，大娘也同意了，你不也听见了吗？""多长时间能攒好啊？"树河又追问道。"开了春儿就差不多了吧。"树山说。树河想了想说："大伯肯定叫你学车，你跟大伯说说，我也学学。"树山笑了，说："自行车还没影儿呢，你想得倒远。"树河不好意思了，猛劲儿推起了车。

这天天气晴好。树山的大娘早早做好了大米饭，小干鱼辣椒熬白菜也熟了。她又赶紧热了猪食，今天特意多添加些棒子面儿。她端着满满的一大盆热乎乎的猪食来到猪圈前。刘金水在猪圈里清理场地呢，为将要捆绑那头大白猪而做准备。树山、树河也跑了过来。树山的大娘用笤帚把儿清理了一

下猪食槽子，然后把热乎乎的猪食倒了下去。那头大白猪一看今天的早餐面多菜少，如此丰盛，大嘴一张，几大口就进肚。旁边的那头半大黑猪，嘴刚伸到槽子边，它身子一靠，给靠到了一边，根本吃不到这香香的美食。树山对大白猪笑着说："你傻去吧，这是你最后一顿美餐，吃完了就开绑了。"树河也跟着笑。树山的大娘敛起笑意说："一想起它一会儿就被拉走了，心里挺不好受的。"刘金水一本正经地说："你不愿意看逮它，把粗细绳子拿过来，你就躲到屋里待着去呗。"树山的大娘说："我是这样想的。"她看了几眼大白猪，"你们爷仨快吃饭去吧，吃完了还要拉着猪走二十多里地呢。"

今天也是好饭，豇豆大米干饭。爷仨洗了脸，小树海和小树芬也起来了。树山放上饭桌，他大娘掀开了大锅，红红的豇豆大米饭冒着热气，喷香喷香的。几个孩子忙着端饭，摆凳子，拿筷子，两大盘小干鱼辣椒熬白菜。一家人吃得真是香啊，有滋有味。树山整整吃了满满两大碗米饭。

两头猪吃完了美食，还在用舌头舔着猪槽子。树山的父亲过来帮忙了。树山的大娘拿着粗细绳子也过来了。刘金水在两头猪对面的一个墙头，悄悄跳进猪圈，贪吃的大白猪没有发觉，还在舔猪槽子。刘金水慢慢接近大白猪身后，猛地逮住大白猪的一只后腿，大白猪惊叫起来："呜啊…呜啊……"半大黑猪蹿到一边。树山手拿着细麻绳，和他父亲迅速跳进猪圈扑向大白猪。树山的大娘吓得跑到了一边。爷仨齐动手，把大白猪扳倒在地，这头白猪拼命地挣扎吼叫，四条腿前后一对，被细麻绳捆绑得紧紧的，它停止了嘶叫，恐惧地在地上"哼哼"地挣扎着。爷仨用扁担把大白猪吃力地抬出猪圈，弄上小拉车，大白猪不再吼叫了，只是低声地哼哼着。树山的大娘拿来一条破麻袋，盖在大白猪身上。树山和树河在兔子窝逮了一只大灰兔子，放到了一个带盖的小柳条筐子里，他们准备把这只兔子也卖到屠宰场。树山高兴地提着筐子，放到小拉车车厢前面，紧挨着大白猪的脑袋。一切准备就绪，树山刚要起步，树河说："给三叔家的米还没拿着呢。"刘金水笑着说："还是老二记性好，快上屋里拿去！"刘金贵一听，脸立刻沉了下来。他也想给城里的三弟弄点儿大米去，碍于老婆的性格，就没敢张罗这档子事。不一会儿，树河提着少半袋子稻米跑了过来，也放到了小拉车的车厢前面。爷仨高高兴兴地过了自家的小土桥，上了宽宽的土路。

它们来到了蓟运河畔的渡口，河面被厚厚的冰层覆盖着，行人在冰层上来来往往。有的娴熟地在冰上骑着自行车，有的则小心翼翼地推着自行车行走。树山驾着小拉车上了河堤。下坡了，刘金水紧紧扶着车把，树河在车后向后拉着，车子从河堤上慢慢经过两条木板，下到冰面上。这时的小拉车稍一用力，便快速行进起来。车厢里的大白猪轻声地哼哼着。很快，爷仨拉着车子来到了河对岸。他们谨慎地拉着车上了岸，驶向颠簸的土路。

　　进城了，小拉车在光滑的柏油马路右侧轻松地走着。第一次进城的树河，小脸红红的，在哥哥的旁边小跑似的紧跟着，这儿问问，那儿问问，东看看，西瞧瞧。汽车、拖拉机从他们旁边经过，他目送老远，回过头看见骑三轮车的，笑着问他哥："哥，这样的车好骑吧？肯定比自行车好骑。"刘金水先开口了："这种三轮车更不好骑，不会骑的骑上去光跑偏，弄不好光转圈。"树河不说话了，其实他是想问攒自行车的事，话到嘴边也没敢问他大伯这个问题。它们来到一个丁字路口，刘金水摆了摆手，树山拉车拐进了向西的路口。柏油路两边是一个个厂房。往里走了一段路，向南一拐没走多远，便看见了西面一个厂房门口写着"蓟沽区屠宰场"。

　　他们进了屠宰场，门卫向里指了一下，他们拐进一条巷路，只见前面有一溜卖猪的农民排队等候着呢。树山放下车子，排在最后一家后面。两个孩子感到新奇，抹了两把小脸上的汗水，提起盛着灰兔子的柳条筐，小跑着向前面去了。只见路边一头头大肥猪不是躺在小拉车的车厢里哼哼着，就是躺在自行车后倚架上的小木板上排泄，还有的躺在小推车的箱子里乱扑棱。小哥俩来到前面的敞篷工作间，一位工作人员在给地面上的一头肥猪评定等级呢。他掐掐猪的脖子、脊背、后胯之后，说："三等。"这头猪的主人请求道："再看看！""再看也是这样。"这位工作人员坚定地说，说着又去掐另一头黑色大肥猪，"你看这头猪，身上的肉多瓷实，一等！"这家主人立刻笑了。树山向这位工作人员询问道："大叔，这兔子在哪儿卖？"他手一指，说："前面。"小哥俩颠颠地找到一个工作间。南面的一个个笼子里都是鸡鸭，它们不时发出咕咕嘎嘎的叫声。再瞧北面的一个个兔笼子里，安安静静，黑的、白的、灰的、黄的，掺和在一个笼子里。树山把柳条筐放下，一位工作人员过来了，他打开筐盖，提起这只大灰兔子摸了摸，然后把它放到过秤的铁笼子里过了秤，去掉铁笼子的外皮，兔子净重六斤半。这位工作人员说："给二等吧。"小哥俩不敢有异议，工作人员的决定就是金科玉律嘛。

42

他们来到财务处窗口，工作人员递给他们五块八毛钱。树山接过来，递给弟弟，微笑着说："兔子是你养的，这钱你拿着，买本买笔吧。"树河高兴地接过钱，放到了裤兜里。

哥俩往回走，旁边传来猪群的叫声。树河拉着他哥："上那边看看他们干啥呢。"哥俩走到近前，几名工作人员正在往一条小小的水泥通道驱赶着猪群。只见各色肥猪恐惧地不愿往前走。这条通道的前端墙外，站着一位穿戴胶皮衣裤的男子，他手里拿着一把话筒模样的工具。一头肥猪战战兢兢地走过来了，这位工作人员把手上的那把工具，突然按到这头肥猪的脊背上，肥猪嘶叫一声，便瘫软在地上了。此时，立马上来两位工作人员，打开铁栅栏门，把这头猪拖到外面的传送带上。传送带把这头被电得晕死过去的肥猪，送进了屠宰车间……树河吓得不敢再看了，扭头往回跑。原来这就是传说的电击杀猪！

轮到他们了，爷仁把小拉车拉进宽敞的工作间。刘金水把捆绑大白猪的粗绳子解开，树山扬起车把，后尾着地，大白猪哼哼着从车厢里出溜到水泥地面上。首先过磅秤重。这头猪还真不轻，一百六十六斤。爷仁把大白猪又拖到地上。还是那名工作人员，他看了看这头大白猪说："这是引进的苏联长白猪。""对对对，我这是从北面农场那边买来的小猪秧子。"刘金水笑着介绍道。这位工作人员依旧在大白猪的脖子、脊背、后胯掐了掐，然后又按了按猪肚子，他笑了："食喂得不少啊，给二等。"刘金水请求道："你老再掐掐，你看这猪的脊梁背儿多宽哪，它的后座多圆哪，哪头猪比我的这头猪肥啊？都够得上特等了，一等蛮富余的嘛。"这位工作人员笑着说："这种猪外表看着是挺肥的，可是宰杀后你就知道了，它的肥肉膘薄肉暄，不如咱们本地的黑猪肥肉膘厚实，肉瓷实，你们不懂。"刘金水无话可说了。

树山小哥俩拉着空车，跟着大伯结账去了。爷仁在财务室窗口结了账，刘金水接过十元一张的票子，笨拙地一张一张数开了，两个孩子抻着脖子看着，在心里也数着。刘金水数完微笑着问两个孩子："是一百四十三块五吗？"两个孩子都点了一下头。刘金水笑着说："可以攒一辆自行车啦。"小哥俩都笑了。"哼，这事，你大娘还有点儿执拗呢。"树山一听低下了头。刘金水马上说："你们放心，这自行车肯定要攒的，得慢慢来。"两个孩子跑着拉车去了。

他们拉着空车出了屠宰场，在大街上走了一段，拐进了一条小路，两边就是住户了。密密麻麻的房子，高矮不齐，有旧砖瓦房，还有土坯房。他们又拐了几个弯，在一排砖瓦房前面停下了。刘金水说："你三叔家到了。"说着提起那少半袋子米便往里面走。刘金水敲了一下门，一个小男孩打开了门。树山一看，正是树民小弟弟，刘金水笑了，对树山说："你们认得吧？他也是你弟弟。"小哥仨都笑了。他们进了屋子。刘金水问树民："你爸他们呢？"树民说："我爸出门开会去了，我妈歇班，和小花上街买东西去了，让我看家。"刘金水点了烟坐在床铺上。这是里外两间的公家宿舍。树山小哥俩是第一次来三叔家，不自觉地打量起来。东屋是卧室，一张大床铺占去了大半间屋子。当他们看到北墙摆着一台缝纫机时，两人对视了一下。东墙旧柜子上挂着一个相框子，里面镶着好多相片。树山忙凑了过去，一张一张看着，其中一张相片引起了他的兴趣：一个的英俊男人在一旁站立着，一个漂亮的妇人坐着，中间站着一个小小的男孩。树山自言自语："这相片上的人，咋不太像三叔三婶啊？"旁边的树民笑了，说："那是我爷爷奶奶，中间的小孩是小时候的我爸。"树山一听，眼睛直了，情不自禁地问树民："你奶奶？"刘金水忙打岔："大山啊，你出去看看，小拉车碍事不？往边儿上靠靠。"树山答应着，三个孩子出去了。他们在屋外合计着上街去玩。树民的母亲骑着自行车驮着小树花从街里回来了。树山腼腆地向三婶打了招呼，三婶笑着叫他们进屋。树民的母亲见了大伯哥，抱歉地说："不知大哥你们爷仨来，也巧了，我到百货上班了，今儿倒休，到百货给孩子买了两双袜子。树民他爸上市里开会去了。"刘金水说："快到年底了，到屠宰场卖了一头猪，顺便给你们送点儿新鲜稻米，再让孩子们洗个澡，推推头。"树民的母亲笑了，说："大哥，你们也挺困难的，还想着我们，今年好多了，不像前几年。不管咋说，树民他爸当着局长，工资还能多挣几块呢。大哥，你坐着，吃了午饭再去洗澡，我这就去做饭。"树民的母亲出去做饭了，几个孩子都跑出去了。

孩子们高高兴兴地来到了街上，小树民不时指指点点。他们来到一个副食店，树山逗树河："你卖兔子挣了几块钱，给我们买几块糖吧？"树河腼腆地笑了，说："就买几块。"哥几个立刻兴奋了起来，随即点着各色糖块，小树花闹着吃软糖，女售货员一一答对着。每人拿着两三块糖，走出了商店。小树民口里含着糖块，对树河说："兔子都吃啥？给我一个小兔子呗，我也养着卖钱。"树河一撇嘴说："你们城里有苣荬菜啥的吗？你养不了。"小树民说："城外那边有，上那边弄去啊。"小树花也嚷嚷着："我也去。"树河说："那可不行，你这么小，万一掉到大沟里，或者迷路了，你妈赖上我咋办？"小树民哀求道："给我来一个嘛，这么抠，就一个嘛！"树河说："你不会养，养不好，兔子会得病的，它们娇着呢。今年春天刚出窝的小兔子，一下子着凉胀肚子了，眼看着一蹬腿就死了三个。不信问我哥，我都哭了。"树山笑着证实道："是真的，你养不了。"小树民眨着大眼睛不说话了。孩子们路过电影院和照相馆。树民指着电影院、照相馆的门口说："这是电影院，这是照相馆。"小树花嚷嚷起来："哥，我看电影，我看电影。"树河看着他哥不说话，树山说："晌午了，待会儿得回家吃饭呢。""不嘛，我看，我看，哼哼……"小树花不依不饶。小树民急了，说："你看吧，我们上大百货去！"说着就拉着树山他们往前走。小树花在后面瞅着他们，就是不动弹。树山回过身来，拉起小树花："听话，下次有时间再带你看电影，行吗？"漂亮的小树花无计可施了，只好跟着走了。就要到百货商场了，街上的人越来越多了。树河说："咋这么多的人呢，这得有几个村里的人啊！"小树民笑了："我们这里不叫村，都是叫王庄、黄庄、高砣啥的。""那个电影院是哪个队的？"树河又问。小树民疑惑了，说："你说的我不懂，啥队啊？"树山也笑了，说："他说的是我们农村的词，你们城里没有这个词。"小树民似乎明白了。

　　孩子们进了百货商场，树河一看这么大，啥东西都有，人来人往，一时间两眼不够使了。一转眼，他就落在了后面。第二次逛商场的树山，只好站下等他一下，看见树河东张西望的样子，他偷偷地笑了，心想上次自己逛商场时是不是也是这个样子。小树花小手指着右边，说："我妈上班就在那边卖布。"他们来到了卖文具的柜台。树河和小树民在木制柜台前，踮着脚尖浏览着学习用具。小树民问："你买作业本吗？"树河"嗯"了一声。小树民说："这儿有转笔刀，你买一个吗？"小树花看不见，树山把她抱起来。树河对女售货员说："买一个田字格本子，一个算术本子。"女售货员拿了过来，问道："还买别的吗？"树河迟疑地说："还买……一个转笔刀、两根铅笔。"女售货员递了过来，在算盘上打了几下，说："两个本子一毛，转笔刀一毛五分，两只铅笔五分，一共三毛。"树河从兜里掏出卷成一卷的

45

钱，两只小手打开后，抽出了钱递给了售货员。树山一看小树民给拿着本子，笑着问："树民，你想买啥呀？让哥哥给你买一个。""转笔刀。"小树民马上说道。树河看了哥哥一眼，低下了头，没有表态。树山劝道："给弟弟买一个吧，他也喜欢这个转笔刀。""买一个吧。"树河小声说，小树民乐了。孩子们从文具柜台来到生活用具柜台。树山一下看见了剃头的推子，笑着跟树河商量："买一把推子吧。"树河小嘴一撇，看了一眼这把推子的价格2.8元，说："我不管，反正别花我的钱就行。"树山笑着说："我哪有钱啊，就算哥借你的，等哥有钱了，一定还你，行吗？"树河拿定了主意："那也不行。"树山凑到树河耳根儿小声说："咱们买了推子，我学会了，给你和大伯他们推头，省得月月花钱，还得跑到生产队等着剃头师傅给推头，怪着急的。"树河不说话了，过了一会儿，他把钱都掏给了哥哥，眼圈立刻红了。树山一看他这样，也不好意思了，想把钱塞回去，树河推了他一下，把脸背过去了。小树民和小树花也凑过去看着这个刚熟悉的哥哥，不说话……

刘金水在三弟媳家吃了午饭，带着几个孩子到澡堂子洗澡来了。孩子们跑着跳着，来到了蓟运河边的大众浴池。小树民熟悉地形，首先推开了男浴池的一扇门，让爷仨进了屋里。树山和树河是第一次到这里洗澡，多少有点儿拘束。他俩在柜台前隔着敞开的一道门，往里面一望，一个个赤条条的男人在一张张单人床铺上，盖着毛巾，或坐或躺，不是喝着茶水，就是抽着烟。刘金水付了款，领着几个孩子来到了里间，找到了手牌标明的床铺，准备脱衣服。这时树山、树河多少有点儿紧张不适应，热得小脸通红通红的。脱了衣服一看，小树民身上白白净净的，可是再看这爷仨的身上，灰扑扑的，膝盖上下净是黑乎乎的皴。树山和树河一看自己身上，不好意思了，不敢抬头看别人，唯恐看见别人笑话他们。他们进了浴池的房间，里面热气腾腾，很多人在水池里泡澡，喷壶下淋浴。他们下到一个温水池子里，树山和树河神情依旧拘谨。刘金水对他俩说："身上皴多，好好泡泡啊！"树山、树河点点头。小树民在池子里扎起猛子来，树山忙过去扶起他，吓唬道："这水多脏啊。"树河说："哥，上去吧，不洗了。"树山说："这还行，坐到池子上，我给你搓搓身上的皴。"树河坐到了池子边，树山给他搓。哎呀，这皴真是够厚的，他哥用手巾刚搓了几下子，皴就打成一绺绺的。突然，树山一阵阵恶心，跑到一边呕吐去了。谁知树河突然歪倒在地上，昏了过去。

刘金水吓坏了，赶紧抱起树河跑到了休息厅。小树民也吓坏了，跟在后面。大伯刚把树河放下，树河便苏醒了过来。刘金水忙问："是不是晕堂子？""味道熏得慌，不知咋的就睡着了。"树山呕吐之后，难受地来到休息厅的床位旁，皱着眉头说："里面是啥味啊，脑瓜子疼。"刘金水笑了，说："头一回到澡堂子洗澡，不习惯，在这里歇歇就好了。"树山躺在床铺上闭上了眼睛……

他们洗完澡，推了头，从澡堂子出来了。刘金水一看几个孩子洗得小脸儿白里透红，挺精神。他灵机一动，对孩子们说："大伯领着你们几个照个相吧？"孩子们一听都笑了。刘金水立马带着几个孩子来到了照相馆。一男一女两个工作人员站起来接待了他们。刘金水交了钱，说："我们爷四个照一张，洗一张。"女工作人员问："照几寸的？"刘金水迟疑地说："就是平常那么大的嘛。"女工作人员说："四寸的吧，两张九毛。"刘金水交了钱。摄影师把他们带到照相室，他打开亮亮的灯光。这位摄影师拿了一把凳子，放到照相室前面中间位置，后墙上挂着深灰色竖条的帷幕。他让刘金水坐在凳子上，树山、树河在他大伯左右站着，树民站在大伯的膝盖前面。摄影师走到照相机前，撩开外红里黑的布罩，一个黑黑的镜头正对着他们。他钻进照相机后面的布罩，侍弄了一会儿，他探出头来，一只手拿着一个橡皮囊开关，说道："挺胸，看我手，别眨眼，笑一下。"可是爷四个似乎没听见，像木头人一般，没有一个带笑容的，眼睛直直地看着摄影师那只拿着橡皮开关的手，样子很严肃。突然，摄影师猛地一挥手，照相机上方的灯光强烈地一闪，"咔嚓"一声，照相机响了。摄影师说："好啦。"爷四个站了起来，似乎放松了下来，微笑着向外走。

九

一开春儿，刘金水真的购买了自行车零件，开始攒大架自行车了。那天，两个孩子瞧见大伯背着一副自行车架子进了院子里，别提多高兴了，整天盼着自行车快快攒成，好让他们练习。每当大伯调试自行车部件，他们就会凑过去打打下手。一次，树河夜里睡着觉突然哭起来，吓醒了他哥。树山推醒了他，问："你咋回事啊？啊？做梦了？"树河睁开眼睛，不好意思地说："我做梦呢，吓死我了……梦里我骑着咱家的新自行车，在咱们的土路上骑着骑着，骑到了城里的柏油马路上，蹬得忒快了，一下飞上了天，下不来了，嘿嘿嘿……"树山也笑出了声，说："冲你惦记着这个自行车，也得让你学了。"树河一下不作声了，树山忙问："你是不是怕自行车攒好了，大伯不让你学啊？"树河低声说："嗯。"树山笑了："到时候我跟大伯说说，实在不行，你就偷着学呗。"树河听了哥哥不确定的回答，有些失望，转过头去了。

第二天吃罢晚饭，树河带着几个小不点儿在院子里玩耍，树山站在一旁观看。他把树河叫了过来，笑着问道："我看你的头发长了，我给你推推头吧？"树河头一拧，说："我才不让你推呢！"然后指着还在玩耍的小树海他们说，"你先给大海、小江他俩剃剃，我看看。"说着就要走开。树山脸一板说："行，你学自行车的事，我不管了！"树河一听，停下了脚步，迟疑地说："你给我剃坏了，我咋上学啊？"树山说："没事的，我保证推不坏。"树山哄着树河上了小厢屋。不一会儿，小树海他们也跑了进来。树河坐在凳子上，胸前围着一个窗户帘。树山拿着推子和拢子，先在树河的头顶试推。他刚推了几下，树河猛地叫了起来："哎呀，揪着我头发了。"他站起来，耍性子，不推了。树山哄了一阵子才算过去，炕上的几个小不点儿直笑。树山拿着推子在空中练习了几下，然后在树河的头顶又试推起来，问："还揪头发吗？"树河摇摇头。他把推子移到鬓角处，"嘎噔，嘎噔"几推子下来，鬓角的头发推下来了，回头一瞧，长短不齐。他回手修理，一推子下去，又啃进了一块，他又赶紧修补，效果更不好。干脆，他把推子移到脑后，谁知推子抬得快了点儿，又揪了几根头发，树河又要耍性子。树山笑着一背手说："你不推就算了，看你咋上学去。"树河只好忍着坐了下来。就这样一遍推下来，再看树河的头发，像被羊啃了似的，黑一块白一块的，几个小不点儿嚷嚷开了："大哥，你推得不好看啊。""明天二哥咋上学啊？"小树海从小柜子上拿起那只小镜子，递给了树河："二哥你照照，多磕碜啊。"树河拿过镜子一看，小嘴一噘哭了起来。树山解释道："还得找齐呢。"几个孩子一看，叽里咕噜下了炕，跑出去向大人报告了。不一会儿，刘金水进来，一看笑了，劝树河："别哭了，让你哥再给你修理修理就行了，三天就长齐了。头推不好，几天的事；人长不好，一辈子的事。"然后对树山说，"你先跟我说一声，拿我的头做个试验，练练手嘛。走，到大屋里给我剃个光鸡子儿，给我推完了，再给小河找找。"树山笑了："你老的光头需要啥技术？""我

不说了吗，就当练手嘛，完了给大海、小江也推推。""我不推！我不推！"小树海闹着跑了出去。

这天晚上，在当院儿，树山帮着大伯安装自行车前后轱辘，树河他们几个孩子在一旁叽叽喳喳兴奋地观看。刘金水拧好最后一个螺丝，放下手中的扳子，一挥手，爷俩把崭新的大架自行车立了起来。他把着自行车把轻轻抖了一下，自行车没有发出咣当的杂音，他比较满意。他看了看将要黑下来的天色，说："走，到大道上试一圈看看。"说着推着自行车溜了几步，骑了上去。他骑过了小土桥，上了大路。几个孩子笑嘻嘻地跑着跳着尾随在后面。不一会儿，刘金水骑了一圈回来了，下了车子笑呵呵地对树山说："挺好骑，来，你先学学溜步，我给你扶着。"树山满心喜悦地接过来自行车。刘金水在车后给把着后倚架。树山左脚蹬上脚踏板，右脚用力蹬了几下地面，车把歪了，差一点儿摔倒，树河他们跟在后面嘿嘿直笑。树山又重复这个动作，刚溜了几步，车把往怀里拐了过来。刘金水笑着说："你眼睛别光看下面，要往前看，知道不？"树山笑着说："我知道，一上去就慌了。"跟在后面的几个孩子评论开了。小树海逞能地说："我上去就不慌。""屁，我才不信呢，你上去试试？车子倒了，还不给你砸瘪啊？"树河立刻反驳。"要不你试试？"小树海反驳道。树河看了一眼前面练习骑自行车的爷俩，没了底气："我才不试呢。"

月亮出来了，爷几个还在土路上兴奋地练习骑自行车。

第二天晚上，树山一推饭碗，对树河说："你快吃，帮我扶扶车子。"树河赶紧扒拉两口稀粥，起身就走。刘金水嘱咐道："小心点儿，别把车子摔坏喽。""知道啦。"树山答应着就去草棚子里推车子。到了土路上，树山单独练习了一会儿溜步。树河小跑跟在车子后面。他感觉可以了，让弟弟扶车，练习掏腿，刚蹬了几下，身子一歪，立马跳下车来。他再次上车，树河吃力地把扶着。半个小时过去了，树山还在兴奋点上，树河开口了，请求道："让我骑一下，行吗？"树山不肯罢休："等一会儿。"他又蹬上了车子。树河生气了，松开了手，站在那里不说话，可是车子照样平稳地往前行走。树山骑了一段路下来，回头一看，不见弟弟，他笑了："我会骑啦！"接着又上了车子。刘金水也过来了，小树海他们几个也跟在后面蹦蹦跳跳。树山跳下车，刘金水笑着说："上鞍子试试，我扶着。"树山笑了。刘金水把扶着自行车后倚架，树山紧溜了几步，偏了好几次，屁股才骑到了车鞍子上，车把东摇西晃，两脚吃力地够着脚镫子，一不小心蹬空了，前轱辘突然侧歪，树山跌落下来，孩子们哈哈大笑起来……

周日下午，树河从地里打完野菜回来，休息了片刻，突然一笑，走到草棚子里，推出了自行车。小树海、小树芬看见了，跑着跟在后面。他推着自行车，头刚高出车把，推过小土桥，来到大路上，按照他哥的样子练习溜步。一次、两次、三次……突然"扑通"一声，自行车重重地摔倒在车外手的路边，树河顺势趴倒在自行车上面，差一点儿摔到大沟里。他龇牙咧嘴地爬起来，一看膝盖流出了血，他顾不得疼痛，赶忙吃力地把自行车立起来。一看车子有一个他描述不清的部分摔弯了，不能转动了，他吓坏了，不知如何是好。小树海、小树芬跑过来了，看到新自行车被摔坏了，小树海害怕地说："咋弄啊？我爸看着了，非打你不可！"树河顿时抹起了眼泪。小树芬见二哥这样，说："咱们仨谁也不告诉大人，行吗？"小树海问："他们知道了咋办？"小树芬说："就说不知道呗。"树河苦着小脸儿，低着头往家里推着自行车。

傍晚，树河忐忑不安地把晚饭蒸好了，不知道大伯发现自行车被弄坏了，会对他怎样。收工了，大伯、大娘和哥哥陆续回来了。小哥仨立马老实起来，尤其是树河，尽量避开他大伯的目光。

放桌子吃饭了，一家人围着桌子平静地吃着晚饭。树山第一个吃完，起身直奔草棚子。树河、小树海和小树芬立刻紧张起来。小树海一个劲地向外张望。只听外面的树山嚷嚷起来了："树河，你出来！你是不是偷着学自行车了？这车子的'大腿儿'是你给摔进去的？啊！"刘金水听罢看了树河一眼，树河低下了头，小树海和小树芬也不说话。刘金水出去一看也生气了，进屋审问树河："是你摔的吗？"树河点点头。刘金水责怪道："你这孩子，着啥急呢？你哥刚学会，往后会让你学的。咱们攒这个车子，不就是为你们攒的吗？"说着又出去了。大娘叨叨开了："你咋这么有主意啊？你大伯为了你们哥俩硬攒了这辆车子，容易吗？这可是卖的一头猪的钱啊，你可好，这才几天，说摔坏就摔坏了……"树河坐在那里一声不吭，又抹起了眼泪。刘金水在外面用一根木棍子向外撬着自行车"大腿儿"，嘴里嘱咐着树山："不要吓唬小河了，他也新鲜。等你学会了教教他，别让他自个儿学了，他个子小，车子重，要是扎到沟里咋办呢？"

天又黑了下来，月亮爬上了天空……

✚

经过几年的劳动锻炼，树山个子蹿高了，也魁梧了，细长的眼睛透着诚实、坚强和善良。生产队里的农活儿，他一学就会，而且一干就像样。就拿插秧来说吧，一带秧下来，站在地头一望，笔直笔直的。挖沟也是又快又好，还有挑秧苗、挑稻子。生产队谁家盖土基子房往山墙扔基子，没有几个敌过他的。像计算个土方什么的，他更是拿手。对没有文化的农民来说，树山算个文化人了。这是一九六八年冬。

一天，新立沽村红砖平房革委会办公室内，村团支部书记、村革委会成员林金龙，严肃地对树山说："……你的共青团员审批手续暂停，等你家的历史问题弄清楚了再说。"这正是小时候与树山打过架的大龙。树山一时不知说什么……

傍晚，天渐暗了，西北风呜呜地刮着，太阳已经落山。树山走在通往他家的田间小路上，田地光秃秃的。他两手插在棉袄袖子里，闷闷不乐，抬头望了望远处被树木围拢的小土屋，眉头紧锁……关于他家的历史问题，他原先一无所知，只是最近才听大伯和父亲断断续续说起。城里的三叔一家将被下放到新立沽，而且要暂住在他家。

一天夜里，刘金水把树河打发出去，胆怯而又痛苦地压低声音，向树山讲起了家史……

刘家原籍是山东刘家庄。一九二〇年前后，树山的爷爷刘世杰被邻村武家庄的人陷害。说是外县做买卖的一行四人借宿武家庄，夜里有人图财害命，把人家杀了。后来，人家的家人带着一帮人，都带着家伙，找武家庄要人。武家庄的人一口咬定是刘家庄游手好闲、爱打抱不平的刘世杰干的。消息传来，刘世杰连夜带着大儿刘金水，扔下树山的奶奶、二儿刘金贵，仓皇逃命。那帮人杀气腾腾地扑到刘家，见刘世杰逃走，差一点儿把留在家里的母子二人打死。

刘世杰带着大儿刘金水几经奔波，逃到东北的一个因俄国居民较多而被当地人称为"毛子屯"的村庄，住了下来。后来在当地娶了一个老婆，生

下了树山的三叔刘金东。谁知生第二个孩子的时候，老婆难产，大人孩子都死了。刘世杰望着老婆孩子的尸体，眼睛都红了。他掩埋了他们，领着两个孩子愤然离开了"毛子屯"，决定回家报复陷害他的人，是他们害得他沦落到这种地步。可是，回家的路费没有几分，咋办？只有一个字：闯！刘世杰带着两个孩子饥一顿饱一顿，来到了俄国人管理的火车站。一上火车，一位年轻的俄国军人向刘世杰要车票，刘世杰哪里有车票，顺手抽出自己的皮腰带，冲着俄国士兵就是几皮带，打得俄国士兵只顾抱着头。趁着慌乱，刘世杰领着两个孩子一节车厢一节车厢东藏西躲。不一会儿，上来一群俄国士兵，他们搜寻好长时间，没有搜到他们，父子三人躲过了这一劫。进了关内不知多少天，脚都走破了，终于来到了山东人聚集的地方——天津小南河。

在小南河，刘世杰托人偷偷买了一把盒子枪，回到了山东老家。树山的奶奶一看多了一个孩子，说什么也不认养。刘世杰没办法，就把树山的三叔寄养在邻村的亲戚家。刘世杰又撇下一家人跑江湖去了，这一走就是好几年。后来日本侵略山东，他在高树勋的部队里，在黄河以南被日本兵打散了，跑回老家。没多久，刘世杰又领着一帮人跑到了天津。他又娶了个老婆，没几年那个女人得了病死了。刘世杰又跑回了老家，领着一帮人东打西杀，家里人整天为他担惊受怕。一次，日本兵端着刺刀闯进了刘世杰的家。刘世杰的老婆眼疾手快，没等日本兵进来，顺手把刘世杰藏在炕席底下的盒子枪，顺着后窗户扔到房后边的菜地里。日本兵闯进屋里，端着刺刀冲着刘金贵就是一阵乱叫，刘金贵吓得浑身打哆嗦，一句话也说不出来。待日本兵搜查完了之后，十二岁的刘金贵吓得尿了裤子。

最让树山的奶奶不能接受的是，刘世杰在村里又搞了一个小老婆。树山的奶奶实在待不下去了，带着两个孩子，背着给她带来无数灾难的可恨的丈夫，背井离乡，逃到了天津的小南河。在那兵荒马乱的年月，树山的父亲被日本兵抓去，装进闷罐火车拉到山西，给小日本下井挖煤。刚到山西，小日本的火车头被八路军炸了，人们被救了回来。刘金贵一路讨饭，不知走了多少天，回到天津小南河，人都傻了，棉裤棉袄破得一绺一绺的，里面都是虱子。后来，刘金贵又让国民党抓了壮丁，没让日本兵打死。

在山东老家，树山的三叔刘金东参加了解放军，随军南下，过了长江，一直打到四川，后来转业到了地方，最后来到了蓟沽区，在农林局当了局长。

刘金水讲到这里长长地叹了一口气:"你爷这辈子净让我们遭罪了,我们一点儿好处也没沾,因为他,我们遭的罪就别提了……"刘金水掉起了伤心的泪。树山皱着眉头问:"那我爷算什么人呢?""能算啥人呢,土匪呗!"树山吓了一跳,这还了得!刘金水看出了树山的心思,说:"树山,你放心,你爷爷跟咱们没有一点儿关系。他歹也好,孬也罢,那都是他招惹的,老家的人都知道。共产党讲理,这一点你放心。他没有打过八路军,还救过好几个八路军的干部呢。当年他救的那名八路军干部,听说后来当了师长,他让你爷爷参加八路军,你爷爷说八路军游击队整天东躲西藏的,他受不了。"树山问:"后来呢?""后来在山东,他们跟国民党第六旅打了一仗,让第六旅打散了,末了找到了我们。他常年东奔西跑,得了一身病,不到五十岁就死了。"

刘金水十分伤感地回忆着那不堪回首的过去,蜷缩着身子坐在炕头,揣在两只破旧的黑棉袄袖子里面的两只手,又向里面揣了一下。他叹了一声,说:"那年头,在小南河日子过得难啊!你爸被日本人抓走,我给人家扛活儿。这还不算,山东那边经常有人讨扰你,经常听到你爷爷那边可怕的消息,不是这边打仗就是那边杀人,你奶奶怕你爷爷找到我们,在你爸爸逃回来的第二天,你奶奶又带着我们逃荒到了这里。老杨家,就是咱队小志的爷爷,别看如今被划成了地主,当年人家看我们怪可怜的,让我们住在了他家的水车房子里。从这一点,咱老刘家欠人家老杨的情啊!记住,到啥年月也不能忘了人家,就是你爸和我给他家扛活儿,也是人家给了咱家一口饭吃。"他又叹了一口气,"你爷爷弄了个囫囵尸首,拍拍屁股省心地走了,他让我们遭的罪,他惹的事,如今让我们背黑锅,不说委屈,要是让你们下面的孩子也背上黑锅,真是老天爷瞎了眼!听天由命吧。孩子啊,谁让你摊上这么一个爷爷呢。"树山发呆地望着大伯那无奈的样子,不知说什么好。他的心情很紧张,他没想到自己会有这么一个爷爷,自己的爸爸会经历那么多可怕的事情,此时,他隐隐约约对父亲产生了一种怜悯。他真不知道他的家庭能不能躲过眼下的这场劫难。刘金水压低声音叮嘱道:"咱家的事,大伯都给你交了底,千万别说走了嘴,这世道摸不准哪!听见没有?在队里老老实实干活儿,啊!"树山紧张地点了一下头。

十一

  今天是冬季里难得的好天气，阳光明媚，微弱的西北风刮着，并不寒冷。在生产小队的场院子里，马队长把树山叫到跟前："树山，你和志林他们套上马车到大队接知青去。记住，少要女的，咱队就缺少男劳力。"树山笑了。
  树山赶着胶轮马车，马志林、王老二坐在车厢里，高高兴兴来到了大队部。院子里，各生产小队接知青的人们说着笑着。没等多久，送知青的汽车便驶进了大队部的大场院，知青们下了汽车，有的垂着头，有的平视前方，目光木然，有的环视了一下这陌生的环境，有的瞟一下周围的农民老大哥。大队长把树山等生产小队临时负责人叫到办公室，分配了知青名额，随后为难地说："有这么个事，公社多分给咱们一个女的，你们哪个小队想要啊？"树山低下了头，其他人一时都不说话，一阵沉默。"看看长得啥样儿。"第三小队的庄富贵说了一句。"我叫一下，你们偷着瞧瞧。"林金龙走到门口，一脚门里，一脚门外，叫道："哪位叫王春梅？出来一下。"树山等人凑到门口偷看。王春梅从知青里挤了出来。只见她上身穿一件蓝底儿粉红色小花瓣图案的棉袄，一根并不长乌黑的辫子垂在脑后，脸色很红润，双眼皮，眼睛里透着纯朴和羞涩。"你先等一会儿。"林金龙说着退回到屋里。"我们做不了主，干脆抓阄吧！"庄富贵提议道。树山下意识地回头向外望了一眼低着头的王春梅，说："这又不是队里分东西，分骡子分马，一个大活人，抓阄不好看吧？""好看，给你！"庄富贵来了一句，树山看他一眼，苦笑了一下，脸一沉："我们要了！"大队长一笑："痛快！就这么办了。"很快，树山他们生产队分到四名知青，两男两女。王老二的目光自然投向两个女知青身上，一个穿绿军衣的女知青眉清目秀，白白的瓜子脸，很漂亮，她叫刘晓芳；另一个就是穿戴像农村姑娘的王春梅。树山他们忙着给四个知青往马车上搬行李。当树山帮王春梅拿行李时，她微微一笑，羞涩中略带忧郁的神态立刻消失了。
  几个小伙子把知青的铺盖都搬上了马车。路上，王老二东拉西扯说笑话："你们看见了吧？我们大多人家还在大沟边住着呢，你们知道当年要饭的咋形容我们村吗？你们这是嘛儿村啊？跟老山羊撅屁股屙屎似的，哩哩啦啦，这儿一堆，那儿一片，这儿一疙瘩，那儿一绺。俺们转悠了几天，愣没转悠出去，一问这堆儿是新立沽，一问那片儿是新立沽，再问那疙瘩还是新立沽，莫不是遇到鬼打墙啦？俺的娘啊！再一打听，好家伙，四省四十六个县的聚在一起啦，哈哈……"逗得初次见面的知青，特别是两个女知青合不拢嘴，那种陌生感很快消失了。可是，树山心里打着鼓。到了小队部，树山把乐呵呵的马队长拉到一边，把要王春梅的事说了。马队长愣了一下，笑了一下说："多一个半个的没事，咱还多一个劳力呢。"树山也笑了。

知青的到来给人们带来了新鲜的感觉，树山他们这帮没有搞对象的小伙子，更愿意跟他们在一起凑合，说这说那。他们在寒冷的田地里劳动，不时笑声一片。王老二用镐卖力地镐了一堆冻土，停下来，看着漂亮的刘晓芳给树山他们一锹一锹地往土兜子里上着土块，开始搭讪："你们来了这些日子了，感觉我们新立沽的人咋样，不坏吧？像土匪的样儿吗？"爽快的刘晓芳笑着说："挺好的，你们挺热情的，说话是侉了点儿，但我听惯了，觉得挺好听的。特别是早晚两人一见面说，你老奏（做）嘛儿去？吃了吗？"别说刘晓芳的这两句还有点味儿，逗得她旁边的王春梅抿着嘴直笑。王老二接过话茬，学起了本地人对话时的腔调："吃了吗？干啥去？家吃去？啥粪（饭）？干粪（饭）。"王老二连说带比画，引得人们哈哈大笑。

今天的活计不比往常，破冰清理主干渠的淤泥，而且是男女劳力齐出动，以家庭形式包干。这种活计对于当地的男女劳力来说都是一个不小的挑战，对于刚刚下乡的知青来说，无疑是一个巨大的难题。

人们扛着锹镐，穿着高筒雨靴，三五成群地站在一条主干渠厚厚的冰层上，等待马队长打竿儿分派活计。主干渠又宽又深，所以放竿儿标准就按一分工一米累计。也就是说十分工的壮劳力，理应分派长十米的泥方量。女劳力按最高七分工计算，理应分派长七米的泥方量。马队长根据每个家庭男女劳力的情况，手拿着三米长的竹竿儿，一户一户地给丈量着。他一抬头丈量到四位知青近前，两男两女。他迟疑了一下，说："这个活儿，不好干，你们又是初来乍到的，就给你们四个人分派两个妇女的活儿，十二米吧。你们看行吗？"四位知青笑了，异口同声地说："照顾我们啦，谢谢马队长。"马队长丈量了四竿儿，说："你们先干着，临了不行，我找人帮帮你们。"漂亮的女知青刘晓芳笑着说："谢谢马队长啦，我们努力干吧。"

四位知青蹬上生产队给添置的新雨靴，戴上新手套，拿起崭新的锹镐干了起来。一位男知青用力一镐下去，冰层只出了一个小圆坑儿，震得他手臂生疼发麻。他撒下镐，抖着两只手，龇牙咧嘴地就地转起圈儿来。王春梅笑着拿起镐，看着相邻的社员的做法，在干渠的阳坡冰层上打了几镐，冰层立刻碎裂了几块。刘晓芳凑上前说："哎，还是春梅有点儿门道啊。"她接过王春梅手里的镐，也想如法炮制，"咚咚"，像菜刀切菜似的刚来了两下，镐头就歪倒在一边。一位男知青抢过镐把，笑着说："你这样文绉绉的，温良恭俭让可不行，得把镐抡圆了，使猛劲儿，懂吗？"他几镐下去，冰层果真碎裂了。他们学着跟他们相邻的人的做法，先把冰块儿向岸上清理。他们拿着平锹，锄起冰块儿向岸上撇去。然而，他们动作僵硬不到位，冰块儿根本撇不到岸上，大部分落在半坡处，就滚落了下来。他们只好走到沟渠半坡处，再把冰块儿撇到岸上去。费了一番力气之后，他们开始挖冰层下面的黑泥了。看着表面几乎无明水的黑稀泥，他们犯愁了。

　　挨着四位知青的是一对中年夫妻。他们各自站在黑泥里，一锹一锹地向岸上轻松撇锹的动作，使锹头上的黑泥垡子如弹射的子弹一般，"嗖"的一下飞向高高的渠岸。他们看到这些，表情顿时严肃起来。两位男知青硬着头皮下到黑泥里，挖了一锹，猛地一甩锹头儿，黑泥没有甩出去，还稳稳地粘在锹头上，差一点儿把他带倒在淤泥上。王春梅和刘晓芳偷偷笑起来。她俩敛起笑容，也下到黑泥里。刘晓芳想拔腿挪动一下，一只雨靴陷得老深，怎么用力也拔不上来。她屏住气猛一用力，身子一晃，"扑通"一屁股坐在了黑泥里，一只手赶紧向后一撑，这只手也扎进黑泥里。王春梅赶紧过去扶起她。两位男知青过去，帮她把陷进泥里的那只脚，连脚带雨靴子拔了出来。刘晓芳站到渠岸边，羞愧地抹起了眼泪。王春梅找了几根小树枝，帮着刘晓芳刮净了屁股上和那只手套上的泥。王春梅说："你回宿舍换一条裤子吧。"刘晓芳生自己的气了，赌气地说："不换！"马队长过来了，一看刘晓芳这样子，笑着说："怎么？坐到泥里了？没事，我们有时一不小心也会坐一屁股泥的。"然后走下沟来，"这个活儿，你们干着肯定吃力，倒锹吧，两人一组。"他过来让王春梅和刘晓芳拿着平锹，站在干渠的半坡处，让两位男知青挖了泥，倒在她们的锹上。她俩接锹后，猛一用力，泥被甩到了远远的岸上。四位知青脸上露出了轻松的表情。马队长背着手走了，说："看着锹

头泥多了，就用小铲刮一刮。把锹头往水坑里蘸蘸，这样锹好使。""知道了，马队长。"王春梅微笑着回应道。

下午，两三点钟的时候，清理主干渠淤泥的人陆续干完了活计爬上岸来。树山和他大伯、大娘也干完了。他刚爬上岸来，见那边他父亲、继母还没有完工，想过去帮一帮。他刚向那边走了两步，马队长叫住了他："树山，你和林子过去，帮帮那几个知青吧，他们磨叽到天黑也完成不了。"树山没说什么，爽快地答应了。马志林过来了，两人路过王老二干活的地段。王老二在沟下问道："你俩干啥去啊？""上那头有点儿事。"马志林没有直说。他俩来到知青的地段，一看果真还有一半没有干呢。树山笑着说："马队长让我俩过来帮帮你们。"刘晓芳笑了说："真不好意思。"王春梅看了树山一眼笑了，没有说话。马志林首先跳下沟，树山紧随其后。他俩找好了各自的位置，熟练地干了起来。只见他俩透亮的锹头，挖起一锹黑泥堡子，似乎并不费力地飞向高高的岸上。四位知青不知不觉被他俩的劲头吸引住了，有时竟忘记了他们手中的活计。不一会儿，王老二扛着锹过来了，笑嘻嘻地说："我自告奋勇给你们帮两把，可以吗？"刘晓芳一笑，说："太谢谢啦。"王老二不错眼神儿地观察着漂亮的刘晓芳，见她身上溅了很多泥点子，便打趣道："看来岸边的二位够卖力气啊，泥点子溅得不少啊。"刘晓芳回应道："别挖苦我们了。"王老二一摆手跳到沟下。树山抬头瞭了二位女知青一眼，他这才发现她俩身上、白口罩上和红头巾上都溅了很多泥点子，他不禁偷着笑了一下，王春梅见状，也偷着笑了……

十二

树山的父亲、大伯和村里有历史问题的人，都被叫到了大队革委会办的学习班了。

这天，树山心情烦乱地回到家，闷闷不乐。吃了晚饭，他回了自己的小屋，刚想睡觉，树河吞吞吐吐说："哥，妈又给我捎信儿了，又问我愿不愿过去。"树山一听，火不打一处来："我不跟你说过了吗？这名声不好听，你都十七了！""妈愿意让我……""好了，别说了！你非去不可，你找爸爸去！"树山转过身不理他了。关于树河到他妈那边去的问题，他妈准备托

57

人到这边说和，孩子嘴里存不住话，他跟七八岁的小树海说了，小树海跟他母亲说了……刘金贵知道了。本来这段时间他就心情烦乱，正没地方撒气。从学习班回来，他直奔树河的小东屋，一进屋就骂开了："你这没出息的东西！我天天闷在学习班，都够恼人的了，你还给我找气生。你大娘说，你想跑到你那犟种的娘那头去？人家的饭碗那么好端？啊？"树河早就记恨自己的父亲了，壮着胆子顶了一句："家里的饭碗我早不想端了！"刘金贵火气一下子冲到了脑门儿，上来就打，树河一动不动。他一边打一边骂道："小王八羔子，你敢顶嘴，今天我非打瘫你不可，你这不争气的东西！"树山生拉硬拽才把父亲拉到一旁。刘金贵气喘吁吁，仍不解气，用手指点着一个劲儿抹眼泪的树河骂道："小王八羔子，你就死了这份心吧！只要我活着，你休想！"刘金贵一甩手出去了。

夜里，树山劝了好久，树河总算不哭了，很干脆地说："哥，你放心，我肯定不去了，我不能给家人丢脸！"树山放心了。

第二天，吃过早饭，树河和往常一样，拿着耙子、绳子上稻地沟搂草去了，到了晚上也没回来。树山收工回来，一听慌了，一种不祥之兆顿时而生。他转念一想，也许弟弟上姥姥家了。他急急忙忙骑着自行车到了姥姥家，得知树河不在，二话没说，骑着自行车又折回了家。树河还没有回来，大伯、大娘都吃不住劲儿了，吓得忙去找。树山去稻地找，一块地一块地找，一条沟一条沟望。此时，天已黑了下来，冬天的小西北风嗖嗖地刮着。他焦急地来到北面的一条稻地沟，隐约看见沟心有黑乎乎的东西，他的心"怦怦"直跳，恐惧代替了焦急，腿脚发软。他走到跟前一看，树河直挺挺地仰着脸，躺在沟心。刘树山三步并作两步，一下子把树河抱起来，大声叫道："树河！树河！你……你咋啦？你咋跟奶奶学啊？气死我啦！气死我啦！"任凭树山如何呼唤，树河再也不能说话了。刘金贵在地里听到这个噩耗，一屁股坐在地上，一句话也说不出……

树山的母亲听到这个噩耗，悲痛欲绝，口口声声说是她害了孩子，以至于多少天不思茶饭，精神恍惚。

造反派没完没了的恫吓、威逼审查，二儿子离世的悲痛，使刘金贵的身体很快垮了下来，他的慢性肺病加重了。

十三

一九六九年的春天，刘金贵终于结束了在学习班提心吊胆的日子。老家寄来了证明材料：刘世杰没有田产，长期在外闯荡，详情不知。其家人因他离家出走，与其断绝了关系……革委会成员林金龙对刘金贵宣布："你先回生产队干活，随时听招呼。"虽然不尽如人意，但是在这样的年月，多少让刘家老小心里踏实了许多，最起码可以睡一个安稳觉了。

因树山爷爷的历史问题，城里的三叔带着一家四口下将要下放到这里。刘金水让树海搬到小厢屋，和树山一起睡觉，腾出正房的对面西屋，让三弟一家来住。

初春的一天，刘家院子里热闹了起来。刘金东一家从吉普车里下来，后面的解放牌汽车也开进了院子，人们开始忙着从汽车上搬运家具，锅碗瓢勺之类的用具……

安顿好了，一家人坐在大院子里歇息。刘金东双手叉腰站在院子里，望着房前房后刚吐露新叶的枣树、柳树，说："农村的空气就是好。"他走到院子前面芦苇夹成的篱笆旁，看到自留地里的两畦半尺来高的小葱、蒜苗都绿油油的，笑了："今天中午就吃小葱拌豆腐，好吃！"树民、树花也跑了过来。刘金水笑着说："还有自家做的豆瓣酱，保证大人孩子都爱吃，喷香！"刘金东更高兴了："那好啊！"

中午，一家人都围坐在院子里的枣树底下吃饭。饭桌上摆着小葱拌豆腐、馇小鱼、豆瓣酱、蒜苗炒鸡蛋，以及大米饭、大馒头、玉米饽饽。大人孩子狼吞虎咽，吃得可带劲了。

刘金东被安排了工作，在李家沽公社上班。不久，树山帮着三叔在村庄的规划地——如今只有五六排稍高一些的土基了房的南头，盖了三间土基子房。

刘金贵的病越来越重，已不能正常劳动了，在医院买了点药回家静养。树山的继母，不但不安慰丈夫，还叨叨咕咕、骂骂咧咧："我是缺了哪辈子德……"刘金贵的病情急剧加重。

这年一开春，在生产队土坯房的办公室门前，马队长站在门口的台阶上，人们围拢着他，他吸了口老旱烟，说："有这么个事，咱们南面的那条蓟运河，国家开始整治了，怎么个整治法呢？就是把河堤加宽加高，有两米多高吧，在上面修成并排走三四辆马车的大马路……"人们一听，一阵兴奋。王老二不解地说："下这么大的力气，有钱没处花了？这么多年，咱们这儿没发过大水啊！"马队长看一眼大伙儿，认真地说："小毛蛋子你知道吗，当年天津发大水，都跑到人家二楼了，连咱们这里上城里都得划着小船去。人家都说天津是九河下梢，真要是还发大水，咱们这里靠着海边，就是泄洪的地方，你想躲都躲不掉啊！"王老二一下子蔫了。树山急不可耐地插话："从哪儿修到哪儿？啥时动工啊？"马守山吸口旱烟接着说："从北边上游一直修到咱们南边的海边，过两天就动工了。下面我说一下，昨天大队开了个会，全大队成立八十人河工队，每个小队要抽调年轻力壮的十个人，组成一个组。说白了，挖土方的时候，个个小队包干。下面我点几个小伙子，树山、志林、老二……"

宣布完，他又说道："这次巧了，咱村的这段工程正对着咱村，节省了搭窝棚的费用。一天得三出工，早饭、午饭在工地上吃，晚上回家吃饭、睡觉，每个人补助两毛钱……"说到这里，他又分配了其他人当天的农活儿，然后把树山、马志林等留下，交代了出河工的相关事宜。

初春，阳光照在大地上，给万物带来了勃勃生机。柳树、杨树吐露出小小的新芽，阳面的沟坡上一棵棵野菜顶破松软的土层，尽情地沐浴着春光。

位于新立沽村南面的蓟运河两岸，红旗招展，人山人海。这些修筑河堤的民工，来自全市的各县。有两个小伙子一副抬儿的，有在各自的工地上十分卖力地抬着大大的麻袋兜子的，有在河堤上下快速地取土、倒土的，还有用大铁筛子筛着表层松软的浮土的。

在新立沽的施工地段上，宽宽的河堤施工界面处，均匀地排满了一层细土。树山和马志林一副抬儿，抬着沉重的、满满细土的麻袋兜子，在河堤不远处爬上来，小跑似的来到新垫界面处，合力迅速翻倒麻袋兜子，又快速跑下河堤，走到筛子后面筛过的土堆旁，放下扁担，抄起大锄锨，快速地往麻袋兜子里上土。王老二弓着腰一锨紧似一锨地筛着细土，直起腰，抹一下额头的汗，说："我说你们俩悠着点，行不行？你俩这么干，我哪供得上你们啊！"树山笑着说："你不说筛土的活儿轻省吗，咋又叫累了？""要不咱俩换一换？"马志林一笑。"我不是这个意思，咱们干了一早晨了，是不是该开饭了？"这时，树山的堂弟树民等几个男生笑着走了过来，后面还跟着几个女生。

王老二立刻跟树民搭讪："小白脸，我们干了一早晨，你大哥他还不让我们吃饭，你替我干会儿吧。"树民也打趣道："我？替你干？行！那你得替去我上学去。""嘿，将我一军，那我还是干我的扁担炖肉吧，嘿嘿。"王老二回道。"要不也不行，现在公社有规定，初中不毕业不能上生产队里干活儿。"马志林插话。树民看着筛过的细土问："这细土还筛啊？多费事啊！"

王老二来了精神："这你就不懂了，这浮土里的草根儿多，等到挖下面的湿土时，遇到芦根子啥的都得撇了，要不埋在河堤里面就糟了，不就像蚂蚁窝了？有个词儿咋说来着……""千里之堤溃于蚁穴。"树民立刻补充道。树山一笑，抄起扁担，与马志林猛地抬起大麻袋兜子，爬上河堤斜坡。"对对对，你还有点儿学问啊！"王老二笑着夸奖道。"马马虎虎。"树民一笑，向同学们一挥手："走喽，该迟到了。""这七八里地，整天走着上学，也够辛苦了。"王老二看着这帮学生的背影调侃道。"不积跬步，无以至千里嘛。"叫王宗斌的小个子回头笑着回敬道。"回去叫家里买个飞鸽自行车吧，那多快呀，嗖嗖的。"王老二一边锄土过筛，一边不忘调侃。叫董振刚的笑道："二哥，飞鸽自行车我们不要了，给我们一人来一辆大架子自行车子就行了，哈哈哈……""好！你们等着，等我有钱了，哈哈哈……"王老二看了一眼后面的几个女生，笑着回敬道。

董振刚对树民说："哎，修河堤筛土这事是写作文的好素材啊！""对啊，树民，你作文写得可以，你写一篇呗。"王宗斌回头瞟了后面的几个女生一眼，提醒他。"你比我强，你写吧，肯定是一篇范文。"树民说罢，猛地一甩手，只见他手中的小土片飞向了只有半床河水的水面，小水漂跳跃着飞向河中心……

一九七三年，二十六岁身材魁梧的刘树山，被城里姑娘王春梅偷偷地爱上了。爱慕之情萌芽于一次插秧。那天，在人们的打趣下，树山与马志林比起来，只见一把稻秧到了树山的手里，眨眼之间插到地里，每撮秧苗既均匀又整齐，那只插秧的手指如鸡啄米，在水面上下快速点动，不时带起小小的水柱，任凭马志林拼命追赶，他们始终相差一米左右。刚插了几米秧苗的王春梅和刘晓芳，眼睛都看直了。接下来，两个小伙子又分别在两块地的中间地头下了地，打起了佳垄，这可是功夫活儿，一般人练就不了这样的功底。王春梅和刘晓芳不解，插完那带秧，忙过来观看。只见树山插下的一撮撮嫩绿的秧苗排成六行，像列队似的笔直，一望到地头，两边的秧苗与其相比真是泾渭分明。两人正在惊叹，王老二挑着秧苗过来，龇牙咧嘴还不忘打趣："王春梅，你看见了吧？这就是能耐，想学吗？要不我给你介绍介绍，让树山大哥手把手教教你？"王春梅小圆脸一红，回敬道："快干你的扁担炖肉去吧！咯咯……"

　　起初人们拿他俩打趣开心时，树山臊得满脸通红，而王春梅也恼人家，特别是马志林、王老二。到后来，她巴不得他们逗他俩两句，心里才舒服。树山也隐隐约约感觉到王春梅对他有好感，但是他不敢有非分之想，人家是城里人，自己是农村人，家里穷，配不上人家，所以他并不主动，甚至有意躲着王春梅。王春梅呢，一有机会，不管是在劳动中，还是在别的场合，总是在树山的面前晃来晃去的。

　　秋收邻近了，清扫打谷场休息的时候，喜欢在女青年面前显示的王老二，指着他屁股底下坐着的牛轴对树山说："树山，你号称咱小队大力士，你要是把这六七百斤的牛轴抱起来走几步，不光我服你，有个人肯定会舍不得你。我保证给你买一盒好烟，'大前门'，咋样？"他向旁边叽叽喳喳说笑的王春梅等女青年望了一眼。"真的？你说话算数？"马志林也来了精神。树山微笑着围着牛轴转了一圈，吐了口唾沫，说："老二，你这盒'大前门'算是输定了！""快来看啊，树山抱大牛轴啦！"王老二这一嗓子，旁边的女青年们都过来了，王春梅也过来了。刘树山瞟了一眼王春梅，劲头更足了。他一较劲，把牛轴竖了起来；然后，拉起骑马蹲裆式，双手紧紧抱住牛轴，长吸了一口气，四周的人们也屏住了呼吸。站在刘晓芳身后的王春梅，双手微捂着红润的脸颊，注视着他。刘树山大吼一声，猛一较劲："啊……嘿！"沉重的牛轴如旱地拔葱般抱起了……"砰"，牛轴稳稳地撂在了地上。人们个个赞不绝口，王老二自然不放过这次机会，冲着王春梅说："阿梅，树山大哥这把子力气，你佩服不？武松牛不？白给！"王春梅红着脸回敬了一句："你瞎说啥？还不给人家买烟去！"她兴奋地跑开了。"还没咋的呢，就护上了。"王老二挤对她。

第一章

秋日傍晚，落日的余晖映照得西天通红通红的。割最后一趟稻子时，王老二向马志林、杨鸿志一使眼色，镰刀飞舞了起来。打头阵的树山往后一看笑了，俯下身子也是小镰飞舞，沙沙的割稻声一阵紧似一阵，沉甸甸的稻子迅速扑地。几个小伙子，谁也不让谁，紧追不舍。割到地头，王老二把镰刀往旁边一扔，顺势仰躺在稻堆上："我的娘啊！"引得人们哈哈大笑。

收工回家，树山从稻堆上拿起自己的藏蓝褂子穿好，无意中摸了一下衣兜，里边有一封信。他立刻意识到是王春梅写给他的，他的心怦怦直跳。他怕人们看见，没敢掏出来。在回家的小路上，他赶紧找了个没人的地方，坐下来打开了信——

树山：

　　我早就想给你写这封信，今天终于写了。自从我下放到咱们生产队，你给我的印象最深，我非常佩服你，你人品好，诚实善良，热爱劳动，你是我心中的偶像。我愿扎根农村一辈子，和你共筑家园……

　　此致
革命的敬礼！

你的人：春梅
一九七三年十月十日

树山一口气看完了王春梅这封情书。一时间，他周身热血沸腾，不敢相信这是真的，这是他有生以来第一次，一个女人这样夸他，并愿意以身相许。他感到莫大的满足、幸福，自己吃的苦，家庭的不幸、贫穷都抛到九霄云外了……冷静下来，他犯难了：贫穷的家庭，古怪而又不近人情的继母，复杂的家庭结构，拥挤的破土屋，她真的能接受这些吗？一连几天，他没有给王春梅回话。劳动中，年轻人凑在一起又说又笑。他们俩相遇，树山总觉得不自在，不敢正眼看王春梅一眼，更不敢提起这件事。这样拖延也不是办法，终于有一天，两人在生产队部喂牲口的草垛旁约会了。

月光下，两人一见面都不好意思笑了笑，不约而同地找了个僻静的地方。王春梅腼腆地垂着头，两手不住地摆弄着胸前那长长的大辫子不说话。树山

63

非常吃力地说:"我想了好几天,我家的情况你是知道的,恐怕你接受不了。"王春梅一听这话蒙了,像受了莫大的委屈似的,双手捂着脸,说不出话来。树山一看王春梅这样,慌了神儿,忙解释:"我的意思是怕你嫌弃我们家。"王春梅慢慢地放下双手,板着绯红的脸嗔怪道:"我看的是你,不是你家。"王春梅由于激动,胸口剧烈地起伏。刘树山太激动了,用炽热的目光望着月光下王春梅的脸,说:"那我就放心了。""傻样儿。"王春梅用右手轻轻地点了一下刘树山的左肩膀。刘树山傻笑着。接下来,两人的谈话愉快多了。

深秋夜晚的凉意未让两人感觉得凉,他们反而觉得全身热乎乎的。圆圆的月亮陪伴着这一对恋人度过这美好幸福的时光,皎洁的月光给他们增添了几多浪漫和温馨。这里尽管没有城里迷人的霓虹灯光,湖边的垂柳和荷花,粼粼的湖光,但农村宁静的夜晚更使这对恋人沉醉。他们谈到了各自的家庭,各自的童年和少年,各自的父母。王春梅谈到父母在她少年时就双双去世,她跟着唯一的哥哥生活时,伤心地哭了。树山不住地安慰,她才止住了抽泣。他们又谈到了今天,也谈到了他们向往的明天,他们谈得太融洽太投入了,两人不止一次掉下了酸楚的、幸福的、激动的眼泪。

树山与王春梅谈恋爱的事情,渐渐地公开了,这让刘氏家族真的高兴了一阵子。重病在身、遇事就发愁的刘金贵高兴之余,为大儿子的房子犯愁了:"人家闺女跟了咱,咋也得有一个窝呀,唉!"树山的大伯、三叔张罗着明年开春给大侄儿盖房的事。在选址的问题上,一家人发生了小小的分歧。刘金东的意思是到村里的规划地去盖。树山不同意,说:"我爸有病,先在这里盖两间西厢房,等将来有点儿积蓄了,和大伯一起搬到村里。"一家人觉得他讲得有道理,也就依了他。刘金水喃喃地说:"那……春梅那头同意?""没问题。"树山很有把握地说。"要是这样,那可就委屈姑娘了。"刘金东说。刘树山看了三叔一眼,没有说话。"树山啊,咱们可不是糊涂家庭,有粉也会往脸上抹,谁让咱老刘家穷呢!冲这个,一个城里姑娘肯嫁到咱家,将来怎么也不能亏待人家啊!"刘金水动情地说。

不久,树山把全家人叫到一起,带上他的几个要好的哥们儿,还有王春梅的哥嫂,以及刘晓芳等几个知青,简单地摆了酒席,男女各一桌,算是订了婚。

十四

　　年前的一天晚上，卧床多日、奄奄一息的刘金贵咳嗽不止，上气不接下气，口里不断咳出鲜血。树山的继母看到丈夫这个样子，这才停止了谩骂。她赶紧打发小树江去叫回到树山和他大伯。她带来的两个女儿看着继父那痛苦的样子，吓得跑出去了。刘金贵这次大量吐血，自知没几天活头儿了，已经对生不抱任何希望了，甚至希望这一时刻早早降临。他被一种深深的自责、懊悔痛苦地折磨着。他不止一次想到前妻，没有享受一天清福就自尽的老母亲，一心想回到前妻身边的二儿子树河，可恶的后妻，所有这些，归根到底都是他一人惹下的祸根。他不止一次诅咒自己，是老天爷为了惩罚他，才让他得了这种病。他清醒的时候对守在他身边的大儿子说："树山啊，我不行了，你爸是罪人啊，是无能的人啊！我死了，别记恨我，要好好待人家春梅，这个家就指望你了，我……"树山握着父亲冰凉的手，含着泪点头。树山的大伯、大娘、继母也都含着泪……后半夜，刘金贵带着深深的自责离开了人世，离开了整天惹他生气的后妻，离开了接替他维系这个家庭的大儿子树山。

　　父亲死了，树山内心非常不安，作为七尺男儿，不能让父亲住上一天医院，他感到深深的自责。他暗暗发誓：绝不能像父亲那样窝窝囊囊地活一生。

　　冬天转眼过去了，一开春，天气一天比一天暖和。刘金水把树山叫到自己的屋里，用商量的口气说："树山啊，我琢磨着你爸爸刚没了，她领着一帮孩子，又不是你亲妈，你结婚的房子别盖了，先在你住的那两间东厢房把婚事办了再说，你看行不行？"刘树山望着大伯用向日葵杆子当筋，外面用泥巴抹上的门框，一句话没说。片刻后，他迟疑地说："我没问题，只怕春梅她……"刘金水抱着一线希望，说："你跟春梅好好说说，将来日子好了，上村里盖好房子，在这里紧紧巴巴盖两间西厢房，住不了几年，也是糟蹋钱。"刘金水说的是实话，要说盖两间西厢房，连买几根房檩的钱都没有。树山一想到眼下只能满足吃喝的拮据生活，懊恼不已，有什么办法呢？他硬着头皮跟王春梅说了此事。"你别不好意思，有个房住就行，我的要求不高。咱们村不都是小土房子吗？就是往村里新盖的，不也是土房子吗？只不过高了点儿、宽敞点儿罢了。"王春梅的一番话，打消了树山的顾虑。他望着眼前的未婚妻，顿时产生了更深的爱慕、钦佩和感激，恨不能抱住她深深亲一口。树山满足了，又回到他父辈的老路上去了。

艰苦朴素、欲望不高的王春梅，在封闭僵化的人们的称赞声中，在"五一"到来的时候和树山结婚了。婚礼非常简单，只办了四桌酒席，亲朋好友吃了一顿，算是贺喜了。

晚上，闹洞房的人们走了。小两口插上门，在拾掇得还算利落的两间小土房的土炕上，说起了悄悄话。刘树山激动地问王春梅："你跟着我真的不后悔？"

"傻瓜，我如果后悔，咱们能有今天吗？"王春梅认真而又满足地说。

"你看我们这个家，吃得将够，住的又是这小土房，钱更不用说……"

王春梅接过话茬，显出不高兴的神情："别说了，谁家不这样，不都照样过日子？有你这把子力气，心眼儿好，比啥都强。"

王春梅的一席话，让刘树山升腾起一股斗志："春梅，从今天起，我一定让你过上好日子！""别这样，我没那么大的奢望，真的。"

身穿粉红色的确良上衣的王春梅，好像是鲁迅笔下的阿Q"精神胜利法"的实践者，她为自己找到山一样的丈夫而陶醉。望着眼前红着脸的丈夫，她笑了一下，问道："是不是因为你是个男子汉，娶个老婆，而且还是城里来的女知青，连两间泥土房都盖不了，让人笑话？"

刘树山严肃地点一下头。

王春梅又笑了："正因为你像个男子汉，我王春梅才像阿Q啊！"

刘树山不解："谁？"

王春梅回答："鲁迅小说里的一个人物，他每次挨别人打，都自我安慰说就当儿子打爸爸吧！"

刘树山更糊涂了："我欺负你了？"

王春梅笑弯了腰，红着脸颊说："我是说，我心里有了你，什么房子啊、钱啊都不那么重要了，这种情况下，学点儿精神胜利法，达到心理满足，我觉得挺好。"

说着，两人紧紧地拥抱在了一起……

两人刚躺下，突然听到院子里传来瘆人的鸡叫声："嘎……嘎……"

春梅吓得直往被窝里钻,树山"腾"地坐起来,急忙穿上衣服,说:"黄鼬拉鸡了!"他急忙出去,直奔鸡窝。他来到鸡窝前,鸡还在惨叫着,他刚打开鸡窝门,见一只黄鼬"噌"地蹿了。他大伯打着手电出来了,问:"拉走了吗?""咬死了一只。"树山从他大伯手里接过手电筒,往鸡窝里照着。树山弄出那只死鸡,关好了鸡窝门,回到屋里,笑着对王春梅说:"你别害怕,在我们家,黄鼬拉鸡是常有的事。""哎哟,我浑身直起鸡皮疙瘩,多瘆人啊!"王春梅哭笑不得。"这也好,给你留个念想,结婚之夜听鸡叫多有意思。"树山脱着衣服,和新婚妻子说笑着。王春梅也来了一句幽默话:"以后谁问我,哪天结的婚,我就说是黄鼬拉鸡那天。"两人"咯咯"笑了起来。

第二章

一

　　树山婚后的生活是甜蜜的，两人你敬我，我敬你，给匮乏单调的生活增添了许多乐趣。

　　一天，王春梅收工回家，听见婆婆出来进去骂着："你这小业障，都十七八了，上你妈的啥学，我说不上就不上了，早晚还不是赔钱货……"王春梅知道，这是骂小姑子树芝。她放下锄锨进了外间屋，对婆婆说："你老消消火，大妹子愿意上学就让她上呗。""她是我闺女，用不着你插嘴！"不懂人情世故的婆婆把王春梅噎得不知说什么好，王春梅一气之下扭头出去了。

　　吃晚饭的时候，树山进门见王春梅脸色不好看，问道："有事？""哼，她老这个人，拿人家好心当成驴肝肺。"王春梅带着委屈把刚才的事情跟丈夫说了。树山转身来到继母的外间屋，二妹树兰在烧火做饭，西屋里的继母哭着数落树芝："这日子没法过了，说谁谁不听啊……"他进了西屋，树芝抹着泪。树山说："你老好好的又为啥？树芝愿意上学就让她上呗！我不早就跟你老说了吗？有我和春梅，吃喝能有啥问题？"继母不接他的话茬，一行鼻涕两行泪地甩着不受听的话："你这死不了的，你要是让我多活两天，你就给我下地干活！死鬼啊，你徒省心，撇下一帮孽障，我可没法儿活了……"刘树山没再劝。

　　和树山没有血缘关系的妹妹树芝，没有拗过偏执的母亲，初中刚毕业，不情愿地到生产队参加了劳动。

　　这天下午，天空乌云密布，电闪雷鸣。怀孕歇工在家的王春梅，在厢屋里给未出生的孩子做着小衣服什么的。她一看天气不好，赶紧放下手里的针线活儿，跑到院子里，从柴草垛上往草棚子里抱了两抱做饭的柴草。她刚忙完，大雨点子就噼里啪啦下来了。她跑进屋里，回头看着院子里的雨点子，说道："下大点儿，地里庄稼渴坏了，正需要大雨呢。"眼看院子就见着明水了。这时，有几个人吃力地推着大架自行车，从大道上急急忙忙进了她家的院子，径直把自行车推进了她家的草棚子里。他们的自行车上，两个轱辘上全是泥。这几个人推开王春梅的小厢屋的门进来了，冲着王春梅说："避避雨，骑不了车了。"王春梅迟疑了一下，随口答应道："哦，进来吧。"其中一位中年男人看了一眼王春梅，问："你是老大家里吧？"王春梅点了一下头，那人又说："有时下雨赶到这儿，就进来避避雨，我就是你对象姥姥那个村的。"王春梅笑了笑。不一会儿，又进来一男一女。人们就站在外间屋看着门外，用闲话来打发着时间。还是这位中年男人问王春梅："大妹子，看你的穿衣打扮这个来路，不像我们农村人啊，老家是哪个村的？"王春梅笑一下说："我是下乡知青。"这男人立刻来了精神："我说咋样？就是和咱们农村人不一样嘛，能跟我们农村人成了家，说明大妹子你还瞧得起我们农村人，嘿嘿！"另一个中年男人插话说："咋不推荐上大学呢？那多好啊！回到城市，出来进去大油漆马路走着，到了黑天大路灯点着，不像我们农村，到处都是土。看见没有？骑着车子出门赶上雨，就是这个德行。不避雨，就得车骑人啦，哈哈哈……"王春梅也随着笑了一下，说道："几位喝水，屋里有啊。""不用了，谁想喝就喝缸里的凉水。"自称树山姥姥村里的这位摆摆手说。

雨小一些了。人们依旧东一句西一句地闲聊。黑脸膛这位说："多亏了刚下雨就赶到人家这里避雨了，要不啊，从城里拿稻米换的籼米都得浇湿了。""好换吗？""凑合吧，得偷偷摸摸的。""看来城里还不如咱农村呢，好歹咱们吃的是新鲜的粮食啊。"一位花白头发的男人说。唯一一位中年妇女立马说："你老这话倒是真的，我老姨家就是城里的，四个表弟，两个表妹，一年到头吃不到多少新鲜的米面啊！放假啥的，他们三天两头往我家里跑。说白了，不就是到我家多吃几顿饭吗？哈哈哈……""说起来，不管是城里的，还是农村的，一年到头就是忙活这张嘴啊！""唉，就咱这盐碱地，想高产也高不了啊！""我就不信，你们队里西溜那片高粱地里的草禾，说悬了，比高粱秆儿还高呢！这不是人气儿是啥？要是你家的自留地，能这么种吗？""你还别说，我家那二分自留地，种的豆角啥的，当然了，比摆弄生产队里的庄稼精心，就是摆弄不好，没炒上两顿豆角，他妈的豆角秧子得病了，不是生腻虫，就是叶子黄了。就是没那技术嘛！"这位妇女笑了，说："咯

咯……让我说正好，省得结多了，犯愁没有油水炒它吃，咯咯……""嘿嘿，那倒是。"人们东一杠子、西一锤子地扯了起来。王春梅在一旁偷着拾笑。

屋外的雨小多了，大雨点子变成了细雨。突然，就听外面的母鸡"咕咕"乱叫，几只大公鸡"嘎嘎"惊叫。王春梅感觉不对劲儿，探出头来向外张望。只见两只大花公鸡站在鸡窝盖儿上，伸着脖子向南面惊恐地张望，母鸡们钻鸡窝的钻鸡窝，还有的脑袋钻进草堆里，屁股却露在了外面。王春梅顺着大公鸡瞭望的方向望去，就见小菜园里的那棵枣树下几只小黄鼬在玩耍，她吓得惊呼起来："我的妈啊，好几只黄鼠狼子啊！"避雨的人们立刻出来观看，可是小黄鼬似乎一点儿不怕人。不知是哪位高声呵斥了一声："啊哦！"这几只黄鼬惊恐地"嗖嗖"钻进一旁的草垛底下去了。

细雨要停了，避雨的人们等不及，推开门走了。有的撇下自行车，赤脚顶着细雨，拔腿就走；有的刮了刮自行车上的泥，把车子扛起来，向站在门口目送他们的王春梅摆摆手，匆匆地走了。

这年冬天，生产队改选小队长。在全体社员的大会上，在老队长马守山的推荐下，通过选举，刘树山当上了生产队的副队长。他在大会上表态说："我非常感谢在座的老少爷儿们、婶子大娘姐妹们对我的支持，我刘树山没有什么好说的，一句话，我一定和马大伯一起，把咱们生产队的生产和生活搞好，力争在全大队八个生产小队中排在前头。我的话说完了。"大伙都拍起了巴掌。

树山踌躇满志地回到家，一进那小厢屋，就对挺着大肚子的王春梅说："春梅，你猜我选上了吗？"王春梅放下给未出生的孩子做的小被子，说："看你那高兴劲儿，必是选上了呗。"树山兴奋地往炕上一躺。"这有啥高兴的，你琢磨这是好差事？净去受累不讨好，干落个得罪人。"王春梅给她泼了冷水。"这个我不管，最起码大伙瞧得起我，看我行。""屁！你有啥能耐？你能让大伙吃好、穿好、住好？咱这个家你还没弄好呢。"王春梅这一说不要紧，可把树山气坏了："你……你瞧不起我？"王春梅一看丈夫真生气了，佯装不高兴地说："瞧你这急赤白脸的样儿，我不是逗你吗，你还当真了。"树山坐了起来，好像没了兴致，说："从今天起，我刘树山非要干出点儿样儿来，让你看看你老爷们儿行不行！""说你呼哧，你还喘上了。"王春梅笑了。树山说："我不是对你，我是对我自个儿，你刚才说得有道理，谁敢保证别

人不这样看我？我一定要干好，不能干坏！"小两口相视一笑，转入了别的话题。

这年，京津唐地区，遭遇大旱，粮食减产。新立沽人多地少，来年再遇大旱，人们的生活无疑会成问题。树山在小队的班子会上提出了一个想法，他说："我想，咱们不能总死撂着这点儿地过日子，要想想地以外的事。这几天我和我三叔商量过了，是不是到城里搞点儿副业，这个区里也不反对，公社、大队能说什么？我听说别的地方有在城里搞副业的，如果行，我三叔答应到城里找一找熟人，找点儿活干干试试，这样挣点儿钱，可以花钱到外面去买粮食。""这是个来钱的道，咱们摆弄土疙瘩得手，摆弄砖头瓦块能中？"老队长马老头儿叼着旱烟袋说。"不会干找明白人学嘛。大活儿咱干不了，咱干小活儿，总比在地里穷刨强。"树山说。"就咱这摆锄杠的手，给人家盖房子垒塌了，砸死几口子，钱没挣着，再赔一头子，狐狸没逮着，倒弄一身臊。"老会计打着痒痒腔。树山乐了："哪有你老说得那么邪乎，没看见猪跑，还没瞧见猪走？人家盖砖房也不是没瞧见，让我说，比咱土基子房好盖，只不过活儿细点儿。"几个人你一言我一语，一时拿不定主意。马队长又点了一袋老旱烟，说："树山啊，你们年轻人脑子活，来年开春叫你三叔跑一跑，要是跑成了，你就带一拨人出去闯一闯，不行再回来，还种咱这一亩三分地儿，活人不能让尿憋死。"树山高兴了："你老放心，只要出去就不能让人家赶回来，人家能干，咱就不能干？""我就喜欢你这个脾气。"马队长夸奖了树山一句。

周日，刘金东上初中的儿子树民和王宗斌、董振刚、高学军这几个男同学，带着他家的半大牧羊犬，来找树江，在他家小桥旁正碰见："小江，你跟我们逮野兔子去吗？"树江一听这事，先是一喜，而后耷拉了脑袋，说："我妈让我拾柴火去呢。""逮完兔子再拾去呗！"树民建议道。树江满心愿意，撂下耙子走了。地里光秃秃的一片。树民对几个人说："咱们这样，一个人负责一条沟找兔子，让狗满地跑，谁发现兔子就高喊。"几个人按吩咐去了。树江很认真，小眼睛东瞅瞅西看看。不多时，在他近前"噌"地蹿出一只野兔子，他大吼一声："兔子！"只见那只牧羊犬疯一样追了过去，那只野兔拼命地往前跑，树民他们几个喊着闹着尾随在后面。只见那只野兔一蹦三条垄，速度飞快，那条狗更是紧追不舍，四只长腿有力地本奔跑着，二百米，一百米，五十米……突然，野兔急转身奔上羊肠小道，那速度跟一溜烟似的，把狗甩出老远。那狗蹿上小道依旧穷追不舍，眼见又要追上了，只见那只野兔一个纵身跃过一条小沟，继续往前飞奔。那狗箭一样飞奔过去，可是野兔越过一个高台不见了……树民他们赶到时都已气喘吁吁了，惋惜至极。"多可惜啊，让它跑了！"树民擦着额头上的汗水说。"走！它跑不远，继续找！"小胖子王宗斌仍不死心。"我不跟你们去了，我的鞋破了。"刘树江一看自己的一只棉鞋帮上划破了一个大口子，害怕了。

刘树江耷拉着脑袋回到家，他妈气得狠地揍了他一顿："你这小业障啊！让你拾柴火，你不去，你满地里跑啊！这新鞋你都跑破了，我不打死才怪呢……你别给我上学了，天天给我拾柴火去……"树芝、树兰不敢在家里待着了，赶紧拿起绳子、耙子到地里拾柴火去了。

一天没回家的树山可忙了，因为外出搞副业的事定了下来，不是找这个，就是找那个，一会儿研究盖砖瓦房的技术问题，一会儿商量让谁去不让谁去的问题。在王老二家，王老二把披着的新买的军大衣往炕上一扔，眨着他那双笑眼说："这事谁都愿意去，让谁去不让谁去不好说。""我看只有一条道——抓阄。"马志林大眼睛一瞪，从炕沿坐着站起来说。"这哪儿跟哪儿啊，我不跟你们瞎聊了，办我的正事去了。"树山说着就要走。"天都晚了，到我家吃吧。"马志林让道。王老二打趣地说："马哥，你真糊涂，人家树山老兄急着回家抱孩子呢，没准儿今天嫂子就给生个大胖小子呢。""不可能，'五一'结的婚，这刚几个月啊。"马志林也装作认真的样子。"你咋这么笨呢，人家不会提前？像什么猫三狗四猪五羊六似的，哈哈哈……"两个人哈哈大笑起来。"老二你又满嘴喷粪！"树山笑着回敬一句走了。

王春梅挺着大肚子在烧火做饭，树山一进门，她没好气地说："你还知道回来啊，正屋闹半天了。"树山知道说的是他继母，问："又咋了？""能有啥事，树江的事儿呗。她老让树江去拾柴火，树江没有去，跟着树民带着他家的那条狗逮野兔子去了，兔子没逮着，树江的新棉鞋撕了一个大口子。"王春梅一边蒸着饽饽头，一边用一只脚往灶坑里踢着柴火。树山进了正屋，就听继母一边哭一边说："这日子没法过了，小业障，这么大，你就不听话，我的妈啊……"又是这烦人老一套。十三岁的树江在墙边站着低着头。树山没好气地吓唬道："又是你！""妈，别哭了，妈……"屋里十岁的树英带着哭腔劝着她妈。树山撩开西屋的棉门帘子,继母双腿盘坐在炕头,一把鼻涕一把泪:"我的命好苦啊!那死鬼图省心走了,撇下我们娘儿几个可咋活啊……""你老别哭了,不就是树江的事吗,回头我说说他。"树山听腻了让人心堵的哭诉,皱着眉头说。继母看也不看他一眼,还是数落着:"树江这死不了的,我说不让他上学了,在家帮我干点儿活儿,好歹能活啊,他不干啊。""这就是你老不对了,树江还小,哪能不让他上学呢……"树山没把话说完,继母三角眼瞟了他一眼,甩了一句:"都是我不对,你别说风凉话,你养着他去吧,我用不着你管!"刘树山脸一绷,说:"你老咋这样说话呢?""你说我咋说话?你有啥资格教训我,你去问问你那死鬼的爹,他敢欺负我吗?别说是你啊……"继母那蛮横不讲理的架子又摆开了,树山火冒三丈,但还是忍了,停了一会儿,说:"你老也别生气了,等饭熟了,我让他大嫂给送过来,我说说树江。"说着往外走。"我不吃!"继母拒绝道。

树山把树江叫到自己的小屋里,吓唬道:"你咋不听话呢?今天是礼拜日,你不帮着干活儿,跑去逮兔子玩,今天你别吃饭了!"树江用黑棉袄袖子抹一下眼泪,争辩道:"她不让我上学,哼……""你不听话,就不让你上学,你要是听话就让你上学,你听见没有?"刘树山继续吓唬道。"她不让我上学,我就不听她的!"树江很倔强。"你要是这样,我不管了!"树山被眼前同父异母的小弟弟气得心里直乐,表面却装着生气。王春梅接过话茬慢慢地说:"树江挺聪明的,今天傻了?你大哥的意思是,你要是听话,他去给你说情,明白吗?"树江只是哭,不说话了。让他吃饭也不吃,没办法,王春梅把刚做熟的一大锅饽饽和一大盆稀米饭都端到婆婆那屋去了,重新做了饭。

吃饭的时候,王春梅对丈夫说:"她老也是的,跟孩子至于发那么大的火吗?我看有问题。"树山赌气地说:"她爱咋想就咋想,反正我们该做的都做了,顶不济,她守不住,走人,想留下咱们养着,到头了吧?""你净满嘴瞎说,万一让她老听见了,她倒打一耙,说你逼她走的。"王春梅压低声音说。"要是她知道了,就是从你的嘴说出去的。""你这个人咋瞎胁迫人呢?"王春梅还想说,树山打开了半导体收音机,她知道丈夫烦了,挺着大肚子从炕沿站起来,扭到三联橱前从饭盆里盛了一碗稀饭。她上身蓝底儿红黄相间的花棉袄,被大肚子撑得圆圆的,树山笑了,说:"你照照镜子

73

看看,整个一个大皮缸。""去你的,你才是大皮缸呢。"王春梅不好意思了。

　　吃罢晚饭,树山说:"我到三叔家去一趟,打听一下搞副业的事。"王春梅说:"早点儿回来。""知道。"刘树山穿上军大衣出了家门,沿田间小路向五六里外的三叔家走去。

　　夜空漆黑,寒风瑟瑟。刘树山在熟悉的田间小路上快速地走着,到了三叔家,他三婶说:"你来得正好。"指着炕沿让刘树山坐下。"你老有事?"树山坐下问。"别提了,树民今天把对象领到家里来了,你三叔和我生了一肚子气,小死丫头树花也整天不着家,这不给人气死吗?这哪里是上学啊!你三叔骂了他们一顿。"树山笑了,说:"你老还真生气?他们这是闹着玩,都是这个年龄。""不行!不能由着他们的性子来。"刘金东怒气未消,从炕沿上站起来。他三婶向树山眨了眨了眼,意思是让他好好劝劝他三叔。树山劝了几句,便转到副业的事情上。刘金东说:"我给他们打了几个电话,希望很大。""哪天咱爷俩去一趟。"树山着急。"行。"刘金东答应了。

　　树山的三婶问起他继母,他实话实说。刘金东说:"凑合着吧,你是老大,你爸没了,你就多受点儿累呗。她虽不是你亲妈,但跟了你爸一场,她脾气再不好,也不能闹出别的什么来,别让外人看笑话。""你老放心,不会出问题的。"刘树山保证道。"这话你三叔爱听,做人就得这样,对父母不孝的人,在外怎么交人?你如今大小是一个官了,首先自己要行得正,公是公,私是私,千万不要图小便宜。只有这样,你说出话来才有分量,才能有人听。""瞧你又给树山上政治课了。"树山的三婶插了一句。"咣当",门开了,漂亮的树花回来了。她与大哥打了招呼,便靠在了西墙写字橱的边上。树山问树花:"学习咋样?"树花漫不经心地说:"瞎凑合呗,开卷考试抄呗。""这哪是上学,纯粹是上学校玩去。树民可好,整天开着一辆小拖拉机,车斗上坐着一帮学生,满街跑,说是开门办学,这不是胡闹吗!"刘金东满腹牢骚。爷几个唠了一阵子家常,树山见时候不早了,起身回家了。

———

　　春节过后,气温一天比一天高,二月二十三日,王春梅在家里临产了,里间屋不时传出她痛苦的呻吟声,还有接生婆的鼓励声:"使劲!再使劲!"

在狭窄的外间屋，树山皱着眉头，一会儿坐在小凳子上，一会儿腾地站起来，隔着棉门帘子，竖起耳朵静静地听……突然，"啊……"孩子响亮的啼哭声打破了弥漫在小土屋里的紧张、躁动、不安的气氛，树山立刻舒展了紧锁的眉头，露出了欣慰的笑容，悬了一天的心像一块石头落了地。"生了个大胖小子。"树山的大娘笑着走出来，向大侄子报喜。树山眉开眼笑："嘿嘿……春梅，也挺好吧？""大人孩子都好，都好。"大娘笑着说。

过了一会儿，接生婆——马志林的母亲笑嘻嘻地从里间屋出来了，跟树山报平安："树山啊，大人孩子平平安安，有福啊！""嘿嘿……有福，有福！"树山傻笑着。

马志林的母亲在刘家吃了一顿面，稍事休息，被树山用大架自行车送回家。树山回来，一进里屋，急着想瞧瞧大儿子，却见妻子在偷偷地掉眼泪，也许是喜事降临，她又思念起了已经过世的父母，流下了酸楚的泪吧？或许是儿子突然降生，她已为人母，激动不已，流下了幸福的热泪吧？或许还有别的什么。树山忙劝道："春梅，不能这样，大喜事的，不要想那不如意的事啦，孩子会没有奶吃的。你嫂子整天上班，也来不了，让三婶来几天，她老也没下地干活。"王春梅抹了一下眼泪，看一眼孩子红扑扑的小脸蛋儿，止住了泪水，慢慢地露出了欣慰的笑容。

树山说："给咱们的大儿子起个啥名字呢？按我们家谱上，到孩子这辈儿应该是十九世，是'常'字辈儿的，就叫'常胜'吧！总是胜利，对，就叫'常胜'。等你生个老二，就叫'常利'。"王春梅笑了："你还想生老二，你想得美……"

春天到了，农活儿忙了。树山与马队长组织全队的劳动力，全力平整土地，播种春小麦。催促骡马的吆喝声、男女青年的嬉戏声，在春天空旷的田野上不时回荡，一片生机勃勃的景象。

忙了十几天，春小麦播种完毕。副业的事，经刘金东牵线搭桥，树山和马队长一连跑了几趟，总算定了下来：给城里的水泵厂盖一个仓库和一个办公室，厂家出料，树山他们出工。他们回到生产队，开始准备脚手架之类的。哪有什么脚手架，无非就是一些棍子棒子，不够就到大沟边挑选一些可用的榆树、柳树，砍下来充当脚手架，实在不够就向各户买点儿木板。这些准备妥当，就开始选人了，什么瓦工、木工等。这是新事物，人们都愿意去，特别是青年男女，更何况每天额外补助两毛钱。

马队长在会上先讲了一下："大伙听一下，是这么一回事，这次搞副业咱只去三十人，有的户会挨不上的。这个呢，你也别恼，他们这三十人是打头炮，等他们干出点儿眉目来，没准儿咱们还增加人呢。就是不增加人，咱来个换班儿。咱们区里的知青都去，这样他们就可以住在家里了。"人们小声议论着，树山宣布了名单，那些没挨上的户"吵吵"开了。声音最高的不是别人，正是树山的继母："这是欺负人，凭啥不给我们大芝安排上，我不干！"马队长忙解释："我不说了吗，一户只能去一个，树山去了，大芝就不能去了。""他是他，我是我，跟我有啥相干！"站在一旁的树芝一听她妈说这话，气得喊了一句："我不去！"说着跑出门外。树山臊得脸红，气得蹲下，垂着头一句话也不说。树山的继妈被亲闺女搞得没面子，闹了起来："你这小业障啊！"跑出人群追树芝去了。"你老就图一天那两毛钱的补助，我要是去，就得要天天两边跑，你给我弄自行车票吗？给我买自行车？"树芝站住质问她母亲。她母亲一时答不上来，愣在一旁。

马队长凑到树山跟前小声商量说："要不增加一个？""不行！别人提出来咋办？"树山一口封死了。"那你……"马队长话说半截儿，树山明白："你老就别管了。"树山的继母这一闹，没挨上的户也就没大劲儿了。

树山回到家，生气归生气，该做的还得做，准备上正屋去劝劝后妈，树芝进来了。她怕大哥生气，一进门就跟大哥说："大哥，别跟她老生气，她的脾气也不是一天两天了，遇着了，咋办呢？想开点儿，她老就图那一天补助的两毛钱。我一提买自行车，她不说话了。她给我买得起吗？一百七八十块钱呢。"树芝这番话说得刘树山心里"咯噔"一下亮了，他忙笑着对大妹子说："树芝啊，你跟大哥还客气？她老是长辈，我能真生气吗？"晚饭后，树山又过去跟继母解释了几句，继母不作声了。

临走这天，图个吉利，放了两挂鞭炮，给拉满脚手架的两辆马车的车辕上贴了一张"福"字红纸。刘树山高兴地招呼人起程，车把式马鞭一响，马儿猛一蹬蹄，驾着车驶出了生产队的场院。骑着自行车的男女农民，在树山的带领下，尾随着马车喜滋滋地向城里奔去。

车队在蓟运河堤坝的马路上走着，人们你一言我一语得议论着、说笑着。两旁的杨柳都吐出了淡淡的新绿，河床里不多的河水被春风吹得翻着小小的浪花。半个多小时后，他们来到了通往城区的蓟运河大桥。过了大桥，小小的城区，东一幢西一幢的楼房，成片的市民平房，不太宽阔的柏油路，人流、自行车流，"嘟嘟"作响的汽车，公路两旁的商店，让这帮很少进城的农民既感到新鲜，又感到杂乱。树山和几个知青在前面带路，一帮农民表情拘禁慌乱地骑着被城里人戏称为"大铁驴"的大架自行车，鱼贯穿过市区唯一南北走向的中心街，来到了他们的目的地——水泵厂。

树山与厂领导、厂方的施工员，交谈了片刻，便投入了劳动——清理施工场地上的垃圾、干杂草等物。这些干惯了农活的人，乍一干这种活儿，感觉新鲜，干劲儿十足，不到一个小时，整个施工现场面貌一新。稍事休息，挖槽子放线的，垒锅灶的，各自忙了起来。

中午，人们兴奋地围到新架起的锅灶旁，从热气腾腾的蒸屉里，拿出各自带来的饭菜——米饭、馒头、棒子饽饽、小鱼儿、咸菜等。爱说笑话的王老二王洪金瞟了一眼女知青刘晓芳，讲了一个在座的人都知道的关于吃饭的趣闻。他操着不太纯正的老家口音说："当年修北京密云水库的时候，那人多了去了，连大学生都去了。那些手无缚鸡之力的大学生，抬着一兜子石头子儿，能吃得消吗？压得那腰啊，有的像虾米一样弓着，有的像庄稼秆儿似的直挺挺的，他们龇牙咧嘴直抹汗。""看你说得跟真的似的，你看见了？"马志林插了一句。"反正是出河工。"王老二兴致正浓，接着说："有一天，也是吃中午饭，咱们村二队的郑文章，说每人一份饭吃不饱。大伙激了他一句，你有能耐，领两份三份的，我们也沾沾光。大伙随便一说，他还当真了，说你们等着！不一会儿，他真的拿着三份大面龙回来了。人们一看纳闷儿了，忙问他咋要来的。他看看四下没有人，便说，我大大方方地来到了食堂，说来三份。炊事员问我，都是谁？我奔儿都没打，就说老郑、文章，还有我。"人们顿时笑了起来。刘晓芳她们几个知青，眼泪都笑出来了。王老二笑眯眯地看着刘晓芳那迷人的笑容，心里美极了。

吃罢中午饭，抽了一袋烟的工夫，树山一声令下，拿镐的拿镐，拿锹的拿锹，开始挖槽子。这里的活儿不像农田，地上净是砖头瓦块什么的，很不好干。人们只好先用镐松动，再用锄锹往上锄。树山见马志林一个劲儿地"吧嗒吧嗒"地抽烟，笑着说："别光抽烟啊，干啊！万事开头难，两天过去就行了。""这是嘛儿活儿，真难！"王老二抹了一下汗珠子。"我的手

77

都起泡了。"刘晓芳涨红着美丽的瓜子儿脸，皱着眉头说。"叫我说，打十个泡也值得，最起码离家近了，收了工，十分钟到家了。我们呢，还得撅着屁股往家走一个来小时。"王老二爱跟刘晓芳搭讪。"你手握锹柄别那么死，松快点儿。"树山嘱咐刘晓芳。

这槽子，一连干了三天，才挖完。刘晓芳两只手上磨出了几个血泡，马志林跟王老二打趣："哎，你还不给她买点儿药，这是多好的机会，哈哈……""我是想买，人家不让啊，哈哈……"王老二笑着回头望了刘晓芳一眼。"晓芳，老二想给你买药啊。"马志林跟刘晓芳说。"他买来，我就上，也不花我的钱。"刘晓芳红着脸说，引得人们笑了一阵，人们的劳累感减轻了许多。其实，他与刘晓芳的事，是他一厢情愿。

那次秋收，刘晓芳背稻子过一条大沟的桥板，一不小心，掉进了冰冷的沟里。她不会游泳，再加上害怕，在沟里乱扑腾，爱跟在她后面干活儿的王老二扔下稻子，猛地跳到了大沟里，一下子把她拉了起来，抱到了岸边。事后，刘晓芳父亲到他家感谢。王老二很难为情，小声对刘晓芳说："这点儿屁事，还用告诉你爸，别说咱们是一个队的，就是外人，我看到也会救的。"从此，王老二、刘晓芳成了人们劳动中缓解疲劳感的兴奋剂，名曰"王二小跳水救美人"。

树山带领的副业队，最关键的活儿开始了——砌毛石，把山墙、出房檐，这些最基本最普通的技术，对于初来乍干的农民们，也是赶鸭子上架，困难重重。他们摆弄着七角八棱的毛石，一时不知从何下手，好在甲方施工的师傅很有耐心，一次次做着示范。砌砖的时候，师傅一边做着示范，一边念着口诀："砖要放平灰要饱，一层丁砖一层跑。丁跑缝缝不能跑，灰口六毫不能少。挂线哪行少不了，砖洇不大也不小。一比三的灰号不能少，各角一定要垛好，平口最好往里收几毫，房子肯定倒不了。"经过一个多月的磨炼，树山他们把盖砖房最基本的技术，像小学生似的一一学了一遍。上梁那天，树山让王老二放了几挂鞭炮，以示庆贺。树山的心情格外舒畅，他想这一步总算迈出来了。

树山高兴地回到家，一进门就听见儿子常胜在哭，小妹树英哄着孩子。"嘿，这小子，你老姑抱着，你还耍？"树山凑上前用脏乎乎的大手掐了常胜的小脸蛋儿一下，还真灵，孩子不哭了。树山脱下脏兮兮的破褂子，拿着

盆，去洗手和脸。王春梅喂完自家的两头猪，笑着进来了，说："咱家的两头猪真爱人，一边吃一边打，这顿少喂了点儿，你说啊，它俩连猪槽子上的都舔光了。""还不随你，连猪都会过日子了。"树山逗了一句。"去你的，你才是猪呢！"王春梅把孩子从树英的怀里接了过来。

  吃完晚饭，树山上马队长家去了。他走在田间的小路上，借着夜幕清楚地看见麦田里的麦子像鬼剃头似的，这儿秃一块，那儿秃一块，他骂了一句："这倒霉的天气，又旱上了，再不下雨，这麦子收不了啥了，秧更插不上了。"到马队长家，爷俩拉了几句家常，便说起了农活儿方面的事。马老头犯愁了："这是嘛儿年头啊，今年又大旱，沟底那点儿水都耗咸了，麦地上水哪敢用啊！那眼好井，电滚子也烧了。那眼破井抽上的水，像小孩儿尿尿似的，顶个屁用。今天让你来，就是想让你跟人家厂子商量商量，提前预支点儿工钱，赶紧把电滚子修好。把那口井下几节钢管，抽点儿甜水和沟底子的咸水掺和掺和，要不那麦地非收一堆草不可。""行，明天你老也去。这些日子，人家照顾咱不小，把我三叔也叫上，请人家吃顿饭。"刘树山建议道。

  第二天，骄阳似火。树山、马队长、刘金东在水泵厂简陋的厂长办公室商谈着。树山说了几句感谢的话，王厂长大嗓门儿称赞道："要说感谢，我们应该感谢你们。首先，你们不糟蹋料，能用的都用上了；第二，我佩服你们的干劲儿，大热的天，从早干到晚，大伙儿没有怨言，还整天乐呵呵的，董师傅常夸你们，比起我们的工人强多了。就拿车轴承粗坯子的活计来说，工人们嫌这活儿又累又脏，不愿意干，比起你们风吹日晒的，差了一天一地。""你老过奖了。"树山笑着说。"王老弟，有件事求你帮帮忙。"刘金东对老战友说。"刘兄，你客气了，啥事？"王厂长爽快地问。刘金东把修机井等着用钱的事说了。"我当是嘛儿事呢，就这个还麻烦你老兄大老远跑一趟？小山子啊，这就是你的不对了，你跟我说一声，不就结了吗，支多少？"王厂长操着外地口音嗔怪道。"一万吧。"树山说。"这就够了？"王厂长笑着问。"足够了。"马队长点着头说。事情解决了，树山非要宴请答谢一番，王厂长执意不去，刘金东硬拉着他到大众饭庄吃了一顿。

  送走了王厂长等人，树山对马队长、三叔说："王厂长说的车轴承粗坯子的事，咱们搭讪搭讪行不行？""这活儿你也想干？"刘金东不屑地问道。

79

"他要是让咱们干,咱就敢干!杨鸿志他爸原来就是干车工的,就是因为他家是地主,才下放回家的。"树山不知深浅地说。有点儿驼背的马队长不置可否,说:"你小子真会见缝插针。""你还是把你建筑的活儿干好再说,刚会爬,你就想跑?"刘金东用略带责怪的口气说。可是,树山并不死心,刘金东拿他没办法,应付道:"以后再说。"树山跟着马队长买机井配件去了。

这天晚上,树山来到马队长家里,问候了几句之后,问道:"马叔,我打算买一辆二十型拖拉机,志林跟你老念叨了吗?"马队长点上旱烟说:"念叨了,他搞副业回来刚到屋里,就跟我念叨了。"刘树山急忙问:"你老是啥想法?""咋说呢,好是好,钱是大问题啊!"马队长皱着眉头说。树山笑了,说:"还是和上次一样,先找王厂长预支一笔钱呗。"马队长笑了,露出一口黄牙说:"都预支了,到年底,搞了一年副业,拿不回来几个子儿,大伙儿七嘴八舌的,跟你吵吵咋办?"树山轻松地说:"不会的,咱们买这个车,不是图好看,是让它给队里下蛋呢,挣运输费啊。你老也知道,咱们用马车到砖厂去拉砖,一天只能拉一趟,要是买了拖拉机,一天就能跑三趟,又快又多。咱们揽的活计,需要拉脚的活儿,咱们可以全包了,人家甲方省心,咱还多挣运费呢。买车的钱很快就会挣回来的。还有耕地之类的活儿都能干,它得省多少人力啊,人也轻快啊,你老说是吧?"马队长不言语了,吧嗒吧嗒抽起了呛人的老旱烟来。门开了,马志林从外面进来了,一见树山在屋里,笑着问:"买车的事定下来了吗?我去开车。"他爸脸一板说:"你说得轻巧,就是定下来了,你也不能去开车啊,我不做让大家伙儿背后戳脊梁骨的事。"说完转过头来对树山说,"树山啊,你们年轻人心气高,这车的事,你愿操持就操持去吧。"两个年轻人笑了。可是提到现在就得指定一人提前学习驾驶技术的问题,都沉默了下来。马队长说:"让王老二开车吧,他上过中学。"马志林立刻噘起了嘴,树山想了一下,说:"听你老的,就他吧。"

过了些日子,王老二驾驶着二十型拖拉机,美滋滋地开进了生产队部的场院。他停下车,树山笑盈盈地从车斗里跳下来,后面跟着一帮看热闹的孩子。王老二跳下车,从衣兜里掏出一块旧布头儿,一下一下地掸掉机身上的尘土。树山笑了,说:"这揾布都提前准备好了?"王老二笑着说:"那是啊,人收工到家了,还得扑打几下身上的衣裳呢。人家这车跑了一道儿了,咋也得给它擦擦尘土吧?嘿嘿,要不它不好好拉套咋办?嘿嘿!"一帮孩子

跟着笑了起来。

马队长从地里上来了，看见崭新的二十型拖拉机停在那里，笑呵呵地走上前，一看车斗上还有犁地的一组犁头和圆滚耙，笑着说："这两个是好东西，耕地的时候，省着挨个等着公社的五十五拖拉机了。"树山也笑了，说："就是啊，咱想啥时候耕地，就啥时候耕地，咱自个儿的拖拉机，自个儿说了算嘛。"马队长抽着烟，围着崭新的拖拉机微笑着观察起来。一帮孩子这儿看看那儿摸摸。

三

麦收时节到了，今年的旱情比去年还严重，蓟运河水只剩一个河底了。田地四周的主干沟渠里，也是底儿干的干，没有干的也只有一尺来深的水。为了抢收抢种，树山的副业队人员准备全部调回来，忙麦收。

晚上，树山和马队长等在小队部的办公室里，商量着麦收事宜。马队长说："今年的麦子长得是不咋好，为了抢种大棒子，也得抓紧把麦子抢收上来。副业队的劳力都得抽回来。还有一个事，林金龙打电话问咱们，要不要李沽中学的学生支援麦收？我说商量商量再说。你们说，要吗？"树山说："要吧，早抢完一天是一天。忙完了，早点儿回去搞副业啊。"马队长思量着说："问题是孩子们来了，中午得给孩子弄顿饭吧？菜里咋也得放点儿腥货，肉啥的吧？"树山笑了，说："说得也是，供销社也不买给咱们肉啊，人家要肉票，不中宰一头小猪吧？"老会计说："队里养的这十几头半大猪，是等春节前宰了，分给各户过年的。"马队长一拍板，说："宰一头猪吧，别在这上面算计了。大热天的，一帮孩子支援咱们麦收，也得对得起孩子们。""那就让金龙给学校回个话，让学生来时带根绳子背麦子。"树山补充道。马队长用商量的口气问："抢种大棒子，让大伙儿挑水点种？"刘树山想了想说："要不让机器播种吧。大热天的，人费力，进度也慢。不中花点儿钱，向公社拖拉机站调一台五十五拖拉机过来，加上咱们的二十拖拉机，几天就抢种完了。"马队长想了想说："花点儿钱就花点儿钱吧！"他们又商量起别的问题。

清晨，在小队部门前，树山和马队长站在大伙儿前面。马队长说："麦收了，今年的旱情比去年还严重，蓟运河水只剩一个河底儿了。田地四周的主干大沟里，底儿干的干，没有干的也只有一尺来深的水。为了抢收抢种，把副业队全部调回来，忙麦收。"

树山接过来说："这二百亩地春小麦抢收完，紧接着还要把这块地种上棒子，城里的活儿，甲方也催得紧。时间紧，活儿又急，所以一天三出工，还要出满勤干满点，大家伙儿家里有啥事儿克服点儿。"

马队长说："我说一下这活咋干，你割下来麦子，还是老规矩，你捆好个子。李沽中学派来两个班的学生支援麦收。他们在后面往小路边上扛，二十拖拉机、马车装运拉到大场，拖谷机马上脱粒，计划五天抢收完。完事呢，不让大家伙儿挑水点种棒子了，咱也花点儿钱，让公社的拖拉机播种。"人们听罢笑了起来。

树山分派了每个工序的人员之后，马队长说："大伙儿下地吧！"人们议论着走出了大院。

马队长叫住树山："树山，你等一下，这准备插水稻的二百亩白茬地种啥好呢？水稻恐怕插不上了，天旱得连机井都抽不上来多少水了。"马队长犯愁了。树山一合计，说："实在不行，种上黄豆，也许能收点儿。"马队长说："对，咋也不能让这二百亩地白晾着。"树山和马队长商量就绪，走出了场院，准备到打谷场去。

他们刚出了场院，只见学生们在几位老师的带领下，排着队走了过来。他们俩赶紧迎了上去，与走在队伍前面的一位男教师和一位女教师握手。这位身穿蓝裤褂子的男教师自我介绍道："我姓李。"然后指着他旁边穿一件素花长袖上衣的女教师说："她姓马。"女教师微笑着指着这位男教师说："他是我们的领导，李主任。"树山往队伍里一看，他弟弟树民也在队伍里呢。学生们都换上了深色的衣裤，肩上挎着一个学生包，女生们有的颈上还围上了头巾。马队长看罢，对二位老师说："看来老师们都告诉干啥活了，就是从地里往地头扛麦子。再有，请二位老师从这帮学生当中选十来个男生到大场上，帮着打下手。中午呢，还是老规矩，犒劳一顿，土豆炖猪肉，嘿嘿……"马队长一笑，露出了黑黄的牙齿，学生们也都笑了。

树山带领着师生们来到了正在收割的麦地，向师生们简单交代了干活路线。学生们从小书包里拿出了绳子，把小书包放在一起，越过跟前干枯的小垄沟。学生们来到地里，拾起几个小麦个子，用绳子捆好，往肩上一背，快速跑向地头。刘树民、王宗斌、董振刚、高学军等几个男生，背着一捆捆麦子，比赛着一路小跑。树民来到路边，猛地放下麦子，一只手急忙伸进后脖领子，龇牙咧嘴地说："麦瓢子掉进脖领子里了，痒着呢。"董振刚趁机笑着说："我提前跟你说了，扛麦子时脖子上戴一个头巾最好，你不听，上当了吧？"王宗斌望了一眼旁边的一位女同学，凑近高学军，小声笑着说："他是怕人家笑话，大小伙子哪能戴花头巾呢，嘿嘿！"树民瞟一眼头上蒙着花头巾的这位女同学，追问道："小胖子，你又说啥呢？"王宗斌眯缝起小眼睛，笑着跟高学军跑到麦地去了。这位头蒙花头巾的女生不是别人，正是树民热恋的女生，也是每位男生都愿意偷着多瞅上几眼的美少女，她叫秦亚娟。她身材修长，穿着褪了色的军褂军裤，自然得体，很有线条感。她背着麦子，放到路边的麦堆上，回过头来，瓜子脸，白里透红。她向小姐妹们笑了一下，嘴唇弯如月牙。稍事歇息，她与几位女生说笑着向麦地走过来。树民背着麦子过来了，王宗斌紧随其后，一看秦亚娟笑了，打趣道："大班长，把头巾借给我用用？麦瓢子扎死我了。"秦亚娟瞟一眼树民，笑着回应："这是我们女生专用，你适合蒙上一个蓝包裹皮儿啊，就像《地雷战》里那个偷地雷的，咯咯……"王宗斌回过头回敬道："要不给树民用也行。""用不着你操心。"秦亚娟脸一红，扭头走开了。几个女生偷着看一眼秦亚娟，笑着背麦子去了。

　　阳光直射，树梢一丝不动。打谷场上，脱谷机周围尘土飞扬，机器轰轰作响。扬场机伸着长长的脖子，把麦粒吐向空中，一颗颗麦粒像一钩弯月落下来，麦瓢子随风飘去。树山忙了一会儿，对马队长说："我到地里去看看。"马队长手拿扫帚，点一下头，树山走开了。

　　树山拿着镰刀来到地里。人们挥舞着镰刀快速地割着麦子。背麦子的学生们，有的脸上冒出了汗，有的后背的单衣都湿透了。工老二驾驶着二十型拖拉机来到麦堆旁，树民他们几个男同学感到新奇，驻足观看他倒车。王老二一看有学生注视着，顿时洒脱起来，三下两下倒好了车。熄火后，他跳下车，立马拿起叉子装起车来。麦地里，一辆马车在割倒的麦子后面，流动着装麦捆儿，车把式不时吆喝着贪吃的骡马。王主任、马老师，还有秦亚娟等几个女生，背着麦子来到小路边的麦堆旁。树山走过来，笑着说："王主任、马老师，天热，别累着，歇一会儿，绿豆汤一会儿就到。"马老师抹一下额

头上的汗水，笑着说："不要紧。"说话间，树民等几位男生背着一捆捆麦子过来了，他们放下麦个子，个个涨红着脸庞。树民向马老师一笑，用手抹一下脸上的汗水，说："好热啊！"王宗斌风趣地说："吃上肉焖干饭就不热了，嘿嘿……""咯咯……"秦亚娟等几位女生止不住笑出了声。

　　树山笑着走开了。他来到正在收割的地块，对马志林等笑着喊道："志林、洪志别跟老牛似的，磨磨蹭蹭的，提防后边的马蹄子踢了你们的屁股啊！"马志林直起腰回敬道："我说刘队长，要想马儿向前跑，你得让马儿吃点儿草啊！绿豆汤好了没有？"树山说："马上送过来。"树山说着另开了一块地干了起来……

　　吃午饭了，在小队部门口，背了一上午麦子的学生们说笑着排队等候着开饭。他们个个被太阳晒得满脸通红。"开饭了！"一位老农高喊一声，盛着大米饭的一个大笸箩，被搬到了一张桌子上；紧接着两个水桶被拎了过来，里面盛着满满的香喷喷的土豆炖猪肉。这些平日里很少吃肉、大米饭的孩子，虽然被这诱人的香味吸引了，但还是矜持着排着队。王宗斌个子小，在前面先打了满满的一饭盒大米饭，从树民旁边经过。他的饭盒盖上，盛着满满的土豆炖猪肉，他得意地从里面夹了一块肉，往嘴里一放，嚼了两下，小眼睛一眯缝，笑着说："香！实在是香，太香啦！""小心点儿，别把舌头当肉吃了。"树民调侃道。"咯咯……"旁边的秦亚娟笑出了声。王宗斌美滋滋地说："我先品尝去了。"说着走开了。不一会儿，树民、董振刚、高学军也端着满满的饭菜，来到房山阴凉处，凑到王宗斌跟前大吃起来。秦亚娟领着几个女生，也凑到树民他们旁边。只见这边的几个男生狼吞虎咽，用筷子一个劲儿地往嘴里拨拉。树民吃到半截，干脆把饭盒盖上的土豆和肉块，都倒进饭盒里，搅和了几下，又大口大口地吃了起来。秦亚娟偷看到树民这卖力的吃相，偷偷直笑。王宗斌把饭菜吃得一干二净，抹一下头上的汗珠子，说："还差点儿没吃饱。"然后对树民说，"快点儿吃，跟着我再打点儿去。"树民含着半口饭，瓮声瓮气地说："你先去你的。"秦亚娟一听，"扑哧"又笑了。王宗斌说："那多不好意思。""那你就饿着半顿吧，我们都够了。"董振刚插话说。王宗斌没辙了，噌地站起来打饭去了，说："不去，我自己去。"扭着屁股走了。秦亚娟瞟了树民一眼，而又似乎无目标地微笑着说："谁想吃大肉啊？"高学军一看，忙对树民说："树民，人家问你呢，还不去啊？"树民也不回避，看了一眼秦亚娟，笑着说："送过来呗！这好吃的哪能剩下撇了啊？"秦亚娟麻利地把几个饭盒盖上剩下的土豆和肉块倒在一起，起身端了过来。树民把饭盒向前一伸，秦亚娟微笑着把土豆和肉块都倒进了他的饭盒里。高学军敲锣边地说："哎，分给振刚我们俩一点儿菜汤也行啊。大班长，你也太偏心了吧？""你们不是吃饱了吗？"秦亚娟羞红着脸微笑着回到原位。班主任马老师过来了，秦亚娟等几个女生马上严肃起来。秦亚娟微笑着与老师打招呼："老师。"王宗斌端着少半饭盒饭菜过来了，一看马老师过来，缩了一下脖子。马老师笑着问："都吃饱了？香不香啊？"树民他们几个异口同声地傻笑着说："香！太香啦！嘿嘿……"马老师摆一下手，嘱咐道："休息一会儿吧，喝点儿水，方便方便，听见号声就集合。"说着走开了。树民他们又活跃起来。

　　亩产只有二三百斤的春小麦抢收完了。树山按原定计划，立马调来了公社的五十五拖拉机，在这二百亩地块上抢种上了同样产量不高的玉米。之后，他便带着一拨人回到了城里，继续搞副业。

　　过了些日子，老天滴雨不下，干旱持续，秧苗迟迟不能移栽。马队长望着准备种水稻的二百亩白茬地，犯难了。他和刘树山等人又合计了一下，只好把二十型拖拉机调回来，领着在家里的人种上了黄豆。

　　六月下旬，下了一场中雨。转天，马队长带领着一帮人，在玉米地的沟埂边抢种黄豆。林金龙推着一辆破自行车，在泥泞的田间羊肠小路穿行，来到地头，后边还跟着一个人。他把车子支好，叫道："老马，你上来。"马队长扛着锹上来了，刘金龙指着东面那片绿油油的黄豆地说："你们那块豆子地，明天全毁了！公社让栽上高粱。这是公社的老梁。"他回头介绍这名干部。"你说啥？全毁了？栽高粱？它能收粮食？都啥季节了？"马队长急了，这名公社干部解释说："带水移栽高粱，是新生事物，高粱苗公社提供……"马队长根本听不进去："新鲜！我们不栽！"林金龙命令道："这是新生事物，必须照办！"林金龙甩手带着公社干部走了。

　　晚上，马队长和树山商量此事，树山皱着眉头说："都这个季节了，高粱生长期又长，根本熟不了……唉，让他们糟践去吧！麻烦啦！"树山索性说。

　　马队长当年吃过实话实说的亏，这次他来了一个高明的战术——拖延。

85

谁知公社、大队这次办事非常认真，公社派来了拖拉机，不到一天，就把绿油油的豆苗毁了。马队长只好按照上级的命令拉上了水，也没有叫树山他们，用家里的劳动力，像插秧一样，一连插了四五天，给"新生事物"安了家。

四

今年七月特别炎热，大地上的野草有的打了卷儿，有的枯黄了。远远望去，热浪漂浮在离地面一米左右的高度，鸟儿落在树冠的枝杈上，张着嘴耷着翅膀，蓟运河水只剩下三分之一了。

在河边，七八个学生嘻嘻哈哈地走着。他们是李家沽中学将要毕业的初三生，其中一个叫刘树民，他是刘树山的堂弟，瘦高，一米七七，白净脸，大眼睛，两道剑眉细长而黑亮，上身穿一件白色的确良半袖衬衫，下身穿一条灰色的确良裤子。在几个女孩当中，有一位跟他很要好，她叫秦亚娟。她是李家沽中学的校花，身材修长而匀称，鹅蛋形的脸白里透红，美丽的大眼睛上覆盖着一层长长的睫毛，眉毛细而长，白白的葱头鼻很迷人，小嘴笑起来像一轮弯月，牙齿洁白而整齐，乌黑发亮的头发梳成时髦的男式"拙丫头"。树民后面的那个个儿不高、胖乎乎的小眼睛男生叫王宗斌。另一个个头稍高，脸膛有点儿发黑的叫董振刚。还有一个叫高学军。他们当中属树民成绩稍好一点儿，其次是董振刚和王宗斌。别看美女秦亚娟人长得楚楚动人，又是班长、学校的团总支委员，表演节目是她的专长，她的学习成绩实在让人不敢恭维，也就是中等偏下的水平。

农机驾驶学习班有十几个学生。每天下午，他们在学校聘请的教练带领下练习驾驶技术。一帮学生坐在二十型拖拉机的车斗里，有说有笑。轮到谁练习驾驶了，他便高兴地钻进驾驶室，在教练的指导下认真操练，四处转悠。一般是去农场柏油公路那边练习，大家很开心。

今天是农机驾驶结业考试的日子，考试地点选在野外一条车辆很少过往的宽宽的土路上。主考官是市里的交通技师。教练对围拢过来的学生说："我宣布一下考试顺序，秦亚娟、王宗斌、董振刚、刘树民……"秦亚娟喘了口气，带点儿撒娇口吻地说："我不想第一个考！让他们男的打头阵！""你是班长，就得打头阵！"小胖子王宗斌趁机来了一句。"去你的！"秦亚娟瞥了王宗斌一眼。教练笑着说："没事，我相信你会带一个好头的。"秦亚娟没办法了，只好扭着她修长的身子上了拖拉机的驾驶室。只见她认真地打着了火，然后挂挡，启动，前行、倒车这几个动作还算到位，学生们都为她鼓掌，秦亚娟灿烂地一笑。剩下的就是考路面驾驶了。在教练的许可下，树民他们几个上了拖拉机后面的车斗。拖拉机启动了，稳稳地向前行驶着。拖拉机行驶到一座桥上后，技师有意考查她是否记住了交通规则，或者有意逗一下这位漂亮的学生。拖拉机一下大桥坡，教练就让她停车，她"嘎噔"把车停在了桥坡上，树民等人在车斗上顿时大笑。王宗斌的小眼睛笑成一条缝，他讥笑道："咱们大班长真是开了个好头，在桥下坡竟然把车停了，而且停得真够麻利的。高！实在是高！"车斗上的学生们一听，又是一阵大笑。

　　第二个考试的是王宗斌。刚才还讥笑别人的他，谁知拖拉机一启动就熄了火，学生们笑了起来，王宗斌臊了个大红脸……第三个是董振刚，他吸取了王宗斌的教训，不急不慌，前面这几个步骤都很到位，没想到拖拉机倒好后，突然冲了出来，他赶紧踩了刹车。学生们都为他惋惜……

　　第四个是树民。"瞧好吧，没问题。"树民信心十足地大步上了车，只见他启动、前进、倒车、停靠，每一个动作都干脆麻利，主考老师露出了满意的微笑，学生们一个劲地叫好。

　　整整一上午，农机驾驶技术考试在紧张的气氛当中顺利结束了，主考官当场宣布："每位学生都合格了，最后补考的那几位也通过了，农田驾驶本很快就能发下来。"大家热烈鼓掌。

　　在河边，边走边说笑的学生们看见一个戴草帽的中年男人在修剪一排排小榆树，便凑过去观看。只见这个人娴熟地修剪着树枝，突然把这棵小榆树的主干枝头剪了下来，树民不解地问："您为啥把树尖儿剪了？"这个人操着南方口音认真地解释说："榆树不会换头，如果不把它剪掉，它就长不直，剪掉后待它旁边长出新枝条，选一个好的，它就长高了，长直了。""原来是这样，怪不得榆树都长不直呢。"董振刚恍然大悟。突然，这个人又把这棵榆树旁边一个很壮的枝条剪掉一大半，只留下很小的一小部分，"这又是为啥？"小胖子王宗斌纳闷地问道。"这叫抑制旁枝，这样营养会集中到主干，主干才能旺盛。""对对对！"树民立刻领悟了。这个人见这几个学生有兴致，也兴奋起来："这个榆树树龄小的时候，树干软，咱们这里夏季爱刮东南风，如果把它下面的枝杈都剪光了，上面只顶着一个树冠，它的树干肯定会弯曲的，只有把它修剪成像小松树的形状才行。等到下面的主干硬朗了，再把它下面的枝杈修剪掉……""您是学林业的吧？老牌大学毕业？"树民自然地问道。"那都是过去的事了。"这个人的神情立刻黯然下来，向另一棵小榆树走去。树民似乎感觉自己的问话有什么问题，不好意思地摆了一下手："谢谢！您让我们学了点儿林业方面的知识。"此人只是微微点了一下头，树民说罢便走开了。

几个人又沿着河堤往前走。"这个人为什么突然不高兴了？"董振刚问树民。"也许是从城里下放到咱们这里的呗。"秦亚娟插话。"差不多。"高学军跟了一句。"也许触动了他敏感的神经了。"树民若有所思地说。"别说他了，明年开春儿，在家里房前房后也栽点儿榆树，学学？"小胖子王宗斌提议道。"行啊，古人不说了吗，小树不修不成材嘛。"树民随口说道。

几个人说笑着，又跑到河边，秦亚娟等几个女学生也跟了过来。小胖子王宗斌回头一看秦亚娟，又提起了上午考试的话题："大班长，实在是高，老师叫停就停。"秦亚娟涨红了脸，反驳道："胖子，你还得理不饶人了，你启车还灭火了呢！"王宗斌一时语塞。"人家有人早就不愿意了。"高学军笑嘻嘻地瞟了树民一眼，对王宗斌挤了一下眼。树民避开他们的话题："快别扯淡了，咱们今天晚上摸哪个队的西瓜？"王宗斌一听又来了兴致，张口就来："三队吧。"高学军又抓着机会了，瞟了一眼秦亚娟，一本正经地说："上菜队吧，那儿啥瓜都有。"王宗斌心领神会，诡秘地小声说："对对对，有你那个老……保险……"树民不干了，因为看青的是秦亚娟的父亲，他转过身揪住王宗斌的一只耳朵，教训道："看你小子下次还满嘴跑火车不！这叫小树不修不成材，你懂吗？""哎哟，我懂了，我懂了，我可不敢了。"王宗斌不住地求饶，其他人笑着看热闹。

他们几个当中，最活跃的就属树民。平时每到星期日，或者暑假，他就坐不住了，拿着自己做的提网，叫上王宗斌他们几个，满世界逮鱼去，饿了就偷偷地到各生产队的瓜地或果园，虽然人们可吃的瓜果少得可怜，但树民他们没少解馋。一天晚上，他们几个到菜队，想解解馋，他们涉过大水沟进入果林。树民摸到一棵苹果树前，伸手刚要摘苹果，突然树上跳下来一个人，树民撒腿风一样逃跑，后面的人没追上，他逃脱了。此人就是菜队小队长，秦亚娟那位人送外号"鬼难拿"的父亲。有时他们摸西瓜，专门到看瓜老头儿的窝棚旁边去摸，他们把摸瓜果当作一种乐趣。晚上，只要周围几个村庄放电影，尽管他们不知看了多少遍，也不惜力气照看不误。编织柳条篮子、浅子、鱼篓，理发，下象棋、围棋，打乒乓球、篮球，等等，他们无所不好。到了冬季，树民他们几个嫌徒步上学太慢，家里又没有富余钱，给光吃饭不干活的孩子买自行车，他们便自制滑雪板，每天早晨跑到蓟运河面滑冰上学，有时竟在河面玩上了，迟到是家常便饭，气得老师不给他们开教室的门。幸亏"教育回潮"使他们的玩心收敛了些，他们的文化课大有长进。

七月的天气，到了下午，日头更毒，炙烤得人们难受。他们几个来到一个闸口，王宗斌建议："天气太热了，咱们洗个澡吧。""行啊！"高学军立刻响应。树民扭头看一下，秦亚娟她们几个女同学没有要离开的迹象，便说："你们还愣着干啥？我们脱衣服了。""你们脱你们的，我们背过脸去。"秦亚娟正想看看他们男同学洗澡呢，哪愿意离开啊。几个男生，挤了一下眼睛，见女生们背过脸去了，三下五除二脱了衣服，只穿一个小裤衩，像下饺子似的跳到了河里。岸上有女同学观看，特别是秦亚娟，树民来了精神，建议道："游到河对面去。"董振刚水性不佳，瞄了一眼并不宽的河面，碍于岸上女同学观看，满口答应了："行！"几个人便横渡河面。董振刚为了在女同学，特别是秦亚娟面前表现一下，双手快速地前后划水，不一会儿就游到了河当中。他刚一回头，就觉得一只脚抽筋了，经验不足的他慌了神儿，不知如何处理了，马上喊道："快扶我上去，我脚抽筋了，快……"他的身子开始往下沉，树民、王宗斌、高学军迅速游到他跟前，架着他往回返。岸上的女生们一个劲儿地喊："不要慌！千万不要慌！你们几个快点儿啊……"嗓门儿最高的当数秦亚娟。她喊着，声音都变了："快！快点儿……"她见董振刚的头时隐时现，又急又怕，眼泪快掉下来了。

谢天谢地，董振刚被架到了岸边。由于惊吓和用力，董振刚气喘吁吁，秦亚娟亚忘记了男女授受不亲的意识，赶紧给董振刚披上了衣服……她小时候尝过让水淹的滋味。那是在她八九岁的时候，她和董振刚、王宗斌、高学军在小学校后面的大龙沟埝上玩耍，天太热，正值扬水站上水，水流很急，董振刚他们几个男孩子下去洗澡，让秦亚娟照看着衣服。他们洗了一阵，董振刚无意中回头望了一眼，岸上不见秦亚娟的影子，他喊了一嗓子："小娟不见了！"几个光着身子的孩子立刻爬上岸来。秦亚娟只露着两只小手，在水里拼命挣扎，董振刚"扑通"跳下去，拼命地游到她跟前，一下抱住了她。王宗斌、高学军紧随其后，一起用力。秦亚娟被救上来了，吓得一边咳嗽一边哭。今天这个情景真的让她害怕。

五

秋高气爽，区一中大礼堂内，几个乒乓球台上小球飞舞，周围的观众不时爆发出阵阵掌声、叫好声。这是全区高中生乒乓球联赛，刘树民、王宗斌、董振刚等人代表李家沽中学，正在场上激战。只见树民奋力扣杀，一板、二板、三板、四板……这连续的攻势，对方只有招架之功，没有还手之力，场上的观众一个劲儿地叫好。树民的额头上汗水直流，红色跨栏背心前后湿了一片……

几轮下来，李家沽中学代表队竟打进了决赛，树民他们很激动。"真没想到咱们能打进决赛。"董振刚擦着满头的汗水。"不错啦！咱们农村的，打进前四名就烧高香了，没想到能跟一中争冠军。"王宗斌笑眯眯地拍着树民的肩膀。树民把外衣往肩上一搭，对王宗斌说："小胖子，你知足了？必须争冠军！它一中有什么了不起的？""对！杀杀他们的威风！"董振刚也有此意。"我看够呛。"王宗斌信心不足。"小胖子，我告诉你，明天你输了，看我咋收拾你！"树民吓唬道。"你担心我？我还担心你们呢。"王宗斌来了劲头。"好！咱们场上见！"几个小伙子上饭馆吃饭去了。

第二天，一中大礼堂内，挤满了一中的师生，人们不时窃窃私语。争夺冠军的比赛就要开始了，只听裁判宣布道："大家静一静，为了这次比赛的公正性，鉴于前几轮出现的问题，我宣布，每位参赛运动员，发球必须规范，也就是说发球时要抛球到位，否则按输球一分计算。"这一宣布，董振刚犯嘀咕了："我发球不好，又第一个上场。"树民拍了一下他的肩膀，说："没事。"董振刚上场，裁判又说话了："每位运动员练习五个发球。"全场哄堂大笑……树民笑着说："这说明他们一中的学生对发球也没有把握。"

比赛开始了，董振刚首先发球，他磕磕绊绊地发了球，对方轻松回击，他沉着应对。几个回合下来，董振刚轻松得分，场外一阵嘘声，树民带头鼓掌，以示鼓励……小球飞舞，你来我往，最后，董振刚飞起一板，以二十一比十九拿下第一局，场内外顿时议论纷纷，树民他们笑得合不拢嘴。第二局开始了，对方改变了战术，沉着应战，董振刚以十八比二十一败下阵来。但在第三局中，董振刚采取了攻防结合、以攻为主的打法，轻松拿下第三局。这样，董振刚以二比一拿下第一轮。一中的学生沉不住气了，发出了阵阵尖叫。第二轮比赛开始了，结果对方轻松拿下第二轮。第三个上场的是王宗斌，他打球特刁，回球落点恰到好处，使对方始终腾不出手抢攻。最后，王宗斌轻松拿下第三轮。但第四轮对方胜出，双方战成二比二，关键的决胜一轮，争夺冠军的重任便落到了树民的身上。他准备了一下，轻松上场，这时场外一中的观众情绪非常紧张了，他们不时高呼："拿下最后一局！""打败他们！""不能给一中丢脸！"

　　比赛开始了，对方首先发球，树民猛起一板，对方没有反应过来，树民先得一分。第二球，树民连调对方两角，对方回球稍高，树民轻松反击，又得一分。接下来，树民连连得分，对方有些慌乱，一中的观众乱呼乱叫："臭！臭！臭！""回球低一点儿！""调角！"第一局在紧张气氛中顺利结束，刘树民以二十一比十五拿下第一局。第二局对方控制了局面，尽量给刘树民短球，使刘树民的进攻次数大大减少，结果对方险胜一局。关键的第三局开始了，赛场内外的观众神经绷得更紧了，人们都知道鹿死谁手在此一举，树民更是紧张，额头上的汗水也顾不得擦一把。只见对方没有抛球，反手一个侧旋发了过来，树民回球过高，对方一个大板扣杀，树民回球出台。王宗斌嚷道："对方没抛球，输一分！"裁判视而不见，仍判树民输一分。树民急了，见对方发了一个中长球，猛起一板提拉，对方回球出台。比分十七比十八，非常关键，树民落后一分。树民发球了，猛跺一脚，发了个上旋球，谁知裁判却判他没抛球，输一分。观众席上高呼一片："打败他！""狠狠打！"树民喘了口气，高抛发了个侧旋，对方想调球，结果扎网。树民发了个短球，对方飞起一板失误，双方比分一直咬到二十比二十。对方发球了，树民沉着回球，对方赢球心切，飞起一板扣杀扎网，全场嘘声一片。制胜一球，轮到树民发了，他又高抛发球直飞对方一角，对方奋力回球；树民扣杀一板，对方海底捞月过网；树民轻轻一点，对方反扣一板；树民对攻一板，对方又一个海底捞月，树民反手提拉飞速过网擦边对方球台落地。"我们赢啦！"

王宗斌激动得跳起来。树民猛一挥拍，准备与对方握手，对方却低着头退场了，全场顿时一片喧哗声……

李家沽高中代表队以三比二战胜了区一中代表队，带队的王老师连连称赞："好！好！真不错！"人们闹着退场了。树民等人夹杂在退场的人群中，走到礼堂门口，被一帮怀有恶意的人拥挤推搡到门外。树民抓住一个男生就要动手，被王老师用力拉开。树民得理不饶人："呸！输不起啊？有能耐，你们赢我们！""裁判偏向也白搭！"王宗斌高声叫阵。"赢，你们也是一群庄稼佬！"人群中不知是谁喊了一声，王老师拉下脸来："谁说的，你给我站出来！""站出来！"树民等齐声叫阵，一中的领导过来驱散了人群。

这一喜讯传到李家沽中学，他们成了名人，特别是在一些女孩子的心目中，他们似乎成了英雄。在班里，树民、王宗斌、董振刚绘声绘色地描述着比赛的经过，一些女同学是他们的忠实听众，秦亚娟更是全神贯注地盯着树民讲述时的每一个表情和动作。"……那叫精彩，我一个轻松反板扣杀擦边，赢啦！一中那小子，臊得不敢跟我握手，狼狈地跑了……一中的老师和学生都气死了，气得骂我们庄稼佬，哼！"这些女同学不时发出"咯咯"的笑声，秦亚娟笑得最甜蜜最自豪。

六

一九七五年底，树山的生产小队分红了。尽管玉米歉收，"新生事物"带土移栽的高粱颗粒无收，每分仍达到了创纪录的两角钱，家家户户都分到了几百到上千元的现钞。这一历史性的创举，在新立沽全村，乃至李家沽公社都叫响了，刘树山的名字也传开了。

腊月二十七，刘家大院儿里人们正忙着杀猪宰鸡，猪叫鸡鸣犬吠，此起彼伏……在院子中央，大铁锅里的热水冒着气，刚杀死的肥猪被气吹得圆圆的，在里面洗着热水澡。刘树山请来杀猪的，麻利地清理着黑猪毛，没了猪毛的部位白白胖胖的，刘金水、树民爷俩在一旁帮忙。刘树山在一旁宰杀着大公鸡，树海、树江在一旁看热闹，不时从他们的黑棉袄兜里掏出一个个小苇根儿似的鞭炮，"噼噼啪啪"地放着。在墙根儿的阳光处，树芝等几个女孩子轮流抢抱着常胜，一边逗一边笑，娘儿几个们忙里忙外……

第二章

大年三十这天，刘家大院儿面貌一新，红红的对联贴满了屋内外：春风杨柳万千条，六亿神州尽舜尧，合家欢乐……门心的大红"福"字格外醒目，窗楣上的大红剪纸更是喜庆，小鱼、小猪、小鸟等栩栩如生，给土屋增色不少。

刘氏家族第一次过了个大团圆年，三家合在一起，共计十六口人，真是热热闹闹。孩子们也都长成大孩子了，个个都添置了一身新衣服。树芝、树兰、树芬、树花，除小树英尚小之外，都散发着青春的气息：树芝面色红润光亮，树兰、树芬白净纯朴，树花漂亮活泼，她们聚在一起谈论着各自的新衣服。爱动的树民和树海、树江在庭院里放着鞭炮。三个半大小子跟几岁的小孩似的，在院子里跑来跑去地打闹着。树民家的半大花狗，树海家的小黄狗，在他们面前左蹦右跳，好不欢乐。

刘金水的三间土坯房里都坐满了人。在东里间屋、外间屋，孩子们围坐在饭桌旁，娘儿几个不时地给孩子们往碗里夹着香喷喷的猪肉块、鸡肉块。树民、树海、树江这几个男孩子吃得最带劲儿，个个嘴上油光光的，女孩子们也笑眯眯地吃得津津有味。

西里间屋爷仨在炕上喝着酒说着话。酒席上，刘金水、刘金东在炕里坐，树山坐炕外。酒桌上：松花蛋一盘，猪肚一盘，猪口条一盘，炸花生米一盘，炸老虎豆一盘，水萝卜拌白糖一盘，酒是二锅头白酒。刘树山端起酒杯，笑着说："过年了，我敬大伯、三叔一杯。"刘树山喝干了，二位长辈高兴，也干了。"树山，你的想法很好啊，一家人是该乐和乐和了，你杀的那头猪，让孩子们解大馋了。"刘金水夸奖道。树山敬了大伯之后，对三叔道："三叔，我敬你老一杯吧，今年分值这么高，全是你老的功劳。""不能这么说，主意是你出的，活儿是你领着干的，今年一炮打响，真不赖啊！爷俩干一杯！"刘金东兴致正浓，爷俩干了。刘金东吸了一口"战斗"牌香烟说："树山啊。你真有你死去的爷爷敢说敢做的脾气。你跟我说的轴承的事，过了年我找找老王。这个……你去他家的时候，他咋说的？""他老说商量商量。"刘树山说。"噢！农村搞工业，上面许可吗？"刘金东思量着说。"事在人为嘛。"树山说。刘金水插话说："树山啊，不是大伯犯嘀咕，你这一搞可就大了。古语说得好，树大招风，枪打出头鸟啊！出墙的橼子先烂啊！可要一步一个脚印啊！能不得罪人就不得罪人，谁钻谁的肚子里去了？谁知道形势会有啥变化，我可被你爷爷吓怕了。"刘树山笑了，说："没事的。""这可不保准儿，"说到这里，刘金水压低声音说，"如今的事摸不准，还是悠着点儿稳妥。"树山明白大伯的意思，说："区里让咱干，咱就干；区里不让咱干，咱就不干。""这就对了。"胆小怕事的刘金水这才放了心。爷俩喝了两个多小时，树山的三婶过来催了一回。

树山这个年过得有滋有味，不是这个哥们儿叫，就是那个哥们儿留，一个正月很快就过去了。

三月中旬刚过，树山又带领人们搞副业去了。办工厂的事，他始终没忘。经过一段时间的商谈，刘金东从中牵线搭桥，王厂长终于同意了，先卖给他们两台五成新的车床，试着干干。杨鸿志的父亲杨昆是老车工了，经过一段时间的安装试车、人员培训，树山的生产小队的铁工厂在五月份正式开工了。车间是一个条石做碱的土坯仓库腾出来的。

两台车床擦得油光锃亮，机器飞转，两名车工，一个是树山的妹妹树芝，一个是铁牛，他俩的表情认真而又紧张。老马队长、树山、水泵厂的李技术员、刘金东，还有杨昆，围成一圈观看。树芝把车好的零件让水泵厂的技术员拿卡尺一卡，完全符合技术要求，在场的人们，尤其是树山，细长的眼睛笑成一条线，他一边给技术员递烟一边说："多亏了李师傅指导，这活儿算是有了眉目。"李师傅微笑着接过烟。老马队长吸了一口旱烟，对杨昆说："我还是唠叨一句，你千万要盯好，万一给人家零件弄坏了，咱赔不起不说，丢不起这人啊，更对不起人家王厂长对咱们的信任。""你老放心，费尽巴拉地要来这档子活儿，说啥也不能让别人看笑话。"杨昆胸有成竹地说。刘金东插了一句："这个活儿我是不懂，这跟种地不一样，王八排队——大盖（概）齐不行，一定要细上加细，差一个头发丝儿都不行。""一个头发丝儿？半个头发丝儿都不行！"树山插了一句。就这样，内行外行都发表着自己的看法。

第六小队办起了铁工厂，这在新立沽是一个不小的新闻，人们议论纷纷。有的说："刨土坷垃的办工厂，瞎胡闹。""马老头儿也是的，他就由着刘树山瞎折腾，看着吧，早晚折腾点儿事出来，他就舒服了。"

七

星期日一大早，天刚蒙蒙亮，刘金水来到小厢屋，对呼呼大睡的树海说：

"今天你和树芬不上学，把自留地里那三分稻地的水打上，有三天没上水了。再把那几个小畦的菜地上一遍水，听见没有？啊？"树海是个初中生了。他翻一下身子，懒懒地说："知道了，又打水，真腻歪。"刘金水烦了，骂道："你这小王八蛋，你还烦了？这不是赶上倒霉天气了吗？一个六月，一滴雨不下，种啥东西不浇水能活啊？回来我要看看你们干得咋样！"说罢走出去了。

吃了早饭，树海拿着水斗子，扛着一个平锹，对在屋里洗刷碗筷的树芬说："我先走了。"然后对在猪圈旁喂猪的他大嫂王春梅说："大嫂，小江在家吗？""在屋里吃饭呢。"王春梅说。树海说："等会儿大嫂告诉他，给放放畦口。"王春梅舀一勺猪食答应道："你去吧。"树海跟小常胜开玩笑："常胜，走啊，三叔给你摘西瓜去啊？""没有。"小常胜奶声奶气地说。"真的，咱们家地里，你大爷种的西瓜熟了，甜甜着呢。"树海笑着模仿着小孩的口吻。王春梅笑着说："他三叔，你快干你的活儿去吧，你不知道这孩子心眼儿实，他真找你要咋办啊？"树海跟常胜做了个鬼脸就走了。

树海出了院子，就是他家的自留地，篱笆里面是三分水稻秧苗，看上去呈老绿色，有的叶子尖部打卷干黄了，地里基本没有明水了。走过稻地那边，是一小畦西红柿，它的枝杈上结了一串一串绿绿的西红柿。紧挨着它的一畦是茄子，还没有结茄子。再往里面是一畦辣椒，有的地方长了小长辣椒。最下头儿种了一小片西瓜，有几棵秧子上结了几个花皮西瓜。这些瓜果蔬菜的秧子都不是那么旺盛，有的还长了腻虫。

树芬头戴草帽走来了，已经上初中的她长成了漂亮的大姑娘。她的大眼睛很有灵气，长方脸白里透红。她身材修长，上身穿一件小碎花的浅色长袖褂，下身穿一件蓝色长裤。她轻盈地来到沟边打水的水窝处。树海递给他妹妹树芬水斗儿单绳的那根绳子，他这端是双根绳。大沟的水位太低了，兄妹俩各自站好位置，把各自的绳子调整好长短，轻轻悠了两下水斗儿，一弯腰，水斗儿浸到水里。两人用力挺身提起，顺势泼向岸上的水窝子，水却泼到了外面，顺着岸坡又流回大沟里。树芬一笑，调整了一下位置，这次水斗儿刚好泼到水窝里。水流顺着毛渠流向前面，流过畦口，流进了稻田地里。

天气干热，兄妹俩脸上都出了汗。树芬粉红脸颊上的汗水，渐渐流向腮下，她腾出一只手快速抹了一下，水斗儿的水却泼到了外面。她笑了一下，说："歇一会儿吧？"树海似乎以男子汉自居，咧嘴一笑，摇了一下头，说："行，歇一会儿吧。"树海来到小菜园，看到西红柿、茄子的叶子被太阳晒得蔫蔫的，他自言自语道："哎呀，这臭天气，下一场大雨多好啊！"他来到了西瓜地里，又瞄上了靠里边的那几个诱人的西瓜。他小心翼翼地走进西瓜地里，弯下腰用一只手弹弹这个西瓜，弹弹那个西瓜。可是，他并不知道如何根据弹西瓜发出的声响来辨别它们的生熟。常胜摇摇摆摆地跑了过来，后面跟着树芬和树江。小常胜停下来，一眼就看见了西瓜，小眼睛立刻盯上了。树芬走过来，小常胜指着西瓜说："大姑，我吃！"树江吓唬道："还没熟呢，不能吃！"小常胜并不相信，哼哼唧唧："哼！我吃，我吃……"树海笑了，说："你自己摘去吧，等你大爷来了，非打你屁股。"小常胜今天邪了，就是缠着想吃西瓜，馋得他"呜呜"地哭了起来，树芬哄也哄不好。树海有点儿活心了，也激起了探究的欲望。他问小常胜："你真想吃西瓜吗？"小常胜撇着小嘴点点头。树海对树江说："你上屋里拿你的铅笔刀来！"树江不解地问："你想干啥？"树海神秘地说："你拿来就知道了。"树江跑回家，不一会儿就折回来了，气喘吁吁地把铅笔刀递给了树海。树海接过小刀，对小常胜说："你等着，三叔给你摘西瓜去。"他来到西瓜地，对一个西瓜动开了手术，在上面开了一个小三角口，拔出来一看白籽白瓤，他失望地把小三角又扣上。树江忍不住过来了。树海又如此这般对几个西瓜动了手，结果都是如此。树芬抱着常胜过来了。树海在西瓜上又拔出来一个小三角块儿，一看还是白籽白瓤，他递到小常胜的小嘴里，小常胜咀嚼了一下，觉得无味，便吐了出来。树芬替她哥为难了，说："哥啊，爸发现了，又得骂你了。"树海无奈地说："骂就骂去呗，我就赖小常胜呗。"说着，他只好又弯腰用西瓜叶子掩盖了一下。树芬笑着说："你这猫盖屎肯定不行啊！"树海向外走着，有些后悔地说："快打水去吧，要不骂得更邪乎了！"树芬把小常胜交给了树江，跟着她哥接着打水去了。

中午，刘金水收工回来路过自留地，顺便看了一下自留地上水情况。他转悠到西瓜地一看，那几个西瓜上面有干死的绿叶子，他把边上那个西瓜上面的干叶子拿开一看，生气了，骂了一句："大海这个小王八羔子，馋疯了！"他刚到屋里，树海心里有鬼，瞟了他老爸一眼便向外走。他老爸骂道："站住！小王八羔子，那几个西瓜的三角口是你挖的啊？"树海没想到这么快就露馅了，只好壮着胆子说："常胜非要吃，我就……"他老爸直截了当

地说:"别找些词儿,是你想吃!"树海不说话了,树芬在一边偷着笑。刘金水教训起儿子来:"你想看西瓜熟不熟,你得看瓜皮是不是老成了,西瓜把儿毛刺儿少了,它的屁股门儿卧进去了,这个瓜就熟了,知道不?像你这样,西瓜不都被糟蹋了?干啥事,得动脑子,懂吗?"树海的母亲进了屋,却偏袒起儿子:"谁让你今年抽风,种了这几个破西瓜蛋子,不熟就打开看看呗。"刘金水不但没发火,反而苦笑着说:"你这娘儿们,生孩子还得到月呢,西瓜不到一个月能熟?吃西瓜着急,干活咋不着急?"树芬扑哧笑出了声。

八

七月初,第六小队铁工厂干得热火朝天的时候,大队革委会主任林金龙用广播喇叭,把马老头儿叫到了脏兮兮的革委会办公室。比树山大两岁的林金龙穿着一身褪了色的绿军裤,神情严肃地让马老头儿坐在一条旧凳子上,小眼睛眨巴眨巴地说:"你们办的那个铁工厂,公社知道了,让你们立刻就停!"马老头儿火了,腾地站起了来,质问道:"这是哪档子事?当初我和树山找你,你不同意了吗?这回咋又变卦了?""不是我变卦了,是公社不让办,生产小队不许办工厂,这是上级的命令,知道不?"林金龙提高了嗓门儿。马老头听明白了,指着林金龙说:"原来你眼红了,看我们挣钱了,你想霸占过去,是不是?"林金龙摆出官架子:"马老头儿,话可不能这么说啊,后面的事咋办,听候处理!"林金龙见马老头儿一脸不悦,黄瘦的长脸一板:"老马,我以组织的名义对你说,你是老党员了,要上纲上线,你吃不了兜着走!我问你,杨昆是啥人?你知道不?"马老头一听这话,仍不示弱:"他怎么了,人家不就是成分高点儿吗,也没干犯法的事,你别拿大话压我,顶不济我这个队长不干了,到头儿了吧!"马老头起身一甩手,气呼呼地走了。

马老头儿好不容易挨到收工了,回到家忙不迭地胡乱吃了半个馍馍、一碗稀饭,就往外走。老伴儿在后边追问了一句:"黑灯瞎火的,你上哪去?"马老头儿头也不回,气冲冲地说:"别管了!""这死倔驴,又和谁怄气了!"老伴儿骂了一句,照样拾掇着碗筷。

97

树山吃着饭，王春梅给两岁的儿子常胜喂稀饭，儿子耍着非要自己在桌旁吃，王春梅拍了孩子一下，吓唬道："你这臭孩子，你自个儿吃得了吗？再闹我给你撇到猪圈里去！""呜……"孩子哭了，树山见孩子一哭，把筷子往饭桌上一拍，吼道："你再咧咧，我打死你！"孩子吓得直撇嘴不敢哭了。妻子放下碗筷，抱起孩子嗔怪道："你这个人，心不顺，拿孩子撒气？小孩子不就是这样吗？我发现你这些日子对孩子没有耐心……"这时，马老头儿一头闯进了屋，树山忙让座，客套了两句。马老头儿接过王春梅递过的"战斗"牌烟卷儿，吸了一口，气愤地说了铁工厂的事。树山骂道："放他妈的狗屁！这小子整天不会别的，就会拆台，不听他瞎嚷嚷，看他咋样，听拉拉蛄叫，还不种地了！""依我看，不能硬顶，人家是官儿，你胳膊再粗，还拧过大腿了？"王春梅插话说。树山瞪了妻子一眼，刚要说话，又把嘴闭上了。王春梅也不看丈夫，冲着马队长说："大伯，不知我说得对不，最好找找我们三叔，他老在公社里认识的人多，兴许能说上话。在家里杀七个宰八个的生猪气有啥用，你老说呢？""烦人不烦人，这个事用不着你操心。"树山顶了妻子一句。半晌没人说话了，马老头儿站起来，狠狠地骂了一句："他娘的，气急了，咱们给人家拉回去，不能便宜了他龟孙！""看看再说吧。"树山穿上衣服，准备到三叔家去一趟。

树山和马队长到了他三叔家，把铁工厂的事向他三叔说了。刘金东答应先问问林金龙，再回公社了解一下。

又是一个炎热的天气，天刚蒙蒙亮，大队革委会的广播就响了，通知刘树山、马守山上午八点到大队革委会开会。树山心里没有底，又跑到他三叔家里商量了一下对策。刘金东劝道："树山啊，你们这事，我夜里掂量了，这年月，硬扛是扛不住的，实在扛不住也别硬扛，送个整人情，韩信还胯下受辱呢。退一步说，林金龙想弄过去，真能办好了，不也是村里的好事吗？树山啊，听你三叔的，退一步海阔天空，世上的事就是这样，尤其在这个年月，更不能太找死铆子。"树山听了三叔的话，刚才还抱着的热罐儿一下凉了半截，他苦笑了一下，说："你老说得有道理，可是这口气不好出啊，我们费劲巴拉的，好不容易办成了，让他抢了去，这不太窝囊了吗！"在一旁的树民听得不耐烦了，很轻松地甩了大哥一句："大哥，你真死心眼儿，你懂得啥叫权力吗？这就叫权力！"说完一抬屁股上屋里去了。树山一时无话

可说，满以为三叔会给他出个好主意，一看这样，他快快不乐地告辞，找马大伯去了。

树山和马队长刚到大队革委会门口，林金龙一改昨天对马老头儿的态度，笑面虎似的与他们打招呼，把他们让进公室里，还拿出"大前门"牌香烟让他们抽。马老头儿没有接，掏出了自己的旱烟。树山接了过来，林金龙忙给他点上，将他拉到外面的墙根儿底下，轻轻拍一下他的肩膀："老弟，这铁工厂的事，你可别恼你老兄，没办法，是咱村里有人捅到公社了。公社的意思是就地关了，我好说歹说，公社主任才同意收回，让大队办。大队班子也同意办这个厂子了。你看，老弟，你就是受了天大的委屈，也得给哥哥这个面子。"林金龙皮笑肉不笑地看了树山一眼。树山脸一绷，扫了当年被他摔倒在地的林金龙一眼，严肃地说："我要是不给你面儿呢？我把车床送回去呢？"树山细长的眼睛直勾勾地盯着林金龙。林金龙下意识避开了他的目光，强装笑脸："老弟，你别逗你老兄了，别人不了解你，我还不了解你？你是干事的人，这种事你做不出来，你哪能胳膊肘往外拐呢？弄到大队来办，功劳不还是记在你的账上？说句笑话，你就忍心光让你们小队的老婆孩子吃好的，外加年底点票子，叫全村的大人孩子净喝稀的，干瞪眼？"林金龙一番瞎白话，树山苦笑着摇了一下头，没有说话。过了一会儿，树山一字一板地说："老兄你这张嘴，能把活人说死了，也能把死人说活了。这样吧，我和马队长悉听尊便。"说实话，林金龙对树山真有点儿犯怵，看到他这样表态，便假惺惺地夸奖了两句："我就愿意跟你这样的哥们儿打交道，干脆利索！"树山微微一笑，说："你也别给我戴高帽，咱们丑话说在前面，我们买车床花的钱，你老兄一个子儿不能少了我们，再就是人员，尽量都留下，算我们给大队出副业，到时候返给我们工钱。""老弟，这都好说，全村的事，哪能让你们一个队做贡献呢？"林金龙说完，拉着树山进了办公室，跟马队长又说了其他一些问题。最后，林金龙站起来，对树山笑着说："水泵厂的事，咱哥们儿还得好好圆一下，关键是不能让人家误会咱们，你说是不是？今后你老弟还不能甩手，还得操心受累，净看笑话可不行啊！"说完哈哈一笑。树山、马队长同时一抬屁股，二话没说，出去了。

当初，林金龙就想把这个铁工厂弄到大队来办，他怕此话一出，鸡飞蛋打。再者，他心里也没有把握，不知办得好不好，所以就留了一个心眼儿，先让树山他们去干。树山他们若是干好了,他就找个借口把它收过来;他们如果办砸了,那与他无关。谁知他们还真的干成了,听说已经挣了好几万块,他坐不住了,跑到公社告了一状。公社主任一听,这还了得,当场责令林金龙,立刻停办。林金龙这下有了底气。

马队长、树山一直躲在小队办公室里,气呼呼地站在窗前,只见林金龙派来的两台农用二十型拖拉机从办公室窗前驶过,车斗上拉着他们那两台车床。马队长立刻瞪大了眼睛,怒骂道:"金龙这小子,他得现成的了,属孙猴子的,桃子让他摘了!"树山双眉紧蹙,双唇紧闭,细长的眼睛直勾勾地盯着车上那两台机床,一声不吭……

九

一九七六七月,蓟运河干枯了,有的地段都能跑过人去。这几天异常闷热,使人难熬。奇怪的是,这些天人们总能看到一条条长蛇横穿马路,一群一群耗子东奔西窜,白天很少看到的黄鼠狼一窝一窝到处乱跑。可是,人们只是把这些奇怪的现象当作趣闻来议论,或解释为天气太热的缘故。

一天晚上,树山搞副业回来,热得难受,脱光了身上的衣服,只穿了一个大裤衩儿,拿起脸盆来到房山大沟边,舀了一盆凉水,端到岸边,擦洗了一通。蚊子太多,他洗完赶紧跑到了小屋里。王春梅往鸡窝里赶着鸡,可是一群鸡就是"咯咯"叫,不进去,轰了好一阵才把它们赶进鸡窝。她忙完,天黑了下来,这几年她适应了,都是两头黑才吃饭。

吃饭了,树山拿起一个发面饼,咬一大口,说:"今天饿坏了。"王春梅望着孩子笑着说:"看你爸那大嘴叉子,吃得多香啊,好儿子,咱们也吃。"她把儿子放在饭桌旁的小凳子上。吃完饭,树山拿起一把大蒲扇扇着,王春梅纳闷儿地说:"你说邪不邪,咱们那两头小猪要了整整一天,上蹿下跳。连鸡也找别扭,就是不进鸡窝,我费了好大的劲儿才轰进去。你说是咋回事?""天热呗。"树山若无其事地说了一句,然后若有所思地说:"你明天去他奶奶那儿看看去,她是不是病了?"昨天夜里,树山做了一个奇怪的梦,梦见村头的蓟运河两岸有好多人在小雨里哭泣,他妻子也一个劲儿地哭泣,他怎么劝也劝不住,也跟着哭了起来,哭醒了……王春梅知道丈夫做梦的事，劝解道："你一个大男子汉也迷信，清早我不说了吗，你就是因为铁工厂的事憋气，才做这个梦的。也许有点儿想你妈了，明天我带孩子去一趟。"自从树山的母亲因树河的死而精神错乱后，赶上年节，他就去看望一下。这两年他都是打发妻子到那里看看。只要一想起母亲，他心里就痛，所以妻子不愿多说她这个亲婆婆的事。

七月二十八日晚上，新立沽的人们在大队场院挨着闷热、蚊虫的叮咬，十分投入地看完了电影《上甘岭》。十一点多钟，人们又说又笑，各自回家了。

树山看完电影回来，昏昏沉沉睡了一觉，热醒了，索性从炕上爬起来，拿起一把大蒲扇到外面凉快去了。他解手后，发现天空阴阴的却不黑，向东北方向望去，好像有红光，就在他纳闷时——大地震发生了。他顿时感觉脚下的地面激烈地颤抖颠簸起来，这有生以来从未有过的感觉，顿时使他万分恐慌，他惊呼起来："地震了！快……跑啊……"他向屋里蹿去。王春梅抱着孩子缩成一团，倚在墙角。树山一把抢过孩子，拉起妻子就往外跑。当他们跌跌撞撞地跑到外面时，他们惊呆了，他家的土坯房子东倒西歪地摇晃起来，房前房后的柳树、枣树摇晃得简直就要扑倒在地上。继母的正房"轰隆"一声闷响，像纸糊的似的倒塌了，随着一片尘土飞扬……

树山惊呼着向他大伯那边跑去，这时他大伯一家四口从摇晃的土房子里慌乱地跑了出来。"救命啊……"慌乱中，树山隐隐约约听见了微弱的呼救声，飞快地跑到废墟上，无目的地乱撞。他恐惧、焦急，牙齿打战，发出哭似的颤音："在哪……在哪呢……""救命啊！"不知是哪个妹子在西房间的废墟里发出微弱的声音。树山循声找过去，用手拼命地刨挖压在她上面的土坯。树山的大伯、大娘、王春梅、树芬、树海都上来了。东屋的废墟里又传出树江微弱的呼救声。树山听见了，更急了，立刻把人分了两拨，王春梅忙向西面喊了起来，刘金水拿来了锹镐："树江……树江……""快救我！快救我！"树山一边刨土坯一边吩咐，一家人也顾不得天上的小雨和一次次较强的余震，拼命地刨挖……

树兰、树江被救了出来，树山的继母暂时没有救出来，她被一根房檩压住了，直到天亮才被救出来，两条腿已经折了。非常懂事的树芝和非常可爱的小树英，从废墟里被救出来时已断气了，一家人痛苦地把她俩抬到草垛旁，用柴草暂时盖上了。

树山不等喘口气，就和他大伯、树海冒着小雨向村里他三叔那里急奔。他们爷仨儿沿着稻田小沟埂深一脚浅一脚地跑着。一路上，他们看到多处地下一个劲儿向外冒着冰凉的黑水，他们非常恐惧，不知将要发生什么。他们远远地看见村东头刘金东的房子不见了。"不好，三叔的房子塌了！"树山加速奔跑起来。他们跑到近前，只见刘金东、树民、树花，还有树民的女同学秦亚娟正在废墟上抢救树民的母亲。树山顾不得打一声招呼就动起手来。刘金东一边刨土，一边心情沉重地问："那头儿咋样？""树芝、树英死了，他奶奶腿折了。"树山来不及细说。

　　树民母亲的尸体从废墟里刨了出来，人早已断气了，一家人又是一阵撕心裂肺的痛哭，秦亚娟也跟着抹泪。

　　树山擦了一下眼泪，眼前的惨象使他惊呆了：刚刚搬到村里的人家，新盖的二十几排土基子房，几乎成了一片废墟。哭爹喊娘、呼儿唤女之声，使人心如刀绞，惨不忍睹。树山一刻也不敢歇息，跑到马队长家，他们一家子正在哭泣，马队长死了。树山含着泪安慰了几句，对马志林说："先把大伯盖好，看看咱们队谁家的房子塌了，咱们组织一下先刨人，然后是生产队的牲口。"马志林见树山只穿一个裤衩，给他找了一身从废墟中的柜子里翻出来的裤子、褂子。树山穿上衣服，与马志林一起到各家刨人去了。

　　树山组织人们一直忙到天黑。他在杨鸿志家里吃了点儿饭。摸着黑，他又组织大家清理倒塌的生产队的牲口棚，把活着的牲口救出来了。到此为止，树山所在的生产小队，死亡二十一人，伤十一人，牲口死了四匹。

　　树山刚想喘口大气，突然想起了母亲家和姥姥家，一跺脚，猛地抽了自己一个嘴巴："完了！完了！"他嘱咐大伯把两个妹妹埋了。

　　树山在泥泞的土路上拼命地蹬着自行车。一路上，每个村庄都是漆黑一片，依稀可见的蜡烛的光亮，在一片废墟中微弱地跳动着，不时传来人们揪心的哭声，时而碰见送葬的人们，叫人压抑得喘不过气来。

　　树山到了姥姥家。表弟沉重地告诉他，树山的母亲、姥姥、老舅、姨、姨父、表弟、表妹共十多口人，都死了。树山听罢已是欲哭无泪了，眼睛红红的，半晌说不出话……

　　树山又摸着黑，来到了他母亲的家。他跪在一个新的坟头旁，同母异父的小妹妹文花、文敏也跪在一旁。

"娘，别怪我不早来，我们那里也死了很多人，我实在脱不开身哪！我想让王春梅来看你，谁知……娘，你知道吗？我到了姥姥家，情况更惨。这是天灾啊！从没有见过的天灾啊……"树山哭诉着磕了四个头，告别了两个妹妹。

第二天，树山从大队开会回来，立刻通知各家的重伤者都集中到大队统一救护。他把继母送到了大队。

在这场大地震中，仅新立沽就死亡一百二十多人，重伤四十多人。那些幸存下来的人，欲哭无泪，草草地掩埋了各自的亲人，心惊肉跳地在临时搭建的草棚中艰难地度日。然而，幸存下来的人们，被各种谣言搅得恐慌异常、寝食难安。

新立沽大队大场院搭建起临时帐篷。早晨，树山从继母的帐篷出来，有人喊道："病号家属注意了，现在来一个代表，到对面的大街上开个紧急会议。"

树山等伤员家属陆续来到大街上。林金龙对大家说："我传达紧急通知：咱们这里的病号，马上准备送到区里医院，区里统一送到市里。到市里的重病号，市里收治不下的，统一送往外省市免费救治，你们准备去吧！"

"我们陪床的也跟着去市里、去外省市吗？"有人问。

林金龙说："你们陪着送到区医院，把你们的家人送上去市里的汽车就回来，国家全包了。"人们长长地松了一口气。林金龙又说："树山老弟，你跟着吧！到了医院，你就负责吧！我在村里处理其他事。"树山说："行。"

在去区医院的路上，树山举目望去，一个个村庄都是断壁残垣，不时看到抢修电网的、抢修饮水井的、搭帐篷的。拖拉机来到蓟运河大桥边，大桥大部分断裂倒塌，旁边临时搭建的浮桥上人来人往。隔河望去，对面的城区也惨不忍睹。

蓟沽区医院到了，人们下了车，只见医院大门口外的公路两旁临时搭建的帐篷里住满了病人。院内的广场上也是如此，医护人员紧张地忙碌着。医院的主楼受损严重。人们把自家的伤者安顿好，等待着。树山从一个帐篷里出来，对大家说："大伙儿等着吧！区里在抽调卡车，估计中午就能到。"

黄昏，新立沽大队部道口围着好多人，他们看见树山等人坐着二十型拖拉机进了村里，立刻迎上去拦住车，焦急地问："是发生海啸了吗？"树山说："没有啊！""他们说，海啸都到城里了。"人们嚷嚷道。树山苦笑了："我们刚从城里出来，啥事也没有啊。净瞎造谣！""谢天谢地，老天爷啊，饶了我们吧！""他们说得可邪乎了，说区里都炸了窝。"人们的表情明显放松了下来。"扯淡！逮着这造谣的，非把他捆起来！这都啥时候了，还扰乱人心？"不知是谁愤愤地骂道。"走吧，你就是上大河堤躲着，海啸要是真来了，大河堤也未必挡得住……"人们闹哄哄地散去了，有人胸前还抱着包裹，车上有的人见状苦笑着直摇头。

　　夜晚，在马志林家窝棚旁，大家议论着。树山说："家家的窝棚搭得也差不多了，队里那二百多亩稻地，明天叫上几个人，整理整理。有的上水沟都淤死了，有的秧苗被埋了半截儿。我都看过了，清理出来，等电线修好了，有电了，让抽水机给稻子上点儿水，不能眼看着它干死啊！活着的人还得活啊！"马志林说："可不是。"树山接着说："明天，林金龙让咱们抽几个人，清理米面加工场的机器，人们得磨米磨面啊。"这时，半导体收音机传出消息，人民解放军已进入城区救灾，抢险救援工作有序展开……

　　树山成了第六生产小队的主事人，搭窝棚、发放救急食品、开会、组织生产生活自救等。这样的生活持续了十几天，人们逐渐地平静下来了。

　　谁知祸不单行，一天，突然乌云翻滚、电闪雷鸣，人们吓得胆战心惊。随之而来的就是铺天盖地的冰雹，那冰雹砸在窝棚顶上，简直像敲鼓一样，大有把窝棚敲碎之势。地面立刻被一层厚厚冰雹覆盖。难道老天还嫌不够吗？

　　可恨的冰雹停止了。树山跑到地里一看，水稻、玉米，一片狼藉。玉米秆儿光秃秃的，水稻秧的叶子东倒西歪。他望着这惨象，真切地体会到了人类在大自然面前是何等脆弱和渺小。他想哭，真的想大哭一场。他望着遍地的废墟，光秃秃的农田，几乎到了崩溃的边缘。他想起自己插上尾巴像牛一样奔波的这些年，想起一次次挑着两大筐秧苗，那"扁担炖肉"的艰难日子，想起改土治碱时他打开厚厚的冰盖，从深深的沟底一锨一锨向渠岸上甩着稀泥，分段包干的情景，想起一次次出河工抬着沉重的泥兜子的艰辛……所有这些苦和累他不怕，为了家，他能不干吗？可是眼前这惨象让一切努力都白费了。今天，他第一次想痛哭一场。他感慨万千，为什么人活在世上这么难啊！他仰天长叹……

第二章

树山心里明白，为了活着，为了活得更好，说啥也不能变孬种，还得干！"我他妈的就不信，我就是天生的穷命鬼！"经过一番冷静的思考，他暗暗发誓。他从这次空前的灾难中感受到了一个行业的重要性——建筑业。他为他小队的人们庆幸，他们提前学会了这方面的技术。他又恢复了往日的自信和执着。经过小队社员们的选举，马队长的职务由树山接任，马队长的大儿子马志林当选为副小队长。树山主持小队的全面工作，兼工副业队的队长。马志林负责小队的农业工作。树山安排好生产队里的事，又带着人们进城搞副业去了。

一九七七年夏天，与继母一起生活的树山在低矮的临建棚里吃完晚饭，回到自己的小窝棚。王春梅起身把瘫痪的婆婆的碗筷拾掇到外间屋，与树兰一起洗刷碗筷。她回到小窝棚里，只见树山正独自抽闷烟，他还在想着今天上午开会的内容——知青选调回城。他严肃地问："你想好了？将来知青们都走了，你别后悔。"王春梅沉默了一会儿，然后笑了一下，说："你这个人，我不说了吗，不去。我回城了，你咋办？一家不一家的。"树山一笑，起身出去。一出门儿，他迎上了王老二王洪金。

王洪金向王春梅打了招呼。王春梅往茶缸里倒着白开水，逗王洪金："听说你想要去城里当工人？是怕刘晓芳甩了你吧？""嫂子，这话让我咋说呢，如今城里找咱招工，有这个机会为啥不利用呢？八成儿是嫂子看到晓芳她们一个个都回城了，心里长爪了吧？"王洪金说完哈哈笑了起来。"我才不长爪呢，我是不想回去。"王春梅红光满面地笑着说，接着又逗道，"我算服你了，想把晓芳追到手，地震那会儿，你跑到人河边，一看船在那边，一口气游过去，跑到她家，有这个事吧？"王洪金一个劲儿傻笑。"你大哥也纳闷儿，有人看见你了，他才放心。你把她爸妈后事料理完了，才跑回来，你真会讨好晓芳啊。"王洪金脸一红一白地笑。"你说这早不选调，晚不选调，偏偏赶上你们快结婚了，眼看到手的漂亮媳妇真要是跑了，多可惜啊。""大嫂，你说到我心里去了，别让我们成了牛郎织女，你得替我劝劝大哥，我今天就是为这个事来的。"王洪金脸皮很厚。一直赔笑的树山对妻子说："你别白话了，快看看孩子去吧。"他把妻子支走，王洪金认真而又焦急地说："你无论如何，好好跟林金龙说说，一定让我走。"没等树山开口，他又说，"说实话，如果不是为了晓芳，我真愿意跟大哥一起干，眼下又是这么个情况，我不说，大哥你也明白。"树山眨了眨眼睛，笑了一下说："说真的，我真不愿意让你走，眼下建筑的活儿这么好干，机会难得啊。听说国家给咱们区拨了几个亿的救灾款，活儿有的是，我想接大工程，像你这样搁哪儿都顶个儿的人，我能舍得？还有，你走了，还得找一个开车的。话又说回来了，你和晓芳的事是大事，因为我挡流儿，你们的事扯了，晓芳骂我，我不怕，你不骂我一辈子才怪呢，谁让咱是好哥们儿呢！""大哥，这是哪儿的话啊，就是我俩的事扯了，也不能赖大哥啊。"王洪金对将要"农转非"，当一名无数农民子弟期盼成为的工人，喜出望外。"真要是出息了，别忘了你大哥就行。"树山逗了一句。王洪金接过树山递过来的"战斗"牌烟卷，说："大哥，你是损我？我王老二是过河拆桥的人吗？"两个人一边逗着，一边聊着，一会儿是农活儿，一会是副业队的事，总之，他们畅谈着美好的明天。

夜里，王春梅翻来覆去不能入睡，刘树山也是如此。他捅了一下背对他的妻子，王春梅没有反应。"要不我也选调当工人？"树山试探着说。王春梅猛地转过身来，急了："你傻了？你走了，这个家不就散了吗？我不走，不就是为了你，为了咱们这个家吗！"刘树山看见妻子的脸上挂着晶莹的泪花，他一下抱住了妻子，眼睛红了，喃喃地说："难为你了……"

这天，天气晴朗。漂亮的刘晓芳穿着整洁，骑着自行车来到了王春梅家，看见王春梅在猪圈旁给猪喂青菜，微笑着打招呼："王姐，喂猪呢？"王春梅立刻转过脸来，放下手中的青菜，笑着迎了过来："哎呀，大老远地，还想着我，快进屋。""王姐，咋这样说，再远我也得抽空来看看王姐。"刘晓芳支好自行车，把一兜水果拿下来。"到我这里来，还花钱买啥东西啊，客气啥，结婚哪儿不花钱。"王春梅嗔怪道。"别，王姐你说哪儿去了，给孩子买这点儿水果，就够寒碜的了。"刘晓芳说着，随着王春梅进了防震简易棚。

一坐下，姐俩就说起了知心话。"你和老二的婚事定下来了吗？"王春梅问。刘晓芳笑着说："快了，等我们都安顿好，到时候你们三口人都去喝喜酒。""那当然。哎呀，你们俩能走到一起真是缘分啊，老二对你真是实心实意。"王春梅感慨道。"就看他这样对我，我才认了。如果只看长相，我没有相中他。"刘晓芳流露出一丝无奈。"要说长相，他是配不上你。话说回来了，将来过日子是真的，长相能顶饭吃啊？老二有心路，两人以后好好过日子，比啥都强。"王春梅叮嘱道。刘晓芳笑了笑，问："王姐，你真的不选调了？"王春梅没有马上回答，喘了口大气，说："你看树山这个家，我走了，还像个家吗？我也认了。"这时，小常胜"噔噔"地从院子外跑了进来，后面还跟着一条大黄狗。"叫刘姨。"王春梅对常胜笑着说。小常胜有些羞涩地小声叫道："刘姨。""哎，多好的孩子。"刘晓芳笑着答应着，立刻给孩子拿水果……

　　王春梅一手牵着小常胜，送走了刘晓芳，看着她远去的身影，她的双眼湿润了。小常胜见他妈哭了，纳闷地问："妈，你咋哭了？""妈没哭。"王春梅用手抹了一下泪珠，牵着小常胜转身进了防震简易棚……

　　三婶去世之后，树山一有空儿就去三叔家里坐坐。这天晚上，他一进门就听见他三叔在发火："你们俩都老大不小了，没有一个让我省心的，你妈没了一年了……"刘金东刚说到这儿，见树山从外面进来，接着说，"让你大哥说说，都这么大的丫头了，学也不好好上，一天到晚上蹿下跳，一个玩，一个穿。""我穿啥了？你老看一看别人，谁不比我穿得好？"树花抹着泪委屈地争辩着。"你还嘴硬，你咋不比比学习呢？"刘金东提高了嗓门儿。树山忙劝道："你老消消气。"又转头对树花说，"这么漂亮的妹子，哪能比人家次呢？等着，让你大嫂给买一身儿。"他这么一说，树花不好意思地笑了，说："我才不要呢。""傻妹子，不要白不要，可有一样儿，从今天往后，听你爸的话，好好学习，这才是正路。穿得再好，一肚子屎，搁哪儿，哪儿不行，也是白搭。"树花一听，"咯咯"地笑了起来。"你就知道傻笑，听见你大哥说的没有？"刘金东也露出了笑容，让树花给树山倒了一杯水。树花坐在一边，摆弄她白皙而修长的手指。他们爷俩说着话，不知不觉提起了刚完成高二的学业的树民。刘金东右手理了一下他那花白的头发，说："树民这几天又耍滑呢，公社拖拉机站的活儿不愿意干了，非要找人推荐上大学。""不行，必须劳动两年才有资格呢。"树山清楚这个事。"我没理他，刚毕业，着啥急啊？"刘金东吸了一口烟。"现在的事，没法说，不定哪天来了文件，说刚毕业也能推荐呢。"树山随口说道。"你还别说，这话真让你蹲着了，听小道消息说，往后上大学不推荐了，谁愿意考谁就考，像以前那样，谁考上谁就去。"刘金东说。"是吗，可把指望着走后门儿的人坑了。"树山喝了一口水。树花出去了，刘金东又提起了树民的女朋友秦亚娟，不高兴地说："树民这个孩子，非要让我给小娟子在公社找一个差事，树山你说，那公社是给咱家开的吗，你说咋办就咋办？再说了，你三叔在公社也不是一个什么官，只是一个挂职的干部。""他俩的事，你老是啥态度？"树山随便问了一句。"啥态度，我说他们是瞎胡闹，这种事你越逼紧了，他越来劲儿，干脆淡着他，兴许好点儿。说实话，小娟子这孩子挺通情达理的，你三婶死的那时候，她也来了，哭得跟什么似的，你不也看见了吗？今儿个树民也许找她去了。"树山把秦亚娟家的情况简单地说了，说她家的人不错。刘金东说："她爸我认识，是个小队长，是吧？问题是你弟弟这个孩子性子不准，真要是定了亲，有一个不好，跟人家姑娘扯了，让人家笑话。"他的言外之意是，他们全家有可能很快就会回到城里，如果娶一个农村的媳妇，将来农转非是一个大问题，树民岁数也不大，何必呢。

第三章

一

一九七七年深秋，对于知识青年来说，有一件意义非凡的大事：高考恢复了。一时间，人们兴奋不已，踌躇满志，同时也有很多人怀疑观望，不相信这是真的。还有很多人悔恨不已，因为他们的肚子里确实没有多少墨水，几年的劳动让本来就不多的知识所剩无几。只有应届毕业生或近一两年毕业的青年男女，那可怜的知识还热乎点儿，似乎占点儿优势，但是他们心里也七上八下，一点儿把握也没有。一时间，有的打算歇工，重新走入自己的母校，在学校临时办起的复习班里疯狂地啃着已经生疏的数理化；有的抓紧早晚的时间，拖着劳作一天的疲惫的身体挑灯夜战。

树民在秦亚娟住的小小的防震棚里商量着高考的事。英俊的树民上身穿一件白色的的确良衬衫，下摆掖在绿军裤腰里，双手插在裤兜里，粉红的长方脸熠熠生辉，大大的眼睛不时地看着秦亚娟。秦亚娟白里透红的鹅蛋脸透着秀气，乌黑明亮的大眼睛上长长的睫毛扇动着，很动人。浓淡相宜的眉毛很匀称，高鼻梁很秀美，月牙般的红润嘴唇很迷人，乌黑的秀发编成两条小辫儿。她上身穿一件粉色的确良小褂，衬托得她更加甜美。此时，她略带一丝愁容，但仍不失少女的美丽，只听她用那圆润的嗓音说："我心里真没有底，如果考不上，多害臊啊！"恢复高考对于她来说，并不是一个好消息，她原本打算走工农兵推荐上大学的方式，迈进大学的殿堂。她在抗震救灾中的积极表现，以及美丽的脸蛋儿，博得了林金龙的好感，她如愿地获得了可以经常在村领导面前晃来晃去的大队广播员的差事，这样就有机会实现她的理想了。如今她的梦想破灭了。"你没有底，我也是，其他人都是，这些年谁学啥了？关键是谁有信心，抓紧时间复习，都是现学现卖，看谁学得好，卖得好。"树民轻松地用手比画开了，说得秦亚娟直笑。"看你说的，啥事到你身上就容易了。"秦亚娟亲昵地看着树民。"就是嘛，咱们好歹是应届毕业生，还比别人占优势呢。"树民明着是鼓励秦亚娟，其实也是在鼓励他

自己。"我要是上学校补习班，大队的广播员恐怕当不成了，你知道这个差事有多少人盯着吗？"秦亚娟还在犹豫。"哎哟，这个大广播员，还不给人吓死，真是头发长见识短，我问你，这个差事能干一辈子？看你长得挺透亮的，原来是一个大草包。"树民这么一说，秦亚娟漂亮的小嘴一噘："你才是大草包呢。"她头一扭，不理他了。树民忙逗了一句："哎哟，亚娟小姐，就凭你这么漂亮，哪能是草包呢？你是聪明绝顶的美少女，几百年才出了你这么一个。""去你的，又耍贫嘴。"秦亚娟瞟了树民一眼，抿嘴笑了。

秦亚娟终于在树民的鼓励下，和他双双进母校参加了补习班的复习。王宗斌、董振刚、高学军等人也到母校复习了。在补习班上课，对于相当一部分人来说，就像听天书，根本听不进去。回到家里，还要挑灯夜战，大家被搞得昏昏沉沉。有的年龄大一些，甚至结了婚，有了小孩，不肯失去这对于他们来说也许是唯一一次机会的高考，更是拼命地啃着生疏的课本，因而弄得身心疲惫不堪。

放学了，秦亚娟与树民并排骑着自行车，在蓟运河畔凹凸不平的大堤马路上向家里走着。秦亚娟愁容满面："你都能听懂吗？""凑合着吧，比前几天强点儿了。"树民苦笑了一下，"你呢？""更糊涂了。"秦亚娟强装笑容。"没事，你一定要有信心，坚持就是胜利。不光你糊涂，好多人都和你我一样，现在就看谁有毅力了，跟赛跑似的，谁咬紧牙关，挺过去了，谁就是胜利者。"树民鼓励道。秦亚娟不作声了，过了一会儿，说："我不想学了。"树民一听这话，急了，停下车子不解地问："为什么？我说的话，你一句都听不进去？"秦亚娟停下车，低着头说："不为什么，难道非考大学不可？"秦亚娟喃喃地辩解。"我不是说这个问题，国家给你这个机会了，你为什么轻易放弃呢？我争取了，没考上，我不后悔。"树民严肃地说。秦亚娟一声不吭，美丽的大眼睛直愣愣地望着微风吹起的蓟运河水，夕阳照着她那漂亮的脸颊。树民看了她一眼，接着说："你好好想想吧，千万不要因为今天轻率的选择而遗恨终生。"秦亚娟被他这么一数落，吃不住劲儿，把这几天内心的苦恼一下子宣泄出来，愤愤地说："用不着你总教训我，我愿意怎么做就怎么做！"说完头也不回地骑上自行车走了。树民傻愣了好半天，看着她的背影，气急败坏地吼道："你等着吧！有你后悔的那一天！"他没有追她，气冲冲地骑车回家了。

第二天，树民生气没有找秦亚娟，一进教室向里面一望，她早坐在那里了，他立刻抿嘴笑了。秦亚娟瞟了他一眼，也抿嘴一笑。

晚上，他们在秦亚娟家里复习功课，提到报考大学还是中专的问题，秦亚娟问："哎，你决定考大学了？""那还能变戏法似的总变啊？"树民坚定地说。"你说，我报啥好呢？"树民望着秦亚娟美丽的脸庞问道："你是真心听我的意见吗？""这有啥可怀疑的。"秦亚娟显出不悦的神态。"根据你的情况和老师的意见，你报考中专，把握大一些……"树民话没说完，秦亚娟生气了："原来你也看不起我，冲你这话，我偏报考大学！"树民很尴尬，皱着眉头说："你看看，是你让我说的，你又变脸？这些日子，你动不动就跟我发火，你们女的是不是都这样？真拿你没办法。我只是这么一说，大主意你自己拿。""你说得好听，看你这些日子的得意劲儿，给我讲题时动不动就说，你咋这么笨呢？你这不明显瞧不起人吗？"她说着，抹起了眼泪。树民急得一时不知说什么好，脱口而出："我的姑奶奶，你别这样好不好，这都啥时候了，你还有闲心说这个？好了，那句话就算我没说，行了吧？"秦亚娟一听到"姑奶奶"，破涕为笑了，说："少耍贫嘴。"

这些日子，秦亚娟跟树民耍小脾气，主要是生气自己学习不好。对于考大学，她心里明白得很，根本考不上，就是中专也没希望。她怕树民考上，两人天各一方，日久天长，两人的感情就此了结了。她烦躁，她苦闷，她怕失去心爱的人。这些天，她始终为此而苦苦地折磨自己。她主意已定，反正什么也考不上了，干脆就报考大学装装样子吧，虚荣心使她做了不切实际的决定。也难怪，她享受的优厚待遇太多了。她凭着那张美丽漂亮的脸蛋儿、迷人的身材，在学校里成为活跃人物，获得了很多荣誉。女孩子们羡慕她、嫉妒她，男孩子们总想接近她，如果能与她打个招呼或说上一两句话，就感到莫大的荣幸。她走在大街上，那些男孩子赶紧瞟上两眼，还目送老远才算罢休。在村子里，街坊四邻见了都情不自禁地夸上两句："看人家的小妮子，长得多水灵！""这丫头，咋长的，咋这么漂亮呢！跟咱家的丫头片子一比，咱家的丫头都得撇了！真是的，上哪儿说理去。"而她是在忽视美、压抑美的环境里成长着。

随着年龄的增长，秦亚娟的女性特征一天天显现，修长匀称的身材，白净漂亮的脸蛋儿，使她对自己的穿戴有了审美观。她有时拒绝母亲给她做或买的衣服，不是颜色看不上，就是样式相不中。这有什么办法呢？在那个年代、那种环境，她还是想出了办法，偷偷地把自己肥大的衣裤稍稍改瘦一些，略显她女性的曲线美，她的这一行为往往遭到父母的责难。爱美、追求美是她的权利，也是人类的天性使然。正是因为人类爱美、追求美，才有了远古的人们在身上佩戴原始的装饰品而示美，才有了古筝和编钟等能弹出美妙旋律的乐器，才有了动听的《高山流水》《二泉映月》等名曲，才有了《清明上河图》、敦煌石窟等栩栩如生的艺术，才有了颐和园的江南春色、雄伟庄严的故宫大殿，等等。古人因追求美而留下的历史遗迹，为后人提供了美的享受。秦亚娟并不知道这些，只是自身爱美的天性流露了出来。

二

高考开始了。初冬的天气，阳光明媚。区一中大门口前，人头攒动。考前的青年男女，不管是年长一些的，还是小一些的，穿戴都很俭朴，表现各异。有的神情严肃，有的嘴角微动似在默诵什么，有的还在翻阅资料，还有几人围在一起说说笑笑的。只见树民、秦亚娟一脸庄重，面向大门口，似乎在看校园内一排排简易房的学生校舍，他们的考场……

进入考场的铃声响了，大门开了，考生们顿时紧张起来，涌向考场。树民拉着秦亚娟尾随而进，低声叮嘱："不要慌，千万不要慌……"

考生们陆续进入了各自的考场，这场意义非凡的考试，把青年学子推到了同一起跑线上。它不分考生身份的高低贵贱，不分城市和农村，不分有无门路，凭你知识的多寡，多则取之，少则舍之。

第一场考语文。这个考场上，只见树民认真地答着每一道考题，情淡定；在另一个考场上，只见秦亚娟时而答题，时而思考，看上去并不太紧张，有时会露出轻松的表情……

第一场考试结束了，考生们走出考场，树民从人群中看到秦亚娟一脸轻松，走上前问："可以吧？作文是你的强项。""还行。"秦亚娟微微一笑。下午考数学。从考场出来，秦亚娟满脸不悦，树民试探着问："感觉难吧？我答得也不好。""别问了。"秦亚娟低下了头。

第二天早晨，树民去找秦亚娟，她忧郁地说："我不想考了。""那怎么行！

不能半路打退堂鼓啊！我考得也不好。"他急了，秦亚娟拗不过，只好拿起考试用具起身走了。

上午考政治，秦亚娟感觉良好。下午的理化考下来，秦亚娟的脸颊红红的，美丽的双眼有些木然，她看见了等候她的树民，立刻强装起笑脸。"啥也别想了，考完就是胜利。"树民什么也不问，有意转移一下注意力，秦亚娟苦涩地一笑。两人找到各自的自行车，树民说："上街里转转？""我不去了，回家。"秦亚娟骑上了车，树民只好随着。路上，两人并肩而行，默默无语。树民定睛一看，秦亚娟在偷偷地垂泪。"你不要这样……"他不知说什么了。秦亚娟心里很明白，自己肯定考不上了，看来凭着自己的美丽，总会有好事降临的潜意识，在今天似乎失灵了。

考生们焦急地等待着。不久，录取通知书下来了，树民被市农学院录取，秦亚娟落榜了。董振刚、王宗斌报考了中专，也被录取了，一个是中等师范学校，一个是中等农业学校。虽然只是普普通通的学校，但这对农村的孩子来说，已经非常了不起了。考上的总归是少数，落榜的是大多数，考上的自然高兴，落榜的当然脸上无光。

树民应该高兴，可是他高兴不起来。他为秦亚娟伤神，每次劝解都被她莫名其妙的态度搞得左右为难。一天，秦亚娟的心情平静了许多，对树民抱歉地说："这些天都是我不好，你别计较就是了。希望你在大学里好好学习，虽然这个学校你并不称心，但比起我们没有考上的来说是一天一地了。假如来年再考，未必就比今年考得好，这个我不说，你也明白。我也认命了。你说明年让我再考，我想过了，不会有好结果。看来你的观点是对的，报考中专也许有希望，如今说什么都晚了。只要你闲着的时候，还记得有一个叫秦……亚娟的……我……就……知足了……"秦亚娟说不下去了，又抹起泪来了，脸上除了伤感还是伤感。看她这样消沉、伤感，不爱掉眼泪的他也被感染了，大眼睛也红了，含着泪花。这次高考落榜，对于一向众星捧月般的她来说，如同一下跌落到万丈深渊，这种巨大的反差，她无法承受，更何况她心爱的人将要离她而去呢。

树民考上了大学，恰巧刘金东官复原职——继续当他的农林局长，这双喜临门，能不让人高兴吗？刘金东把刘氏家族的大大小小都请到了他城里的新家，也是临建棚的三室的家。他还把树山瘫痪在床的继母用小轿车接来。

他摆了两桌酒席，虽说并不丰盛，但气氛是热烈的。树山走到弟弟妹妹这桌，对狼吞虎咽的弟弟妹妹们兴奋地说："你们都听着，你们要像树民看齐，争取将来都考上大学、中专，给咱老刘家多争光。"刘树兰这个没有刘家血统的女孩子，已无缘学堂了。她今天跟生产队请了假才来，垂着头，听大哥讲话。她是一个懂事、心思重的姑娘。她此时真后悔当初没听大哥的话，继续上学。树山转过头来，对树海说："你今年高二了吧？明年就看你的了，树民带了个好头儿，你可不能挡流儿啊！"树海把嘴里香喷喷的猪肉使劲儿往肚里咽，嘴一咧说："尽力吧！"他这个动作逗得弟弟妹妹们偷偷地乐。

酒席散了之后，人们陆续走了，刘金东独自在屋里掉眼泪，念叨着："孩子他妈，你没福啊，树民考上大学了，你不是最不放心他，怕他不成人吗？现在你放心吧，我也调回区里了，安排了工作……"树山出去办了点儿事，觉得还早，又折了回来，一进屋见三叔这样子，心里明白了，没有作声，坐在了床边。刘金东擦了擦眼泪，说："人哪，一辈子就那么几十年，不易啊！穷富搁在一边，一家人和和睦睦地过日子比啥都强啊！你三婶跟我没享福啊，如今好了……她没福啊！"说着又掉眼泪。树山安慰道："你老也别太难过，这天灾，谁也抗不了……"树山也说不下去了。"理儿是这个理儿，可一想起来，心里就不是个滋味。"刘金东接过树山递过来的手巾擦了一下眼泪，长叹了一口气，说："不提她了……"

树民这些日子一天都没闲着，不是走同学就是访老师，好不得意。临开学那天，他特意来跟秦亚娟辞行。秦亚娟也不让座，站起来，打开自己的小柜子，把一件自己紧赶慢赶织好的崭新的褐色毛衣轻轻地扔到了炕上，说："试试，合适不？"树民的脸火辣辣的，他看着那熟悉而又漂亮的面孔，犹豫了一下，不好意思起来。"还傻愣着，嫌不好？"秦亚娟红着脸，坐在了炕沿的一角，不看他了。树民只好把外衣脱了，又把旧毛衣脱了，拿起新毛衣穿上，非常合适。他笑着说："你咋这么会织？正合适，谢谢你了。""谁让你谢，要说这话，你给我脱下来！"秦亚娟嗔怪道。"想要？晚啦！"树民这一耍赖，秦亚娟反而甜蜜地笑了。两个人说起了情意绵绵的悄悄话，说到动情处，不是他含泪，就是她抹泪。临走时，树民说："我跟我爸说了，他找了公社主任，让你到公社当电话员，过两天就听信儿了。到那儿以后好好复习，明年再考，我等你的好消息。"秦亚娟下意识点了一下头，转过身又哭了……

在火车站的站台上，树民向父亲、大哥依依不舍地告别。十二月的风有些冷，吹打着他们。树民随着拥挤的人群登上了列车。他从车窗探出头来，对还站在站台上的父亲、大哥说："回去吧！"刘金东又叮嘱了一遍："到学校抓紧回信。""知道了，快回吧，天挺冷的。"树民强忍着眼泪说。列车缓缓地移动了。树民的父亲、大哥望着渐渐远去的列车，走出了站台。刘金东说："自从考上大学，他懂事多了。这次我想送他到学校，他说什么也不让，说自己是大小伙子了，没事。""我也觉得他长大了。"树山有同感。"要说也是，我十几岁就四处闯荡了。"刘金东感慨道，树山听了一笑。

过了两三天，树民给父亲来了一封信，信中写道："爸，学校挺好的，你老勿念！爸，你老千万要注意身体，少跟我妹妹生气……"刘金东看了儿子的信放心了。

秦亚娟真的到公社当了一名队派的电话员，高考落榜的阴影消除了好多。下了班，她穿好小碎花棉袄，戴上口罩，围上长长的粉红带黄的围脖儿，骑上新买的"飞鸽"牌自行车，在蓟运河堤的土路上飞驰。到村里大队门前，广播里通知有她的信，她急切盼望的来信终于到了，她知道这是树民来的信。她高兴地拿了信，一进家门，一头扎进自己的小屋，没等把围脖儿摘了，就急不可耐地打开了信："亚娟，你好！我顺利地到了学校，一切都好，请你勿念！你怎么样？到公社上班了吗？你还哭鼻子吗……"秦亚娟小声笑着说："你才哭鼻子呢。"她又看下去："这几天我感触很多。最有意思的事是，我们班有一对刚刚结婚的夫妻，他们都是知青，真像书中写的那样，比翼双飞鸳鸯鸟，共甘苦，一路相随到永久……"秦亚娟的脸红了，长长的睫毛一个劲儿地眨着，尽量控制着自己的感情。她又看到："人不出门，不知天之大，地之广。人不登山，不知山之高，山之伟，更不知自己有多么渺小……亚娟，正向毛主席所说的，我们是早晨八九点钟的太阳，努力吧！把耽误的时间找回来吧！只要努力，一定有好结果的……亚娟，盼你来信……"

树民的话，着实让秦亚娟激动了好长时间。从此，他们只能鸿雁传书，在你来我往的信件里传递着绵绵情意。

两人盼来了寒假，树民回到家里，屁股没坐稳，就急不可耐地来到了秦亚娟家。这天，秦亚娟正好调休，树民一进门，他们相视一笑。树民风华正茂，小分头乌黑发亮，容光焕发，脸稍稍瘦了些，但男子汉的气质更明显了。秦亚娟风韵更佳，多情的大眼睛增添了她的美丽，微微一笑，甜甜地露出洁白而整齐的牙齿。四目相对，他们反倒不好意思起来。"还傻站着，坐吧！"秦亚娟打破了瞬间的寂静。树民脱下绿棉大衣，露出秦亚娟给织的那件毛衣。两人说起了悄悄话。树民说；"这一个多月，跟一年似的，真难受啊。""你不说挺好的吗？"秦亚娟微笑着问。"能有多好，就拿睡觉来说吧，一间小破屋，四个上下铺睡八个人。你放屁，他咬牙，再加上说梦话、打呼噜的，你说是啥滋味。"树民这么一说，秦亚娟抿嘴直笑。"礼拜日，你们出去玩吗？"秦亚娟问。"没去几个地方，也就是到闹市区转转。像我们这些穷学生，一没时间，二没钱。这么说吧，出门千日好，不如在家一日安啊。""那你还是想家，这破破烂烂的家有什么可想的。"秦亚娟看着树民的脸说。"此话差矣，儿不嫌娘丑，狗不嫌家贫，家虽破，可人不破。比如说你吧，我们那些女同学要是见到你，肯定以为你是仙女下凡。"树民又耍起了贫嘴。"去你的，你又拿我穷开心。"秦亚娟装作生气。"哎哟，你这一笑赛过西施和玉环。"他的贫劲儿又上来了。"你像猪八戒！"秦亚娟红着脸瞥了他一眼，转过脸认真地问："你走的那天，我没送你，你真的不怪我？""我要是骗你，就是小狗。那天我爸和大哥送到火车站，他们非要送我到学校，我急了，就说你们送吧，我不去了。他们见我来真的，也就依了我。""你是不是怕人家笑话你，大小伙子还让老爸送。"秦亚娟很兴奋。树民也不笑，脸一绷，说："知我者，亚娟也。"说完冲她做了个鬼脸，吓了她一跳。两人说一阵，逗一阵，时间很快过去了。

三

树民晚上住在他大伯家。早晨起来一看，地上一层雪。树民、树海、树江开始扫雪。小侄儿常胜也跟着凑热闹，他们这几个当叔叔的把孩子逗得一会儿一个屁股蹲儿，一会儿一个大马趴，弄得孩子哭一阵闹一阵。王春梅没好气地数落他们："你们是怎么当叔的啊，净耍得孩子连哭带闹……"常胜有他妈给壮胆儿，小手从雪堆上抓起一把雪，就朝树民的屁股上触去，树民装作很疼的样子，常胜得意地跑回他妈的怀里。

第三章

吃罢早饭，树民上村里找王宗斌他们几个老同学玩去了。他找了一通，最后在小学校的乒乓球室找到了王宗斌和董振刚。树民也不客气，抢过董振刚的球拍，和王宗斌打了起来。几个人一直玩到中午。树民在董振刚家里吃了午饭。他们刚放下饭碗，董振刚姑家的哥哥——考上市纺织学院的吕春伟来玩，还带来了滑冰鞋。树民早就认识他，几个人没说上几句话，就到蓟运河滑冰去了。

到了蓟运河，他们几个只会滑自制滑雪板的主儿，开始只好看着吕春伟轻盈地滑来滑去。吕春伟滑了一阵子，停到他们面前，心里早就痒痒的树民也不让别人，第一个抢过吕春伟脱下来的滑冰鞋。他穿好滑冰鞋，秦亚娟下班正好路过这里。王宗斌一看见漂亮女孩，来了精神，忙招呼道："哎，快下来，你看那位咋出丑了。"秦亚娟早就看见他们了，犹豫了一下，说："我又不会，我还有事。""刚当了几天干部就不认得我们了。"董振刚挖苦一句。"你别挖苦我了。"秦亚娟只好停下自行车，找着没雪的地儿，从堤岸上笑盈盈地走了过来。"老班长可好？"王宗斌故意问候。"还认得我，真不简单。"秦亚娟笑着回敬了一句。开过玩笑，董振刚向他表哥介绍道："她叫秦亚娟……"董振刚还想往下说，吕春伟笑了，说："你不用介绍了，在咱李沽中学上学的，谁不认识她？校花嘛。"然后自我介绍道，"我叫吕春伟。"树民穿好滑冰鞋，把目不转睛地看着秦亚娟的王宗斌叫过来，扶他站了起来。树民虽有滑冰的底子，但第一次穿滑冰鞋，两条腿还是直颤抖。他一只手下意识地紧紧地抓着王宗斌的肩膀，王宗斌故意叫了一声："你别死皮赖脸地抓我好不好，你再这样，我可不管你了，让秦亚娟扶你好了。"树民撒开了手，谁知没移动两下子就摔倒了，秦亚娟吓得瞪大了眼睛，一只手捂着嘴，随着他们几个"咯咯"笑了起来。董振刚笑着跑过去，说："这跟咱们的狗刨（他们那时自制的滑雪板）不一样，不摔十个八个跟斗甭想学会。"树民让董振刚搀扶着他，又站了起来，小心翼翼地拍了拍屁股上的雪，笑着说："就凭我这老手，玩不转它？你放开我！"董振刚回头对秦亚娟说："他再摔倒，别赖我，是他让我撒开的。"秦亚娟笑着说："你巴不得看他出洋相呢。"只见树民两只胳膊像鸟的翅膀叉开一样，像小孩学步似的蹒跚着向前滑行。谁知刚滑了没几米，突然一个屁股蹲儿坐在了冰上，顺势又滑出了几米远。董振刚他们乐得前合后仰，秦亚娟心疼地跟着笑。树民吃力地

117

爬起来，不笑了，小心翼翼地又滑了起来。这次总算没摔倒，他滑了几圈，以胜利者的姿态停在他们面前，以挑战的口吻笑着说："怎么样，小菜儿！"他脱下滑冰鞋，给了王宗斌。就这样，几个老同学一边玩，一边逗，一边笑……

树民回到大伯家，在大哥屋里吃的晚饭。王春梅让树兰把常胜领出去玩了。树山说："树民，跟你商量个事。""啥事，大哥？"树民问。树山看了妻子一眼，说："是这个事，三婶过去一年多了，外面有人想给三叔找个老伴，三叔都推了，说过过再说。你看这个事……"树山说到这儿不说了，看了树民一眼。树民的神情一下子认真起来，他停顿了一会儿，说："这个事，我没意见，我爸这一辈子挺不容易的，他老的确需要有个人照顾。树花同意吧？"树民把话锋一转。"树花的工作让你嫂子去做。"树山显出轻松的样子。"可有一样儿，一定要找一个条件好一点儿的。"树民提出了要求。"那当然。"一直没有插话的王春梅说。树民不说话了，眼圈红了。树山、王春梅见他这样也不说话了。过了一会儿，树民说："我的意思是最好放暑假再说，正好树花也初中毕业了。""行，就这样。"树山答应着，王春梅夸奖道："不是大嫂夸你，你真有三叔的来路，像个大男子汉。这都是害人的地震糟蹋的，要不多好的事啊！"说着，她掉了眼泪。树山一听她又扯远了，把话题拉了回来，说："哪壶不开，你提哪壶。""行了，咱不说那伤心的事了。"王春梅擦了擦眼泪。

四

冬去春来，春去夏至，很快，牵动无数青年学子的中高考又到了。今年，秦亚娟吸取了去年的教训，听从了树民的建议，报考了中专。

她坐在考场上，监考教师突然宣布："接到上级的通知，取消此次考试，原因是泄题了。"刚进入考场的她，只好随着议论纷纷的人群退出了考场……

她可谓命运不济，命运似乎又一次捉弄了她。她拿着树民的来信，直发呆。树民惦记着她，紧张的期末考试一结束，便匆匆登上火车往家里返。到了家，他吃了午饭，与父亲、妹妹没说上几句话，便骑上自行车找秦亚娟去了。

树民敲门进了秦亚娟的办公室，微笑着刚要说话，她不高兴地问："谁让你到这儿来的？"一时间，树民尴尬地望着她的愁容，咧了一下嘴："不欢迎啊，那我走。"秦亚娟瞟了他一眼："你啥时候变得脸皮薄了？大老远来了，坐吧！"树民笑了，顺势坐在了她旁边的一把椅子上，看着她。秦亚娟难为情了，把脸扭到一边，说："不认得了？""有点儿。"树民笑着回答。电话铃声响了，秦亚娟忙给接转。接转完毕，树民安慰她："是不是因为考中专的事？这又不是你一个人，大不了明年再接着考嘛。"秦亚娟恨不能哭出来，忙掩饰痛苦的心情，说："听天由命吧！"树民听了这话，又是鼓励，又是安慰……

秦亚娟能说什么呢？今年抱着很大的希望，报考了中专。谁知天有不测风云，随着这场考试的取消，她通过考试改变自己的身份的最后一次努力破灭了。明年再考，她想都不敢想。随着这种破灭，她隐隐约约产生了疏远她热恋几年的"白马王子"的念头。这两年，她看到那些带"工"字牌的下乡知青，与带"农"字牌的男女，在文学作品里永恒、纯真、甜蜜的爱情，实际上因知青返城而立刻变得一文不值，被时空消磨得无影无踪。难道她与树民是例外？她不敢想，害怕这一天的到来。

树民从秦亚娟那里出来，到了他大伯家。他见了腆着大肚子的大嫂和瘫痪在床的二娘，逗了一会儿常胜。树江没在家，到田里打猪菜去了。上高一的树芬白净、文静，穿着短袖上衣和短裤，在两家公用庭院的大枣树的阴凉处，坐着小凳子给猪剁着野菜。两只芦花鸡在一旁凑热闹抢着野菜叶，大黄狗在她身边睡懒觉。树芬看见树民来了，停下手中的旧菜刀，微笑着打招呼："民哥来了。"树民笑着问："树海呢？""干活去了。"树芬说。"他高考考得咋样？"树民从大枣树上摘了一个大青枣。"不咋样。"树芬苦笑了一下。常胜颠颠地跑了过来。不一会儿，树江也从地里回来了，他的小脸被太阳晒得通红通红的。

树芬剁完猪菜也凑过来说话。树江擦着汗对树民说："民哥，吃完晌午饭，咱们用泼网逮鱼去？""我也去！"小常胜立刻跳起来，闹开了。"你去啥？掉到沟里淹死你？"树江吓唬道。"你咋去呢？我就去！"小常胜说着"哼哼"起来。"我会游泳，你会吗？"树江还是逗着常胜。小常胜信以为真，急得跺着脚，哭了起来，几个人看着他乐，树芬拉着常胜哄劝："你咋这么傻？他们不带你去，大姑带你去。"常胜听了咧开小嘴笑了，骂了一句："臭老叔，

119

不跟你玩。"几个人哈哈一笑，开始拾掇网具。

　　中午，树民的大伯、大娘，还有树海收工回来，一家人热热闹闹地在大枣树底下吃着午饭。"树海，你估计能考多少分？"树民吃着馒头问。"考不上。"树海咬了一口大葱。"那就复习一年。"树民鼓励道。"不复习了，有啥算啥！"树海耷拉着眼皮，面带淡淡的苦涩。"不上就不上吧，队里如今工分也挺值钱的，比起当工人一个月挣三十多块钱也不差。"刘金水无所谓地说。树民的大娘不住地给孩子们拿馒头，说："村里那么多孩子，有几个考上的？学习的事我不懂，都考上，谁种地？""妈，你净瞎说。"树芬打断他妈的话。"你老说得不对，国家缺的就是有文化的人。"树民说。"他不上，有啥办法？"树民的大娘满脸无奈。突然，桌底下的大花猫叫了一声，树民一惊，低头一看，那只猫在吓唬旁边的大黄狗，大黄狗知趣地走开了。两只芦花鸡又过来了，树芬一跺脚，那两只鸡跑开了。

　　吃过午饭，树民、树江穿上破衣服，几个人急急火火拿着渔具出了家门。大黄狗比谁都着急，早颠颠地跑到了他们的前面。他们来到家南边马路旁的一条大沟边，二人展开泼网，树江第一个下了沟，树民紧随其后。沟水被太阳晒得热乎乎的，树江握着网杆在前面，树民握着另一边的网杆在后面，俩人躬起腰拉着网，从沟的这边慢慢向对面泼去。树江走到沟当中，水没了他的脖儿，吃力地走到对岸，两人一抬网，"噗噜噜"一条半大鲫鱼、几条大泥鳅在网里乱蹦。常胜嚷着，树芬拿着捞篱站在沟边，嘴里不住地喊："快弄过来！"二人平端着网从对面移过来，树芬轻巧地把几条鱼绰进捞篱里。常胜争抢着逮捞篱里的鱼，大黄狗也跟着凑热闹，抢一口挠一爪的。

　　树芬把泥鳅放进一个鱼篓里，由她拎着，另一个鱼篓放杂鱼，由常胜拎着。第二网又逮了几条泥鳅和几条杂鱼，第三网、第四网每网都有鱼。常胜一个劲儿地闹，连过路的行人也禁不住驻足看上几眼。到了沟头涵洞的时候，泥鳅逮了足有四五斤了，杂鱼也有二三斤。树民他们举着网越过涵洞，又下了沟，一抬网逮着了一条大长虫，树江使坏，向树民一挤眼儿，两人合力向岸上一抖网。那条大长虫正好落在了树芬、常胜的脚下，常胜"哇"的一声吓哭了，扔下鱼篓跑到了树芬的身后。树芬责怪道："看你们给孩子吓的！"大黄狗大显英雄本色，"汪汪"直叫，不住地用两只前爪挑逗蜷缩一团的长虫。长虫不时进行自卫。沟下的树民、树江哈哈大笑。常胜拾起一小块土疙瘩扔到沟里，水花溅了他俩一脸，常胜破涕为笑，藏到了他大姑的屁股后面。这时，只听一阵闷响，二人赶紧端起网，只见一条大黑鱼在网上乱蹦，他们赶紧端着网上了岸，这条黑鱼足有二三斤，几个人乐得合不拢嘴。树民的瘾头上来了，放下黑鱼又下了沟。他们小心翼翼又泼了起来，网里又是一声闷响，他们立刻端起网，一看只有几条小麦穗鱼，一阵惋惜。树江直嘬牙花子："这个更大，准是个大拐子尖儿（鲤鱼）。""可能还是一条大黑鱼，和那个是一对儿。"树民判断道。"民哥，你走得慢一点儿，顾着我点儿。"树江的意思是刚才那条鱼跑了是因为树民走得快的缘故。树芬笑着说："跑的都是大的，其实跑的那条不见得比这条大。""肯定是大的，响声比那条闷多了。"树江坚持道。

夏天的阳光真是较劲儿，树芬和常胜戴着草帽，脸上照样浸出了汗，在水里的小哥俩额头也顶着汗珠。突然，树江泼着网一头扎到水里，又冒了出来，嘴一吹气，吹得水直响。树民也如法炮制，而且在水里往前走。常胜直闹："大姑，大姑，他们没啦！"树民从水里冒了出来，常胜咧开了小嘴。两人累了，上了岸。一看泥鳅足有七八斤，除了那条大黑鱼，杂鱼也有四五斤。常胜的小脸蛋儿晒得通红通红的，树民跟他说："叔叔抱着你洗个澡吧！""我不！"常胜害怕，就要跑到树芬的身后。树民一把拉住他，说："淹不着，叔叔抱着你洗。""没事的。"树芬这么一说，常胜答应了。常胜光着小屁股，树民刚把他抱到水里，他的两只小手紧紧地攥着树民的两只胳膊不放，树江逗他也不行。常胜到水里，简直就不会站立，一通乱扑棱，几个人乐个不停。岸上的树芬笑弯了腰："快把孩子弄上来吧，别吓着孩子。"常胜上了岸，骂了一句："臭二叔！"

树民和树江用网杆儿抬着两篓鱼高高兴兴地回家了，大黄狗不时前奔后跳。这几斤鱼足以让一家人改善一次伙食了。农村人吃点儿腥货，就靠孩子们到沟里逮点儿鱼，家里养的鸭子顺便也跟着改善伙食了。

到沟里摸鱼是孩子们很重要的活计，特别是每年的夏秋季节，大沟小沟都是孩子们摸鱼的身影。

那年，海水倒灌，水稻田里、沟里鱼虾特别多，河蟹几乎成灾，严重的时候，地里的秧苗竟被河蟹吃得秃一块少一块的。人们挠秧、割稻子时，每人屁股后面挂着一个盛螃蟹的小布袋儿，随时可以逮着肥肥的大螃蟹。大

小沟里就更多了，尤其是到了河蟹七上八下的时节，在涵洞处或小桥旁边，插上苇薄，在苇薄的两边用泥修上光滑的河蟹道，到了晚上，你就坐等吧，顺流而下的肥大河蟹会顺着你修的河蟹道爬上来。或者在沟心里挖个坑，坑里坐上一个小号的缸，螃蟹如果掉进去，休想爬出来。过几天，你就在这个小缸里逮吧，肯定有不小的收获。把河蟹弄到家里或蒸或醉，味道鲜美极了。刘金水每年深秋都要把自家房后的"7"字形大沟，用传统的方法把水淘干。那年，把"7"字形的大沟淘干之后，鱼的品种非常多：鲫鱼、鲤鱼、河鲇鱼、黑鱼、刀鱼、黄鲇鱼、噘嘴帘子鱼、河蟹等。像银圆大的河蟹干脆不要，它们爬得到处都是，有趣的是这些小河蟹把刘家后墙爬得严严实实。他们逮鱼不是为了卖钱，而是要用腌咸菜的卤汤把它们馇好，盛到坛子里，放到庭院的阴凉处，随吃随盛，一直吃到的来年开春儿。这几年，河口修了防潮闸，咸水不闹了，鱼虾少多了，两合水生、淡水里长的河蟹绝迹多年了。

五

八月份的一天，刘金东与第五小学的教师郭守兰举行了一个简单的结婚仪式。亲戚朋友在一起办了几桌婚宴。本来是一件高兴的事，树花却躲到了一旁哭了起来。树芬看见了，忙凑过去，拉了一下树花："别哭了，高兴的事，让三叔知道了多不好。""我不管，我愿意哭就哭，他们管不着。"树花抹着眼泪说。"你平常不是挺乐呵的吗？今儿怎么了？"树芬不解。"芬姐，你没处在我的位置，你知道我多难受吗？妈没了，爸又娶了一个女人，她还带来一个孩子，我哥开学就走了，不就撇下我一个人吗，你叫我咋办？"树芬还要劝，树花打断了她的话，"你别劝我了，我啥都明白，今儿我心情实在不好，高兴不起来。"说着又抹起了眼泪，大眼睛红红地看着树芬说，"你进屋吧，让我一个人待会儿。"树芬只好回屋了。

刘金东娶了后老伴儿，树花不像先前那么爱说爱笑了，没事时很少到父亲那屋去。学习不好的她，中专没有考上，高中又不愿意上，一心想上班。父亲、哥哥劝她，她也听不进去。周日，她趁继母她们娘俩不在家，对在小院子里给丝瓜藤架棚架的父亲说："爸，你老给我找找人，我们同学有好几个都找好了工作，过几天人家就上班了。""你这丫头，咋不听大人一句话呢？我指望你给我挣钱？你上完高中再说。""我不愿意上学了！"对学习犯怵的树花顶撞了一句。父亲火了，放下手中的活计径直进了屋，冲着门口站着的树花说："你给我进来！"树花并不动弹，她父亲火气更大了，"你咋不跟你哥学一点儿？你都十六七了，还不如十来岁的孩子。"她父亲这话明显是在夸奖继母带来的女儿小娇。树花委屈地回敬道："我不好，人家好！"树花这一倔，刘金东一时说不出话来，瞪了树花一眼，顺口骂了一句："你这臭丫头，我养你这么大，别的没学会，学会气你爹了，你给我出去！"树花愤愤地一转身跑出去了。刘金东话一出口便后悔了，他跟了出去："你给我回来！"树花头也不回地出了家门。刘金东正左右为难，树民从外面回来了，赶紧出去找，找了一个多小时，连树花的影子也没找到。最后，从树花的一个女同学那里得知，树花从她家借了一辆自行车，说是到乡下她大伯家玩几天，树民这才放心。回到家，他跟父亲说了一声，骑上自行车，也去大伯家了。

　　树民到了大伯家，树花在和小常胜玩呢，树民劈头盖脸地数落了她一顿："我算是服你了，以后就这样！你一气不顺就跑，让大伙儿都来找你，看你多有人缘儿啊！"树花并不怕她哥，满不在乎地说："谁让你找我，你愿意，我又没让你找我，我自己的腿，愿意上哪儿就上哪儿。"树民对这个妹妹实在没办法，气得连声说："好好好，我管不了你。"说完气呼呼地上屋里抄起水缸上的葫芦瓢，打开缸盖舀了半瓢凉水，喝了起来。树花见她哥真生气了，过了好一会儿，慢腾腾地凑到树荫下，对扇着扇子的树民说："哥，我不是对你，我是跟爸生气。"树民也不理她。树花又说："你不知道，咱爸刚跟人家结婚，就向着人家说话了，不光今天，有好几次了。""你咋这么多事？你这样多心，这个家非让你搅乱了不可。你不想上学，谁不生气？"树花受不了了，一把鼻涕一把泪地说："你也说我，你开学走了，我跟你一样吗？家里多了两个人，你叫我咋办！"树民皱着眉头不理解地说："有啥不好办的？只要你不把她们当外人，稳稳当当地上你的学，有啥不好办的呢？"兄妹俩第一次像大人似的谈着心。树民请求道："跟我回去吧！这样不好，你若不回去，不光咱爸生气，她老也会走心的。"树民目前还张不开嘴叫郭守兰"妈"或"姨"。"我住几天再走。"树花坚持着。"你今天回去，哪怕你明天再来呢，就是另一回事了。"树民强忍着火气解释。树

123

花还是不肯回家，树民干脆不理她了，上大嫂那边去了。大嫂腆着大肚子在喂猪，树民跟她打了招呼。王春梅问树花是否回去，树民气呼呼地说："她犟劲儿又上来了，都是我爸我妈给她惯的。"王春梅给猪舀了一大瓢猪食，说："你没来时，我劝过她了，实在不行，你吃完中午饭就回去，别让他老总惦记着。"树民不作声了，看着两头大白猪抢着吃食，笑着说："这猪真逗，啥好吃的，抢得这么欢。""猪就这样，没心没肺傻吃闷睡的，这才上膘呢。"王春梅顺口回应着。中午，树民的大伯大娘收工回来，劝了一阵树花也不起作用，只好由她了。

　　世间的事千变万化，看似非常渺茫的事情，转眼之间就峰回路转，机遇又送上门了。一天，市广播电台播了一则消息：今年本市中专考试改为高中毕业生参考，自通知公布之日起，一周后考试。此时，树民正在蓟运河和王宗斌、董振刚游泳嬉戏，听到这个消息，他们不约而同地想到了秦亚娟。王宗斌马上打趣道："树民，还不马上告诉她去，让她赶快报名。"树民用手掌猛地击水攻击王宗斌，王宗斌顺势反击，突然，一个猛子扎到水里逃了，从几米外露出头来，说："别逗了，真的，你帮亚娟好好复习一下，机会难得啊！"不敢往深水处游的董振刚在浅水处插嘴说："你这不是咸吃萝卜淡操心吗？"几个人说笑着上了岸，王宗斌对树民说："我说树民，我给你出个主意。"树民知道他肚子里坏水多，笑着说："你狗嘴里能吐出象牙来？"王宗斌小眼睛瞄着树民，装出一本正经的样子："时间紧，任务重，我建议你和亚娟在这七天里没白没黑地一起骨碌，把白毛汗全使出来，肯定一锤定音。"说完"扑哧"笑着跑开了。董振刚也趁火烧鸭子，指着王宗斌说："你小子就拿老兄开心玩，让她知道了，非把你揍扁不可。"树民拿他们没办法，指着王宗斌笑着说："臭小子，你等着！"几个人逗了一阵子就各自回去了。

　　树民惦记着秦亚娟，没有回家，拐进了公社大院电话室。秦亚娟正一个人忙着，见树民进来了，笑了笑，没有说话，示意他坐在一旁的椅子上。她继续忙着接转电话。秦亚娟忙完，树民问："你听见广播了吗？""知道了，只是时间太紧了，七天的时间哪复习得过来啊！"秦亚娟还是信心不足。"先报上名再说，拣重要的复习呗，我帮你找找资料。"树民望着秦亚娟越发迷人的脸颊。"也许这是最后一次机会了。"她看着树民脸上冒出的汗，递来自己的毛巾。"对，必须拼，必须有信心，老天爷咋也得让你这块美玉发发光啊。"树民顺势逗了她一句。"你还拿我穷开心。"秦亚娟甜美地笑了。树民擦了擦脸上的汗,说:"你没听古人说过吗,千金难买美人笑啊,我一句话,你就笑了,你说我便宜不便宜?"秦亚娟怕有人进来,红着脸笑着撵树民走:"你快回去给我准备资料吧,我没时间跟你磨嘴皮子。"树民给秦亚娟一个飞眼儿,走了。第二天,树民早早地给秦亚娟送去了资料,并约定她调休时帮她复习。

时间过得真快,七天的时间一眨眼就过去了。考试那天,树民早早地来到了一中考场大门外等秦亚娟。参加考试的人陆续来了。树民见了秦亚娟又嘱咐了几句。大门开了,考生们怀着忐忑不安的心情纷纷向考场走去。秦亚娟对树民说:"我进去了。""不要慌,多看几遍题目,会做的一定要答对,不会的最后做。"树民重复着秦亚娟也明白的答题技巧,目送着她进了考场。

紧张的两天考试总算过去了,秦亚娟感觉考得还是不好。树民安慰道:"你不行,别人也不行。"秦亚娟自知考得不好,但仍焦急地等待着考试的结果,树民更是如此。然而,他没有等到考试结果出来便开学了。

开学了,树民没有做通他妹妹树花的思想工作,再加上秦亚娟的事,他很不愉快地走了。关于树花上学的事,继母郭守兰也做工作。她到了乡下,树花的大哥、大嫂、大伯也都劝她上学,但都无济于事。刘金东仍不死心。树花已铁了心,背着父亲偷偷地到招工部门报了名。不久,她便被分配到了她熟悉的李家沽公社,当了一名供销社的售货员。刘金东得知此事,肺要气炸了:"这小死丫头,真是不听大人话啊……"没办法,闹了一阵子也就依了她。毕竟,在物资匮乏的年代,售货员的工作让她随时可以为亲戚朋友买到紧俏商品,从这个角度说,也是一份不赖的工作。

在学校,树民焦急地等到了分数线出来,他立刻给秦亚娟写了信。可是时间一天一天地过去了,秦亚娟的回信他左等也不来,右等也不来,他急了,买上火车票回家了。到了家没坐上几分钟,他就骑上自行车找秦亚娟去了。到了公社电话室一问,得知秦亚娟调休在家,他又骑着自行车来到了她家。树民进了秦亚娟家——仍旧是低矮的临建棚。她一个人在家。树民突然到访,她不但没跟他说话,还转身进了里屋。树民跟了进去,不管她爱听不爱听,对她发了火:"你是咋了?考上也好,没考上也好,你倒是给我回个信儿啊。"身穿与树民一样的浅灰毛衣的秦亚娟又开始抹眼泪。秦亚娟再次品尝了落榜的滋味,这是树民很难体会到的,她把这次考试当成了唯一的出路。这次她只考了一百五十一分,比本来就够惨的一百五十三点五分的最低录取分数线还少二点五分,她实在没有勇气告诉树民这个寒碜的分数。树民冷静下来,明知她落榜了,瞧了一眼她有些消瘦的脸颊,安慰道:"没什么大不了的,不走考学这条路,在公社工作,也不错嘛。"过了一会儿,秦亚娟哽咽着说:"我……让你费心了。""这是谁跟谁啊,跟我还说这话?行了,你赔我二斗红高粱吧。"树民逗了一句。秦亚娟"扑哧"笑了,一只纤细的手捂着嘴。"这就对了,人一定要开朗心宽,这刚哪儿到哪儿?路还长着呢。"此时此刻,秦亚娟的心情不像树民刚进来时那样消沉了,神色中有了一丝轻松和舒展,她抬起头,不时看着那张让她日思夜想的脸……

六

一九七九年的秋天,天气晴朗。在蓟运河西面的工地上,树山的工副业队承建的一栋市民平房已经封顶。此时,人们正在紧张地搭建房顶的盒子板,准备在上面浇筑钢筋混凝土的浇制盖,这样就有一定的防震作用了。

树山从外面骑着自行车来到凌乱的工地,刚支好自行车,刚初中毕业参加劳动的树江停下手里的活计,对他大哥说:"大哥,刚才接到一个会议通知,要求所有的建筑队队长明天八点到区政府礼堂开会。"树山问是什么会,树江摇摇头。

在区政府的礼堂里,全区建筑队的队长们陆续到齐了。树山看见了已是区里建筑队第三队队长的王洪金,两人客气了几句,找个位置坐下了。

会议开始了,负责建筑及规划的区领导讲道:"今天把建筑及相关部门的负责人召集到一起,开一个换脑筋的会议,传达市长对我区抗震救灾及建设规划方面的指示精神,希望各位认真听……"五十开外的王区长讲道:"同志们,前几天市长及有关领导对我区的抗震救灾重建工作,进行了视察,对我区所取得的成绩给予了很高的评价,对我区广大人民群众忘我的工作热情给予了充分的肯定……同时也对重建工作中暴露出来的问题,提出了改进意见……"王洪金微微一笑:"我听说,市长一看咱们盖的一排排小平房,说你们拿国家的钱就盖这个小洋火匣?这不是拿钱糟践着玩吗?马上都给我停了！在这几片平房四周都给我盖上三层以上的楼房。"王洪金看了一下台上，又添枝加叶地说："你猜怎么着，区长吓得忙说，好，我们马上照办。"王洪金显出早一步得知内情而得意的样子。他又神秘地说："后来到了区政府的小会议厅，市长训得咱们区领导都抬不起头来了。市长说，我真佩服咱们区的小朋友，非常聪明，而且记忆力非常好，他们见了一模一样的小平房，竟找不错自己的家门口。"树山笑了，旁边的人们也凑过来听他白话。王洪金更来劲儿了："你猜咋的，咱们的区领导个个臊得大红脸。市长接着说，当领导的要解放思想，有超前意识，别光看自己的那一亩三分地儿，要站得高看得远。毛主席不是说过吗，一张白纸，没有负担，好写最新最美的文字，好画最新最美的图画。咱们区盆盆罐罐，虽然被地震震烂了，从这个角度说是一场劫难，但从另一个角度说，就好像是一张白纸。为什么咱们刚画第一笔就没画好呢？关键是人的思想，尤其是领导者的思想不够开阔。你们要有大画家的手笔，要有一览众山小的气魄，要有现代科学家的头脑，只有这样，才能在这个废墟上画出让人称赞的最新最美的图画……"王洪金的绘声绘色，引得树山等人偷笑个不停，主席台上领导的讲话，他们没听清几句。

散会了，树山强烈地感受到即将到来的挑战：能否承接楼房工程是农村建筑队发展的大问题。他来到工地，看到开会前还挺顺眼的一排排新建小平房宿舍，不由得感到寒碜了点儿。

吃中午饭了，树山给大伙儿开了一个简短的会，传达了区里的会议精神，人们听罢，都睁大了眼睛。大家议论纷纷，树山笑着说："平房不像城市的样子，太小家子气。听人家说，要盖楼房也得盖防震的，比平房还防震呢。"他话锋一转，"咱们这农村的副业队，从今儿个起，就得学习盖楼房的技术，添置几样能接楼房的设备。要是不这样，好活儿咱们甭想挨上，逼着你就得拾人家甩下的，干受累不说，还不挣钱。要是真到了这份儿上，不得憋屈死？大伙儿说，是不是这个理儿？""是这个理儿，听你的，你咋分派，我们就咋干呗。"大家纷纷表态。

晚上，在饭桌上，树山对树江说："那两本建筑方面的书，抽空儿好好看看，将来用得着。"树江吃着饭，头也不抬地"嗯"了一声，皱了皱眉头说："有的看不懂。""结合着活儿常翻翻，时间长了就好了。"树山开导着这个不爱学习的异母弟弟。他又说:"你看见没有,谁有技术,谁就是爷。这年头儿,也兴这个。我告诉你,你刚干活,要想叫人家瞧得起你,就得技术过硬,特别是看图纸,一定要吃透……"妻子王春梅见饭菜快凉了,抱着刚出生四个月的老二常利,催促道:"你今天咋了?你还让他老叔吃饭不?"树山对妻子说:"不是今天话多,过几天,得开会。我考虑了,光满足于小打小闹是没有啥出息的,必须向长远看。咱们的工副业队,我想尽快多置备几件像样的设备,让人家看着是个建筑队的样子,人家给你大活儿也放心。关系再好,干出活儿来不像样子,头一回凭关系,人家把活儿给你了,第二次谁还敢给你?""大哥,你放心,你不就怕我不着调吗?我肯定给你丢不了脸!"树山听了弟弟这孩子气的表态乐了:"对!就应该这样,艺多不压身嘛。"门"咣当"开了,树兰和常胜从外面进来了。

七

  树山的生产小队的活计有条不紊地进行着。可是他家那些弟弟妹妹的事,也免不了让他费心。在村铁工厂任会计的刘树海,因账目处理问题,与厂长、林金龙的弟弟林金江闹僵了,被轰回了生产小队。刘树芬呢,高中毕业什么学校也没考上不说,还偷偷地与本村的同学郑跃军搞对象,被父母发现,和父母闹翻了,跑到邻村王南沽她姥姥家去了。

  树山搞副业回到家,妻子一说,他气不打一处来,骂道:"金江这小子,办事够走极端的,这个厂子不是我给他张罗起来,他还不知在哪儿转悠呢。不行,找他!"他把脏乎乎的白线手套往炕上一扔。妻子劝他:"你别这样,他林金江不就凭他哥那点儿威势吗,找找他哥,好话好说。金江做的是绝了点儿,树海这孩子也忒犟,他让你咋下账就咋下账呗,有你啥事?"树山转身到大伯那屋去了。他进了临建棚,看到一家三口都垂着头。树海愁眉苦脸,从小凳子上站起来,让大哥坐了。树山开门见山,对二老说:"树海的事你老就别管了,有我呢。我要说的是树芬的事。这种事别硬来,我不说过了吗,怎么又闹了?""别提她!一提她,我就一肚子火!"刘金水火气十足。"你这人,有话不会好好说?你要不闹,树芬能跑出去吗?"树山的大娘怪上老头儿了。刘金水瞪了老伴儿一眼,没有说话。树山说:"树芬的事,哪天她回来，你们二老别提这码事，让她大嫂劝劝她。"二位老人没吭声。王春梅抱着老二常利进了屋，继续说树芬的事……刘金水瞟了儿子一眼，阴沉着脸说："你明天跟你大哥干去吧，不吃金江那窝囊饭！""我说不让你干这个，你非要干，你哪是那听话的好脾气。"树山的大娘附和着："就是嘛。"刘金水又对准老伴儿了："你这话来回来去地说，十八九的大小伙子了，副业队的活儿有啥干不了的？树江比他还小呢，不照样去干了吗？也没累死！你横拦竖挡的，非让他去那破厂子上班，这回舒服了吧？"树海不愿听了："你知道啥，瞎铲！""我瞎铲，你有能耐，你别让人家赶回来啊。"刘金水的脾气又上来了。树海一甩手出去了。刘金水骂道："小王八羔子，还有啥出息！古语说得好，好马长在腿上，好汉长在嘴上，就你这样，哼！"树山觉得好笑，王春梅在一旁劝着。

树山找林金龙去了。林金龙家新建的防震的砖瓦房宽敞明亮，林金龙满脸堆笑迎了出来，"哎哟！树山，快进屋。""老兄的大瓦房盖得够气派啊！"树山进了屋里夸奖道。"老弟别抬举我了，你是不盖，盖就比我强啊。"林金龙递过"恒大"牌香烟笑着说。"我哪有你这个实力，我刚顾得上吃饱。"树山点上烟说。林金龙问道："老弟是不是为树海的事来的？"没等树山开口，林金龙眨了眨小眼睛，板起脸说："金江跟我一说，我就火了，把他臭训了一顿。我说，你把树海轰回去，你是轰谁呢？你不是轰他，你是摘树山的面儿，也是摘我的面儿。"他差点儿说出"打狗还看主人呢"。"乡里乡亲的，有啥大不了的事？我说了，明天你给我请回来！"林金龙看了树山一眼。树山笑了，吸了一口烟说："老兄说到这份儿上了，我还有啥说的，啥事看在我身上就是了。""这事嘛，怪金江毛儿嫩。这事搁在你我身上，绝对不会出现，你说是不是？这样吧，哪天咱哥几个坐坐。"林金龙超乎寻常地热情。"不必了，事说开了就行了。"树山谢绝道。谁知林金龙硬是坚持，树山拗不过，只好答应了。树山走后，林金龙骂道："呸！充哪家子大尾巴狼！当初要不是给你面子，那会计早就是我表妹的了。"

树芬在姥姥家待了两天，回来了。父母没有数落她，两张老脸阴沉得够她看一年的。她喂完猪，洗完碗筷，跑到王春梅屋里坐。王春梅在给常利喂奶，她凑过来逗着常利，不让他吃奶，急得常利直闹。王春梅看着树芬喜爱孩子的样子，说："他大姑，看你挺喜欢孩子的，将来你结了婚多生几个。"

树芬一下子红了脸，嗔怪着低下头："哎呀！嫂子，你净瞎说。""看你臊的，你琢磨琢磨，还有几年了？"王春梅还是接着话茬说。"你再说这个，我走了！"树芬说着就要走。"好好，我不说了。"王春梅央求道。王春梅给常利喂完奶，试探地问："你跟嫂子说真的，郑跃军从部队给你来了几封信？""我不说了吗，来了三封。"刘树芬红着脸说。"他们家那么多人，五六个兄弟姐妹，比咱们家还穷，你不嫌？"王春梅笑着问。"不都这样吗，我也没看见谁家有多富裕。"树芬沉着脸。"没想到你看上去挺稳当的一个人，搞起对象来还挺认真的，不像树花凭着长得好，今儿个跟这个好一阵子，明儿跟那个好一阵子。"王春梅话说半截，淑芬解释道："不是的，都是男的追她。""是吗？那你到底看上小郑哪儿了？"王春梅故意引着她往下说。树芬严肃起来："他有男子汉样儿，说话办事挺利落的。""要是他大爷爷大奶奶死活不同意呢？"王春梅进一步试探道。"我才不听他们的呢！"树芬拉下脸来。王春梅说："要是我们都不愿意呢？""受罪我认了，你跟我大哥好几年了，连一间正式的房子还没有呢，你觉得你受罪了？"树芬把王春梅问住了。"你这嘴跟谁学的？是不是小郑在信里教给你的？"王春梅逗了她一句。

八

人就是这样，孩子小的时候，犯愁孩子什么时候长大；当孩子长大了，又气恼于孩子不听话。刘家的孩子大多到了这个不听话、让人烦恼的青春过渡期。乡下的树芬让家人挠心，城里的树民、树花更让老父亲焦急恼火。刘金东身为局长，两个孩子的事他却摆布不了。丫头树花年纪轻轻搞了对象，对象是和她在一起工作的供销社临时售货员，她在农村上学时的同学。树民和秦亚娟的事更让他揪心。儿子给了他死话，非秦亚娟不娶。可是，局里热心的女科长孟科长的牵线做媒，大包大揽，想把王区长在银行工作的闺女介绍给树民，刘金东满口应允了。谁知他刚一开口提起这事，就被儿子一句话挡回去了："她就是天仙，我也不愿意！"树民一甩手出去了。"臭小子，你就在一棵树吊死啊？"刘金东不死心，跟孟科长撒了个谎，说："这件事等到寒假再说吧，树民说学校里事太多，这事也不忙。"话是这么说，他心里却着急，他怕姑娘不等，另许人家。他真想撮合成这桩婚事。因为他和王区长曾经在一起工作，彼此都了解。那位姑娘小时候，他见过几次，长得挺秀气的，蛮配他儿子。最重要的是两个孩子的事管不好，对不住他们死去的妈。正因为如此，他要帮他们把关，特别是婚姻大事，他更要把关。如今，两个孩子对他认为合理的建议置若罔闻，甚至过激地顶撞他，这是他无法接受的。

这天，刘金东忙完了局里的工作，抽空儿骑上自行车到河西的建筑工地找树山去了。一片片平房的周围确实盖上了高高的楼房。刘金东到了工地一看，脸上由阴转晴："树山行啊！能盖楼房了！"树江停下手中的活儿，跟三叔打了招呼，向楼里叫道："大哥，三叔来了。"树山笑着过来了，爷俩交谈了一会儿建筑的事。树山问："你老有事？""就他俩的事，想跟你念叨念叨。"刘金东皱了一下眉头。叔侄二人来到楼房南面向阳处，找了两块砖坐下。树山递过一支"恒大"牌香烟点上，刘金东说："这些日子我心里真不痛快，树民、树花真惹我生气了，搁到小时候，我非揍他们一顿。"树山吸了一口烟，笑了一下："你老犯啥愁？道理给他们讲清了，听不听由他们，搞对象是他们自己的事，好是他们的，不好也是他们的。""话是这么说，他们好了，咋都好说，真要是孬了，眼看着他们打打闹闹的，做老人的不操心？"

秋风徐徐，地上的小草有的已经枯黄，有的还是碧绿的。树山拔起脚底下一株小野菜，说："你老也不能保证，你老选定的对象不出问题啊。""最起码现在看着顺当点儿。"刘金东说。"你老是不是嫌他们搞的对象都是农村的？"刘金东点了一下头。"这感情……"树山的话还没说完，刘金东就接过他的话茬："啥感情？感情能顶饭吃？整天让你喝西北风去，你还说不说感情？"刘金东显然激动了。"年轻人还是现实点儿好。人家王区长的丫头从小我就认识，长得不赖，配树民满富余，比姓秦的那丫头还好呢。丫头在银行工作，中专毕业。王区长看在我们都是老熟人的分上才答应提这门亲事的，有好多上赶着做这门亲事的，人家都推了。你弟弟可好，一条道跑到黑，不撞南墙不回头，让我咋跟人家说呢？人家媒人问了好几次，我说寒假再说，眼看快到寒假了，到那时我咋跟人家说呢？还有树花这个小丫头，一星期一星期不回家，真要是出点儿啥事，让我的老脸往哪儿搁？"树山见三叔真生气了,开始劝他:"你老别着急,树民回来,说说他;树花呢,交给她大嫂……"树山顺便把树芬的事说了,刘金东余气未消,显出无奈:"唉,儿女大了,大人的话一句也听不进去了。咱们家的孩子咋都这个脾气?"

世上没有不透风的墙,王区长的闺女王立君与树民提亲的事,传到了董振刚耳朵里,他是从城里工作的师范的同学那里偶尔听到的。他现在是李家沽公社王南沽小学的一名教员了。这些日子,他在师范的女朋友因他被分配到农村,与他分手。愁眉不展的他,听到这个意外的消息,精神一振,他埋在心底多年的欲望,似乎有了转机。秦亚娟迷上从城里来的树民,他暗暗地承受这痛苦已多年了。如果这个消息可靠,说明树民和秦亚娟的关系已经破裂。他一连几天心情烦乱,他在犹豫,他在盘算是否有必要主动向他暗恋的老同学秦亚娟传达一个信号呢……终于有一天,董振刚行动了,给秦亚娟写了一封有试探意味的信。

早晨一上班,公社大门口传达室的老头把一封信递给了秦亚娟。她以为是树民的,接过来装进衣袋。她来到电话室与同事交接完毕,趁着没有人打开了信:"亚娟,"秦亚娟一看没有"亲爱的"三个字,笔体也不对,急忙拿起信封,一看地址是王南庄小学,她明白了,马上把信扣在了办公桌上。他来什么信呢?她冷静了片刻,慢慢地又把信翻过来,翻到最后一页,映入她眼帘的是"董振刚"三个字,她又把信翻了过去。电话铃声响了,她马上接转。接转完毕,她沉着脸再次把信翻过来:"我今天给你写这封信,不是因为别的,因为我听到了一个真实的消息,作为老同学,我不能向你隐瞒我所知道的,那就是树民背着你,与区长的女儿提亲了。"秦亚娟看到这里,犹如五雷轰顶,天旋地转,她放下信,双手捂着脸……突然,她猛地把信狠狠地扔到地上,愤愤地说:"卑鄙小人,谁让你给我写这封信?你是什么意思?"处在这个年龄的女人,神经是绝对敏感的。过了好久,她把信从地上捡起来,接着看到:"亚娟,你一定责怪我告诉你连我都不愿意听到的消息,请你冷静地想一想,这是迟早的事情,用掩耳盗铃的态度对待这种事情是于己无益的,伤害的无疑是你自己。人各有志,在爱情上也是如此,俗话说得好:强扭的瓜不甜。也许我言重了,也许树民原来或者现在对你是有感情的,谁敢说天各一方,时空隧道把你们的感情冲刷得在他心头能剩下几许呢?天知道……亚娟,我写这封信完全出于公心,处于局外人、老同学的位置上,哪

怕遭你臭骂也心甘情愿，谁让咱们是老同学呢。我的目的只有一个：减轻你精神的创伤。送你一首我自编的拙诗吧：自古情思似水流，彼此各异怎相同。自茧愁容与忧伤，莫如抽刀斩其愁。藕断丝残何足惜，嫦娥下凡亦回眸……"

电话铃声又响了，她赶紧接转……

九

这一夜，秦亚娟思绪万千，理不出个头绪来，她不相信树民会背着她做出这种事来。当她一想到自己，想到自己已无望跳出农门这致命的缺陷，她的心开始动摇了：无风不起浪，时过境迁，也许树民不是原来的树民了？他故意装出对她的热情来隐瞒他的犹疑不定？也许……也许……她真的让董振刚的这封信搅得心神不宁了。她下班回到家，母亲跟她说话，她也懒得搭理，一头扎进她的小屋，蒙头便睡。然而，董振刚的"自茧愁容和忧伤，莫如抽刀斩其愁"不时在她耳边响起……

自从看了董振刚的信，秦亚娟在众人面前强装笑脸，背地里却愁眉不展，回到家里，饭也懒得吃，话也懒得说。母亲问她是不是与树民闹掰了，她也爱答不理的。被问烦了，她就没好气儿地塞给母亲一句："烦死了！"母亲无奈地骂了一句："死丫头！"也就不敢作声了。一连十几天，她都恍恍惚惚，树民的来信她也不回，甚至不看了。终于有一天，她病倒了。董振刚自从给秦亚娟写了那封信，一直暗地里打听她的反应。知道秦亚娟病倒了，他就壮着胆子买了点儿水果和滋补品来到秦家。这可气坏了秦亚娟，她蒙着被没好气儿地说："谁让你看我？""老同学病了，我来看看，不欢迎？"董振刚看了一眼在一旁站着的秦亚娟的母亲，尴尬地笑着说。"不欢迎！"秦亚娟干脆地回答。"你这孩子咋这样说话？"秦亚娟的母亲听着不顺耳，嗔怪道，然后抱歉地对董振刚说，"她哥，别往心里去，她不会说话。""我们没事的。"董振刚的脸红一阵白一阵的，他对秦亚娟说："你不欢迎，就算我替树民来看你不行吗？"秦亚娟一听他提起树民，怨气更大了："谁让你替他？""好好，我不替他。"董振刚立刻从秦亚娟的话里捕捉到这样一个信息，那就是她可能对树民有看法了。这是他最想知道的，秦亚娟的母亲在一旁看出了门道，也听出了门道，掀开门帘，悄悄地走开了。秦亚娟仍旧蒙着头，董振刚说："都怪我，我不该给你写那封信，信寄出去之后我就后悔了，我太莽撞了。即便那件事是真的，也不一定是树民的本意，可能是他的家人背着他做出来的。""你别说这个好不好？"秦亚娟仍不给他好言语。董振刚摆出十分诚恳的样子，最后说："错都在我身上，就当我没写那封信。你好好养病吧，我走了。"秦亚娟被董振刚弄糊涂了，可是，董振刚心里明白得很，他是借机挑拨。今天，他来看秦亚娟，也是给外人看的，让人们产生这样一种印象：老秦家的丫头和姓刘的那小子散伙了，现在又和老董家的小子好上了。更重要的是让秦亚娟的家人对他有个好印象。而秦亚娟想得最多的还是树民方面，她急也好，怨也好，都是气恼树民提亲的事，他为什么不跟她挑明了。这一点就足以说明树民心里有鬼了，每当她想到这里，她就像受到了莫大的污辱。既然树民有了与外人提亲的事，那么不管是他的本意，还是他家人的本意，有一点是肯定的：那就是他的家人有不接受她的倾向。这又何必呢？她何必惹人家不高兴呢，何必赖着人家不放呢，非要耽误树民的大好前程呢？她不止一次这样问自己。她犹豫了，她退缩了，她打算痛苦地退出了。对于董振刚，她凭女人的直觉，早就知道他葫芦里卖的是什么药。

　　一个星期以后，董振刚以看望秦亚娟的名义，临走时给她留下一封求婚信。在家人的苦苦劝说下，秦亚娟大哭一场之后，痛苦地做出了决定：断绝与树民的往来。第二天，她便答应了董振刚的请求。董振刚激动得马上找了个媒人上门提亲，随即两家确定了订婚日期。

　　树民在学校里，给秦亚娟去了两封信，未见秦亚娟的一封回信，心里像长了草。他焦急地应付着期末考试。考试刚结束，秦亚娟的信到了。在传达室门口，他打开了信："树民你好，你的两次来信都收到了，请多多原谅，谢谢你多年来对我的照顾和关心，你我的事到此结束吧，让我们的情义作为历史吧。我已和董振刚确定了关系，订婚日期已经确定。我相信你会找一个比我强、比我漂亮的女子为伴侣。祝你学习进步，事业有成，婚姻美满幸福！"

　　树民双手颤抖，突然，他把这封平淡得再不能平淡的绝情信，狠狠地撕得粉碎……他满脸涨红，双眉拧得紧紧的，咬着牙愤愤地说不出一句完整的话："你……为……啥？董……你浑蛋！"树民猛地转过身子，冲着跟前的砖墙猛的一掌。他双手抱着头，顶在墙上，气得一句话也说不来……

　　树民翻来覆去，一夜未睡，被这突如其来的情变弄得不知所措。他恨董振刚，他怨秦亚娟，他猜出了秦亚娟与他决裂的缘由了：她一定听到了他父亲给他提亲的传言。他后悔没向秦亚娟解释这件事。当时他考虑自己根本不同意那门亲事，也就没有必要向她解释。

第二天，树民急急忙忙向学校请了假，登上了回家的火车。下了火车，他没有回家，在车站租了一辆自行车，直奔李家沽公社大院。他一进大院，直接进了电话室。秦亚娟突然见到树民，怔住了，脸一下子涨得红红的。树民愤愤地叫道："亚娟！你给我出来！"秦亚娟一句话也说不出来，一头扎进了里间屋，树民也跟了进来，逼问道："你说！到底发生了什么事？"秦亚娟的同事也跟了进来："有话好好说，你冷静点儿。"秦亚娟坐在床铺上，一个劲儿抹泪。树民坐在椅子上，直愣愣地望着秦亚娟抹泪。秦亚娟的同事退出去了。树民关上门逼问："因为什么？是不是你听到有人给我提亲的事了？我告诉你，我只有你一个，我谁也不要。""不是！你我性格合不来。"秦亚娟心如刀绞，冷冷地说。"这不是真的！"树民根本不相信。"我现在不喜欢你了！"秦亚娟头也不抬。"你撒谎！"树民腾地站起来，一只手点着秦亚娟，威胁道："你不告诉我实情，我让你们成不了！"秦亚娟被激怒了，抬起头冷冷地说："没想到你竟是一个无赖！你们不就是为了我这个没出息的农村女人吗？你太霸道了！你真敢那样，我就死在你面前！"树民没想到多年的恋人竟这样绝情，美若天仙的她竟自卑到这种地步。他睁大了眼睛，半张的嘴一句话也说不出，他痛苦地坐到那张椅子上，铁青的脸扭到了一边。如果说此话出口之前，心底还有反悔，那么此时秦亚娟已经被自己违心的话封得死死的了。两个人谁也不说话了，沉默了不知多久，树民慢慢地站起来，看着秦亚娟痛苦不堪、挂满泪痕的脸，长长地叹了一口气，怏怏地走了。秦亚娟不知是痛苦、失望，还是后悔和放松，目送着昔日的恋人离她而去，呜咽了起来……

树民并不甘心，骑上自行车，向蓟运河畔的王南沽小学校飞奔。到了学校，他把董振刚叫到校外。董振刚低着头，跟着他来到校外院墙拐角的鱼池边站住了。憋了满肚子怨气的树民猛地回身，举手照着董振刚的脸重重地打了一记耳光。董振刚猝不及防，眼镜飞了出去，鼻子里的鲜血立刻流了出来。随即，树民又对他施以一阵拳脚，董振刚并不还手。罢了，董振刚用一只手抹了一下鼻血，张开紧闭的双唇叫阵："继续打！"树民再次扬起手，举到半空中，他放下了手："你为什么这样做？""因为我爱她！你从我身边夺走了她！"董振刚盯着他。"你放屁！她在爱着我，你知道不！"树民像好斗的公鸡，把脸凑到董振刚的面前咬牙切齿。"她现在爱我了，你知道不！"董振刚一改刚才的怯懦。两人都不说话了，董振刚蹲下，从兜里掏出破报纸擦着鼻血，把眼镜从地上捡起来。树民沉着脸在鱼池边坐下。此时两人都很激动，眼睛都红了。董振刚擦完鼻血，戴上眼镜，低着头。鱼池边薄薄的冰下，鱼儿自由地游动。自视清高的董振刚说："她，你就别争了，我被分到农村够惨的了，你就忍心我搞一个农村种地的？凭你，何愁没有像样的女人？""扯淡！"树民近乎吼叫着站起来。"你是一个浑蛋！大浑蛋！"树民咆哮着，怒气冲冲地站起来，骑上自行车，头也不回，冲上了高高的河堤。

　　董振刚摸了一下火辣辣的脸，深深地吸了一口气。他哭了，激动地哭了……

　　树民因秦亚娟离他而去，把一切怨气都撒在了他父亲身上。他固执地认为，秦亚娟就是听到了父亲给他提亲的事而赌气离开他的。放寒假了，他不愿意待在家里，一连几天，都是跑东家奔西家的，就是赌气不去相亲——他父亲选中的区长的女儿。

　　"介绍人催促了几次，你去不？"老父亲急得直跺脚。"不去！"树民一口回绝。刘金东急了："你放寒假回来都好几天了，天天不着家。人家小娟子都名花有主了，你还想着人家，你咋这么没出息？"

　　树民一扭身子，背对着父亲不说话了。

　　刘金东气急败坏："我找你大哥去！"转身愤愤地出去了。后老伴儿也不敢深说。没办法，刘金东把树山叫了来，做儿子的工作。

　　老两口躲出去了。树山早早地来了，把树民堵在了被窝里。吃过早点，树山对坐在沙发上听着收音机的树民说："这些天还没过来劲儿？搞对象不能跟大人赌气，你马上就要面临毕业分配了，岁数也不小了。婚姻的事，按理说是你自个儿做主，可是大人的话你也不能一点儿不听啊，姓秦的也订了婚，该放下就放下，这才是男子汉。说句不好听的话，两条腿的蛤蟆不好找，两条腿的人还不好找？非得在一棵树上吊死？我看你平常挺机灵的，这点事怎么就扒拉不开了呢？啊？听大哥的话，别和三叔赌气了，和银行这个女的见见面，啊？"树山马上声明，"大哥可不是图她爸是区长啊，不行咱们再找，总不能打光棍儿吧？"树山说得如此轻松，谁敢说他骨子里没有常人爱攀权附势的世俗观念呢？树民苦笑了一下，说："大哥，我现在对这个真的没兴趣。"树山笑了："我说你聪明一世，糊涂一时，啥叫兴趣？没准儿两人一见面，对上眼儿了，没兴趣也有兴趣了。"树民听了大哥的话又苦笑了一下，说："大哥，哪有那么容易。""你不信？搞对象的事，就这么邪乎，有的人有一搭没一搭的，两人一见面就成了；有的人急得恨不得火上房，两人一见面就吹。我是过来人，这事好歹比你懂得多。听大哥的，你就是应付差事，也不能让三叔为难，总不能让三叔这个当局长的，在外人面前落个说话不算数的印象吧？"树民看着大哥红红的脸膛，没有言语。树山吸了一口烟，问道："怎么样？"树民长舒了一口气，一阵沉默。树山逼问道："还想啥？你就是应付一下，也得去！"树山有意提高了嗓门儿，树民瞟了大哥一眼，无精打采地说："好吧，听大哥的，例行公事！"树山深深地吸了一口烟，说："你们啊，真让人累心啊！树花、树芬这两个小姑奶奶更难伺候！"临走时，树山叮嘱道："我可告诉你，树民，别半路给我撂挑子！""大哥你放心，我就是装也得装到底。"树民起来送大哥。"话是这么说，事还得当正事办，这是对人家的尊重。见面那天，穿戴什么的正规点儿，这是礼貌，听见没有？"树山一改刚才的漫不经心，认真地说。树民胡乱答应着。

相亲的日子确定了。见面那天晚上，树民和继母比女方早到了十来分钟，地点是介绍人孟阿姨的家。她是树民的继母马守兰的老同学，马守兰和刘金东成亲也是她做的媒。娘俩进了被孟阿姨戏称为"洋火匣"的两间半房的前院，孟阿姨笑着迎了出来。树民礼貌地与孟阿姨打了招呼。娘俩来到里屋刚坐下，孟阿姨递过水果糖，树民拿了两块，一块递给了继母，自己剥了一块吃。不多时，女方在嫂子的陪同下进来了。两人一照面，一个精神一振，一个眼睛一亮。两人目光相遇，都出自本能地迅速移开了目光。孟阿姨向双方介绍着："她叫王立君，他叫刘树民。"两人相视微微一笑。王立君见眼前的小伙子气宇轩昂，红润的长方脸，棱角分明的嘴唇，高挑魁伟的身材，散发着男子汉的阳刚之气。树民也不时打量让他精神为之一振的女子王立君。白嫩的皮肤，细长的眉毛，美丽的大眼睛，散发着青春特有的朝气，乌黑的长发披散在她脑后。双方坐定，你一句、我一句说着话。不时偷看对方一眼，偶尔目光相遇，很快又避开了。十几分钟过去了，女方的嫂子微笑着起身告辞，孟阿姨让了一下，便热情地送客。树民与继母也随着送至门外。传统的男女相亲形式，让树民多少有点儿拘束，毕竟是第一次嘛。他抱着应付差事的态度来的，然而，对方无疑给他留下了深刻的印象。孟阿姨问他对女方印象如何，他一扫刚才进门时的倦意，笑着答道："还行吧。""我看你们是天生的一对儿。"孟阿姨很直率地说，又补充道，"明天谈谈？"树民的继母不便表态，转过头用征询的目光看了树民一眼。树民笑了笑说："听女方的吧！我咋的都行。"

　　夜里，树民失眠了，不止一次想起王立君，也不止一次想起秦亚娟。他不止一次比较她们的身材、肌肤、眉眼、举止、嗓音等，有一点是肯定的，他对王立君确有好感，不是一见钟情的冲动。

　　第二天，女方同意谈谈。一天晚上，孟阿姨又把家人打发出去，把树民和王立君安排在她家"谈话"。两人一见面，相视而笑。孟阿姨热情地把两盘水果、糖块摆在小茶几上，退出去了。两人矜持礼貌地隔着小茶几相对而坐。王立君穿的还是上次穿的那件黑色呢子大衣，里边穿的是一件桃红色毛衣。树民穿的是一身深蓝色西装，里边还是秦亚娟送给他的那件浅褐色毛衣。树民大方地问道："你在银行工作几年了？""一年半了。"王立君看了看这位英俊的小伙子，爽快地回答。"业务挺忙的？"树民顺着工作的话题又问。"还可以吧。"王立君白净秀气的手，轻轻地撩了一下前额的刘海。"比上学累吧？""还是上学美啊。"王立君流露出对校园生活的眷恋。"你是一九七七年考上的？"树民似乎找到了话题。"对！你也是吧？"王立君比刚来时显得更大方迷人了。"咱们是一年的，你都工作了，我还得受半年罪。"树民羡慕的同时也得意。"我是中专，你是大学，含金量不一样啊。"王立君客观地说。"这只是一个招牌，关键看能力。"树民说。王立君微笑着说："没有知识还是不行啊！"不知不觉一个多小时过去了。王立君看了下表，不好意思地说："九点半了，阿姨他们该休息了。"树民竟忘了时间。两人又相视一笑，都站起来，向孟阿姨打了招呼，告辞了。在回家的路上，两人把下一次约会的时间定了下来。

第四章

一

一九八一年冬和一九八二春，农村联产承包的大潮终于涌到了蓟沽区，蓟运河畔的新立沽。大队部的会议室里烟雾缭绕，与会的人们你一言、我一语地热烈讨论着。

几天后，树山与马志林组织大伙儿学习了上级文件。他和小队委们一起进入了实质操作阶段：开始对土地分类测量，对财产物资分类估价，提留必要的统一灌水机械，以及打谷场所需的农机具，等等。

一九八二年春天，对于蓟沽区新立沽的农民来说是个不平凡的春天。联产承包在新立沽已经实施完毕。树山重新找到了奋斗的目标。

在树山家里，树山、马志林、树江，还有已经告别"地主"成分的杨鸿志，商量着重新组建建筑队的问题。树山把妻子和孩子打发到了继母那边去了。马志林第一个表态："大哥，就听你的，按你前两天说的办，谁愿意跟着咱干就干，不愿干的拉倒！""妇女还要吗？"树江突然冒出来一句。"那就不能要了，这回干活儿就不能跟在生产队时比了，起码一个顶俩。"杨鸿志一改前几年谨小慎微的样子，劲头十足地说。树山笑了笑，把他的想法说了："第一，建筑队暂定三十人；第二，咱们四人为合伙人，每人垫资两千元，年终分红；第三，大工每天二十元，小工每天十五元，年底开支。"说到这里，他看了马志林和杨鸿志一眼，"咱们几个分一下工吧。"杨鸿志爽快地说："大哥，你还是队长。""对！我们的活儿，你咋分派咋是。"马志林更爽快。树山也没推辞，继续说道："你们哥俩相信我，我就不客气了，不过也得分一下。"他顿了一下，"志林还是副队长，鸿志兼会计，树江兼保管，他年轻，跑跑颠颠的，方便。"然后，几个人商量着又确立了几条制度。

树山凭着原有的关系、人缘和建筑基础，一九八一年春节前，成立了不单纯由本村人员组成的四十人的建筑队。它的迅速成立，使树山对新生活、新征程更加自信。

晚上，他站在自家房后，向空旷的田野望去，朦胧的夜色使他望得并不远，时而有一阵寒风吹过，寂静的田野传来微弱的"呜呜"声。他向天空望去，繁星不时一眨一眨的，一轮弯月挂在天空。他长长地舒了一口气，双手向空中一举，伸了一个懒腰，然后双臂用力往下一挥，自言自语道："从头开始吧！"他感觉浑身充满了力量。

对于联产承包这一新的农业生产方式，大多数人家是赞同、欢迎的，人们沉浸在对新生活的向往中。可是树芬的高中同学、男朋友，现已入伍的郑跃军，他家却愁眉不展。他的父母常年小病不断，两个哥哥老实巴交，都三十岁了还有对象，还有几个妹妹，最小的刚十岁。一天，树芬接到了郑跃军从部队寄来的信，她背着父母偷偷地打开了信。

树芬：

你好，好长时间没给你写信了，很想念。好在你寄来的几张相片解决了大问题，每当想你的时候，我就偷偷地看上几眼。

树芬，我父亲前几天到部队来了，跟我哭了一晚上，说咱们那里也分了地，让我无论如何跟首长好好说说，让我提前复员。父亲哭着说，我要是不回去，一家子就没法活下去了，非趴窝不可。父亲临走那天一再叮嘱我。无论如何。先向首长请个假，春节回家看看，我含泪答应了。树芬。我现在心里像火烧一样，恨不得马上回到家。

树芬，我已向首长请假，我们很快就可以见面了。

祝你生活愉快！

你的：跃军

一九八二年一月一十五日

郑跃军家里的情况，树芬何尝不知道。这些天，父母始终逼着她与郑跃军断了，为此，她不知偷偷哭了多少次。

刘金水从村广播里听到了有闺女的信，吃晚饭时耷拉着那张老脸，没提这码事。估摸着闺女在外间屋刷完了碗筷，他让老伴儿把闺女叫进了里间屋。他在炕角坐着，抽着能呛死人的老旱烟，很不高兴地说："他又给你来信了？"树芬没言语，低着头在炕沿上坐下。"你啊，听一句你爸的话，他那人家能去吗？这回更不能去了，他家铃铛穗子一大帮，他父亲成年抱着药罐子，人家躲还躲不及呢，你可好，一个劲儿往里钻，这不明摆着往火坑里跳吗！跃军那小子哪儿出奇？闭着眼满大街划拉一个，家庭就比他家强，他要是换一个家庭，我和你妈也就认了。""咱们家里有啥？不也是这样吗，不也在野洼里住吗？"树芬不耐烦地反驳道。"你……"刘金水气得半晌没有说出话来。盘坐在炕中间的母亲嗔怪道："你这死妮子，你爸不也是为你好吗？给你找个好人家，我们省心，你也舒心不是？""你老不用为我担心，吃苦受罪我认了！"树芬对父母的话一句也听不进去。"你这死丫头，气死我了，你翅膀硬了，你有本事，现在就跟人家过去！"树芬气得冲了出去，趴在她自己的小屋的炕上"呜呜"地哭了起来。她母亲一边骂着老头子，一边下炕，说："你这死老头子，啥都说，都二十几岁的丫头了，这是当爸说的话吗？你这不是火上浇油吗？"她瞥了一眼不说话的老头子，来到了闺女的小屋。树芬抽泣着，她妈劝道："你爸那脾气，嘴没有把门的，也不是一天两天了，好话到他嘴里也变味儿，刚才我骂他一顿了。"树芬还是抽泣不止。母亲又劝了一阵子，她还是不起来，父亲在东屋嚷道："我说啊，你别劝她，你越劝她，她越来劲儿，她是不撞南墙不回头。"树芬的母亲气得又跑过来骂道："你这死不了的！你不会缝上你的嘴！"树海从外面回来，猜到了原委，进了屋没好气地说："又是这段儿，烦人不烦人，别说树芬听不进去，我也听不进去。""小王八羔子！你也学会噎人了，你们给我挣啥了？你们要是给我扛个金山来，这屋还搁得下你们啊？一个个都老大不小了，大人说的话一句都不听，你爸还能让你们上当？"这吵闹声很清晰地传到了大庭院西面。树山先过来劝架，随后王春梅抱着常利也过来了。王春梅劝了刘金水，又到树芬的屋里劝："他大姑别哭了，跟自个儿的爸爸至于生这么大的气吗？他老就是这个脾气，闹完了就过去了……"树芬止住了哭泣，坐起来对大嫂说："大嫂，你过去吧，我没事的。""这就对了，自个儿父母的话都吃不住，将来有了婆家，你还受得了啊！""大嫂，你回去吧，我知道了，孩子也困了。"树芬很平静地说。王春梅打了一个哈欠，抱着孩子走了。

　　这一夜，树芬翻来覆去睡不着，一会儿想起郑跃军，一会儿又想起了他父亲那句话："你有本事，现在就跟人家过去！"一会儿，她又梦见郑跃军回家了，梦里哭，梦里笑，迷迷糊糊，一夜过去了。父亲的那句话，与其说树芬接受不了，倒不如说给她提了个醒。树芬是一个很随和的姑娘，但是发起脾气来也够人受的。

早晨，她早早就起来出去了。母亲听见闺女早早地起来，以为她上茅房，等了好长时间不见人回来，躺不住了。她起来房前房后找了一遍，也不见人影，慌了神儿。树山知道后，打发人四处找，树芬的姥姥家、姨家、同学家。王春梅抱着常利说："说不定真的上老郑家去了。"树山眼睛一瞪："你净胡说，她梦游了？上人家算啥事？""年轻人还有啥准儿。"王春梅凭着女人的直觉争辩道。"去去去！"树山没好气地嚷了一句。

　　谁也没想到，树芬真的鬼使神差地向郑跃军家走去。她来到庄西头距离她家有五六里地的郑跃军家门口，正赶上郑跃军的母亲开门倒尿罐子。郑跃军的母亲认识她，也知道郑跃军与她搞对象的事，忙把尿罐子放到一边，赶紧让她进简易棚。树芬犹豫着不自然地笑了一下，没有说话。郑跃军的母亲把树芬领到自己的小西屋里。当年爱做小买卖的"投机倒把分子"，也是"三份面龙"冒领者——郑跃军的父亲郑文章也起来了，只有十岁的老闺女还在被窝躺着。老两口忙着让座，他们蒙了，一时不知说什么好，你看看我，我看看你。树芬低着头，也不说话。一头乱发的郑母试探着问："闺女有事？"这一问不要紧，树芬抹起眼泪来。老两口慌了神儿，郑母不加思索地说："是我们家的老三惹你生气了？""你睁眼说瞎话。"郑文章苦笑着说。郑母自知说走了嘴，劝树芬："闺女别哭了，我去做饭。"她忙到东屋把一帮闺女叫了起来。这帮闺女以大闺女郑跃凤为首，兴奋而好奇，哆嗦着掀开西屋的破棉门帘子，见树芬低着头坐在小凳子上，一吐舌头，一缩脖儿，没敢进屋。郑跃军的两个哥哥从东厢房也起来了，几个妹妹一直向他们摆手，母亲也示意他们别进屋。他俩也纳闷儿，想从窗户看一眼，一瞧窗户上的玻璃只有一层霜，什么也没看着。树芬突然到来，让郑跃军一家人好生奇怪了一阵子。郑文章见树芬止住了泪，问道："闺女，跟大叔说说，你打家里来？""嗯。"树芬小声答应着。郑文章"哦"了一声又问："你爸妈知道不？""不知道。"郑文章摸着点儿头绪了，装作不高兴地嗔怪道："跟爸妈生气了？"树芬不作声了。郑母从外间屋进来，一屁股坐在了黑乎乎的破木头炕沿上，端详了一下树芬，心想：多俊的姑娘啊！郑文章接着说："闺女啊，不是大叔说你，上这儿来为什么不跟家里说一声呢？吃完饭就回家，免得你爸妈着急。""我不回去！"树芬两只白白的手在胸前捻着自己的小手帕。郑母忙说："好闺女，听大婶的话，不是大婶不留你，要是你爸妈知道，你住多少天都行。""我不回去!"树芬坚持着,在外间屋做饭的姑娘们听了偷偷地一个劲儿捂嘴笑。被窝里的小不点儿也穿好了衣服,一个劲儿地偷看树芬。

　　刘家像炸了锅,就在这时,郑家的大姑娘郑跃凤骑着"大铁驴"自行车进了刘家的院子,树山一下明白了。"大哥,我爸让我给大伯送个信儿,树芬姐在我们家呢,让他老放心。""上屋坐!"王春梅很尴尬。"不了。"郑跃凤走了。这可了不得了,刘金水气得一个劲儿拍大腿,骂道:"这个现世报啊!我咋养了这么个现世报啊……"他越说火气越大,冷不防地"啪啪"打了自己两个嘴巴。树芬的母亲见老头子动这么大肝火,也激动了,流着泪叨咕道:"小死妮子哟,咋这么贱啊!咋见人哪!"她又把老头子捎进去了,"都是你惹的祸……""放你娘的狗屁!都是你惯的!"老头子的火气顶到脑门子了,哪里容得下别人指责他半点儿不是,绷着被自己打得红红的脸骂道。树山夫妇劝了一阵子,这老两口的情绪才稍微稳定下来。

　　早饭也没吃,树山赶紧打发妻子去接树芬。王春梅骑上自行车,顶着寒风来到了郑家。她木讷地咧咧嘴,以中国人特有的问候方式说:"你老早吃了?""啊,你也早吃了?怪冷的,屋里坐。"郑母从堆放着乱七八糟的杂物的庭院里,向屋里让着王春梅。王春梅进了脏乎乎的西屋,树芬独自在东屋,没有迎出来。王春梅与郑跃军的父母说了几句客套话,在郑母的眼神示意下,她一个人来到了东屋。"嫂子,你咋来了?"树芬略垂着头问。"我能不来吗?"王春梅苦笑了一下。紧接着又说:"跟我回去吧!""我不!"树芬拒绝道。"那多不好。"王春梅小声说。一阵沉默……王春梅凑到树芬的耳边耳语了几句,又是一阵沉默……"听嫂子的话,啊!"王春梅小声恳求道。树芬掉起了眼泪,呜咽着说:"我不愿……愿听他们整……整天唠唠叨叨的,我烦……烦透……透了……""你还不相信我?我回去一定说说他们二老,保证不让他们再唠叨你了。"王春梅好不容易说服了树芬。

　　树芬跟着王春梅出了郑家。郑家人都出来送,郑母特意把王春梅叫到一旁,又重复着在屋里说的话:"她大嫂,你回去再劝劝她大姐,我也跟她说了,儿女的婚姻是一辈子的大事,要听爹娘的话,千万别违背大人的意思,她大嫂,说是不是……"王春梅连连点头。

　　半路上,王春梅骑着自行车,驮着树芬在高低不平的土路上,往家里走。寒风吹打着她们姑嫂二人。王春梅问:"你咋有这么大的胆儿?"坐在自行车后倚架上的树芬红着脸不好意思地说："我心烦。"王春梅开玩笑："八成想郑跃军想入迷了吧？"树芬的脸更红了，她小声说："大嫂，你别说了。"王春梅并不死心，装作自语道："哎呀，人哪，也是的，他郑跃军就那么好？"树芬听出了嫂子的意思，说："我要求不高，只要他人好就行。""你看得就那么准？"王春梅追问道。"反正我认了。"树芬看来真入迷了。

她俩到了家，先到二老的屋里打了个照面儿，老两口都耷拉着脸看也不看闺女一眼。树芬的妈说："他大嫂，你坐。""不了，你老就别生气了，他大姑半道上也跟我说了，她也认错了。"王春梅从屋里出来，迎面碰上树海、树江从外面回来，她向屋里努了努嘴，他俩明白了。

二

晚上，刘金水的拜把子兄弟、能说会道的张学海笑着推门进来了，刘金水忙让座，老哥俩唠了几句家常话，便进入了正题。张学海吸了一口老旱烟，说："不瞒大哥说，我是受郑文章老弟之托，给大哥道歉来了。今天的事全赖他家老三，他一个劲儿地让我把话说透了，劝大哥千万别生气，你要是气坏了，他心里也过意不去。"刘金水强装笑脸："这是哪儿的话，咱们都是多年的老哥们儿了，还用得着这个吗？这么冷的天，让你跑这么远，让我咋说呢！小孩子的事还当真，过去就完了呗。"树芬的母亲倒了一茶缸子白开水，递到张学海跟前，笑着说："他大叔喝水。"张学海接过茶缸子，接着刘金水的话说："大哥不生气就对了，孩子的事，哪能真生气呢？话又说回来了，这算啥事？你说呢，大哥？"老哥俩你一句、我一句地说着。屋里十五度的电灯泡并不亮。老哥俩抽了一阵子旱烟，张学海问道："闺女也不小了吧？""过这个年二十二了。"树芬的母亲说。"哦，都这么大了，该找婆家了，老郑家要是不合适，也得抓紧踅摸个合适的人家不是？"刘金水明白了，不高兴地说："不瞒老弟说啊，闺女是我养活的，这种事我不管了，我都交给树山了。"张学海笑了，说："这也好，省心，让大侄子操持呗。"老哥俩又聊了几句分地的事。

树芬这事，很快成了新立沽的大新闻，在还不开放的年代，说什么的都有。"老郑家把老刘家的丫头娶到家里，可真是烧了高香。""这闺女可

144

把她爹的嘴缝上了。""树芬咋想的？长得又好，非要往火坑里跳呢！""她挺灵的，沾上这事咋就傻了呢？"也有一些说浑话的："想汉子想疯了，都找上门去了。""别瞎说，人家听到非撕裂你的臭嘴。"……

树芬的坚持，逼迫她的父母不得不答应郑家托张学海撮合的这桩亲事。订婚仪式也没举行，决定在郑跃军的半个月探亲假期内举行结婚典礼。虽然对于这桩婚事，刘家不情愿，但毕竟是喜事，"压腰"这天，刘家也有了喜庆的气氛，简易房门口一对喜字非常醒目。

下午，树花笑盈盈地骑着一辆崭新的"飞鸽"牌自行车进了刘家大院，人们见了立刻笑着围拢过来，这瞧瞧，那看看，树芬更是笑得合不拢嘴。树花得意地对树芬说："芬姐，你真有福，那天咱们大哥给了我钱，硬逼着给你买一辆自行车当嫁妆，可这车子票哪好弄啊！我可急坏了，直到昨天上午，我听说主任手里有一张车子票，立马从她手里抠了出来，咯咯……"树海忍不住了，说："我骑一圈看看。""驮着我！驮着我！"小常胜嚷开了。树海笑着把常胜抱起来，放在车前的横梁上，一抬腿上了车，在大院里轻盈地转起了圈，小常胜美得摇头晃脑，逗得人们直笑。

夜里两点多，激动得没怎么睡觉的树芬，被姐几个叫起来梳妆打扮。王春梅和树兰也笑着过来了，其他人陆续起来了。树花的梳妆打扮比一般姑娘前卫，她是化妆的主力。她兴奋地从小柜子上拿出了她买的眉笔、口红、脂粉等化妆品，开始给比她大一岁的姐姐化妆，其他人都围着观看。她把树芬的小短辫儿散开，用梳子把她乌黑的秀发梳理好，然后把头发在脑后盘了一个结，用一根好看的簪子一插，人一下子变了样儿，围观的人们满意地点点头。下一步，树花拿起脂粉，往树芬红润的脸上涂抹起来，王春梅逗了一句："哎哟，本来就红里透白、白里透红的，这一抹更迷人了。"树芬害羞地说："大嫂，你又逗我。"树花精心地给她姐化着妆，围观的人们不时地啧啧称赞。树花向树芬的头上喷了点儿香水，又洒了金粉，树芬被打扮得美若天仙。最后，树芬穿上了红底儿的丝绸花棉袄，红棉裤外又套上一条直筒式红绸单裤，脚蹬高筒棉皮鞋，显得更加美丽动人。她的一双大眼睛流露出幸福满足的神情，一笑，红红的唇间露出了洁白的牙齿。王春梅又冒出了一句："你们看看，像不像仙女下凡？"人们对这在当时显得很前卫的妆容连连称赞。

凌晨四点左右，人们把点心、糖块儿等提前准备好了，只等新郎官儿郑跃军接新娘了。树花嘱咐大伙儿："郑跃军来了，一定让他叫三声'妈'，声音要大，否则不给他开门。"正说着，只听外面的鞭炮"噼里啪啦"响开了。树花、树兰，还有树芬的表妹、女同学，都笑着跑到门口，关上门，倚上了。人们借着灯光，只见郑跃军笔挺地站在门口。树花上学时认识他，她隔着门，笑着说："叫三声'妈'！"郑跃军笑了一下，"吭哧"了半天，里边才听到："妈，快开门！""不行，大点儿声！"树花笑着要求道。郑跃军又"吭哧"了一下，叫了一声。"还不行！没听见。"树花不依不饶。"妈，快开门！"这次他的声音很响亮。人们这才笑着把门打开，树花还要倚着门，郑跃军已进来了，手里提着半袋子离娘肉什么的。郑跃军大大方方拜见了岳父岳母等刘氏家族的长辈。郑跃军身材瘦高，细长的眼睛透着实诚劲儿，鼻梁挺直，嘴唇略厚，上唇剃得干净的胡楂依稀可见，散发着男子汉的朝气。树花凑过来笑着问道："郑跃军，几年不见，像个人样了，蹿这么高，吃化肥了？"逗得人们哄堂大笑。树花又说："说真的，你现在看起来还真像个人儿。"人们又是一阵笑。郑跃军笑着说："你还是这么活泼。""本性难移嘛。"树花爽朗地笑着说。

　　树山、树民陪着郑跃军和他的堂弟一边吃着点心，一边说着话。不多时，树芬准备好了，由王春梅领着到东屋。她含着眼泪对父母说："爸、妈，我走了。"说完在众人的簇拥下出了门。郑跃军也出了门，推着那辆新买的"飞鸽"牌自行车。树花凑到前面，大声笑着说："郑跃军，我可告诉你，一定要对我姐好，不然我非把你家的锅捣碎了！"郑跃军笑着保证："有你，我也不敢慢待你姐啊。""祝你们一路顺风！"树花摆着手。树芬坐上车，激动地说："都进屋吧！白天都早早过去！"

　　上午十点多，刘氏家族的主要成员刘金东夫妇、树山夫妇、树民、树海、树花、树兰等六人，以娘家人身份参加了树芬简单的婚礼。

　　郑家大院里几间简陋的防震棚和旧土房门口都贴着大红喜字，大人孩子进进出出，都是满脸喜色，多年来郑家还是第一次这么热闹和喜庆……

　　掌灯时分，大人孩子开始闹洞房，有的要糖块儿，有的要鸡蛋，有的要点心，树芬笑嘻嘻地应付着，人们一直闹到晚上十点多才离去。

　　闹过洞房，郑跃军的堂嫂给新房铺好了被褥，笑着往每床被子里扔了几个栗子和花生，意为"早立子"，儿子、闺女"花"着生。郑跃军和树芬从二老那屋过来，来到东厢房——临建棚的新人房里，两人相视幸福地一笑。树芬把门插好，示意郑跃军把窗帘挂上，郑跃军心领神会。这时，郑跃军用火辣辣的眼神望着灯光下美丽的妻子。突然，他猛地扑过去紧紧地抱住了妻子，拼命地亲吻，树芬也紧紧地抱着朝思暮想的丈夫。不知过了多久，郑跃军累了，放开了妻子，仰躺在炕上，他的眼角流出了幸福的泪珠。树芬掏出自己的小手帕，趴在丈夫剧烈起伏的胸前擦着眼泪，激动地说："你哭啥？你我不是到一起了吗？"郑跃军双手捧着妻子的脸，目不转睛地说："树芬，谢谢你，你不嫌弃我！"树芬立刻说："不要说这话。"两人又紧紧地抱在了一起……

三

春节过后，天气一天比一天暖和，宽阔的蓟运河上厚厚的冰面上端呈灰白色，下端呈淡蓝色，这就是要开河的征兆了。这时谁要踏冰过河，非掉到河里不可。河边的柳树，枝丫明显发青，芽苞鼓鼓的，像一个个小耗子似的排在上面。堤岸朝阳的地方，野草野菜从地里钻出来，幸福地晒着太阳。河堤深处，一对恋人缓缓地并肩走着，男的小分头乌黑发亮，身材高挑，穿一件黑呢子大衣，略微扬着头，这就是树民。他旁边的女子不用说，就是王立君。今天，王立君穿一件合体的米黄色呢子大衣，乌黑的秀发披在脑后。她面带甜甜笑容的脸颊，乍一看，像无人碰过的蜜桃，白嫩而红润，黑黑的眸子透出灵气。她时而微侧一下头，朝树民妩媚地一笑，然后又平视前方，笑盈盈地听树民讲他上学时的趣闻。树民看了一下河面，笑着问王立君："你会游泳吗？"王立君一笑："我可不会。"树民来了精神，说："到了夏天，我教你。""我可不敢。"王立君表现出一丝羞涩。树民来了话题："那怕什么，大学里，男女同学都在一个游泳池里游泳，我们几个男同学有时专门逗她们几个女同学。有一回，我一个猛子扎过去，正好撞到一个女同学的怀里，这下炸了锅，我刚露出水面，她们就用水泼我，吓得我赶紧一个猛子又扎下去，跑了……"王立君红着脸，开心地笑着。

两人的笑声、说话声，打破了旷野的寂静。这段河堤，对面就是城区。大大的柳树，高高的白杨，七扭八歪的槐树，似乎在静静地听着他们说笑。

今天，两人都很轻松愉快。在河堤散步，两人是第一次，是树民主动提出来的。他对她有了好感，觉得她身上的气质是秦亚娟所没有的，到底是什么？他也说不清。前几次接触，他的心思不在王立君身上，是在走形式，在应付，他脑子里总有秦亚娟的影子。今天，王立君见他这么高兴，笑着问道："你今天跟前几次判若两人，没想到你还挺幽默的。""是吗？"树民装糊涂。不知不觉间，他们来到了存放自行车的地方。他们各自打开自行车，并排走着。明媚的阳光照在两位年轻人的脸上，鸟儿"叽叽喳喳"地从他们身边的树枝上飞向前方，似乎不愿让这对恋人离去。

这些天，刘金东见儿子情绪好多了，放下心来。可是，女儿的事让他气愤不已。他托人把她调到了区百货大楼工作，她不但不去，而且连家都不回了，竟吃住在供销社了。为此，他打发老伴儿马守兰专程到供销社请过她，她却以下班太晚为由拒绝了。

在李家沽供销社大院旁边，一间单人宿舍里，树花刚吃完晚饭，男友裴洪伟推门进来了，拎着一个书包。他中等身材，浓眉大眼，眼珠滴溜儿地转，高鼻梁，嘴稍大，嘴唇略厚，平头乌黑锃亮。他上身穿着黑皮衣，下身穿流行的深蓝色直筒裤，脚蹬时髦的黑皮鞋。"你吃了？"裴洪伟问。"啊！"树花拾掇着碗筷。"让你上我家去吃，你非不去，我妈包的饺子，给你拿来了。"裴洪伟从书包里拿出饭盒，放在了被当作饭桌的学生课桌上。树花也不客气，打开饭盒，拿起一个热乎乎的饺子就吃，笑着说："好，挺香的。你妈寻思我会去才包的吧？""可不，我妈见你没来，数落我一顿，让我快吃，趁热给你送来。"裴洪伟瞧着树花，顺便逗了一句："你看见没有，你这婆婆多疼儿媳妇。""呸！没羞没臊，谁是你媳妇？"树花装作生气，啐了一口。"某些人今天咋了？脸皮变薄了？其实早就想当媳妇了。"裴洪伟往床上一躺，笑着瞟了她一眼。"你做美梦去吧！"树花盖上饭盒，放在课桌的一角，洗了手，洗了脸，用小镜子照了照。裴洪伟趁机打趣道："谁说我老婆不好看？比老母猪好看多了。"树花放下镜子，扑到裴洪伟身上，掐他的脸："叫你说！叫你说！"裴洪伟顺势搂住她的脖子，照着她的嘴亲了一口。树花挣脱着："快撒开，门还没关呢。"裴洪伟关好门，转过身来看着树花，脱掉皮夹克，一下子抱住了她……

两人亲热了一阵子，裴洪伟撒开树花，问："我调走了，你会不会变心？"

树花从床上坐起来，问："谁说的？"裴洪伟叹了一口气："听咱们店里人说的，主任要找我谈话。""为啥？"树花问。"这还用问吗？工作需要呗，想把你我分开，还愁没有借口？"裴洪伟面带苦涩。"放屁！咱俩搞对象，碍他们什么事？"树花又说，"这事要是真的，准是我家老头出的招儿。上次他给我调到区百货，我没听他的，这回冲你来了。"两人都陷入了沉默。树花抬起头，两只美丽的大眼睛直勾勾地看着裴洪伟，问："你是啥意思？"裴洪伟从树花的眼神里明白了，说："你让我干啥，我就干啥！""我让你明天就领结婚证，你敢不？"树花涨红着脸逼问。"你敢我就敢！"这求之不得的美事，裴洪伟岂有不敢之理。"我有啥不敢的？咱们也够结婚年龄了。"裴洪伟呆呆地看着树花，下意识地打量着她：红润的脸，水一样的大眼睛，长长的睫毛，黑黑弯弯的眉毛，直直的鼻梁，嘴唇红红的，上唇两端隐约可见淡淡的茸毛，散发着少女的气息。他激动了："你放心，我裴洪伟绝对不会让你失望的,否则天打……"树花制止道："闭上你的臭嘴！谁让你起誓？"裴洪伟太激动了，一下子又抱住了刘树花，她挣脱着小声说："别这样，夜里……"裴洪伟亲了她一口，屁颠儿屁颠儿地到前面的营业厅值班去了。

　　树花放着当局长的父亲不去仰仗，偏要跟她父亲作对，这是何苦呢？其实，她是个个性很强的女孩子。当年母亲在世的时候，非常疼爱她这个独女。母亲突然离去，给了她很大的打击。只要想起母亲，她心里就难过。父亲娶了后妻之后，她对他产生了一种说不清楚的感觉，是怨还是恨？为此，她莫名其妙地迁怒于父亲。裴洪伟是她中学时的好友，对她关爱有加，使她找到了心灵慰藉。她们恋爱后，只有四个儿子没有女儿的裴母，把她当成亲闺女一样，这使她如同找到了失去的母爱。

　　周日上午，毕业后被分配到区农委的树民，受他父亲的委托，骑着自行车来到树花工作的供销社，找到她的宿舍，敲门进去了，裴洪伟也在。见哥哥突然进来，树花一阵尴尬，脸一下子红了。稍镇静了一下，她向哥哥介绍道："他叫裴洪伟。"裴洪伟点了一下头，站起来与树民说了几句客套话，随即以有事为借口告辞了。宿舍里只剩下兄妹俩，树花垂着头坐在床边，树民单刀直入："你为什么不回家？""我不愿意看他们。"树花也不回避。"你要学会与人合作，这样不好。"树花说："这我不管，我又不吃她的，喝她的。"树花似乎很委屈，抹着泪。"你咋这么不容人呢？其实她老挺随和的。"树民见妹妹这样激动，皱起了眉头。"你觉得好，你就跟她们过吧。""你……"树民一时说不出话来。兄妹俩沉默一阵。"你好好想想，哪天我还来。"树民很无奈，兄妹俩弄个不欢而散。

树民怏怏不乐地从他妹妹的宿舍出来，在公社大门口迎面碰见了秦亚娟，她轻盈地推着崭新的"飞鸽"牌自行车往外走。两人先是一惊，树民不自然地问道："下班了？""嗯。"秦亚娟有些难堪，然后有些慌乱地问，"你还好吧？""凑合吧。"树民看到秦亚娟穿着笔挺的新式灰色西服，微微一笑。秦亚娟把自行车向前推了一下，说："没事吧？那我走了。"她骑上自行车走了，美丽的双眼向他瞥了一下，隐约有种茫然。树民微张着嘴，直愣愣地，瞧着秦亚娟的倩影发窘。他呆了片刻，苦涩地摇了一下头。

树民骑上自行车，也向东，秦亚娟去的方向，他非常熟悉的——去往新立沽的土路。他准备找他大嫂王春梅，让她做一做他妹妹的工作。他很想追上昔日的恋人秦亚娟，跟从前一样和她说说笑笑，可是……他没有追上去，心情烦乱地远远尾随在后面。

他上了蓟运河大堤的土路，无目的地看着微波荡漾的河水，路边碧绿的树木，田野里粉红的苹果花、桃花，还有洁白的梨花，一排排已吐露淡绿色的葡萄枝叶，大片绿油油的春小麦，真是让人心旷神怡。树民经过新立沽村南面，看到震后新建的一排排红砖房校舍，那是新立沽小学。在校内，他看见小学生们在老师的带领下，擦玻璃的擦玻璃，扫院子的扫院子。他下了车，向校园大门口走来，只见王春梅笑盈盈地从门卫室迎了出来，树民疑惑地问："今天礼拜日没休息？""明天周一区教育局来人检查。"王春梅解释道。"啊，我说呢，大嫂对工作适应吗？"树民问。"这有啥不适应的，比干农活省劲多了！我是最后一批落实知青返城政策的。你大哥和我跟人家领导要求，最好分到村附近，没想到分到村里的学校了，守家在地挺好的。就是给外地住校的教师做饭，跑家的老师中午蒸蒸饭，上下课打铃什么的。"王春梅流露出满意的表情，紧接着问树民："工作挺顺心的吧？区农委可是个大门口啊！好好干，将来会出息的。"树民笑着说："刚工作，年轻人工作多干点儿，也是锻炼。"王春梅笑着问："看样子，这个对象挺随心的？""还行吧。"树民笑了。"树花呢？"王春梅问。树民皱着眉头说："大嫂，哪天你劝劝她，我刚从她那儿来，我劝不了她。""这孩子啊……"王春梅答应了。

四

星期日，王春梅吃了早饭，喂了猪，锅碗瓢勺洗刷干净，把常胜和常利交给树芬："他大姑，你别跟他俩着急，我去去就回来。""嫂子，你去吧，我没事。"树芬说。树芬已有身孕，在住娘家。王春梅穿戴整齐，骑上树芬的新自行车，找树花去了。

四月底，春风拂面，沟边的芦苇密密麻麻的，有一尺多高，碧绿碧绿的。沟边的柳树枝条像绿色的丝带，随着温暖的春风轻轻地荡漾。一条条沟渠里长满了绿油油、毛茸茸的小野草，不时能看见人们在刚分到的自家的地块上忙碌着，挖沟、清淤、整地。

王春梅在土路上骑着自行车，圆圆的脸很光润。这些日子，她非常高兴，在学校给教师们做饭，干干其他杂活儿，一个月挣三十二块钱，但她很知足。

她来到公社马路西面的供销社，找到树花的宿舍，敲开了门。树花今天调休，和裴洪伟在吃早点。她急忙放下手中的筷子，笑着对裴洪伟说："这是我大嫂。"然后又对王春梅笑着说，"这是小裴。"王春梅微笑着点一下头。刘花拾掇着碗筷，问："常利谁看着呢？""你树芬姐回娘家了，她看着呢。"王春梅打量一下这间简陋的宿舍，好在拾掇得满利落。"嫂子，你这一上班，二娘和两个孩子咋办？"树花知道王春梅到学校上班了。"俩孩子，我从村里找了一家人，他们先给照看着呗，我下班再给他俩带回去。你二娘，树兰在家里伺候；她要是不在家，我就把可能用到的都放在她炕头。没辙，先这样凑合着呗。"王春梅笑盈盈地说。"那可够累的，跟大哥说说，明年搬到村里住吧，要不多受累啊。"树花看了一眼一言不发的裴洪伟。"你大哥说了，今年秋天就上村里盖新房，大伯他们也盖。"她怕裴红伟笑话，忙解释道，"都怪大伯在里面搅和，他老要是同意在村里盖，早就盖了。他老死活不愿意搬上来，说村里庭院小，太憋得慌，不如在下面住随便，说养鸡养鸭什么的方便。"她幽默地说，"是方便了，头几年村里怕狗东跑西颠的，说爱传染瘟病，有一阵子下令打狗，狗是没了，黄鼠狼子可高兴了，经常三更半夜到鸡窝拉鸡，那鸡叫得多瘆人啊，吓得孩子们跟小猫似的！"树花"咯咯"直笑："大伯这个小算盘打得真有意思。"裴洪伟矜持地一笑。王春梅又说："他老这样，你大哥哪好意思搬啊，甩下他老一家，你大哥又不忍。这又说不过去了，树海搞对象，不盖不行。我这一上班儿，也忒远。爷俩一商量，盖就盖吧。"王春梅把最重要的内容省略了，那就是钱不够用。裴洪伟笑着起身走了。

　　裴洪伟走后，王春梅笑着问："他就是……"树花点一下头，问道："嫂子看行吗？""你看行就行了呗，你们俩都在一个锅里抡马勺了，我能说啥？不行也得行。"王春梅只是随口这么一说，并没往深处想，树花的脸腾地红了。王春梅一看这情形，便问："这么说，你们俩真的一起过了？""大嫂，你净瞎说。"树花涨红着脸低着头否认道。"他二姑啊，你可跟我说实话，这可不是闹着玩的，小孩过家家？"王春梅板着脸说。"我能骗大嫂吗？"王春梅从树花的语气里感到她底气不足，越发怀疑："他二姑啊，不是你大嫂不相信你的话，我是过来人，作为一个女人，这方面把握不住，让男人糟蹋了，最后被甩的多了……""他敢！"树花脱口而出。王春梅一听这话，更相信她的感觉了，小声追问："你们……真的……那个了？"树花在王春梅的再三追问下，脸更红了，眼圈也红了，不敢看王春梅一眼，低下了头。王春梅吓坏了，站起来，急忙走到门口，把门插上了，转过身焦虑地说："我的二姑奶奶啊，你咋这么糊涂啊！看你怪机灵的，咋做这蠢事啊！你们姐们儿胆子都这么大啊？树芬闹了那么一出，你又这样……"树花抹着眼泪摆出豁出去的样子："反正我们有结婚证了，家里爱咋办就咋办吧，顶不济没有我这个人。"王春梅盯着树花，下意识地用一只手扒拉一下胸脯，喘了口大气，对树花说："我算服了你，你的胆子比树芬还大，比倭瓜还大啊！"王春梅看着抹眼泪的树花，她的眼圈也红了，又说："这婚姻大事，三叔不同意，你也得跟你大哥和我说一声啊，哪能这样呢？"树花抹了一下眼泪，没有说话。王春梅开导道："他二姑啊，三叔最疼你，你不应该这样，不是嫂子说你，以后做事多替他老想一想，他老这辈子挺不易的。"树花哭得更委屈了。王春梅见她只是哭，扳起她那圆脸说："你看你，你要总是这样，我咋回去啊，我就是回去了，能放心吗？"树花止住了泪水，说："大嫂，时候不早了，家里都够你操心的了，好容易歇一天，还大老远跑到我这里来，让大嫂费心了。"王春梅一听这话笑了："你不挺会说话的吗，以后就得这样。话是拦路虎，有些事，就看你咋说了，会说的把事还办了，还让人高高兴兴；说话不中听的，事办不了，还惹人家一肚子气。好了，别的都是瞎说，只要小伙子心眼儿好，能吃苦，真心疼你，比啥都强。"树花听了王春梅这句话，心里有了一丝安慰。

树芬在简易棚里，一边照看着常利，一边给未出生的孩子做着小被子。突然，院子里的大黄狗"汪汪……"乱叫。她急忙抱着常利从屋里出来，一看吓坏了，只见她家的大花猫拼命地用爪子抽打大黄狗的嘴，半大的小花猫也拼命地帮着它妈与大黄狗厮打，蹦得老高，在大黄狗的前后左右撕咬着。大黄狗吼叫着，与两只猫厮打。树芬不敢上前，站在一旁大声吓唬着大黄狗。再一看，大花猫和大黄狗腰上都系着绳子，她立刻明白了。她四下踅摸常胜，只见常胜藏在鸡窝旁瞪直了双眼。蓦地，那只大花猫挣断了绳子，向土屋的方向飞奔，小花猫紧随其后，大黄狗紧追不舍。眼看大黄狗就要咬上那只大花猫了，大花猫猛地一蹿，蹿到房墙上，借势"嗖搜"上了房顶。大黄狗顺势又去追小花猫，小花猫跑到屋里，从后门蹿了出去，大黄狗一步不落。小花猫见前面是条大水沟，猛地一蹿，蹿到齐房檐高，等狗回过身来，它落地转身，"噌噌"爬上了大枣树。"汪汪……"大黄狗在树下气急败坏。树芬气坏了，提拉着常胜的一只胳膊，审问道："猫和狗能绑在一起吗？猫被狗咬死咋办？"常胜吓得直哭："我……想看……它们谁打得……过谁。""你缺心眼儿呀？看你大奶奶下地回来咋吓唬你！"树芬哭笑不得。"我……不……敢了。"常胜哭得更止不住了。王春梅回来了，听了这事，"扑哧"笑了，说："你这淘气孩子，淘得出奇了？这大花猫真要是被狗咬死，你大奶奶还不打死你……"王春梅指着低着头的常胜，一个劲儿数落，常胜撇着小嘴。

在建筑工地，树山沉着脸站在一人来高的墙体旁，同甲方施工员气愤地追问他弟弟树江："你咋进的水泥？"树江支支吾吾地说："咱们原来合作的水泥厂家暂时无货了，工地着急，我就找别人进了十吨这种水泥，谁知它不合格啊！"树山指着他弟弟严厉地指责道："你是采买的，总得想到这个事，你看咋办？你这不是给咱们建筑队抹黑吗？也给你大哥我抹黑啊！"甲方施工员严肃地说："你们的事，回去说吧！现在就得拆，一直拆到底！没办法。"树山脸更红了，一挥手，几个民工抄起工具拆了起来。树山气得躲到了一边。

晚上回到家，他听了树花的事，饭也没吃好。王春梅看着丈夫被晒黑

的脸，说："事已至此，生米做成熟饭了，气死你也白搭。我今天正好看见那个小伙子，挺机灵的。"树山细长的眼一瞪，筷子往饭桌上一摔，吓得常利扑到他妈怀里，两只小圆眼睛偷偷地看着他爸。"他机灵个屁，他要是真会办事，说啥也得让咱家认可这事。两个孩子不懂事，他家里大人也不是明事理的人，真要是明白人，像老郑家似的，托个人说合说合，大家脸面都好看。""依我看，树花他俩的事，男方家不一定全清楚……"树山抢过话茬："你这是放屁，他家白捡了一个人，能不知道？""你冲我发啥火？我跑前跑后为了啥？"王春梅不愿意了。树山自知向妻子发火欠妥，但仍旧气冲冲地说："光队里的事就够烦人的了，树花这事，叫谁不烦？"王春梅不说话了。树山冷静了一会儿，说："这事先别跟三叔说，看看男方下一步咋走。"王春梅没有作声。

五

　　裴洪伟真被调到别的供销社上班了。供销社的主任跟他解释，那边需要一个男同志。裴洪伟提出，他和树花要结婚了，将来生活不方便。供销社主任两手一摊，说："没办法，上面的决定，有困难克服点儿吧，小伙子啊，等有机会再说吧。"树花得知此事，气得满脸通红，一口咬定是她爸出的主意。裴洪伟安慰道："你别那么武断，也许真是工作需要呢。""你真是实心眼儿，给你一个棒槌，你就认针（真），当官的还不会这套？"树花责怪道。"不认真有啥办法。"裴洪伟显得很无奈。"不行，明天我找主任去！"

　　第三天，树花在主任办公室里没说几句话，就质问起两鬓斑白的老主任："啥叫工作？工作咋就非要他呢……"老主任解释了半天也解释不通，只好说："上面跟我说的，就是工作需要，你要是不信，就去问他们。"树花没问出个一二三来，一甩手走了。老主任看着她的背影，自言自语道："这丫头，中邪了，放着她爸给找的好事不去，偏来这里受罪，图个啥？唉！"

　　刘金东得知裴洪伟真调走了，心里似乎踏实了。可是，没过多久，有一天，刘金东打开房门，一张纸条在地上，他拾起来，看到上边写着："爸，我把家里的户口本用完，放回原处了。我和裴洪伟领了结婚证。我们旅行结婚去了，今天到北京，特此告知。不孝女儿树花　四月三十日。"刘金东气得把

第四章

这张便条撕得粉碎……他病了好几天,老伴儿劝了皮儿,劝不了瓢儿。树民也无能为力。树山、刘金水也跑来劝。树山对半躺在床上满脸愁容的三叔说:"树花这事,你老也别都往自个儿身上揽,事情闹到这地步,就随她去吧。这道儿是她自个儿选的,她过好了,算她有眼力,你老省心,咱们都省心。她过不好,她也埋怨不着谁。""问题是她过不好,你想啊,那个姓裴的,家里还有好几个弟弟,他是老大,要钱没钱,要房子没有房子,你们说,她能好得了吗?我把这话放下,这丫头受罪的日子在后头呢。"刘金东皱着眉头气喘吁吁。"我说啊,啥也别说了,咱们是上辈子欠她的,这辈子得还啊。"刘金水喃喃地说。

中午,马守兰下班,驮着女儿小娇回来了,手里拎着一篮子蔬菜,树山跟她打了招呼。她下厨房做午饭了。树民搞调研也赶回来了,对半躺在床上的父亲说:"你老想开点儿,你老当年跟我妈处对象时不也是自己处的吗,那还是万恶的旧社会呢。""你给我一边待着去!"刘金东有点儿不好意思,板着脸。树民认为事情已就这样了,想开就是了,小声对树山说:"树花这种事,在外国不算啥大事。""你小子动不动就说外国这个那个的,中国是中国,外国是外国,能一样吗?"刘金东骂了一句,树民一吐舌头,出去了。刘金东其实是有心病,他后悔当初一味逼她上学,没给她在区里找个工作,再加上自己找了后老伴儿,她接受不了。事情闹到这种地步,只好随她去了。

中午下班,树民骑车路过传达室,值班的老头儿递给他一封信,他接过来一看,信封上写着"刘树民(兄)收",落款是蓟沽区王南沽小学。他知道这是董振刚寄来的,满心不悦。回到家,他打开信——

民哥:

你好!兄以为小弟写此信唐突吧?其实,小弟早想给兄写一封信或面谈。只因某种不便,拖至今日才写此信,望兄理解。

民兄,你我同窗数载,彼此了解甚深,只因亚娟之事,你我近在咫尺,却似天涯海角之隔。弟实不忍,寝食不安,究其根底,乃弟之过错。然而,古今中外为情所困者,不乏其人。唐玄宗因情使国蒙难,普希金亦因情而毙命,为争埃及艳后者引发两国之战……你我为今人,如草芥,哪敢与名人相比。弟无意与兄因情论短长,纯属人生之巧合。朗朗乾坤,春回大地,你我风华正茂，了断儿女情长，造就一番小天地吧！

弟不知所云，望兄见谅，弟婚期已定于五月二日，恳请兄光临寒舍，谢谢！

弟：振刚
一九八二四月二十五日

树民强忍怒火看完信，把信往写字台上一扔，暗暗骂道：什么东西，跟我耍这套小把戏！

五月二日这天，天公偏偏不作美，淅淅沥沥下了一天细雨，直到晚上才止住，天仍没放晴。董振刚与秦亚娟的婚礼如期举行。

傍晚，同一桌的几个同学都在议论着一个人。有的说："他肯定不来了。"也有的说："也不一定。"白胖的王宗斌善解人意地说："人之常情，不来也罢。""往而不来，非礼也。"高学军说了一句，话音未落，只听一个熟悉的声音说："往而不来，小人也。"大家循声一看，正是树民。只见他着装庄重，笑脸中隐约可见一丝窘意，他紧接着对大家说："让大家久等了，不好意思，不好意思。"大家见状，忙给他们班唯一的大学生让座，树民执意不肯，坐在了王宗斌的旁边。

宴席开始了，老同学相聚，自然要痛饮一番，你敬我，我敬你，好不热闹。酒过三巡，董振刚、秦亚娟红光满面地来到了老同学这桌敬酒。董振刚先是一怔，但很快笑着对大家说："我和亚娟分别给每一位老同学满一次酒。"说着就开始满酒。秦亚娟穿着橘红色卡腰丝绸上衣，挺着丰满的胸脯，很不自然地朝树民笑了一下，略施脂粉的美丽脸庞略扭向了一旁。董振刚、秦亚娟例行的敬酒仪式进行完，王宗斌笑着说："这样不行，你们俩上别处敬完酒，必须回来！"董振刚答应了。很快，董振刚、秦亚娟回来了。已有酒意的树民欠了欠身子，涨红着脸说："这样吧，我先敬你们俩一杯。"说着端起了一杯白酒，其他人明白其意，齐声说："对！让树民先敬你们一杯。"董振刚给自己斟了一杯，给秦亚娟也斟了一杯。秦亚娟面露为难之色，但还是把酒端了起来。树民说："今天你们大喜之日，我祝你们俩婚姻幸福，白头偕老。"说完一饮而尽。董振刚一仰脖儿也干了。可是，秦亚娟把酒沾到唇边，只喝了一点点就呛得咳嗽起来，白嫩的脸颊立刻红起来。没等人们说什么，她忍住咳嗽，猛一举杯，一口喝了下去。她放下酒杯，一转身跑了出去，人们一阵哄堂大笑。董振刚说："我先敬大家一杯，过一会儿，让亚娟也敬大家一杯。""好！"人们应和着。董振刚双手捧杯，激动地说："今天老同学们前来给我们贺喜，蓬荜生辉，我俩万分荣幸，谢谢了！"说完一饮而尽。众人也一饮而尽。董振刚走到树民跟前说："民哥，小弟今天单独敬你三杯。"说着先给树民斟满，然后给自己满上。树民并不推辞，礼貌地站起来，人们自然把目光投向了他俩。董振刚举起酒杯说："第一杯敬咱们同学数载之情。"二人一饮而尽。董振刚斟满酒又说："第二杯酒敬你救命之恩。"二人又一口见底。董振刚近视镜后面的眼睛红了，看着树民在听他讲话，说："这第三杯，敬民哥瞧得起小弟我，如约前来，为我的婚宴增光添彩。"树民没有说一句话，又干了。轮到树民说话了，他从董振刚手中拿过酒杯，说："我也敬小弟三杯。"众人一看，谁也不作声。树民斟满酒，举起杯子说："第一杯，我敬你不忘同学之情。"他一语双关，一饮而尽。董振刚紧随其后。树民涨红着脸说："这第二杯，敬你我兄弟之情。"两人一滴不剩干了。树民又说道："这第三杯，敬你们夫妻恩爱。"两人又碰杯，同时干了。众人鼓掌。两人明显有了酒意，树民向众人说："你们先尽兴，我上洞房看看去。"他拽着董振刚就往外走。

　　二人晃晃悠悠来到洞房——新盖的砖瓦房。秦亚娟见树民、董振刚酒气醺醺，相互搀扶着进来了，脸上掠过一丝窘意，但很快又微笑着给树民倒了一杯茶水。树民并不坐，站在崭新的床铺旁，看着桃红的床单上绣着一对戏水的鸳鸯，打着嗝，说："好！好！这对鸳鸯就是好！我真诚祝你们成为一对好鸳鸯。"董振刚实在坚持不住了，往床上一仰，稀里糊涂地说："我今天太高兴了，一对好鸳鸯，谢谢啦。""你胡说，你不想要？你给我，我养着。"树民也躺在床上，满嘴跑火车。在屋里的人们一听这话，胡乱笑着。秦亚娟把茶杯倒满，放在了茶几上，躲在一旁偷偷抹起了眼泪。王宗斌他们几个不放心，害怕树民酒喝多了闹事儿，他们进来还没站稳，树民和董振刚对着吐起来，铺上、地上顿时一片狼藉。这可热闹了，秦亚娟急忙偷着擦了眼泪，找来簸箕、笤帚、毛巾等。王宗斌等几个同学帮着收的收，擦的擦。树民刚喝了一口水，身子一歪，又躺在了床上。王宗斌一看，这算什么事呢，对树民说："树民，我送你回去吧。""我……我不回去，我……在这儿……

睡了。"树民结结巴巴地说。"对！不回……去了，咱们一块儿……睡。"董振刚醉了。"不行啊！这是洞房。"王宗斌急了。"洞房怕啥，兴他们睡，就不兴我睡？"人们捧腹大笑，树民真的醉了。王宗斌他们非要把树民架走，秦亚娟硬拦着，让他多休息会儿。这样一直闹到夜里一点多，树民清醒了，起来一看表，忙对王宗斌他们说："你们干吗不早叫我一声？"王宗斌苦笑了一下，说："叫了你一百声，要不是秦亚娟拦着，我们早给你弄走了。"树民吃不住劲儿了，红着脸看一眼秦亚娟，"嗖"地起身便走，王宗斌他们尾随着出去了。秦亚娟见树民酒醒了，提着的心一下子放下了，抹了一下眼泪说："谁家结婚跟我似的……"这时的董振刚，还像死猪似的，呼呼大睡……

六

五月，对于农村来说是大忙时节。头一年分田到户，整地自然不少用工，最主要的是花钱的地方不少，购买种子、化肥等。这些对于一般家庭不算大问题，对于树芬的婆家就成了大问题，家里没有钱，而且拉了一屁股饥荒，急得郑文章出来进去一个劲儿地转悠。树芬看出公公的心思，吃晚饭的时候对公婆说："待会儿吃完饭，上我妈那儿借点儿钱去。"郑文章也不推辞，说："天都晚了，明天再去也不迟。""没事，我借了就回来。"树芬坚持说。吃过晚饭，婆婆也没让她洗碗，她骑上自己的自行车到娘家来了。

树芬到了娘家，父母刚吃完晚饭，她娘拾掇着碗筷，父亲坐在庭院抽烟。树芬向父亲笑了一下，把自行车支在墙边锁上，进了小屋。她娘见闺女来了，高兴地说："你来得正好，你哥今天相对象去了。""真的？是哪儿的？谁给介绍的？"树芬急忙追问。"是王南沽你姥姥那个村的，马志林他娘介绍的。"刘金水从外面进来了。"那女的姓啥？"树芬又问。"姓王，她二叔是大队长。"刘金水说。树芬笑了："我知道了，她跟我一届，是四班的，叫王春柳。"她娘忙问："这个人咋样啊？"树芬看着父母兴奋的样子，说："我只是认识，长相上是一般人儿，脸有点儿黑，个儿有我这么高，看着挺精的，别的就不知道了。"刘金水眨着有神的眼睛，没有说话。她娘沉着脸说："谁知道这个能不能成。唉，你哥婚姻迟啊，咱们队跟他一般大的都结婚了。比他小一两岁的，差不多都有对象了。就他，介绍一个不成，介绍一个不成，不是他不愿意，就是人家嫌咱家穷，他再不爱说话，真愁死人了。"又怪上了老头子，"都是你爸搅和的，要是早到庄里盖几间窝，大海找对象哪能这么费劲？人家谁不嫌弃在野地住？"又冲着树芬说，"全村除了咱们家，就是你婆家，统共没有几家了，这些年不都搬到村里了吗？"刘金水不爱听了，质问老伴儿："我说你这个人，上嘴唇下嘴唇一碰，吧吧儿的，早盖，使啥盖？我不像别人似的，为了给儿子盖房子找媳妇，拉一屁股饥荒，我就是这堆这块，愿意跟着就跟着，不愿跟着拉倒。"树芬的娘瞟了一眼老头子，嘴一撇，说："你们老刘家有啥吸引人的？就有一样儿，到了冬天，天一黑，黄鼠狼子就拉鸡，鸡是养了，不得鸡瘟了，都给黄鼠狼子上供了。"树芬"扑哧"乐了，她娘气得也笑了，刘金水咧了一下嘴。"你还觍着脸笑，那鸡见了黄鼠狼子都吓缩骨了，深更半夜叫得人直起鸡皮疙瘩。"三个人说了一阵子话，刘金水卷着旱烟问闺女："有事？"树芬脸一沉，停了会儿，说："找爸借五十块钱，买点儿化肥。"刘金水点上烟，说："五十块钱够了？"他也不看闺女，抽了口烟，说："找你娘拿一百吧。"她娘听罢，忙从炕席底下把钥匙拿出来，走到黑棕色的老式大柜前，打开大黑锁头，掀开柜盖，拿出一个包裹，从中拿出一个小花布裹着的钱夹，拿出十张十元递给老伴儿。她拿着钱夹，不错眼神儿地看老头子一张一张点着钱。刘金水点好了钱，又把钱递给了老伴儿，她娘这才递给了闺女。树芬又点了一遍，装在衣兜里。她娘不放心，叮嘱道："装好了，可别半道窜出去丢了。"树芬答应着，又用手往衣兜深处塞了塞。

这时，屋外传来脚步声，树兰抱着常利，后面跟着常胜，进来了。"大姑！"常胜一进屋就叫道。树芬答应着，从树兰怀里把常利抱了过来，亲了一口，说："叫大姑。""大姑。"常利奶声奶气地叫了一声。树芬逗着孩子，她娘说："你别揉搓孩子了，你怀着孩子，别累到，让他在炕上玩吧。"树芬又亲了常利一口，把他放在炕上。门"吱"一声开了，树海和王春梅去相亲回来了。"咋样？"树兰笑着问三哥。"你问大嫂去。"树海显得不高兴。王春梅把扑到怀里的常利抱起来，笑着说："这个人吧，一说话就笑，嘴挺甜的，脸黑黑的，小鼻子小眼儿，挺受看的，不胖不瘦，个头有她大姑这么高，人挺机灵的，真要是成了，居家过日子顶门户没有问题。""这好啊，我就喜欢机灵的，不喜欢蔫了吧唧的。"树海他娘连忙说。"你老又着急，问问他三叔啥意思。"

王春梅向树海使了个眼色。树海嘟嘟囔囔："我看还不如前几个呢，长得黑，眼睛那么小。""你长得好？三脚踹不出个屁来，你当干啥呢？你嫌人家，人家还不一定相中你呢，哼！"从来不会鼓励夸奖，就会讽刺挖苦儿女的刘金水，耷拉着老脸说。"她不愿意更好。"树海气呼呼地反驳了一句。"你老别闹，搞对象本来是件高兴事，也是伤脑筋的事，让他三叔好好想想。"王春梅把常利放在炕上。始终没有说话的树芬说："这事按正理是我哥拿主意，别人只能是个参谋。""对！他大姑说得在理。"王春梅接过话茬，又说，"他三叔，你可能挑花眼了，你前几回相亲，我都跟去了，依我看，这个比哪个都强。你别看她眼睛小点儿，脸黑点儿，但她受端详，跟你站在一块儿，能拿得出手。再说，你大哥跟她二叔挺熟的，她家是通情达理的人家。马大娘说，她家里外头干活儿泼辣着呢。老话说得好：老爷们再能捞，老娘们手像漏勺，日子也好不了。我体会，真是这样，老娘们过日子不行，养出的孩子邋邋遢遢，十个有九个不成人，你信不？"树海不作声了。他爸接过话茬说："你大嫂说得对。你爸我也六十岁的人了，你娘也五十多岁了，不是我们着急，咱们农户人家，不像城里人，娶媳妇当花瓶供着，如今分了地，身体不好能干活儿？听你大嫂这么一说，我打心眼儿里愿意。"他娘也劝道："娶媳妇不能光看脸蛋儿，大面儿过得去就行了，会过日子比啥都强。"树海还是不说话。

树山回来了，王春梅抱着孩子出去了。树芬不住下，让她哥送她回家了。老两口还在说着儿子的事，刘金水说："这孩子，就会在家里吹猪，又没有树芬这两下子，有本事从外面给我领一个回来，省得跟他操这份心。""你这个人真是翻打锣正打鼓的，领不来的你嫌，领来的你也嫌，没有一个对你心思的。"老伴儿说。"她要是找一个好人家，我能嫌吗？还没有借她一点儿力，她就来割扯你了。"刘金水借机发起牢骚来。老伴儿不愿意了，说："行了，黄不了你的，谁家还没个困难时候。""你这是屁话，谁指望她还我了？"老伴儿知道他的脾气，也就不出声了。

过了两天，树海的亲事成了，一家人高兴得不得了，特别是他的父母，整天乐呵呵的。老两口也不拌嘴了，忙得更欢了。

第四章

七

五月中旬，气温明显升高，进入早稻插秧时节。树芬那两个心思不太活络的大伯哥摆弄的塑料薄膜旱床育秧，像鬼剃头似的，一片一片没有秧苗，都划拉在一起。她家的四五亩水田未能插上一亩秧苗，原因是用她从娘家借来的钱买的尿素，上得多了一点儿。一家人谁也不敢告诉生病多日的郑文章，他每次提起此事，家人就胡乱糊弄过去。

郑跃军提前复员，一家人盼星星盼月亮似的把他盼回了家，尤其是郑文章，一颗悬着的心总算放下了，兴奋得病也好了七八分。他吃了午饭，兴奋地溜达出庭院，来到自家的地里。不看也罢，这一看，自家的秧苗秃得跟自己的头似的，本来就血压高的他，一气之下，栽倒在沟旁。在地里干活儿的人们看到后赶紧跑过去，只见老汉瘫软在地上，说不出话来……

郑文章中风住院了。郑跃军和他二哥守了三天，郑文章用能动弹的右手示意他回家。郑跃军明白父亲的意思，不放心家里秧苗的事，点着头，老人含着眼泪挥着手。郑跃军眼睛红了，嘱咐了他二哥几句，回家了。郑跃军到家，没顾得上吃饭，到自家地里仔细一看，傻了眼，埋怨起两个哥哥来："这是咋弄的呢？"他怏怏不乐地回到家，树芬给他盛好了饭，看着满脸不高兴的丈夫说："秧苗的事，你就别说大哥他们了，头一次干这种活儿，免不了出问题。不光咱们一家，别人家也有这种情况。大哥他们一天天也够累的，整天不闲着。"郑跃军没说什么。他母亲出来进去唠叨个没完，一会儿说大儿子废物，一会儿说二儿子二百五，一会儿说一帮闺女更是不中用，一会儿又说老头子的病，后来竟坐在自己的小黑屋里掉眼泪，左一个命苦，又一个命薄。她这一闹，郑跃军心里更不好受了。他对母亲说："秧苗的事，你老就别管了。"

郑跃军来到地里，东家问问，西家跑跑，好话说了一大筐，总算不错，各家都答应，有剩下的秧苗一定给他家留着。

郑跃军自从复员回到家里，一刻也没闲着，不是地里忙就是跑医院，不是跑医院就是下地忙，割麦、插秧、犁地，连忙着了二十多天，农活儿才告一段落。树芬看着丈夫消瘦的脸，心疼地说："这个家多亏你回来了，不

然可就麻烦了。"郑跃军看了看妻子鼓起来的肚子，难得一笑："你揣着咱们的儿子，还一个劲儿忙活呢，我敢不忙活？""去你的，你还有心思拿我开心。"树芬红着脸，不好意思地一笑。

郑文章病情基本稳定，出院了，花了六百多块钱。郑跃军复员的二百多块安置费花了进去，又增添了三百多块的饥荒。郑跃军对妻子说："一家子不能都窝在家里，死靠着这十几亩地，得出去挣点零用钱啊，还债啥的。我在部队开了两年汽车，得找一个开车的活儿啊！"树芬说："听你的。"

郑跃军走亲访友，一连多少天过去了，终于有一天，邻县他的一个复员的战友打来电话，说在县城找了一个每天往返于市县之间的客运司机的差事，每个月能挣四五百块钱。郑跃军一听乐坏了，第二天就去报到了。

树山可谓大忙人，他不但成立了一个建筑队，而且承接了引水工程，又临时组建了一个"引水入市工程"河工队。他真是甩开膀子大干一场了。马志林的弟弟马志超是负责日常工作的副队长，他是树山同母异父的妹妹姜文花的未婚夫。

在原生产队部的院子前，树山说："大家听好了，这次出河工，与原来不太一样，是'引滦入津工程'，自愿报名，一共一百人，报满为止。咱还是采用以前记工分的方式，最低九分，最高十分，设专人记账。工程干完就分钱，去掉支出，全部平分，这段工程干完了就解散……""行啊！你就安排吧！我们跟你干了！"人们异口同声地说。树山指了一下他旁边的小伙子，高兴地对大伙儿说："那好！愿意干的，就到马志超这里登记，他就是河工队的副队长。我呢，区里的建筑队还得管，河工队主要由他管……登记完，回家准备一下……"人们开始报名，马志超一一登记着。

树芬挺着肚子，带着老实巴交的二大伯子来报名，笑着对她大哥说："大哥，给我们二哥也算一个吧！"树山笑着说："行，没问题。"然后对树芬的二大伯子说，"这事儿，你自己来不就行了吗，还用树芬挺着肚子陪着？"树芬的二大伯子憨厚地笑了笑。树芬说："他脸儿小。"

树山看着这场景，眼前又浮现出了当年在生产队的生活画面。他见人们有说有笑，高兴地对大伙儿说："这扁担炖肉可不好受啊，谁半路当孬种可不行啊……""你放心，给咱村丢不了脸，给你更丢不了脸！"大伙儿大声保证，树山笑了。

第四章

出发那天，天气晴好，身强体壮的农民们高兴地背着铺盖，拿着餐具，陆续登上树山新添置的两辆五十五型拖拉机，还有租来的四五辆二十型拖拉机。锹、扁担、独轮车、泥兜子、草垫子、苇席、锅、蒸屉、搭窝棚的棍子棒子等，把拖拉机装得满满的。坐在第一辆拖拉机上的树山一挥手，鞭炮齐鸣，拖拉机鸣笛，带着这些农民向工地开去。

"十一"前夕，两个工地来回跑的树山在区内的建筑工地处理完事情，坐上拖拉机，向'引滦入津工程'工地驶去。他来到工地，无数对儿抬着破麻袋制成的泥兜子的人快速地翻倒，弓腰用力推着独轮车的人们在沟渠上下不知疲倦地来回奔跑，为数不多的推土机推着泥土，一面面标明工程队名称的红旗迎风飘扬。

树山来到河工队驻地，在苇席搭成的几个长长的窝棚前，忙于做饭的大师傅跟他打了招呼。他看了一下饭菜：大锅炒白菜，里面有少许猪肉，两大盆切好的咸菜条，大锅蒸的米饭、馒头。年轻的副队长马志超放下修车的活计，笑着跟他打了招呼，掏出香烟递给这个未来的大舅哥，说："大哥，你来得正好，前面有一个大水塘，没法干，影响了工程进度，市工程指挥部向各施工队发出了限期承包的通知，意思是哪个队能接，限期干完奖励一百万。""你先别说这件事，这个菜还是不行，还得改善，肉还是太少，最少炒两样儿菜。"树山指着眼前的菜盆子说。马志超点头答应："明天就办！"树山询问了水塘的情况，也被这一百万吸引了。"走，看看去！"树山和马志超坐上拖拉机，向着水塘去了。

两人穿过一个坑坑洼洼的地块，来到水塘边。水塘宽有一百米开外，长有几里地，两边杂草芦苇丛生。水塘中心已无多少水，黑黑的淤泥有的地方冒着气泡，草丛中不时有鸟儿"叽叽喳喳"地叫着，有的见人来了，惊吓得飞走了。树山向前走了一段，马志超跟在后面，兴奋地说："这活儿谁要是拿下来，可就逮着了，一百万啊！"树山笑了："是够馋人的，不好干啊！"他咂着嘴。"那当然了，就看谁有高招了。"马志超说。树山向水塘里投了几块土坷垃，望着溅起的稀泥说："这活儿只有用水桶舀这稀泥汤子了，别的家什都用不上啊！"不知挖泥船为何物的树山，凭着经验只能想出这个招数。马志超皱着眉头说："这得哪辈子干完呢？吭哧吭哧一桶一桶往上提，那不得给人累死？""用人提拉肯定不行，想啥招儿往上运。"树山思量着。

他估量着土方量，不时向马志超询问工程的要求……

　　树山似乎有了心思，为了这个水塘，他住下了。吃饭的时候，在窝棚旁，他始终盘算着这件事。夜里，他和马志超挤在一个被子里。劳累了一天的人们入睡了，打呼噜、放屁、咬牙、梦话，树山听得一清二楚。他没有一点儿睡意，脑子里像过电影似的，想象着水塘工程，一个又一个方案。一直到后半夜，也没有想出一个说得过去的方案，他似睡非睡地闭着眼睛。

　　天刚蒙蒙亮，他爬起来独自来到了水塘边。他望着这大片池塘，望着池塘里厚厚的稀泥，突然眼睛一亮，想起了中国古老的水车，去年生产队还在使用的龙式水车。他想到了它的上水原理——带式闭合的上水方式。要是把绞关在水塘的两边固定好，把钢丝缆绳弄成闭合的，在钢丝缆绳上固定无数个小铁钩……他想到这里，像孩子似的跳了起来。"对！就用这个法子！"他坚信这个方案是可行的。他立刻回到了窝棚，找到了马志超，把他的想法在地上用草图画了出来，机灵的马志超看了兴奋不已。他们开始计算土方量，根据工程的时限计算着水桶、绞关、钢丝绳的用量，以及需要的人数，等等。计算来，计算去，一算需投入的资金，他们为难了。树山紧锁双眉，站起来对马志林说："走！咱们跟工程指挥部说说咱们的方案，要是他们认可，他们是否可以预付这部分费用？"马志超不置可否。

　　他们俩急不可待，来到用帆布搭成的工程指挥部。一位中年男子接待了他们。树山自我介绍后，说明了来意。这位负责人问道："你们打算怎样解决这个难题呢？"树山很自信，拿出他的草图递给这位负责人。负责人看不懂这种不正规的方案，树山在一旁讲解。负责人听着他的讲解，紧锁的双眉渐渐舒展开了，对树山微笑着说："你这个方案够独特的，这样吧，你们先等一等，我们马上研究这个方案。"没过多久，负责人带着两个工程技术人员来到树山面前。他们对这个方案有所认可，但也提出了几个需要改进的地方，树山连连点头。他拿出了自己的香烟，负责人也不嫌弃，接过去了，树山给他点上。他瞟了马志超一眼，试探地问："您是不是可以预付我们一点儿设备购置款？"负责人笑了，说："闹了半天，你们是空手套白狼啊！"他看了树山一眼，严肃地说，"这个可以考虑，不过要签状子，不能误期，罚款是次要的，影响工程进度，谁也担不起这个责任啊！""我们保证……"树山努力让人家相信自己。

状子签了，树山拿着预付的设备购置款，立刻购买所需的设备去了。经过几天的绞关安装调试，水塘工程准备就绪了。

这天，天气阴霾。树山对大伙做了动员："老少爷们儿们，从今天开始，要铆足了劲儿……中心只有一个，保质保量地完成任务！这奖金，按工计算，多劳多得，如期完工！有干劲吗？""有！"农民们高声回答。

这些人被分成了四组，分别在四个绞关工作面工作。树山站在水塘边，看着人们第一次大规模操作：水塘里面赤脚的人们，把装满稀泥的白皮水桶挂到钢丝绳上，它们像灯笼似的在闭合的钢丝上，向水塘的两边移动；岸上的人们摘下水桶，把稀泥倒在槽式独轮车上运走。树山为自己的杰作而暗自庆幸……

八

十月一日，很多年轻人都选择这个有着特别意义的日子举行婚礼。秋高气爽，气候宜人，又是国庆节，这天自然成了年轻人首选的婚期。树民和王立君的婚期也选在了这一天。

这天晚上，将要步入婚礼殿堂的他们，双双来到了单位分给树民父亲的两室一厅的新楼房。看着粉刷布置一新的新房，油光锃亮的棕色组合家具，比哪天都漂亮的王立君，树民很激动，眼神炽热地看着王立君，激动地说："这阵子，我感觉你跟原来不一样了。"王立君忙着手中的活计，抬起头微微一笑，问："是吗？哪儿不一样了？""我发现你比原来更漂亮了。"树民第一次这样夸奖王立君。"是吗？你刚看出来？我本来就漂亮嘛。"王立君说完，脸红了起来。她感到很兴奋，周身一下子热乎了起来，胸脯一起一伏的。她并不避开树民那炽热的眼神。目光交汇，树民突然抱住了王立君，两人紧紧相拥。这是树民第一次拥抱已是他的合法妻子的王立君，除了当年拥抱过秦亚娟一次，这是他第二次拥抱女人。

金秋十月的第一个早晨，树民穿着一身深蓝色中山装，脚蹬黑皮鞋，小分头打上发蜡又黑又亮，精神焕发，眼睛中流露出兴奋的神色。两个接新娘的姑娘，一个是树民的继母带来的妹妹小娇，另一个是树山的继母带来的妹妹树兰，一大一小两个姑娘打扮得花枝招展。一切准备就绪，三个人坐上了全区唯一的"蓝鸟"牌轿车，后面跟着"拉达"牌轿车。

　　带着大红花的轿车，缓缓停在了王立君家的门口。一阵鞭炮响过之后，王立君的家人微笑着从二楼走下来迎接。树民走在前面，两个妹妹手持彩绸制作的鲜花紧随其后。他上了楼，拜见了岳父母，大方地改口叫了"爸妈"。岳母向他介绍了在场的亲戚。之后，茶点伺候，供树民他们打点一下，等候正在准备的新娘。不到一刻钟，王立君风韵十足地来到大厅，与父母和亲戚们辞行。只见她黑黑的秀发盘成了一个美丽的发髻，略施脂粉，红底儿绣有牡丹花图案的紧身旗袍彰显了她的曲线美，红色的高跟儿皮鞋走起路来"咯噔咯噔"。树民看着这美若天仙的妻子，简直不敢相信自己的眼睛。

　　树民牵着新娘纤细的手，在人们的簇拥下走下楼。新娘这身装束着实引来了街坊四邻的啧啧赞叹声。那时，人们在装束上还不是很放得开。女人们想看又不敢看，那种做作着实好笑。那些眼馋的男人，更是目不转睛地像照相似的，从头看到脚，又从脚看到头。王立君在众目睽睽之下飘进了"蓝鸟"牌轿车。两位迎亲的姑娘上了后面的"拉达"牌轿车。轿车徐徐驶出了王立君家。

　　两辆轿车在公路上缓缓行驶，不多时，稳稳停在新房楼下。鞭炮齐鸣，树民率先下了车，俯下身子，用力从车里抱起了美丽的新娘。亲朋好友簇拥着二位新人上了三楼，亲戚们见了美若天仙的新娘，个个赞不绝口。树民的父亲刘金东也穿戴一新，面带笑容——今天是儿子的大喜之日，女儿树花怀着五个月的身孕，带着女婿裴洪伟也来了。刘家大小，除树芬因将要生孩子而没来，其余的都到了。树山瘫痪在床的继母也被接来了。树民的同学董振刚、王宗斌、高学军、李月朝，以及他的同事，从昨天一直忙到今天。

　　婚礼开始了，从工地赶回来的树山，一身深蓝色中山装，操持着婚礼的一切事宜。婚礼在新房举行，新郎新娘站在新房的正中间，右边端坐着主婚人——父亲刘金东、继母马守兰，左边端坐介绍人孟阿姨、证婚人王宗斌。新房四周和餐厅挤满了人。灯光下，两位新人容光焕发，光彩照人。上兜佩戴小红花的主持人、从市农委赶来的树民的大学同学李月朝，声音洪亮地庄重宣布："刘树民同志和王立君女士的结婚典礼现在开始！"李月朝声情并茂地朗诵道，"金秋十月花月好，亲朋满座喜眉梢。一对情侣结同心，甜蜜姻缘在今朝。第一项，宣读结婚证书。"小胖子王宗斌宣读了结婚证书。

第四章

李月朝又朗读道:"情深似海养育恩,不求回报盼成人。好儿数载从未语,佳日良辰敬高堂。第二项,向父母三鞠躬。"新郎新娘转过身,恭敬地向父母深深三鞠躬:"一敬父母无私爱,二敬父母勤操劳,三敬父母多保重。"接下来进行第三项,刘金东代表双方父母讲话。他面带微笑,操着山东口音勉励道:"希望你们二位新人互敬互爱,尊老爱幼,勤俭持家,白头偕老,团结同志,努力工作……"人们鼓掌。两位新人向介绍人孟阿姨三鞠躬致谢。李月朝又朗诵道:"成双成对鸳鸯鸟,恩爱相随恋人影。愿叫情深似江水,海枯石烂夫妻情。第四项,夫妻对拜。"新郎新娘面对面三鞠躬。"一敬夫君长牵手,二敬爱妻永美貌,三敬夫妻做爱巢,来年定生龙凤宝。"话音刚落,引来人们的一阵笑声。高学军在人群里喊了一声:"让他们亲个嘴儿!""对!"人们附和着。李月朝笑着对大伙儿说:"这是晚上的节目,这次就免了吧。"人们只好作罢。第五项是夫妻共饮交杯酒。树民的小妹小娇恭恭敬敬地端着一个盛着满满两杯饮料的花盘子,走到新郎新娘跟前,两人端起酒杯,李月朝说道:"同饮交杯酒,恩爱更长久。爱情酿成美酒香,细品千杯方称少。"树民干了,王立君一口气也喝干了这杯甜甜的饮料。最后,新郎新娘面向亲朋好友三鞠躬,婚礼结束。

婚宴开始了,新房里男女各一桌,安排的是娘家客人。借用对门和楼下两家的场地,安排的是其他亲朋好友。树山带着新郎新娘、三叔三婶挨桌敬酒。每到一屋,他都高声说道:"新亲照理,新人来谢!新郎新娘、新郎父母给各位敬酒!"

晚上,又开了六桌,都是树民和他父亲单位的领导同事,以及很多单位的领导,树山不敢怠慢。他把树民叫到跟前,低声说:"这几桌,每一个人都要给满酒,这是礼貌,知道不?"树民知道大哥的意思,连连点头。第一轮敬酒,树山领着两位新人一一满酒敬过。第二轮,树山独自去一一敬酒,并做了自我介绍。第三轮,刘金东夫妇一一敬酒。这三轮敬酒掀起了三个小高潮,把这些客人喝得心花怒放,满意而归。在一旁的董振刚,看了这个场面不无羡慕。

年轻人,特别是树民的同学们都凑到新房,你一言、我一语,逗起了新郎新娘。挑头儿的是李月朝和王宗斌。李月朝笑着对二位新人说:"你们俩听着,今晚也不为难你们,你们大家表演几个节目就行。表演好了,我们也就罢了，不然我们就不走了。"其他人随声附和。王宗斌目不转睛，看着美若天仙的新娘说："嫂子，你听着，第一个节目叫鸳鸯戏珠，就是拿一个红苹果，用一根线拴好，悬在空中，你们用嘴啃苹果，不能用手，啃下一口，嘴对嘴喂给对方，每人喂一口，这叫岁岁平安。"不知是谁说了一句："嘴对嘴不讲卫生，这个得取消。""这可取消不得，要的就是爱情的纯真，两小无猜。"李月朝坚持说，人们随声和着。这时早有人把苹果弄好，李月朝跳上床铺，在灯管处把苹果悬空系上了。两位新人只是笑，谁也不动。大家这个叫，那个闹，这个推一把，那个拽一把，两人没有办法，半推半就，用嘴咬在空中摆动的苹果。两人配合不到位，苹果不是往这边跑，就是往那边歪，他们怎么也啃不着，旁边还有着急指点的，逗得人们大笑。二人刚想退缩，又被人们推到了苹果前，还是啃不着。树民刚想用手扶一下苹果，就被高学军阻止了。王宗斌站在床上，弓着身子，一个劲儿摆弄线绳。好不容易，树民啃上了一口，却不好意思嘴对嘴喂给王立君。人们见状，硬把他推到王立君跟前，王立君只笑不张嘴。人们不让，她被迫微微张开迷人的嘴唇，露出整齐洁白的牙齿，两人对了一下嘴，很快跑开了。轮到王立君喂树民了，她说什么也不做。没有办法，李月朝跟王宗斌使了个眼色，宣布了第二个节目："新郎新娘相互亲吻，两颊各一次，第三次亲嘴儿，谁也不能用手。"树民一听，又不愿意了。人们哪肯罢休，相持了好长时间，树民提出条件："就亲吻一下。""不行，一下也不能少！"王宗斌摇着他那圆圆的脑袋，眯缝着小眼睛。树民无奈，给王立君使了个眼色，她被人们闹得脸颊绯红绯红的。人们连拉带拽，把两人推到了一起。王宗斌提高嗓门儿说："上个节目是新郎主动，这次得新娘先来，好不好？""好！"人们起哄。王立君哪里肯做，不知是谁，推了她一下，她顺势亲了树民一下，谁知正好亲到他的鼻子上，逗得人们哈哈大笑。

　　李月朝又宣布下一个节目"猪八戒背媳妇"，笑着说着要求："新郎背着新娘在新房转一圈，要得意地说'我老猪背着媳妇上洞房'，新娘要笑着说'臭老猪，我要压得你出了白毛汗才罢休'。"王宗斌解释道："猪八戒和媳妇说话要像，如果不像，要继续背。"人们连声称赞这个节目好。两位新人这次是真的不配合了。僵持了好半天，树民无奈地摇了一下头，在众目睽睽之下，背起了王立君。可是，两人的"台词"就是达不到李月朝等人

的要求，逗得满屋的男女老少阵阵大笑，树民耍赖了，说什么也不背了。新房里不时传来阵阵愉快的笑声……

九

树山操持完婚礼，很晚才回到家，第二天，他又早早来到了村里，先在将要平口的自家新房转了一圈，和守夜盯着施工的树江说了几句话，又去看刘金水在刘金东的原宅基地上盖的那四间房。刘金水一个人正拾掇着砖头，树山脸拉下来，嗔怪道："我不说让树海守夜吗？你老咋来了？""我不放心。"刘金水停下手中的活计。"你老就供着他吧！"树山知道老两口儿心疼宝贝儿子。他更知道，他大伯的房子宽和高都高出西邻牛家新瓦房一尺左右，牛家告到了村里。他今天本想回工地，但是担心此事，所以把建筑队人员从区建筑工地拉了回来，处理了一些工序，以防村里出面干涉。

树山背着手，两头转悠，随时解决出现的问题。他刚到自家新房工地，树江跑过来，说林金龙带着几个人到了他大伯的新房工地。树山很快过来了。林金龙背着手，耷拉着脸，见树山来了，说："老弟，这房子千万不能高了，每排一定要一致。"树山看了一眼牛老头，不慌不忙地说："我不想盖多高，可是他老这房子也太窄太矮了。""没办法，先盖为主。话又说回来了，乡里乡亲的，两家以后是邻居了，一辈子盖一回房，都不容易，别伤了和气，两家互相顾及一下。"林金龙和稀泥。树山把脸一沉，说："老兄，不是我驳你，你刚才说得对，一辈子好不容易盖了这几间窝，恨不能把吃奶的劲儿都使出来，临了弄个不随心，谁愿意？"林金龙刚想说什么，树山紧接着说，"地震都好几年了，你们连一个正式的规划都没有，政策在兜里装着，想咋掏就咋掏，那不行。""谁说没有？地震前都有规定，你这是强词夺理。"林金龙不耐烦了。树山笑了，说："大伙儿说说，地震前是土房，现在是砖房，那标准能一样？"林金龙认为树山在讥笑他，看着树山得意的样子，自尊心受到了伤害，板着脸说："树山，你可是共产党员，好好想一想。"树山正找机会呢，眼界开阔的他一改从前的压抑，转过身不屑一顾地对盖房的人们说："你们盖你们的，再往高长三行！"林金龙瞪起了小眼睛，指着树山威胁道："你带头违反村里的规定，我找上级去告你，后果自负！"一挥手，

带着几个人走了。树山并不示弱，说："我刘树山等着你！"牛老汉愤愤地嚷道："还有王法吗？不行！"他追林金龙去了。

这个林金龙预感如今的风向对他不利，唯恐他这个比芝麻粒儿还小的官儿，在特殊的历史时期的行为给未来埋下隐患。为此，他萎靡不振，本来就不多的事情他能躲就躲，能拖就拖。可是村民盖的新瓦房渐渐增多，纠纷也多了，有人找他调解此事，他就出面和和稀泥，吓唬吓唬，如果调和不了，就让村民自行解决。村民盖房引发的纠纷已成了扎手的刺猬，左右都不好摆布。

树山拎着两瓶酒进了牛家，余气未消的牛老头儿一看见他，立刻躲进了里屋。树山进了里屋，放下酒，说："你老消消气，骂我几句，实在不行，打我一顿也行。"牛老头儿依旧梗着脖子气呼呼地不答话。"话又说回来了，这盖房子呢，是家家的大事。要是你老和我大伯掉个个儿，我大伯让你老随他的老房子的标准盖，你老咋办？"牛老头儿依旧不作声。树山接着说："要说这事，都是大队当初没有规划好，弄得咱们两家都别扭。咱们两家几十年都没红过脸，从今往后，两家又是邻居了，出来进去搭头碰脸的，谁愿意这样啊……""你们非得又宽出来又高出来，这不是明摆着仗势欺人吗？要是掉个个儿，你们能同意？"牛老头儿抢过话茬，大声质问树山。"你老的心情我知道，要是我大伯随你老的标准盖了，你老能保证将来和我大伯搭山的不高出来吗？"树山反问道。牛老头儿一时语塞，突然，他往外撵树山了："你走吧！别在这儿给我添堵了！"树山迟疑片刻，十分尴尬地转身出去了。他刚出了牛家院子，只听身后"砰"的一声响，回头一看，那两瓶酒从牛家屋里飞到了院子，落在地上碎了，酒"咕咚咕咚"流到了地上。在刘家盖房的人们看得清清楚楚，树山摇了一下头，苦笑着走开了。

树山忙活了几天，家里高大的砖瓦房主体结构基本完成，他跟刘树江交代了几句，又去工地了。他来到工地，水塘的工程进度大约完成了四分之一。吃完晚饭，天早就黑了下来，人们只休息了一袋烟的工夫就挑灯夜战去了。

秋天的夜里很凉，老天似乎专跟人们作对，刮起了小小的西北风。那些光着脚在冰冷的稀泥里干活的人，手脚冻得通红，有的耐不住了，向副队长马志超提出今天早收工的要求。马志超不敢答应，试探着对树山说："大哥，今天这么冷，早点儿收工？""不行！"树山无情地拒绝了，马志超很难堪。树山放下手中的活儿，对大伙儿说："大家再坚持两个小时，不是我刘树山心狠，是咱们的活儿太紧，怕到时候完不成任务，让人家罚咱们一头子，那咱们可就惨了。明天每人发一双雨鞋和胶手套。""你别站在上岗儿不腰疼，你下来试试！"不知是谁愤愤地嚷了一句。树山往坑底下望了一眼，没有说话，脱了胶鞋，挽起裤腿儿，下了池塘。到了池塘底下，他拿起叫板那个人瘪一块鼓一块的水桶，连稀泥带水舀了一桶，顺势挂到慢慢移动的钢丝绳的固定铁钩上。人们一看队长都下去了，也就不敢吱声了，闷头干着各自手头的活计……

池塘里，挂在竹竿上的一个个电灯泡，被西北风吹拂着，不住地摇晃，天空的繁星一眨一眨的。人们在树山的带领下，为了兑现承诺，为了生活，们超负荷地干着……

经过近两个月夜以继日的奋战，池塘工程被二百来号农民艰难地啃了下来。

在工程指挥部的总结庆功会上，树山高兴地接过一百万奖金，全场顿时响起了掌声。新立沽河工队的全体农民更是激动，他们热烈地鼓掌，这可是天文数字啊！有人扑簌簌地掉起了眼泪。

奖金到手了，如何分配呢？马志超把树山拉到窝棚一边，神秘地说："这笔钱不能平均分了，或都分了。""不行！咱可是当着大伙儿的面说的，除去置办工具等一切费用开支，有一得一，按分值分给大家。这钱是大伙儿挣的，咱不能说话不算数啊。"对于这笔钱，树山也动过心，想留下一部分，可后来他没有勇气这样做，怕人们骂他是"周扒皮"。他觉得自己挣的钱已经比别人多得多了，河工队分一份，建筑队还分一份。

马志超并不死心，在会计李老头儿的建议下，向树山提出以加大费用支出的办法，来达到他们三人多分的目的。树山一听火了，阴沉着脸说："我说不行就是不行！我不能让大伙儿背后戳我脊梁骨，完事我要查账！"这一老一小找了个没趣儿。

刘家选了个黄道吉日搬家了。刘家土房子的大院子里，两部二十型拖拉机"嘟嘟"作响，马志林等搬家的小伙子，从土屋、简易棚里搬着破旧的家具和锅碗瓢勺，扛着一袋袋粮食……树山、王春梅脸上挂着满足的微笑。

刘金水屋里屋外忙个不停，高兴得合不拢嘴。小常胜也兴奋得上蹿下跳……装好车，树山一声令下："放炮！"树海、树江立刻点燃了长长的鞭炮，"噼里啪啦……"紧接着，"二雷子"炸响了。刘家老幼上了车。"发车！"树山又一声令下，二十型拖拉机启动了。

刘金水没有上车，望着远去的车子，掉起了眼泪，喃喃地叨咕："不易啊！做梦都没想到，我刘家老小如今能住上大瓦房啦！"他拿着一瓶酒，一包烧纸，来到东房山沟边当年他老娘栽的老枣树底下——他父母的尸骨就埋在下面。他跪在地上，撒了酒，烧了纸，流着泪说："娘啊，别怪儿不孝，咱家老小都搬到村里住大瓦房去了！是大山挑起了这个家啊，你老好好保佑咱家老小，等儿安顿好了，也给你老找个好地方。娘，听见了吗……"

树山的新房又是一阵鞭炮作响，宽敞明亮的屋内飘着浓浓的酒香。小常胜第一个跑进新房，这儿看看，那儿瞧瞧。王春梅抱着常利笑眯眯地进来了："常胜，上炕看着老二。"小哥俩一看这宽敞的大炕，来了精神，在炕上耍开了，杨鸿志搬家具进来，一看笑了："这俩小子，撒起欢儿来了，别摔下来！"人们出出进进，说说笑笑……

晚上，树山摆上酒宴，庆贺乔迁之喜。人们推杯换盏，面带微笑，谈吐轻松，菜香、酒香弥漫着整个新房……

年底分红了，树山的新家挤满了人，河工队的农民一个个乐呵呵的，十分笨拙地一张一张点着新票子，有的双手还不时颤抖着，多则六七千元，少则三五千元。这些农民平生第一次拥有这么多钱，简直如做梦一样。树山、马志超、李老头儿各分了一万元，当年就成了万元户。

树山更是越肥越贴膘，他们建筑队的四个股东分红时，每人平均一万五千元，他只要了一万元。

对新立沽的农民来说，一九八二年是值得高兴的一年，人人都露出了满意的笑脸，地里打的粮食除去交公粮的，家家囤满，手里见着活钱了。树山的副业队更是让人羡慕，他因此而声名鹊起。

但是，树山的"走红"并没给他的弟弟树海带来什么实惠，他还是被村办铁工厂的承包人林金江从会计岗位上替了下来，取而代之的是林金江的表妹。树山在空旷的新房里，阴沉着脸，听着树海说完此事，愤愤地骂了一句："林金龙这小子，咬人不露齿啊！"他想到了盖房子的事，看了一眼树海，

"生气没有用，这年头儿难不住人，小伙子肯吃苦，脑子活，有的是来钱的道儿。"他想了想，又说，"你要是不嫌累，跟大哥干，免得吃他们的下眼子食。"树海皱着眉头，吞吞吐吐地说："我妈说，不中找王春柳她叔叔，上他们村塑料厂干去，我说不去。"树山双眉紧蹙，发起火来："她老咋光给你出馊主意？这事能做吗？一个还没过门儿的姑爷，到老丈人门口去干，这不等于伸手要饭吗？让人家咋看你啊？"树海低头不说话。树山气得点了一支烟，在水泥地面上踱着步，冷静下来，说："你看郑跃军那一大家子，就自己硬撑着，这一年干得挺好。人就得这样，年轻人更得这样！"树海的脸红一阵，白一阵，他喘了一口大气，说："大哥别说了，我跟大哥干！"树山露出了笑脸。王春梅抱着老二常利，屁股后面跟着常胜，进了屋。娘仨从隔壁树江那屋过来，树海无心逗两个侄儿，起身走了。

农历十二月，一场小雪过后，树海和王春柳办了婚事，刘氏家族男女老少热闹了两天。

一开春儿，刘树海到建筑队干建筑去了。

第五章

一

一九八三年底，新立沽举行了村民选举。这天天气晴好，一点风丝儿都没有。

在村大队部的场院，村支书林金龙与乡里的几名干部一起布置选举会场。一些村民手拿着选票，有说有笑，不时议论着此次选举的相关内容。这时，树山也来到了会场，一些人笑着打招呼："大哥来啦。"有几位立刻凑到跟前低声说："大哥，我们打算在另选栏里选你当村主任。"树山一听，忙摆手，压低声音说："千万别选我，我连候选人都不是，这不让我难堪吗，再说了，我也不想当这个村主任。""大哥，你就别管了。"这几位撂下话，走开了。树山一个劲儿地摆手，示意他们回来，也无济于事。

选举开始了，村民们按照选举组织者制定的程序，很有秩序地投票。树山投完票，观看了一会儿便回家了。

下午，唱票开始。林金龙、候选人庄富贵在一旁认真观看。不长时间，只见树山的名字一旁的"正"字，明显超过了候选人庄富贵的名字旁边的"正"字。林金龙、庄富贵都有些不自在，看了一会儿，一甩手走开了。

天暗了下来。树山在家里，正陪着给他们两家打家具的王木匠喝酒，只听村里的喇叭广播道："刘树山，刘树山，听到广播后，马上来大队，马上来大队……""叫我有啥事？"树山放下酒杯疑惑地说。"莫不是村主任，选上你了？"有了点儿酒意的王木匠猜测说。"不可能，我连候选人都不是，我又没背后拉票。早上倒是有几个人非要另选我，我没同意。"王木匠劝道："树山，就算选上了，也别干，哪有你在副业队实惠？这年头儿挣钱是真的，林金龙不就是例子吗？谁听他的？就拿盖房子来说吧，得罪的人不少，人家愿意咋盖就咋盖，他说话还不如放屁呢，连味儿都没有。"树山淡淡一笑："你说得对。"可是，二十出头的树江却不这么想，他正拨拉着自己的小九九，希望大哥当这个村主任，这样建筑队队长的位置，让他大哥垫句话儿，就是他的了。他说:"大哥应该当,就冲林金龙欺负人的劲儿也得干。"树山瞟了他一眼,吓唬道:"你瞎咧咧啥!"树江不说话了。

　　树山来到大队部,见林金龙的办公室亮着灯,敲了一下门,进去了。林金龙立刻站起来笑着说:"老弟,向你祝贺,这次选举村主任,你的票数排第一。"然后又向乡工作组成员介绍,"他就是刘树山。"树山笑着过去跟他们握手。坐定之后,一位乡干部说道:"你虽然不是候选人,但在这次选举中胜出,说明你在村里群众基础不错,现在想听听你的想法。"树山笑了,犹豫地说:"说实话,我原来还真没有当村主任这个想法,让我回去想想……"这让林金龙心中暗喜,他立刻想到了名列第二的庄富贵。他知道原第三小队队长庄富贵早就盯上村主任这个"宝座"了,这也是他私下帮着拉票的本意。有道是无心插柳柳成荫,有意折桂桂难求。这名乡干部迟疑了片刻,说:"可以,不过明天我们得听你个准信儿。""行。"树山答应着,起身告辞。

　　树山在漆黑的土路上走着。这意外的局面让他左右为难。如果是过去,他会心花怒放地上任;而如今,他却为难了。他下意识地看了看街道两侧,为数不多的新建砖瓦房,东一家、西两家,显得很孤单。很长时间不去关心这些的树山,心里一阵发堵。他索性什么也不看,也不想,快速地回了家。

　　晚上,马志林、杨鸿志敲门进来了。一进门儿,两人笑着道喜:"向大哥道喜啊!""你们俩多咱学会了这一套?"树山笑着让座。马志林点着树山递过来的烟,认真地问:"这事,你是咋想的?"树山没有回答,反问道:"你们啥意思?我听听。"马志林直率地说:"让我说啊,不伺候他们这个!这不同于过去,那时候不好管,人们好歹还听你的,这两年情况发生变化了,更不好对付了。再说,这几年让林金龙搅和得乱七八糟,你能干好吗?放着钱不挣,受那洋罪呢。"杨鸿志接着说:"这个建筑队有大哥撑着还行,我们俩领着干还凑合,但跑业务找活儿,我们可没有大哥那两下子,揽不来活儿,这个队就完了。我的意思是,即使大哥真想当村主任,咱们这边也别撤了。"杨鸿志心眼儿显然比马志林活,他这是在试探。树山乐了,说:"你们抬举我了。""这是事实,真的。"马志林说。树江又说愣话了:"我跑活儿去!"树山立刻瞟了他一眼,正色道:"你啥都想干,你以为跑业务像吃稻米干饭那么容易?"树江还想争辩,见他大哥板着脸,他没敢再说。马志林、杨鸿志对视一眼,明白了。马志林问:"大哥的意思是……"

树山微微一笑，说："听听再说，实在不行就得走这个招了。"马志林、杨鸿志听罢，心里猜了个八九不离十。

夜里，树山翻来覆去睡不着，思前想后，一直折腾到后半夜才入睡。第二天，他吃罢早饭，村里广播叫他去开会，王春梅叮嘱道："你千万不要动摇，一口咬定就是不干！""有你啥事，上你的班去！"他显出不耐烦。王春梅还想说什么，树山听也不听，骑上自行车走了。他骑着自行车左右张望，土墙、残垣断壁、高低不平的土路……他陷入了思索。

见树山来了，林金龙满脸堆笑地拍着他的肩膀说："老弟，拿定主意了？"树山说："这是赶鸭子上架啊，要不试试？不行再下来？"林金龙愣了一下，但马上又满脸堆笑地奉承道，"嘿，你这个鸭子可不一般啊，不但会上架，说不定哪天会上树会飞呢，哈哈……"林金龙一语双关，在座的人们也随着笑了。会议开始了，李家沽乡选举领导小组组长李文斌宣布："刘树山同志从今天起就任新立沽村的村主任，大家欢迎！希望你在新的岗位上，带领大家发家致富……"树山做了简短的发言："说实话，大伙儿把我选上了，我感谢大伙儿对我的信任！我呢，没啥文化，小学毕业，恐怕干不好，对不起大家。我希望哥几个绑在一块儿，拱到哪儿是哪儿……"村支书林金龙的发言非常爽快："树山老弟当之无愧，我举双手欢迎，新立沽的老百姓有眼力。你敢于舍弃自己挣大钱的机会，就这一点，我就佩服你。你放心，我百分之百支持你的工作……"最后，李文斌做了总结。

在家里静候树山说"不"的庄富贵，从林金龙嘴里得知树山就任了，他梦寐以求的位置丢了，他就像撒了气的气球，耷拉着脸。

刘家似乎时来运转。树山选为村主任不久，树民在区农委某科室当了副科长不到三个月，一张调令来了，他被任命为李家沽乡第一任乡长。树民从他父亲那里得知这一"内部消息"的时候，正值她美丽的妻子生下龙凤胎。双喜临门让树民兴奋和激动。他控制着自己的情绪，看着经历剖宫产后在病床上输液，甜甜入睡的妻子，他露出了满足的表情。不知过了多久，妻子睁开双眼，看着丈夫高兴的样子，嗔怪道："你还笑呢，我都折腾死了，如果你在场，我真想咬你一口。""你以为当妈妈那么容易呢？"树民向床前的岳母、继母、大嫂挤了一下眼。王立君无意也无精神跟他斗嘴，担心医院刚刚实行的新生儿单独护理的做法是否可靠："别把咱们那两个小孩子弄错了！""瞧见没有，还没怎么样呢，就不放心孩子了。"王春梅笑着说。"你放心，那两个小家伙，我看一眼就记住了，大夫拿印泥印了小脚印，没问题。"一提两个孩子，树民兴奋了。接着，他又喜形于色地说："两个小护士抱着那两个小家伙让我看，两个小家伙被包裹得严严实实，只露出白胖胖的两个小圆脸儿，嘿嘿嘿，四只黑黑的小眼睛圆圆的，盯着你，可逗人啦。"树民的讲述，引得对面床铺的孕妇止不住地乐了。王立君忘记了刀口的疼痛，也笑了。

树民很快由区委组织部的领导陪同，到李家沽乡上任了。在见面会上，他在主席台上，一眼便看见了会议室后排坐着的秦亚娟。只见她乌黑的秀发在脑后打了一个髻，用一个漂亮的发夹夹着，美丽的脸颊比以前更光彩照人了。两人的目光恰好相遇，她立刻把目光避开了，下意识地看了一下左右。树民的视线并没有马上从秦亚娟身上移开。看到昔日的恋人，如今已为人妻为人母的秦亚娟，风韵不但未减，而且更楚楚动人了，他不自觉地动了一下心。

区委组织部副部长宣读任命书后，树民讲话。他有些激动，但并不慌乱。他讲道："同志们，从今天起，我就和大家一起工作了。李家沽乡是我的第二故乡，我愿为家乡多做工作，真诚希望同志们多帮助，把咱们乡的各项工作搞得更好……谢谢大家！"人们礼貌性地鼓了掌。年近五十的乡党委书记牛德顺对他表示了欢迎。最后，组织部副部长讲道："方才刘树民同志讲得不多，但很实在。他是咱们区的乡镇领导中最年轻的一位，大学毕业，我相信他一定能够在全体同志的大力支持下，按照党中央的方针政策，把李家沽乡的各项工作搞好……"这种官场上的套话，其实传达的是上级对树民大力支持的信息，大多数与会者是不会想这些的，他们只是礼貌性地鼓一下掌，以示对领导讲话的尊重，仅此而已。

二

树民上任伊始，由牛德顺带领，坐上李家沽乡唯一的吉普车，对全乡十个村进行了走访，一是认识一下各村的村干部，二是了解一下各村的基本情况。

刚当选为村主任的刘树山，借杨鸿志的提示，仍为其建筑队四个主要成员之一。他安排好了建筑队的事宜，认真地做了一个新立沽发展规划。林金龙对此并不热心，原因有三：其一，这个规划不是他做出来的，他不想给树山扛大旗，不能让树山在村民面前，特别是在上级领导面前表现得比他强。其二，树山上任伊始，清点今年的账目时，发现了他弟弟林金江承包村铁工厂的费用，秦亚娟的父亲秦云林承包百来亩水田的费用，庄富贵的哥哥承包荒地改为养鱼池的费用，以及其他人承包的费用，不但今年的没有交到村里，而且去年的都没交齐。树山要求进行清理，他的观点很简单：欠债还债，照章办事。其三，树山因为这种做法，无形中得罪了林金龙。林金龙吃了用了人家的，他盖新瓦房时得了这几家的力，答应他们减免或缓交承包费，树山上来全作废了。

林金龙想到了当年"加工厂"事件和他弟弟林金江辞退树海一事，便怀疑树山有意报复他。然而，他笑面虎的脸，云山雾罩的两扇薄嘴唇，总能把不善言谈的树山哄得热乎乎的。一连几次，树山就发展规划征询他的意见时，林金龙不是说"树山老弟，你看着整吧，你咋整咋是"就是说"今天我有事，你先鼓捣着"。突然有一天，林金龙对发展规划关心起来，小眼睛眯成一条缝，笑着对树山说："规划的事忙得咋样了？哪天拿到'两委'班子会上通通？"树山自然明白他这热情背后的原委，因为他的堂弟树民就任李家沽乡长了嘛。

在"两委"班子会上，就规划上提到的村民房屋建设问题、自来水入户问题、街道整治问题、发展村办企业及占地问题、农业种植结构调整及多种经营问题，与会人员进行了热烈的讨论。树山诚恳地说："大伙儿要趁着国家给咱们的好机会，甩开膀子大干一场，有风的使风，有雨的使雨，八仙过海，各显神通。只要大伙儿需要村里出面，我刘树山一定帮忙……"这一席话着实让大家激动了一阵子。林金龙看到这个场面，清了清嗓子，眨了几下小眼睛，说："老少爷们儿，这个规划呢，能不能落实，全看大家能不能支持了。在座的老少爷们儿，一定要带个头儿，这可都是为了大伙儿着想啊……"树山看了看他，微微一笑。

牛德顺带着树民来到新立沽，林金龙热情地打招呼："牛书记！刘乡长！"说着，快步躬身迎上前去握手。树民这几天稍微习惯人们叫他"乡长"

了，他对林金龙笑着说："老兄，都是熟人，没必要客气。""这不对啊，你有公务在身，我叫你乡长，哪能叫客气呢？哈哈……"林金龙笑着让座。树山与牛书记打过招呼让了座。牛德顺说："我们这次下来，一是让树民与村干部认识一下，二是听一听村里的情况。"林金龙兴奋了，也不看树山一眼，抢着说："你们二位领导来得正好，我们刚开完会，通过了我们村的五年发展规划。"他稍停了一下，一字一板地把规划中提到的发展种植、养殖、村办企业，以及民宅建设等说了一遍。林金龙当年练就的"基本功"又用上了。牛书记连连称赞："你们村的这个规划很有特色，我们转了七八个村，还没有一个你们村这样的，做了一个规划，这才是干实事的人。""我们这个规划肯定有不少问题，牛书记看看，有啥意见，给我们提一提。"树山笑着说道。"是啊，头一次搞这个，二位领导多提宝贵意见。"林金龙听了乡领导的称赞，兴致高涨起来。"我看不错。"牛书记不懂，不敢妄加评论。树民说："这个规划好与不好，其实反映了人的观念问题，高水平的，有高标准；低水平的，有低标准。当然了，也要因地制宜，能走出这一步就很好。"牛书记接过话茬说："树民说得很对，关键是观念问题，现在是改革开放时期，就像一个人走在十字路口，你敢往前迈就是进步。"几个人你一言、我一语地说着。

　　树民下班，骑着自行车来到乡政府对面的供销社宿舍，来看望他妹妹树花。他一进低矮潮湿的宿舍，看到树花正在给孩子喂奶。树花见她哥来了，微微一笑，下意识地把孩子抱开，从旧床铺上下来。孩子笑眯眯地一个劲儿看着生疏的舅舅。树民放下手提包，用嘴"哈"了一下双手，笑着走到刘树花跟前，说："小家伙，来，让舅舅抱抱。"说着，从树花怀里把小家伙举到了半空中，孩子认生，"哇"的一声哭了。树花忙接了过来，冲着孩子说："傻孩子，你不认识了？这不是舅舅吗？"树花一边哄着孩子，一边把烟递给她哥。兄妹俩说着家常话。树花说："哥，我想承包供销社百货店。"树民吸了一口烟，说："你先别说这件事，那天爸跟你说的调到城里的事，你想过了吗？"树花脸一沉，停了会儿，说："我还不想调上去。"树民知道自己妹妹的脾气，以平和的语气说："你听哥一句话，爸最不放心的就是你，供销社被个体商店挤压得日渐不景气，他特别着急，你的工作安置好了，他老也就心静了。别人想找这个机会都没有，你呢，光犯傻，将来后悔都来不及了。""我不后悔，我就想承包小百货商店。"树民见妹妹那认真的劲头，皱了一下眉头，没有说话。兄妹俩沉默了片刻。树民说："你再好好想想，千万别心血来潮。"树花硬是坚持自己的观点。

　　这天，树花在店里值班，一直没有顾客上门，她闲着无聊，便溜达到窗户前，向马路对面一家私营食品商店张望，只见那家商店门口顾客出来进去，很热闹。她这样观察不是一天两天了，这家商店天刚亮就开门营业，直到晚上十点左右才关门，而且价格比他们商店便宜，经营品种多样。村民白天到地里干活，到商店购买物品的时间大都集中在一大早或者晚上，这样的经营方式很适合农村。树花看在眼里，急在心上。

　　过了几天，树民又来劝树花，树花改变了口气，说："我试试，不行我就走。"树民无话可说了，心想：这样也好，万一经营不下去了，她也就死心了。其实，树民并不完全反对妹妹的观点，他想：干总比不干强。树民认真地说："要干就向好处干，不然就别干。""你同意了？"树花喜出望外，化了淡妆的脸像花儿一样盛放。树民严肃地说："你先答应我。"树花也收起了灿烂的脸，郑重地说："哥，你放心，我和裴洪伟早就商量好了，要干就得下力气干。"树民心里没有底，又追了一句，说："你别看人家挣了点儿钱，你就眼红了，进货是辛苦活儿。""我不怕，整天跟他们打交道，这个我懂，做买卖，我不比他们差。"树民笑了。要说树花眼红，这不假，她眼看着农村有胆量的农民又干这又干那的，累是累了点儿，但自己说了算，自由，钱"哗哗"地数，很羡慕，但也不排除跟她父亲暗中叫板的成分：我非干出个样儿来。

　　树花如愿承包了李家沽乡供销社的小百货商店，承包期三年，每年向供销社交承包费五千元。经树民出面，他们从信用社扶持农业生产的无息贷款项目中，贷了两万元。树花小两口着实兴奋了一阵子。

三

　　树山可谓大忙人，不是忙着村里的繁杂事务，就是抽空跑建筑队的业务，整天从早忙到晚。

　　今天是树山同母异父的妹妹姜文花和马志超的婚礼。他上午参加了婚宴，晚上又被盟弟马志林请去参加了晚宴。

第五章

　　树山喝完酒，回到家里屁股还没坐稳，树芬和郑跃军推门进来了。她俩刚坐稳，树山思量着问："有事？"树芬微笑着说："想让大哥找一找信用社，准备贷两万块钱，我和跃军商量了，想买一辆旧客车跑市里。"树山看了看他俩，怀疑地问："贷款买客车？能挣钱？咱这大土道赶上阴天下雨，那么泥泞，也出不了车啊！"郑跃军说："这事我想过了，赶上那种天气就把车存在城里。"接着说，"这客运肯定能挣钱，我给人家开了一年多的车，除了费用，一天准能挣七十元左右。"树山沉思了片刻，问："咱们区没听说有私人跑市里客运的，公交公司能容你们抢他们的饭碗？""问题就在这里，我和树芬特意坐了几次区里的客车，客源肯定没有问题，只要能批下来，保准来钱。"郑跃军瞟了大舅哥一眼。"这两万块不是小数目啊，无息贷款是对农业的，这客车恐怕不行。"树山琢磨着。树芬着急了："大哥，反正我和跃军赖上大哥了。"王春梅笑了："他大姑啊，你真会分派活儿，你当你大哥是万事通啊？"树芬顺势逗了王春梅一句："大哥不行，大嫂去办，就凭大嫂这个巧嘴，一办准成。到时候我天天拉着大嫂逛大城市，天天请你吃狗不理包子、大麻花啥的。""那好，明天我就给你们办去。"两个女人笑了一阵子。

　　刘金水和树海一前一后进来了，王春梅又逗起大伯公公："你老又坐不住了？"爱参与事的老头儿说："在家待着老想睡觉，出来溜达溜达。"郑跃军给老丈人让了座，自己拿了一个凳子坐下，王春梅笑着去倒水。树山抽了一口烟，眨着眼睛说："这事是个正道儿，抢上这头一水儿，干它几年不成问题。"老头儿接过话茬："我说这事可不是闹着玩的，这四个轮子的玩意儿，不同于四个蹄子的马车，整天拉着一车人，在大马路上跑上跑下，出了事可就是人命关天啊。""还没干呢，你老就琢磨出事，那人家就不跑了？"树海喷怪道。"他老说得对，开客车不比开别的车，我给人家开了一年多，整天加着小心。"郑跃军说。"我琢磨这个事不太牢靠，上来就是几万块，还贷款？新鲜！真要是赔了，哭都来不及，你们年轻人啊，发财不等天明，总想一口吃个胖子。没听说吗，心急吃不了煤火饭。以我的意思，先慢慢来，等等再说，这政策可不是闹着玩的，先把你家的房子盖了，总在地里住那破简易棚子也不是事，是吧？""这盖房的事，我和树芬商量过了，先放一放，多挣些钱，到时候多盖几间，把我妈我哥他们的房子都盖出来。"

郑跃军说完看一眼妻子。树芬看老爸一眼，笑了："你老还说我们呢，当初你老不就愿意在村外住吗，这回知道大砖瓦房宽敞了？爸，我们的事你老就别管了。""你老净说没边的话，都啥年月了？再等黄花菜都凉了。"树海又跟父亲顶上了。老头儿差一点儿骂儿子一句，一看姑爷在场，收住了嘴。树山笑了笑，对大伯说："要是这样，明天我找三叔商量商量，这个事行，咱们就办，不行就不办，你老看行吗？""你们看着办吧，该说的话我都说了，咱们农村人这几年刚吃上饱饭，办啥事还是稳妥点儿好。"刘金水的神情中仍带着不悦。

临出门的时候，郑跃军对大舅哥似有不放心之意："这个事，就拜托大哥了。"树山笑了："你们放心，我办就是了。"他停了一下，对郑跃军说，"你先找找三叔和树民，是吧？我再找找信用社主任，行吧？"郑跃军点了一下头："对。"

一轮弯月挂在半空。在回家的路上，树芬满脸的灿烂，她想象着丈夫开着自家的客车，自己陪着他卖票，客车驰骋在柏油公路上迎来送往的场面。郑跃军看妻子天真的样子说："看你那得意劲儿，有你厌烦的时候。""我才不腻歪呢。"树芬借着月光，看见丈夫也是一脸的踌躇满志。她两手插在防寒服的衣兜里，这是郑跃军特意从市里给她买的。郑跃军望了一眼妻子，笑了一下，感到无比幸福和满足。

小两口结婚两年来，没红过脸，没拌过嘴。虽然家境贫寒，但树芬在丈夫面前从不抱怨。有时，郑跃军烦恼发脾气时，树芬还安慰开导他。这两年，他俩里里外外忙活，一家人拼命干，吃喝不愁，不但还清了外债，还略有剩余。树芬生的大儿子虎子，白白胖胖的，又机灵又漂亮，郑跃军很喜爱。一次，路过郑跃军家的相面先生，给树芬算了一卦，说她天庭饱满，吉星高照，将来广进财宝，喜事连连。树芬听罢心里美滋滋的，随即多给了这位相面先生十块钱。晚上，树芬向丈夫提起此事，他一听笑了，说："是吗？闹了半天，我老婆还是位大财神啊，冲这个也得好好保护啊，嘿嘿……"树芬淡淡一笑："我可没那么大的造化，你把路领对了，我帮衬着就是了。"

夜幕下的寒风"呜呜"地吹着，小两口没有丝毫寒意，并肩憧憬着美好的未来……

四

　　新年伊始，北方正值隆冬时节。地处渤海沿岸的李家沽乡年轻的乡长刘树民，召开了他上任以来首次由各村支书、村主任参加的会议，就实行联产承包后李家沽乡各村如何发展进行探讨。他身穿一套深蓝色西装，脸颊消瘦了些，两道剑眉给人大度舒展的感觉，两只大眼睛透着年轻人特有的朝气和机敏。他就乡村公路、民宅、乡村企业、种植结构、运输服务、科技服务、供销服务等阐述了自己的观点。他深入浅出的讲解，使很多村干部茅塞顿开。他说："各村的发展规划，一定要有前瞻性，千万不要受小农意识的影响，只顾眼前利益，只顾局部利益……"谈到调整种植结构，发展农林牧副渔时，他说："咱们乡人多地少，缺水少雨，发展多种经营是咱们的必然选择……扩大葡萄种植，压缩水稻种植面积，一些人可能想不通，认为葡萄销售是个问题，不如种水稻省心，这就是只顾眼前利益的小农意识。我们要有京津唐这个大市场观念，要有大农业、规模经营的眼光，要形成一定的气候，要有经商意识，即使有销售的问题，也是暂时的。"他看了一下会场，又讲道，"中国农民固然有目光短浅等弱点，但是他们勤劳、自力更生能力强，有强烈的摆脱贫困面貌的愿望……所以我们要学会如何带领他们，引导他们……"接下来，他还算了一笔账，"每亩水稻最多产大米五六百斤，七毛钱一斤，去掉成本，每亩最多剩三四百块钱；葡萄不同，三年以上的葡萄每亩至少产三四千斤，按现价五角钱一斤，去掉成本，每亩至少净剩一千元以上……咱们这儿无论从土壤还是气候来讲，都非常适合葡萄种植，特别是玫瑰香，吃着甘甜，造酒也是佳品，比唐朝杨贵妃爱吃的荔枝更馋人……"人们都笑了。

　　会后，树山自然积极对待，回到村里与林金龙商定后，转天召开了全村八个组长会议。会议一开始，树山说道："今天开这个会，就是跟大伙商量一下，各组拿出来一块地来，发展葡萄种植。昨天乡里专门开会，讨论了往后咱们乡咋发展的事，里面就有发展葡萄种植的问题，要求每个村落实到位。至于其他要求，就不在这个会上说了……"树山还没说完，小组长们就议论开了。"一户拿出多少地种葡萄？""一户一块地，也就是说一个组得拿出七八十亩地来，全村得拿出五六百亩地吧。""这么多？"不知是谁吃惊地说了一句。树山笑了:"这还多?要是葡萄效益好,听乡里的意思,全乡三万多亩地,将来全部种葡萄,这叫规模经营。""这不是瞎胡闹吗,这么多地都种葡萄,卖给谁去?烂在地里做酱啊。"第三组组长庄富贵冷笑了一下。林金龙不冷不热地说:"说是乡里将来建葡萄酒厂,这都是不保准儿的事。""发展葡萄种植,我不反对,但这大冬天布置下来,上哪儿弄葡萄苗去?葡萄枝子也行。"一位年长的组长说。"咱们先把地块定下来,葡萄苗啥的,开春儿我出去联系一下。"树山说。庄富贵在会上一百八十个不愿意:"这活儿我落实不了,种啥不种啥,人家各户自个儿说了算,这又不是过去……""对啊,不愿意种的怎么办?能硬逼着他吗?"组长们你一言、我一语地发表自己的看法。林金龙插话说:"这事呢,原则上各户自愿,对于实在不愿意的,也不能强逼迫嘛。"树山看一眼林金龙,沉下脸来说:"你们回去跟各户好好说说,这是好事,多种经营,有益无害。这是乡里布置的任务,各村都要发展葡萄种植,这是大方向。希望各组尽快把种植葡萄的地块确定下来,等到开春儿,看情况再说,行吗?""就这样吧!"人们议论着散会了。

　　一连十几天过去了,各组陆续把葡萄种植亩数及确定的地块报到了村里,唯独庄富贵没有报上来。树山有点儿着急了,骑上自行车来到庄富贵家。庄富贵在院子里拾掇渔网,见了树山爱答不理的,还是小组会上那样阴阳怪气:"你们大队,就是瞎指挥,地是人家自己的了,还今天种这个,明天种那个,我弄不了!"树山知道庄富贵对自己"抢"了他觊觎的位置,以及清欠养鱼池承包费的事耿耿于怀,他压着火气说:"这是村里开会定下的事,你抓紧给各户开个会,把亩数、地块报到村里!"树山骑上自行车走了。庄富贵低声骂了一句:"咸吃萝卜淡操心,当了三天狗官儿,觉得自己是个人物了,德行!"

　　树山回到村委会,林金龙在与别人下象棋,树山把他叫到里间屋,关上门,说:"三组的事咋办?庄富贵还没动静呢。"林金龙以为啥事呢,散漫地说:"老弟,你别急嘛。"树山阴沉着脸说:"我的意思是庄富贵不能用了。"林金龙一惊,然后笑了笑说:"说你认真,你还真认真,这点小事,不至于闹到这地步吧?是不是他又说什么愣话了?"树山知道林金龙与庄富贵关系密切,便就事论事地说:"我不是斤斤计较的人,但他这样办事拖拖拉拉的，我看不惯。开了几次会，他都是最后一个到的，要是别人都跟他一样，这活儿咋干？"树山仍没摆脱在生产队时的办事作风。林金龙何曾不明白庄富贵的心思，他摆出无所谓的样子说："哥俩把事说开了就行了，何必当真呢？"树山退一步："今天我听老兄的，下次我可不让了。"林金龙苦笑了一下。

晚上，林金龙来到庄富贵家，说明了来意。庄富贵早就拢不住火了，骂骂咧咧："这小子，真他妈的不是东西，他不想叫老子干，老子还不愿伺候他这龟孙子呢！看他那狗样儿，催债比他妈的黄世仁还凶。多亏不是欠他家钱，要是欠他家钱，他还不把人整死！"林金龙也添油加醋地骂了一顿树山。两人甚至把小时候跟树山打架的事也勾起来了，林金龙恶狠狠地说："我那时就看他不是个东西。""这小子那时候就心黑手辣。"庄富贵有同感。

第二天，林金龙来到村委会推开门，树山正趴在破办公桌上写着什么，他抬起头问："来这么早，有事？""唉，富贵大清早来到我家，说啥也不当小组长了，我劝了半天也不行，你看咋弄？"树山看了一眼林金龙，说："不干了？那就另找人呗！"又沉思片刻，"下午把三组的各户代表叫到大队，咱俩给他们开个会，顺便把组长人选定下来，你看行吗？"林金龙迟疑地说："哎呀，不巧，等会儿我要出去办点事，不知道啥时候回来，你先开着，我尽量往回赶。"树山一听便说："要不晚上开吧，你不参加哪行啊！"林金龙没办法了，只好答应了。

五

郑跃军骑着自行车来到李家沽乡政府门前，下车后向门卫老头说明来意，便推着自行车进了大院。他一边走，一边在北面的一排指示牌中寻找乡长办公室，一直走到最里面才看见，他支好自行车，走到乡长办公室门前，一推门，发现上锁了。他迟疑一下，走到另一个办公室门前敲门。"进来。"一位女工作人员的声音。郑跃军推开门问道："请问刘树民在吗？"这位工作人员告诉他："刘乡长啊，下村了，刚走。""谢谢。"郑跃军随即关上门，推起自行车走了。

郑跃军出了乡政府大院，穿过马路向树花的百货店望了望，自语道："回来再进去吧，上城里找她爸去。"说着骑上了车。

郑跃军来到农林局门口，跟门卫打了招呼进去了。他上了二楼，找到局长办公室，敲了一下虚掩着的门，只听里面说了声："进来吧。"郑跃军推开门，见刘金东在与一位中年男士谈话。刘金东看到郑跃军进来了，忙笑着站起来："快进来。"郑跃军忙说："我等一会儿吧。"这位中年男士起身说："刘局，就这样吧，我回去了。"说着就往外走。刘金东送走了客人，回过头来，指着一把椅子让郑跃军坐下。"你老最近身体挺好的？"郑跃军问候道。"挺好，你家里爸妈都挺好的？"刘金东坐下后也问候了一句。"还行吧。"郑跃军笑着回答。几句寒暄过后，郑跃军说明了来意："三叔，我想买个二手客车，跑市里。办手续的事，想麻烦你老找一找人疏通疏通。""啊，都办啥手续？"刘金东问道。"经营许可证、营业执照，还有车辆登记、税务登记。最不好办的就是这个客运线的'经营许可证'，办这个手续，只有咱区里交通局同意不行，还得市里交通局同意才行。"郑跃军说。"你是说，个体户跑客运受限制，是吗？"刘金东一语道破。"你老说得对。在咱们区，据我了解，私人跑客运的，一个还没有呢。"郑跃军说。"啊，是这么回事。"刘金东点着头，紧接着说，"这样吧，我抓紧给你问问。"郑跃军笑了。接下来，爷俩聊起了家常……

树山来到乡政府，进了大院，放下自行车，径直进了农业办公室。一位年轻的工作人员站起来让座，树山递过一支烟问道："老弟，葡萄种植计划报表，有几个村送来了？"这位工作人员说："还没有呢，大哥弄完了？"树山从兜里掏出报表，说："弄是弄完了，不过开春儿，乡里得想办法联系葡萄苗啊，不然不能百分之百落实啊。""那是，我们主任跟刘乡长汇报了。去年秋季，我们在外地预定了一些葡萄苗，恐怕没有那么多。"这位工作人员说罢，树山说："是吗？老弟给大哥想着点儿，到时候多来点儿。""大哥，我可做不了主，我帮着敲敲锣边还行，最好找我们主任。"树山笑着拍了一下小青年："这就对了，哪天大哥请你们喝酒。"说着出了门。

树山从乡政府出来，骑着自行车向南没走百来米，拐进了信用社营业厅的后院，放下自行车，进了主任办公室。一位中年男士坐在办公桌前独自抽烟，树山笑着说道："李主任，够清闲啊，我是无事不登三宝殿啊。""贷款的事？"李主任仍旧在椅子上坐着，顺手递给了树山一支烟。树山接过来点上，坐在一旁的椅子上说："家里的妹夫买车跑客运，想弄两三万无息贷款。"李主任一听犯难了："这个事不好办啊，这种贷款是直接对农业生产的。上次刘乡长找我，给他妹妹的小百货商店贷款，我就很为难了。"树山看了李主任一眼，笑了笑，说："都是为改革出力的，都是搞活农村经济的，变通一下嘛。"李主任想了想说："让我琢磨琢磨，听我的信儿，行吗？"这时有人推门进来了，树山起身说："就这样，你们谈。"

郑跃军从三叔丈人刘金东那里回来，路过二小姨子树花承包的小百货商店，放下自行车进去了。树花见他来了，一边答对顾客，一边笑着问："哪阵风把你吹来了？""这回当老板，滋味咋样？"郑跃军打趣道。"啥老板，整天瞎忙。"描眉画眼的树花满面春光。"听说裴洪伟调回来了？""没呢，快了。"树花答对完顾客，紧接着说，"在我们家吃吧，裴洪伟快回来了。"郑跃军不客气，逗她说："要是弄点儿好吃的还行。"树花笑着说："你来了，咋也得给你弄点儿特殊的，什么棒子饽饽、大葱蘸虾酱啦，哈哈……"树花发出银铃般的笑声。

晚上，郑跃军在树花的宿舍和裴洪伟对饮起来。两人一边喝一边盘算着各自的发家计划。裴洪伟夹了一块猪头肉对郑跃军说："你跑客运的想法对路，只要营运执照办下来，准能挣钱。"郑跃军端起小酒盅，抿了一口，说："我和树芬主意是不变了，就看三叔、大哥、二哥他们了。""你放心，只要他们肯给你办，十拿九稳。"裴洪伟对接触不多的老丈人和两个大舅哥的能力深信不疑，端起酒杯，与郑跃军干了一杯。树花抱着孩子在一旁，对郑跃军说："你要是成了万元户，可别把我们忘了！""你还逗我，你马上不就是万元户了？"郑跃军喝得满脸通红，微笑着。二两酒下肚的裴洪伟接过话茬："万元户是迟早的事，不过我不想和树花死守着这小百货商店，我想干点儿别的。"郑跃军一听，笑着说："口气不小啊！你说说！"裴洪伟递给了郑跃军一根"大前门"牌香烟，不慌不忙地给他点上，然后给自己点上，说："我想收废铁。"裴洪伟此话一出，郑跃军感叹道："我以为啥大买卖呢，原来是收破烂儿啊！"裴洪伟不以为然："你外行了吧，别瞧不起这收破烂儿，保证比你客运不少来钱。""我听说管得可紧啦，真要是给你的废铁扣了，不赔才怪呢。"郑跃军提示道。"事在人为嘛。"裴洪伟无所谓地说。两人你一言、我一语聊着发财梦。夜里十点多了，郑跃军晃晃悠悠，起身回家。

树花两口子不放心，送出来。"路上小心！"树花叮嘱道。"没事！"郑跃军骑上自行车走了。"都怪你，你让他喝那么多酒，路上出点儿事咋办？"树花一个劲儿责怪裴洪伟。

六

自从树民到任之后，秦亚娟像变了一个人，特别是穿戴上，比原来更注重了，出来进去，着实亮眼。如果说她想取悦谁，那显而易见，可兴奋、不安、自卑、迷惘的情绪不时交织在一起，使她一时无法自拔。每当看见那熟悉的身影，或打一个招呼，她就会一天沐浴在幸福中；如果一天看不见他的身影，她就会无精打采、焦躁不安。作为人妻人母的她，本不该这样，她也不止一次暗暗指责过自己：你这女人是怎么了？他已是有妻室、有一双儿女的人了，你也是有夫之妇，整天这样神魂颠倒，为的是哪般呢？

这天，树民找秦亚娟单独谈话，她既兴奋又不安，敲开了昔日的同学、恋人，如今的乡长刘树民的办公室的门。树民见秦亚娟来了，忙从办公桌前站起来，微笑着让座。秦亚娟略带尴尬之色，坐在了办公桌东面的沙发上，脸颊微微侧向树民办公桌的方向。她穿一件合体的灰色女士西装，内搭一件豆沙色毛衣，乌黑的秀发高绾着，白净的脸颊透着红润，两只白而修长的手微微合拢，放在大腿上。她身上散发的脂粉芳香弥漫开来。

树民看了一眼越发靓丽的昔日恋人，心不由得地动了一下。他笑着说："今天叫你来，是为了你工作的事。我不说，你也知道，电话接转改程控了，这两天我有事，没来得及找你们谈。你有没有啥想法？"秦亚娟苦笑了一下："像我们这样的，能有啥想法？随时听领导打发呗。"树民嗔怪道："怎么叫打发呢？这叫工作调整。好了，跟牛书记商量了，让你到妇联办公室去，你看行吗？"秦亚娟微微一笑，说："你大乡长太客气了，按理说，我是应被打发回家的人，哪敢挑肥拣瘦的，留下就不错了，给我搁到哪里都行。"树民忙说："你这思想不对头，乡里你这种情况的也不是一个，别说得那么凄凉。"秦亚娟笑着说："本来嘛。"树民轻松起来："到了妇联那屋，跟妇联主任搞好关系，好好干。"然后，他压低声音，向昔日的恋人提前透露了一个内部消息："区人事局计划通过考试转正一批，你一定要抓住这个难得的机会。"秦亚娟见树民还是和原来一样关心自己，不由得一阵心痛，一句话也说不出来，眼圈红了。树民没想到她会这样，忙站起来走到门口，把虚掩的门关上了，回过头来关切地问："我哪儿说错啦？"秦亚娟忙掩饰说："没啥，岔气儿了。"树民坐回原座，试探地问："振刚挺好的？孩子也挺好玩吧？"秦亚娟可有机会向心中的"白马王子"，倾诉自己的种种不如意了。什么董振刚因为在王南沽小学工作不如意，动不动就拿恶语伤她的心，什么婆婆对她生了个女儿不待见啦，等等，说到伤心处，她止不住地掉眼泪，树民不时地劝着。他安慰她："生活嘛，哪能都一帆风顺？哪天我劝劝振刚……"秦亚娟也许永远不会知道，其实董振刚有一个心结，那就是她与董振刚新婚的那些日子，他一直留意，却始终没有见到"落红"，这让贞节观念极重的董振刚多少天闷闷不乐。巧合的是秦亚娟偏偏是怀胎七个多月早产生下女儿，这更加重了董振刚的疑心。为此，他背着妻子到区里医院找了一个熟人，咨询了一下关于"落红"的知识。医生解释说，是否发生这种情况都是正常的。然而，这种解释并没能去掉他的心病，他怀疑妻子和树民藕断丝连，甚至怀疑孩子不是他的血脉。他心里深深埋下不能向任何人启齿的苦涩。

秦亚娟把一肚子的话向树民倾吐出来，心里痛快多了。她用手绢擦了擦眼泪，又谈起了董振刚，叹了一口气说："他看起来好像挺开朗的，其实心眼儿小着呢。他在工作上是很认真的人。他干的是教务工作，累没少受，可他们那个上了年纪的校长，不但不说他好，还经常背着他说他这也不行，那也不行。他也不是好脾气，没少跟校长闹别扭……"树民何尝不知道董振刚这个老同学的性格，微微一笑说："这样吧，以后他有啥事需要我帮忙，只要我能办的，就是不冲他的面儿，冲你的面儿，我也得办啊。"秦亚娟听着这话，舒服！她红着脸说："你又来了。"一脸轻松地站起来，"今天说多了，别见笑。"树民也站起来，笑着说："你我谁跟谁啊，还客气？"秦亚娟淡淡一笑，顺便问道："她和孩子都挺好？"树民站起来，咧咧嘴一笑，说："挺好，挺好。"秦亚娟打开门，回头看了树民一眼，微笑着带上了门。她转过身来，只见裴洪伟走了过来，向他点了一下头，走开了。

裴洪伟见了大舅哥，说了几句闲话，说明了来意："哥，我停薪留职了，想办一个废品收购站，能不能办一个经营许可证啊？"树民听罢说："这方面现在管控得很严格，尤其对个体。"裴洪伟说："这个我知道。"树民想

了想，拿起电话："喂，李所长，你在所里吗？能过来一下吗？找老兄有点儿私事。"他放下电话说，"等一会儿，派出所的李所长过来，看看情况。"

不多时，李所长进来了，树民向妹夫裴洪伟做了介绍后让了座，然后说道："老兄，求你办一个事啊，办个许可证，我妹夫想办个废品收购站。"李所长犹豫地说："这个……说实话，不好办啊，特别是个人申请的，原则上是不批的，除非找局长，还有可能。"他笑了一下，向裴洪伟解释，"周边私设的一些无照个体废品收购站，出了不少事。一些偷盗分子往往把盗窃的违禁物品卖到这里，进行销赃，给工农业生产造成了损失，公安还得破这些案子，所以为了省心，我们掌握一个原则，就是不审批、严清查。"树民停顿一会儿，对妹夫裴洪伟说："你听明白了吧？干不了，回去帮着树花打理一下小百货店吧。"裴洪伟笑了一下，流露出不死心的神情："那点儿活儿哪够干啊。"树民笑了。

裴洪伟回到小百货店，树花正在答对顾客，她问了一句："咋样？""所长答应了。"裴洪伟撒了谎。树花笑了，继续答对顾客。

晚上，忙了一天的树花回到宿舍，见裴洪伟一边带着儿子，一边做饭。儿子见到妈妈，笑着磕磕绊绊地跑过来。树花抱起孩子，美滋滋地说："今个儿挺好，卖了一千多块钱。"裴洪伟无精打采地说："你那儿好了，我可不好了。"树花一愣，纳闷儿地问："你不是说李所长答应了吗？""哼，我那是说给外人听的。"两人陷入了沉默。过一会儿，树花问道："他咋说的？"裴洪伟说："我找你哥去了，刚到你哥办公室门口，碰见姓秦的大姐，就是你哥从前的女朋友，从办公室出来……"树花立刻插话追问："她去干啥？""谁知道呢……"裴洪伟简要地向妻子介绍经过之后，坐到床铺上说："实在不行，就偷着干！听他那套呢！"树花一听急了："无照经营？这可干不得啊！万一扣了你的废品，再罚你，把逮进去，那可就坏了。""你别说得这么吓人，咱不收违禁物品，能咋的？"裴洪伟坚持说。"你要是真想干这行，还是找我哥商量商量，看看有没有别的招儿。"树花的建议，提醒了裴洪伟，他不作声了。

第五章

七

初春的天气真是不正常，暖起来，太阳晒得人们懒洋洋的；冷起来，冻得人们哆哆嗦嗦的。这天，西北风大作，树山压着三部拖拉机，从外地买来一车葡萄苗、两车葡萄鲜枝条，已是下午四点多了。他满脸灰尘，下了车，叫广播员通知各组派人马上到村委会领葡萄苗和葡萄枝条。他把负责分发葡萄苗的人员叫到一起，叮嘱道："大家记住，葡萄苗各组平均分配，再平均分配葡萄枝条，千万不要弄乱，别弄出意见来啊！明天乡里的技术人员来村里培训，各组一定多派些人参加培训。好了，去分吧。"大伙儿散去了。

这时，一位姓王的老汉气冲冲地找到树山反映情况，说他家西邻庄富贵的宅地基超过他家许多，他反映给林金龙，林金龙说等刘树山回来再处理。树山让老汉先回去，等分完葡萄苗，他去看看。

分完葡萄苗，天已黑了下来。树山惦记着王老头儿的事，来了一看，庄富贵家的地基高出王老汉家的半尺有余，而王老汉是按村委会规定处理的地基。树山把庄富贵从防震棚叫出来，说："你这地基垫这么高？明天受点儿累，调整一下，跟老王的地基一致。"庄富贵梗着脖子说："你凭啥要求我听你的？那年你也没听林金龙的啊！"树山早料到他会用这句话质问他，说道："那时候村里没有统一规划，今年村里有规划了，没办法，有规划就得按规划走。"庄富贵说："我要是不听呢？"树山没有直接回答，换了一个口气说："老弟，看来你火气不小啊。"他把庄富贵叫到临建棚屋内，围观的人们议论着。庄家一家人都阴沉着脸，树山先跟庄富贵的父亲、当年打过他的庄老汉，打了招呼。他坐到炕沿上，对庄富贵说："对我有意见，说说吧！""我说你们大队规定得就不合理，为啥开始不规定？"庄富贵的父亲质问道。"依我说，谁也别搭谁的山儿，谁愿意咋盖就咋盖。"庄富贵凭着跟他哥养鱼挣了点儿钱，口气很大。树山解释道："这不是办法，你看哪个村是你说的那样？连城里盖楼房都是一幢一幢的。这不现实，如果随便盖，人脑袋还不打出狗脑袋来啊？"他进一步解释，"我那时盖房子，老牛家盖的房子又窄又矮，没法随他老盖。这回规划的，比那时的高了。行了，别把钱都撇在房子上，说句不好听的话，你盖得再高也是平房，也高不过楼房，省下的钱干点儿啥不好？你要是能盖楼房，我们支持，马上批给你新的地基。"他有意将了一句。这激怒了庄富贵："打住！啥也别说了！地基我也垫好了，让我往下落，没门儿！"树山拉下脸来："老弟，我可告诉你，你这房子没有村里的许可，不许盖！要是你盖了，后果自负！"他起身，走出庄家低矮的临建棚。棚内传出庄富贵恶狠狠的叫板声："老子怕你就不姓庄！明天我就动工！"

晚上，刘金水的盟弟、庄富贵的表姨父村委会会计张学海，受树山委托，又做了庄家的工作，费尽了口舌，无济于事。次日，树山又去了一趟庄家，仍是徒劳。

这件事在村里闹得沸沸扬扬，王春梅对刚吃完晚饭的丈夫说："都在一个村里住着，何必走这一步呢？整天低头不见抬头见的，好好说说不就得了？"树山本来就心情烦躁，憋着一肚子火无处撒呢，他瞪了妻子一眼，把碗往饭桌上一蹾，破天荒地骂了妻子一句："放你妈的屁！你当我愿意走这一步？你老娘们儿知道个屁！我不知道得罪人多少钱一斤？"王春梅吃不消了："你今天咋了？中邪了？吃枪药了？我说啥了，你张口就骂人？刚当两天半臭官儿，跟我耍威风啊？你心里不痛快，拿我撒气？你现在混得像个人了，大人孩子要吃有吃，要窝有窝，你拿我不当人了，你这没良心的……"王春梅的嘴可不是饶人的，像炒豆子似的数落到这里，她一阵心酸，一屁股坐到炕沿上哭了起来。树山沉着脸刚要开口，他大伯也为庄家的事推门进来了，一看这情景，也不问因为啥，脸一板，训斥起树山来了："不用问，肯定是你不对，他大嫂不会挑衅你。我可告诉你，树山，别当了个破官儿，就对谁都横……"刘金水教育人头头是道，轮到自己，骂骂咧咧就忘了。其实，树山敢骂妻子，八成是受他的影响。刘金水数落大侄子一通，转过头来，又劝了侄媳妇一阵子。王春梅气消了许多，借口看看孩子出去了。刘金水提起了庄家盖房子的事："树山啊，古语说得好啊，得饶人处且饶人啊，咱当官儿不能当一辈子，别惹那人，一家盖几间房子多不易啊！你让一下。那年老牛家恼我，系了一个大疙瘩，到现在不愿搭理我……""这跟咱盖房子不一样，那时村里没有规划，没有规矩，不成方圆。这事你老别管了。"刘金水见大侄子听不进去，又开导起来……

这天，天气晴好，蔚蓝的天空飘着几朵白云，远远望去，田地间的干渠边、鱼塘边、干路旁，树木或高或低，野草野花一簇簇、一层层、一片片，偶有小小的燕雀在树冠间叽叽喳喳，追逐嬉戏着。田地里不规则的地块上，有人在躬身劳作。这场景犹如一幅宁静而美丽的春耕图。

　　树山来到三组的葡萄种植地块，见到人们在整好的自家地上忙着各自的活计，一些小孩子在地里追逐着玩耍。树山来到一家的地块，一看原来是新上任的小组长家，夫妻俩正在栽培小小的葡萄苗。树山笑着问："你老干得够仔细的，扯着线干啊。"五十开外的小组长直起身说："我这不是按村里的要求弄的吗？挡子之间两米宽，苗和苗之间半米宽，是这样吧？""对。"树山递给他一支烟。树山看看四周干活的人们，问道："有不栽葡萄苗的吗？"小组长说："有倒是有，不太多，有的想种西瓜啥的。"他指了指他家旁边的地块，"他家就想种西瓜。"树山看了一下，说："栽上葡萄苗，在挡子中也可以种点儿西瓜啊。"小组长不赞同："少种也许可以，多了不行，西瓜秧子哪儿都爬，还不给小葡萄苗都缠死啊？"树山觉得有道理，点点头："你老劝劝，让他少种点儿西瓜，把葡萄苗栽上，这样两不耽误，一举两得。""说可以说，人家未必同意。富贵的地块，我可说不了。"然后小声问，"我不该问，他那事，村里想咋办？"树山也不回避，说道："到村里调解，他没去，后来到乡里调解，他也没去。没办法，村里只好把这事交到了法院。"小组长点点头不作声了。

　　晚上，常胜和常利不时在新安装的电话机旁摆弄。由于感到新鲜，小哥俩偶尔你抢我夺，常利跑到外间屋，向洗衣服的妈妈告状："妈，我哥又拿电话了。"王春梅吼了一嗓子："常胜啊，你还有完没完？你给弄坏了，你爸回来，能饶你啊？"常胜赶紧把话筒放在了电话机上，说："我就看看。"

　　这时树芬两口子带着儿子虎子推门进来了。树芬笑着问："嫂子，又吓唬谁呢？在外面听得真真的。"虎子跑去找常利了。王春梅赶紧站起来，说："今天你大哥花了两千来块钱，安装了一个电话，两个孩子总想玩它，这是玩的东西吗？"树芬笑了："是吗？等有钱了，我们也得装一个，免得有点儿事就得特意跑一趟，有个电话多方便啊。"他们来到里屋，王春梅说："你家还不快啊，等跑上客运，钱有的是，还愁买不了电话？"郑跃军笑了笑没有说话。树芬笑着说："看大嫂说得多轻巧，这都两个来月了，三叔那边跃军跑了好几趟，还没听到准信儿呢。大哥这儿贷款也说好了，听不了准信儿，这车就是不敢买，万一许可证办不下来，这车要是买了，压在家里，咋弄？"郑跃军接过话茬说："问题是办理许可证得要车辆的相关材料，要是许可证真的有准信儿了，光买车登记还要好多道手续呢，听说得有十几道手续，麻烦着呢。"王春梅说："是啊。"树芬说："大哥啥时候回来？我们就是想让大哥帮着拿拿主意。"王春梅话匣子立刻打开了："唉，他整天瞎忙活，没有一天晚上不出去的。庄富贵因为盖房子的事，跟你大哥僵上了，闹到法院去了。有啥法子啊，当这个破官儿，落个得罪人，我压根儿就不愿让他干这个，他不听。要是村里的事不顺心，他回到家里，说不对路，就拿我们大人孩子撒气，没辙啊……"几个孩子打闹起来，王春梅吓唬道："常胜，别闹了，上东屋玩去！"常胜领着小弟弟跑出去了。

外屋门开了，树山回来了，郑跃军站起来，微微一笑，说："大哥回来了。"树山摆一下手，说："坐吧，三叔那边有信儿了吗？""还没有。"郑跃军回答道。树山看一眼新安装的电话机，说："打电话问问。"他走到电话机跟前，拿起话筒："喂，三叔啊，你老早吃了？我是树山啊，跃军办许可证的事咋样了？"电话那边，刘金东说："再过几天吧，交通局老马出门了，回来我就找他，这次应该差不多了。"树山微笑着说："啊，跃军在我这儿呢……"放下电话，他说，"看来问题不大。"树芬笑了："大哥，这车我们可以买了？"树山停顿了一会儿，说："再等等吧。"树芬等得着急了："这得等到猴年马月啊？"王春梅插话说："已经等了两个来月，还差这几天了？着啥急啊！"树芬夫妇流露出无奈的神情。

送走了树芬一家，王春梅问丈夫："富贵的事咋样了？"树山不高兴地说："能咋样？法院调解两回了，富贵不松口，看来非得法院判决强拆不可了。""非得走这一步不可？"王春梅追问道。树山无奈地说："要是这次就这么混过去了，以后各家盖房子能消停得了吗？你高我低的，谁调解得了啊？逼到这一步了，咬牙也得往下走。"王春梅无话说了："咋弄呢？"树山不搭理她了。

裴洪伟自从与原供销社签订了停薪留职五年，每年向供销社交留职费二百元的协议书后，本想借大舅哥树民这个招牌，办个废品收购站的许可证，不承想碰了钉子。无奈之下，他只好暂时在妻子的小百货店里打下手。

这天大清早，天刚蒙蒙亮，裴洪伟躺在被窝里，怎么也睡不着了，把熟睡中的妻子捅醒了，说："你看这样行不行？今天咱俩找找供销社的主任，以供销社的名义申请许可证，办一个废品收购站，然后我承包过来。"树花扭过头来，眨眨大眼睛，说："这个招够呛，但试试呗，死马当活马医，可以更好，不行就当碰了一鼻子灰，也没啥损失。"裴洪伟听了高兴起来。

树花夫妇早早来到供销社后院的主任办公室，见到主任寒暄了几句，便说明了来意。主任听罢，为难地说："这种事，我可不敢办，区里总社早就有话，谁也别擅自做主。你们也许知道，区里的废品收购站就是区总社办的。"裴洪伟看一眼妻子，没有说话。树花笑着说："你老别扒拉得这么干净啊，你老真要是办成了，我们去高级饭店请你老吃几回都行。再说了，你老干得承包费，这不是好事吗？"老主任笑了："我是想啊，我哪有这个口福啊，我也没有这么大的权力啊。"而后话锋一转，"树花啊，不是我说你，放着你爸你哥不去找，非得为难我这个小喽啰，你这不是死脑筋吗？"树花笑了，说："他们啊，还不如你老能办事呢。""哎哟，你可别在这儿抬举我了，快找你爸你哥是正事，只要他们肯办，一定能成。""你老这儿肯定不行？"树花追问。"肯定不行！"老主任认真地说。树花站起来，对丈夫说："听主任的，找找他们，行吗？"裴洪伟明白妻子的意思，也站起来，向主任道谢后转身走了。出了主任的办公室，树花低声说："你看见了吧，老滑头。"裴洪伟只是苦笑一下摇摇头。突然，他叫住妻子："要不你找找你哥，让他跟李所长说一声？"树花没有反对。

树花让裴洪伟答对着顾客，抽空穿过商店对面的马路，来到乡政府大院，径直来到她哥的办公室，一看屋里有人，就在外面等了一会儿。树民把客人送出来，见她在外面，把她叫了进去。"有啥事？"树民问。树花说："洪伟非要办这个破废品收购站，他不敢来，怕挨数落。他的意思是让你跟李所长打个招呼，让他关照关照。"树民沉着脸，一时没有说话。树花见她哥不高兴了，忙解释："让他试试，要是赔了，他也就死心了。"树民叹了一口气："真拿你们没辙，但有一样，违禁物品别收，不听的话，出了事我可不管。"树花一听，笑着答应道："行啊！"她高兴地走了。

庄富贵家的新瓦房真的盖起来了，而且上了梁，看上去明显高出王家足有半尺，可是并没有上瓦。其实这些天，他心里七上八下的，整天满脸不愉快。农村人特别忌讳盖房子期间闹别扭，僵到这里了，他的偏执性格又让他不肯低这个头，所以他想观望观望，看看树山的真实意图是什么。

这天晚上，庄富贵又来到了林金龙家，一进屋就看到林金龙坐在凳子上抽闲烟。"有啥动静？"林金龙欠起身问道。"那天法院传我，说是调节，我才不去呢！"庄富贵皱着眉头说。"这个我知道，你现在是啥想法？"林金龙又问。庄富贵一屁股坐到炕上没有说话。林金龙看了看耷拉着脑袋的庄富贵，说："看你这意思，扛不住了？"庄富贵抬起头说："谁知道他妈的这小子这么毒？事情闹到这份儿上啦，你看咋办？"林金龙想了想说："这个主意我可不好拿啊。"庄富贵急了："当初你要不说'听他那个呢'，我何必有今天呢！"林金龙不愿意了，腾地站起来，说："你这个人咋这样呢？好像我害了你似的，我不就那么一说吗，谁知你当真了！"庄富贵刚想说话，又把话咽了回去。一时间，两人都沉默了。庄富贵腾地站了起来，恶狠狠地说："我先看看，他要是让我过去，啥事没有；他要是让我过不去，我跟他没完！"庄富贵撂下话，起身走了。林金龙也没留他，沉着脸送了几步，没送出门就止步了。

这天下午，张学海神情严肃地快速骑着自行车，奔向庄富贵家。见庄富贵正在新房转悠，他急忙下了车，匆忙从衣兜里掏出法院判决书，递给了庄富贵："你看吧！"庄富贵接过判决书："……自接到判决之日起五日内，将违规新建房屋自行拆除，否则法院将择期强制执行……"庄富贵的两只手明显颤抖着，气得一个劲儿骂刘树山。"唉，你骂死他也没用，这个牛顶不得，我这当姨父的咋说你好呢？你快上大队去吧，树山和金龙在大队等着你呢，看看你这回是啥态度。"张学海焦急地通知道。"我不去，看他能给老子咋样，他拿法院来压我，奶奶的！"张学海知道庄富贵的犟脾气，也不劝他，骑上自行车走了。

张学海来到村委会，阴沉着脸推门进来了，只见树山和林金龙都在等他的回音，说道："他不来，这个倔驴！"树山看了一眼林金龙，说："刚才我和金龙商量了一下，让富贵把外面的地基、沿头和屋脊落到和老王家的一样高，村里就不追究了。"张学海一听，立刻说："这不挺好吗，这样两边都过得去。"林金龙板着脸说："要不你老再跑一趟，跟他说说？"张学海立马说："不就跑一趟腿吗，我去一趟。"说着转身出去了。树山追出去说："晚上，我听你老一个信儿。""好啊。"张学海骑上自行车急匆匆地直奔

第五章

庄富贵的家。

树山刚吃罢晚饭，张学海推门进来了，客气了两句便提起了庄富贵："唉，这头倔驴啊，一句话也听不进去，气死我了，我是劝不了他了。"树山递给他一支烟说："你老也别着急，明天再劝劝他。你老是个明白人，不是我刘树山想跟他过不去，要是我这次让他混过去了，以后村里的事咋办？"张学海说："你就别说了，错不在你身上，是富贵不对。"

第二天下午，一台推土机开到树山家的房后边，突然直对着墙根，摆出要推房的架势。庄富贵从拖拉机楼子里跳下来，醉醺醺地嚷道："刘树山，你给我出来！你要扒我的房子，我就推你的房子！"这一声，惊动了四邻。人们从屋内跑出来，一下围了过来。王春梅从后门出来一看，急了，拨开众人，抢到庄富贵面前，质问："富贵！你这是干啥？""干啥！他让法院扒我的房子，我就推你家的房子！他让我过不去，我就让你们也不好过！"庄富贵红着脸嚷道。"树山惹了你，是村上的事，你要推就推村委会的房子去，敢推我的房子就试试！"说着，王春梅一下扑到推土机前面，站在铁铲前。司机"老孬"——庄富贵的小舅子，坐在车上不敢动。人越聚越多，人们七嘴八舌地议论开了，有的去拉庄富贵，有的去劝说老孬。

这时，树山骑着自行车赶来了，后面跟着张学海，人们一下把目光投向树山，庄富贵跳上了车。树山放下车子，神情严肃，张学海上来就拉庄富贵："你喝多了，撒酒疯啊？"又对老孬说，"你把车熄火！""熄火？那他得把判决书废了，要不我就推他的房子！"庄富贵瞪着醉眼说。树山稳稳地说："富贵，咱哥俩下来说！""没用！你给我一个死话！我的房子，你想咋办？"庄富贵质问道。"按法律执行！"树山毫不犹豫。偏执的庄富贵立马就要启动推土机，人们一下把王春梅拉到旁边。"嘟嘟……"推土机的排气管子冒出了黑烟，陡然，气氛紧张起来，只听"咣当"一声钝响，推土机顶到了墙上。张学海急了，跳上车，立马去拽老孬。车熄火了，人们喘了一口大气，有的上前劝庄富贵，有的埋怨老孬："你也是的，你姐夫的脾气你不知道？他喝了点儿酒，他让你来，你就来？"

乡派出所的民警到了，庄富贵还哇哇乱叫："姓刘的，别看法院判下来了，你敢动我房子一根柴火棍儿，我跟你没完……"树山也不接茬，向民警一摆手，示意他们快把庄富贵弄走。"有事到派出所说去！"几个民警上前劝说，

197

庄富贵指着树山:"你等着!"他被拉上了车……

傍晚,树山对张学海说:"你去派出所把富贵接回来吧,我跟所长打好招呼了。""唉,这头倔驴!"张学海骂了一通走了。

转天,张学海找了几个人,把庄富贵的新房高出的沿头山墙和室外的地基,落到了村里规划要求的高度。

过了两天,树山让张学海送去他自掏腰包的五百块钱,表达无奈之意。庄富贵愤愤地把钱扔到屋外,骂骂咧咧:"别他妈的假慈悲,刘备摔孩子——收买人心!姓刘的,咱们走着瞧!"

树山制服了庄富贵这位想冒高、搞特殊的钉子户,维护了整齐划一的民宅建设习俗,解除了村民房屋建设这件大事的后顾之忧,得到了村民的广泛赞许。在这件事情上,他无疑是胜利者,可是他并没有表现出得意之色,反而一连几天都闷闷不乐。

八

裴洪伟在他们村的南端公路旁,找村主任租了一块空地,准备在此建一个废品收购站。这几天,他带着几个弟弟,先是平整地面,之后在一棵大柳树边搭建了两间简易平房,并在房子的南面圈了一个围栏,在栅栏门旁边竖起了一块牌子,上面写着不太工整的几个大字:洪伟废品收购站。这就是他无照经营的废品收购站了。可是,他对外理直气壮地说,这是他好不容易托人批下来的。那些不明真相的人,听了他的这种吹嘘,也不深究,一哼一哈了事。

废品收购站开业那天,裴洪伟煞有介事地放了几挂鞭炮,希望生意红红火火。俗语说得好,夹上篱笆就有进去解手的。裴洪伟的废品收购站就是这种效应,由于他给出的收购价比市场价略高,所以它不仅对那些走街串巷、只求得到蝇头小利的零散拾荒者来说具有吸引力,就是对成吨成车出现的大户也有一定的吸引力。

几天过去了,到他这里卖废品的大多是散户,而且废钢铁不多,都是些废纸废塑料什么的。裴洪伟有些坐不住了,就在他无精打采之时,眼看着一辆二十型拖拉机载着半车废钢铁,从公路上拐进了废品收购站的场院。裴洪伟喜出望外，站起来向车厢里望了望，除了一个废旧大铁罐，剩下的就是废旧钢管什么的。"这是正儿八经的熟铁，给个价吧。"卖家下了车，开口说道。"最高价，两毛五一斤。"裴洪伟看着卖家说。"再涨点儿，三毛。"卖家讨价。裴洪伟笑了："大哥，你打听打听，谁敢给两毛五？也就是我。"卖家迟疑了一下，一挥手："过秤！"裴洪伟把一个木排子放到了秤盘上，卖家看好了皮重，开始往木排上面堆放废钢铁。就这样，两人过了五秤，共计两吨多废钢铁。裴洪伟把钱款麻利地点了两遍，递给了卖家。卖家拿着钱乐呵呵地走了。

晚饭后，裴洪伟美滋滋地往铺上一躺，对妻子说："今天收了一个大户，两吨多的货，我就地原价两毛五一斤往外卖，净挣一百多块钱。"树花不解地问："为什么？"裴洪伟神秘地站起来，看了一眼独自玩耍的儿子，凑到妻子耳根，小声地说："我在秤砣底下放了一小块吸铁石。"树花眨眨大眼睛皱着眉头说："我不明白。""你傻了吧，这叫大砣收货、小砣卖货，你想当中有没有差价？"裴洪伟进一步解释。树花一下明白了，指责道："你这不是坑人吗？咱不干这缺德事，万一让人家发现了，人家能饶你吗？"裴洪伟蛮有把握地说："你小点儿声，这事我跟孩子他爷都没敢透露，你知道就得了。这种事，咱肯定不对小户做，专盯着大户，看上去大大咧咧的主儿，这样坑他百八十斤，他也发现不了。"树花执意反对裴洪伟这种偷鸡摸狗的小伎俩。裴洪伟满以为会博得妻子的赞许，没想到讨了个没趣，只好答应就此罢手。

转眼半个多月过去了，裴洪伟的废品收购站仅废钢铁就堆成堆了。他看着这成堆的废钢铁，心里既高兴又有些不安，对父亲裴相国说："明天走一趟吧！蹚蹚路，看看行情，最主要的是从树花店里拿来的五千块钱，又该花进去了，压货太多的话，咱哪有那么多钱。"五十开外、满头黑发的裴相国，查看着废钢铁的品质，直起腰来说："是这么个理儿！你去雇一辆车吧，晚上得装好车，明早天不亮就得发车。"裴洪伟起身推上自行车去村里找车了。

晚上，裴洪伟和三个弟弟，还有他父亲，在不太亮的灯光下，往拖拉机上装着废钢铁。裴相国叮嘱道："多留点儿心，好一点儿的先挑出来，留着最后装到上面，货买一张皮嘛。""你老平时都挑出来了，再挑也都是破铁片子了。"站在车厢里的裴洪伟笑着说。"咱爸总想糊弄人家，驴粪球子外面光，人家钢厂的人也不是傻子啊。"裴宏伟的二弟搭着话茬。废钢铁跟别的东西不一样，不大的一块儿就沉甸甸的。爷儿几个上上下下地搬，不多时都气喘吁吁了。稍事休息，他们又干了起来，一个多小时过去了，满满一车的废钢铁装好了。

裴洪伟喘了一会儿粗气，叫上两个弟弟，拿着水桶，向一旁的水塘走去。裴洪伟把水桶放进池塘灌满水，提到拖拉机跟前，猛地把水泼到车厢里的废铁上，一连泼了十几桶水，这时的废钢铁被水冲洗得好看多了。裴相国对裴洪伟说："你们回去睡觉吧，三点多钟就得过来。""你老守夜别太晚了，也早早睡觉吧。"裴洪伟叮嘱了一句，他父亲没有说话，向儿子们摆了摆手。

早晨四点来钟，裴洪伟和二弟，还有司机，先后来到了废品收购站。裴相国为儿子们准备着一些必备用品。司机在机身旁猛地一拉绳索，拖拉机"嘟嘟"作响，司机一摆手，裴洪伟和二弟跳上了车。裴相国在车门旁大声叮嘱："路上千万要小心点儿，到了钢厂，心眼儿活络点儿，啊！"裴洪伟说："知道了。"司机一加油门，拖拉机载着废钢铁缓缓地移动了，向二三百里之外的北钢驶去。

一天了，天色慢慢暗了下来，裴洪伟他们还没有进家门儿。树花抱着孩子，和家人焦急地等待着。裴洪伟的母亲不放心，让老三、老四到马路上去看看，不知几次了。裴相国抽着旱烟，对老伴儿说："你瞎嘀咕啥？你觉得钢厂就咱们一家交废铁？必是车多挨个儿排着，要不早回来了。"老三愣头愣脑地说："要不拖拉机出事了？"父亲瞪了三儿子一眼，斥责道："闭嘴！到路上望望去！"树花心里虽然忐忑不安，嘴上却安慰道："你老放心，一会儿就回来了。"

一家人正议论着，只见裴洪伟进来了，右眼睛肿得老高，他二弟耷拉着脑袋跟在后面。一家人顿时目瞪口呆。裴相国立刻意识到出事了，问道："咋回事？""让人家'骑驴'了！"老二十分沮丧，骂骂咧咧，把事情的原委说了一遍："咱们的拖拉机快到北钢的时候，从一个村庄前面蹿出来一帮人，截住了咱们的车。一个剃着光头戴着墨镜的人，让我们把车开到旁边的空场上，把废铁卸了。我哥急了，问为什么，那帮人哪听这个，上去几个人，把我哥从车里拖了出来，不管三七二十一，就是一顿拳打脚踢……最后，废铁卸了，那帮人撇了三千块钱。这趟赔了四千多块钱……"一家人听了，

有的骂街，有的叹气。

裴洪伟的父母和几个弟弟都嚷嚷着不想干了。裴洪伟的火气顶到脑门子上了，一只眼睛肿了，一只红了，他咬着说道："不行！我非干到底不可！我必须出这口恶气！"母亲心疼地说："你们别说这些糟心的事了。洪伟，你快去上点儿药去吧！""你老别着急，先让他们先吃点儿饭，吃了饭，我跟着洪伟上乡卫生院看看去。"树花接过话茬说。"哪儿也不去，没事！"裴洪伟很固执。一家人一时间都不言语了。

在回供销社宿舍的路上，树花抱着孩子，和裴洪伟走着，裴洪伟一句话也不说。快到乡卫生院了，他说："不上药了，大夫问我，我咋说？丢人不丢人？"说着就往宿舍的方向走，树花一个劲儿地叫他，也无济于事。她只好抱着孩子，来到乡卫生院，买了点儿消炎药和外用药，回到了供销社的宿舍。

树花进了宿舍，虽然一脸的不悦，但是并没有责怪裴洪伟。她拿出药来，说："洗洗脸吧，把眼药上了，先别去想这烦心事了。"裴洪伟腾地坐起来，愤愤地说："能不想吗？两万多块的本钱都搭上了！一分钱没挣，就遭人家抢了，你能咽下这口气吗？不行！必须出这口恶气！"树花何尝不心疼她拿出的那一万多块钱呢，可是，办这个废品收购站，她是支持的，眼下栽了跟头，爬起来就是了，怎么爬呢？一时间，她也没有个明确的方向，她劝道："你先养伤，这几天你在家里想想下一步咋办。"此时裴洪伟听了妻子的话，激动了，眼圈红了。他心里真的感觉对不起妻子，一个大男子汉，不但一分钱没挣着，而且把妻子挣的钱像撒到水里一样丢掉了。他长舒了一口气，说："你说得对，反正不能就这样半截撅挑子，要是这样，谁还瞧得起我？"树花见裴洪伟依旧愤愤的，便说："快睡觉吧，这两天你本来就没睡好觉。"说着给孩子脱起了衣服。

第二天一大早，树花起来了，裴洪伟趴在被窝还没起来，孩子在呼呼大睡。树花刚要出去买早点，就听有人敲门，打开门一看，是公婆来了。她说："你老来得这么早？""不放心，过来看看。"裴洪伟的母亲进了屋。她一眼就看见了裴洪伟的右眼肿得像个铃铛似的，皱着眉头问："上药了吗？咋比昨个儿还厉害了呢？""上了，没事，也不咋疼，过两天就消肿了。"裴洪伟安慰她。裴相国坐到一把椅子上，叹了口气说："咱们端不了这碗饭啊，我和你妈一宿翻来覆去，就是睡不着啊！这架势到这儿啦，这碗饭端也不是，不端也不是，唉！悔不该干这种营生啊。"裴洪伟穿好了衣服，说："这事，你老就别为我操心了。这活儿我一定要干下去，绝不能让外人看笑话。"裴相国叮嘱道："我可告诉你，千万不能胡来啊，你非要干这个营生，有合适的买主就地卖了，挣点儿就行，咱不冒这个风险了，行吗？"裴洪伟不耐烦了："我不说了吗，你老就别管了！"父子俩一时间谈不拢，树花插话说："不说这个了，我先去买早点。"她提着打豆浆的暖壶出去了。

裴洪伟在宿舍静养了几天，右眼消肿了许多，他实在待不住了，出去一连跑了几天，以押车的名义，花钱雇了两个人，约好了接应的时间和地点。

这天晚上，裴洪伟对守夜的父亲说："我雇了一辆拖拉机，准备今天后半夜再走一趟，蹚蹚别的路线。"其实他根本就不打算避开这条路线，已下定决心，准备以暴制暴，打通这条路。他父亲信以为真，担忧地说："有把握吗？再跟上回似的遭人家劫了咋办？"裴洪伟说："只能碰运气了，早早发车，趁着夜黑人静早早到钢厂，只能这样了，怕也没有用。"他父亲一脸茫然，不置可否。

后半夜，裴洪伟押着满载废钢铁的拖拉机，来到事先约好的地点，把如约等候的两个人让进车里，径直向西北方向驶去。谁知半路上遇到了巡逻的交警，他的车子被拦下了。裴洪伟立刻跳下车，不是递烟，就是说好话。虽然他表现得可怜兮兮的，但是警察对这种事情见多了，根本不听他说的是什么，就一句话："交两百元罚款。"没办法，裴洪伟只好交了罚款，然后被放行了。

裴洪伟又来到了必经的这个村庄附近，东方吐出了鱼肚白，他们担心的那帮人又出现了。真是冤家路窄，那帮人还是与上次一样，强迫卸货！很快，双方交上了手，对方人多势众，裴洪伟和他叫来的两个人敌不过对方，很快被人家打趴下了。这次比上次还惨，不但一分钱没弄回来，而且他们三个人都挂了彩，狼狈地回来了，一家人又害怕又气愤。

裴洪伟简直要疯了，谁的话也听不进去，一定要报复的偏激观点占据了他的整个思维空间。伤还没好利索，他便背着家人乘火车到北山市，找他的表兄去了。

表兄弟见了面，裴洪伟说明来意，并诉说了前两次的遭遇。裴洪伟乞求道："表兄，你一定给我介绍一个厉害角色，要不然这活儿真是干不下去了。"表兄说："介绍一个倒是可以，你认掏多少？这年头没有钱不好使。"裴洪伟心里明白，问道："你们这里是啥行情？"表兄说："这个得看要摆平多大的事了。依我看，你的意思是让这帮人把他们弄去的你的废钢铁，或是变卖的钱吐出来，以后别再找你的麻烦，是吧？""是是是。"裴洪伟连连点头。"这是小事，一两千就可以了。这样吧，我给你介绍一位外号叫'铁锤'的老大吧。"表兄轻松地说。裴洪伟立刻喜出望外，说："真要是那样，不管是我那些废钢铁，还是钱，都不要了，我都愿意。"表兄连连摆手说："没必要，对半分成就可以了。""一言为定。"裴洪伟站了起来，显出兴奋的样子。

这天，两辆面包车停在了裴洪伟遭劫的村庄路口，掉过头来，裴洪伟与其表兄首先从第一辆车里下来，随即从第二辆车里下来了三个戴墨镜的年轻人，最后下车的是一位身材魁梧、剃着光头、戴着大墨镜的大汉，他就是"铁锤"。

裴洪伟直奔路旁的一处小平房，走到门口猛地推开了门，只见一帮人正在赌博。裴洪伟向里面招了招手，其中的几个认识他，疑惑地放下手中的牌走出来，一看面包车旁边站着几个人，有一位强装镇静地问："还想比画？啊？""是道儿上的，过来认识认识。"裴洪伟的表兄说。这几个人迟疑了一会儿，谨慎地走了过来。说时迟，那时快，"铁锤"一扬脸，他手下的几个弟兄三步并作两步冲到这几个人的身后，飞起几脚，把其中的两个人踢翻在地。另外两个刚想逃跑，已经来不及了，又被连珠炮似的拳脚打得没有还手之力了。裴洪伟指着其中的一个说："他是领头儿的。"铁锤自报家门："听说过'铁锤'这个人吗？本人就是。"趴在地上的那几个，立刻吃了一惊。其中一个瞟了一眼铁锤，急忙求饶："大哥，下次再也不敢了！""谁是你大哥，跟我们走一趟。"铁锤一声令下，几个弟兄立刻架起这个人塞进了车里。铁锤给蹲在地上的几个人留下话："要想领人，你们咋吃进去的，必须统统给我吐出来，今天晚上就得送到，听见没有？否则别怪老子翻脸不认人！""是！是！是！"这几位怯生生地回应道。突然，从街里蹿出一帮人，嚷嚷着："站住！站住！站住！"铁锤一行人跳上面包车，急速逃走。

在面包车里，裴宏伟的表兄质问被拉走的这个人："你们为啥几次三番地欺负我哥们儿？"这人如实说："这就是碰巧了，其实我们就是瞄着外

203

地拉废钢铁的车下手。""你们干了几次，卖了多少钱？要说实话，听见没有？"裴洪伟的表兄追问道。"也就是五六次吧，一共卖了四五万块钱，都给哥几个分了。"这人老实回答。

裴洪伟终于以这种方式出了这口恶气。他坐在面包车的副驾驶座位上，显示出从未有过的从容与自信，目视着前方，脑子里似乎在盘算着什么……

郑跃军的客运许可证，在三叔丈人刘金东的努力下，终于有了眉目。郑跃军高兴地带着申请、户口本等相关材料，与树山并排骑着自行车来到乡里的信用社，找到了李主任，准备办理两万元无息贷款的手续。李主任接过郑跃军的申请等相关材料后，让他到隔壁填写一下表格，郑跃军拿起这些材料，起身到隔壁去了……

郑跃军办完手续回来，树山站起来，对李主任邀请道："老兄，中午简单吃顿饭。"李主任谢绝了："别客气，家里妹夫的事，帮忙是应该的嘛。"树山笑着说："赏个脸嘛，这是我妹夫的意思。""好，好。"李主任答应了。

在一家小饭店，郑跃军、树山陪着李主任等人十分轻松地推杯换盏，一杯又一杯。李主任带着几分酒意，说："树山老弟，现在这时候多好，你家的妹妹、妹夫看来都有点儿头脑，想干事嘛，没钱不要怕，贷款嘛。国家不要利息，鼓励你贷款发家致富，过了这个村就没有这个店了。""你说得对，观念更重要。"树山说。"对，你得敢想发家的门路，你整天猫着腰撅着腚种那几亩地，发不了财，是吧？"李主任依旧侃侃而谈。郑跃军这种场合经历得少，只是拘谨地点头。

转天，郑跃军拿着一个书包，在信用社取出了两万元贷款后，去与原车主办理了车辆过户手续。一切办理妥当之后，他与原车主握手告别。郑跃军十分麻利地打开客车车门，把自行车放到车厢里，跳上驾驶室，插上钥匙，车辆启动了，"嘀嘀"几声鸣笛。他熟练地打转方向盘，客车慢慢开动了，顺着平坦的柏油公路向前驶去。

"嘀嘀嘀……"客车驶进了郑跃军家的院子。树芬领着儿子第一个迎了出来，随后，四邻也都出来观看，本来宁静的院子立刻沸腾了。郑跃军满脸堆笑，跑到屋里拿起一只水桶，走到大水沟边，舀了一桶水提到客车跟前，树芬和两个小姑子赶紧从屋里拿出抹布擦洗起来。

吃过晚饭，依旧沉浸在兴奋中的树芬激动地问郑跃军："许可证啥时候办下来啊？"郑跃军说："明天我就和你三叔去办。""得几天能办完啊？"树芬又问。"谁知道呢，咋也得几天吧。不光是这个许可证，还有好几道手续呢。"郑跃军说。树芬说："我的意思是你快点儿办，一天多跑几个地方。"郑跃军笑了："不是你说的那样，这些手续是有先后顺序的，一环扣一环。"树芬似乎明白了。

郑跃军满脸笑意地开着客车，来到了区里农林局，把三叔丈人接上车，来到了交通局。郑跃军随着刘金东推开了局长的办公室。熟人打过招呼，刘金东对郑跃军说："这是杨局长。"郑跃军主动走过去跟杨局长握手。刘金东坐下后笑着说："侄女女婿这档子事，就交给你了。"杨局长解释说："没问题，现在都沟通好了，为啥这件事拖得这么久吗？就是有关部门意见不统一，侄女女婿申请的个体客运，咱们区还是头一家，虽然有文件，但是到解决具体问题时就容易卡壳了。这就需要润滑油，对吧？""那是，如今好多事情都是新问题，一时拿不准也正常，摸着石头过河嘛。"刘金东笑着说。

郑跃军根据杨局长的交代，到相关科室填写资料去了，两个老熟人继续交谈。

郑跃军回到了局长办公室，刘金东站起来说："好了，哪天我做东，请你一顿，到时候你不能推辞啊。"杨局长站起来说："没有特殊情况，我一定去。"刘金东笑了，和郑跃军一起告辞了。

郑跃军的许可证很快批下来了。

郑跃军回到家，把自行车一放，提着手提包，兴奋地推开房门。树芬赶紧问："批下来了？"郑跃军把提包往炕上一撒，说："在里面呢，你看吧。"他仰卧在炕上。树芬拿出许可证，看得高兴，郑跃军冒出了一句："交通局的局长说了，不让进站里面揽客。"树芬一听，愣了一下，说："闹了半天，和你原来开车的那家一样待遇啊？一共花了三万多块钱呢，这三万多块的饥荒，像三座大山，压得我喘不过气来啊！"树芬沉下脸来了。"高兴点儿，没有过不去的火焰山！我有预感，明天一定开门红！"郑跃军噌地坐起来，跳到地上打趣道："这叫不用扬鞭自奋蹄，我驾辕来你拉套，好事在后头嘛！"树芬有了笑容。

春天，早上五点来钟，新立沽的人大都还在睡梦中，在庄外居住的郑家，一家人喜气洋洋，围着二手客车忙来忙去。郑跃军的母亲、两个哥哥、几个

205

妹妹都起来跟着忙活,连瘫痪在床的郑文章也隔着窗户向外张望。郑跃军在给车的水箱加水。第一次出车收费的树芬,在小厢屋里手忙脚乱地梳妆打扮,小姑子郑跃凤在一旁帮忙。郑跃军料理好车,向屋内喊:"还没准备好?像大闺女上轿似的,真磨蹭!""再等一会儿。"树芬在屋里一边答应着,一边并不熟练地抹着口红。

树芬穿着浅灰色大衣,从小屋里出来,围一条粉红色纱巾,嘴唇红红的,头发黑黑的,自己做的钱包挎在腋下。婆婆见儿媳妇打扮得如此漂亮,又唠叨上了:"路上一定要当心,别跟人家吵架,钱要装好了,盯着点儿跃军,千万别开快了……""你老放心吧!"树芬一边上车一边说。郑跃军的两个哥哥在车前,点燃了两挂鞭炮,"噼里啪啦"打破了清晨的寂静,也打破了新立沽的宁静。"嘀嘀",郑跃军手握方向盘,客车徐徐向前移动,郑家人从车后笑眯眯地目送着自家的小客车驶出家门……

客车在土路上颠簸着出了庄,上了蓟运河大堤。郑跃军兴奋地把着方向盘,树芬笑眯眯地坐在副驾驶座位上,透过车窗望着黎明的旷野,大堤两旁绿绿的杨树、柳树、槐树静静地向车后移去。"哎,你说今儿个有人坐咱们的车吗?"树芬望着丈夫。郑跃军也不看今天打扮漂亮的妻子,说:"肯定有!""能拉满座吗?""没问题,没准儿拉上一百多人呢。"树芬知道丈夫在打趣,也来了一句幽默话:"你瞎说,把人摞起来也盛不下啊,不得把车楼子顶破啊?"

小两口一路上说着笑着,不知不觉来到区里的汽车站外面。郑跃军刚把车停稳,十几个没有个体客运概念的乘客,笑嘻嘻地上了车,树芬笑脸相迎,客气地往里让座。一位中年男士,见打扮漂亮、说话热情的树芬行话不熟练,带着山东口音,好奇地问:"你是刚来的吧?""啊,没见过吧?以后咱们就熟了。"树芬笑着说。也就十几分钟,连准备加座用的小马扎都用上了,树芬站在车门处暗自高兴。

郑跃军载着乘客,驾驶着蓟沽区第一个个体客车驶出了城区。树芬开始打票了,客气而又紧张地说:"大家打票了,每位五元。"她不熟练地收钱、找钱。有的乘客见这位漂亮的售票员有些慌乱,笑着说:"别着急,慢慢来。"这一说,树芬更不好意思了,美丽红润的脸颊"唰"地更红了。

车厢外,公路两旁碧绿的垂柳枝条被徐徐的春风吹拂得一摆一摆的,

似乎在欢迎这一新成员，加入南来北往的繁忙的车流中……

九

农忙时节，村里遇到比较重要的事情需要开个会，一般选择在晚上开。这不，今晚破旧的村委会办公室里，灯光明亮，座无虚席。树山、林金龙在给"两委"班子成员和八个小组长开会。树山说："是这么个事，我和金龙老兄商量了几回，想给大伙通上自来水。咱也跟城里学学，在家里一拧水龙头就能用上水，免得整天吭哧吭哧，用两个水桶挑水吃。"与会的人们一听都乐了："这可是好事，自来水通到家里，可省心了。""要是娘儿几个知道了，还不得高兴坏了，洗洗涮涮方多方便啊。""这主意好，还没听说有哪个村修自来水的呢。"林金龙这次一改往日的消极，忙摆摆手说："老少爷们儿，少说两句，听我叨咕叨咕。是这样，为了省点儿钱，村里主街道挖槽子，村里雇工；小街道和自家院子挖槽子，各街包各街的，各家包各家的，按村里的统一要求，宽度四十厘米、深度五十厘米，计划一个月之内完成。""没问题！啥时候动工？"大伙急不可耐地问。树山笑了，说："爷几个别着急啊，我说说钱的事。这次自来水入户，买塑料管子之类的费用，就不让大伙儿摊钱了，村里打算从企业、鱼池，还有机动地的承包费里面列支，要是不够呢，转到明年。"与会的人一听都露出了满意的笑容。林金龙插话说："我说一下动工的时间。明天一早，村里用广播念叨念叨这个事，吃完早饭，有人到各小街道放线，放完线，各家各户一早一晚就可以挖槽子了。""每户安几个水龙头？"有人插话。林金龙看一眼树山，说："每家屋里安一个，院子里安一个。""安上自来水了，是不是跟城里似的，按月花水费啊？"树山笑了，说："说实话，水表这次都安上，至于收不收水电费，这就看情况了。要是大伙儿都节省着用水，村里把水费替大伙儿承担了；要是大伙儿随便浪费，用自来水浇房前的小菜园子啥的，那就不行了。"林金龙接着说："动工以后，各小组长到时候查看查看，啊！"树山最后说："这个事，由金龙老兄负责，有啥事找他就行了。村里想办一个纸箱厂，我出去几天，买两台机器。大伙儿还有啥事吗？"人们一时无话可说。林金龙说："散会。"人们带着轻松的神情，议论着回家了。

今春又干旱缺水。秦亚娟的父亲秦云林，在村西低洼地承包了一百来亩水稻田，与他仅一条小路之隔的，是庄富贵的堂兄承包的养鱼池，庄富贵参股。秦云林怀疑庄富贵夜里偷他的稻田干渠里的水。他半夜起来，骑上自行车直奔承包的稻田地。他摸黑顺着小路来到地下头一看，一台潜水泵的胶皮管子深深地伸到了稻田沟里，正"咕嘟咕嘟"往鱼池里蓄水呢。秦云林冲着养鱼池的小土房嚷道："庄富贵，你给我出来！"庄富贵慢腾腾地过来了。"咋办吧？"秦云林质问道。"停了不就得了！"庄富贵没有丝毫窘色。"我说，你都好几十岁的大老爷们儿了，也当过生产队副队长，一句人话不会说呢？"秦云林强压着火气。"咋的，还想让我给你道歉？新鲜，这水是村里的！你能使，我就不能使？你交了承包费，我也交承包费了。"庄富贵理直气壮地回应道。"这水在我的地头，我要是抽你的鱼池的水，你同意吗？"两人吵起来了，一声高过一声。秦云林的二儿子二虎赶到了，二话没说，提着一根木棍，冲着庄富贵身上狠狠打去……结果，庄富贵被二虎打折了肋骨。

在一排破旧的平房院子里，树山站在汽车旁，指挥着几位员工吃力地卸下两台机器设备。他看了看，天已暗了下来，便对人们说："明天八点准时过来，往屋里倒腾这两台机器。"人们答应着，各自回家了。

一大早，树山在村里的主街道上，一边走一边向小街道张望，只见大部分自来水槽子都挖出来了，见林金龙迎了过来，他笑着说："进度够快啊。"林金龙若有所思地说："有两家孤寡老人，有几家下放户的房台，人家回城了嘛，还有几家门上锁好长时间了，咋办？"树山说："那村里出工呗，出水口都给甩出来，你看行吗？"林金龙说："行。"然后，林金龙把庄富贵的事说了。树山问："咋解决的？""没解决呢。"林金龙回答。"先调解，不行就交给派出所！"树山说。停顿了片刻，刘树山问林金龙："各组地头你转了吗？""哪顾得上啊，整天忙活自来水这档子事。"林金龙皱着眉头，树山没有说话。

树山骑着自行车，来到了纸箱厂，几个员工已经把一台机器用滚轴运到了车间里。树山转了转车间，说："哥几个辛苦点儿，三天之内一定要把机器安装好，到时候好试车。"

树山转地头去了。主干渠里的水只有少半沟了。他来到与南沽乡接壤的地头，发现那边干渠里水汪汪的。他眼睛一亮，立刻走到涵洞桥那边，与两位搭窝棚的老者搭讪道:"老哥俩搭窝棚呢?"他指着满干渠的水问道,"这水是五洋扬水站买来的吧?我们找你们买点儿水,行吗?""我们是看水的,要买找乡里,他们说了算。"一位老者向北面指了指。

回到村里,树山找林金龙商量此事,林金龙不置可否。树山说:"咱俩找他们乡长买点儿水,不行再开机井,少花点儿电费嘛。"林金龙默认了。从林金江那里调了一部旧轿车,两人坐上去,直奔南沽乡。

他们下车后,走进了乡政府的平房大院,找到乡长办公室,敲开门,见一位中年男人正在办公。树山微笑着说:"我们是新立沽的,想找一下乡长。"这位中年男人说:"请坐,我就是,有啥事,说吧。"树山说:"我们想求乡长支援我们村点儿水。"乡长迟疑一会儿,面露难色:"我们的水也不够用啊。"树山恳求道:"让你老为难了。"乡长没作声。林金龙嘴皮子好使,打趣道:"你老别光让你们的村民吃大米,眼看着我们喝西北风啊。"乡长笑了。随即,树山递上烟,他们交流了起来。言谈之中,这位乡长得知,树山就是当年"引滦入津工程"中完成"池塘工程"的带队者,他眼睛一亮,笑了笑,说:"看在咱们老邻旧居的分上,给你们放点儿吧!"树山和林金龙喜出望外。"谢谢乡长了!这样吧,你老也是花钱买的水,我们掏五千块钱,你老可别嫌少啊!"树山激动了,林金龙看了他一眼。乡长忙笑着说:"这忒见外了嘛,哪能提钱的事呢,这样吧,看你们哥俩够痛快,我也豁出去了,给你们放一天一宿的水吧!"树山又激动了,非要宴请这位乡长……

吃完饭,树山和林金龙送走了乡长等客人,一位红着脸,一位两眼惺忪,上了车。两人还在说着酒话。树山说:"富贵的事,就由你解决了,自来水是你负责的,他这也是水的事,你管正合适,哈哈……"林金龙也酒意正浓,说:"你往外推,我就不能推了,谁让我是你老兄呢。"树山说:"对了,这事呢,富贵错在先,二虎下手重了点儿,让他拿几百块钱,你看行吗?"林金龙说:"行,老弟说了,能不行吗?"此时他们似乎很投机。

在村支部办公室,林金龙对秦云林说:"老秦啊,你们俩也当了多年的队长了,这点儿破事,应该找村里调剂啊。树山说了,富贵错在先,二虎伤人重了点儿,让你拿出几百块钱,作为富贵的医药费和营养费。"秦云林没有作声。"不行呢,就交乡派出所解决。"林金龙加重语气补充道。秦云林思量片刻,不情愿地说:"金龙,看在你和树山的面子上,我啥也不说了,这钱我认掏了，唉！"林金龙笑了，说："别，我和树山的面子是次要的，你老要是觉得不妥，可以经乡派出所解决。""金龙啊，我秦云林做事绝不像别人似的反反复复。"秦云林有些激动了，林金龙只是淡淡一笑。

秦云林回到家一说，二虎骂骂咧咧："说啥呢？咱们有理还赔钱？刘树山这小子是借机笼络姓庄的那头倔驴。哼，他送人情，咱不听他的。要不是刘树山上来当官儿，咱们的承包费还能少交点儿。哼，就不听他的！"人送外号"鬼难拿"的秦云林，此时还残留着集体观念，不论是非曲直，他焉有反悔之理？所以，他背着二虎把五百块钱交到了林金龙手里。

当天夜里，树山家院子旁柴火垛突然大火熊熊，烟雾腾腾，王春梅惊慌地跑出院子，高声呼救："快来救火啊……"呼啦，左邻右舍来了一大帮，人们立刻投入灭火行动……

火扑灭了，树山也回来了，一看黑黑的灰烬还冒着细细的烟，他阴沉着脸一圈一圈转悠。王春梅嚷着非要报案，树山不应这个茬。她质问丈夫："你咋不说话？你想忍，是吧？赶明儿人家一把火把咱的房子燎了，你也忍？你这破官儿别当了……"树山梗着脖子，见妻子怒不可遏，拢住了火，一甩手进了屋里。

柴火垛虽然不值几个钱，但是这柴火垛是村干部家的，而且突然燃起了大火，这肯定既不好看又不好听，自然引起了人们的猜测和议论："刘树山肯定又得罪人了，上次差点儿让人家把房子铲了，唉，咋回事呢？"林金龙在一旁信誓旦旦："必须一查到底。"树山淡淡一笑："我没闲工夫折腾这鸡毛蒜皮的事，就当是抽烟的把烟头扔错了地方吧。"林金龙一听，话锋一转顺口说："是啊，这破草垛也不是啥值钱的东西，你不生气就对了。你歇着吧，我走了。"林金龙似乎失望地摇了摇头，转身告辞了。

新立沽的村办纸箱厂张罗起来了，可是厂长还有没人选呢，树山只好先代理着。他来到纸箱厂，一进门，安装机器的几个工人，都蹲在墙根儿抽闲烟。他拉下脸来："你们还等谁？我跟你们不交代了吗，三天之内必须安装完毕试车！"几个工人灰溜溜地进了车间。树山跟着安装机器，不一会儿，汪家林找到他，笑着说："树山啊，你又是村干部，又是厂长，外加当工人，这也不是办法啊。""这有啥办法啊，先凑合着呗。"树山停下手中的活计，接过汪家林递来的烟，问："有事？""唉，不就是那笔贷款吗，你跟我跑

210

一趟，信用社的李主任总说等等，我都急死了。"汪家林皱着眉头说。

二人来到汪家林新建的铸造厂施工工地，一排翻砂车间将要封顶了。树山把汪家林拉到一边说："家林，你这个村办企业有点儿特殊啊，厂子建成后，你就承包过去，村里为你贷款十万元，这事要是传出去，村民会咋想？村里图个啥？为啥非要帮着你汪家林建厂子呢？"汪家林压低声音说："这事能从我嘴里说出去吗？说实话，我不就图个村办企业比私人企业吃香吗，办贷款，还有用地用电啥的，限制少点儿。我每年给村里交承包费，村里没有吃亏啊。你这干的是积德行善的好事啊。"树山笑了："你是真会绕啊，你得了实惠，还说你给村里带来了好处，看来你真够大公无私的啊。好了，你建厂的成本支出，一定要笔笔清啊，我是要查账的。"汪家林这才恍然大悟，信誓旦旦地说："老兄，你这话说到哪去了，我汪家林对天发誓，账目你尽管放心，我绝不干偷鸡摸狗的事。从我二侄子玉生、你未来的老妹夫这层关系考虑，也不能对不起你啊。还有我表兄金龙，要是没有这个关系，这好事我能挨上吗？"树山拍拍汪家林的肩膀，说："老弟，别嫌我口冷，把事放在桌面上，明明白白的。去信用社催催贷款吧。"汪家林一笑，和树山骑上自行车走了。

吃晚饭了，王春梅跟丈夫说："哎，纸箱厂厂长有人选了吗？常胜的大奶奶让我跟你说说，让树海当厂长去。"树山瞪起眼睛刚想发火，树海进来了，他刚坐到炕沿上，树山就说："厂长的事，你就别抱着热罐了，肯定不行，不能让人家背后戳你大哥脊梁骨，骂我这纸箱厂是给自家开的。""哼，都啥年月了，林金龙哪个亲戚没安排？"树海一针见血。"他是他，我是我！"树山仍不松口。"要不安排一个副厂长？"王春梅说。"吃你的饭！一个新建的小厂满地都是官儿，谁干活儿？"树山提高了嗓门儿。树海耷拉着脑袋，沉着脸，不言语了。

新立沽自来水工程进入收尾阶段了。在树山的院子里，两位施工人员正在塑料管子上安装三通，还要安装屋里屋外的水龙头。由于是周日，常胜、常利一会儿看看安装水龙头，一会儿拿起平锹往自来水的土槽子里扔几个碎土块，王春梅在院子里晾着刚洗的衣服，吆喝两个孩子："你们俩还摆弄？等两个叔叔安装利索了，你们再填土不行啊？"两个孩子扔下锹，跑到一边玩耍去了。

"行了，大嫂，槽子里先别填土，下午三四点钟准备试水，看看接头漏水不漏水，要是不漏水就可以填土了。"王春梅微笑着答应着："知道了，哥俩上屋里坐一会儿吧。""不了，我们负责的还有好几家没安装上呢。"两个人出了庭院。

常利心里惦记着自来水试水的事，不时在水龙头上拧两下子。下午，村里广播响了："各户注意了，现在试水压，看看有没有漏水的，要是有漏水的，赶快告诉施工人员……"常利第一个跑到外面的水龙头前拧了起来，只见水龙头"咕嘟咕嘟"冒出一股股脏水，他兴奋而又纳闷地说："妈，出来的都是脏水呀！"王春梅凑到近前说："刚开始里面有杂质，过一会儿就好了。"常胜也凑过来了。渐渐地，水流清亮多了，王春梅转身进屋，把一个脸盆放到水龙头下面，打开了水龙头，一股股脏水流了出来。"妈，他不让我弄开关。"常利哭丧着脸，跑进屋里告状。"他总摆弄，弄坏了咋办？"常胜把着水龙头说。王春梅看到两个孩子身上湿漉漉的，笑着说："看你们俩新鲜的，瞧瞧你俩身上，都弄湿了。"别说两个孩子兴奋，连王春梅自己都高兴得合不拢嘴。

树山进了院子，常利见来了救星，指着常胜，向他爸爸告状："爸爸，他不让我弄开关。""这可不是玩的，弄坏了可就堵不住了。"树山走到水龙头前，把开关开到最大限度，水流向外喷涌，落到地面上，水珠四溅。树山又把开关拧到适当位置，说："水压还可以。"然后拍着常利的头，"你们算是赶上好时候了。爸爸小时候就喝沟里的水，那水又咸又苦。后来大队有了机井，用小拉车拉一大铁桶水要走七八里路，到了大队还得排队。最犯怵的是到了夏天，路不好走，遇上大车辙，那算是崴泥了，拉一趟水得出一身汗啊。""我知道。我还跟着三叔、大姑他们坐过拉水车呢。"常胜来了精神。树山抄起了大平锨，向自来水的土槽子里一锨一锨回填起松土，两个孩子也跟着干了起来。

盛夏的夜晚很闷热。东屋里开着灯，秦亚娟穿着短袖上衣、短裤，凑到电风扇前面，对董振刚皱着眉头说："这些日子，上下班河堤那段路真难走啊！今个儿早晨，我在河堤下坡的树空小道走着，就听见路面上一台拖拉机的排气管子'嘟嘟嘟'地冒着一股股黑烟，前面有一辆装满西瓜的马车，那匹枣红马伸着长长的脖子，低着头使劲往前拉着，马车轱辘两旁各有一个

第五章

人，光着脚在稀泥里用力推着马车。我没注意迎面过来一个人，急忙闪了一下，差一点儿摔倒。咋弄呢，原来车少，遇到下雨阴天就是有车辙，也没那么深。现在啥车都有，下一场雨，这破土路真是没法走啊，都轧翻浆啦，真愁人！"董振刚何曾不知道啊，苦笑了一下，没有说话。

第二天一大早，董振刚递给秦亚娟一个信封。秦亚娟拿过来一看，是寄给李家沽乡政府的。她不解地问："你这是唱的是哪一出啊？"董振刚笑着说："我把你昨天跟我说的马车卖西瓜的事，画成了漫画，反映给乡政府，让他们想想辙呗。"秦亚娟不置可否。董振刚摆摆手说："有一搭没一搭的，你就送去呗。"秦亚娟苦笑了一下，把信封放进了手提包里，上班去了。

树民在办公室写着材料，落地扇在一旁"呜呜"地转动着，办公室主任进来了，递给他几张漫画。他接过来一看，上面画着一辆卖西瓜的马车……看罢，他皱起眉头："你把主管领导叫过来。"农村出行难，他深有体会。当年他上中学时，赶上下雨，赤着脚往返十多里路上学是常有的事。主管领导进来了，树民把那几张漫画递给了他，吩咐道："你看看这几张漫画。"他有些紧张地接过漫画看了几眼，说："刘乡，实地看看去？"树民一摆手，起身出去了。

他们驱车来到一段斜坡路附近下了车，沿着斜坡路上了河堤，上去一看，两道车辙深深的，到处是稀泥，远处的拖拉机吃力地冒着黑烟，不时有行人在坡下的树林里穿行。树民沉着脸说："这条路太不行了，北面几个村子，这大夏天的，能出行吗？这样吧，回去雇几个民工，乡里出点儿工钱，上乡里砖窑厂拉点儿砖头，抓紧保养一下。雨季过后，必须想办法整治整治……"

树民果真把修路的事放在了心上，找到了区市政处，对方的答复是今年没听说有农村公路建设的计划。　天，树民在岳父王区长家里提起了修路的事，他岳父说："你说给农村修路的事，我听他们说过，不过他们说的是翻修原来的乡级公路，也就是修到乡政府为止，不会修到每一个村里，这是一。二呢，资金也是问题，就是修到乡政府的这段，区里也就是掏一半的资金，那一半还得乡政府承担，至于你说的修到村里，村里自己掏腰包，能承受得了？"树民听罢说："有的规定可以适当调整一下，比如，如果公路修到村里，区里是否可以每年计划只修一两个乡镇。乡里负担的那百分之五十的资金，如果一时拿不出来，能否以借债的方式允许几年内偿还，或给予优惠贷

213

款?"王区长听了女婿的建议笑了,说:"你的想法似乎有点儿道理,但是这要涉及一些政策和一些部门的利益问题,不过呢,可以探讨一下。"树民笑了笑,没有再讨论下去。他在一次由主管农业的副区长组织的月报例行会上,详细地谈到了这个问题。他说:"我们李家沽乡,当前制约发展的一个重要因素,就是路难行的问题。"说到这里,他举例道,"今年夏季的一天,我接到几幅漫画,描绘的是在蓟运河大堤的土路上,一位农民用一匹马拉着一车西瓜到城里来卖……还有我自家的妹夫养了一辆客车,也是因为道路,雨季他们只好把车停在城里,后来找到我,停在了乡政府院里。就是这样,他们每天还得早早起来赶到乡政府……"树民列举这样的实例似乎还显得不够,又从观念上进行了阐述,"农村公路建设,可能有资金缺口问题,这是事实,但是我还想举个例子。现在农村有的家庭,儿子娶媳妇,需要盖新瓦房,钱不够怎么办?他们一般选择盖房赊账,结果是房子盖上了,儿子婚也结了,两个大事全解决了,欠下的账款慢慢也还上了。我想农村公路建设也需要这种思路……"他的发言得到了与会者的共鸣。

初秋的一天,岳父给树民打来一个电话,透露了区里今年的临时增补计划,说是准备修两条乡村公路,至于先修哪两个乡的,没有最后拍板。树民放下电话,不敢怠慢,立刻去找乡党委书记牛书记,自言自语:"要想富,先修路嘛,必须争过来。"

树民叫上牛书记,立刻驱车来到了区计委,一位副主任接待了他们。树民说明了来意后,把李家沽乡关于修路的申请报告和道路情况的调查资料一并送到了这位副主任手上。副主任接过材料说:"你们的材料我们会认真看的。"牛书记笑着说:"我介绍一下这位年轻的刘乡长吧,他就是王区长的女婿。"副主任一听,忙站起来跟树民握手:"刘乡长真是一表人才啊,幸会幸会!"树民笑着说:"本人工作经验少,需要您多多指教。"随即,树民和牛书记坐下来,和副主任交流了片刻便告辞了。

出了门,树民对牛书记说:"您不该把我老丈人端出来啊,弄得我多不好意思,给人的感觉是不是有点儿狐假虎威啊?"牛书记不以为然地说:"要的就是这个效果嘛,让他们做决定的时候掂量掂量嘛。"

树民在日常工作中,已经把乡村公路建设这件事情当作当前的头等大事,不时带着牛书记驱车来到市政处或公路管理处,每到一个部门不是送材料，就是打听消息。经过持续的努力，事情终于有了眉目。为了最终敲定，树民特意宴请了相关人员。

在宴席上，树民无比豪爽，推杯换盏，一杯又一杯，喝得脸红脖子粗。他举着酒杯说："还是那句话，各位领导，李家沽这次柏油路工程建设，一定要修到每一个村子，宁可我们的乡级公路不翻修，也要把节省下来的资金放到村级公路上，我都认可。我们摊的那部分资金，两年之内一定还清，再次敬诸位领导，干！"在座的官员，无不被王区长的女婿刘乡长的热情感动，盛情难却之下频频举杯。有些官员还不忘鼓励树民："树民，你放心，你说的事，我们都记下了，你好好干，有发展前途……"

树民晃晃悠悠回到家，王立君见他喝多了，忙过来扶他坐到沙发上。"干吗喝这么多啊？"王立君埋怨着倒水去了。"今天我高兴，就是喝死了也得喝！"树民接过妻子递来的温白开水，喝了一口，胃里开始翻涌，"哇"的一声呕吐起来。王立君急忙从厕所拿来痰盂，皱着眉头放在树民跟前。树民又是一阵呕吐，呛人的酒气熏得王立君透不过气来。她心疼丈夫，一边用簸箕拾掇秽物，一边说："哪能这样喝呢，喝坏了身子怎么办？"树民擦了擦嘴，端起水杯漱了一下口，满脸灰白："不好受啊……"话音未落，"哇"的一声又呕吐起来。两个熟睡的孩子，被扰醒了，哭了起来。这可热闹了，王立君忙活开了……树民折腾了大半宿，搅得老婆孩子无法入睡。

清晨，树民挣扎着起来，还要上班去，妻子拦也拦不住，只好随他去了。

李家沽乡的百姓听说要修公路了，自然高兴。人们热烈地议论着："要不是刘乡长死乞白赖地争取，就没咱们的事了。""刘乡长这小伙子有能耐，有魄力！"知道点儿底细的人说："要不是他有当区长的老丈人，也就没戏了……"

裴洪伟自从结交了一些"江湖之人"，解除了被"骑驴"的后顾之忧，废钢铁收购买卖渐渐兴隆起来。这些日子，他不满足于在家里坐等，就让父亲在家里收购，他骑着摩托，整天找门路到各工厂收废铁。

在乡政府会议室里，乡机关全体工作人员和十个村的村干部都在认真地听台上的乡长讲话，树山在笔记本上记录着。"……乡里有两项工程，我先说第一项工程——乡村公路建设。这个工程马上就要动工……"树民刚说到这里，台下立刻响起了掌声，并传出响亮的赞许声："好！大好事！"树民微笑着摆了摆手说："为了赶在上冻之前顺利竣工，乡里经过研究决定，实行包干制，每个村负责自己的村子所在路段的部分，内容包括取土、路基上土，还有部分路基需要拓宽，灰土搅拌，等等，必须在十月五号之前完成。土方和用工等费用由乡政府统一支付。质量要求等详细内容由具体负责的部门跟各村落实。这项工程，乡村要担负百分之五十的费用，这也是惯例嘛。如何摊派呢？我们的原则是均摊到全乡每一个人头，以此结果为基数，分别乘以各村的人数，就是各村分摊的费用了，这些费用原则上两年之内交齐……"有人问道："这柏油路是修到村路口还是修到村里边？"树民说："统一修到村路口为止，哪个村想修到村里面，会后可以提出来，但是要担负全部工程费用。因为每一个村子的街道等情况不一样，所以乡里就不介入了。"树山听罢，转过头对林金龙低声说："依我看，多花点儿钱，还是把主街道修成柏油路吧，你说呢？""不是不可以。"林金龙随口附和道。树民说："下面说一下棉纺厂的项目。这个项目计划投资一百多万元，乡政府准备在会上讨论这个项目……"他又讲了其他一些事情之后，牛书记强调："各村回去后一定要把修路这件事办好办实，报一份进度计划给乡里……"散会了，与会的人们兴奋地议论着，走出了会议室。

李家沽乡的乡村公路建设，破土动工了。一辆挨一辆拖拉机，拖着一串串烟，满载着土方，铺垫着路基。树民和牛书记在蓟运河大堤的一个闸口处，与区里来的主管人员交谈着。树山骑着自行车过来，打了招呼。树山示意一下，便在一旁抽烟等待着。他听说树民跑来的这个投资一百多万元的棉纺厂项目，前几天在乡里的会上，多数人表示不敢接这个项目，他动心了，为此而来。树民谈完事，走过来问道："大哥有事？"树山说明了来意。牛书记淡淡一笑，说："这个项目你们村办不了，乡里还拿不定主意呢。"树民说："乡里准备第二次上会，再讨论讨论。""如果乡里决定不上这个项目了，千万别给别人。"树山并不死心，树民看一眼牛书记，笑了。

在会议室里，树民就棉纺厂项目首先发言："今天的会议就一个议题，再议棉纺厂项目问题。"他看了一眼牛书记，接着说，"上次咱们讨论，认为风险太大。这一百多万确实是个不小的数目，而且在实施过程中肯定会突破这个数目。这几天我和牛书记考虑了，也咨询了相关人员，认为上这个项目困难自然不小，但是它会给我们带来希望；不上这个项目，固然没有风险，但是更没有希望。机不可失，失不再来啊！""俗话说，舍不了孩子，套不住狼嘛。"牛书记插话说。"对，横下一条心，大干一场……至于资金问题，我和书记去跑，想方设法解决……"树民从宏观层面，努力开阔与会者的视野，争取他们的理解和支持。与会者看出来了，书记、乡长是铁了心要上这个项目，上就上呗，既然你们心气儿高，我们举手就是了。经过简单的表决，通过了棉纺厂这个项目。

接下来是人事安排。在牛书记的办公室，树民问："你老看，厂长、副厂长提谁合适呢？"牛书记不慌不忙，看了一眼树民，说："听听你的意见。"树民开门见山："我想让企经委的主任魏文山挑这个大梁，让秦亚娟当他的副手。"牛书记微微一笑，说："我看可以，明天拿到会上通报一下。"牛书记自然高兴，这个魏文山是他的"红人"，而秦亚娟又是树民昔日的恋人嘛。

在乡长办公室，秦亚娟认真地听着，树民说："……你作为副厂长，有三个职责，一是协助魏文山把棉纺厂搞好；二是向我负责，切实监督每笔款项的使用情况，有摸不准的问题，要及时向我报告；三是做一个真正的女企业家。这是难得的机遇，一定要干出点儿名堂来。""我真的干不了，你还是另选高人吧！"秦亚娟再次请求道。"不可能，乡政府已经通过，你不行，谁行？我看你行。"树民不过多解释。"真的，我什么也不会，我会让你失望的。"秦亚娟美丽的脸颊通红。"不会可以学嘛，勇敢起来。当年花木兰替父从军，勇战沙场，古人都说'双兔傍地走，安能辨我是雄雌'，女的怎么了，半边天！女的不光会生孩子，还能挑大梁呢。"秦亚娟捂嘴"咯咯"地笑："你又没正形儿了。""真的，当一把女强人，我需要你帮我一把。"树民敛起了笑容。秦亚娟望着树民，说不出话来，周身一下子热血沸腾，脸颊更红了，美丽的双眼含着激动的泪珠。

金秋十月，全乡十个自然村的公路建设工程，由北向南各自包干，有序推进。近两个月了，始终未遇大雨，真是感谢天公作美。树民等人驱车来到河堤路段。三台压路机碾压着路基上面新铺就的灰土，五十多厘米厚的灰土被碾压得只剩下三十厘米左右，而且光光的、平平的、硬硬的。树民微笑着走在上面，不时跺上几脚，想验证一下地面的硬度。他向施工领队问道："张队长，按这个进度，十月底不见得能完工啊，能不能挑灯夜战呢？"张队长皱着眉头说："我也想到这个问题了，也担心再往后拖，天气一天比一天冷，铺上柏油，恐怕效果不好啊。"树民有同感："我也担心这个啊，花了大把的钱，结果路面使不了几天就坏了，要是这样，那老百姓还不骂死我啊？所以必须往前抢时间啊。""好吧，刘乡长，明天我们就挑灯夜战。"张队长表态。树民立刻把手伸过去，握住张队长的大手，说："那就多受累了，谢谢你们！"

　　树民又来到棉纺厂施工工地。工地上热火朝天，民工们忙上忙下。一幢高大的厂房已封顶，两部吊车正在起吊钢梁，指挥哨响个不停。魏文山、秦亚娟站在一旁，见树民来了，他们打了招呼。"刘乡长，你看进度还可以吧？"魏文山笑着问。"不错，但还要往前赶，争取明年开春投入生产。"树民要求道。"问题是资金太紧张，账上只有一万多元了，那二十万元贷款，我们催了几次，至今未到账上。"秦亚娟说。"到屋里谈吧！"魏文山说。树民来到简陋的厂长办公室，这是一排临时搭建的平房。三人落座，树民说："贷款的事，回去我催催。还有什么问题？""再就是红砖供应不及时，有时造成'窝工'，砖厂怕我们欠账太多，不愿匀给我们。我和亚娟协调几次了，他们嘴上答应得好，实际却不做。这砖供不应求嘛，老百姓家家盖房子，交了钱还得排队呢。"魏文山皱起了眉头。"你们跟他们说，从今天起，必须保证供应，你们派专人到砖厂，不行就及时向我汇报。钱一分不会少他们的！"树民严肃起来。电话铃声响了，魏文山接起来。放下电话，他说："拉钢筋的车半路坏了，得派车去接，唉！你们谈，我去找车。"魏文山走了。"老魏行吗？"树民问秦亚娟。"还行。"秦亚娟说。"你吃得消吗？"树民见一身劳动装的秦亚娟脸颊有些消瘦，笑着问。"绑上就挨打，你硬给我推到这个位置，我能不干吗？"秦亚娟没有了先前的自卑与懦弱。"这就对了。振刚怎么样？"树民问。"唉，别提他！"秦亚娟沉下脸来，沉默片刻，她说，"自打我干这个，起早贪黑我不怕，可是他不时不消停。他在学校气不顺，就拿我撒气。最可气的是，他不让我干企业，当这个官儿，我说我就干！你说他是什么人，这么娘儿们……"树民笑了，开始劝解。门被人猛地推开了："快！有人从脚手架上摔下来了！"树民、秦亚娟急忙跑出去，只见一帮民工抱着一个人往外走。"伤哪儿了？"秦亚娟慌了，只见这位民工双眼紧闭，皱着眉头。"腿折了，胯骨也有问题。"有人急促地说。"赶紧上车！"树民跑着去开车门……

第五章

十一月初，李家沽乡的公路建设工程竣工了。这天，在乡政府大门口的主路上，通车剪彩仪式正在举行。树民对着话筒向围观的乡亲们高声讲道："父老乡亲们，李家沽乡投资二百八十万元的柏油公路今天正式通车了！我代表乡党委、政府，向大力支持我乡公路建设的各单位及承建单位表示衷心的感谢，同时对顺利通车表示热烈的祝贺！"人群中传来热烈的掌声。人群中站在树民对面的一个女人，并不鼓掌，而是目不转睛地微笑地看着他讲话，她就是秦亚娟。她刚从棉纺厂工地过来办事，赶上了剪彩仪式。她看上去跟换了一个人似的，穿一身笔挺的藏蓝色西装，干练而自信。"父老乡亲们，我们乡从此彻底告别了多年来在颠簸泥泞的土路上出行的历史，出行难的日子一去不复返了！我相信，与城里一样平坦的柏油公路，一定会给乡亲们带来滚滚的财源……我宣布通车仪式开始！"一声令下，鞭炮齐鸣，鼓乐喧天，试通车的彩车鸣笛，缓缓而行，紧随其后的秧歌队彩绸起舞，舞步欢快……

秋季农活儿刚结束，树山开始操办树兰、树江的婚事。一家人在他家明亮的屋子里，你一言、我一语议论开了。树山说："这样吧，给树兰陪送一台电视机，一辆自行车……""电视机我不能要，家里都没有呢。"树兰红光满面，连忙笑着推辞。"我要！我要！"小常利拉着她四姑树兰的手，嚷嚷开了，一家人都笑了。小常胜立刻用一双小手往小脸蛋儿上一划："羞！羞！"王春梅笑着拉起常利，说："傻儿子，这可不能要啊！这是给你四姑的嫁妆。""妈，咱们咋不买一个呢？"小常利撅着小嘴说。小常胜也睁大了眼睛望着妈妈。"找你爸要去！"两个孩子立刻将目光投向他们的爸爸，树山笑了，说："可以买，只要你们听话，好好学习。"两个孩子答应着，手舞足蹈起来，大人们也跟着眉开眼笑。

这天周日，一辆小卡车满载着结婚用的东西，停在刘家门前。树花、树兰、树江笑眯眯地从车里跳下来。两个孩子在院子里早就等不及了，一见车来了，立刻迎了上去。"哎呀！电视机没买来。"树花逗着两个侄子。"我不信！"小常胜跳着往车厢里望，小常利瞪着疑惑的大眼睛站在一旁。树江从车里拿下两个皮鞋盒，说："你俩快搬东西，然后老叔给你们安电视去。"两个孩子来了精神，抢着搬这搬那。树江抱起电视机，小常利在一旁左看右看，跟着小跑，小常胜拿着电视天线，紧随其后。树江搬起第三台电视机，向两个孩子屋里走时，他俩乐开了花，小脸儿红扑扑的，额头上沁着汗珠，护送着他们的老叔进了里间屋。打开电视包装，黑白电视机露出来，两个孩子这摸摸、那看看，不时递给老叔需要安装的器件。很快，电视安装好了，进行最后一道工序——调试。王春梅等人忙完活计，也急着来看电视了。两个孩子紧紧盯着屏幕。突然，出现了清晰的舞蹈画面，是歌颂农村丰收的喜庆秧歌舞。"就看这个。"娘儿几个笑着凑到电视跟前。孩子们嚷着让老叔调到电影频道，电影《小兵张嘎》的画面清晰地出现了，两个孩子乐得一个劲拍手："就看这个！就看这个！"

树兰出嫁了，紧接着就是树江迎娶新娘。这天，刘氏家族的亲朋好友欢聚一堂，一溜八间新瓦房，屋内屋外，人人面带喜色，比树民结婚时还热闹，人们的穿戴也漂亮了许多。

晚上，刘家张灯结彩，大人孩子出出进进，好不热闹。刘家哥几个在一间屋里陪着几个姑爷，围在桌前饮酒。只见树山兴奋之中，显出老成持重；树民在说笑中时，显出为官的气度；树海一改先前少言寡语之态，忙着劝酒；树江的脸上洋溢着新婚的喜悦，频频敬酒；跑客运已挣三四万元的郑跃军，稳健之中透着自信；收废铁已挣十几万元的裴洪伟，神采飞扬；马志超、汪玉生矜持地微笑着，应酬着。裴洪伟端起酒杯敬新郎："我祝老舅新婚快乐，基建工程越来越多！"两人一饮而尽。郑跃军端起酒杯："我敬三位哥哥一杯，祝大家日子一天比一天兴旺！"哥四个同时举杯。树山有事，端起酒杯，说道："希望哥几个甩开膀子干，谁也别让谁落下，干杯！"大家一扬脸，全干了。树民诗兴大发，说道："我胡诌几句，共勉吧。生财有道勤为径，商海无涯巧行舟。胆大能破九云天，胆小莫涉咫尺沟。"人们似懂非懂地称赞着，端起杯酒又一干二净。

新房里，女将们围在一起有说有笑。小孩子在炕上玩耍。常胜、常利和两个小表弟在一旁兴奋地看着电视。王立君的一双儿女更可爱，在新娘的炕上爬来爬去。新娘田家英亭亭玉立，矜持地微笑着，看两个孩子玩耍。稍胖的王春梅说得最热闹。光彩照人的王立君一边说话，一边看护着一双儿女。王春柳挺着五个月的孕肚，脸上一直挂着笑容，羡慕地对王立君说："二嫂，你多可心啊，两个孩子多好玩。"王立君甜蜜地一笑，说："你别提了，你知道养育这两个孩子多累人吗？整天累得腰酸背疼，又热奶，又喂奶，不是她哭了，就是他尿了，特别是有病时候，一病两个一块儿病……""那我也愿意。"王春柳仍旧羡慕。"三嫂，你将来一定生一对儿。"树花容光焕发，穿着入时，显现着女性的风韵，说完"哈哈"笑了起来。高挑文静的树芬笑着，抱起小常凤，轻轻亲了一口。有身孕的姜文花只是微笑，新婚不久的树兰气色很好。小娇照看着两个孩子，不让他们把新娘的炕尿了。

新房对面屋里，瘫痪在床的树江的母亲，与老姐们儿及女性亲戚们说着话。这些年，原本古怪的她变得随和多了。刘金水、刘金东在东厢房，与男性亲戚们讨论着国家的政策和致富的门路。刘家屋里屋外，一派喜庆。高悬的门灯，把院子照得如白昼一般。

蓟沽大规模的地震重建工作接近尾声，红红火火的建筑大军明显开工不足，承揽工程成了大问题。树江向他大哥提出单干的想法，已是第三次了，前两次都被驳回。这次树山没有说话，问树江："你前两回跟我说这个事，我都给你驳回了。这回你又提这个事，我问你，你咋向他们俩开口？"树江看大哥一眼，说："就直接挑明，眼下建筑活儿不好干了，把股份分了，各干各的。"树山又没表态，他在想一个两全其美的办法。他脑子里，既有亲情，也有友情、乡情，还有多年形成的集体观念，但是他也看出这几年社会形势的变化，他在犹豫、迟疑、困惑。

一天，树山把马志林、杨鸿志，还有树江，叫到他家，什么也不说，让王春梅摆上酒菜。酒过三巡，树山叹了一口气，问马志林、杨鸿志："你们说我这个当大哥的怎么样？"这两人丈二和尚摸不着头脑："大哥是好大哥啊，这还有假？"树山反驳道："不对，我不是你们的好大哥，更不是鸿志老弟的好大哥！"说着，单独敬杨鸿志的酒，杨鸿志不肯，红着脸问道："大哥，你这样不是寒碜小弟吗？小弟哪儿做错了，当着他们哥俩的面儿，你尽管说。大哥不说，小弟不能喝这酒。"树山仍旧端着酒杯，硬逼着杨鸿志。杨鸿志苦笑一下，端起酒杯喝了一杯糊涂酒。树山每人发了一支香烟，显出为难之色："鸿志老弟，我当大哥的，真对不起你。我跟树江赌气好些日子了，他非要把股份分了，你们说，让我咋办？"马志林、杨鸿志两个人能说什么呢？树山又说："我琢磨来，琢磨去，分就分了吧，这是早晚的事，就跟咱们当初包产到户一样，晚分不如早分。"树山看了一眼马志林，说："志林，我想让你去纸箱厂。鸿志，对你，我实在没法安排，从这一点上，大哥对不起你。不过，你要是自己操持一摊儿，我刘树山绝不站在旱沿儿上，背手看着不管，一定帮你。你要是还想干建筑的活儿，开春儿纸箱厂建新厂房的活儿，我谁也不给，就给你。"杨鸿志激动了，站起来红着脸端起酒杯，说："大哥，有你这句话，小弟我啥也不说了，你就是我的亲大哥！"两人碰杯干了。杨鸿志激动得简直要哭了。地主家庭出身的他，在青少年时期形成的低人一等的自卑心理，此时才真正消失了。树江啥也不说，敬了马哥又敬杨哥，他能说什么呢？与其说他终于达到了目的，不如说都达到了目的，谁敢说马志林、杨鸿志没有单干的想法呢？

十一

阳春三月，阳光普照，浓浓的春意扑面而来。李家沽乡棉纺厂落成投产。这里正在举行剪彩仪式。生产车间大门前，彩旗飘扬，乐曲声声，男女工人们身穿崭新的浅蓝色工作服，个个眉开眼笑。参加仪式的有区农委、区工业局等单位的有关领导，牛德顺、刘树民，以及乡里有关方面的负责人。秦亚娟主持仪式，她身着竖条灰色套裙，长长的秀发在脑后盘了一个美丽的结，化了淡淡的妆，大眼睛透着兴奋和自信，一改过去的忧郁。她首先向大家介绍了各位领导，然后高声宣布："李家沽乡棉纺厂投产剪彩仪式开始！下面请棉纺厂厂长魏文山同志讲话，大家欢迎！"掌声过后，魏文山讲道："各位领导、同志，大家好！棉纺厂经过八个多月的施工建设，今天终于投产了！我代表棉纺厂九十八名员工，向所有支持我们的单位和领导表示衷心的感谢……我们要努力工作，绝不辜负各级领导对我们的厚爱和支持……"魏文山的讲话结束了。"下面请刘乡长讲话！大家欢迎！"秦亚娟微笑着帮树民调整了一下话筒。树民说："本来是牛书记讲话，他让我讲，那我就讲两句。"他清一下嗓子，脱稿讲道，"同志们，棉纺厂的投产，在我乡是一件大事，在我区也是一件大事，它是我们第一个较大规模的乡镇企业，它的建成标志着我们乡镇企业的蓬勃兴起！这个企业从立项到施工，得到了各级领导的大力支持，以及承建单位的通力合作，为此，我代表乡党委、政府，向参加剪彩仪式的各级领导表示衷心的感谢,向承建单位表示衷心的感谢,向所有支持我们的单位和领导,以及个人,表示衷心的感谢!"台下热烈鼓掌。树民继续讲道:"这个企业的建成,来之不易啊!它是大家共同努力的结果。魏厂长和秦副厂长功不可没。他们自从接手这个企业,没睡一个安稳觉,跑贷款,跑材料,盯进度,一分钱分成两半花。秦副厂长是一位女同志,和男同志一样,这八个多月,没请一天假,早出晚归,有时半夜才回家,带队到外地培训员工……"站在一旁的秦亚娟不好意思了,红着脸,把头扭向了一边。"……这是第一期工程,我们计划用一百万左右,如今远远超出了这个数字,达到二百八十多万元……在施工中,有一位师傅不慎摔伤,我去看他,他却说给领导添麻烦了,怕钱花得太多,要求回家养伤……多么朴实善良的人啊!所以,我希望棉纺厂的全体员工,一定要珍惜啊!在今后的生产中,还会遇到各种各样的困难……你们要努力学习,学透本岗位的技术,为了企业,也为了自己,争创一流……"人们报以热烈的掌声。区农委的领导讲了话,之后,剪彩开始。秦亚娟微笑着宣布:"下面请区领导为我们剪彩!"区农委等单位的领导剪下大红花,鞭炮齐鸣,参观开始。

  厂房内,崭新的机器飞速运转,一个个纱锭有节奏地跳动,犹如蚕吐着丝。年轻的女工们,头戴工作帽,个个手脚麻利。树民等人面带笑容地看着工人们操作,秦亚娟在一旁做着介绍……

  选调到城里的区建筑三队队长王洪金坐不住了,不甘心每月干挣五六百块钱的死工资。他被农村那些挣大钱的人深深地吸引了,再加上城区建筑业的萎缩,他便想另辟蹊径。一天,他火急火燎地专程找到树山。两人一见面,说完几句闲话,王洪金把他想办服装厂的事说了。树山笑了笑,说:"那好啊,将来别把你老兄我忘了就行。"王洪金忙摆手:"老兄又挖苦我了,我是找大哥一块儿操办这事的。""噢,是这回事。"树山装出并不很热心的样子。王洪金兴致正浓,把他二姨父办的宏大服装厂简略描述了一下,说:"我二姨父答应了,叫我办一个分厂,他老保证供应活儿。"王洪金皱了一下眉头,又说,"不过,投资太大。""多少?"树山眼睛一亮。"一百来万呢。"王洪金瞟了树山一眼。树山心里一动,但表情仍旧平静,他知道,投资大的,规模就大呗,他正想办一个规模大一些的企业。他说道:"你要是真有意思,明天咱哥俩再跟你二姨父碰一下,砸实了,咱再张罗下一步。"王洪金满口

答应："行！"

第二天，树山和王洪金坐着纸箱厂的双排座的货车，向王洪金的二姨父的宏大服装厂驶去。暮春的天气，一阵阵热浪扑面。他们坐了一个多小时的车，来到宏大服装厂的大门口，下了车，感觉热浪袭人。他们来到院内，一幢高大的厂房内，电动缝纫机有节奏地响着，透过玻璃窗可以清楚地看见人们紧张地忙碌着。王洪金把树山领到厂长办公室，办公桌后面坐着一位穿戴不起眼的五十上下、肤色黝黑的男人。树山快走几步，与之握手，自报了姓名。"我叫马宗武。"王洪金的二姨父让了座，做了自我介绍。主客寒暄几句之后，王洪金说明来意，马宗武稍停片刻，说："你们办厂可以，技术上我可以派人去指导，订单我可以帮你们……"树山听了谨慎地问："你老的意思是我们建一个分厂？""是的，不过自负盈亏。无非是我们多接点活儿匀给你们，就是这样。"马宗武微微一笑，露出了一口发黄的牙齿，脸上有几道明显的皱纹，天津口音很浓。"你老说，我们投资多大的规模合适？""这要看你们有多大的力气了，力气大呢，就办大一点儿；要是力气小呢，依我看，最小也得投资百来万的规模。"三人又谈了其他一些问题。商谈结束，马宗武领着树山、王洪金参观了投资七八百万元的服装厂的各个车间。中午，不善饮酒的马宗武宴请了树山他们。

回家的路上，贪酒的王洪金涨红着脸，对沉思中的树山说："大哥，将来这个厂是以村里的名义办？""你的意思呢？"树山反问道。"最好以村里的名义，个人承包。"王洪金看着树山说。树山淡淡地说："等回家再说吧！"车在公路上快速行驶，路边碧绿的树迅速向后退去，田地里一个个果园、一片片麦田似乎旋转着向后退去。树山望着车窗外，心里想着服装厂的事，想着王洪金刚才的话。树山明白他的用意，他不想将来村里左右他，这是树山不能接受的。他不想让这个不知是福是祸的服装厂，给村里背上沉重的贷款负担。王洪金也不说话，眯缝着眼睛想着心事。

回到村里，两人下了车。树山没有去村委会，而是把王洪金领到了他家。树山把门打开，他俩喝了半瓢凉水来到里屋。树山把灰褂子脱了，只穿着跨栏儿背心，王洪金也把蓝条褂子脱了，只穿件白衬衫。树山递给王洪金一支烟，说："你在车里说的办法，现在村办企业都这样，不过，关于承包，只能以后有机会再说。"王洪金迟疑地说："咱哥俩好了不是一年半载了，你为啥转这个圈儿？"树山说："老弟，我办事不是拖泥带水的人，我很想一步到位，让你马上承包。说句实话，我在村委会不是一手遮天。老弟，你是聪明人。国家贷款，对个体企业要求非常严格。"王洪金马上纠正道："老兄，这个我明白。"树山进一步说："只要村委会同意办这个厂子，你就是这个厂的厂长。"王洪金会心地笑了……

兴办村办企业，这是树山上任伊始，其规划里面列入的重点内容之一。然而，村里因去年的自来水入户工程和柏油路工程，欠了一大笔债务，而他又不打算把这些债务分摊到各户。因此，兴办村办企业，特别是服装厂这样规模较大的企业，是他的重要选项。可是，一想到需要至少一百万元的投资，他心里产生了不小的压力。可是他更明白，只有下决心投资，并产生了利润，才能解决债务问题，否则永远被债务羁绊，翻不了身。可是，大办企业也有不可预测的风险，一旦出了差错，跟种地似的，钱也投了，累也受了，到头儿来没有啥收获，那可就债台高筑，步步迈不开了。如果投资得到回报，则皆大欢喜，他期望的就是这样的结局。树山想到这里，猛地站起身，拍了一下破办公桌："就这样，贷款！先贷五十万！前怕狼、后怕虎，啥也干不成。"他找到了林金龙，单刀直入地阐明了他的观点："村里准备贷款投资一个服装厂……"林金龙听罢非常淡然地说："这个嘛，你看着办吧，办企业我也不懂。"树山明知他会如此回应的，说："那我就到信用社问问贷款的政策。"树山走了，林金龙在背后冷笑了一下，自言自语："你傻去吧，你想充当英雄好汉，有你栽跟头的时候。"此时的林金龙正暗自幸灾乐祸，他看出来了，刘树山这只傻狍子一顿忙活的结果。现在已经露出了债务这只老虎的屁股，这个屁股可不是好摸的，弄不好，它就会横冲直撞啊，非把刘树山追得屁滚尿流不可，到那时，他刘树山后悔也来不及了。

树山骑着自行车，来到了信用社主任办公室，一推门，门却紧锁。他转身骑上自行车，来到了树民的办公室门前。他支好自行车，走近门口，探头隔着玻璃往里一看，只见树民在打电话，他推门进去了。树民见大哥进来了，一只手向一旁的椅子指了指，继续打他的电话。树山坐下点上烟，抽了一口，树民打完电话了，问："有事，大哥？""有点儿事，村里想办个服装厂……"树山简略地介绍道。"是来料加工吗？"树民问道。"不是，按要求我们自己进布料。"树山进一步说。"也就是说，按对方的要求进布料，成衣送到对方那里，自负盈亏，计件制，是这样吗？"树民按他的理解推断道。"对，就是这样。"树山回答。树民想了想说："这个事，你们可能只挣加工费，关键是对方必须保证有足够的订单给你们，至于投资大了一点儿，倒不是主要问题。"树山露出了轻松的表情，树民又说，"只要改革开放这个政策不变，或者变得更好，中国这么多人，都要穿衣，你们还愁没活儿干？但是，事还得分人干，不好好干的，有再多的机遇也白搭。"树山被乡长弟弟这一说，连连点头称是，一时间心里畅快了许多。

　　转天，树山又来到信用社，推开门一看，李主任正在看文件。他见树山来了，笑着打趣："大忙人又有何贵干啊？""找你能有啥事啊，贷款呗。"树山开门见山，递给李主任一支烟，坐在了一旁的椅子上，点上烟，然后把村里准备办服装厂的想法说了一遍。李主任看了看树山，说："你们村现在的几个企业，贷款有一百多万了，你再贷款，恐怕有点儿难度了。"树山一听，追问道："你是说怕他们将来还不上这些贷款？"李主任也不回避："你要说没有这种担心，是瞎话。我是说，你们这几个企业可都是顶着村办企业的身份贷的款啊，万一哪家企业经营不善，撒手合眼，把债务推给你们村里，你们村里说个人承包了，又把债务推回去，你们之间来回推，别的亏损企业再跟着起哄，到头儿来，那可就把我们信用社害苦了。""唉，哪有你说的这么邪乎？"树山笑了。李主任依旧认真地说："我也不希望发生这种糟糕的事情，也希望企业都办得红红火火的，那我也有收益不是？问题是偏偏就出现了这样的企业。我是说，你想一个办法，你们的企业经营状况，村里得清楚，别光知道建企业、铺摊子，不知道监督管理企业，我看这不是办法吧。"李主任这句话提醒了树山，他眨了眨眼睛说："你说得有道理，企业承包与土地承包，大同小异，也不是一包了事、一包万能，到时候也得管管……"李主任赞同地说："对了！"接下来，二人谈起了具体的操作问题。

　　树山从信用社出来，还在思索着李主任提出的问题。说实话，关于监督管理企业这个问题，他还没有真正想过。怎样监督管理已经承包的企业呢？此时他还没有明确的思路。

　　这天，树山与林金龙谈起了村办企业的问题："这些日子，我请教了一些明白人，咱们的村办企业，虽然承包出去了，但也要有必要的监督管理……眼下最好的办法就是成立一个农工商总公司……"林金龙警惕地看了看树山，立刻意识到这是个严肃的问题，说："有这个必要吗？人家承包了，村里每年拿承包费不就行了吗？"树山说："这不是一包了事的问题。有的企业一开始是以村里的名义贷的款，有的承包企业还找村里做了贷款担保，虽然承包协议里面都写明了，一旦发生经济纠纷，与村里没有任何关系，但是谁敢保证不会出现万一啊？我的意思是咱们办企业，不是盼着它搞黄了，而是盼着它越办越好……"林金龙依旧坚持："不管咋说，人家企业自己过日子，你这又多出来一个碍手碍脚多管闲事的婆婆，人家心里烦不烦？"林金龙的观点无懈可击，他强烈地觉察到，这是他刘树山打着成立什么农工商总公司的旗号，目的就是想控制经济实权。树山解释道："这个总公司不是干涉人家企业的生产经营，只是掌握他们的生产经营情况，必要时给他们提提建议，有机会帮着牵线搭桥当当红娘啥的，有益无害嘛。"林金龙不想多说了，巧妙地亮出了挡箭牌："这个事，是不是开个'两委'班子会，必要时让厂长们也参加？"树山无法反对，只好说："好吧，明天开个扩大的'两委'班子会吧，各厂长都参加。"

晚上，会议室里，与会的人们就是否成立农工商总公司一事，议论开了。树山首先说："为啥非得要成立这个总公司呢？这几年的发展大伙儿也看到了，咱们村的企业、养殖、运输等事情越来越多，有些事情要是靠一家一户去处理，往往是托门子、找路子，还不一定办得好。要是成立了这个总公司，有些事情，公司出面去处理，可能就好办些。说白了，这个公司就是为大伙儿服务，当当红娘啥的……"他特意地拓展了公司的业务范围，并着重强调了其服务职能，想以此得到与会者的理解。

树山发言之后，与会者开始自由发言了。纸箱厂的厂长马志林说："我想，成立这么一个总公司，应该利大于弊吧？这几年大伙儿也看到了，树山给大伙儿没少办事吧？要是成立了这么个总公司，他可以名正言顺地给大伙儿跑腿啦，上区里帮着找找这个，找找那个，也方便，是不是？"树山笑着插话说："咱们谁不认得几个人？只不过我现在可能多认得几个人。"林金龙一本正经地说："关于这个事情，我的观点是没有必要，国家都放开了，咱何必再给人家重新套上马笼头呢？""你说得对，这年头谁也用不着谁背着抱着了，不是当年在生产队那时候了。你有能耐就办有能耐的事，我没有能耐就办没有能耐的事。"有人随声附和。"你想管着人家，人家不想让你管，你操那心有啥用？""话不能这么说。不管亏还是挣，都是你自己的，村里成立这么个公司，只是有事时帮帮你，有啥不行的？我看无碍。""我说也是，你还别不服，有些事树山能办得来，你就办不来，我赞成成立这么个公司。"树山抽着烟笑了一下。林金江和汪家林挨着坐，两个人一直吸烟没有发言，只是听着人们的表态，而林金龙一个劲儿给他俩使眼色。树山点名说："金江、家林，你俩说说。"林金江小眼睛眨了眨，咧嘴笑了一下，也不看他哥林金龙，显出轻松的样子："我没啥说的，咋都行。"汪家林紧接着说："我也是这个意思，这个事呢，只要对咱们村的发展有好处，我没意见。"树山又征求意见："看看下面，还有没有发言的？要是没有呢，就举手表决吧。"林金龙立刻插话："是不是写一下票，严肃点儿？""就举手吧，省事。""对，就举手。"部分与会者也赞同。树山又显出豁达的样子，说："这样吧，同意举手表决的，请举手。"一听树山这话，本想插话的林金龙，只好把话咽了回去。大多数与会者举起了手，林金江和汪家林见势也举起了手，有几个没有举手的，略垂着头。林金龙阴沉着脸扫视了一下会场。树山也不看林金龙，说："多数人赞成举手表决。下面同意成立农工商总公司的，请举手。"大多数与会者又举起了手……林金龙还没有反应过来，只听马志林站起来提议道："总公司也成立了，总经理还没有呢，我提议，就让刘树山兼任这个总经理吧，大伙儿同意吗？""同意！"大多数与会者又顺势异口同声地回答。林金龙稀里糊涂地被树山掌控的会议进程裹挟到这样的地步，气鼓鼓地瞟了两眼树山，坐在那里，一句话也不说了。

  这天晚上，树海来到他大哥家。他一进屋，看到大哥一家人正在看电视，荧幕上一群小朋友正在演唱儿童歌曲。王春梅站起来让座。树海坐下后，沉着脸对他大哥说："我去服装厂的事，大哥说了吗？"树山看了一眼树海，说："我想了想，最好还是你自己找洪金。"树海一听，强忍着怒气问："为啥？大哥说不是更好吗？"树山耐着性子解释说："你自己找他，比我找他合适，让他自己给你安排一个职位，免得他怀疑我安排家里人，你懂了吧？"树海似懂非懂，颇有顾虑地说："那你能开口让他给我安排一个副厂长的职位吗？"树山一听笑了："刚上来就想当副厂长，你大哥我也不好跟他张这个口啊。"树海更生气了："这有啥难的，大哥说了，他敢不同意？我的事，大哥就是不当回事。"树海言重了，树山一下急了："树海，你这样看你大哥，啊？我真没想到啊！"王春梅一看哥俩带点儿火药味了，忙出来打圆场："树海啊，你刚才说的是一时气话，是吧？其实，你大哥跟我说过，开这个服装厂，就得信任王洪金，不能让他觉得你大哥干涉太多，全靠人家二姨父的关系，才建的这个厂子，对吧？万一人家感觉不被信任了，给你撂摊子咋办？"树海像泄了气的皮球，低头不语了。其实树山还隐藏着另一个用意，他是想借安排他弟弟树海这件事情，试探一下王洪金对他的信任度。

在村南原打谷场上，树山和王洪金一边走着，一边说着话。树山说："服装厂选在这儿，我看挺好，将来还有预留的地界儿。"王洪金也十分高兴："不错，不错！"两人顺手找了两块破砖头坐下。王洪金说："那天，树海找到了我，让我给安排个活儿。我呢，看他有股子实在劲儿，就想给他安排个副厂长，让他当我的助手，行吧？"树山微微一笑，说："这是你的事，我不能干涉啊。""大哥，你多想了，咱俩谁跟谁呀？嘿嘿，是吧？"王洪金一边递烟一边说。树山吸了一口烟，说："你多带带他，他是实在，但还是年轻嘛。"突然，一股小小的旋风，卷着地上的细土，旋转着向他俩袭来……

六月，阳光明媚，一眼望去，片片葡萄园绿意正浓。新立沽制衣厂破土动工了，施工工地上彩旗招展。

在用鞭炮摆成的"开工"字样旁边，分别站着乡长刘树民、宏大制衣厂的马厂长、信用社的李主任、新立沽农工商总公司总经理刘树山、村支书林金龙等人。厂长王洪金站在话筒前高声宣布："新立沽制衣厂，今天动工啦！"话音刚落，鞭炮齐鸣，顿时烟雾缭绕，飘向天空。人们都露出了满意的笑容。

十二

今天，树民单独宴请一个人，一个女人。他感激她为棉纺厂建设付出的辛劳和汗水，如果不是她忘我的工作，为他这个乡长认真地负责，棉纺厂不知会是什么样子。这个人就是他昔日的恋人，棉纺厂主抓财务和人事的副厂长秦亚娟。树民单独宴请她，还是第一次。秦亚娟下了轿车，让司机回厂了。她进了大众饭庄，这是一座在地震废墟上重建的标志性高楼。今天，她尽显女性风姿，连衣裙随她轻盈的脚步摆动着。女服务员认识这位漂亮的女厂长，热情地告诉她，树民所在的三〇二房间。她轻轻地推开门，树民早已等在这里了。她甜甜一笑："乡长大人好早啊。"树民也不站起来，回敬道："请你这位大功臣、女中豪杰，能晚来吗？"两人耍了几句贫嘴，面对面坐着，对视一下都乐了。树民看着秦亚娟有点儿消瘦的脸，说："你点几个好菜，我好好慰劳慰劳你。""哎哟，你什么时候学得这么大方了？"春风得意的秦亚娟一改原来的自卑，也不回避树民的目光，红着脸说。"棉纺厂步入了正轨，你秦副厂长功不可没。"树民点了一支烟，笑着说。"我可不敢当。"秦亚娟有些激动。

树民又给了秦亚娟一个惊喜："秦大厂长，我宣布，你转干考试通过啦！""真的？"秦亚娟一听，立刻喜出望外，睁大了眼睛望着树民。"千真万确，从今天起，你就是一名国家干部了！"树民看着秦亚娟，微笑着说。秦亚娟灿烂地一笑，情不自禁地用白皙的双手，捂住了脸颊。

她能不激动吗？当时，如果不是树民让他父亲找到乡里，给她谋了一个协勤岗位，她能有今天吗？如果在她转岗面临去留的关键时刻，不是树民一句话留下了她，她能有今天吗？之后，他又顶着巨大的压力，提议由她任棉纺厂副厂长，她觉得自己的生活充实起来，精神面貌阳光起来。此时她也许想到了许多……那天，树民望着她说的"你一定要干出名堂来"这句话，她一刻也没有忘记。自上任那天起，为了树民，也为了她自己，她每天早出晚归，丝毫不敢怠慢。

两年来，她没有睡过一个安稳觉，没歇过一天，即便是头疼脑热什么的，她也不肯休息。功夫不负有心人，在牛书记的"红人"、厂长魏文山瞎指挥的情况下，借助她聘用的董振刚的表兄、纺织学院毕业的吕春伟的指导，棉纺厂克服了从技术到管理、从资金到销售等一系列难题，经过一年的运转，跌跌撞撞，基本步入正轨。可是，她这样付出，有时竟得不到丈夫董振刚的理解，他对她说的话里不时夹杂着挖苦和刺激。一天半夜，劳累了一天的秦亚娟回到家，董振刚阴沉着脸发话了："你总深更半夜回家，谁受得了？知遇之恩就这样涌泉相报？这还是家吗？别给我干了！""你这是说话呢？啥叫知遇之恩？我在厂里累得要死，你还说风凉话？"秦亚娟不干了。起初，秦亚娟自然跟他吵上几句，到后来干脆不与他理论了，自己生闷气。

此时，秦亚娟感到莫大的幸福。树民见她这样，打趣道："秦大厂长，今天太高兴了,一是喜从天降,二是受宠若惊,是吧?快点几样好菜,庆贺庆贺吧,也让我分享一下喜悦。"秦亚娟清了一下嗓子,说:"你随便点几个吧,你爱吃,我就爱吃。"她说完觉得不妥,柔和的灯光下,美丽的脸颊更红了。最后,两人商量着点了几个好菜。

  酒菜都上齐了,两人边吃边喝边说。秦亚娟不胜酒力。每次宴请客人,她只是象征性地端起酒杯,沾一沾嘴唇。树民杯中的白酒,喝下一半了,他的话多了起来。两人一会儿谈工作,一会儿谈同学,一会儿谈家庭、孩子。谈着谈着,树民把老问题提出来了:"当初你为什么不愿意了?"秦亚娟沉默了片刻,平静地说:"都是过去的事了,别提了!"树民三两酒下肚,哪肯罢休。秦亚娟红着脸,无奈地说:"当时我很苦恼,你是大学生,我什么都不是,人们的风言风语不时往我耳朵里送。后来我听说,你跟王立君谈上了,我怕耽误你的前途,就……"秦亚娟说不下去了。树民显得很激动,责怪道:"你啊,说你什么好呢,你真把我看扁了,当初我根本就没跟王立君接触,也不想接触。不瞒你说,那是我爸的意思,因为这个,我跟我爸闹翻了……""好了,过去的事了,别提了!你现在不是挺好吗,她又漂亮,还给你生了一双可爱的儿女。"秦亚娟有意淡化此事,微微低着头。这点儿酒真让树民忘了分寸:"你幸福吗?"这一问,秦亚娟答不上来,她迎着他期待、炽热的目光,违心地说:"我感觉挺好。"树民不相信,又逼问:"你爱我不,现在?"这是什么话呢,已婚而且深爱着漂亮妻子的树民,明显越界了。如果是别人,她会起身就走。她没有走,只是低下头,抹起了眼泪。树民表白道:"告诉你,到现在我还爱着你!"秦亚娟顿时感觉他太过了,马上制止道:"不要说了!"树民哪里听得进去,不仅如此,还坐到了秦亚娟身边,一下把她抱在了怀里。秦亚娟的心"怦怦"直跳,她想用力挣脱,可是挣脱了几下,一股热流驱使她也紧紧地抱住了树民,两人狂吻起来,这是有妇之夫与有夫之妇越界的吻……

  金秋十月,偶尔有朵朵白云从天空飘过,秋风送来阵阵凉爽。郑跃军手把方向盘,在路旁一个男人面前停下。树芬急忙下车,立刻打开车身一侧的备用箱,那男人把三个泡沫箱放了进去,树芬点了钱给那男人,微笑着上了车。到了终点站,旅客都下了车,而后,车继续行驶,在一家饭店门前停下。树芬下车进了饭店,郑跃军下车拿出那三个泡沫箱子,店主跟着树芬笑着出来。三人各抱一个泡沫箱子,又进了店里。"你看看货吧!保你满意。"到了操作间,郑跃军说。店主打开一看,一条条活蹦乱跳的大泥鳅,笑了:"不错,个头真大。"说着,开始过秤算钱……夫妻二人从饭店出来,笑着上了车,树芬用手比画了一下,说:"挣了一百五十元。"郑跃军高兴了,没想到这捎带生意比跑客运挣的钱还多。

这几年,客运个体户逐渐增加,客源大减,收入明显不如以前。这神秘的捎带生意,让树芬焦急多日的心,一下子轻松了许多。她长舒了一口气,对丈夫说:"真没想到这破泥鳅还挺贵,当年这破玩意儿,咱们谁吃,都喂鸭子了,没想到这么讲究的城里人……""现在城里人讲究的是美食,一般的菜都吃腻了,专找杂七杂八的,调换口味。"郑跃军一脸轻松。树芬捅一下丈夫,小声说:"哎,这事千万别让别人知道。"郑跃军打趣道:"哪能吃独食儿呢?明天我就告诉他们。"树芬瞟了丈夫一眼,不搭理他了。

他们跑客运,非常辛苦。不管刮多大风,下多大的雨雪,他们照常出车不误。有一次,天降大雪,客车差一点儿滑到蓟运河的大堤公路下面,费了九牛二虎之力才把客车弄上来,早已晚点,但他们信守承诺,继续出车。有时收车早,他们还要下地干活儿,婆婆心疼儿媳妇,劝她也劝不住。在他们的影响下,两个哥哥和妹妹们也不敢怠慢。今年开春儿,他家盖了一溜儿九间砖瓦房,大哥、二哥也娶上了媳妇,两个妹妹带着比较体面的嫁妆出嫁了。郑家变样儿了。

郑跃军的母亲整天乐得合不拢嘴,一有机会就夸奖三儿子和三儿媳:"我们老三两口子,可受累了,要不是他俩里外忙活,我们不知猴年马月能住上大新瓦房呢!"

回到区里,乘客们都下了车,路过农贸市场时,树芬心情愉快,一咬牙,破例买了几斤水蝎子和海螃蟹。客车在蓟运河大堤公路上稳稳地行驶着,树芬坐在副驾驶座位上,欣赏着夕阳照在蓟运河面的美丽景色。宽宽的河水泛着粼粼波光,几只小水鸟在自由地嬉戏玩耍,两岸绿毯似的杨柳、槐树郁郁葱葱,高低起伏,一直伸向远方。树芬若有所思地说:"将来咱们有钱了,上苏杭转转多好啊!"郑跃军说:"真要是有了钱,你舍得拿出来去玩?"树芬反驳道:"人家外国人都坐飞机上咱们中国来玩,我有啥舍不得的?"

小两口有说有笑,下了蓟运河大堤公路,向自己家驶去。

第六章

一

经过几个月的紧张施工，新立沽制衣厂于十一月建成了。在落成仪式上，刘树民、牛书记、宏大制衣的马厂长，以及有关部门的代表，前来祝贺。制衣厂门前，彩旗招展，鞭炮齐鸣，乐曲嘹亮。厂长王洪金致欢迎词，树山代表新立沽党支部、村委会、农工商总公司，精神饱满地讲了话。他首先对前来参加剪彩仪式的各位领导表示欢迎和感谢，对给予支持的有关部门表示衷心的感谢，同时提出了制衣厂今后的奋斗目标。树民代表乡党委、政府讲了话："……兴办乡镇企业已经成为农村致富的有效途径，新立沽制衣厂是继李家沽乡棉纺厂之后的第一个村办较大型企业，在全区村办企业中也是第一个。希望你们抓住这一难得的机遇，把企业办好办强，为村办企业树立一个榜样……"，领导们为制衣厂剪了彩。鞭炮声与人们的鼓掌声随之响起。在树山、王洪金的引导下，人们参观了生产车间。王洪金、树海向来宾介绍着各种机器的操作程序、每个车间的工艺流程。

新立沽制衣厂的落成投产，使人们兴奋了好一阵子。特别是大姑娘、小媳妇，她们穿戴得干干净净、花枝招展，每天或走路，或骑自行车，三五成群，说着笑着，按时到厂里来上班，很快乐。可是，农民出身的她们，对这全新的劳动方式一时间还不适应。她们手法太粗糙，也不细心，她们制造出来的自认为很细致的样品——一百件单衣，送到宏大制衣厂经检验，竟没有一件合格的。同样不适应的厂长王洪金，被他二姨父马宗武训斥了一顿。他像被霜打了似的，拉着一百件衣服回到厂里，愤愤地召开了全厂的紧急会议。他训斥道："……这是干活吗？一百件衣服，一件都不合格！这不是耪地，少耪一锄半锄的没事，这是工厂，懂吗？干得了的就干，干不了的说话！"他把搞建筑那套作风使了出来，树海在一旁很看不惯。散会后，王洪金余气未消，树海说："老兄，光吓唬他们也不是办法，还是派人到宏大服装厂学习学习，看看人家是咋操作的。"王洪金不作声了。之前，树海提过此建议，王洪金没有采纳，认为人家派人来指导是一样的。

晚上，树海来到大哥家里，一进屋就把服装厂发生的事说了，他皱着眉头说："……大哥，王洪金的管理方法很成问题，他用惯了在建筑队时大喊大叫的方式。今天，他把工人们臭训了一通，连糙地的话都上来了，这能解决啥问题呢？他早听我的，提前派人去学习，就不会出现现在的问题。"树山说："可能好一点儿，但问题还会出的。这做服装呢，跟种地当然不一样，是一种细活儿，又是一种全新的劳动方式。咱们这些大姑娘、小媳妇、小伙子，都是农民出身，本身就有不细致、粗手粗脚的毛病，王洪金有这个毛病，你这个副厂长就没有这个毛病？你们这帮做管理的，同样有这个毛病，我也算在内。咱们都得改掉这种毛病，不改掉，以后还会出问题的。"树海不作声了……

第二天，树山吃罢早饭，来到并不怎么干净的总经理办公室，屁股还没坐稳，会计就向他汇报："林厂长打了报告，准备贷款五十万。"树山接过报告，满脸不悦："又贷款？""他说客户欠他三十几万，他收不上来，无钱购买材料。"会计说。"知道了！"树山沉着脸。会计前脚刚出去，后脚进来七八个人，没等树山开口，其中一个小伙子急急忙忙地说："总经理，林金江半年没给我们开工资了，你管不管？"树山说："这个问题我知道，你们忍耐一下……先回去上班，回过头我找林厂长。""啥时候给我们回话？""烦了，我们就不伺候他了！"人们吵吵开了。树山耐着性子劝走了这几个人，点上烟吸了一口，骂道："这个林烨子！"

"咚咚"，又有人敲门。"请进！"进来两个人，树山认识，年长的是李家沽中学的李校长。他忙站起来，笑着让座："李校长，请坐！"花白头发的李校长坐定，树山问："李校长有事？""是这么回事，咱们村制衣厂和铸造厂招了十几个没毕业的学生。"李校长直截了当。"是吗，这还行？都让他们回去上学！"树山显出尴尬之色，紧接着解释，"这个问题我跟各企业说过，哪天我一定批评他们一顿，不能光为了挣钱，不让孩子上学啊！""那就谢谢啦！"李校长道谢。树山连忙致歉，说是他们的工作没做好。

送走了客人，树山气得骂道："一帮白痴！瞎胡闹！"电话响了，他拿起话筒，对方说："大哥，待会儿乡长带着区里的领导到村里的企业看看。""知道了。"他放下电话，心里不得劲儿，眨着眼睛想着什么。

第六章

　　树民带着主抓乡镇企业的干部来到新立沽村。简单汇报之后，树山带着领导们到企业实地考察去了。他们首先来到林金江的机械铸造加工厂。树民一进厂区，看到乱堆乱放的状况，立刻皱起了眉头，当着好多人的面儿，拉下脸来，对厂长林金江说："这哪里是工厂，纯粹是手工作坊、破烂儿堆。这乱哄哄的状况，反映了一个厂长的思想观念问题，这种大大咧咧粗放经营的观念不转变，企业能有大的发展？干企业要有干企业的样子……"树山脸色很难看，瞟了一眼低着头的林金江，没说话，脸上挂不住了。在他观念中，农民办企业就像农村人淘鱼似的，捡人家不愿意要的"后落儿"，干人家甩下来的脏活儿、累活儿。他知道，树民数落的其实是他这个大哥。

　　树山送走了树民一行人，心情很不好。转了一圈回来，他发现村里这几个企业，外观上都是乱堆乱放，没有条理，员工的工作也是松松垮垮。平日里他看见这种现象，并没有引起多少不适，而今天树民等人在现场的批评数落，使他顿感难堪，他似乎找到了企业效益不佳的根源了。他已意识到这个问题了，管理跟不上，企业建得再多也无益，反而成了累赘。

　　树山吃罢晚饭，把碗一推，到里间屋。只有小学文化的他，原来写了几行《新立沽村企业管理试行办法》，他又将它拿过来，动笔写了起来。他刚写了几行，庄富贵的堂哥庄富全提着两条大鲤鱼，推门进来了。王春梅忙不好意思地说："老哥，你串门儿来咋还提着鱼啊？""家养的。"五十开外、老实巴交的庄富全一笑，放下鱼，似有愁容。他见了树山劈头就问："树山啊，这鱼池谁说了算？"树山笑了，问："老兄，听你的意思，有啥事吧？"庄富全愤愤地说："唉，别提了，当初这几十亩荒地是我承包的，第二年我挖鱼池时，富贵找到我，非要入股，我也没多想，自家的兄弟入就入呗。开始还挺好，这两年挣了点儿钱，他话里话外嫌弃我是废物，我心想都是哥们儿，闹出什么来都不好看。就这样，啥事总是依着他。依就依着他吧，你别跟我动心眼儿啊。有一回卖鱼，他背着我藏了三千块钱，我越想越不对劲儿，跟他一较真儿，他不作声了。谁知前两天，他托人跟我提出来，要么把这鱼池给一个人，谁出去谁净得五万块钱；要么二一添作五，一人一半。"庄富全按捺不住，腾地站起来，涨红着脸说："树山，你听听，他的意思是把我赶出去，他寻思我拿不出这些钱来。不瞒你说，这几年挣的钱，盖房子、娶媳妇、嫁闺女，都花了。我给说情的人撅了出去。要出去只能他出去，二一添作五，

门儿都没有！我今天来就是告诉你一声，万一打官司告状，你可给我兜着点儿，我也撕破这个脸了，不嫌磕碜了。"树山劝道："老兄，真有这么僵吗？不管咋说，你们是堂兄弟，把事情说开了就是了。"庄富全铁了心，说："不瞒你说，他还不如外人呢，说是哥们儿，说句不好听的话，他心狠手辣，我算知道他了，哪像你们哥们儿那么和气。"他又叮嘱道，"到时候一定给我兜着点儿。"树山说："用不着兜着，你是承包人，走到哪儿都得保护你的权利，除非你自动放弃。""有你这话，我放心了！"庄富全告辞，树山送他出门，看着他的背影摇了一下头。

这几年，李家沽乡发展得很快，尤其是乡镇企业，发展迅速。乡办的棉纺厂和新立沽的村办企业，在全区的乡镇企业中有了一定的影响。树民的知名度也随之提升，与各界人士的频繁交往，使他的视野、办事风格也发生了很大的变化，吉普车换成了高级轿车。

这天，他没有外出，在办公室里写一个汇报材料。主管教育的四十出头的副乡长李文彬敲门进来，问道："新立沽小学李校长要调走，你参加欢送会吗？"树民迟疑了一下，说："按理我应该送一下，他还是我的小学老师呢。可是明天区里开汇报会，材料还没整理好呢，我去不了，你去送一送，给我美言几句吧。"李文彬走了。树民不自觉地想起了老同学董振刚。说实话，自从他和秦亚娟在饭店发生了越轨之事，他总有一种不安的感觉，有时想起此事，觉得除了对不起漂亮的妻子，就是对不起董振刚了。特别是秦亚娟向他诉说董振刚时常跟她闹别扭的烦恼时，他心里总有一种愧疚感，总想找机会补偿一下，以此减轻因良知而产生的愧疚。他想到这里，拿起了电话，打通了区教育局王局长的电话，他笑着说："王局长吗？我是刘树民。"对方问："老弟，有事啊？"树民笑着说："我想老兄了，今晚找个地儿坐坐？"王局长心领神会，说："谢谢老弟了，有啥事尽管说！"树民说："新立沽小学校长调走了，这个位置安排了没有？能不能把王南沽小学的教务主任董振刚安排一下？"王局长稍停片刻，说："他是……"树民马上说："他是我的老同学，很有工作能力，主持一个学校的工作肯定没问题。"王局长说："老弟，你推荐的人选，我想着就是了。""那我候着了。"树民放下了电话。

在李家沽中学，一名男教师在初三五班讲授着数学课，后面的一个男生却与周围的同学不时嬉戏玩耍。"汪玉虎，你站起来！你不听讲，不要影响别人！"老师大声责令。"谁让你们把我从我家厂子叫回来了？你当我愿意听你瞎嘚嘚？"汪玉虎照样坐在座位上。他是汪玉生的二弟，之前辍学进了自家企业。这位年轻的男教师哪容学生这样顶撞，放下粉笔，冲到汪玉虎跟前说道："你给我出去！"汪玉虎理也不理，这位教师被激怒了，一把拽住他的胳膊往外拉。汪玉虎冲着老师胸前就是一拳，老师拢不住火了，回手打了汪玉虎几下，汪玉虎一脚踢翻了桌子，骂骂咧咧："你他妈的等着！"汪玉虎冲出了教室。

李校长闻讯不敢怠慢，责令这位教师由德育主任陪同，立刻到汪家道歉。在去汪家的路上，他们正撞见准备前往学校实施报复的汪玉虎一伙，他哥汪玉生等人拦住这位教师后，不容分说，扑上去就是一阵拳打脚踢。这位男教师不多时就被打得昏了过去……

此事很快传到了乡政府，主抓文教的副乡长李文彬向树民通报了这一事件，树民皱着眉头问："那位教师咋样？""伤势不重，已住院了。"李文斌请示如何处理。树民愤愤地说："这还用问？交派出所！"李文彬知道肇事者跟刘乡长有关系，但并不点破。"你告诉派出所，此事一定要严办！"树民知道他大哥肯定会找他，也知道李文斌请示他的用意。李文斌刚要出去，树民又说："你让学校写个材料。"李文彬走了，树民神情严肃。

李家沽中学是他的母校，高中撤销后，教过他的老师绝大多数都调走了，留下的只有现在四十多岁的李校长——他初中时的语文老师。说句实话，他对中学的管理不满。那年，他刚上任时，专程到中学看望李校长，一进校门，就看见学生们胡乱打闹，废纸到处都是。他来到校长室门口，两个男教师正跟李校长不知因什么事在争吵。李校长见自己的学生、新任乡长来了，很不自然，把他让进办公室，那两位教师甩下一句："明天我们还来！"树民打量了一下校长办公室，两张办公桌上横七竖八、重重叠叠堆了足有一寸厚的材料，地面到处都是烟头，单人床上的象棋子儿也堆了一堆。李校长见树民皱了一下眉头，很尴尬。从此，他再没有踏进母校的门。李校长到乡里办事，碰见了，他也只是客气几句而已。

二

　　下午，肇事的汪玉生和另外两个人被传进了乡派出所。树民跟办公室主任打了招呼，坐上轿车躲出去了。树民不想在对自己的政绩没有实效的教育上，投入过多的精力。基于这种认识，凡是涉及教育的问题，他很少主动表态。虽然这次闹事的是他刘家的妹夫汪玉生，但他不想过多地参与。树山则不同，他找到和他关系良好的李所长。"乡里有话儿，我不好办啊，只能推迟一天上报局里。"李所长说出了底线。树山听出来了，没到乡里找树民。他不能不管，汪玉生是他的妹夫，即便没有这层关系，他也不会袖手旁观的，他不想让他的村民因为这点儿事而被拘留。这几年，"面子"或者说尊严在他的意识里深深地扎下了根。

　　树山对汪家林愤愤地说："走！上学校！我刘树山离了他们办不成事？别说这点儿事。"他想绕开乡里和派出所，私了此事。

　　树山来到学校门口，学校里空无一人，老师都下班了。他们又坐上汪家林的轿车，赶到医院。病房门口围着好多人，有病人的亲朋好友，有教师，李校长也在。他们见了李校长，说了道歉的话，随后进了病房问候了病床上的教师。临走时，汪家林给其家属塞了钱。从病房出来，树山把李校长叫到楼道一角，再次道歉："李校长，发生这种事，实属不该，错误完全在我们村民，请李校长在有关方面多为我们美言几句。如果村民进了拘留所，我的面子是小事，他还有一家人，以后对他们造成影响就麻烦了。事成之后，我们必有重谢。"李校长严肃地说："此事影响恶劣，你们的心情我理解，但是公安方面已介入，学校和我本人不宜再插手，十分抱歉。"三人一阵沉默……

　　晚上，树山给树民打了电话，树民说："大哥，此事不好办啊，殴打教师，这事太敏感了，而且是在人家家访的路上，我无法插手啊。"树山说："树民，汪玉生做出这种事，我也生气。生气归生气，这个事我能不管吗？汪玉生是咱老刘家的姑爷，树兰是跟咱没有血缘关系，可是她姓刘啊，越是这样，我越得管，不然让人外人笑话啊！"树民说："这个道理我还不明白吗？可我身为乡长，实在不好插手啊！"刘树山又碰了软钉子，放下电话："滑头！"

没办法，他只好按既定想法，私下通融。他跑学校，进医院，拜访公安局，甚至给学校捐款。面对肇事家属的道歉和许诺，李校长为难了。可是，广大教师也不住地向李校长施压："李校长，不把肇事者送进公安局，我们谁还再敢管学生？""我们的课没法上了。""成绩上不去，别再找我们……"夹在中间的李校长冷静地整理了一下思路。他权衡利弊，决定到乡里、派出所，再讨一下底。他来到乡里，乡长态度坚决："公事公办！"他又来到派出所，得到的也是这样的回答。然而，在医院，被殴打的教师碍于自己也有过失，与肇事者家属商议后同意私了。李校长苦笑一下，摇摇头，来了个顺水推舟，收了汪家给学校的五千元捐款，妥协了，此事似乎画上了句号。

一天，树民接了一个电话，对方说："李家洺中学学生流失严重，流失率高达百分之十五，你清楚吗？"他说："差不多吧。"电话是他的岳父打来的，岳父不等他解释，明确告诉他："过两天，主管教育的翟副区长要到你们中学调查。"树民丝毫不敢怠慢，放下电话，立刻把李文彬叫来，让他马上把李家洺中学的情况摸上来。李文彬叫上文教科长走了。树民心里七上八下：这个眼药上得不好啊，上到区里了！教育虽不是乡里主管，可是这种事被捅到区里，对他毕竟不是好事，影响不好啊！

李文彬和五十开外的文教科长张文涛从中学回来了。张文涛神情紧张，汇报道："李校长上局里开会去了，张副校长跟我们说，流失率足有百分之二十，一年共走了一百来人。"树民一听，吓了一跳，沉下脸问："什么原因？"张文涛说"据张副校长说，主要是李校长管理不力造成的。一是他实行大循环教学，二是收桌椅使用费，三是乡镇企业招工，四是教师怕遭家长殴打，不敢管学生……"树民不耐烦了，说："你们早干什么去了？"李文彬、张文涛不作声了。"这么说，上告材料是张副校长写的了？"树民推断道。"我问这材料是谁递上去的，他说不知道，我怀疑是他，他跟李校长有了矛盾。"张文涛赞同乡长的判断。

区里主管教育的翟副区长带着教育局王局长等，由刘树民、李文彬、张文涛陪同，来到了地震后建成的平房校舍——李家洺中学。在刚刚打扫好的会议室里，李校长、张副校长等学校领导班子成员，各怀心思。

教育局的王局长开门见山："翟副区长在百忙之中抽出时间，来到咱们李家洺中学，主要是为了了解一下李家洺中学的学生流失情况。"蒙在鼓里的李校长这才知道他们是拿他是问的。直性子的他，火顶到脑门子了。年轻的张副校长一脸轻松。曾经当过教师的翟副区长显得很从容，平和地问："我手里有一份反映你校学生流失情况的材料，上面说你校今年的学生流失率高达百分之十五，你觉得材料反映得真实吗？你认为原因是什么？"翟副区长话音刚落，李校长严肃地说："翟副区长，流失确实严重，不是百分之十五，而是百分之二十，我认为我没有多大的责任。"在座的人听了这个数字，更惊讶了。李校长的老同学王局长立刻驳斥道："不对！据说学生流失率这么高的原因是你实行大循环教学。""王局长，你管人事是内行，对教学是外行啊，难道实行大循环教学，与学生流失有必然的联系？我看你还是看看教育学吧！"李校长这番话，使王局长大为难堪，他的脸红一阵、白一阵。翟副区长见李校长态度这样强硬，火也上来了，质问道："难道收桌椅费没有造成学生流失？""……我们规定，如果桌椅一学年保持完好，每人收的五块钱如数退回……自地震后，没有一个部门给我们添置一次新桌椅，全是区里的中学用过的旧桌椅，这又怎样解释？乡管教育又给我们带来什么好处呢？至于失学的责任问题，如果按比例分成，你区长应占三成，教育局占三成，乡政府占三成，我和家长只占一成！""你……你是……什么态度！"翟副区长气急败坏。

树民气得也坐不住了。李校长倔强的脾气又上来了，说："我的态度很好，我们都是为人民服务的，你翟副区长也是为人民服务的。九年义务教育实行有几年了，区、局、乡制定过哪些具体的措施？没有！一次也没有！学生流失率高就拿我是问，我有什么办法？人家不愿意上了，回家挣钱去了，请都请不回来，你区长给我出个主意，应该怎么办？"翟副区长哪里被人这样质问过，严肃地问道："学生不愿意上学，不是你校长的责任？说明你没把教师的积极性调动起来！"翟副区长拼命地使自己的观点站住脚。"翟副区长，谈到积极性，我要问你，怎么调动？拿唾沫粘？翟副区长，如果你处在我们老师的位置上，一天往返二十几里路，不管刮风下雨，要房子没房子，要钱没有钱，辛辛苦苦干了三年，初三的学生取得了好成绩，乡里给我们每位教师奖励五块钱，可是乡里年终奖就四五百块钱，每月还有十八块钱全勤奖，请问这合理吗？教师也是人，他们也有妻子、儿女，也用油盐酱醋啊……乡镇企业随便招工，这种责任又由谁来负？"区长、局长、乡长个个都满脸怒

气。树民气得也不称呼老师、校长了，板着铁青的脸，说："你说得不少了，今天翟副区长来，是了解情况的，不是追究谁的责任。不管怎么说，我们都是为了把教育工作搞好，至于出现的问题、困难，也不是马上就能解决的，慢慢来嘛！""不管怎么说，用吐沫粘是解决不了问题的。"李校长宁折不弯，已不能自控。"你是说，我非带一张支票不可？"翟副区长质问道。"区长看着办！"李校长真是一条道跑到黑。"好吧！那你翻牌儿吧！"翟副区长气得让李校长找一个乡镇企业作为校办厂。李校长还真的选了一个规模较小的电扇厂，作为他们的校办厂。这样翟副区长才出了这个学校门。

　　树民强颜欢笑送走了愤怒的翟副区长等人，头也不回，直接回乡政府。李文彬、张文涛跟在他的屁股后面，耷拉着脑袋。"这个人简直是疯了，逮谁咬谁！张科长一定给他弄走！这人用不得！"李文彬愤愤地说。"这头犟驴！我明天就找教育局！"张科长气得咬着牙。"下午让他找我一趟！"树民回过头对他们二人命令道。

二

　　下午，李校长来到树民的办公室，树民阴着脸让了座，没等李校长坐稳，他就责怪道："李老师，你今天太不应该了，你说那些话，让区长以后怎么看我？"李校长仍不服气，说："我说的都是事实，爱听也好，不爱听也好，事都明摆着，让我奉承人，我不会！"树民见李校长仍嘴硬，就撇开师生层面，以乡长的身份冷冷地说："你如果认为，在这儿干着委屈，可以！你自便，我绝不阻拦！"李校长万万没有想到，自己的学生会撵自己走，愣了片刻，腾地站起来，愤愤地说："我早就不想伺候你们了！"说完扭头愤然离去。树民也不示弱："你现在就走，吓唬谁啊？你走不走，跟我有啥关系？不管你咋办，我刘树民照样在这个位置上坐着！只要经济搞上去，我谁也不怕！"他犯浑了，失去了理智。

　　这事闹大了，李校长一气之下回家歇着去了。张文涛请了一回，没请动。树民冷静了两天，对李文斌苦笑了一下："你去请一趟，好话说着。"李文彬摇了一下头，起身出去了。这件事在全乡教育系统传得沸沸扬扬，很快传到了新立沽小学，王春梅听到了，心里一个劲儿地数落树民：你啊，你啊，

241

真是官升脾气涨啊！中午，树山刚一推门进来，她便把此事告诉了他。树山皱起了眉头，说："他咋办这糊涂事？别说人家是你当年的老师，哪怕不是你的老师，你也不能这样犯浑啊！"他走到电话机前，给树民打了电话："……你今天晚上，一定到李老师家去一趟！李校长说的事，我也听你大嫂说了，有一定的道理，你作为乡长，得压得住你的臭性子……"树民很不情愿地答应了，又让李文斌和张文涛请了一趟，还是没有请回来。

晚上，树民打听好李校长家的地址，买了些水果，骑上自行车，来到李校长家。他一推门就赔笑："李老师，还生我的气呢？学生向老师赔不是来了。"李校长一见到树民，一肚子委屈一下子消散了许多，激动得一句话也说不出来。他妻子和两个孩子忙着让座。树民坐下，说："李老师，你如果委屈，就向学生撒吧！那天都是我不对。"李校长长地叹了一口气，说："啥也别说了，那天我也不够冷静，让你们难堪了，下不来台。"树民说："李老师说的都是实情，这个我知道，您如果单独对我说，怎么说都行。"头发花白的李校长听到这里，呜咽了起来，树民忙安慰起来。过了一会儿，李校长控制住情绪，不好意思地说："让你见笑了。"说着，他让妻子给树民倒了一杯水。树民接过茶杯，看了一下屋内的摆设：一张旧木床，一个旧三联柜橱靠着东墙摆着，上边有一台黑白电视机，北面靠墙有一个旧的大衣柜，西面有一个门通西屋，白色的墙壁有些发黄。李校长简单地介绍了一下家里的情况，指着妻子说："你师母身体不好，又没有稳定的工作，两个孩子都上学，一个上高中，一个上初中，我一个月一百多块钱的工资，勉强维持生活。每月还要给两边的老人各十五块钱生活费……"树民点点头，表示理解。临走时，树民再次道歉，并表示，今后李老师家里有困难，尽管找他。李校长自然高兴，送树民到门外。

树民为了自己的政治目的，以师生情谊讲和了，老师有了台阶，学生也算尊师了。作为一乡之长，他也让李校长多少领教了不听话的难堪和尴尬。

树民下一步走得更是完美无缺，李家沽中学之事使翟副区长和教育局局长不欢而散，跌了身价，失了面子。他让棉纺厂的秦亚娟宴请，给他们一行"消气"。酒宴上，树民和秦亚娟配合默契，轮番敬酒。翟副区长和王局长看着美若天仙的女厂长敬酒，心花怒放，只要秦亚娟敬酒，他们必干无疑。树民也频频敬酒，酒喝八成的翟副区长也不知区长为何物了，张口姑爷长，闭口姑爷短的，敬了树民，又敬秦亚娟。翟副区长端着酒杯，对树民说："树民，我和你岳父是老同事了，我们哥俩关系不是一年半年了。中学校长的话我明白，他想方设法把屎盆子往别人身上扣，往你身上扣，以此洗清他自己。你好好干，你是很有前途的。"王局长是区、乡两边全不得罪，不慌不忙地端起酒杯，说道："李家沽中学的事今天不提，别因那头倔驴影响咱们今天的兴致，喝酒！"人们把酒喝了。秦亚娟虽然常战酒桌，但酒量总是没有长进。可是，她凭着动人的姿色和一张巧嘴，败在她的酒杯下男士不乏其人。今天，树民早有交代，为了她可怜的丈夫董振刚，她再次敬王局长，微笑着说道："王局长，咱们今天相识，您的胸襟使我佩服，我替刘树民乡长和他的同学、我那口子董振刚，敬您一杯！"王局长心领神会，端起酒杯说："秦厂长，你不愧为女中豪杰，我虽不胜酒力，但盛情难却，请！"他站起来，与秦亚娟轻轻碰杯。树民的目的达到了，翟副区长、王局长被他所谓的"消气酒"灌得晕晕乎乎，心满意足。树民和秦亚娟对视，挤眉弄眼，似在感叹他们如夫妻般的默契配合。

　　送走了客人，树民和秦亚娟兴致正浓，没有各自回家，而是迎着初冬的寒风，在夜幕下沿着蓟运河大堤，如情侣般散步。

　　初冬闹过几场风之后，气温很快回升，艳阳高照。今天是董振岗就任新立沽小学校长的日子，受树山之邀而来的教育局的王局长，也参加了董振刚的就职见面会。李文斌、张文涛及刘树山，也在主席台前就座。主席台是几个课桌临时拼成的。面对全校三十二名教师，董振刚精神焕发，发表了简短的就职演说："……我真诚希望全体教师珍惜因工作而走到一起的这种人生缘分，把我们今天的合作，酿成未来美好的回忆……工作上求真务实，力争上游，开拓进取，永不止步，三尺竿头，佳绩频传。多奉献，少索取，坚信鸡窝定能飞出金凤凰……"会场里响起了热烈的掌声。

　　散会了，树山在村里的饭馆宴请了王局长一行人。一开始，宾主双方只是礼仪性地相互敬酒。王局长对董振刚说："振刚，从今天起，你就是一校之长了，好好干。虽然农村学校条件艰苦些，但好在你的家乡有刘总经理的支持，我想你会干出一番事业来的。"董振刚兴奋而又恭敬地说道："谢谢王局长对我的信任和支持，我敬您一杯，你少许，我干了！"董振刚一仰脖子，干了满满一杯啤酒，随后又敬树山，"大哥，我又回到咱村了，以后就仰仗大哥了。大哥，咱哥俩干了！"树山笑了，说："老弟，你大哥自然支持你。王局长在这里，你今后多找王局长，有啥好事，向咱们学校多倾斜点儿。咱哥俩敬王局长一杯。"王局长一笑："这是振刚敬你的，就不要夹带我了。"也罢，树山与董振刚碰杯干了。树山回过头来对王局长说："王局长，你说农村学校条件艰苦，村里要是集资兴建教学楼，教育局能拿多少？"王局长笑了，肯定道："好啊！你这是超前之举啊！教育局虽然资金紧张，但一定会挤出一些资金给你们的。""一言为定？"树山紧逼一步。"一言为定！"王局长毫不含糊。两人推杯换盏一番。兴致更高的树山解释道："我有这个想法很久了。我们村办企业，缺乏知识、技术和人才，拾人家'后落儿'，不中啊！教育是百年大计嘛……"王局长听罢连连点头称赞："刘总经理不仅有魄力，而且有远见卓识啊。""过奖了，过奖了，这个事我还得仰仗王局长大力支持啊。"树山听了王局长的赞许，并没有忘乎所以。他知道拾人家甩下来的技术含量不高的脏活儿、累活儿都干不好，让人家笑话是小事，失去信任是大事。那天，树民就差一点儿指着他这个大哥的鼻子挖苦他了：整天觍着脸办企业！刨土坷垃去吧！从那天起，他更坚定了这种想法：一定要找能人，怎么找呢？盖学堂。对，盖学堂！这可是一剑多雕之举啊，既可以改变师生的学习环境，又可以抚平他小时候因家庭贫困辍学留下的创伤，还可以把古人的"筑路、修桥、建学堂"三大善事之一发扬光大，以此尊师重教的善事，进一步提升新立沽的知名度，让村民家家重视教育重视知识，何乐而不为呢？

　　董振刚非常高兴，尽管这区区小学校长之职，是老婆秦亚娟和老同学刘树民共同为他谋出来的，但他丝毫没感到有什么难为情，反而满足了他以"官"为本的价值取向。他把对刘树民的种种嫉妒与怨恨，统统抛在脑后，把爱妻极力袒护的刘树民莫名其妙地视为他升迁之路上最有效的无形资产，甚至将深埋在心底的对爱妻与刘树民存在暧昧关系的猜忌，也抛到九霄云外了。曾经清高的他，已变得庸俗。这次小小的升职，让他似乎容忍了漂亮的妻子投入他人的怀抱。此时，他又用精神胜利法来安慰自己了：那是自己瞎怀疑，都是无稽之谈。他春风得意，哼着小曲回家了。

四

这天中午，两个女人在区里的一家酒楼大战正酣，一个是工行信贷科漂亮精明的科长、刘树民的爱妻王立君，另一个是刘树民的昔日恋人、如今小有名气的棉纺厂副厂长秦亚娟。为了贷款事宜，两人坐在了酒桌前。只见两个靓丽的女人在一帮男人面前，为了她们心中的一个男人，打起了酒官司。有些酒意的秦亚娟红着脸，向光彩照人的王立君敬酒："王姐，我真羡慕你们完美的结合。"她立即意识到犯忌了，还没来得及掩饰，早有戒心的王立君就尖刻地说："唉，我是拾人家挑剩下的，有什么羡慕的。"在座的男人们听明白了，一片沉默。棉纺厂厂长魏文山暗中叫好，没有插话，只是用狡猾的小眼睛瞄着两个女人相斗。

王立君有失体面的话，让秦亚娟顿觉语塞。王立君仍旧高傲地端坐着，举起满满的啤酒杯，说："借你吉言，我敬你一杯！"秦亚娟知道自己出言不妥，不自主地站起来，说："还是我敬王姐吧！"一坐一站，两位美女竟一饮而尽，在座的男人们各怀心思，不约而同地鼓掌助兴。魏文山不怀好意，对秦亚娟说："要敬就得三杯，以感谢王科长对咱们棉纺厂的大力支持。"王立君从丈夫那里早已知道魏文山与秦亚娟有隔阂，但她被女人狭隘自私的心理驱使，同意了魏文山的提议。她说："就依你的建议，不过，你魏厂长也不能闲着，敬一下我们吴行长啊。"人们随声附和。秦亚娟暗中叫苦：你啊你，你是精明人，咋上这个狗男人的当呢？他巴不得看咱俩出丑呢！秦亚娟微微一笑，对王立君说："王姐，你我酒量有限，只限这杯。"王立君并不赏脸，笑道："秦大厂长，想必有意敬我们吴行长吧！"秦亚娟被激怒了，端起酒杯，强作欢颜："王姐这么瞧得起我秦亚娟，好吧，我先干为敬了！"两个女人在众目睽睽之下，连干三杯，博得了男人们的阵阵喝彩。魏文山心中不住地喝倒彩，将他对树民的极度不满，化作了对这两个美丽的女人的诅咒。

王立君与秦亚娟相识，是在电大第一次上辅导课的一个晚上，那时她们都已生了孩子。那天，风姿绰约的王立君与旁边的女同学，谈着两个可爱的孩子。打扮入时、大方得体的秦亚娟，光彩照人地推门进了阶梯教室。她在

人们的目光护送下，鬼使神差地来到了王立君旁边的空位前，微笑着问："请问这里有人吗？""坐吧，没人。"王立君礼貌地说。秦亚娟从手提包里掏出几张小白纸，擦净了座位上的尘土才坐下，问道："姐姐贵姓？""姓王。"王立君看了一眼漂亮的秦亚娟，反问道："这位姐贵姓？""我姓秦，叫秦亚娟。"王立君立时一惊，微微一笑，不言语了。秦亚娟并没察觉，又问道："姐姐大名？"王立君无法回避，直言相告："王立君。"秦亚娟做梦也没想到，面前丰满靓丽的少妇，就是她心中依恋的树民的妻子。一时间，她不知如何是好，王立君也是如此，两人尴尬地笑笑，不再说什么了，好不容易熬过了这堂课。下课了，两人不自觉地相视一笑，匆匆离开了教室。她们回到家，背着丈夫在大衣柜的大镜子前左照右照，从眉眼到身材，打量着……

　　过了几天，两人在电大门口又相遇了，秦亚娟首先打破尴尬，捅破了这层关系："来了？刘树民，你认识吧？我们是同学。"王立君笑了笑，说："他是我对象，他提过你。""我就叫你嫂子了？"秦亚娟红着脸说。"叫我王姐吧！"王立君纠正道。秦亚娟本想论一下生辰年月，转念一想，想必树民都说了……后来，秦亚娟到了棉纺厂，和王立君的来往多了起来，但王立君总给人一种高高在上的感觉。秦亚娟有意无意总想谈谈家庭和孩子，王立君却有意避开这类话题。

　　下午，王立君在自己的办公室坚持不住了，告假回家了。她一到家里，一股酸水涌上来，她跑进卫生间呕吐起来。她忍着难受，昏昏沉沉打开水龙头，冲洗呕吐之物。她又洗了洗脸，洗漱完毕，感觉好多了。她照了照镜子，从镜子里看见娇美的面容，带着酒醉的倦意，她后悔不该与秦亚娟无端地较劲。她回到卧室，迷迷糊糊睡着了。

　　树民因有事，驱车来到棉纺厂，来到秦亚娟的办公室，只见她正在呕吐，他没说话，忙活开了。秦亚娟很难为情，不住地摆手。树民气呼呼地来到厂长魏文山的办公室，劈头盖脸地质问大他十来岁的魏文山："你是怎么搞的？谁让她喝那么多？"魏文山装作惊讶状："你说亚娟？她喝多了？没有啊！唉，她跟弟妹立君两人……"魏文山站起来就要去看秦亚娟，树民板起脸："快让司机把她送家去！让外人看见算什么！胡闹！"魏文山心里骂道"活该"，嘴上却说："马上！"说着就出去叫司机了。

　　送走了秦亚娟，树民往妻子的单位打电话，妻子的同事告诉他，她请假回家了。树民已无心跟魏文山谈公事，便坐车回家了。屋里静静的，王立君躺在床上睡觉。他大气儿不敢出，退了出来，骑上前后安装着儿童座椅的自行车，向幼儿园急速而去。刚刚降临的夜幕，使他焦急不安。他来到幼儿园门口，一名老师领着两个孩子在张望。孩子们见爸爸来了，连蹦带跳地跟老师道再见，跑向大门口。树民向老师道歉。

王立君不知道树民回来过，强打精神在穿防寒服，准备接孩子。见大人孩子都回来了，她有些难为情，跟两个孩子说："妈今天不舒服，幼儿园就剩你们两个了吧？"她看了树民一眼，一手领一个进了卧室。树民脱掉毛呢大衣，说："现在好点儿了？"王立君苦笑了一下。树民见妻子仍有倦意，不再说什么，冲着常凤、常龙说："你妈今天不舒服，让你妈休息会儿，今天爸爸当一把厨师，给你妈做一顿好饭。"常凤快嘴快舌："爸爸，你会做饭啊？我没看见过你做饭啊？""妈妈是做饭的，爸爸不是做饭的。"常龙自作聪明。"那为什么爸爸不是做饭的呢？""因为爸爸是男的。"两个孩子争论得如此认真，树民笑着胡乱解释："为啥啊？爸爸手艺高，不到关键时刻是不做饭的。"两个孩子似乎明白了。他在厨房摆弄着锅碗瓢盆，王立君不忍，执意自己做，树民不让，她也就罢了。

树民十分卖力，炒了两个菜，煮了挂面，又卧了四个鸡蛋。面煮熟了，两个孩子每人一个卧鸡蛋，算是加餐。他给妻子盛了满满一碗汤，里面有两个卧鸡蛋。王立君看着这热气腾腾的饭菜，心里不安起来，似乎觉得自己在酒桌上的举动很无聊。然而，丈夫这反常的体贴，更加重了她的疑心。树民曾向她表白过，他与秦亚娟是清白的，即便与秦亚娟那次单独吃饭那次酒后……

吃完饭，王立君把两个孩子哄睡了，单刀直入："你也不问我今天跟谁喝的酒？"树民早有准备，没有正面回答，苦笑了一下，说："我说你们俩什么好呢？你们让人家当猴耍了，知道不？"王立君很少在丈夫面前提起秦亚娟的事，今天她知道自己失了身份，向丈夫讲了酒宴的经过。树民没有责怪妻子。"下次可不要这样了。"他看了一眼妻子，"你是不是不放心我和秦亚娟的事？第一，我就是帮她做一个堂堂正正的女人；第二，她干好了就等于帮我了，这你是知道的。我和她之间什么事也没有。我有你这么漂亮的老婆，就知足了。"树民撒谎了，妻子似乎满足了。说句实话，在感情世界里，他既深深地爱着他的妻子，又爱着秦亚娟。王立君是感情丰富而重感情的女人，不想因为她和秦亚娟今天的事而有损她和丈夫的感情。然而，她又始终担心英俊倜傥的丈夫，整天在如花似玉的秦亚娟面前晃来晃去的，谁敢说他们过去、现在、将来没有越轨之念，甚至行为呢？古人都说英雄难过美人关呢。俗语说得好，常在河边走，哪有不湿鞋的？她听了丈夫这样的表白，激动了，眼睛红红的，满足地靠在丈夫的怀里，喃喃地说："只要你心里有我，有咱们这个家，我就满足了。"树民抱住自己的妻子亲吻起来……

五

这几年，裴洪伟收废铁，买卖越做越大，越来越顺，用钱铺路，路越走越宽。他打进了废铁成堆的化工厂，化工厂的废钢铁简直成了他的临时仓库。他想买多少就买多少，想什么时候运走就什么时候运走。他的胆子越来越大，骗术花样繁多，以次充好，在废铁里夹杂着石块等杂质来增加分量，真假秤砣交替使用，等等。更甚的是长期恶意欠款。开始他还守信用，这两年，他对长期供货大宗一点儿的客户，采用先收货后付款的方式来牵制对方继续向他供货。当客户向他催要欠款时，他振振有词："人家钢厂欠我钱，我咋给你……"到后来，即使钢厂给他一部分欠款，他也如是答对人家。就这样，欠有的客户的钱款竟高达几十万元，搞得供货方骑虎难下，断也不是，继也不是。据知情人传言，他们父子做废铁生意，挣了二三百万元。可是，他每次都向讨账人诉苦："人们到处瞎白话，说我有钱，我有啥钱？一屁股账！我给你算算啊，人家钢厂像挤牙膏似的，看你找得紧了，就给你结点儿款，有时还不够打点他们的呢，就是剩点儿，左一份儿，右一份儿，我还有啥？都是好哥们儿，不给谁也不好。这个年头儿，干啥容易？哪个地方不膏油都不转，这笔开销也不是小数目，还有三部车的开销，再加上人情往来，七大姑八大姨，谁家有事，不去合适吗？哥几个相互担待点儿……"弄得讨账人先是愤怒，再是无奈，后是无言。

这天晚上，朱老大再次来到裴洪伟家，这是新盖的漂亮宽敞的四间大瓦房。裴洪伟欠他二十几万元，人家催要多次了，每次他只给几千块钱。朱老大威胁道："姓裴的，我的车出事了，急需十来万块钱，闲话少说，至少给我十万！不然，别怪我不客气了。动文的，你给我二十几万元的废铁；动武的，你不想活，我也不想活了。"裴洪伟"啪"地站起来，脸绷着，冷冷地说："老兄，你这是说话呢？要废铁，我没有；要命，有一条！你看着办吧！"西屋的树花听见东屋吵了起来，跑了过来。她打扮得像贵妇人，两耳一对金耳坠儿，颈上戴一条金项链，细嫩的手上戴两个金戒指。她嗔怪朱老大："大哥，我们要是有钱，何必总是让你跑呢？他们钢厂不给，我们有啥办法？你要是好说，我们给你想想办法，人心都是肉长的，谁家没有为难的时候，拿死来说话，这是谁跟谁啊！"一阵沉默，跟着朱老大来的小伙子赔笑，说："妹子说话在理儿，哥俩好一回，有事慢慢商量。朱老兄让事追的，说话不中听，你们要理解。"他递给裴洪伟一支烟。裴洪伟接过香烟，坐下，瞭了一眼低头不语的朱老大，缓和了口气："这样吧，"他停顿了一下，问妻子，"你店里有现金吗？""只有五千块钱。"树花说。"你拿来！先让老兄拿着。"裴洪伟转过头，对朱老大说："明天，为你的事，我上钢厂跑一趟，要来更好，要不来我给你拆借几万。"跟着朱老大来的小伙子忙说："老弟是条汉子，就这样！"裴洪伟接过话茬："但有一样儿，钢厂那头儿打点，你得破费点儿。""你就看着办吧，打点费都让我花也无妨！"朱老大仍旧绷着的脸。"哪能呢，这也有我的事。"裴洪伟似乎很公平。临走时，朱老大略带歉意地说："老弟，别怪我刚才说话不中听。""这算啥，我见得多了，没事。"裴洪伟冷冷地笑着说。送走二人，裴洪伟骂了一句："妈的！"树花小声说："你明天从银行取十万，这样不好，别闹出事来。""明天交废铁，我试试，要不来再说。"裴洪伟穿上黑皮大衣，对树花说："我上废品站看看他们爷儿几个车装好了没有。"树花一边看着电视，一边抱着儿子裴彬彬，叮嘱道："快去快回，别玩牌了，明天交铁早走。"裴洪伟答应着出了家门，直奔他家废品收购站。

废品收购站架着两盏二百度灯泡，裴相国领着三个儿子和几个临时工，把两辆拖挂汽车的废铁都装好了。裴洪伟围着两辆车观察了一圈，对父亲说："让他们走吧！"裴相国给那几个小工每人二十块钱，让他们走了。裴洪伟对三个弟弟使了个眼色，他们立刻行动，钻到主挂车的底盘下面，把一个特意安装的所谓工具箱门打开。然后，他们迅速把事先准备好的约三十个塑料袋沙子装进去，关好了门。一切就绪，裴氏四兄弟回家了，裴相国进了小门房，与老伴儿守夜看堆儿。

　　二弟、三弟开车，裴洪伟在老二的车里压车，直奔北钢方向而去。一路上，各主要路口，裴洪伟不是打招呼就是塞烟……他们来到钢厂大门口，老三车底一个沙袋突然掉下来，门卫老头儿看个正着，站在车外指挥的裴洪伟一愣，一看老头儿正注视着那个沙袋。他迎了过去，把老头儿拉到一边，顺势把一打钱塞到了老头儿的衣兜里。老头儿皱一下眉头，一摆手，示意让他快走。裴洪伟头也不回，追赶已到前面排队等候过秤的两辆自家车，跟老三耳语了几句。老三见没有人注意他，装作修车，钻到车底一看，那个所谓工具箱的门已打开，又一个沙袋要掉下来了，他忙把沙袋推了进去，重新关好了门。过了秤，钢厂的大型磁力卸货机把两辆车上的废铁很快卸完了。老二、老三把车开到空旷的料场上没有人光顾的地方，每人手拿扳子、钳子，装作修车的样子，钻到车底，把"工具箱"里的沙袋迅速卸了下来。他们从车底钻出来，大模大样地上了车。

　　裴洪伟拿着过秤的单子，找到熟悉的王主管。他见人太多，向王主管使了个眼色。肥头大耳的王主管心领神会，对围着他的人说："请等一下。"说着，跟裴洪伟来到楼道内。"老兄，能挤出二十万吗？我实在运转不开了，有个哥们儿出了车祸，逼我要账，寻死觅活的。"裴洪伟低声说。王主管迟疑了一下，裴洪伟马上说："这样吧，中午老地方见。""行！"王主管进了屋。哥仨来到王主管的家人开的饭店，跟老板娘和服务员打了招呼。店老板选了一个好房间。不多时，王主管带着会计、出纳进来了。裴洪伟客套几句，让服务员上了八个好菜。王主管上厕所，裴洪伟跟了出去。到了厕所，裴洪伟塞给王主管一打钱，王主管假意推让："这五千块钱……老弟……"裴洪伟示意快装起来。王主管把钱装入兜里，说："这次只能给你挤十五万元。""谢谢老兄了！"两人回到饭桌上，王主管对会计和出纳说："下午给裴老弟提十五万！"

　　酒菜上来了，都是熟人，酒喝得顺利。酒足饭饱之后，裴红伟结了账，并给每人拿了一条"三五"牌香烟。回到钢厂，会计室里面追账的人太多，出纳员提前有准备，使了个眼色说："裴老弟，你过来对一下账。"裴洪伟应声进了里间屋。出纳员把今天的欠条加起来，欠裴洪伟共计五十五万八千多元。出纳员找了几张欠条，凑上十五万，裴洪伟打了收条，把十五万元现

钞扔入破书包里。临走时，他点了一千元，偷偷塞给了出纳员。

晚上，朱老大又带着那个男人又来了，裴洪伟也不客气，说："你要的十万块钱，我都要来了，可是，连吃带喝加送礼，我花了七千多块。打开天窗说亮话，你认花多少？"朱老大吞吞吐吐："老弟，你看着留吧！"裴洪伟笑了，说："虽然这次我都为老兄你服务了，但我也不能都让老兄花，说哪儿做哪儿，你花五千，我花两千，行不？""就这么着！"朱老大一咬牙。裴洪伟让树花过了一下钱数，把九万五千元递了过去。裴洪伟接过朱老大的欠条，在上面去掉了十万元。

朱老大走了，裴洪伟得意地对妻子说："从今往后，就他妈的使这个招儿！"树花说："我发现你办事越来越损了，亏你想得出来。""我有啥办法？"裴洪伟理直气壮，点上一支烟，跟妻子说："你说，钢厂欠咱们那么多钱，得想办法弄回来，时间长了不好。我想用钢厂的钢筋顶咱们的账，你说行不行？"树花沉思了片刻，说："这个招儿可以试一试，没准儿把钢筋卖出去，还可以赚点儿，实在卖不出去，用它顶外面的欠款。"裴洪伟笑了，夸奖道："高！实在是高！"裴洪伟对这个原始的交易方式大加称赞，因为他又发现了商机：批发来，加价出。

六

在新立沽制衣厂的库房里，树海阴沉着脸站在一旁，看着眼前新进来的一匹布，一句话也不说。女管理员说："这二十万块进来这种布，要是按要求，根本就不能用，要是凑合着用，谁知道呢，哼，他也就是王厂长的表弟……"业务员干洪金的表弟李加顺慌里慌张地进了库房。树海急了，指着布料责问道："你看看，这是你进来的布料，你为什么进这种布料？"李加顺支支吾吾地说："咋了？我是按你给的单子进来的啊。"树海也不说话，"噌"地从一匹深蓝色布料上的一端，用剪刀剪下来一小块儿，拿到门外用打火机点燃了，只见这块布料燃烧的灰烬，与化纤燃烧后一样，缩成一小团。李加顺一看傻了，树海质问道："我让你进的是纯棉的布料，人家老外不穿化纤的，你懂吗？"李加顺一时无言以对，瞟了树海一眼，狡辩道："你也没有跟我说清楚啊。"树海愤愤地说："我咋没跟你说清楚？我给你的单子上，明明写着纯棉布料，是吧？"树海一甩手走了，气冲冲地上了二楼，推开厂长办公室的门，没有人。他又推开会计室的门，只见王洪金正眉飞色舞地跟出纳员树芬的小姑子郑跃凤聊天呢。郑跃凤见了表兄，敛起了笑容。王洪金回到厂长室，树海说了布料的事。李家顺耷拉着脑袋进来了。"咋回事？"王洪金绷着脸质问道。李加顺自知错误重大，垂着头交代："当时我们看好了货，他们说先陪我们吃饭，货让工人们先装着，吃完饭货也装好了，这样两不耽误。当时我们也饿了，就答应了。谁承想这帮家伙中途调包了。""你看咋办？"王洪金突然一拍桌子站起来。"退货恐怕够呛，出了门对方肯定不认账了。"李加顺不敢抬头。"二十万元，就这样压库底子？"王洪金满脸铁青，李加顺不作声。"你滚回去，听候处理！"李加顺出去了。王洪金骂道："白吃饱！"树海能说什么呢，当初王洪金任让李加顺做业务员，他就持怀疑态度，但他大哥对他早有交代：不宜干涉太多。王洪金没了主意，问树海："你看咋办？""只能派人到对方那边进行交涉，不能眼看着白白受损失。"树海说。王洪金说："明天你和加顺一起去一趟。"

树海拿着样品和发货票子，与李加顺启程去了南方。过了两天，树海回来了，向王洪金汇报说："对方坚持说，货是李加顺选定的，人家概不退货。李加顺与对方吵了起来，对方揭了他的底，说他吃了五千块钱的回扣……"王洪金的肺要气炸了，他吼道："让他滚蛋！他哪里是帮我，这是拆我的台！让他赔！"树海不说话，王洪金喘着粗气，屋里的气氛就要凝固了。树海打破沉默，商量道："是不是让我大哥来一趟？"王洪金没有表态，过了一会儿，抄起了电话。

"喂，是大哥吗？我是王洪金，你能过来一下吗？有事跟你商量。""等一会儿。"树山放下电话，对林金龙说："庄富贵养鸡可以，让他写一个租房协议，要自套一个电表。""当然。"林金龙点一下头。"我上制衣厂了？"树山站起来征询林金龙的意见。"你去吧！我等富贵。"林金龙知道庄富贵不愿面对树山，加之他刚被他大哥从养鱼池里赶出来，所以才把此事委托给他这个盟兄了。树山一走，林金龙撇一下嘴："哼，傻小子，你干去吧！"如今的林金龙，采取的是静观其变、不作为的策略。他隐去了当年那威风凛凛的样子，有意造成了村主任刘树山支配他这个村支书的假象。

树山来到服装厂二楼的厂长办公室，王洪金汇报了布料被骗之事。树

山皱起眉头，猛吸了一口烟，问王洪金："你是啥想法？""让他滚蛋！"树山苦笑一下，脸一沉，批评道："不是我当大哥的说你们，这事虽然出在李加顺身上，但问题是你们管理不到位造成的！这二十万元，不是一个小数目啊！你们俩不管谁跟着去一趟，绝不会有今天的损失。咱们是新建厂，挣得起，赔不起啊……"两个人垂着头，不敢正视他。树山又说："李加顺不能用了，必须把那五千元钱必须追回来！这布料想办法处理掉！这是教训啊！……光指望贷款？时间长了都是病！"树山吸了一口烟，又说："以后凡是大宗的业务，你们不管是谁，必须亲自跟着处理！这种事，让它去根儿！"王洪金长出了一口气，想说点儿什么，一看树山阴沉的脸，又把话咽回去了。树山心里已有了谱，他原来怀疑王洪金是否有管理能力，此时，心里已有了答案。他庆幸当初没马上把服装厂承包给王洪金，不然，这将成为村里的一块心病。

晚上，树海找到他大哥，就服装厂出现的问题，愤愤地做了汇报："王洪金真不是当厂长的材料，他在管理上大大咧咧，贪吃贪喝，我最烦他这种毛病。那次，宏大制衣厂厂长、他二姨父马宗武亲自压车送来布料，问我王洪金干吗去了，我就直说他喝酒去了。那倔老头儿拉下脸来说，这是干事吗？你告诉他，我今天来，就是想看看你们厂是不是那么回事！马宗武坐上车，气呼呼地走了……李加顺，我说他不行，王洪金不听，非用他这个表弟，结果咋样，捅娄子了……"树山慢慢地说："我还是那句话，你把你的事干好，回头我还得找他。"树海还想说什么，被他大哥制止了。

七

金秋时节，李家沽乡扩大栽培的玫瑰香葡萄，陆续上市了。只见一片片葡萄地里，一排排篱式藤架上挂满了一串串紫红色的葡萄，很馋人。可是，一想到销售，真是愁人。像葡萄这样时令性很强的水果，如不能及时销售出去，就会烂在地里，这是一年的收成啊，人们能不着急吗？在这个葡萄销售时节，每天清晨，天刚蒙蒙亮，家家户户半大的孩子们帮着家人，把地里刚刚采摘下来的大筐小筐葡萄，或放到"嘟嘟"作响的三马子农用车上，或稳稳地挂在自行车后架上，大人们便匆匆忙忙向各自的销售目的地奔去。

作为极力推广葡萄种植的一乡之长，树民每当看到农民这样辛苦地四处叫卖的情景，便深感焦虑和不安。计划筹建一个葡萄酒厂，虽然早就提上了议事日程，但是他委托在市农委工作的大学同学李月朝，负责联络引进这个项目的工作，至今没有一点儿进展，他坐不住了。

一天，他给李月朝打电话催问此事："月朝啊，葡萄酒厂的事，你抓紧啊，我这里急得火上房了。"李月朝说："树民，你可冤枉我了，我现在给你联系了一个法国人……"树民一听喜出望外，立刻说："你咋不跟我提前透露一下啊，马上定时间吧，见面谈谈啊！"李月朝打趣道："刘大乡长，你真是雷子炮急捻儿的，人家老外还没有回信儿呢，我能提前透露放空炮吗？这个法国人呢，当年在咱市里出生，他母亲是中国人，他十五岁才回国，名叫托马斯·李·埃里克。"树民更兴奋了，两位老同学在电话中交谈甚欢。

这天，李月朝突然给树民打来电话，告诉他，这个法国人过几天就过来，他很兴奋地说："刚才我在电话里跟他说，下飞机那天，我们到机场接他，给他找一个高档宾馆住下。他说下飞机后，他先到市里他表弟表妹家看看。"树民说："是吗？没关系，咱们给他安顿好了，好好地招待一下，再去他表弟妹家也不迟嘛。""我也是这个意思，他也同意了。"李月朝说。随即两人又谈了其他一些事项。

在首都机场，刚下飞机的乘客们拎着大包小包纷纷从出站口里面出来。树民、李月朝等人举着写有"法国，托马斯先生"的牌子站在外面，注视着每一位五十开外的外国男士。突然，一位瘦高、花白头发的外国人，一只手拖着一个行李箱，向他们走过来。李月朝立刻微笑着迎上去问："您就是托马斯先生吧？""你好，你就是李月朝先生？"带着典型的外国人说汉语的腔调。李月朝连连点头，伸过手去，握住了托马斯的手。树民也把手伸了过去，微笑着端详了一下这位法国人，长方脸，白白的，高鼻梁，蓝眼睛大大的，深陷到眼窝里面。他们簇拥着这位托马斯先生走出了大厅，来到一辆黑色轿车前，树民打开车门，让托马斯先上了车，他把行李箱放到后备厢后，与李月朝一起上了车。树民一摆手，司机缓缓启动了车子。车子在公路上快速行驶着。双方是第一次见面，托马斯又是外国人，所以对树民他们来说，自然有一种神秘感。树民礼貌地问："托马斯先生，您的家乡在法国的什么地方啊？""我的家乡？离巴黎不远，那里有条河叫卢瓦河，知道吧？"树民摇摇头，托马斯却立刻兴奋起来了，"这条河在我们法国很有名，它是我们法国最长的河，有一千多千米呢。"李月朝问："像我们的黄河、长江吗？"托马斯笑了说："对！我们的卢瓦河，就像你们中国的黄河、长江一样，用你们中国人的比喻来说，是我们的母亲河。"托马斯紧接着又问道，"你们知道卢瓦河谷吧？"树民又摇摇头，托马斯又兴奋起来了，"在弯曲的卢瓦河上，有一处美丽的河谷，它是世界著名的旅游胜地，那里有高高的精美的古堡群，有片片森林、片片葡萄园，还有湖泊，还有有名的红白葡萄酒，像白兰地……"这位托马斯先生很健谈，一路上，树民他们很乐意听他介绍他的家乡。

　　车子经过两个来小时的行驶，在一家看上去很有档次的宾馆前停了下来。树民走到前台，与宾馆服务员接洽，办理托马斯的入住手续。服务员一看是外国人入住，很热情，很快办好了入住手续。服务员带着他们一行人乘电梯上了三楼，服务员打开一个单间，树民率先进了房间。他观察到，地毯铺地，松软的床上白床单铺得整整齐齐，床前的茶几上摆着一台电视机，靠窗处摆一张茶几、一对沙发，再看门口处有一小隔间，推开隔间的门，里面是卫生间。树民感觉不错，微笑着问："托马斯先生，条件可以吗？""很好，很好。"托马斯显得十分满意。一切安排妥当，树民征询托马斯的意见："托马斯先生，天不早了，您是想吃西餐还是中餐呢？"托马斯立刻说："中餐，狗不理包子。"李月朝笑了，说："好吧，品尝一下您的第二故乡的特产吧。"他们驱车来到了一家酒楼，开了一个包间。树民让托马斯里面就座，托马斯说："别客气。"李月朝说："这是中国人的礼节，客人必须坐在里面的上座，这是对客人的尊重。"托马斯认可了，在里面就座了。树民问："托马斯先生，爱吃中国的什么菜啊？""红烧大鲫鱼。"托马斯脱口而出。李月朝笑了，说："您母亲还健在吧？这道菜一定是她老人家爱吃的、爱做的，是吧？""是的，我母亲八十多岁了，当年在这里居住的时候，她经常给我做这道菜，好吃极了。"接下来，树民和托马斯商量着点了几个特色菜：小鸡炖蘑菇、海螺烧芹菜、京酱八带鱼、酸菜羊肉丸子汤等，主食毋庸置疑，就是狗不理包子了。树民问道："托马斯先生，喝点儿你们法国的白兰地，还是喝我们中国的茅台、五粮液？"托马斯很直爽，说："喝你们中国的茅台酒。"树民笑了，说："这样，一样儿上一瓶，也让我们品尝一下法国的白兰地葡萄酒。"托马斯笑着点了一下头。

　　酒和菜上来了，树民站起来，首先给托马斯面前的高脚杯满酒，托马斯见酒超过了半杯，忙阻止："不！不！"树民笑着说："第一杯酒必须斟满，这是对客人的尊重。"托马斯似乎明白了，不再阻拦了。树民首先敬酒："托马斯先生，您不远万里，从法国来到中国、您的第二故乡，我们为您接风洗尘，希望咱们合作愉快，干杯！""不不不，不能干。"托马斯看着这满满一大杯酒，惊呼道。李月朝笑着说："不是干，您喝一点点就行。"托马斯明白了，笑了，端起酒杯，喝了一点点。树民用一只手轻轻拍了一下额头，抱歉地说："托马斯先生，忘了给您准备一套刀叉。"说着就要让服务员去取一套，托马斯立刻说："不，不，我会用筷子夹菜。"说着便拿起筷子夹了一块红烧鲫鱼。树民、李月朝一看，都会心地笑了。接下来，李月朝敬酒："托马斯先生，我敬您，您喝少许，品尝一下中国的茅台酒，看看与你们法国的白兰地葡萄酒有什么不一样。"李月朝深喝了一口，托马斯也深喝了一口，然后皱着眉头说："茅台酒我喝过，在我表弟家喝的，比白兰地葡萄酒劲儿大，它也是烧酒，喝多了也不行。"树民似乎明白了，问道："这么说，葡萄酒也是蒸馏酿制？"托马斯解释道："不，大部分是发酵酿制，一小部分是蒸馏酿制。"李月朝问："您从事酿酒业多少年了？""三十多年了。"托马斯说。"那您一定是位高级酿酒师了？"树民猜测道。"不敢当。"托马斯很谦虚。李月朝试探着问："我们要建葡萄酒厂，建多大规模合适呢？"托马斯思量着说："建多大规模，这要看种植规模和市场销量。"树民说："我们现在的种植面积有一万多亩地，将来要扩大到三万多亩。"托马斯有些不太明白："你说的是什么概念？"树民想了，说："我们这里一亩地能产一千五百公斤左右葡萄，也就是说，一万多亩地至少能产一千五百万公斤葡萄。"托马斯明白了，连连点头，说："我建议，可以建一座中小型葡萄酒厂，不过我要实地考察一下。"树民笑了，说："谢谢托马斯先生的建议，我敬您一杯。""谢谢！"托马斯端起了酒杯，二人碰杯之后，各自深深喝了一口。

　　这天，天气晴好。树民、李月朝，还有牛书记等人，簇拥着托马斯，驱车慢慢行驶在蓟运河大堤的公路上。在一扬水站旁停车后，树民指着西面一眼望不到边的葡萄园，对托马斯说："我们目前种植的葡萄都是玫瑰香品

种。我们这里是渤海湾的退海地,黑黏土,盐碱土质,加之地理位置的优势,很适合葡萄种植,尤其适合种植玫瑰香葡萄。"这时,乡里的一位工作人员搬着一箱紫红的葡萄,来到托马斯先跟前,树民打开箱子,笑着对托马斯先生说:"您品尝一下,已经洗过了。"说着,拿出一串葡萄递给了托马斯。托马斯接过来,也不客气,摘下葡萄品尝了起来,突然惊奇地说:"太甜了,好极了,玫瑰香味道纯正极了。"树民笑着问道:"比起你们卢瓦河谷的葡萄,怎么样?"托马斯称赞道:"这就是东方的卢瓦河谷!"李月朝更正说:"应该说,西有卢瓦河谷,东有蓟运河谷啊。"托马斯连连点头称是:"是的,是的。"树民指着蓟运河打趣道:"这条河是我们当地百姓的母亲河,能不能让葡萄酒香像这条河一样,流出渤海,流向太平洋,流向世界,就看您的了。就像你们卢瓦河的酒香,不但流向了大西洋,而且流向了世界各地,哈哈……"托马斯笑着竖起大拇指:"刘乡长,想象力很丰富,很像个诗人。用你们中国的说法,我个人能力有限,造不了那么多酒啊。"在场的人都笑了。

在区里大众酒楼的会议室里,树民等人与托马斯正在商谈关于建设葡萄酒厂的事宜。这位法国老头儿作为"中国通",提出了合作方案。他拿出自己提前拟好的方案,用流利的中文说道:"……托马斯本人以酿酒技术为股份和百分之五的资金,股份应占百分之四十,李家沽乡出资建设厂房、添置设备等,并负责销售,所占股份应占百分之六十……"树民很严肃地看着他,很不自在,只听他说,"……在财务管理上,托马斯本人有绝对的发言权。酒厂建成后,由其本人全权负责管理,托马斯应得利润的百分之四十……"托马斯宣读完这个方案,在座的人一时不知如何回答,只是你看看我,我看看你。树民打破沉默:"托马斯先生,今天咱们先商谈到这里,先用餐,明天继续谈,好吗?"托马斯觉察出气氛的异常,点头同意了。

在乡党委、政府的班子会上,与会者议论开了,牛书记十分不满地说:"这个老外,提出的方案太苛刻了!这个酒厂,咱们投资,咱们销售,他占百分之四十的股份,还得百分之四十的利润,这是拿咱们的大头儿啊。""可不是,这哪里是咱们建酒厂,是咱们给他建酒厂啊。""不行!他也太欺负人了,他有啥了不起的。""你说不行,咱们谁掌握葡萄酿酒技术?谁知道酒厂咋建?"人们一阵沉默。树民打破沉默:"这个托马斯正是看到了咱们对酿酒技术的无知,才提出这个苛刻方案的。咱们另找高人?找谁呢?老百姓的葡萄陆续进入了高产期，时间不允许啊。""这酒厂投资四五百万，比当年棉纺厂的投资多出的不是一星半点儿啊，就这样让人家牵着鼻子走？谁也不下这口窝囊气啊！""不建了！谁知道他这个人在他们国内是个什么东西，万一是个骗子咋办？"与会者七嘴八舌地发着牢骚，树民插话说："咱们要明确一个问题，这个技术入股，在一个企业里占多大比例，目前没有明文规定。还有一个问题，这个酒厂是建在咱们自己这块土地上，他托马斯咋骗，他也搬不走，只要他帮着咱们把酒厂建立起来了，而且出了酒，就是咱们的胜利。至于财务管理上他说了算，以及酒厂他全权管理，总不至于咱们的人，他一个也不让安排吧？所以，如何安排咱们的人，这里面是不是有学问？托马斯先生提出了高价，不要生气嘛，咱们还个价就是了。啥叫谈判？就是坐下来谈嘛。"树民的一席话使人们有所领悟。"说得也是，他一个外国人，只身一人跑到咱们这里，他要权利，也是可以理解的。"树民听了，一直严肃的表情放松了许多，微微一笑说："明天跟他商谈时，一定要抓住有控股权就应有决策权这一法理，推翻他的全权负责管理这一霸道观点。""对！打击一下这个老外的嚣张气焰。"牛书记振奋了精神。树民说："这样吧，咱们把这个问题放到最后再谈，这些日子先就酒厂的设计、设备的添置等问题进行商谈，以此增进双方的了解……"大家基本同意了他提出的谈判策略。

可是，在商谈李家沽葡萄酒厂的投资规划方案时，凡涉及酒厂相关设施规划设计等关键技术问题上，托马斯不是避而不谈，就是敷衍了事，有时两只大眼睛直直地看着树民不说话。人家就是以技术来要价的，协议不签，往下免谈。树民立刻感觉到这种本末倒置的商谈，有些天真滑稽了，必须直面问题的根源，否则就是瞎子点灯白费蜡。

在谈判桌上，树民一上来就开门见山，谈及股份占比和管理权限这两个问题，托马斯便大声地声明："不！不！我的观点很明确，如果你们想变动，我就退出！"他站起来走到一扇窗户前，面对着窗户，凝视着窗外。树民没想到平时很健谈的托马斯竟这样粗鲁。此时的他，一下被托马斯激怒了，站起来对着托马斯质问道："托马斯先生，你们西方人最懂得平等吧？你不觉得自己太高高在上了吗？你不要觉得你来我们这里建厂，是对我们的施舍。你要知道，你是来挣钱做买卖的，如果我们觉得不平等，就另请高明，不是不可能的。"他的话似乎起了作用，托马斯看了他一眼，迟疑了一下，转过身子说:"对不起。"他回到了座位上。树民单刀直入:"您的股份,我们认为占比百分之二十五,可以接受。管理方面由您负责也可以,但是重大决策上,我们控股方有决定权。副厂长、财务、销售人员由我们指定委派,利润您占百分之三十……"树民阐述完协议要点,托马斯思考了一下,让出了股份的百分之五,表态道:"不!我的股份占百分之三十五,利润占百分之四十。"牛书记无视他的小小让步,依旧不妥协:"您的股份占百分之二十五,利润占百分之三十,这是我们最后的底线!"双方又谈僵了,谈判只好就此中断。

这天,双方又坐在谈判桌前,看上去表情都很严肃。牛书记首先亮明观点:"托马斯先生股份占百分之二十五,利润占百分之三十。"托马斯看了一眼树民,说:"我的股份占百分之三十,利润占百分之四十。"他又让出了百分之五的股份。树民与牛书记耳语了一下,说:"托马斯先生,您的股份占百分之二十五,利润占百分之四十,这是我方最后的底线。"托马斯沉思片刻,感觉触到了对方的真实底线,说:"同意。"会谈气氛一下子轻松起来。

双方签字之后,树民握着托马斯的手说:"希望合作顺利。"托马斯回答道:"马到成功!"与会者随即鼓掌,以示祝贺。

树民代表李家沽乡政府,与托马斯签署了葡萄酒厂的合资建设协议。对于此协议的签署,树民总是感觉不那么舒服和被动,但毕竟签了,也卸去了他心头的重压。他用中国人运用娴熟的以柔克刚的处世哲学,来排解自己,暗暗说道:慢慢来,只要酒厂建起来了,出了酒,目的就实现了,路还长着呢。想到这里,他平静了许多。

转年一开春儿,李家沽乡兴建葡萄酒厂的各种手续都办好了。树江得知此事,急忙找到他这个当乡长的二哥:"二哥,酒厂的工程给我吧,要不今年我就没有大工程了。"树民大眼睛一转,皱了一下眉头,思考了一下,向外面扬了一下脸,说:"你找找牛书记,你是我弟弟,我没法直接表态。"树江有些不快,但还是转身来到了牛书记的办公室。他一进屋,见牛书记正拿着暖水壶往水杯里倒水,便自我介绍:"您是牛书记?我叫刘树江,刘树民是我二哥……"牛书记严肃地问道:"是建筑工程的事吧?"树江客气地递着香烟,赔笑道:"是是是。"牛书记把暖水壶放到一旁的茶几上,转过身摆摆手，坐到椅子上，依旧严肃地说："这事，已有几个建筑队找了，到时候再说吧！"树江看得出来，也听得出来，这位胖胖的牛书记有意慢待他，但他继续赔笑请求道："到时候，牛书记想着我的事。"牛书记有些不耐烦了，说："知道了，我还有事。"树江又碰了软钉子，只好告辞了。

下午，树民手拿着一摞材料来到牛书记的办公室。树民说："酒厂的手续都办完了。"说着，把这些材料递给了牛书记。牛书记随便翻看着，只听树民说："工程的事，上午我弟弟找你老了吧？你老看看，就给他干吧！我也考虑了，工程资金会有一定的缺口，将来欠他一些工程款，他也不敢说别的。"牛书记也不抬头，一边翻着资料，一边似乎漫不经心地说着："行啊，就这样呗。"树民也没多说，又谈起了别的事情。

这天，树江请客，树民当着牛书记等乡领导的面，对树江说："树江，这个工程没有多大的油水儿，你就是啃骨头，一要保证工程质量，二要保证工期，在葡萄上市前必须竣工，不然就算你是我弟弟，我也一分钱不给你，还要倒扣你的工程款。"树江这几年也会说几句到位的话了，他表白道："二哥，几位领导，你们放心，我搞工程不是一年半载了，大小工程也干了点儿，不会别的，就会按图施工，不像有的人挖着心思偷工减料，我宁可一分不挣，也不能让领导挠鼻子。"树山笑了一下，跟了一句："关键看你活儿干得咋样。"树江喝了点儿酒，无所顾忌："说句不中听的话，无论如何，我也不能往二哥脸上抹黑啊。"哥仨你一句、我一句，当着牛书记等人的面，把要说的话都摊在了桌面上了。

今年，李家沽的葡萄长势非常好。这两天，树民带着乡里的几名主管农业的干部，查看了几个村的葡萄长势情况。此时，已是夕阳西下，他们来到一片葡萄地的地头，他对这几名干部说："经过这两天的考察，从管理上讲，各户对葡萄种植的管理还存在很多问题，比如果枝留得太多，摘心不科学，农药喷洒也不及时……你们回去后，认真进行归纳，抓紧召集各村开个现场会。"布置完工作，他微笑着说，"哥几个，今天也晚了，我请几位。"几个干部都笑了。

他们驱车来到公路西面的一家饭馆。老板娘很热情，但是已没有单间了，他们只好在大厅的散座上坐下了。菜上来了，他们大吃大喝起来。就在这时，旁边那桌几个人，一边吃一边说，只听一个戴眼镜的中年男人说："咱们这里玫瑰香葡萄甘甜纯正，没有一个地方赶得上，如果申请一个专利，肯定能打出一个好品牌。""你这想法不赖，问题是咱们农场种植面积不大，申请专利没有实际意义……"听罢，树民大吃一惊，不由自主拍了一下大腿，提高嗓门儿说："哥几个，喝酒！喝！"这几个干部哪知他的意思，端起酒杯喝起酒来。

第二天一上班，树民向牛书记提出了申请葡萄专利的问题。牛书记不感兴趣，说："有必要吗？没听说农产品有申请专利的。"树民解释道："正因为如此，咱们申请了，宣传出去，就可以吸引商贩到咱们这里搞批发，老百姓可以得到实惠，解决销售难的问题。""不花钱还成，花钱就没有必要了。"牛书记有点儿不耐烦了。当时，大面积发展葡萄种植，他并不赞成。"这样吧，跑跑看，如果花钱多，咱们就罢了。"树民退了一步，牛书记不说话了。

树民唯恐农场那几个人真的申请葡萄专利，不敢怠慢，叫上农办主任等，立刻驱车，行驶了两个来小时，来到了市专利局。专利局的工作人员热情地接待了他们，首先肯定地说，以农产品申请专利是可以的，并且向他们介绍了申请专利的基本流程。工作人员提示道："关键是要提供成熟的样品，我们要进行指标验证。"树民明白了，说道："我们先提出申请，待葡萄成熟后送来样品，可以吗？"工作人员回答道："可以。"树民一行人满意而归。

树民带着托马斯等人来到李家沽乡葡萄酒厂工地，看到宽敞的厂房、库房及三层办公楼都已竣工，很高兴。他们来到厂房里面，工人们正在焊接高大的发酵不锈钢罐，有几个焊接好的不锈钢罐，整齐地排成一排，就等安装了。树民指着这些不锈钢罐问托马斯："这发酵罐什么时候能安装？"托马斯说："还有几个罐就焊接完毕，四天以后就可以安装了。"树民说："安装时，先生要把好关啊。""是的，工人们安装时，我必须在场。"托马斯说。"走，看看地窖建得咋样了。"他们从厂房出来，向地下室的地窖方向走去，迎面碰见了树江。当他得知他们是来查看地窖的施工进度的，便引领着往前走。他走到树民跟前，低声说："二哥，给我结点儿钱吧，买料都没钱了。"树民疑惑地说："又没钱了？你可别骗我啊，我只能给你成本钱，余下的有钱再说。"这种结算方式，树江太熟悉了，他流露出不满之意，不说话了。他们来到了地窖门口，沿着台阶一级一级下去了。

李家沽乡投资四百多万元的葡萄酒厂试生产了，王区长参加了剪彩仪式，区里上上下下来了不少人，区电视台记者扛着摄像机。树民搞这样规格的剪彩仪式，自然是遵循了中国人每逢大喜事必红红火火、热热闹闹的习俗，也有表现其政绩的政治意图，更重要的是为葡萄酒厂做一次免费的广告。

白云朵朵，秋风习习，彩旗招展，鞭炮齐鸣。王区长进行了剪彩，树民讲话："我真诚希望，这个中法合资的葡萄酒厂，能酿出甘甜可口的美酒，为李家沽乡的发展做出应有的贡献……"法国老板也用汉语也发言："中国是我母亲的故乡，我是喝海河水长大的，我希望与贵方合作愉快，财源广进……"人们对这个外国人，可以说充满了新奇感和莫名其妙的崇拜，随之而来的是热烈的掌声。仪式之后，王区长等人参观了酒厂的流水线。几个农民工站在车间外的传送带旁，把一筐筐紫红的玫瑰香葡萄倒在传送带上，将其慢慢地输送到车间的压榨机内，压榨机榨出的葡萄汁又通过输送管道，输送到不锈钢高大的发酵酒罐内，压榨机吐出的杂质由另一个传送带送到室外……人们看着这现代化的流水线，不住地咋舌。

葡萄酒厂开始收购农户的葡萄了，各村根据酒厂下达的指标，组织向村民收购。几天过去了，中方厂长、树民的高中同学、原棉纺厂的业务主管高学军，向树民进行了汇报，列举了出现的问题。他说："这两天往酒厂交来的葡萄质量有问题了，土珠、烂珠、青珠明显增多。""一定把好关，质量不合格的，坚决不要！出了问题，我可不饶你！"树民拉下脸来。"你放心，我派的检验员都挺艮的。"高学军顿了一下，"我听说，人们把好葡萄都留起来了，等着高价卖给外面的小贩儿，你看咋办？""你先按五毛一斤收着，实在收不够再说。"电话响了，树民接听，是酒厂那边打来的，说是交葡萄的村民与检验员吵起来了。

高学军急忙走了。树民给派出所打了电话，不放心，跟着民警的吉普车，赶到了酒厂。到了酒厂，只见检验葡萄的地方围了好多人。树民一看，秦亚娟的二弟秦二虎正指着一个检验员破口大骂："你他妈的，有啥了不起，今天我这葡萄你不收就不行！""你再骂一句！"那位检验员怒目圆睁。"我骂你了，你他妈的有啥……"说话间，那位火冒三丈，一个重重的拳头打在了秦二虎的胸前，秦二虎顺势也给了那位一拳，两人扭打起来。两个民警过去，奋力把两人拉开……

高学军过来查看秦二虎的葡萄："这是你的葡萄？""是我老丈人的。"

秦二虎赔笑。"拉回去！"高学军看了一下人群，拉下脸来。"大哥，别……我……错了，我……弄到一边，把坏葡萄珠往下剔一剔，还不行吗？"秦二虎见高厂长发话了，死螃蟹没沫了，一个劲儿地说好话。"剔完了，我还要检验！"高学军故意提高了嗓门儿。树民走过去，拍拍秦二虎的肩头说："不要胡闹了，你再闹，我可不饶你！"秦二虎是个顺毛驴，连刘乡长都跟他递小话，他立马服服帖帖："民哥，不，刘乡长，你放心，我保证不闹了。"

这天，主管农业的办公室主任拿着一个相框和一摞资料，刚推开树民的办公室的门，就报喜："刘乡长，咱们申请的玫瑰香葡萄专利，市专利局批下来了！"树民一看笑了，立刻拿过相框端详起来，笑着说："这可是花了一万多块钱，年年都得花钱的农产品专利啊！不敢说在全国是第一例，起码在咱们市是第一个吧？老牛起初不同意折腾这玩意儿，说劳民伤财，这张破纸没多大用处。"他放下相框，坐到椅子上，急忙又打开鉴定书，上面写着："……玫瑰香葡萄，成熟为紫色，肉厚皮薄，含糖量高，甘甜醇正，宜鲜食，可酿酒，玫瑰香口感纯正……产自渤海之滨，蓟运河谷，李家沽乡……"他想了想，"老牛说得也许有点儿道理。这专利是批下来了，得想办法宣传出去啊，外人知道得越多越好，越快越好。这专利不能压箱底子啊，不然可就真的没多大用了。""上市里电视台宣传？"办公室主任建议道。树民摇了一下头说："不行，听说广告费挺贵的，新闻还可以，可是不一定能上得去啊……对！在马路边上竖一个广告牌！"他一下子兴奋了，腾地站起来，一拍桌子，"对！省钱、实惠，过往的车辆都看得着！""得跟公路管理处打好招呼，恐怕得花点钱儿。"办公室主任提醒道。树民也不多想，立刻拍板："就这样办了，你负责跑这件事吧！一定要快，葡萄正在采摘，把牌子抓紧竖起来！"办公室主任领命刚要出门，又被树民叫住了："这个专利，你让老牛看看。"办公室主任接过专利相框和资料，出去了。

树民趴在办公桌上，在一张大图画纸上，认真地试着设计广告牌：一位美丽的女子笑眯眯地挎着一只篮子，篮子里面装满了葡萄，有几串带着叶子的葡萄露在篮子外面。广告牌左上角写着"玫瑰牌"，右上方广告词为"玫瑰香葡萄，甘甜醇正，酒香四溢"，下方广告词为"产自渤海之滨，蓟运河谷，李家沽乡"。他站起来，一会儿端详欣赏，一会儿涂涂抹抹。这时，办公室主任推门进来了，树民立刻说："你过来看看，给挑挑毛病。"办公室主任凑过来一看，说："刘乡长，你还有这个手艺？不错，挺好的。"树民微笑着说："别夸奖，多找找缺点。"办公室主任连连摆手，说："我可没有这个细胞啊。"他紧接着汇报，"广告牌的事，公路处说了，认花钱也不行。非要立这个广告牌，就得找上面的领导，我就没有这个能力了。"树民正在兴奋点上，说："好，我去办。"办公室主任走后，他把这个试做的广告卷了起来，拿着来到了牛书记的办公室。树民也不说话，把这个广告在牛书记的办公桌上展开。牛书记看了看，问道："你想做广告？"树民一笑，把他的想法说了一下。牛书记怀疑地说："这个马路广告能管事？"树民说："做就比不做强，无非是效果大小的问题。""你心气高，愿意做就做呗。"牛书记明显不怎么支持。

在十字路口一角，起重机正在吊一根长长的钢柱，慢慢地向底座移动。树民等乡干部远远地在一旁注视着，周围站着一些看热闹的农民，还有小孩子。

高高的钢柱立起来了。接下来，准备吊装两块大大的、将组成三角式的广告牌。只见钢架托盘载着一块带着彩色图案的广告牌缓缓升到高空，人们都举目瞭望，有的用一只手打着眼罩。只见广告牌上的图案在原有的画面上，又增加了背景图案：一条蜿蜒的河流一侧，一片片碧绿的葡萄藤架上，挂着一串串紫红色的葡萄，由近处延伸至远方。年轻漂亮的女性旁边，多了一位手拿一瓶葡萄酒的英俊小伙。树民等人微笑着比比画画说着什么，一旁围观的人们也七嘴八舌议论开了。"听说这个广告牌，花了十几万块呢。""是吗？我听说还要花钱上电视台宣传呢。""兴许对咱们卖葡萄有点儿好处呢。""唉，乡里净干没用的花架子，有这十几万块闲钱，帮着我们联系点儿客户，比啥都强……"树民听得真真切切，只是苦笑了一下。俗话说，一人难称百人心啊。

八

新立沽制衣厂成立两年来，效益始终不理想，不是这儿出问题，就是那儿出乱子。晚上十点多了，车间里还有二十几个工人，在给自己的活儿返工。王洪金和出纳郑跃凤值班。喝了酒的王洪金，在他的办公室里，与打扮得花枝招展的郑跃凤眉飞色舞地调情。王洪金色眯眯地盯着郑跃凤，说："你这一身打扮，太有女人味了。"郑跃凤被这位比自己大十几岁的厂长一夸，心花怒放，说："是吗？我听说嫂子挺漂亮的，哪天让我认识认识。""别提了，人家看不上我了。"王洪金露出少有的苦涩。"大哥这么能干，长得又年轻，嫂子会看不上大哥？"郑跃凤瞟了王洪金一眼。"人家在厂里大小是一名干部了，嫌我土，没修养。"王洪金点了一支烟。"这年头，两口子顺心就在一起过，不顺心各奔……"郑跃凤把话咽了回去，这正是她的心理的流露。她结婚刚几年，丈夫只知出苦力，不思挣大钱。眼看周围的人一个个都成了万元户、十几万元户，甚至几十万元户，她心里长了草，发家的渴望日甚一日，她觉得丈夫就是小瘪三儿，一天比一天嫌弃。王洪金立刻嗅出了眼前这位有几分姿色的女人的心境。他起了邪心，大胆起来："这话不该跟你说，你嫂子好长时间不跟我那个了。"郑跃凤听出来了，一只手捂着嘴"咯咯"地笑了起来："大哥你净瞎说。""你不信，我骗你是小狗！"说着，王洪金大胆地坐到了郑跃凤身边。郑跃凤下意识地向一旁挪动了一下，可是王洪金借着酒劲儿，哪肯放过，猛地搂住了她。她挣脱着，不敢喊出声……此时，树海从家里来厂里，取一份明天出差用的材料。他上了楼，一看厂长办公室的灯关了。他纳闷：上楼时，屋里的灯还亮着呢，这么快就闭灯睡觉了？准是又喝酒了。他敲了几下门，招呼道："洪金老兄，这么早就睡了？"屋里一听是树海的声音，两人连滚带爬，不知如何是好，惊慌失措。树海一听屋里一阵乱响，以为王洪金又喝多了，一边问一边随手用钥匙开门："你是咋了？又喝多了？"他推开房门，借着车间射进来的灯光仔细一看，怔住了，只见两个人正慌乱地提裤子，臊得他扭头退了出来，头也不回地下了楼。

几天后，树海出差回来，到厂里一上班，王洪金看见他，一时不知说什么好。树海也尴尬，避开王洪金的目光，把出差的情况向他简单地汇报了一下，才算摆脱了这窘境。但是，那天的一幕，树海说什么也是抹不掉的。他一连想了好几天，实在憋不住了，跑到了他大哥家，偷偷把这事说了。树山听罢，破口大骂："浑蛋！"他喘着粗气，"没想到他变成这样了，早知道他不务正业，当初就不该建这个厂！现在可好，二百多万撂在这儿了，两年多了，哪儿不像哪儿，浑啊，真浑啊！"他说不下去了。树海并不像他大哥那么悲观："我早就跟大哥说，他不是办厂子的料，你不听，依我看，该

265

下决心了,这是一个很好的机会。"树山明白树海的心思,反问道:"不用他,你顶这摊子?活儿上哪儿去找?"树海早就憋着一肚子火,被大哥问急了:"你让我干,我就干!我就不信,没有他,这个厂子就办不下去!没有谁,地球都照样转!"树海的反击,反而让他大哥一时语塞,他直愣愣地看着十分严肃的树海。这几年,他对树海确实有了新的认识,觉得他成熟、老练了许多,是个有心计的人,干事儿挺认真仔细的,可还是欠火候,不爱吃苦,这一点让他不放心。他也不止一次地想过,当年自己当队长时,除了能吃苦敢干外,其他方面还不如树海呢。树山看着涨红脸的弟弟问:"这服装厂真要是让你干,人家把活儿断了,你咋办?""那就出去找呗。"树海很轻松。"上哪儿去找?"树山逼问道。"不知道!"刘树海实话实说。"这不结了吗?"树山明着是问刘树海,其实也是在问自己。"我就不信,有这金刚钻儿,揽不来瓷器活儿?"树海信誓旦旦。"你说的瓷器活儿是啥?"树山又追问。"就是现成的厂房和机器,便宜熟练的劳动力,还有方便的交通。"树山不作声了。

　　这几天,树山始终在想制衣厂的事,实在不忍把王洪金弄走。一来这制衣厂是他引进的,二来两人的关系又不错,真要是把王洪金弄走,人们的议论他搪不了,这和卸磨杀驴有什么两样?如果这样将就下去,不死不活的,这制衣厂办得就没什么意义了,如果能这样维持,就还算不错。他最担心的是将来亏个大窟窿,到那时,可就晚了。他思来想去,为了制衣厂的发展,顾不了那么多了。他决定年底盘一下账目,如果持平,就暂且不动;一旦亏损,就动他,让他当副厂长,让树海上来试一试。谁愿意骂,就让他骂去吧!

　　年底一盘账,服装厂亏损二十几万,树山只好准备开会动王洪金了。开会之前,树山有意把他的想法跟林金龙说了:"这个制衣厂咋办呢?看来这个王洪金真不是当一把的料啊……"林金龙听罢不置可否,事不关己地说:"你看着办吧!"可是暗地里,他把树山的想法透露给了王洪金。王洪金是明白人,长叹一声:"多好的哥们儿也不中啊,我是白给人家做嫁衣裳了……"为了争取主动,他找到了树山,提出了辞职。树山挽留道:"既然你提出来了,我也不多说什么,你我是好哥们儿,我希望你留下来,负责生产方面的事,这样你我面子都好看。"王洪金颇有几分伤感,说:"大哥,你别这样说,这是我主动提出来的,对大哥没有什么不好的,咱们哥们儿好了一场,唉,啥也别说了。"人就是这样,相聚是高兴的事,散去不管怎么说,都是不愉快的。两人心照不宣,没有再多说什么,王洪金回制衣厂了。过了两天,树山又挽留了一次:"你还是留下来吧!"王洪金仍旧谢绝了。树山见王洪金去意已决,说:"老弟,既然这样,老兄我实在对不住你了,这几年,你累没少受,我这个当大哥的,心里不能插着坏,给你五万块钱带着,你可别嫌少啊!"王洪金一句话也说不出来……

王洪金一走,宏大制衣厂以出口任务压缩为借口,终止了跟新立沽制衣厂之间的业务。新立沽制衣厂就此停产了。没办法,新上任的树海只好四处寻找合作伙伴。可是,两个月过去了,一无所获。

这天,树山和树海坐着旧桑塔纳轿车,到市里商谈合作事宜,无果而归。天色已晚,下着小雪。车在半路上抛了锚,司机修理好久也无济于事。在这前不着村、后不着店,漆黑寒冷的公路上,三个人大眼瞪小眼,不知如何是好。他们向飞速路过的车辆摆手,希望有一位好心人把车拖到前面的汽车修理部,无奈无人停车。树山一声令下:"推车!"司机在车里把着方向盘,一个总经理、一个厂长推起了车。推了不足一里地,哥俩的汗珠从脸上滚下来,司机不忍:"大哥,你去把着方向盘。""没事,我不会。"树山使劲儿推着车。就这样推推停停,一直推了十里多路,他们来到了一个汽车修理部。哥俩一边喘着粗气,一边抹着满脸的汗水,司机不忍心,从车里下来说:"老兄累坏了吧?都赖我没把车保养好,让你们受这么大的累。"树山乐观地说:"这算啥,当年没有粮食吃的时候,我和大伯跑了百八十里地,用大米换棒子,回来时用自行车驮着两大麻袋棒子,一走就是大半宿,那时是啥路?都是坑坑洼洼的土路,多深的车辙,那年我不到十八岁。"

树海喘着粗气,小声问他大哥:"你那儿有钱吗?我这儿就两块钱了。"树山愣了一下:"我这儿也花十了。"司机也没钱了。三个人一时没了主意。树山刚想向店主解释一下,司机使了个眼色,意思是先别说,等修完了再说也不迟。树山觉得这样不好,照实跟修理工说:"实在对不起,我们带的钱都花干了,先打一个欠条,明天一定开车送来。"修理工说:"压点儿贵重物品吧!""行!"树山摘下进口手表,打了一张一百二十元的欠条。待车修好,树山又客气了几句,他们顶着小雪上路了。

九

　　树海吃完早饭准备出去，电话响了，他刚要接听，小女儿常雅跑过来，嚷着要接听，他笑着把话筒放到女儿耳边，躬身听着："喂……""是常雅啊，你爸在家吗？我是你大伯，找你爸。"小常雅把话筒递给父亲："大伯找你。"树海接听，女儿抱着他的大腿，看着他。"树海，你吃完饭跟我上乡里找你二哥。他那个在柳沽乡任司法助理的同学王宗斌，有一个香港的亲戚，有意到北方投资，做服装生意。""噢，噢……"树海恨不得跳起来，放下电话，抱起女儿亲一下，兴奋地说："爸爸的服装厂有救了！"

　　树山和树海坐着那部旧桑塔纳来到了李家沽乡，找到树民，简单说了两句，换上乡里的新桑塔纳轿车，直奔柳沽乡。他们到了柳沽乡的平房大院，找到了王宗斌。王宗斌客套了几句，转入正题，王宗斌介绍道："我在香港那边有位远房的大爷，当年日本侵略中国时，他从老家逃到了南方，后来到了香港。临走时，我爷爷送他老的时候凑了点儿盘缠。前些日子我出差到港湾区，顺便到我这位大爷的三弟家，也就是我的远房三爷家，串了个门。从那里听说，我那位大爷准备叫他的孙女到我家看看，一是还我爷爷当年那份情，二是想办个服装厂什么的，帮帮我那个三爷。我顺便把你们服装厂的事说了，没想到人家真上心了。后来，我又专门往我三爷家跑了两趟。"树山、树海满脸期待。王宗斌继续说："人家说了，咱们提供厂房和设备，他们出资金，他们管理，咱们的人员只能受聘，为人家管理。这个条件如果认可，就合作；如果不行，人家另选合作伙伴。"树海听到这里，一颗兴奋的心凉了半截儿，愣在那里不知如何是好，树山也是如此，树民不说话。王宗斌看出来了，说："这个条件开始我也想不通，可后来一想，干就比不干强，先干起来再说。"大家一阵沉默。树民打破沉默："宗斌的话有道理，问题是咱们一缺少资金，二缺少技术，三是咱们没有销路啊！"树海把他大哥叫到外面，皱着眉头说："要不试试？""你同意了？"树山看了一眼树海。"不这样咋弄？"树海有些认可了。"谈谈吧！"树山留有余地。哥俩回到屋里，树山说："老弟，你定个见面的时间吧！"王宗斌很高兴，说："大哥，这就对了。好，大哥等我的电话。"

不多日，见面洽谈会安排在区政府的招待所。在此迎接的有区外贸的官员、李家沽乡牛书记、刘乡长，新立沽村的村主任兼该村农工商总公司总经理刘树山，新立沽制衣厂厂长刘树海，还有村支书林金龙。不多时，一辆"奔驰"轿车停在了招待所的门口。车门打开了，第一个下车的是王宗斌，紧接着是一位端庄大方、身材修长的年轻女子，她身穿一件浅灰色的呢子外衣，秀发披肩，一条白纱巾垂在胸前，脸颊白净，两只丹凤眼透着精明，两道细长的眉毛黑黑的，鼻梁挺直，嘴唇红润。她就是王宗斌的远房妹妹王惠丽。后面紧跟着的是年轻漂亮的女秘书，还有王惠丽的堂哥、王宗斌的远方哥哥王惠功。王宗斌一一介绍之后，双方进了会议室，洽谈开始。树民首先发言，寒暄了两句，简要地把李家沽乡的基本情况进行了介绍。树山重点谈了一下制衣厂的情况："……我们有厂房机器，有熟练的工人，交通也方便……"王惠丽听得很认真，秘书记录得也一丝不苟。树山介绍完毕，她大方地打开文件夹，用带有广东口音的普通话把她们公司的基本情况也介绍了一下。她特别介绍了在大陆投资的情况："我们公司在深圳有一个分公司，这次准备在北方建一个分公司……"见面洽谈会持续了一个多小时，会议将结束时，王惠丽提议到新立沽考察一下服装厂。

　　二十几分钟后，他们来到了新立沽制衣厂。王惠丽认真地看了厂房和机器设备。考察完毕，她受爷爷的嘱托，专程到王宗斌家，看望了她不曾谋过面的王宗斌的爷爷，老人自然激动不已。"老爷爷，我爷爷常念叨您，您好好保重身体。"王惠丽看着八十开外的老爷爷，微笑着说。"你爷爷身体好吗？"老人流着泪问。"好，您多保重。"临走时，王惠丽给王宗斌的爷爷留下了一万块钱，老人说什么也不要，王惠丽拉着老人的手说："这是我爷爷的意思，您若不收下，我爷爷会不高兴的。"

　　从王家山来，树山一行人像众星捧月似的，陪着王惠丽回到了区招待所。丰盛的海鲜盛宴开始了，对虾、海蟹、鲈鱼、海螺、墨斗鱼、八带鱼等悉数登场，王惠丽不住地说："太破费啦。"树民笑着说："王女士第一次到我们这里来，这也算是你的家乡，说什么也得品尝一下家乡的土特产啊。"席间，王惠丽只是象征性地喝了点儿啤酒。他们一边用餐，一边交谈，气氛渐渐地不像一见面时那么拘谨了。树海笑着敬了一口酒，问道："王小姐，对我们这里有什么感受啊？"王惠丽嫣然一笑，说："感受多多的，这里天气好冷啦，但是人很好客啦，很热情的。""谢谢夸奖。"树海也会说话了，又问："在我们这里有什么不习惯的地方吗？"王惠丽想了一下，说："这里树木光秃秃的，田野也是光秃秃的，河里的冰厚厚的，感觉很开阔，也很凄凉，不像我们南方，山清水秀的。"她觉得自己说错了，马上更正道，"我是说，这里冬季的气氛很浓啦。"

宴席散了，这次会面是愉快的，但王惠丽并没有明确表态，只是说回去再答复。

新立沽制衣厂与港商王惠丽的合作框架已经商定，但受聘为副厂长的树海对每月一千元的工资深感不舒服，为仍旧没有摆脱受制于人的尴尬处境而不安，可事到如今，只好这样撑着了。

春节刚过，新立沽制衣厂与王惠丽的惠丽服装有限公司的合资全面完成，更名为惠丽福利制衣有限公司。王惠功作为王惠丽的全权代表，主管这个新成立的制衣公司。

农村的"年旽儿"特别长，新立沽的"年旽儿"似乎更长，为什么呢？因为那些挣了点儿钱的人，自由自在，闲着没事，渐渐染上了赌博之瘾。耍钱之风日甚一日，有的白天玩，有的白天没时间，就晚上玩。郑跃军属于后者。为此，树芬劝他多次，每次郑跃军都说，他不玩大牌，让她放心，他只是开开心。开始他是这样，可是越玩瘾越大，越玩赌注越大。

这天，郑跃军玩得很恼火，推"牌九"已输掉八九千元了。他刚发完牌，周围看热闹的人突然发现四五个警察站在他们面前，吓得撒腿就往外跑，在炕上盘腿大坐的郑跃军等人只能束手就擒。他们被带到了乡派出所。热心的人们立刻跑到他家通报了此事。树芬听罢气愤至极，恶狠狠地说："活该！看你以后还玩不玩！"可是，她马上又心软了。见小虎早已熟睡，她穿好衣服，一看表，快十一点了，也顾不得她大哥已躺下，便焦急地拿起了电话，刚想拨打，又放下了。她急忙起身，把孩子锁在屋里，直奔她大哥家。来到她大哥家，她敲开了门，一见她大哥树山就说："气死人了！郑跃军玩牌，被派出所抓去了。"树山满脸不高兴："我早就说过，早晚被派出所抓去。"

第六章

树芬焦急地问："大哥，你看咋办？明天还出车呢！"王春梅责怪道："他大姑父也是的，刚挣了点儿钱，这回可好，给人家送去了，看他以后还玩牌不！"生气归生气，为了妹妹，树山还是给乡派出所新调来的王所长打了电话："王所长，磕碜事，我家妹夫玩点儿小牌，刚被所里的人抓去……"王所长说："……既然老兄开口了，老弟我不能不关照啊，但也得罚点儿，以示惩戒。""罚多少？"树山问。"一千吧！"王所长语气并不坚决。"太多了，少罚点儿！"树山还价。"五百，不能少了。"王所长说出了底线。

郑跃军被放回来时，已是夜里两点多了。他敲了几下门，和衣躺下、还在生气的树芬，起身跳到地上，跑到外间屋打开了插销，立刻转身进了里屋，又和衣躺下了。郑跃军进了屋很不自然，也不敢开灯，向背对着他的妻子难堪地咧了一下嘴，脱下衣服，准备躺下。树芬腾地从被窝里坐起来，含着眼泪说："你就照这样学吧！明天我非告诉你爸你妈不可！我早就劝你，你不听，这会儿舒服了？要不是大哥，你就在里面蹲着吧。"郑跃军也不说话，脱完衣服，钻进被窝里。树芬哪里肯饶过他，把被子一撩，质问道："你说，以后还玩不玩？你不说，别想睡觉！"郑跃军自知理亏，指着熟睡的小虎小声赔笑，说："我的姑奶奶，我不玩就是了！"树芬听了这话，还能说什么呢，只好抹起了眼泪。要说疼她，丈夫那是无可挑剔，她把刚才撩起的被角，又给丈夫猛地盖上，抹一下眼泪说："我今儿个信你一回！"她唠叨了过了一阵子，脱下衣服躺下了。

李家沽乡的各项事业快速发展，问题和矛盾也接连不断。在乡长办公室里，葡萄酒厂的中方厂长高学军向老同学树民汇报："唉，这个托马斯真够色的。年轻的女会计跟我提辞职，我问她为什么，这一问不要紧，她呜呜地哭了。原来这个托马斯想占她的便宜。"树民哭笑不得。高学军勉强咧一下嘴，说："下面这事非给你的鼻子气歪了不可。""啥事？"树民问道。高学军迟疑了一下，说："算了，不说了。""你这个人啊，到底啥事？"树民认真起来。"你真不知道？"高学军追问了一句。"你这个人，跟我还藏着掖着？"高学军叹了一口气，说："秦亚娟的事。""她有啥事？老魏又找她别扭了？"树民猜测着。高学军摇摇头，留有余地地说："我听说棉纺厂今年效益又不错，前天在一次晚宴上，魏文山可能指使几个人把秦亚娟灌醉了。她哪喝得过那些人？没辙，僵到那儿了，结果她喝得迷迷糊糊，当着满屋子男男女女的面儿，找了个墙旮旯，解开裤子开始小便……秦亚娟可是丢人了。"树民听罢，太阳穴的青筋都出来了，腾地站了起来，追问道："你说的是真的？""那还有假！"高学军紧张地回答。"我看他作到头儿了，这个老浑蛋！"树民骂道。高学军开始后悔了。树民并不这样想，他早就知道魏文山把秦亚娟看成眼中钉。原因就是秦亚娟负责财务和人事工作，他虽然身为厂长，关键部门却由秦亚娟把守，她后面有树民撑腰，他想搞点儿小动作，都受到了极大的限制。魏文山有牛书记做后盾，也是有恃无恐。只要一有机会，他就向秦亚娟发难。去年这个三百来人的棉纺厂效益不错，他的私欲开始膨胀，总想多吃多占。乡里规定正副厂长都签字才能入账，所以魏文山签署的报销票据，有的不合财务要求，被秦亚娟抽出来的虚开票据有数万元之多。为此，魏文山恨得咬牙根儿。为了出口恶气，魏文山在一次中层干部会议上擅自许诺："今年效益不错，打算给哥几个多开点儿钱……"散了会，秦亚娟找到他："这事乡里是否同意？"魏文山无所谓地说："没必要事事请示乡里，哥几个受了一年的累，多开点儿是理所应当的嘛。"可是，秦亚娟不敢这样做，请示了树民，树民没有同意。结果，秦亚娟在中层干部中变得很被动，落了个"小报告"的绰号。这些情况，树民都清楚，早有调离魏文山的想法，只是在等待时机。树民明白，魏文山针对的不仅是秦亚娟，戏弄的不仅是秦亚娟，而是他刘树民。

　　高学军走后，树民装作不知情，给秦亚娟打了电话："喂，这几天没啥事吧？"昨天在家歇了一天，今天刚上班的秦亚娟，一听是树民打来的，犹豫了一下，故作镇静地说："没什么事啊。"这种丢人现眼的事，她哪敢跟树民说呢？那次她与王立君双双醉酒，次日树民狠狠地数落了她一顿。她哪里服气，跟他闹了个半红脸儿。今天，正在气头儿上的树民又拢不住火了，毫不客气地说："你就跟他们胡闹吧，赶明儿死都不知咋死的！"树民像吓唬自己的老婆似的，把电话"啪"的一声挂断了。酒醉之辱在心中还没有抹掉的秦亚娟，看树民这样对待她，一股怨恨涌上心头，她把电话摔得更响，在心里骂道："臭德行！我愿意！我又不是你老婆！有火跟你老婆撒去！"女人就是女人，这不，只见秦亚娟两只美丽的眼睛又含上了怨恨和羞辱的泪花。她何尝不想让树民给她出这口恶气呢？那天，司机把喝得迷迷糊糊的她送到家里，她并不知晓自己出了丑。董振刚伺候上伺候下，陪到后半夜，她才醒来。突然,她记起了那耻辱的一幕,顿时羞愧难当,"呜呜"哭了起来,直至天明。任凭董振刚怎么追问,她也不说原委;任凭他怎么安慰,她也不能止住眼泪。她心灰意冷,自言自语道:"女人啊,咋这么不好当啊!""谁又欺负你了?"丈夫又疼又气又急。"没人,是我自己喝醉了。"她没脸面到棉纺厂上班了,在屋里闷了整整一天。今天,如果不是厂里用电话把她追来,她还上不了班。她强装镇静,来到棉纺厂,员工们向她打招呼,她不敢给他们一个正脸,匆匆地一头扎进她的办公室,一上午没有出来。会计、出纳向她请示工作,一脸严肃,谈完工作赶紧出去了。树民这一摔电话,反而使她十分压抑的心情缓解了许多,她干脆想开了:事已至此,让他们嚼舌头根子去吧!你们想把姑奶奶挤走?休想!

　　快下班的时候,树民又给她打了一个电话,让她六点到洪福酒楼二〇六房间找他。人就这么邪,树民近乎命令式的邀请,秦亚娟不但不拒绝,反而像小绵羊似的乖乖地同意了。两人相见了,她没跟树民打招呼,树民也没跟她打招呼。树民也不抬头,沉着脸在圆桌旁靠近门口一侧坐着,秦亚娟微垂着头坐在他对面。不多时,服务员把树民提前点好的四个菜端了上来,拿了五瓶啤酒。服务员走了,树民仍旧不说话,把两个人的酒杯拿到一起,分别倒满,示意秦亚娟把酒干了。秦亚娟见他这样,火上来了,端起酒杯一口气干了,他也干了。她把酒杯往桌上一蹾,树民又都满上了。两人又都干了,第三杯也是如此。这三杯下去,秦亚娟受不了了,脸立刻红起来。她被盛气凌人的树民激怒,赌气连干三杯酒,立刻勾起了满腹的委屈和羞辱,恨不能号啕大哭一场。她本想把憋在心里的受辱之火,在他面前发泄发泄,没想到他竟这样对待她,她真受不了了。她努力控制着,趴在桌子上抽泣了起来。树民见状,后悔不该这样,忙凑过去,安慰道:"我早就跟你说过,你要防着他们点儿,你就是不听!"秦亚娟听了这充满感情的话,像小孩子受了委屈似的,一头扎到他的怀里,抽泣得更甚了,哽咽着说:"我、我不干……干了!"树民像对待自己的孩子似的,轻轻地把她的头托起来,看着泪流满面的她,说:"亚娟,你又忘了?千万不要说这没出息的话,一定要挺住,做一个让人羡慕的女人,为了你自己,也为了我。我一定会给你出这口气!不,也是给我自己出气!"秦亚娟有着中国传统女性性格中忍辱负重、软弱自卑的一面。此时,树民双手抱着她的脸颊,她感到十分幸福。当她被泪水模糊的视线，与他坚定而又深情的目光相遇时，她反而害羞起来。她赶紧用一只手轻轻拨开树民的大手，坐起来嗔怪道："看你刚才的样子，多凶。"树民略有歉意，说："我是气你不听话，想吓唬你一下，谁知你哭得那么冤。"她不好意思了，嘴一噘，说："都是你气的，我明天非到王立君那儿告你一状不可。""你快去告，就怕你不敢！"树民有意用挑战的口吻说。"看我敢不敢！"秦亚娟露出了轻松的神情，房间里荡漾起轻松的气氛。

十一

区税务局的税务联查开始了。汤副局长带着几个工作人员来到棉纺厂检查。中午，棉纺厂宴请他们一行，秦亚娟有意把树民请来陪客。酒过三巡，那天让秦亚娟丢丑，心里多少有些不安的魏文山，频频向树民敬酒献殷勤，而树民并不领情，每次魏文山敬酒，都故意刁难他。魏文山早已觉察到了，心中恶狠狠地暗骂他。这时，树民指着他身旁的汤副局长对魏文山说："魏老兄，咱也别打酒官司，你诚心诚意地敬一下汤副局长。"魏文山眨着一双小眼睛，顿了一下，没辙，只好端起满满一杯李家沽酒厂生产的干白葡萄酒，来敬汤副局长。秦亚娟装作没听见，仍与身边的女税务员说着话。树民说："要敬就得三杯！"他用一只脚轻轻踢了汤副局长一下，汤副局长似乎心领神会，笑着说："听说魏老兄酒量渐长，咱哥俩就依刘乡长的意思，一碰三杯！"魏文山惹不起，皱着眉头答应了。很快，三杯酒干了，树民乘机对魏文山说："魏老兄，去年棉纺厂搞得不错，今年又开门红，我敬老兄三杯。"汤副局长喝得正在兴头上，也跟着帮腔："这话有理，喝！"魏文山心里明白，嘴上恭维道："此话差矣,这都得归功于乡政府的正确领导,你这是折煞我。""这是事实嘛，老兄，你非让我起来敬你不可？"树民威胁道。魏文山没有响应的迹象，还是用话对付，树民不耐烦了，自己连倒三杯，然后又给魏文山连倒三杯。树民连干三杯，魏文山依旧耍嘴上功夫，赖着不喝这三杯酒。汤副局长插话道："魏老兄，刘老弟敬你酒，三杯都干了，这可是你不对了。"魏文山面带尴尬，还想拖延，树民借着汤副局长的面儿，侮辱魏文山："这个臭屎样儿的，拿他当人，他不上脸！"魏文山脸往下一沉，反讥道："我是臭屎样儿的，你是屎样儿一堆！"树民可得着机会了，"腾"地站起来，伸过手端起魏文山的酒杯，猛地一泼，满满一杯酒，泼在魏文山的脸上。在座的人惊呆了，霎时间，一阵沉寂。只见魏文山慢慢地用一只手把满脸的酒水扒拉一下，那双红红的小眼睛狠狠地瞟了树民一眼，一咬牙，腾地站起来，一只手猛地击在桌上。顿时，桌上的酒杯、菜肴震得稀里哗啦。魏文山一跺脚，转身冲到屋外，走了。树民不依不饶，指着魏文山的背影吼道："有种你回来，跑算什么东西！"汤副局长从惊恐中清醒过来，拉着树民说："老弟，你消消火！"树民不能自控，骂道："我就是想整治他一下，不识抬举的家伙！"这酒没法喝下去了，人们在混乱中散去了。

魏文山没有回棉纺厂，而是气冲冲地坐上厂里的轿车，直奔李家沽乡政府大院，告状去了。他迈进牛书记的办公室，正在看材料的牛德顺见他这副尊容，刚要说话，他就嚷道："我不干了！"牛德顺丈二和尚摸不着头脑，示意他坐下，不慌不忙地问："啥事？""你问刘树民那小子去吧！"魏文山不顾跟牛德顺如何说话了。牛德顺苦笑一下，说："有话慢慢说嘛。"魏文山眼含泪花，叙述了事情的经过。牛德顺随着魏文山的叙述，面部渐渐绷紧了。魏文山话音未落，牛德顺腾地站起来，脱口而出："胡闹！"他在办公桌后面来回踱着步子。他对树民有些看不惯了。这一两年，他认为树民自恃取得了一些成绩，对他不如原来那样尊重、听话了，这使他有时很恼火。可是，他又没有什么办法，树民的靠山是他的岳父大人王区长。所以，他不得不维持与树民配合默契的面纱。现在树民公然对他力主派到棉纺厂的人大打出手，他能不恼火吗？牛德顺踱了几圈，对耷拉着脑袋的魏文山说："你先回去，我明天找他！这哪里是乡长，简直是土匪、流氓！"

第二天一上班，牛德顺就把树民叫到了办公室，问道："昨天咋喝的酒？"树民说："唉！别提了，都怨我，都怨我。"牛德顺叹了口气，说："以后少喝点儿，这一闹多不好。"树民没有顺着牛德顺的意思往下说，话锋一转，说："这魏文山做事也够损的，前几天，他把秦亚娟灌得……当场解手。"牛德顺撩开下垂的眼皮，迟疑地问："有这事？"树民说："这还有假！"牛德顺用并不惊讶的目光看着树民，苦笑了一下，说："不像话！无赖！"他没有说"一帮无赖"。事情已经明了，两人都心照不宣。

过了几天，牛书记把棉纺厂的正副厂长魏文山、秦亚娟叫到他的办公室，与乡长刘树民一起，就厂内领导班子搞好团结的问题进行了一番教育和批评。一进牛书记的办公室，魏文山看见刘树民和秦亚娟已坐在了两张沙发上，他跟谁也没打招呼，径直往一把椅子上一坐，两只胳膊往胸前交叉一抱，无目的地望着对面墙上悬挂的相框——牛书记去党校学习时的大幅合影。会议开始了，牛书记对魏文山和秦亚娟说了句开场白："今天找你们俩来，目的只有一个，消除误会，加强团结，把棉纺厂的事业搞得更好……"他说完，看了一眼树民。树民显得很轻松，首先对魏文山说："魏老兄，那天都是酒惹的祸，别往心里去啊，把这页掀过去。"魏文山的表情似乎有些松动，树民又说，"老兄，你岁数大，经历的事也多，你走过的桥比我们走过的路还多，所以咱们都要往前看，把工作做好才是咱们的宗旨，你说是吧？"魏文山一听，刘树民作为一乡之长，当着牛书记的面儿，向他道了歉，他不能不说一句："你放心，工作我是不含糊的！"秦亚娟知道魏文山这个人好攀大，而且很自负，从他刚才不称树民为刘乡长的口气上看，他并没有原谅树民，更不会原谅她，但是她也表了态："棉纺厂发展到产值几千万元，实在不容易，作为我来讲，我会尽到我的职责。"牛书记听了三位的发言，心里很高兴，不管他们心里怎么想的，但嘴上说的，达到了他想要的效果——团结。他笑容满面，说："这个会开得很好！我心里很痛快，工作中难免有磕磕碰碰的，这不要紧，关键是要有坦诚相待的态度、自我批评的精神……"这些套话，对于魏文山来说不会起多大作用，他对刘树民、秦亚娟的仇视不会消除的，因为刘树民安排在他旁边的眼线——秦亚娟，挡了他伺机多吃多占的路。

  暮春的一天，中午临近下班，王立君在信贷科独自办公，传达室的老头儿敲门送报纸，并递给她一封信。她接过信，信封上的收件地址栏写着"蓟沽区工商行信贷科"，收信人写的就是她，她一看寄信人的地址，是棉纺厂。拿着这封信，她隐约产生了一种不祥的预感：莫非贷款出了问题？她赶紧把门关好，打开信一看："王科长，我本不该写这封信，但是良心告诉我不能这样做。你可能还不知道吧？你丈夫刘树民与秦亚娟的事，在我们棉纺厂传得沸沸扬扬……"王立君看不下去了，美丽的脸颊立刻蒙上了阴影，拿着信纸的手开始微微发抖，脑子嗡嗡作响。她刚想把这封匿名信撕碎，转念一想，又狠狠地把信摔在了办公桌上。她站起来，胸脯剧烈地一起一伏……

  下午，树民下班没有回家，而是应秦亚娟之邀，与几个同学为她从电大毕业喝庆贺酒。他们是葡萄酒厂的中方厂长高学军，已升为柳沽乡副乡长的王宗斌，还有秦亚娟的丈夫董振刚。几个人踌躇满志地觥筹交错，好不热闹。酒宴之后，几个人借着酒兴，又来到一家歌舞厅，潇洒尽兴。

在舞池里，人们欣赏着树民与秦亚娟并不怎么娴熟的舞姿。对于别人，可以说是欣赏，而对秦亚娟的丈夫董振刚来说，则是一种精神折磨，他醋意虽起，但又无法发作。然而，树民和秦亚娟早就为动听的舞曲所陶醉。这最靓丽的一对，时而笑容满面，时而含情脉脉，秦亚娟的修身连衣裙裹着丰满的臀部，随着舞曲的旋律，一会儿滑向舞池的一边，一会儿飘向舞池的中央，连衣裙的下摆随着舞步不时旋转着。他们早已忘掉了那双不忍目睹他们翩翩起舞的眼睛。不会跳舞的董振刚一根接一根吸着烟，像受刑似的挨到了他们下了舞池。

王立君一下午始终被那封信的内容缠绕着，被羞辱感包围着。下了班，她把两个孩子从幼儿园接出来，送到了公公家里，谎称今晚她要复习电大的功课。她回到家，一头扎到床上，那封信的内容还萦绕在她的脑海里。她的思绪很乱，既相信这是真的，又不相信这是真的，但凭她女人的直觉，她觉得这是真的。她现在很为难，不知道将如何质问丈夫。为这事，她不止一次地暗示过他，但每次他都说，他与秦亚娟是清白的。这种事有谁会主动交代呢，除非被逮个正着，否则是徒劳的。她想到这儿，对写这封匿名信的人产生了一种厌恶。她断定写这封匿名信的人绝不是为她好，一定是树民或秦亚娟得罪过的人，他怀疑到了棉纺厂的厂长魏文山。她知道他和树民、秦亚娟有隔阂，她希望只是一封诬告信。她的思绪乱成了一团麻，她不想因这封信而伤害她和丈夫之间的感情。她爱树民，爱他一表人才，爱他的机灵，爱他有男子汉的气质。说句心里话，一时半会儿，她还没有恨，现在只有气。她因为爱，警惕性不那么高了；因为爱，她一次次相信了丈夫的表白。此时，她没有一点儿心思做晚饭，就一直这么躺在床上，美丽的大眼睛直直地望着墙壁上她和丈夫的结婚照。天黑下来了，仍不见丈夫回来。她火气更大了，肺要气炸了，骂道："又死哪去了！"她身子一扭，偷偷地抹起了眼泪。

树民兴奋地回到家，敲了门不见有人开门，以为妻子去他父亲家了。他开了门打开灯一看，妻子正躺在床上，再一瞧，两个可爱的孩子也没在家，忙问："咋了？病了？孩子呢？"王立君也不回答。他走到妻子跟前，一只手想摸一下她的额头热不热，被她拨拉回去。她腾地坐起来，气冲冲地质问：

"你还知道有这个家啊？"树民没乐挤乐地说："我有应酬嘛。""你别拿这个当借口，我问你，今天是不是又跟你那个秦大厂长谈工作去了？"树民明白了，皱了一下眉头，责怪道："你看看，又犯神经病了不是？"见妻子这个架势，他试探道，"你是不是听见谁说什么了？""你别问这个！我问你，是不是跟她喝美酒去了？"树民乐了，说："看你说得多难听。"他顿了一下，"她叫了几个同学，还有董振刚，为庆祝她从电大毕业，我们几个喝了点儿酒。我要是有半点儿假话，就是小王八，在地上爬着走。"他没敢说跳舞的事，本想逗妻子一笑，可今天失灵了，妻子不但没有笑，反而哭了起来，弄得他一时不知说什么好。妻子一边哭一边说："你还气我，她从电大毕业，你为她庆贺？我从电大毕业，你请我一个菜还是半个菜？自从咱俩结婚，你领着我们大人孩子到外面转过几回？"王立君说的是实情，自从他们结婚，特别是她生了一双儿女以后，树民没有一次带着妻子、孩子上公园转转，上饭馆更不用提了。树民苦笑了一下，说："唉！你挺聪明的，我那不是应酬吗？你要是愿意，咱也前卫一把。"王立君"啪"地从兜里掏出了那封匿名信，摔到丈夫面前。树民从床上拿起那封信，狐疑地看了起来。看完此信，他气急败坏，一把撕碎了，骂道："卑鄙！真他妈的卑鄙！整到老子头上来了！"他立刻意识到，这是一个别有用心的人的阴谋，立刻想到了魏文山。不错，这封信正是魏文山改变了字体写给王立君的。利用男女关系问题，整治仇人，这一招古今中外屡见不鲜，而且很灵验。此时的王立君不管阴谋不阴谋，只想知道信上说的事是不是真的，她丈夫在秦亚娟的办公室，两人抱在一起是不是真的。树民近乎哀求地说："请你相信我，好吗？"王立君不作声了，这正是她想要听到的。树民不说话了，但他欺骗了他的爱妻。

屋里的气氛像凝固了一般，树民坐在沙发上，王立君坐在床上，时针"嗒嗒"地走着，房顶的梅花光灯，静静地照着他们夫妻沉重的脸庞。过了一会儿，王立君平静地说道："调上来吧！离开那是非之地，为了你今后的前程，为了我，也为了咱们这个本来就温馨的家，你听明白了吗？"背靠沙发的树民两手一摊，为难地说："立君，现在还不是时候，我刚有点儿政绩，我还年轻，调上来后人家给我放在哪儿？"王立君无话可说了，又是一阵沉默。"你看着办吧！我王立君绝不让你做什么保证，我只说一句，我非常珍惜这个家！"树民听了妻子的话，很惭愧，他清楚得很，她既爱他的妻子，也爱昔日的恋人秦亚娟。他不止一次这样想：这样是很不道德的，对爱妻来说，他更可耻。他也不止一次想疏远秦亚娟，可是他做不到，只要秦亚娟那里有一星半点儿事情，她告诉他，或他知道了，他都愿意为她分忧效力。一旦有些日子听不到秦亚娟的消息，他就会惦记，不是他打电话，就是秦亚娟主动打电话。今天，为了给妻子吃一个定心丸，他严肃地说："你放心，你老爷们儿知道哪儿深哪儿浅，关键是你耳朵根子要硬，不要疑神疑鬼的。"王立君还能说什么呢？这次为了一个女人，为了夫妻感情，为了这个家，她第一次生这么大气，她知道这样做会伤害夫妻感情，然而，不这样做又能怎样做呢？此时，她莫名其妙地感到自己很无聊，也很伤感，不想与丈夫再争论了，感到很疲惫。

第七章

一

　　新立沽的几个村办企业，除了制衣厂和纸箱厂运转不错之外，林金江的机械铸造加工厂和汪家林的铸造厂都背上了沉重的三角债。树山看着总会计的报表：林金江在外边的欠款三百来万，汪家林欠外债二百来万。这两个企业已没有资金投入再生产了。树山指着会计报表骂道："这是办企业吗？整天忙活得可热闹了，又开炉又点火的，忙了一屁股账，全是一群白痴宝！"他气得一屁股坐在了椅子上。总会计自言自语："现在人心都坏了，让狗吃了，哪能收了人家的货不付钱。""这事也别光赖人家，就赖自己！"树山说着，开始给各厂打电话，让各厂厂长明天到村委会开会。

　　会议一开始，树山板着脸说："今天的会不说别的，就说存在的问题和解决的办法。"这几年有些发福的林金江，觉得自己这企业是最大的承包企业，大大咧咧地说："要说存在的问题，就是返款困难，去年工人的工资刚发了一半。""我那里的情况和金江表兄的差不多。"树山的亲家叔、林金江的表弟汪家林说。"纸箱厂欠账不多，问题是活儿太少，都是小活儿，没啥油水。"树山的盟弟马志林说。树山听了厂长们的发言，他们都提到了资金太紧张需要贷款的问题。树山并没有正面回答这个问题，而是从管理上谈了自己的观点："……我认为不单单是钱的问题，很大程度上是管理不到位，技术水平不高造成的，是厂长们的责任心和眼光的问题。现在不是有闺女不愁嫁的年月，光有闺女还不行，要灵透，人家谁愿意要傻闺女？我们的产品也是这样，质量是关键，销售是重点。"马志林插话说："是这个理儿，问题是现在办事，没有关系不行。就拿纸箱来说吧，咱们的价格比人家的还低，可人家就不要咱们的，有啥办法。""这个我承认，很多事没有关系就是不好办，咱也走关系嘛，但不管怎么走关系，守信用、重质量是基础。"林金江吸了一支烟，不以为然，说："信用，狗屁！你是守信用，人家不守信用咋办？前些日子，我到一家钢厂要钱，钱没要来还白搭了一顿饭。这年头儿欠账的成了爷，要账的成了孙子。在饭桌上，我开玩笑问他们厂长，你这么大的厂长，也学会骗人了？那厂长乐了，他说，老弟，你算说对了，我们一开始不会骗人，人家骗了我们，我们没有办法，不得不骗了你，这有啥办法呢？我总不能把我们的机器卖了，然后把欠你的钱付了吧？""不能都这样，别人的事咱管不了，管好咱们自己的事。特别是销售这一关，千万不能人家要货就给，看看人家可靠不，追着人家的屁股求爷爷告奶奶地要账，做不得。要完善销售机制，销售人员的工资要与销售效益挂钩，销得多、欠账少的要重奖，对销售欠款要实行责任追究机制。"马志林的发言，树山非常赞同。"人家外国人咋敢跟咱中国人做生意呢？你不服人家的管理就是不行。"树海插话说，他是代表制衣公司的经理王惠功来开这会的。"拉倒吧！老外就那么能？都是他们高工资聘的中国人，算计中国人。"林金江目空一切地反驳。会议开了半天，定了几条原则，加强管理、降低成本、增加产品种类、寻找合作伙伴、聘请能人等。

但是，树山还是放心不下，真的担心以村里的名义贷的款打了水漂。他准备帮林金江建一个合资企业，堵上他担心的那些贷款的大窟窿。他有些后悔，不该操持这几个企业。他有一种骑虎难下的感觉，没辙，只有硬着头皮往前奔了。他主意已定，整天不是跑区里的有关部门，就是跑市里。他不知跑了多少天，终于有一天，通过树民在市里工作的同学李月朝的介绍，市外贸回话说，日本一家公司有意订购一批杠铃。树山放下树民打来的电话，兴奋地骑上自行车，来到了林金江的机械铸造加工厂。他推了一下厂长办公室的门，门紧锁着，财务室的会计告诉他，林金江陪着税务人员吃饭去了。

下午，树山又来到机械铸造加工厂，林金江还没有回来。他到各办公室及车间转了一圈，越转越上火。各办公室的东西横七竖八，大院里的东西也是乱堆乱放，看上去像废品收购站。这时，有些酒意的林金江带着几个人，从轿车里钻出来，见树山站在院子里，他忙打招呼："大哥，上午税务那帮人来了，和他们出去吃饭了。"到了厂长室，树山一看，脸拉下来，林金江的办公桌上材料乱七八糟地堆放着，没有被纸张盖住的桌面落了一层灰尘，脸盆架上的白脸盆里有半盆浊水，黑灰色的毛巾在盆架上搭着，地砖上有明显的一层灰尘，门后旮旯处烟头堆了一堆。树山坐在沙发前，拿起沙发上的毛巾，用力掸了几下沙发上的尘土，然后坐下。林金江看出树山不高兴，装作没看见，掏出一支烟递给他。树山接过烟，仍板着脸说："你看看，这是办公室吗？我说过多少遍了，就是不听！这简直就是猪窝。"林金江表面点头哈腰的，心里却骂他瞎操心。树山又说："真要是外商来了，人家能相中？"林金江一听说外商要来，立刻点头哈腰，说："大哥，你说得是，这阵子抢了一批活儿，这方面是差点儿。""厂风厂貌不是让人看的，你也出去参观过，它直接反映了这个企业的精神面貌，摆设不在好坏，关键是要有那股精神头儿，那种干事业的精神头儿。吃苦耐劳是咱们的优点，可是不讲卫生、乱堆乱放的老毛病一定要改。为什么咱们的产品质量总是出问题，这跟咱们的观念、习惯有很大的关系，咱定的条条框框不是摆设，要落实到位。"他说了一大堆，林金江似乎在认真听。

一九八八年春天，津沽大地生机勃勃，蓟运河畔的杨柳争相吐露新芽，宽宽的河面春水荡漾，小小的水鸟三五成群地在河面游弋嬉戏。一群麻雀一会儿飞到树上，一会儿飞到松软的土上打滚儿，好不自在。河堤两岸一片片野菜碧绿碧绿的，其中点缀着黄的、白的小花，散发出沁人心脾的芳香。人们身穿各式春装，在河堤的公路上来来往往。

新立沽机械铸造加工厂与日本一家公司经过几轮商谈，签订了向日本出口的杠铃合同。相关部门的领导参加了签约仪式，树山身穿蓝色西服，在仪式上讲了话；日方代表五十开外的加藤先生也讲了话。加藤个头儿不高，有些白发。树山多少有些好奇地观察着加藤的一举一动。他走神了，因为加藤的讲话他根本听不懂，他只是注意听翻译的中文内容，但有一点是肯定的，他非常高兴。想到这回可能把村里那一千多万元贷款的窟窿堵上，树山长出了一口气。

二

春风得意的树山刚回到家，正在做饭的王春梅迫不及待地对丈夫说："你可回来了，学校出事了！"在屋里写作业的常胜也跑出来说："汪光他爸把我们李老师的牙打掉了一颗，李老师流了不少血。"王春梅简要地说了经过，树山不耐烦地说："又是汪家，他老姑父掺和了吗？""没有。"他得到妻子明确的答复就放心了。

第七章

这次事件比上次殴打李家沽中学教师要严重得多。汪家林把新立沽小学李老师的一只眼打瞎了。起因很简单,上五年级的汪光不好好学习,整天调皮捣蛋。他爸汪家林听信了儿子的一面之词:李老师又打他了。五大三粗、如今有了点儿钱的汪家林,蛮横地闯进学校,把瘦弱的李教师叫出教室,没说上两句话便大打出手……出校园之前,他还扬言:"你告去吧!我等着你!"汪家林在众目睽睽下扬长而去。在教育局开会的校长董振刚,被群情激愤的教师们通过电话追了回来,他们要求一定将汪家林绳之以法。

这几年,随着农村一些暴发户的"成功","万般皆下品,唯有读书高"的观念被冲击得很严重,"读书无用论"又有所抬头。那些暴发户的"小少爷"们自恃家里有钱了,根本无心学习,'学生难管,课难教'已是教师中的流行语。

树山关注的是:第一,这件事不要闹大,因为这毕竟不是一件光彩的事;第二,尽量不要让经营陷入困境的铸造厂的厂长汪家林吃官司,他如果吃了官司,他的企业会更加难。所以,他还想依照上次处理李家沽中学教师被打那件事的思路,来处理此事。他虽然对自恃有了几个钱的汪家林的鲁莽行为不满,甚至愤怒,但为了那个企业着想,他还是出面进行了调解。

这天,树山打电话把董振刚叫到他的办公室,了解了一下情况,说:"振刚,你是咱们村小学的校长,又是咱村里考出去的,从根儿上说,你就是咱们村里的人。从这方面说,这是家里的事,家里的事就按家里的办法去办,你听明白了吗?"董振刚苦笑了一下说:"大哥的意思我能不明白吗?就是私下解决,跟前几年李家沽中学那件事一样,不要把事情闹大。""对!也巧了,都是他老汪家的事。这次汪家林把人家老师打坏了,比我妹夫那次严重,刚有几个臭钱就无法无天了。你肯定生气,想给这位老师撑撑腰,是吧?我也生气啊!这一点你大哥我能不理解吗?可话又说回来了,真要是闹大了,把他弄进去,他的企业咋办?他的贷款谁还?这不挂着村办企业的牌子吗?他的企业还养着好几十号人呢。"董振刚沉着脸,不时点着头。树山看了他一眼。董振刚明白其意,表态说:"大哥请放心,我按着大哥的意思办就是了。"树山笑了,说:"咱哥俩就是和稀泥啊,往好处和呗。"董振刚苦笑了一下,应付着。

树山满以为凭着他的面子,会把此事摆平。他秉持着大事化小,小事

283

化了，息事宁人的原则，进行了认真的调解，多少天过去了，没承想落了个瞎忙活。被打的教师已告到区法院，而且发展到新立沽小学的全体教师联合全乡教师进行了集体签名，要求严惩肇事者。一看事情的发展已完全出乎他的预料，他对董振刚不满了。夹在中间的董振刚十分无奈，对树山说："大哥，我该说的说了，该做的做了，实在无能为力了。老师们背着我进行了集体签名，连大嫂都背着我签名了。""啊！她也签了，这老娘儿们！"树山气坏了。他一甩手出了校园，找了个小车，来到乡里。他向树民通报了此事。不想过多参与的树民，立刻感觉问题严重了，脱口而出："这个董振刚真废物啊！他咋就没压下这件事呢？"然后瞟了大哥一眼，没敢多说什么。树山从他的眼神里看出来了，他一定是埋怨他这个大哥不该又私了这个敏感事件。

晚上，树山回到家，没好气地对王春梅说："听说你也在教师的联名告状信上签名了？老娘儿们家家的，跟着瞎掺和啥！"王春梅争辩道："人家老师们拿着签字单，让我签字，我能不签吗？人家外校的老师都签了。""好！你对！你签！"树山阴沉着脸，坐在炕上。王春梅不服气，说："汪家，你看在村里还盛得下吗？今天打这个，明天骂那个，你整天替他们跑东跑西的，我就看不惯。说老实话，我也生气，你问问常胜，他那孩子是省油的灯吗？那汪家林给人家老师的眼睛都打瞎了一只，人家告他不对啊？就告他！""闭上你的臭嘴！"树山嚷了一句。王春梅还想分辩，树山阻止道："你别说了！他要不是厂长，养着几十号人，没有那么多贷款，你当我愿意管他这破事？"常胜、常利小眼睛眨巴眨巴，在一旁望着父母争辩。

树民这些日子被学校的事情缠住了。新立沽小学被打的教师不接受只赔钱的解决方案，告到区里，不见回音又告到了上边。不仅如此，全乡教师联名签署的"六一"罢课声明一式三份，分别送到了区政府、区教育局、李家沽乡政府。主抓教育的新上任的李副区长，急匆匆地把教育局的王局长、李家沽乡的乡长刘树民，用电话叫到了他的办公室，当面把市教育局就此事签发的批文递给了他们。王局长接过批文看完，递给树民："……汪家林殴打新立沽小学教师李涛致残一案……应交司法部门依法审理……速办！"树民看完批文还没开口，李副区长就严肃地说："你们二位要亲自到学校传达批文，然后到被殴打的教师家中进行慰问。"顿了一下又说，"公安局那边也将行动。"树民心情十分沉重。

第七章

汪家林在他的铸造厂被带走了。他的大侄子汪玉生惊慌失措，在电话里告诉了树山，树山二话没说，放下电话，叫上会计和出纳员，迅速暂时封存了铸造厂的账目。汪家林被逮捕了，在当地引起了很大的反响。

夏天的是炎热的，这些天好像格外热，更让人焦躁不安。树民正烦闷着，一位戴眼镜的男士和一位年轻的女士推门进来了。男士问道："请问您是刘乡长吗？""你们是？"树民迟疑地问。那男士说："我们是来调查新立沽小学教师被殴打案件的处理情况的。"那位女士把证件递给了树民，树民得知他们是上边派来的调查人员。树民让了座，谨慎地问道："你们想了解哪方面的情况？"男士右手把眼镜向上轻轻地推了一下，说："是这样，我们刚从新立沽小学调查回来。""噢！"树民苦笑了一下。"据我们了解，公安局已经把肇事者拘留了，是吧？"男士问道。"对！"树民明确地回答。"是在什么时间？"女士问。"是在接到区里的批文第二天，五月二十八日上午。"树民说。"谢谢！待案件审理结束，以书面形式向市教育局信访办通报一下。"女士说。二位告辞，树民将他们送出他的办公室。

三

惠丽福利制衣有限公司效益不错。主抓业务的副经理树海虽然工作认真，但是总有一种受制于人、寄人篱下的屈辱感。公司的效益越好，他心里越难受。渐渐地，他产生了要摆脱这种困境的想法。特别是他每次押送服装，到港湾区交货，与顺达物流公司年轻的业务经理张瑞惠的交谈后，这种想法就更强烈了。在港湾区，有北方大港作为依托，物流业很有发展前景。他萌生了这样一个念头：创办一个物流公司。然而，自从他产生这个念头后，他的苦恼也来了：到异地创建一个物流公司谈何容易，钱哪里来？业务哪里来？他大哥有一百句话等着他呢：家里的这点儿事你都弄不好，你还觍着脸到外面办企业？真不知道你姓啥了……可是，不想办法闯出去，啥时候有出头之日啊！

这天，他和经理王惠功在港湾区一家酒楼宴请外贸的有关人员，一位打扮入时、年轻漂亮的女士微笑着推门而入。她身着浅灰色套裙，白皙的脸上一双透着灵气的丹凤眼妩媚动人。她就是刘树海刚认识不久的，顺达物流公司的业务经理张瑞惠。她热情地来到树海对面的宴桌前，微笑着说："不知各位在此用餐，有幸相会。"外贸的王科长指着树海和王惠功介绍道："他们二位是刘经理、王经理。"张瑞惠笑着说："我认识刘经理。"说着，把修长而白嫩的手伸过来，分别与树海和王惠功握了手。张瑞惠端起半杯葡萄酒，说道："我敬大家了。"她先干了，实在的树海也干了。张瑞惠看到树海第一个干了，笑着说："大家要向刘经理看齐，谢谢了！"树海旁边的王惠功，见自己剩下半杯酒，有点儿不好意思，对树海抢在他前面出风头，心有不悦。王科长说："刘经理，张经理是女中豪杰，你还不回敬一下？"其他人随声附和。树海站起来，很认真地说："张经理，小弟我和王经理，敬张经理一杯，以此感谢贵公司对我们真诚的服务。"说罢，他分别给张瑞惠、王惠功倒了半杯酒，最后给自己倒半杯。王惠功看了他一眼，没有说话，不情愿地站了起来，三人都干了。王科长添枝加叶："好！这就是缘分，咱这儿八百多万人口，怎么这么凑巧呢？就冲这个，也得喝三杯酒！"树海和张瑞惠真喝了三杯酒。最后，树海还发出了邀请："希望张经理方便的时候到我们农村看看，品尝一下我们的玫瑰香葡萄和葡萄酒。""谢谢刘经理的盛情，用户是上帝嘛，有机会我一定登门拜访。"张瑞惠微笑着告退。

在回家的路上，王惠功很不高兴，对树海在酒宴上的表现，很不满且忌妒。树海不该把他这个"一把手"掩下去，同时他也为自己在漂亮的女士面前愚钝的表现而不安。他挖苦道："老弟，酒喝得不赖啊！""老兄，酒桌上的礼节，我确实不懂，瞎应酬。"树海借着酒劲儿很兴奋。"好！比我强多了。"王惠功略显不耐烦，然后无精打采地说，"我困了。"兴奋不已的树海一时语塞了。

轿车在喧闹的市区穿行，出了市区，驶向了郊区的公路。郊区田野的风光，立刻展现在他们眼前。

景色不时地变换，一阵夏季的热风夹带着田园的清香飘进车内，使有些酒意的树海感到愉悦……

轿车驶向临海的公路。他向南望去，大海一望无际，雾蒙蒙的。极目远望，一艘渔船像小瓢一样，在海浪尖上不停地一起一伏，摇摆不停。他立刻为渔船不畏海浪的击打而赞叹，更被渔船上的渔民的驾船技艺和冒险精神折服，同时又为渔民担心。他黯然地收回了视线，眯缝着双眼，看着眼前夹杂着泥沙的海浪不时拍打着公路下面用石料砌成的路基。公路北面是一眼望不到边，像"田"字格一样，大小不一，用泥土围成的倒卤汪子，它是全国久负盛名的盐厂晒盐的倒卤区。在倒卤汪子里，有三三两两的人拉着长长的尾巴式的袖子网，以此打捞紫红的小卤虫，它是人工养殖对虾的极佳饵料。

　　海风潮湿而又凉爽，夹杂着海鲜的腥味。树海被海风吹醒了，酒意消退了很多。他望着车窗外，一阵孤独感袭上心头，人跟这大海、这空旷的大地比起来是多么渺小啊！而他自己呢，更小得可怜，他顿时产生了一种无名的悲哀，也许是酒的作用吧？此时他真想哭出来。酒真是好东西，它既能使人兴奋到极致，也能使人痛苦到极点。树海一会儿为自己至今不能单独干一番事业而苦恼，一会儿为漂亮的张瑞惠能有一番事业而肃然起敬，一会儿又为自己一个大男子汉却不如一个弱女子而深深自责和不安，甚至苦恼万分……

　　人们的思想开化了许多，在农村，各种约束越来越少，人们的独立意识明显增强，挣钱的思路越来越宽。蓟沽区首个个体客运经营者郑跃军，如今全家老小早已不愁吃、穿、住的问题了，而是成了小康之家。可是，郑跃军不满足于专跑市里这趟客运线路，想另辟新径。满足于现状的树芬极力反对，不想再冒风险，为此，夫妻二人发生了分歧。在收车回家的路上，郑跃军手把方向盘，对坐在副驾驶座位的妻子说："我还是想买个大客跑长途。"树芬立刻把脸拉下来，说："你又来了，这山望着那山高，一天净挣七八十块钱，还不知足？我不同意！""你明明知道，跑市里的短途不好干了，天天追着人家屁股后面揽客，烦不烦啊？真是头发长见识短，你不干我干！"郑跃军生气，猛一拐弯，树芬没防备，身子猛地一歪，头撞到了车窗上，更没好气了，说："你别拿车撒气啊！"两人都不说话了。

　　夜里，他们夫妻又为此事闹了起来。第二天一早，郑跃军赌气没有出车。树芬气得早饭没有做，换了一身套裙，带上儿子小虎，骑上自行车回了娘家。

　　树芬到了娘家，放下小虎，一屁股坐在里间屋的炕沿上不说话，明显衰老的母亲，从院子里领着小虎进来，问道："两人又为啥事置气啊？"树芬还是不言语。她嫂子王春柳乐呵呵地进来了，身后跟着五岁的女儿常雅，常雅叫着"大姑，大姑"，见这情景不再叫了。小虎看见常雅，高兴地领着她出去玩了。王春柳从外间屋的脸盆架上拿来一条毛巾递给树芬，说："有啥过不去的事？"树芬接过毛巾，擦一下眼泪，说："他忒气人了，非出幺蛾子，买大客车跑长途，我不同意，他就跟我要。我好也说了，歹也说了，他可好，王八吃秤砣铁了心，今天连车都不出了。他要我，我一年到头起早贪黑，风里来雨里去的，为了啥，不就是为了这个家吗？他那个破家，老的、小的哪一个离开我们俩能成事？他那两个哥哥盖房子结婚，都是我们出的钱。他那两个妹子出门子，也是我们买的嫁妆什么的。两个老的，我们没时间伺候，吃、穿、打针哪一样不是我们花钱？他还玩牌……"母亲也生气了："你俩多好的日子啊，村里能有几家？哪天让你大哥说说他！"王春柳说："她大姑父也是的，跑客运好好的，还不解渴，别人想干还干不了呢。你哥说是办厂子，都好几年了，不还是给人家打工，一年将就弄个吃喝，哪如你们，挣一分是一分。""就是嘛，别看他们办厂子，闹得喳喳呼呼的，有几个挣钱的？花了那么多国家的钱，万一还不上，不麻烦才怪呢。"树芬的母亲说得如此认真。王春柳乐了，对婆婆说："你老比我们还明白。""我也是听人家说的，贷款是有'息利'的。"老太太的话又引得王春柳直笑："你老说反了，那不叫息利，是利息。"树芬也笑了。老人见闺女有了笑模样，说："没吃早饭吧？等会儿你爸从地里回来一块儿吃。吃完饭，我到地里割一捆韭菜，晌午吃饺子。你爸闹了好几回了，要吃饺子，我懒得给他摆弄，你来了，他正好沾你的光。"娘仨你一言、我一语，树芬气消了一半。

四

威风一时的汪家林进了看守所，情绪跌落到了谷底，刚一瞧见特意来探视他的树山、林金龙，一米八的男子汉没说上两句话，便抽泣起来，没了当初七个不服、八个不在乎的傲慢劲儿。他表兄林金龙看他这个样子，小眼睛一瞪，责怪道："你哭啥？早知这样，何必当初？事已至此，哭顶个屁用！大男子汉顶天立地，就你这样，还能办大事？拉倒吧，熊样儿！"汪家林被他表兄这么数落，抹一把眼泪，止住了抽泣。树山明白林金龙的用意，言外之意是别让他看笑话。树山接过话茬，安慰道："你表兄说得对，事已经这样了，记住这个教训，遇事千万不要蛮干，过去的事就让它过去吧。等判下来，安心服刑，我想不会太长的。""就是嘛。厂里的事，你有安排吗？"林金龙缓和了口气。汪家林迟疑了片刻，说："让老大汪玉生替我管起来吧！

你和树山，还有金江二表兄，给照应一下。"林金龙似有不悦，他的本意是让林金江代管着，但既然汪家林这样安排了，他也就默认了。对这样的安排，树山是满意的，汪玉生是他的老妹夫嘛。这样暂时了却了他的一块心病，他怕林金龙、林金江、汪家林暗中联合起来，挑战他的权威。

树山不知何时也染上了一些官员的"怪毛病"：对一事无成者，欲去之而后快；对事业有成者，又唯恐危及其权威。当初，林金江的企业效益不好，他寝食不安，甚至骂他无能，如果不是林金江承包在先，他会毫不含糊地另请高明。如今，林金江的企业效益转好，他又担心他们与林金龙联合起来摆脱他的控制。他一方面觉得一千多万元的村里担保的贷款是一根悬在半空中的绳索，一旦这根绳索"咔嚓"一声折断，后果不堪设想；一方面他又庆幸多亏有这么多贷款，这样他可以紧紧地拉着"集体"这条长长的尾巴，堂而皇之地干预企业的经营，使之跑不出自己的手心。

从看守所出来，树山、林金龙来到一家酒楼，宴请了在公安局工作的熟人。在推杯换盏之间，就汪家林的话题，他们进行了交流。吃到尾声，看守所所长舌头有些僵硬地对树山说："刘总经理，我有个农村亲戚，想到你们厂上班，可以办吗？""老弟，你这是啥话啊，把'吗'去了，办！"树山豪爽异常。"谢谢了！"随着所长的道谢，人们散去。

回到村里，树山给制衣公司的王惠功打电话："喂，王老弟，我是刘树山。""噢，刘老兄。"王惠功客气地说。"你安排一个人，怎么样？"树山非常自信。"哎呀，眼下还没有空位。"王惠功吞吞吐吐。树山转而客气地说："既然老弟安排起来困难，那我找别的企业吧！"王惠功刚想解释，只听树山把电话挂了，他呆呆地站在桌旁。这时，打扮时尚的制衣车间质检组组长张小梅推门进来了，一进办公室就气呼呼地对王惠功说："表兄，你为什么扣我八十块钱？那打回来的一百多件连衣裙不合格，我没有责任，当时我向车间主任马志超请示过。他才被扣一百块，我不干！"这张小梅是王宗斌的表妹。王惠功见这八竿子都打不着的表妹向他发火，盯着有些姿色的张小梅说："你说扣多少。""你说了算！"张小梅一屁股坐在旁边的沙发上，噘起了红红的小嘴。"听话，以后我给你补上，可以了吧？"王惠功瞄着张小梅，微笑着说。"那也不行！扣他二百！"张小梅不解气地说。"好，好！"王惠功这样表态，张小梅才露出了得意的微笑。

过了片刻，马志超被王惠功叫到了办公室。王惠功一本正经地说："志超啊，我觉得这一百多套连衣裙返工，你的责任大一些，考虑到车间那边的反应，再多扣你一百块……"马志超板着脸说："我不同意！论责任，质检组长应负全部责任！这次事故是她把关不严造成的。""你是车间主任，你负领导责任。"马志超无力反驳，起身悻悻地走了。

马志超下班回家，耷拉着脸，也不看正在做饭的妻子姜文花，骂道："妈的，老子不干了！""又出啥事了？又跟张小梅……"在马志林的纸箱厂任会计的姜文花猜测道。"这娘们儿，有事没事跑到楼上打小报告……哼，这次一定是她使的坏。这个王惠功，见了她，骨头都酥了……"不等丈夫说完，她一针见血地说："他们这不是合伙排挤你吗？""他想得美！别让我抓住他们的小辫子，妈的！"马志超冷冷地说。姜文花从丈夫那里早就得知，张小梅和王惠功关系密切，不解气地说："她张小梅，你看那臭美样儿，整天打扮得跟小妖精似的，别跟郑跃凤似的，闹出点儿啥事来，她老爷们儿肖四坏能饶了他们？""你就等着看好戏吧！"马志超露出了幸灾乐祸的冷笑。

六月二十三日，天气略显燥热。树山早早来到机械铸造加工厂。今天是日本商人来厂检验杠铃产品的日子。他上身穿一件白衬衫，下身穿一条浅灰色的长裤，脚蹬一双黑色皮凉鞋，小平头油黑发亮，微红的长方脸给人一种精力充沛的感觉。林金江在工厂连轴转了几昼夜，树山见他一双小眼睛都熬红了，半开玩笑地说："日本人还没有来，眼睛就红了，是害怕，还是着急？""老兄，你还拿我开玩笑，这几天我又尝到了当年挑灯夜战落稻子的滋味了，困得难受啊。"林金江带着树山到各车间转了转，整体环境大有改善，树山笑着说："这还像办企业的样子，企业不在大小，条件好坏不说，让人一看就是个干事的样儿。"林金江难得得到树山的夸奖，心情自然高兴。林金江的哥哥林金龙也来了。几个人来到了大门口，一辆深蓝色的桑塔纳轿车在他们面前停下来。第一个下来的是树民，紧随其后的是乡企经委的徐主任，都是熟人，自然不必客气，但少不了开上几句玩笑。林金江笑盈盈地和树民握了手，说："我差点儿把你这个乡长当成日本人了。"徐主任说了一句："悄悄地进村，打枪的不要。"逗得人们一阵大笑。

八点五十五分，日本商人加藤和中方的陈代理准时到达。加藤和陈代理从丰田轿车下来，树民等人依次与加藤、陈代理握了手。林金江领着他们到了会议室，会计给他们一一倒上了龙井茶。陈代理说："加藤先生这次来，主要是看一看产品的质量，合格后，按期押车装船。"林金江打开文件夹，拿出材料，介绍说："我方严格按照合同安排生产，每道工序都一丝不苟，不合格的残品绝不入库。这批订单已经完工。"陈代理用日语翻译给加藤，加藤点了一下头，用日语说了一句，陈代理翻译道："加藤先生说，抽验一下产品吧！"

众人陪着加藤来到宽敞的库房。加藤打开仪器箱，拿出仪器，开始了抽检。花白头发的加藤对照图纸，手拿卡尺、放大镜，开始进行认真的检验，甚至连包装的纸型、木制的外包装的木质、尺寸的大小都不放过。树山有些紧张了，他知道日本人仔细，但没想到会这么仔细。林金江更不用说了，也许是天热的缘故，汗珠子从他那小圆脸上掉下来了。人们都没有说话，只是认真地看着加藤检验。就这样，近一个小时后，抽检结束了，加藤笑着说了句中国话："很好！"他主动与林金江、树山、树民等人握手，气氛顿时轻松了许多，人们高兴地走出了仓库。

回到会议室，陈代理说："通过刚才的抽检，加藤先生很满意，谢谢贵方的真诚合作。"双方都鼓掌，祝贺首次合作成功。林金江激动地说："加藤先生、陈先生，有了这个好的开端，我相信今后会更好。为了庆贺，我请各位一顿便餐，谢谢！"林金江这两句开场白说得不错。树山、树民分别代表村总公司、乡政府讲了话。

人们走到楼外，准备驱车去区招待所。陈代理问树山："刘经理，卫生间在哪里？加藤先生想方便一下。"树山随手一指，指向北面不太整洁的厕所，陈代理领着加藤去了。加藤一进厕所，扭头就出来了，陈代理一看明白了。树山以为方便完了，谁知陈代理又跟他说："有条件好一点儿的吗？"树山认真了，眨了眨眼睛，说："前面有一个。"树山上了加藤的车子，领着他找厕所。到了前面的厕所，加藤下了车，树山看他刚进去，又扭头出来了。陈代理忙解释："加藤先生太讲卫生，这样吧，上区里再方便也不迟。""这……"树山臊得满脸通红。

宴会的气氛一直很融洽。快结束时，加藤吃罢最后一口饭，竟然用一小块馒头蘸了自己的小吃碟里剩下的一点点鱼汤，很自然地放进了嘴里。本来就注意他的树山，下意识地睁大了眼睛。这还不算，临走时，加藤让陈代理把餐桌上剩下的两只海蟹和掉在盘子里的几个海蟹爪，都装进了一个自备的餐具兜里。这可让包括树山在内的人大跌眼镜。他们怎么也想象不出，他在生活上竟是这样仔细，而且看上去很自然，丝毫不觉得有什么不好意思的。这一幕让树山他们十分惊异。

树山等人送走了加藤一行，各自上了车。树山坐在轿车后面的座位上，怎么也平静不下来。加藤给他的心理冲击实在是太大了，给他带来了很多思索。轿车快速地在并不宽敞的、带有补丁的公路上行驶着。树山望着车窗外公路两侧凌乱的白蜡树、榆树、椿树、柳树静静地向车后移去……

五

渤海湾的八月，虽说比内陆地区凉爽，但有时也很闷热难耐。树民今天比谁都透不过气来，在办公室里，他把电扇调到最高档，仍不住地出汗。他剑眉紧锁，绷着脸对副乡长李文彬发着火："李家沽中学怎么搞的？中考考了个全区倒数第一，没有一人考上区重点一中，也没有考上高级中专的。教师、家长到处告状，我这儿够一打了。"他把一打告状信摔在办公桌上。李文彬皱着眉头，无奈地叹气。"这样让我的面子往哪儿搁？"树民一屁股坐在了转动的靠背椅上，从办公桌上顺手拿起一支铅笔，点了两下，又把铅笔扔到办公桌上。"按理说，乡里的责任不大，这业务方面嘛，教育局脱不了干系。"李文彬劝道。"可毕竟是乡管教育，事发生了，我这个乡长能脱干系？"树民的想法自然跟李文彬不同。他也纳闷儿，这个李家沽中学——他的母校，据他所知，在他上任以前就换了两任校长，他的李老师是第三任校长，成绩总是不佳，真是邪了门儿！他清楚地记得，刚恢复高考那两年，李家沽中学高考、中考的录取率超过了区里的一中。不行，再这样下去，明年市里"普九"验收过不了关，就不光是丢脸面的事了，真要是波及他的政治前途可就糟了。他猛地一拍桌子，"换！管他老师不老师的！"可又一想，换谁呢？让教育局外派？他知道，前两任校长就是教育局外派的，盯不住，他的李老师才就地上任。他想到了新立沽小学校长董振刚。虽然董振刚在上次处理教师联名罢课的事件中，没有控制住局面，致使问题闹大，但这件事，客观地说，也不是他能左右的，他对教育的执着、埋头苦干的劲头是令人佩服的。自他任新立沽小学校长以来，六年级每年都有考上区一中的，今年竟有八个学生考上了。这在各小学是首屈一指的，区里有的小学也甘拜下风。想到这里，树民脸上露出了一丝欣慰的笑容，他拿出一支烟点着，吸了一口，自语道："先开一个乡教育工作会议，会场就选在李家沽中学，让全乡的小学校长和各村支书都参加会议，听听他们的观点，做一个会议纪要。对，就这样！"李文彬出去了。他跟牛书记打了招呼，牛书记习惯性地点点头。

八月五日上午八点半，李家沽乡第二届教育工作会议，如期在李家沽中学平房会议室召开。两台落地扇"嗡嗡"地高速旋转着。参加会议的村干部、各小学校长都到齐了。主持会议的文教科长张文涛，以及乡长刘树民、主管教育的副乡长李文彬，端坐在用课桌围成的长方形会议桌的中间位置。张文涛宣读了这次会议的议程：一、各校汇报第一次教育工作会议后，两年以来的工作；二、大家谈一下对教育现状的看法，以及对"普九"如何投入进行讨论；三、形成整改方案；四、乡长做总结。

自由发言开始了，一阵沉默，树民见状启发道："希望各位畅所欲言，想到哪儿说到哪儿，有一句说一句，有两句说两句。"董振刚看了看大家，打破沉默说："我说两句……我校有八位代课教师，工资太低，一个月仅七十元，积极性不高，假如有甩手不干的，新教师又不愿到农村来，再找代课教师就难了……"董振刚讲完，其他学校的校长先后发了言，有谈教师待遇问题的，有谈家长闯进教室找教师打架的，有谈校舍漏雨、桌椅更新、办公经费匮乏等问题的。李家沽中学校长李云水发言了，显得很激动，心情也很复杂。他列举了学校存在的种种问题，但是避而不谈教学成绩，以及他的领导责任。树民认为他这是在寻找托词和理由，强忍着怒气，心里说：都到这份儿上了，还执迷不悟！但他还是耐着性子听完了。村里第一个发言的是树山，他这几天心情很舒畅，因为大儿子常胜考上了区重点一中。他深有体会地说："知识是百年大计。这一点，我通过这几年办企业，体会最深。教育不发展，没有人才，企业再往深度发展是不可能的，科学管理也无从谈起。前些日子，外商传来一个英文传真，厂长拿着这份传真给了一个高中刚毕业的出纳员，让他翻译一下。你们说怎么样？他恨不得把吃奶的劲儿都使出来了，翻译了半天，只翻译出一个'红'字来。"与会的人们都乐了，他也苦笑了一下，接着说道，"所以，我说教育是百年大计。我有一个想法，我想给我们村的教师解决一些宿舍，代课教师的工资，村里给补贴点儿。"董振刚带头儿鼓了掌。如果他把正在酝酿兴建新立沽小学教学楼的计划说出来，定会博得更热烈的掌声。王南沽的村支书王志林发言："只要是乡政府决定的事，我们一定照办，尽我们最大的努力。但是我们的教学质量要搞上去，让大人们、孩子们有个奔头，有个看头，当然，质量问题也不是一时形成的，李校长工作也没少做。"此时李云水脸色非常难看，垂着头。接下来，又有人谈到了中学的教育教学问题，会场的气氛这时显得很沉闷很压抑，这正是树民想看到、想听到的。

最后，树民总结道："学校的关键问题是什么？关键问题是提高教育教学质量，跟农民种地似的，忙了一年，你得收粮食；不收粮食，就是瞎忙活。"稍停片刻，他扫视了一下与会者，"农民望子成龙成凤，盼的是质量的提高。不要因为存在这样那样的困难和问题，就消极怠工，要讲一点儿奉献精神，不要让别人学雷锋，自己却不学。不要把学习不好的孩子说得一无是处，不要说人家老祖宗不行，祖坟没长蒿子。"他的口气明显强硬起来。谈到流失问题时，他说："关于流失问题，无外乎两个原因，一是孩子本身学习不好，另一个是家长不重视，但这是少数，多数家长是望子成龙成凤的。孩子天资有严重问题的，是个别的；关键是教师要有耐心，要讲究教育艺术。解决流失问题，齐抓共管就是了。"他明显是针对中学而言的。关于教师待遇问题，他说："要相信国家，会逐步解决的，就目前而言，咱们各校可以立状子，全乡不就是一百九十来号教师吗，每人奖励三百、五百，甚至八百，是可能的。但是对那些整天晃晃悠悠的，绝对不奖励，我不能花冤枉钱！"他顿了一下，紧接着说，"关于这个问题，我们再议。但是我要提醒一句，李家沽乡的教师是幸运的，不像有的地区，拖欠教师们的工资。"参加会议的人们明显感觉到，这位年轻的乡长是带有一定的情绪说这番话的。他的老师李云水的脸红一阵白一阵。

一直到下午一点才散会。人们议论着走出了会议室，树民在前面沉着脸。一排排教室门窗的玻璃七零八落，教室内的桌椅横七竖八。所有这些，在开会之前，树民都看到了，但在会上他并没有提及，给李云水留了情面。

回到乡里，树民撤换他的老师的想法更坚定了，已没有商量的余地。他把这个想法向牛书记提了出来，牛书记不置可否，用他那有些浮肿的眼睛

第七章

看了他一眼，说："这人事调动是教育局的事。""我的意思是咱们找教育局谈谈。"树民坚定地说。"下一步咋办？"牛书记问。"让新立沽的董振刚接替！"树民说。"他是小学的，行吗？咱们掺和得是不是深了点儿？"牛书记知道董振刚是树民的同学、秦亚娟的丈夫。树民心里明白牛书记不紧不慢的态度意味着什么，意识到牛书记对他的工作采取了隐隐约约不合作的态度，不像当初了。树民一笑，说："中小学能有多大的区别？您说咱们参与多了？我认为这很正常，乡管教育，咱们连建议权都没有，光叫咱们掏票子？这叫什么乡管教育？""那你看着办吧！"牛书记无须和他这个年轻的乡长争论，面无表情地说。

下午下班之前，树民给秦亚娟打电话："秦大厂长，今天能赏个脸吗？"秦亚娟笑盈盈地说："你今天怎么了？太阳从西边出来了？""我请你们两口子。"树民故意把"两口子"拉长声调，板着脸说。秦亚娟"咯咯"一笑。树民认真地说："真的，我是想和董振刚谈点儿事，邀你秦厂长作陪。""你找他，关我什么事，本厂长不伺候！"秦亚娟假意回绝。"赏个脸嘛。"树民央求道。秦亚娟绽开笑脸，撒娇地说："这钱你得花啊！""唉！我说请你们两口子，能让你花钱吗？"他又逗了一句。两人约定了时间地点，就放下了电话。

六

晚六点，秦亚娟、董振刚夫妇准时到达大众酒楼。服务员认识秦厂长，热情地告诉她，包房是三○二房间。秦亚娟礼貌地点了一下头，引着董振刚上楼，漂亮的浅灰色套裙把她高挑匀称的身材包裹得恰到好处。董振刚似乎跟不上她的脚步。巧得很，这是她和树民第一次叙旧的房间，她不由得红了脸。她轻轻一推门，树民从门左侧的沙发上站起来，用调皮的眼光看着他们二人，双手轻轻地鼓掌，打趣道："恭候尊贵的夫妻多时了，请！"说完右手往前一伸，"哈哈"一笑。秦亚娟抿嘴一笑："猴病又犯了。"董振刚随着傻笑，不知道树民找他有什么事，但他清楚肯定是学校的事情。

三人坐定以后，树民自然地坐在靠里面的中间位置，按理说董振刚应挨着他坐下，他却把这个位置让给了妻子，自己则坐在她的外面，树民居然认可。服务员进来了，把菜谱递给树民，然后分别给三人斟上了茶水。树民让董振刚点菜，说："今天我主要是请你这个老同学，你劳苦功高。""我不会点菜。我有什么功劳啊？"董振刚笑着说。"老同学，别太谦虚了，你一个农村小学一下子有八个学生考上重点一中。我这个乡长，圈内知道的都不多，你就不同了，你的名字这回可响了！"树民说道。"你别给他戴高帽了，他董振刚咋也对得起你的关照一回。"秦亚娟插话说，言外之意是当初不是你刘树民抬举，他有今天？"这也是瞎猫碰着死耗子——碰巧。要说有功劳，也是老师和学生共同努力的结果，我只不过起了一点儿作用。"董振刚说得如此谦虚，树民反驳道："你看你！老毛病又犯了吧？不要妄自菲薄！远的不说，就说中学校长，当年咱们的语文老师，他上任几年了，哪年好过？今年更惨，考一中，还是考中专，都剃了个秃瓢！你说是谁的事？""中学的情况特殊嘛。"董振刚不便说李校长的责任。"你偏袒咱们的老师，我理解，你们是同行嘛，但是他领导的无能，是事实吧？"树民对给他添乱子的老师很不满。秦亚娟打断他们的争论："我说你们是争论，还是点菜？""好！点菜！"树民停止了争论。

酒菜点好之后，服务员出去了。树民点上一支烟，说："今天咱们随意，不打酒官司，主要是说说话。""正合我意。"董振刚笑了一下。"好吧！趁着没喝酒，我把话挑明了吧，我想让你到中学收拾这个乱摊子。"树民说完，嘴紧闭，双眼直视董振刚。董振刚连忙摆手："不行！不行！我可不行！你不是耍我吧？""这是哪儿的话？咱们是啥关系？老同学、好哥们儿。啥叫好哥们儿？那就是有福同享，有难同当。"树民知道他这个老同学的性格，心高胆小。"你说的，我能不明白吗？我是说我干不了……"董振刚说到这里，树民抢过话茬问："你说有什么干不了的？"董振刚皱着眉头说："中学的活儿，我一天没干过，这是一。二呢，李云水又是咱们的老师。三是我没有那个能力。"夹在中间的秦亚娟总想插话也插不上，只好看着他们争论。"你说的第一点我就不同意，中小学从管理上能有多大的区别？这不算问题。你说的第二点，不错，李云水是咱们的老师，你怕接替他留下骂名：这小子，给老师顶了！要我说，你大可不必，这不是师生之间的私事，要骂，人家也是骂我，骂不着你。你放心，我会把李老师安置好的。不瞒你说，我要亲自找教育局把李老师弄走，你说人们该骂谁？李老师该骂谁？因为李云水是咱们的老师，我迁就了他，老百姓就要骂我，那我这个乡长还干不干？"树民几乎一口气说了这么多，吸了一口烟又说，"你说的第三条，关于你的能力问题，我说你有能力，因为你拿事当事干，干不好，你就睡不好觉，就凭这一点，你就行！再就是我相信你，谁让咱们是老同学、好哥们儿呢？"他喝了一口茶水，看了一眼低头不语的董振刚。一直没有说话的秦亚娟插话说："树民说得有道理，你先把能力放在一边，为了树民也得顶起来。"树民立刻笑了，看了一眼被灯光照得更加美丽动人的秦亚娟，说："还是秦大厂长一语点破玄机，为了老同学、好哥们儿，赴汤蹈火也在所不辞。话又说回来了，有我给你在乡里撑着，把中学抓上去，找个机会，到区里找个好中学，也是完全有可能的。如果不愿意在教育口干，另找一个好部门也有资本，这都是有可能的，只要我还在这个位置。""这可是掏心窝子的话啊！"秦亚娟有点儿坐不住了。"容我再考虑考虑。"董振刚仍旧犹豫。"你真是木头脑瓜子！大男子汉优柔寡断！"秦亚娟有点儿不耐烦了。这时，服务员把酒菜都上齐了，树民笑了一下说："不提这事了，喝酒！"

　　酒过三巡，董振刚借着酒兴说道："感谢的话我也不说了，谁让咱们是老同学呢？李老师的事我也不说了，那是你刘树民的事。试试吧，但我把丑话说在前面，干好了，你我都好看；干坏了，你也别恼我，真要是那样，我主动辞职，你另请高明。""好！痛快！干杯！"树民一饮而尽，董振刚、秦亚娟也一干见底。树民又把酒倒满，兴奋地说："李老师那里，你就别担心了。恕我直言，到了中学，只许成功，不许失败，没有'如果'二字，就像当年亚娟到棉纺厂时跟我说的一样。"树民叫着"亚娟"，那亲切劲儿，叫他的老婆王立君时恐怕都没有。而秦亚娟听着自然得很，要不是董振刚在场，也许她会倒在他怀里，当初也是在这间房里，两人不就亲密无间过一阵子吗？董振刚听了树民这话，只好笑而不答。秦亚娟说："树民他失败不起啊！"董振刚瞟了妻子一眼，醋意又起，心里说：他失败不起，你老爷们儿就失败得起？扯淡！可表面还得装作没事似的，笑着说："失败是成功之母嘛！""我不要这个'母'，绝对不要！"树民一语双关地打趣。秦亚娟"扑哧"笑出了声，顺势用她那细长的手轻轻地捶了一下树民宽宽的肩膀，说："你又没正经了。"董振刚带着醋意看了一眼，傻笑着。三个人又推杯换盏喝了一阵，各怀心事地散去了。

297

树民和牛书记来到教育局王局长的办公室，寒暄了几句，树民直奔主题："今天我和牛书记来，是为李家沽中学的事而来。"四十多岁的王局长心里早有准备，慢慢地说："我们也在研究这件事。""王局长打算怎么办？"树民试探着。"现在，我们的想法还不成熟，听听你们的意思吧！"王局长很娴熟地把球踢给了树民。树民刚想说话，牛书记很婉转地接过话，说："还是听听局里的意见吧！""对！"树民也拿出了架子。王局长微微一笑，旋即认真地说："李家沽中学的事，我们也很着急，今年中考又是这个样子，这是乡里和局里都不愿看到的。既然问题出现了，就想办法解决，既然你们二位来了，不妨把你们的意见留下，都是为了工作嘛。当然，教育局主管教育，但也不能不听听你们的意见吧？你们说是不？"树民听着王局长委婉而又策略的套话，心里有些耐不住了，但他仍旧拿着稳稳当当的样子，笑了一下，说："王局长说得在理，都是为了工作，更准确地说，都是为了把李家沽中学搞好。"他稍顿了一下，"我们今天来，是请局里给李校长找个合适的地儿，绝不能让我的老师受罪了，说实话，他干不了！"王局长微微一笑。李云水是他们老三届同学中的高才生，那次把学习不如他的老同学王局长当场羞辱了，这王局长至今还耿耿于怀。特别是前些日子李家沽中学的部分教师写信状告李云水，他很想借机把李云水拿下，可是为了大局考虑，为了维护教育局的权威和校长的威信，不能出现"多米诺骨牌"效应，只好暂且表现出官官相护的样子了。听了树民的话，王局长愣了一下，看了一眼这位年轻的乡长，说："这样吧，回头我们研究研究。""那我们就候着了。"树民微笑着说道。

　　过了两天，张文涛传话，王局长说，教育局局长办公会议经过研究，同意乡里的意见，刘乡长可以找他们谈话了。树民听了前面半句挺高兴，可听了后半句，顿觉话里有话，质问张文涛："王局真是这么说的？""一字不差。"张文涛回答道。不对，应该由他们谈啊，他们这是两边老好人啊！你乡里提出的意见，给你乡里这个权力。如果你乡里选的人还搞不好，教育局可以顺手一推；如果你乡里选的人把中学搞好了，教育局自然决断正确。树民想到这里，猛地从沙发上站起来，对张文涛指责道："你好糊涂啊！这信儿你能传吗？"张文涛十分为难，说："我说这个信儿不能传，王局长坚持，我没办法。"树民立刻表态道："明天你也把我的意思传过去，就说这事乡里谈不合适，应该由教育局来谈。"张文涛为难地领命而去。这事一拖就是半个月。

秋季快开学了，李家沽中学的领导班子人选还没定下来，树民真有点儿吃不住劲儿了。他听说，李云水听到要被调走的消息后，他家成了转学办公室，找他往区里的学校转学的家长络绎不绝，据说已转出四五十号人了，甚至连小学都波及了。树民气愤地把张文涛找到他的办公室，用近乎命令的口气说："第一，你马上给我制止住这种乱转学的风潮，否则老账新账一块儿算；第二，你跟教育局说，中学的班子调整问题，局里、乡里坐下来一块儿谈。"张文涛哪敢提一个"不"字。

七

八月二十七日，教育局的相关领导，还有刘树民，参加了新任校长的就职仪式。在开会之前，教育局的张书记先到乡政府，进行通报："经局办公会议决定，免去李云水的李沽中学校长职务，由董振刚代理李沽中学校长职务，一年后，经考察决定任用事宜。"树民听罢，苦笑了一下说："既然教育局决定了，我就不说什么了。"

在新任校长的就职仪式上，树民一直闷闷不乐，但是他代表乡政府发言时，态度是积极中肯的："……希望董振刚同志带领李家沽中学的全体教师，把教育教学的质量搞上去，同时也希望全体教师拧成一股绳，克服困难，奋斗几年，不但把咱们落后的帽子摘掉，而且争上游，回报乡亲。我作为一乡之长，从财力上一定支持李家沽中学……"他的讲话自然赢得了与会的教师们的热烈掌声。

树山的大儿子常胜考上区重点中学，一家人非常高兴，在暑假前特意设宴答谢了小学的老师们。星期日，树山把刘氏家族老老少少请到家里庆贺一番。一大家子二十几口人，屋里院内，出出进进，个个笑脸盈盈，小字辈们个个短袖短裤，在院子里打打闹闹。常胜领着一帮小弟弟、小妹妹玩得异常开心。常利闹得最欢。树花六岁的儿子胖乎乎的彬彬上蹿下跳。树芬的儿子小虎瘦高，也淘得欢。树民的一双儿女最漂亮。姜文花的儿子小东跟着哥哥们乱跑。树兰的女儿小芳最小，她妈领着她玩。常凤、常雅、常换在一棵大枣树下，一边吃着刚见红的大脆枣，一边玩过家家。树芬、树花、文花、树兰、小娇，还有从师专毕业、刚在李家沽中学任教的姜文敏，站在枣树阴凉处，笑着谈论着家常，不时摘着树上的大青枣，偶尔吆喝着孩子们别碰着什么。苗条秀气、有些拘谨的姜文敏是姜文花的二妹，树山同母异父的二妹。她是树山托人从邻县调过来的。

屋里几个妯娌正帮着王春梅忙饭菜，王立君轻松地择着菜，树海的妻子王春柳手脚麻利，洗着活蹦乱跳的大鲤鱼，树江的妻子田家英在菜板上"嗒嗒嗒"熟练地切着熟食。虽然田家英悄悄怀上了二胎，快四个月了，但是不仔细看还真看不出来。刘家女眷们都知道，无非瞒着当村干部的树山而已。王春梅一遍又一遍地洗着大块的猪肉。

西屋里，树山的大娘、三婶和瘫痪在床的他继母说着家常。东屋刘金水、刘金东老哥俩你一言、我一语地说着。树山哥几个和四个姑爷晚上才能到。

这天，阳光时隐时现，东南风微微吹拂，送来初秋的味道。院子里，几个男孩依旧在追逐嬉戏，突然常龙"呜呜"地哭了起来，择菜的王立君一听，立刻从屋里跑了出来。"你一时不打人，手痒痒啊？"树花板着脸，吓唬着儿子彬彬。她烫着卷发，身上佩戴的黄金饰物熠熠生辉。"他先打我！"彬彬反驳道。"你还嘴硬！我打死你！"说着，她跑过去就要打孩子。王立君忙制止："算了！常龙也不是好样的，在家也这样，总跟姐姐打架。"树花生气地说："嫂子，你不知道，这孩子是'打架精'，一天不挨打，他屁股就痒痒。我们周围的小孩，他都打遍了，人家总跟我告状。"跑到一边的彬彬不服气地说："他打我，我就打他！"小娇凑到王立君跟前，笑着指着彬彬："嫂子，你看彬彬的小脸儿像什么？"彬彬的小脸儿，出汗后用小手抹了，成了小花脸儿，人们笑他。树花一把拉起彬彬："看你，成了小土驴，妈给你洗洗去！"彬彬嘟哝着："我不洗！我不洗！"树花连拉带拽，把他拖到了屋里。

中午，王春梅摆了三桌丰盛的酒席。大人先给孩子们忙活饱了，待孩子陆续跑出去玩耍了，他们才正式坐下来吃饭。刘金水、刘金东老哥俩在东屋一边慢慢地喝着酒，一边说着话。刘金水很知足地说："老三，挺好啊，孩子们都挺孝顺，我知足啊！要说那年头儿吃了上顿愁下顿，你说咋比啊！""可不是，大哥，你好好将养着吧，再活十年八年的，多享享清福。"

刘金东小饮一口酒。"我恐怕看不到那时候了！"刘金水带有遗憾地说。"大哥，就你现在的身子骨，没问题。"刘金东鼓励说道。"活不到那时候，你大哥我也知足了。"刘金水说。老哥俩又喝了一口酒，刘金水又说："咱老刘家混到这份儿上，不易啊！从前逃荒到这里，住人家的水车房子，想起来真是一天一地了。还得说是树山和树民哥俩给撑起来的，老三，你说是不是？""我还是担心他俩不成熟，不知深浅，万一不知哪脚踩空了，让人家见笑啊！"刘金东一只手捋了一下花白的背头。"依我看，出不了大格。"刘金水夹了口菜。刘金东转了个话题："我是担心小花那丫头啊！她心高脾气大，洪伟这孩子整天瞎扑通，这儿一杠子，那儿一锤子，是挣了点儿钱，长了也不是事。我总劝他们，他们说我守旧不开放，唉！等撞到南墙就晚了。""这是孩子们的事，你我都管不了了！树海也整天闹着不顺心，总嫌事小，有啥法儿？还有跃军，挣了点儿钱烧的，想把小客卖了买一个大客，说是跑咱们老家那头儿，唉！"刘金水无奈地说。"大哥，他们的事，不说了。你记着，他们的事，能少说一句是一句，不该说的就不说，免得孩子们不爱听。"刘金东嘱咐道。

　　西屋女眷们说得更热闹，王立君挨着树江的妻子田家英坐，问田家英："几个月了？""四个来月。"田家英一边夹菜一边说。她把菜放到嘴里嚼了几口，犯愁地说："二嫂，你说我这回再生个闺女咋办？""闺女就闺女呗，只要把她们培养好，比什么都强。"王立君说得很轻松。"二嫂说得可轻巧，树江那儿就通不过，别说别人了。"田家英瞟了一眼在炕上与婶子、大娘一起用小桌吃饭的瘫痪婆婆。"我说你也不认可，是不是？"王春梅插话说。王春柳只是低头吃饭不说话。田家英苦笑了一下说："本来嘛，就三嫂和我不争气，你们都可心，大嫂两个小子，二嫂一样儿一个，几个小姑人一个。"树芬只是一笑，没有说话。树花性子急，笑着说："家英，没想到你重男轻女的观念还挺严重的，生儿有什么好啊？我生一个就够了，刚这么大，就整天让我操心，长大了还不知咋样呢。你要是愿意换，咱们换。""二姑，你婆婆也是农村人，你打听打听，哪家不重男轻女？你这么说，这跟笑话我有啥区别？"田家英嘴上笑着，可心里气得不行。树花听了这话，火儿就来了，对大家说："你们看，我没说啥啊，咋就笑话你了呢？"树芬的娘一看苗头不对，把话拦住了："她二姑啊，你没生丫头，没有生丫头的难处。说实话，你大娘就喜欢孙子，别看你三嫂在这儿，我也这么说。可话又说回来了，这生孩子，不是种庄稼，你种高粱就长高粱，种棒子就长棒子，这可说不准，哪能可着你的心意来呢？生丫头也好，生儿子也罢，都是咱家的苗，好好料理就是了。家英啊，她二姑这是劝你，别为这个事太走心。你大娘就不会说吉利话，不管你肚子里的孩子是男是女，养活就是了。""那又是闺女呢？"田家英仍旧不开窍。"你这孩子，你们哪个不是你妈生的，你妈屈得慌了吗？"树芬的娘装作生气地说。田家英的婆婆在炕上来了一句："还是没能耐！"田家英本来就七上八下的，婆婆这么一说，放下筷子出去了。王立君上心了，她真不知道会这样，后悔不该问她这个问题，惹得大伙儿不高兴。她急忙跟了出去，树兰也追了出去，对站在外屋掉眼泪的弟媳说："你心眼儿咋这么小？她老就是这样的脾气，你也不是不知道，你这样，大伙儿咋吃饭？""你们上桌吃饭去，我是生我自个儿的气，咋这么不争气！"这话倒把王立君说乐了。随后跟出来的王春梅逗了一句："他老婶，你还是小心眼儿，这事也不光赖你一个人，你咋不赖他老叔呢？叫我说，他才废物。""他才不承认呢。"田家英仍旧抹着泪。

在东屋的两位老人装作没听见，仍旧喝着酒说着话。最后，树花的继母马守兰把田家英劝回了饭桌。有了这场小小的风波，人们只是低头吃饭了。吃完饭，刘金东把常胜叫到跟前，说："常胜啊，你到一中上学，住在三爷家里吧，你妈同意了。""我妈说了不算，我听我爸的。"大家都乐了。"我问你，你愿意？"刘金东追问。常胜想了想，掏出了一句："反正听我爸的。"说完跑出去了。"这孩子，拿你三爷当外人啊！"刘金水嗔怪道。王春梅笑着解释："这孩子，不像老二，有点儿发闷，加上从小也没在亲戚家住过一宿，就是三爷家，他也犯怵。如果李家沽中学是那么回事，一中说什么也不去了，可现在不去不行。说实话，三爷别不爱听，他三奶整天上班，他老姑明年考大学，你老这么大岁数了，常胜去了，我和他爸都不落忍。再说他二婶也上班，弄两个孩子更累。我和他爸的意思是先在一中住宿，实在不行再到三爷家去住。"马守兰说："没事的，我喜欢小孩。""等树山回来，我非呲儿他一顿不可，放着家里不住，跑到外面去住。"刘金东不高兴了。

枣树下，王立君、文花、文敏、树芬一边说着话，一边摘吃树上的大枣。王立君伸手去摘枣，突然"哎哟"一声，白嫩的手从树枝旁缩了回来，疼得她直皱眉，手背很快起了一个小红疙瘩。树芬笑着说："哎呀！你让虫子蜇着啦。"她赶紧领着王立君到屋里，找到了橡皮膏，撕下来一块儿，在她被蜇的手指部位连续粘了几次，说道："二嫂，你看见没有，这橡皮膏上面的小黑点儿，就是虫子的毛，这样你的手指就不那么疼了。"然后又拿来清凉油抹上了。树芬又微笑着嘱咐道："千万不要挠，痒也别挠，越挠越扎心地疼。"王立君忍着疼痛开玩笑："看来这虫子不让我吃枣啊！"

　　晚上，刘氏家族的兄弟、姑爷们忙完了各自的事情，陆续来到了树山家。树民驾车，刚下车，裴洪伟开着顶账过来的奔驰牌轿车也到了。很快，酒菜上齐，"树"字辈儿的哥四个和四个姑爷随便坐好，喝了起来。他们喝酒的风格典型的北方风格，喝起来就是"武"的。树山带头儿，一口杯白酒三四口便见底了。三两白酒下肚之后，人们的话多了起来。屋里烟气缭绕，酒气弥漫，人们无拘无束地聊天。摆头的落地电扇，高速吹着风，男人们的背心还是被汗水浸透了。树民坐在门口，对看着大人喝酒的常利说："老二，你把常胜叫来，二叔有话跟他说。"老二立马跑出去了，常胜来了。树民对常胜说："常胜啊，你拿一个杯，倒点儿啤酒，敬几个姑父一杯。"树民从桌子底下拿出一瓶啤酒，找一个空杯倒了不到半杯。常胜有点儿腼腆，拿起杯，说："祝姑父们心想事成、身体健康！干杯！"郑跃军、裴洪伟、马志超、汪玉生，端起酒杯大喝了一口。树芬、树花、文花、树兰、王立君等围在门口，微笑着。敬完酒，常胜刚想钻出去，树民拉住他，说："你二叔还没说话呢。"他又给常胜倒了点儿啤酒，"常胜啊，你是咱们老刘家踏入区重点中学的大门的第一人，好样的！二叔希望你学业有成，再创佳绩！你给弟弟妹妹带了一个好头儿。古人说'万般皆下品，唯有读书高'，你是大哥哥，这个头儿只许带好，不许带坏。咱爷俩十杯！"树民跟常胜碰了一下酒杯，把少半杯白酒一口干了。常胜咧着嘴，吃力地把少半杯啤酒干了，没等他二叔说话，一转身从几个姑的夹缝中溜掉了。树民笑了："这小子，采取溜号战术！"酒桌对面，裴洪伟向汪玉生劝酒："老姨父，我祝你荣升铸造厂的代理厂长！咱俩喝一杯！"汪玉生仪表堂堂，但酒量不佳，显得比较矜持，推辞道："二姐夫，我没有酒量，少喝点儿。""不可能！你别哄骗我了，你这个代理厂长不会喝酒？谁信啊！"裴洪伟略显不快。"真的，我确实喝不多，一半可以吧？"汪玉生不肯端杯。"不行！咱俩今年第一次见面，必须干了！"裴

洪伟不给余地了。汪玉生也是直性子,一看裴洪伟这样,微有愠色。树江插嘴:"二姐夫,这样吧,我敬二姐夫,咱俩有半年没喝酒了。"裴洪伟哪里听得进去,说:"不行!他老姨父瞧不起我……你现在不就是代理厂长吗?有啥了不起的?我裴洪伟也是吃过见过的,比你大的官我见得多了。"正和郑跃军喝酒的树山,一听裴洪伟抛出这些话,把话拦住了:"洪伟,听大哥的,玉生他确实不能喝酒,咱哥俩深喝一口。"裴洪伟见大舅哥说话了,甩了一句:"他不够档次,我敬大哥一杯!"说着,把多半杯白酒一口干了。裴洪伟这半杯白酒下肚,语无伦次了,点上一支烟,目中无人地夸夸其谈起来:"大哥、二哥、三哥、老舅,不怕舅爷们笑话,我啥样的酒桌没见过?我裴洪伟没啥能耐,玉生,不行!你在舅爷面前摘我的面儿,我不在乎,就你这样的,给我提鞋,我都不干……"树山和树民两个大舅哥,在酒桌上实在坐不住了,起身出去了。树江腾地站起来,刚要说话,被郑跃军按住了。树海也压着火,不慌不忙地说:"洪伟,你少说两句,我敬你们几个妹夫,都端起来!"汪玉生绷着脸,眼睛都直了,板着脸说:"大舅、二舅不回来,我不喝。"树兰一看事情不好,转身去叫树花。树江真火了,腾地又站起来,大声质问道:"裴洪伟,你还知道你姓啥吗?"裴洪伟并不着急,稳稳地说:"他老舅,你坐下,你说这酒咋喝?倒!"他把酒杯往桌子中间一蹾。郑跃军踩了一下裴洪伟的脚,小声说:"少说话。"树花气呼呼地来到酒桌旁:"裴洪伟,你还有完没完?这是在我们家喝酒,耍哪门子威风?你再耍,给我滚出去!"王春梅、王春柳跟过来,使劲儿拉树花回去。裴洪伟站起来,左手猛一拍桌子,骂道:"你给我滚蛋,喝的就是你们家的酒,不管够咋的?"树江早就憋不住了,猛地把桌子掀翻了,扑过去,照着裴洪伟的门面就是一拳。喝多了的裴洪伟哪有招架之力,"扑通"倒在了地上,血从嘴里流了出来。人们拉着树江,他仍不依不饶:"这个王八蛋,挣了点儿臭钱,不知自己几斤几两了,跑到这儿耍威风,我让你耍!"树山从屋外跑进来,冲着树江的后背就是一巴掌,斥责道:"你给我出去!胡闹!"

树花被众人推回东屋,"呜呜"地哭了起来,嘴里不住地骂着裴洪伟:"这几年,你不知自己姓啥了,玩牌、喝酒、上舞厅,看见酒比看见亲爹还亲……"树花一边说一边哭,别人也劝不住。树花她爸一声不吭,独自生气。树民在漆黑的院子里独自站着。闹了足有一个多小时,这个劝那个说的,这场风波总算过去了。王春梅一个劲儿地埋怨自己,早知道这样,不请这客啊!

过了几天,树山硬逼着树江摆了一桌认错酒,然后,裴洪伟又摆了一桌道歉酒,这样算是和好了。

第八章

一

　　新立沽的葡萄园，一片一片，一眼望不到边。一排排葡萄藤条上，均匀地挂着一串串紫色的葡萄，透过阳光看过去，立刻变成红红的了，晶莹剔透的红珍珠很诱人。

　　就要大面积采摘葡萄了。树山、林金龙在葡萄园的一条坑坑洼洼的土路上骑着自行车，他们想了解一下今年葡萄采摘的情况。过了一个涵洞桥，路况更糟糕，前面一台打农药的农用三轮车陷在了车辙里。他俩推着自行车来到跟前。一位头戴围巾的妇女在用力推车，一见他们，开口便说："你们赶上得正好，你们瞧瞧这破道儿，这车辙多深，咋走啊！村里能不能给想想法子啊？"树山笑着说："先推车吧。"他放下自行车，几个人一合力，农用三轮车"嘟嘟嘟"，冒着黑烟，驶出了车辙。这位妇女摆了一下手，笑着说："真的，二位领导给想想辙。"她跟在车后面走。林金龙说："这葡萄啊，就这点不好，下过雨就得打杀菌剂。这两年人们大多是用三轮车拉着几桶水，到地头儿打药，这土路能好得了吗？不轧翻了才怪呢。"树山看着开走的三轮车，说："是得想个办法，又到了大量下葡萄的时候，车辆又多，上来下去的，是个事。""村里雇几个人垫垫呗。"林金龙说。树山想了想说："这样吧，要不让几个企业贡献点儿，主要路段铺上一层石子、沙子，你看行不？"林金龙破天荒地没有反对，似乎赞成："试试呗。"树山一挥手："走，上厂子。"

　　他们首先来到纸箱厂，马志林刚要坐车出去，见到他们，笑着问："二位领导有事啊？"树山笑着说："我是无事不登三宝殿啊，有件小事请你帮帮忙啊。"马志林笑了，问："啥事？"树山说："葡萄地里的路，一下雨就太不好走了，你们企业出点儿人力物力，拉点儿石子啥的垫垫呗。"马志林笑了，说："大哥说话了，办呗。"树山笑了："你答应得不痛快啊。"马志林笑着说："不痛快也得干啊，哈哈……"林金龙说："你负责一二组

那块儿的路，十天之内干完，到时候我们得验收啊。"马志林笑了："看来我们还得立状子啊。"树山一摆手，和林金龙转身走了。

新立沽机械铸造加工厂院内，林金江正在指挥煤车卸煤。树山进了院里，打趣道："大厂长，够忙的啊。"林金江咧嘴一笑说："唉，整天瞎忙。"树山微微一笑，说："再给你加点儿活儿，三四组葡萄地里的路段，你破费点儿，把你厂的炉灰拉过去垫垫，不够就到外面拉点石子啥的，十天之内完工……"林金江小脸沉了下来，没有表态。林金龙说："我们刚从志林那儿过来，他负责一二组的。"林金江显出为难的样子："我这里太忙，一时腾不开人手啊。"林金龙拉下脸来："啥也别说了，你自个儿想办法吧！我俩还得去制衣公司和家林的铸造厂呢。"林金江不作声了。

十天很快过去了。树山、林金龙坐着轿车，在铺过的田间小路上行驶。路边不时有商贩往车厢里装采摘下来的葡萄。

车拐过一个弯停了下来，他们从车里下来。树山一看，路面铺的炉灰稀稀拉拉，也不平整，他阴沉着脸说："这是金江负责的地段。"林金龙也生气了："让他返工！"树山回到村委会办公室，抄起了电话，林金龙在一旁也沉着脸。树山说："金江啊，你们铺的那点儿炉灰，说玄了，还不如芝麻粒儿多呢……"林金江支支吾吾地说："这是他们小工干的，我没看见啊……要不，我出钱，你们村里操持吧……"树山不悦了，把电话递给了林金龙。林金龙大声说："你那是干活吗？抓紧返工！"林金江发牢骚："光给你们村里擦屁股了！"树山递给林金龙一支烟，这可是有史以来林金龙第一次和他密切合作。

秋风宜人，晴空万里。蓟运河水泛着蓝蓝的波纹。两岸高大的杨树叶子，有的已枯黄，脱落的叶子很不情愿地被风吹着，打着旋儿，慢悠悠地飘到树根处。枝干弯曲的柳树枝叶却依然深绿深绿的。

葡萄采摘已接近中晚期，在新立沽的大街小路上，农用车、商贩的卡车依旧来来往往。几部轿车缓缓来到葡萄园，在一片空场上停下来。树民等人从车子里下来，寒暄了几句，树山指着眼前的一片房子介绍道："这一片共有十几个葡萄保鲜库，都是今年开春儿盖起来的，别处还有几片，加上在自家院子的，今年共建了七十多个保鲜库。"树民笑了一下，说："真不少，今年建保鲜库的，新立沽最多。"树山仍有疑虑："这葡萄保鲜，能不能卖

307

个好价钱，大伙儿都担心啊。"林金龙随机插话："每个保鲜库，农户自掏腰包花了五六万。当初我们响应乡里的号召，'葡萄保鲜，错峰销售，效益更好'，万一弄砸了，我们可不好说话了。"树民听了这番话笑了，指了指他身后的专家说："让专家给说说吧，今天专家就是特意来指导的。"他们来到一家的保鲜库前，向门口望了望，库里凉气袭人，风机"呜呜"地吹着冷风。专家很快与户主攀谈起来。

　　树山眼睛眨了眨，跟树民建议道："乡里能不能向上面争取一下补贴，在葡萄地里搞点儿硬化路面？"树民口里咀嚼着葡萄，想了想说："大哥说的是个问题。不过，全乡几万亩葡萄园都搞路面硬化不现实，各村可自行想办法，不过可以探讨一下，搞几个葡萄示范园。"树民回过头对随行人员说，"你们回去想着这件事。"在场的群众随即鼓起了掌。

　　树海早早来到制衣公司。今天，公司要走活儿，准备装车。集装箱车还没有到，他上了二楼，敲了一下经理王惠功的宿舍的房门，里面懒洋洋地问："谁啊？""是我，集装箱到现在还没到。"刘树海说。"噢！你问问！"王惠功在被窝里说。树海皱了一下眉头，打开自己的办公室，拿起电话，拨通了顺达物流公司张瑞惠的"大哥大"，询问集装箱事宜。张瑞惠打来电话抱歉地说："对不起！派出的车，路上出了点儿事，我现在又派了一辆车，我也随车过去。"树海笑着说："好啊，那我就在公司迎候了。"树海放下电话，向王惠功做了汇报。王惠功奇怪地问："她来干什么？""我也不清楚。"树海也觉得没必要。

　　张瑞惠的轿车与集装箱车一起到了制衣公司，王惠功和树海热情地接待了她，张瑞惠因车误点再次道歉。在经理办公室，张瑞惠品尝着特意为她买来的刚从地里摘下的"玫瑰牌"葡萄，微笑着说："真是名不虚传，比市场上的更甘甜爽口。""我们这里，地里到处是葡萄，绝对新鲜，难得张经理到我们这里来，走的时候顺便带点儿回去。"树海说。张瑞惠笑着说："谢谢，不好意思。"王惠功表面看着热情，但心里是冷淡的，他见树海跟这个漂亮的女人说得如此热闹投机，找了个借口出去了。身穿浅灰色斜纹套裙的张瑞惠，尝完甘甜的葡萄，从精美的手提包里拿出小手帕，轻轻地拭了一下涂有淡淡口红的嘴唇，然后擦了擦纤细的双手，说："我这次来，没有别的目的，就是到你们公司和机械铸造加工厂了解一下我们的服务是否到位。你

们是我们的上帝嘛!""张经理太客气了。"树海笑着说。"客户就是上帝,这是我们的服务宗旨。"张瑞惠微笑着说。"如果不要钱,我们更满意。"树海开玩笑。"那好,你给我们开工资,我们就不要服务费了。"张瑞惠也开起玩笑。她停顿了一下,"劳驾你,陪我到林厂长那里去一趟,好吗?我拜访一下。"树海跟王惠功打了招呼,坐上张瑞惠的轿车,到机械铸造加工厂去了。

几分钟后,他们就到了机械铸造加工厂,树山也在厂长办公室,树海做了介绍,他们握手后各自落座。张瑞惠微笑着说:"不好意思,打扰你们办公了。""别客气,这也是工作。"树山客气道。"我早就想拜访各位,咱们合作近半年,不知我们物流公司服务得如何?"张瑞惠诚恳地说。"不错,很好。"林金江笑着说。"说实话,我们公司人员的素质参差不齐,如果有什么不如意的地方,尽管说,这也是帮助我们改进服务嘛。"树山听了眼前这位年轻漂亮的女经理的话,笑了笑,赞许道:"张经理,像你这样主动找上门儿来征询客户的意见的,我还是第一次见着,这种经营理念挺超前的,也值得我们借鉴啊!"张瑞惠被刘树山一夸,不好意思了,说:"刘总过奖了,我们是小学生。""我说的是实话。我们村办厂,从管理上讲,确实是小学生,甚至是刚启蒙。张经理见识广,消息灵通,接触的企业多,要是哪家企业有好的经验,请多留意一下,给我们上上课。记住,我们会付讲课费的。"树山真是见缝插针。张瑞惠说:"谢谢刘总给我开辟了一个新的服务项目。"说着笑出了声。树山显然对初次接触的张瑞惠印象不错。

中午,树山让人从秦亚娟的父亲的养蟹池里捞了十几斤顶盖儿黄的大河蟹,又从一农户的地里弄了几箱葡萄,路过葡萄酒厂时,找高学军赊了两箱葡萄酒,这都是准备给张瑞惠带走的特产。好客的树山又带着张瑞惠到区里的酒楼,清一色的海鲜佳肴,当然少不了掏腰包的林金江和王惠功作陪。在交谈中,树山认真地听张瑞惠的讲述:"……当年,我家被下放到津郊农村,恢复高考后,我考上了中专,全家落实政策回到市里。中专毕业后,我被分到市里一家企业,企业效益不佳,我就下海经商了。"树山乐了:"这么说,咱们真是有缘分了……"

酒宴结束后,树山、树海等人送张瑞惠上了车。

这天,树海接到了张瑞惠的电话,她让树海到她那里去一趟,说有事跟他说。树海狐疑地答应了，放下电话到经理办公室，跟王惠功说了。王惠功看他一眼，说："准是催运费的事，你让她暂缓一下！"

树海驾车来到港湾区，找到了张瑞惠定好的富丽煌酒楼。他停好车，上了二楼找到了二〇一房间，轻轻敲了一下门。张瑞惠在里面说："请进！"树海推开门一看，就张瑞惠一个人，他心里更犯嘀咕了：她这是演的什么戏啊？张瑞惠热情地让他坐下，笑着说："没想到你来得这么快。"树海坐在茶几右边的沙发上，用余光看了一下茶几左边的张瑞惠，发现她好像有点儿倦意，而且穿戴也很随便，上身穿一件很普通的女式衬衫，下身穿一条普通的长裤，漂亮的脸蛋儿略施脂粉。树海笑着问："不知张经理找我……"树海很少在外面单独与女人在一起，显得有点儿不自在。"这么说，如果没有事，你就不能来看姐姐了？"张瑞惠竟然以"姐姐"自称。树海纳闷，笑着问："你怎么知道我比你小？""凭我的感觉。"张瑞惠微笑着，看着树海疑惑的神情说。她紧接着问道："你今年有三十？"树海吃惊地回答："不错！""我比你大一岁，难道我不是你姐吗？"张瑞惠得意地笑着。"那我从现在起就叫你姐了！我还真没有姐。"树海一改刚才有些拘束的样子，兴奋地说。"我就认你这个弟弟了。"张瑞惠很认真地说。这样两人的距离一下子拉近了许多，张瑞惠很愉快地回忆起前些日子到新立沽的感受，兴奋地说："你知道吗，那是我最高兴的一天，我觉得你们，特别是你大哥和你，给人一种特别难得的真诚的感觉，特朴实，特实在，真的！"树海诧异地问："我们没感觉有什么特别的啊，你过奖了。""我说的是心里话，没骗你，不像城里有些人，冷漠无情！"树海听了她的话只是附和地笑着。这时服务员进来了，问点什么菜，两人商量着点了四个菜，服务员出去了。心里纳闷的树海又问道："经理大姐，找我有事？"张瑞惠看了他一眼，沉思片刻，认真地问："你想做我们物流这行吗？"树海一愣，一时不知如何回答，支吾道："这个……你是什么意思？""如果你有意，我可以帮你。"张瑞惠看着他。"为什么？"树海不解地问。"不为什么，我看你们哥俩值得帮。"她非常认真。"就凭那一面之交？"树海更不解了。"对！"张瑞惠点了一下头。"不怕看走眼？"树海追问道。"不怕！""凭什么？"树海仍不解。"就凭你们村办的企业，说明你大哥是办事的人，而且是办实事的人，甚至是办大事的人。你说，跟办实事的人打交道，还有什么可担心的呢？"张瑞惠其实只是说了

问题的一半，后一半没有说。树海又犯了爱刨根问底的毛病，继续追问："你帮我，你的公司咋办？这方面的业务我又不懂，它能有多大油水？""这个你不必担心，物流业在中国是一个新兴的行业，是一个很有发展潜力的领域。咱们这里有大港，这是干物流业的一大优势。在外国，好多物流公司都是跨国服务……"树海听完张瑞惠的一番分析，不再追问了，直愣愣地看着她，如同不认识一般。张瑞惠也不回避他的目光，说："我不需要你马上回答，这个问题你回去跟你大哥商量一下。""好吧，谢谢大姐的关照！"树海生硬地叫着姐。随后，两人一边吃一边谈物流这方面的话题。临上车的时候，张瑞惠嘱咐道："此事先不要公开为好。""放心吧！"树海答应着，离去了。

在回家的路上，树海既兴奋又有顾虑，兴奋是因为他有过这个幻想，没想到别人把机遇送上门来了，真是踏破铁鞋无觅处，得来全不费功夫；可是，又一想，她张瑞惠一个女流之辈，非亲非故，主动找上门来帮你？想必这其中必有原委，她的公司干得好好的，干吗要再引进一个竞争对手呢？这是何苦呢？他通过观察张瑞惠的穿衣打扮和精神面貌，断定她在公司里遇到了麻烦，而且不是一般的麻烦。通过这些年的磕磕碰碰累积的经验，他猜出了这一点。

二

树海回到新立沽，兴奋地向他大哥做了汇报，可是他大哥并没有表态，这使抱着热罐儿的树海很不得劲儿。过了两天，大哥告诉他："物流的事可以考虑，不要操之过急，你把这方面的情况好好搜集一下，包括这个姓张的情况，多找几个明白人……"

这天，顺达物流公司的集装箱货车来装运服装，树海对一位司机说："哪天我找你们的张经理结算运费去。""敢情刘经理还不知道？张瑞惠早不干了。"这位司机像发现新大陆似的得意地说。"噢！为什么？"树海摆出很惊讶的样子。"还不是卿卿我我的事吗，叫啥呢，第三者插足。"树海来了精神，赶紧追问："老弟，你说明白点儿！"这位司机一本正经地说："开始啊，张瑞惠一直跟我们孟老板搞对象，还是孟老板追的人家张瑞惠，为啥呢？张瑞惠有一个盟叔，盟叔你懂吗，就是张瑞惠她父亲的拜把子兄弟，在海关管事。就这样，一来二去，孟老板跟海关管事的也都熟了，和有的人呢，恨不得吃喝不分了，穿一条裤子都嫌肥。就在这时，他们俩要张罗结婚的当口，我们孟老板看上了一个比张瑞惠还漂亮的小妞，就这么着，眉来眼去的，两个人勾搭上了。孟老板也许觉得张瑞惠没大用了，就把她撇在旮旯了。婚也没结成，他们吵了几回架。听说孟老板给了张瑞惠一笔钱，她就出来了。"这位司机有声有色地说到这里，又跟树海开玩笑，"我说得清楚不？你老要是嫌我说得不清楚，可以找她面谈，她肯定比我说得清楚。"这位司机说完"哈哈"地笑了起来，树海也跟着笑了。

这天，树山把张瑞惠邀到蓟运河畔的一家酒楼，树海当然也在座，三人就成立物流公司的事，进一步商谈。在商谈之前，树山问了一个很重要的问题，那就是张瑞惠为什么还要成立一个物流公司。张瑞惠嫣然一笑，说："这个问题上次树海老弟也问到了，那天我没正面回答，今天刘总提到了，我实话实说，我和我们老板之间有恩怨，我辞职了……"从张瑞惠的表情里明显可以看出，她无奈、伤感和尴尬。树山看的就是她是否诚实，虽然这样会触及她的隐痛，但为了考察一个人是否可交，他必须这样做。树山抱歉地说："对不起！""没什么，这是应该的，换成我，我也会有这样的疑问。"张瑞惠理解，微笑着说。这个问题说清了，他们便谈起了物流方面的事情来，什么需要多少投资、多少辆车，业务量如何，等等。树山问："你希望咱们以什么形式合作呢？"张瑞惠很干脆，说："什么形式都可以。"树山觉得她说得不够明确，追问道："我看张经理是爽快人，你不妨直说。"张瑞惠笑了，说："以股份的形式可以吗？"树山乐了，说："这正是我们的意思。"他顿了一下，"按什么比例呢？"张瑞惠微微一笑，也不隐瞒自己的观点，说："以你们为主吧！我也就是百分之十到百分之二十的样子。"树山对张瑞惠的直率很满意。没等刘树山说话，张瑞惠小呷了一口茶水，说："不瞒老兄说，我实力有限。"始终没有插话的树海笑着说："没想到张姐这么开朗坦诚。"三人象征性地喝了点儿啤酒，树山有意又说了一句："只要张经理的业务能够保证，这个买卖是可以做的。"张瑞惠微微一笑，说："看来刘总对我的业务还有怀疑啊，当然，这是几百万的投资，我张瑞惠绝对理解。就目前的业务来讲，我还能对付，但丑话说在前面，我不能保证将来如何。""那是，咱们都是干企业的，谁也不能保证'永久'牌，这就看如何经营了。"树山

解释道。"老兄说的话，我爱听。"张瑞惠赞同。这次商谈初步确定了基调。

又进行了几次详细商谈后，这家新成立的物流公司有了名字——天远物流公司，经理是刘树海，副经理是张瑞惠。可这一切都是未公开的，为什么呢？因为树海提出了以个人名义创建这个公司，树山呢，犹豫不决，他实在是担心这个口子一开，会对其他村办企业产生冲击。如果其他村办企业也提出这一要求，特别是最大的，效益不错的林金江的机械铸造加工厂、马志林的纸箱厂提出来，他将无法面对。他这个总公司的总经理也就名存实亡了。再就是令人挠头的贷款问题，眼下对企业的贷款控制很严格，没有可靠的担保，很难贷出大笔资金来。另外，这个物流公司，不知是福是祸，投这么多钱，万一弄个鸡飞蛋打，他的麻烦也就来了。他的意思是，以制衣公司的名义贷款最为妥当，与村里、与他这个大哥的牵连就小些。可是，人家制衣公司哪能上这个钩呢？在他的盘算里，既要有他们家族自己执掌的企业，又要保住村办企业之名，这样于家族、于他都有利。然而，树江执掌的那摊子建筑队营生，目前看还不赖。树海至今还没正位，也使他挠心。这次又让他举棋不定，他真不知把这个棋子放在哪儿能放稳妥。这些天，他想了好几步，但都被他自己否定了。最后，他让树海抱着试试看的目的，到王立君那儿问问贷款的事。树海找到二嫂，一张口就被拒绝了。他无精打采地开着车，一心想着担保的事。突然，他眼前一亮，想到了据说已有几百万的裴洪伟那里，甚至想到了妹妹树芬和弟弟树江，他天真地想：假如从他们三家那里暂借一百多万，再从信用社那里贷二百多万……他回到家里，跟他大哥说了，树山哭笑不得地数落道："亏你想得出，你是傻还是呆啊？好不容易挣了些钱，他们能答应？"树海红着脸，垂着头不作声了。

今晚，制衣公司加班到十点多才下班，人们陆续回家了，检验组长张小梅没有回家，去了二楼的经理办公室。车间主任马志超早就瞄上她了。他从车间无目的地转着，时间不短了，还不见张小梅从二楼下来，他伺机报复的心理占了上风。他蹑手蹑脚地上了二楼，轻轻地来到王惠功的办公室门前，只听张小梅撒娇地说："你真的喜欢我？"王惠功说："你说呢？""我说你和那些猫猫狗狗一样，跟我完事了，又不知想着哪个大姑娘呢。""我跟你发誓，我只喜欢你。"王惠功轻浮地说。"去你的！"里边传来张小梅用手拍打王惠功的声响。马志超听到这里，又蹑手蹑脚地下了楼，快步走到厂外路边的电话亭，用假嗓子给张小梅家里打了电话，对睡梦中的张小梅的丈夫、纸箱厂的业务员肖四坏说："张小梅和王惠功睡上了，快来捉奸啊！"肖四坏听罢火冒三丈，不一会儿就骑着自行车来到了制衣厂的院墙边，疯了一样蹿过了院墙，直扑二楼王惠功的办公室，一脚踹开门，只见两人赤条条的……肖四坏怒不可遏，顺手抄起办公室的烟灰缸子，冲着王惠功猛地砸过去，王惠功下意识地用两只胳膊护住了头。肖四坏扑过去一阵拳打脚踢，口里不住地骂："你这个畜生！我早就看你不是好东西！老子今天废了你……"张小梅一看来人是她老爷们儿，吓得六神无主，起身往墙角躲。肖四坏顺手拽住她一只胳膊，两个响亮的耳光打在她脸上。"狗娘养的！他妈的给我穿上衣服！"肖四坏大吼道。这时，门卫老头儿和两个保安进来了，一看这情景，谁还敢吱声。王惠功、张小梅头也不抬地穿着衣服。与此同时，肖四坏打电话报了警，两个保安也不敢制止，王惠功刚想制止，怒不可遏的肖四坏一拳把他打翻在地。不多时，警车到了……

　　王惠功被带走了，树山得知此事，立马来到了制衣公司，保安和门卫向他讲述了原委。他追问道："肖四坏是咋知道的？"保安和门卫谁敢说是他妹夫马志超告的密呢？都说不知道。树海和几个中层干部都来了。树海劈头盖脸给两个保安数落了一顿："人都被带走了，告诉我有啥用？早干啥去了？"他嘴上这么说，心里却暗自高兴。看门的老头儿说："肖四坏咋进院子里的，我们谁也没看见，听到二楼声音不对劲儿，我们上楼一看，才给你打的电话。""别说了，上楼吧！"树山阴沉着脸。树海上了二楼，一看王惠功的办公室一片狼藉，心里骂道：畜生！活该！在树海的办公室，树山对树海和几个中层干部说："事已经出了，但还没有完，从现在起，公司的一切工作照常进行，你们几个各负其责，谁出了问题，我拿谁是问！"几个人大气不敢出，树山处理完此事，又给区公安局的崔队长打了电话。

　　第二天一早，此事就成了新立沽街头巷尾议论的话题。树海急忙地来到他大哥家。王春梅正在做饭，树山也起来了。树海到了里屋，没等大哥开口，就急不可耐地问："后面的事咋办？""你说呢？"树山反问道。"管他呢，正好让他滚蛋！反正又不是咱们赶他走，这是他自己作的。"树海幸灾乐祸。"那制衣厂咋办？"树山又问。"咱们接过来。"树海不假思索地说。"你又是这一套，上次王洪金那摊你是接过来了，结果怎么样？"树山指责道。

树海说:"据我了解,香港那头儿的王惠丽不会撤走。""凭什么?"树山追问道。树海说:"王惠功话里话外总是对他这个妹妹有意见,总是嫌给他的钱少,其实王惠功捞得不少了,足有几十万。当初王惠丽一是想帮帮她这个堂哥,如今帮得也差不多了;二是在咱们这里投资成本低;三呢,王惠丽的租赁合同还有两年多才到期;四呢,这件事又与咱们无关,所以……"树山把脸一沉,说:"这是你认为,人家也这样认为吗?人家如果怀疑是咱们蓄谋已久的陷害呢?""那她是昧着良心说话。"树海不服气地说。树山认真地说:"在王惠功这件事上,我们必须全力保他早日出来,这是上策。咱们力保了,就会赢得方方面面的心,包括王惠丽的心。如果不这样,就是下策,王惠丽会咋想?王惠功咋跟王惠丽说?总之,他在咱们的一亩三分地上,人家自然会想到咱们早有预谋,抓王惠功的小辫子,挤人家走。这样人家不说撤走,也不做违约的事,不来订单,得,你就趴着去吧!"树山一番分析,树海不作声了。树山长舒了一口气,说:"世上有的事情,就是做给人看的,尽管你心里完全不愿意这样去做,但为了事业的成功,违心也得这样做。"树山做出了五项安排:一是安排好生产;二是他和树海抓紧到相关部门做工作;三是抓紧通知王惠丽,说明情况;四是抓紧做肖四坏家人的工作,让他尽早撤诉;五是通知张瑞惠暂停物流公司事宜。

经过树山的努力,王惠功很快被保释了出来。王惠丽在答谢的宴席上很激动,在敬酒时对树山说:"刘总经理,通过这些天的接触,我了解了你的为人,我很敬佩!为了咱们的相识,为了咱们的合作,我敬您一杯!"树山非常满意地端起杯,也不说话,干了。垂头丧气的王惠功,像被霜打了一样,耷拉着大大的脑袋一言不发。树海站起来,对王惠功说:"我敬老兄一杯,话全在酒里了。"树海把酒杯端到王惠功的酒杯前,王惠功只好端起酒杯喝了。作为乡长的树民自然要说两句,他显出诚恳的态度:"王女士、王老兄,事已过去,我真诚希望今后合作愉快,为此,我敬二位了!"说罢将多半杯白酒一饮而尽。王惠丽只好声明,只喝一点点,王惠功不得不干了。就这样,真话、假话在房间里萦绕着……

过了几天,王惠丽亲自找到树山,表达了继续合作的愿望。树山自然很高兴,但表现得很平静,他说:"王女士,王老兄的事,我很过意不去。""刘总经理,他的事就不要提了。说实话,我们都对得起他!让他成为过去吧!"

王惠丽很坦率地说，接着她又主动表达了今后合作的意向，"这样吧，终止租赁合同，让制衣公司单独经营，我保证订单……"一言不发的树海像吃了定心丸，兴奋地说："谢谢王女士对我们的信任！"他努力控制着激动的心情。

三

经过几年的风风雨雨，制衣公司的主人终于轮到了树海，他多年的愿望终于实现了。他坐在王洪金、王惠功曾经坐过的位置上，别有一番感慨，此时，他竟怀疑，这是不是真的？文化程度不高的他，一时心血来潮，即兴写了一首小诗：蓟运河水弯又弯，争分夺秒下海滩。要问激情何处来，天生练就永向前……

他写完这首小诗，心情格外舒畅。那个无意中使制衣公司峰回路转的马志超，经历了多少天的心惊胆战之后，被安排在主抓公司业务的副经理的位置。在二楼的经理办公室，他向三舅哥树海透露了捉奸的真相。始终未解开这个谜团的树海，直愣愣地看着马志超，问道："真的？""那还有假！"马志超得意地证实。"哈哈哈……"树海一阵开心的大笑，马志超也得意地笑着。突然，树海脸一沉，自鸣得意的马志超见状也敛起了笑意。树海严肃地说："大男子汉做这种偷鸡摸狗的事！"马志超一看树海不但不领情，反而指责起他来，脸红了，反问道："难道让他把制衣公司搞得乌烟瘴气？""好！好！你有理！下次还这样做。"树海无意与他争辩，阴沉着脸看着桌上的报表，马志超讨了个没趣，怏怏不乐地转身出去了。

制衣公司的事情刚稳定，张瑞惠便催着物流公司的事宜。由于制衣公司的贷款没有批下来，树山找到林金江，向他暂借二百万，说等制衣公司的贷款下来就还上。林金江面露难色，心想：我刚从银行贷了四百万，这……树山见他这样，满脸不悦，起身就要走，说："实在为难，那就算了！"林金江见状，赔笑道："大哥……你……唉，就这样吧！"树山有了笑容。"只一个月！"林金江强调道。"你不放心？算了，不借了！"树山冷笑了一下。"大哥，小弟不是那个意思，我能不放心大哥吗？"林金江送走了树山，心里骂道：妈的，也就是你来了，换第二个人来，看我借他不？林金江也不是傻子，他清楚，如果不是树山跑来外贸的活儿，他的企业绝不会这么火，更不会成

为区里的明星企业。他知道，树山主要是怕那些贷款没有了着落，可如今不但不怕原来的贷款还不上了，而且像他这样的创汇企业，贷款方便多了。

元旦这天，津沽大地虽是冬季，但老天格外开恩，阳光普照，真有初春之感。

制衣公司门前停着八辆集装箱运输平板车，这是个吉祥数字，每个高高的车楼子的前中央，摆着一朵用红绸子扎成的大花，每位司机都精神抖擞、喜气洋洋。春风得意的树海忙上忙下，树山站在一旁指挥着。

今天是天远物流公司成立的日子。这里将要进行的是集装箱运输车入驻天远物流公司的送行仪式。树民带着乡里一行人员准时到了会场，不多时，区里有关部门的人员笑容可掬地下了车，新立沽其他企业的领导们，也都前来祝贺。树海宣布："天远物流公司成立了！"话音刚落，鞭炮齐鸣，人们鼓掌祝贺。

"嘀嘀……"在前面引路的树山、树海的小轿车一声长鸣，鞭炮长时间鸣响，集装箱平板运输车一字排开，缓缓跟随移动，向港湾区驶去……

在港湾区的张瑞惠，正准备着进场揭牌仪式的会场。此时，她在租用的废弃的污水处理站里，指挥着几个人做最后的清扫。车队经过一个多小时的行使，顺利到达了天远物流公司租用的办公地点。张瑞惠高兴地让人们鸣放鞭炮，车队按她的指挥在二层楼前面的院子里一字排开，进场揭牌仪式即将开始。仪式由张瑞惠主持，树海讲话，树民、树山揭下"天远物流公司"这块牌子上盖的红绸布，鞭炮齐鸣，人们热烈鼓掌。树海在讲话中讲道："……我们来到这个新的环境，新的创业场地，一定要精诚团结，遵纪守法，与合作单位真诚相待……我们的宗旨是，客户是上帝。我们的目标是，创建一流的物流公司……"仪式之后，树海宴请了应邀前来的嘉宾和公司全体员工。

下午，公司员工们在破旧，甚至有些荒凉的停车场忙开了。树山、树海、张瑞惠等人去了二楼的经理办公室——里外两间，外间一张崭新的办公桌，桌上一个电话、一个台历，桌子旁边有一个"跃进炉子"，烟筒通到里间，炉子一旁摆着一个盆架，上面的脸盆也是崭新的，一旁摆着几把电镀椅子。里间有一张木床，床上的被子叠得整整齐齐，床头一个小柜子上放一把暖壶和几个茶具，靠北墙有一个带靠山镜的黄色大衣柜。树山看到这里，对树海笑着说："挺好，好赖是楼房啊！这比当年咱们家用向日葵秆糊上泥当门框强百倍。"他不由得想起了当年的贫穷和寒酸。张瑞惠听了问道："你们家那时也很寒酸？""听你的意思，你们家也很穷了？"树海笑着问道。"那还用说吗？当年在农村生活是艰难些。"张瑞惠脸上掠过一丝愁云。树山说："下放农村的那几年，你爸你妈吃了点儿苦吧？""可不是，不过村里家家户户也都过得很紧巴，你们不也是吗？"张瑞惠很平和地说。树山听了，更觉得这个女人很会说话，笑了一下，没有说话。"好了，不提了，提起就让人心酸。"张瑞惠的神情黯淡下来。树山说："拿它当镜子也好。""照多了也不是啥好事，容易使人满足于现状。"树海接过话茬。张瑞惠也赞同："此话有一定的道理。"树山也不跟他们争论，笑了笑，说："咱们看一看楼下吧。"几个人到了一楼，每间屋都看过了，树山特意就炉火问题多嘱咐了几句。

四

进入秋末，一些农活儿结束后，人们的闲暇时间多了起来，那些喜好赌博的人又活跃了起来。他们白天猫在僻静的人家，赌一整天，接着彻夜不眠。郑跃军自从染上赌瘾，已不能自拔，谁的话都听不进去了，不但在村里赌，有时还到外面去赌，树芬已管不了他了。不仅如此，自上次他赌气不出车以来，树芬经过家人的开导，同意了他开辟山东这条路线，给了他二十万块，买了一辆大客车。她自己雇了一位司机，继续跑市里这条线。事到如今，郑跃军连车带客运执照都卖给了别人，近二十万卖车和线路的钱，也输进去了。

这天树芬收车早，刚一进屋，郑跃军从外面跟了进来，她和往常一样，不搭理他，换着自己的衣服。郑跃军一屁股坐在床上，哭丧着脸，用几乎命令式的口气说："给我五万块钱的存折！"树芬跟没听见似的，换好衣服去外屋，打开蜂窝炉盖，夹一块煤放进炉内。郑跃军在屋里大声说："你听见没有？给我拿五万块钱的存折！"树芬心早就凉了，心一横，说："一分没有！新买的大客车和线路费，一共二十几万块钱，你都输进去了，还来逼我？你咋变得这么没良心啊？上次你应得我百依百顺，说我再给你三万块钱，你就再也不找我要了，这刚几天，你又输进去了！你今天说破天，我也不信了！"树芬眼里含着泪花。郑跃军根本听不进去，仍旧威胁道："你哭也没有用！你今天不给我五万块钱，我就砸保险柜！"树芬受不了了，"腾"地站起来，

抹了下眼泪，提高嗓门儿："你郑跃军还是人吗？走！到外面！让大伙听听，你赌钱还有理了？刚挣几个钱，你就不知好歹了？你敢砸保险柜，我就死给你看……"郑跃军并不惧怕妻子的威胁，心里早就形成了这样一个死结：我郑跃军在赌场上的失利是暂时的，我一定能在赌场上占有一席之地，一定能把辛辛苦苦挣来的二十几万块钱捞回来，总有一天能让他们败在我的脚下！他相信自己的智商是胜他们一筹的。他固执地认为妻子一次次阻止他，是让他在众人面前就此认输，当半路上的逃兵，丢人现眼！他已欲罢不能了。他骂道："你这老娘儿们，你知道啥？男子汉不能在赌场上一掷千金，把钱看成废纸一堆，什么大事也干不成！小家子气，狗屎一堆！"郑跃军再次用他的歪理邪说为自己辩解。树芬只是哭泣，郑跃军铁青着脸，又威胁道："今天你不答应，明天我就把车卖了。这两条路，你选！"郑跃军一甩手走了。树芬简直不敢相信自己的耳朵，不敢相信他竟敢说出这样的话，耍无赖到这种地步，这不等于断掉财源吗？"你疯了？你不想过了，我还想过呢……"她一下子瘫坐在地上，失声痛哭起来。

儿子小虎从外面跑进来，见妈妈这样，跑过去拉她，稚气地说："妈！妈！"树芬拉住小虎，哭着说："咱们这日子，真是没法过了！你爸还要把咱们这辆旧车给卖了，刚过几年舒坦日子，就坐不稳了，败家子儿啊！"小虎一个劲儿地拉妈妈起来，眼泪也掉下来了。树芬心疼孩子，站了起来，拉着孩子的小手，一把鼻涕一把泪："小虎啊，你看见没有，你爸是疯了，你长大了千万别学他啊，你要是跟他学，你妈就没有活路了！"小虎懂事地点点头，擦着眼泪。

娘俩进了里屋，树芬准备给孩子做饭。郑跃军又折回家，一进门就威胁道："你想好没有？你如果不给我存折，我马上把车开走！"他疯了。树芬绝望了，意识到如果她再坚持下去，输红了眼的郑跃军真要是把车开走，断了财源不说，这等于宣示她家的钱让郑跃军输干了。她不想这样。看到郑跃军因熬夜而消瘦的脸、布满血丝的双眼，她的心又软了下来。她把衣袋里的保险柜钥匙掏出来，往地上狠狠一摔："你不想过，我也不过了！"她一下瘫在地上，盯着钥匙哭了起来。郑跃军也不看她一眼，更无心看儿子一眼，捡起地上的钥匙，直奔靠北墙的保险柜，迅速打开，从十几张存折里找了一张五万元的，揣进他的大衣兜里。然后，他把钥匙扔到床铺上，板着脸扬长而去。树芬顾不得哭泣，急忙从地上爬起来，扑到保险柜前。小虎捡起了钥匙。她颤抖着双手数着存折，发现缺的正是那五万元的，她的心隐隐作痛，她痛苦地关上了保险柜的门。小虎把钥匙递过去，她锁上柜门，又抽泣起来。

这一夜，树芬怎么也睡不着，思前想后，越想越伤心，越想越怕，怕保险柜的钥匙不知什么时候被郑跃军偷走，怕郑跃军输红了眼失去理智……她不敢想了，被愤怒、痛苦、恐惧缠绕着。她多么希望他能把那二十几万捞回来，然后洗手不干了，可转念一想，又不希望他捞回来，她觉得只有这样，才能使他回心转意，但马上又否定了自己的想法。她对他已不抱什么希望了。

天刚蒙蒙亮，树芬似睡非睡地睁开眼睛，起身穿好衣服，拖着疲惫的身体，打开保险柜，把里面的十几张存折拿了出来，用手帕包裹好，放进她的手提包里。她轻轻打开里屋的门，轻轻地出来，关好门，看了看熟睡的小虎，又轻轻地打开外屋的门，出来后又锁上，直奔她娘家。她要存折放到娘家保管，以防万一。

在村委会的办公室，树山和张学海谈着事情，司机留柱推门进来了，树山笑着问："车提来了？"留柱点一下头。屋里的人都出去观看，只见长长的黑色"红旗"牌轿车稳稳地停在门前，车前已有几个人在围观议论。"大哥，这车不赖啊！"秦二虎感叹道。树山一笑，说："啥好赖的，这是企业凑的钱，东跑西颠的，拿它当腿使呗。"树山一边说一边绕车看着。"这腿好使，快！不过，村委会的破平房，跟这轿车也不配套啊，就像一个人穿西装、戴领带，脚上穿着却是布底鞋，多难看啊！"秦二虎调侃起来。树山一笑："你说得不错，都会有的。"他打开车门坐了上去，叫上留柱，"上厂子转一圈。"车子缓缓移动，上了中心街。留柱问："你老感觉咋样？""不错，挺舒服。"树山笑着说，这时他的寻呼机响了，他一看，是马志林打来的。

他们来到纸箱厂。院子里，工人们有的向车间运送瓦楞纸，有的从车间向外运送做好的纸板。马志林手拿"大哥大"，在指挥着什么，见树山从轿车下来，他乐了，走过来说："大哥，鸟枪换炮了。""我能跟你比吗，你都用上'大砖头'了，我还是寻呼机呢。"树山看着马志林笑着说。"哎呀，我这是顶账顶过来的，大哥要是喜欢，送给大哥。"马志林把"大哥大"递到树山手里。"我哪能夺人所爱呢？"说着，树山试着拨号，马志林在一旁指点。树山笑着说："这玩意儿，真是邪了，连根线也没有，多远都能通话。"

第八章

他摇了一下头,把"大哥大"递给马志林。"这就是高科技嘛。"马志林说。"有饭还得给这些人吃,你不服不行啊!"树山有感而发。"哪天给大哥买个新的?"马志林看了树山一眼。"又让你破费?破费就破费吧!嘿嘿嘿,你大哥我也超前享受一把。"树山一笑,问道:"你找我有事?""贷款的事,你给我跑跑。"马志林说着,随树山到车间转了转。

树山从纸箱厂出来,又来到机械铸造加工厂,林金江笑脸相迎,围着轿车转了一圈,打开车门向里面瞧了瞧,笑着说:"大哥这车买得太好了,有意义!有大哥这辆'红旗'轿车领路,我就不怕迷路了,哈哈哈……"树山一笑,说:"你别奉承我,我咋也跑不过你的奔驰啊!""我咋奔也得在红旗的后边奔啊,要不跑丢了,可就麻烦了,哈哈哈……"林金江递给树山一支烟。二人开过玩笑,来到翻砂车间,工人们正在浇筑零件毛坯,滚烫的铁水倒进地上的模子里,顿时冒起一股股青烟。他们又来到车床车间,工人们认真操作,火星四溅。从车间出来,林金江说:"广交会就要开始了,我想开开眼,一是看看有没有好的项目,二是想坐坐飞机,三是顺便到南方玩玩,老兄算一个。"树山乐了,说:"你这个想法不错,出去转转非常有必要,再到华西村看看,开开眼界嘛。""那就这么定了!"林金江兴奋了。在新立沽的企业中,林金江的机械铸造加工厂可谓名声大振,不仅在新立沽村、李家沽乡小有名气,而且在蓟沽区也是创汇大户。为此,他的企业被评为明星企业,他本人也被评为明星企业家。

这天天气晴好,树山、林金龙、林金江、马志林一行很兴奋。他们坐上林金江的轿车,直奔首都机场。车子在柏油公路上急速行驶,路两旁已经落叶的柳树静静地向后移动着。马志林有感而发:"当年吃饭都费劲儿的土包子,如今也能坐上飞机到南方转一圈,想都不敢想。"坐在副驾驶座位的树山打趣道:"金江,你夜里做梦没有?"林金江笑了,说:"你还别说,真做梦了,我梦见咱们一上飞机,飞机嗖地就起飞了,马志林一下悬了起来,树山老兄喊了起来,系好安全带,系好安全带!哈哈哈……""嘿嘿,你真会瞎编。"树山一笑。一路上,他们说说笑笑,不知不觉到了机场,不时看见起降的飞机。

他们等了一会儿,开始安检。通过安检,他们来到候机室。隔窗望去,停机坪上停着数架客机。林金江看着一架滑行的飞机,对树山说:"听人家说,坐飞机比坐轿车安全多了，还快，到广州才三个多小时，坐火车行吗？最少得折腾一天一宿。天上一马平川，飞呗。不像在路上，这儿红灯，那儿绿灯的。"树山一笑，说："不是你说的那么简单，除了起降的黑色十五分钟外，途中遇到强大的气流也很危险的。""上了飞机，这一百多斤就交给老天了。"马志林似乎很轻松。几个人一笑了之。

　　他们依次检票，进入机舱，找到座位，放好行李。树山环视了一圈，见人们都很坦然，他深呼吸一下，问林金龙："你紧张吗？"林金龙一笑："有点儿。"这时，广播里传出了空姐甜美的声音："全体乘客，你们好，我们南方航空公司全体机组人员欢迎各位乘坐我们的航班……"

　　飞机开始慢慢滑行。树山隔窗看见一架客机刚刚起飞，昂着头离开了地面。空姐再次提示："飞机马上起飞，请系好安全带……"突然发出巨大的轰鸣声，机身快速移动，树山下意识屏住呼吸，机身猛地仰起，他身子往后仰，地上的建筑物渐渐模糊起来。忽然，他感觉飞机好像往下坠，一下子紧张起来……飞机平稳了，他推了一下合着眼的林金龙："没事了。"林金龙睁开眼，说："刚才脑袋发蒙，耳朵发堵。"树山抿嘴一笑，再看窗外，白云缭绕，远处如皑皑雪山，天空一望无际，往下望，地上的建筑物如小小的豆腐块一般。看到这景象，他感慨万千，回过头跟林金龙开玩笑："当年你说我这只旱鸭子，说不定会飞，今天你我都飞上了天，还要飞到南方看看，嘿嘿……"林金龙眨眨小眼睛笑了。广播里又传出空姐的提示："前方有一股较强的气流，机身会有较强的颤动，这属于正常情况，请乘客不要走动，系好安全带。"林金龙有些紧张，小眼睛开始环顾左右。突然，机身开始颤动，巨大的机翼上下摆动，舱内有明显的摇晃。树山指着前座睡觉的乘客，对林金龙低声说："没事，你看人家还睡觉呢。"颠簸过去了，机身又稳稳的了，他们悬着的心又落下了。

　　飞机飞到了长江上空，树山隔窗一望，群山高低起伏，郁郁葱葱，映入他眼帘的长江，如一条随风飘舞的宽宽的丝带，蜿蜒曲折，伸展到远方。在它两岸的城市群，如一个个小方格子，星罗棋布。开饭了，空姐推着餐车分发配餐，走到林金龙跟前，他摇头谢绝了，树山转身一看餐车过去了，问林金龙："咱们的饭呢？""我没要。"林金龙说。"唉！"树山马上向那位空姐要了两份饭、两杯咖啡，低声对林金龙说："这是免费餐，其实含在

机票里了。"林金龙不好意思了："我哪知道，以为另外掏钱呢。"

饭后，飞机徐徐降落，树山的头有些胀痛，心情也有些紧张。广州白云机场展现在近前，树山看一眼林金龙，长舒一口气，笑了。

他们一行四人愉快地走出机舱，在卫生间换上了适合当地的衣服。他们走出机场，环视四周，南方的景色使他们耳目一新。极目远眺，到处是绿色的海洋，花草繁茂，树木青翠。马志林又发感慨："怪不得南方多出文人墨客，出门就是一首诗啊！不像咱们那里，一望平川的。"林金江反驳道："这里景致是不赖，你夏天来一次，今天发水，明天台风，你受得了？"马志林支支吾吾地说："各…各有千秋嘛。"大家都笑了。

广交会很热闹，各地商人云集，穿梭于各个展台之间。树山他们也是这儿转转，那儿问问，大开眼界。就在他们在一个展台前商谈业务时，林金江的"大哥大"响了，他立刻接听："喂，说啥？让我上北京开会去……"林金江结束通话后，对树山说："给我弄了什么全国明星企业家，事就多了，区里来电话说，让我参加全国明星企业家代表会议，我不想去！"树山一听着急了，说："去啊！为啥不去呀？你必须去！你代表的不只是你自己，也代表着咱村里、区里嘛。""对啊，别人想去还去不上呢，你不去我去！"马志林笑着说。林金江一双小眼睛眨了眨，望望四周的人流，不说话了。

送走了林金江，树山他们来到了深圳。只见深圳处处高楼林立，昔日小渔村的遗迹早已无处寻觅了，到处是一片繁忙的景象：在建的一座座高楼、一片片厂房，来来往往的人流，川流不息的车辆。时间就是金钱，在这里体现得淋漓尽致，树山感慨万分……

清晨，树山他们结束了深圳之行，准备到华西村参观。在回白云飞机场的路上，公路两边到处是收获后的香蕉园，香蕉树大大的叶子，有绿绿的，有黄黄的，还有连根砍下来的，堆在　边。树山好奇，问马志林："这里雨水这么多，他们不怕香蕉卖不出去，烂到地里？""大哥，这心真不够你操的，都操到广东来了，哈哈……"马志林笑着说，树山也笑了，继续看着车窗外。

到了白云机场，树山刚下车，突然，树海打来了电话："大哥，物流车队出事了，你快回来吧！""啥事？"树山紧张起来。"……港湾的一伙人，在车队宿舍闹了一宿……""伤人了吗？""有伤的……那伙人扬言，不把钟建辉交出来，誓不罢休……"树山慌了，忙叮嘱道："你和张瑞惠一定要控制住局势,千万别把事态闹大!抓紧找你二哥,我们顺便参观完华西村就回去……"树山不想放弃到华西村学习的机会。

这次事件似乎是偶尔发生的。车队队长钟建辉是树海的同学,也是他的叔伯连襟。晚上,他收了车,带着车队的人员,到他们经常用餐的一个小排档喝酒。他们一边喝酒,一边说话。对面桌一位留着小平头的小伙子,在大个子钟建辉身后,紧挨着他坐着,钟建辉无意碰了他一下,对方立刻翻脸:"他妈的,碰我?找碴儿?""你嘴干净点儿!"钟建辉沉着脸,站起来。"想打架?来!"小平头也站起来,猛地飞起一只啤酒瓶子,砸向钟建辉这桌子,"砰"的一声炸响,店内大乱。钟建辉被激怒了,高声喊道:"打他个浑蛋!"话音未落,车队的小伙子们扑过去,有的飞盘子,有的扔酒瓶子,有的抄椅子,一眨眼的工夫,对方那几个人被打得头破血流,狼狈逃窜,边跑边喊:"你们等着,老子跟你们没完……"

钟建辉他们不敢久留,撒腿跑回车队宿舍,屁股还没坐稳,只听外面吵吵嚷嚷。钟建辉隔窗一看,这帮人已到了大门外。一看事情不妙,他赶紧吩咐大伙儿用破桌子、棍子、冬天取暖的煤块封堵楼道大门口。这时,这帮人已冲进大院,随即冲撞楼道的大门……"有种就下来,老子今天废了你们!""把那个大个儿给我交出来!""不交出来,跟你们没有完!"突然,"哗啦"一声,一扇玻璃碎了,落下来。石子、砖头、土块不时砸向楼内,玻璃掉落之声响成一片。钟建辉急了,命令大家用煤块还击……

双方对峙了一夜,待到天亮,仍不见对方散去,钟建辉不得不给张瑞惠和昨天已回家的树海打电话……

张瑞惠慌了,把警察叫来,那帮人已散去。再看这场景,她怔住了:楼上的玻璃七零八落,院子里前排停放的平板车,车楼上的玻璃全部落了挂,车楼子鼓一块、瘪一块。她慌乱地上了楼,楼里一片狼藉……

警察看完现场,把钟建辉等人带走了。树海急忙从家里赶回来,一看这情景,一句话也说不出来。

他与车队的人见了面,见他们没有大碍,这才松了一口气。他又来到二楼他的办公室,张瑞惠在打电话。她放下电话,心情沉重,对树海说:"我刚才给公安局的李局长打了一个电话,让他关照一下钟建辉他们几个人。""关照什么?他们上咱们这里闹事,他们还有理了?"树海理直气壮。

第八章

"这里的事你不懂，这件事绝不会这么简单！"树海警觉起来，直愣愣地看了一眼张瑞惠，没有说话。"咱们要弄清这帮人是不是单纯地欺负外地人，还是受人指使。"张瑞惠以女人的细心和她在码头闯荡的经历，分析道。"你是说……你原来的……"树海睁大了眼睛，迟疑地问。"先不要猜测。"张瑞惠说。

树山他们乘出租车来到华西村头，只见宽阔整洁的大街上，繁茂的花草树木点缀其中。映入他们眼帘的华西村似乎是一座小城镇，村南是一片宽大的企业经济区，村中是一片片二层欧式别墅区，村北是农业区……"这里哪像农村啊，简直是一座小县城啊！"树山感慨万千，一种强烈的探究欲，立刻在他的脑海中升腾：他们靠什么发展到今天？

他们来到了展厅，各地来参观的人不少。他们走到展台前，一幅幅图片清晰地展现在眼前：过去破旧的村庄，今天的新面貌……讲解员对华西村发展历史的讲解，让树山激动不已，他低声感慨道："真是了不起啊！人家本来跟咱们一样，一个穷村子，人多地少……"说到这里，他看了一眼林金龙。林金龙有些难堪地说："咱们跟人家比，有很大差距啊！"马志林接过话茬说："是啊，现在人家出名了，这里的老百姓有福啊！"随后，他们又参观了工厂、学校、农业区，还到了村民家看了看……如此一番下来，树山一句话也不说了，微垂着头往前走着，给人一种既严肃又不舒服的感觉。

树山一行人怀着激动的心情，离开了华西村。他们又登上了北上回家的飞机。两个多小时后，飞机稳稳地降落在首都机场，他们出了航站楼，立刻租了一辆车，赶往天远物流公司。到了天远物流公司，他们直奔二楼的经理办公室。树海一看他大哥推门进来了，立刻站了起来。张瑞惠也站了起来，忙着让座。树山他们坐下后，树海把事情的经过简要地说了一下。树山吸了一口烟，眨着眼睛，问道："这帮人这么猖狂，欺负外地人？""也许另有原因吧。"张瑞惠说。树海睁着大眼睛，看着他大哥。树山明白了，板着脸说："不管那帮人有没有来头儿，咱们出门在外忍为高，强龙压不过地头蛇，何况咱们连蛇都不是。咱们要多找一些人，抓紧摸清对方的意图，豁出点儿钱，了了这档子事。""私了！"树海直截了当。树山没有回答。"大哥的意思是……"张瑞惠第一次改口，称树山为大哥。树山笑了，说："这件事以你为主，我们在这里两眼一抹黑，谁也不认识，你多受累。"张瑞惠也笑了，

325

说：“大哥客气了，这是我分内的事，如果从这方面讲，是我没把事情办好，让大哥操心了，让大家担惊受怕了。"树山一摆手说："好了，都是自己的事，大伙儿努力吧！"就此定下了办事基调。

在单位食堂，大伙儿简单地吃了点儿饭。树山对林金龙说："这里的事，一时半会儿平不了，我得留下来几天。"林金龙正想脱身呢，一听树山说这话，立刻说："行，那我们就回去了。"

送走了林金龙等，树山给车队的人开了一个"压惊"的短会。他嘱咐道："这次咱们的人没有受多大的伤害，这是万幸！损坏点儿物件无所谓。请你们记住，从现在起，每一个人要记住一个字——'忍'。能忍住，咱们的事就好办些。当年韩信还忍受胯下之辱呢，人家古人能做到，咱们做不到？小不忍则乱大谋，就是这个意思。再就是必须学会与当地人相处，和为贵，和气生财嘛！你们可能要问了，人家骑在咱们脖子上欺负咱们，咱们也要'忍'吗？这要看啥事了，鸡毛蒜皮的事，退一退，让一让，我想人家也不会跟咱们过不去的。最后，咱们要齐心协力闯过这个坎，我相信咱们会在这里站住脚的。祝大家平平安安，多挣票子！"大家都乐了，恐惧紧张的气氛散去了一大半。"这几天我也不走了！"树山给大伙儿吃了定心丸。

在异地他乡摆平此事，树山不敢有丝毫怠慢，绞尽脑汁来了两个"造势"：一是他请蓟沽区的公安局局长和港湾区的公安局局长就此事进行了"把脉"；二是通过努力，官方对此事表达了高度关注。这两个"造势"都见于港湾区的报端。张瑞惠明察暗访，得知这些"闹事者"背后确实与孟老板有瓜葛。树山又出奇招，把"闹事者"的几个头头请到了市里有名的饭店，招待了一番。领头的"老五"一看这动静，打心眼儿里服了，在酒桌上明确表示："刘大哥，通过今天的举动，小弟我服了！大哥，你放心，从今往后，在港湾区，有啥事，你尽管说，兄弟就是赴汤蹈火，也在所不辞！"树山听了笑着说："有老弟这些话，大哥就放心了！为了咱们相识，干杯！"大伙儿都干了，在一旁服务的服务员热情地又沏茶又倒酒，"老五"等人感觉风光无限……

天远物流公司经过这场风波，不但没有垮掉，反而提升了知名度，业务渐渐多了起来。

第八章

五

除夕之夜,新立沽家家张灯结彩,人人喜笑颜开。人们一边包着饺子,一边观看春节联欢晚会,孩子们进进出出,爆竹声传遍村庄的每一个角落,缤纷的礼花不时划破夜空,整个村庄沉浸在一片喜庆祥和的气氛中。然而,树芬满面愁容,一个人一边包饺子,一边掉眼泪。赌红了眼的郑跃军,已几日未归了。

郑跃军硬逼着妻子拿走那五万块钱的存折,没几天就输得一干二净。输红了眼的他,又背着妻子,向裴洪伟借了三万元。此时,他赌得正酣。这是一个套间,里间向后街开了一扇门,以防被突袭。这里间,昏暗的灯光下,郑跃军等四位赌徒阴沉着脸,一声不吭,盯着庄家所发的每张牌。"窝主"的二闺女殷勤地给他们斟茶倒水,屋内别无他人。窗户被棉帘子堵得透不出一丝光。在外面,他们设了三道岗,都是"大哥大"联系,每个岗哨的雇用费是一天二百元,有时候每人赏个三头二百的,也是常有的事。"窝主"呢,每天抽少则五六百元,多则千元有余。

早上六点多了,小屋里弥漫着缕缕烟云。郑跃军一支不接一支地抽着烟,他手中的牌如同千斤重。他把仅剩的一万块钱全压上了。残酷的结局,再次降临到他的头上。他的两道牌,全不敌庄家,最后一线希望彻底破灭了。他脸色煞白,表情异常冷酷和麻木。他把眼前的一万块钱往前一推,孤注一掷地说:"最后一把,把我的客车压上!"庄家是大赢家,假惺惺地说:"不合适吧?""你赢了,你把车提走!"郑跃军瞪着布满血丝的双眼说。庄家说:"你给个价吧!"郑跃军拿了一张废纸,在上面写了五万元。庄家说:"发牌!"牌发完了,郑跃军把那张纸重重地压上。顷刻间,他的客车不属于他了,无情地归到庄家名下。他的心像被针扎了一样疼,这可是一辆曾经让他发家的客车啊!他强打精神,咧咧嘴说:"好了!"然后,找人拿来钢笔,按他们的规矩,给庄家打了个欠条:"今郑跃军借王德俊五万块钱,愿拿中巴客车作为抵押……借款人:郑跃军,一九八九年二月六日。"

郑跃军十分沮丧地回到家,树芬也不搭理他。他面如土色,四下看了看,没有说话,转身出去了。他出了正屋,径直向小厢房走去,推开没有上锁的门，从一个破柜橱后面取出一个紫色小玻璃瓶——农药"敌敌畏"。这是他前些日子买的，准备以此威胁妻子——不给他赌资，就喝下它！他把这瓶农药装进大衣兜里。他从小厢房出来，下意识地向正屋望了一眼。树芬在正屋隔窗观察他。他出了院子，树芬沉着脸追出来，喊道："你饭也不吃，还干啥去？""我到那屋看看！"郑跃军回了一下头，边说边去了隔壁他大哥那屋。

　　树芬阴沉着脸，转身回到正屋，开始煮饺子。饺子煮熟了，小虎从他大伯那屋过来，树芬对儿子说："小虎啊，叫你爸过来吃饭。"小虎说："我爸在我大伯屋里待一会儿走了。""上哪儿啦？"树芬皱着眉头问。"不知道！"小虎摆弄着手里的塑料玩具枪。树芬犯嘀咕了，急忙穿上防寒服，推开大伯哥的门，问了婆婆。婆婆说："我让他在这屋吃，他说回去吃。"树芬二话没说，从大伯哥的屋里出来，急忙奔向西边的街道，顾不得脚底下坑坑洼洼，四下张望。她的视线越过一排排水泥铸的葡萄架杆子，依稀可见西地的干渠上走着一个人，她定睛一看，正是郑跃军。她顿时两腿发颤，心跳加快，头发根都立起来了。她顾不得叫上大伯哥，毫不迟疑地向郑跃军的方向追去。树芬下到结了厚冰的大沟里，爬上对岸，郑跃军不见了。她慌了神，一路小跑，脚底下的土坷垃磕磕绊绊，她气喘吁吁。她不敢放慢脚步，一不小心，一只脚踩到了沟埂边沿，一下子摔倒在毛渠里。她急忙爬起来，蹬上沟埂，又往前急奔。她气喘吁吁，满头是汗，跑到上水的干渠堤坝上，小跑着四下张望，仍不见郑跃军的踪影。她从干渠的东堤冲到干枯的沟底，又爬上西堤。她跑着，张望着……她来到一个闸口，一眼看见郑跃军仰卧在沟底的北傍……她冲了下去，扑到郑跃军身上，抱着他，大声地呼叫："跃军！跃军！你咋了？啊？"郑跃军一动不动，不睁眼，不说话，眼角的泪水流到了嘴角。树芬抱着他，双手抓住他的大衣，摇晃着，恐惧地叫喊："你快说话啊！"突然，郑跃军猛地推开她，痛苦之中带着凶狠："你别管我！"他猛地从衣兜里掏出那瓶"敌敌畏"，树芬像疯了一样猛扑过去，死死抱住郑跃军攥着农药瓶的手。郑跃军吼道："你滚开！"树芬一口咬住他的手，农药瓶掉在地上，她扑上去，拾起瓶子，扔向闸口的石坡，"砰"的一声，瓶子碎了。郑跃军被妻子这发疯一般的行动震撼了，他内疚、痛苦、自责、悔恨，一下子抱住妻子，失声痛哭起来……这是他成年后第一次这样痛哭："树芬，我不是人啊！这几年我输掉四十多万，四十多万啊！我把客车也输进去了！"树芬捶

第八章

打着郑跃军的前胸，痛哭流涕："我恨……我恨……恨死我了！""你打！你打！打死我吧！谁让你找我！我不想活了！"郑跃军抓住树芬的双手，使劲往自己的脸上抽打。树芬抱住丈夫的头，"呜呜"地哭起来……

两人抱头痛哭，不知过了多长时间，微弱的阳光照在他们身上，瑟瑟的西北风把两人的头发吹得乱糟糟的。树芬从丈夫的怀里抬起头，泪眼模糊，祈求道："我求求你，别想这个道儿！和从前一样，挺起来，好吗？从今往后不赌了！那四十多万，就当咱俩没有挣，行吗？啊？……"郑跃军看了一眼妻子，紧紧地抱着她，呜咽起来……树芬也抱着丈夫哽咽着说："这事，你一定要掀过去啊，行吗？天知地知，你知我知，绝不能让外人看咱俩的笑话，行吗？"树芬这种近似哀求的话，深深地打动了郑跃军，他又抱紧了妻子……

新立沽的村办企业，在周边的农村，以至于全区上下，名声大振。机械铸造加工厂的国外订单不仅来自日本那一家了，美国、韩国等国家的订单也随之而来。制衣公司一改过去的低迷状态，如今整天灯火通明，订单大增。天远物流公司也步入正轨，加盟它麾下的散车日渐增多。纸箱厂也效益不错。总之，新立沽的企业红红火火。随着钱包的迅速膨胀，厂长、经理们几乎都换上了高档轿车：林金江的"奔驰"，树海的"皇冠"，马志林的"本田"，树山的"红旗"……村民们戏称之为"小王八"。树山被这火爆与繁荣驱赶着、刺激着，很轻松、愉快，也很满意。他还被选为区政协委员。这些身价大增的人向村里，干脆说向树山，提出了另一个体现身价的要求：变平房为楼房，要求另辟新址建别墅小区。

树山不仅答应了他们的要求，在扩大的村"两委"会议上还对他当年的村级规划，提出了修改意见。他特别对厂长、经理们说："这个新立沽村级发展规划方案，是我出去参观后，按有关规划专家的建议修改的……"之后，他着重谈了今年争取实施的部分项目：一是拓宽村里的主街道和修建小街道；二是新建村小学教学楼；三是开辟住宅楼群。参加会议的人，被他的规划又一次感染，兴奋地议论纷纷。树山打断大家的议论，满脸灿烂地说："我先把钱的来源说一下，拓宽主路，由村里出资，企业拿点儿。修建小街道，由各户与村里共同出资，每户每间房摊一百元，剩下的由村里兜底。教学楼年底完成。"他停顿了一下，"关于这学校，我要多说两句，迁新址盖教学楼，我估算了一下，最少要八九十万元。这钱哪里来？有这么几个渠道，一是找教育局要点儿，二是各企业拿点儿，三是老校舍卖点儿，四是再号召各户集点儿，五是从楼群小区的宅基地收点儿。"说到这里，人们有的赞同，有的皱眉头。忘乎所以的林金江首先说："这修路盖学校是好事，但要是让我摊多了，我拿不出来。""你要是拿不出来，谁还拿得出来？"马志林问道。"谁家的罐子谁家抱着！外边人看我是块肥肉，再肥的肉也架不住逮谁谁啃啊……"林金江喋喋不休地抱怨着，树山早就不耐烦了，绷着脸说："你说完没有？要说困难，哪家企业没有难事？钱这东西看你咋花，举个例子，你怎么没钱，你也得花钱买衣裳穿，总不能光着屁股满街跑吧？"大伙儿都乐了。林金江刚想辩论，树山紧接着说："企业的事，和家家过日子是一回事，只不过有大小之分。什么是要紧事，什么是急事，这就看人们的心气儿了。人家外国人，家家把茅房盖得那么干净，咱们呢？茅房臭烘烘，苍蝇满世界飞，人们也嫌臭，也嫌脏，问题是谁也不想怎么改变，总觉得茅房就是埋汰的地方。我要说，咱们也盖几个宾馆那样的茅房，当然了，人家叫卫生间，大家伙儿准骂我败家子，把钱花在屁股上，吃饱了撑的！放在以前，我也反对。可是经过外商被咱们这儿的茅房逼得到区里上厕所的事，我的想法变了……"人们笑了一阵。树山接着说："建教学楼，是最急的事。三百多个孩子是咱们的宝贝，绝对不能让他们还在破旧平房上课。不客气地说，宁可你们的小洋楼不盖，也得盖教学楼，不管人家教育局掏多少。"树山这么一说，不知是谁说了一句："卖几个'小王八'，啥都有了！""对！说得好！"一部分人边鼓掌边笑。对于这明显带有敌意的建议，树山没有生气，笑了一下，诙谐地说："这'小王八'，当时我也不愿意买。可这年头儿出门办事，这玩意儿能避邪，特别是那些眼皮子薄的人，见了它就规矩多了，不敢尥蹶子。"人们淡淡一笑，没再说什么。

　　林金龙开口了："修路我同意，对于盖学校、建楼房，我持保留意见。为什么呢？办学校是国家的事，在这方面掏腰包，那是大傻子。盖楼房占村头的葡萄地，我认为土地法不允许这样做。一户不能有两块宅基地。"他的表态的确冠冕堂皇，实际上却是出于对大款们的嫉妒，因为他儿子不成器，他这些年也没干啥事，所以他没有能力盖楼房。同时，他对红得发紫的树山也嫉妒，他怀疑树山操持得这么积极卖力，是想瞒天过海，给自己也弄个楼

房。但会议还是把今年要干的这三件事定了下来,并在广播里向全村公布了。

六

这三件事一公布,在全村立刻产生了强烈的反响。树江第一个响应,挣钱的机会来了。他抱着自己的小算盘找到了大哥。"你先把人家的厂房盖好,村里的活儿你不能干!"树山把话封死了,树江满脸不高兴。"你不能吃着盆子里的,还占着锅里的,这修路、建学校,弄好了是好事,弄不好让人家嚼舌头根子。"他想了想,又安排了一下,"你愿意干,就干别墅小区工程吧,有你大哥这个面儿,工程款能好结点儿。村街道工程,我给杨鸿志了。""我干学校那工程。"树江坚持说。"你怎么不听话呢?"树山板起了脸。"你就会胳膊肘往外拐!"树江一甩手走了。树山在他身后训斥道:"你以为你大哥在村里一手遮天?可能吗?就这点儿事,有八百只眼睛盯着你大哥呢!要干,上外面找活儿去!""要是外边好找活儿,我何必在家门口争这个呢!"树江头也不回,反驳了一句。

工程该抢走的抢走了,该平衡的平衡了,可是,在征地问题上,树山遇到了麻烦。树山报批,村南头的三十亩上好的葡萄地,用来建教学楼,而实际上他顺从了大款们的"献言",来了个偷梁换柱,在它南面约三十亩的大水塘建教学楼。谁知树江在别墅小区的地基上挖槽子开工之际,树民带着调查组来了。树山接到树民打来的电话,得知调查组要来调查用地问题,骂道:"这是谁捅的毛蛋?是占地的那帮?不会啊!他们都签字画押了,那是谁呢?"树江的槽子是不能开了。

调查组来了,树民对他大哥说:"实事求是。"树山按实情向调查组做了说明,并把占地的批文和占地补偿村民的领款签字表拿给调查组看了。树山又陪着调查组实地看了一下。调查组撂下话:"暂不能动工。"说完就上车走了。树山望着轿车离去的背影,骂道:"哪个龟孙子告的?我盖学校,还有罪了?我变一下地界,能有多大罪?"下午,树民打来电话,说:"大哥,这事别着急,有人想'整事'。"

树山心情沮丧,来到修建街巷小路的施工现场,杨鸿志打了招呼,指着对面街道上吵闹的一帮人说:"大哥,你看庄富贵的小舅子老孬,挡道儿。

他家门前的路面，他不想修，左右邻居正跟他吵吵呢，你看咋办？""开会时不说了吗？哪条街把分摊的钱交齐了，就给哪条街修，差一户没交钱，也不能修！"树山板起脸。杨鸿志说："这个我知道。"树山走到人群前，老孬蛮横地说："我不修，我不愿花这钱，你们爱修就修你们的，关我屁事！""你这个年轻人，说话咋不贴边呢？你家在中间夹着，这路怎么修？"和他家住一趟街的张学海皱着眉头质问。"我们修了，你家走不走这石板路？"人群中的一个妇女质问。"我又没长翅膀！"老孬越发无理。老孬的老婆见树山来了，挂不住脸了，沉着脸往院子里拉她丈夫："可气死我了！你是猪脑子啊？你姐夫让你干啥，你就干啥？"又转过身来对树山，"大哥，别听他的，修路面的钱，他不花我花！""我看你修个试试！你修了，我也给你刨了！"老孬歪着脖子威胁起老婆。树山笑了："老弟，别这样，你对村里有意见可以反映。"然后，对人们说，"大伙儿先回去，等他想通了再修也不迟，都回去吧！"人们散去了。张学海和树山往回走，说："这个死榆木脑袋，他就是借题发挥，之前不是拆了他姐夫的房子吗？他的意思是一毛不拔，直接赚现成的，走石板路。"树山只是一笑。

树民在电话里告诉树山："写一个检查，交到区规划局，就可以开工了。"此事解决了，压在树山心头的疑问并没有消除，他想弄清楚是藏在背后的人究竟是谁，又一想，管他是谁呢，听拉拉蛄叫还不种地了呢！其实，这个人不是别人，正是村支书林金龙，而且他得到了乡里牛书记的默许。

周日，树民把他大哥叫到他父亲家。树民面带不悦："我本不想走，但再干也没什么意思，老牛明显在赶我走。最近这两件事就是冲我来的，一个是你们村里批地的事，一个是区审计局，当不当，正不正，审查了棉纺厂、葡萄酒厂、砖厂等几个乡属企业，还有乡财务科。大哥你说，我还能干吗？""你在这方面，清楚不清楚？"树山没有回答，反问道。"有啥不清楚的？我一分没往兜里装。"树民肯定地说。"无非吃吃喝喝，送点儿小礼。"树山笑着说。"这也不是我一个单位啊，多了！"树民不以为然。"真要是这样，你怕什么啊？"树山说。"我不是怕，这有啥劲呢？你在前面干，后面有人算计你，使绊子，何苦呢？干脆走人！在哪儿不是干呢？"树民似乎主意已定。"这么说，你决心要走了？"树山问。"大哥的意思……"树民看着他大哥，树山抽了一口烟。刘金东插话说："让我说，你在工作中，准是不够尊重老牛，你们年轻人往往有这个毛病。当然，人上点儿岁数，干起事来，可能保守点儿，但你听听他们的经验，还是有好处的。""经验？他那经验早过时了，听他的，啥事也干不成。就拿上棉纺厂和酒厂来说，按他的观点，一个也不上，现在是啥年代？啥事不是新的？愣个神儿，机会就跑了。葡萄专利的事，就是个例子。"树民反驳道。"你要记住，一个单位领导班子不团结，闹矛盾，甚至搞分裂，这个单位是搞不好的。"老头儿坚持他的观点。树民说："老牛找我小脚的根源我明白。魏文山与秦亚娟矛盾严重。正好葡萄酒厂向南方销售时出了问题，一批葡萄酒让人家调包了，你说气人不气人？我质问高学军、法国人托马斯是怎么管理的，后来托马斯辞职不干了，乡里根据合同，给了他一大笔钱，他回国了。为此，我对乡属企业领导班子进行了部分调整，把魏文山调到葡萄酒厂任副厂长，他这个人私心太重。因为这个，老牛跟我闹了个半红脸。"

刘金东还是觉得儿子与老牛沟通不够。树民从另一个角度说："立君她爸马上要退下来了，趁老爷子还在马上，我这几年也有点儿业绩，这时机最好。"树山乐了，说："这才是你的真实想法。"树民也乐了。"要说也是，凭你这几年的成绩，挪个窝也不算不对，树挪死，人挪活嘛。"树民第一次听大哥这样称赞他，有几分得意。

经过一个星期的审计，审计组没有发现树民在经济上有重大问题。牛书记对这个审计结果，心情是复杂的。在他的办公室，他对树民说："树民啊，这次审计你要正确看待，我还是审计组刚来时说的那句话，有人举报，人家就得派人来查。"他也不看树民，紧接着又说，"这个结果，完全打消了一些人的猜疑，当然，咱们乡政府大院的也包括在内。表面上看是坏事，其实也是好事嘛，你说对吧？"树民不以为然，似笑非笑，说："对也好，错也好，我刘树民问心无愧，行得正，还怕影子歪？"牛书记微微笑，双下巴更大了，赞同地说："对！对！对！今后工作该咋干就咋干，别为这件事而缩手缩脚。听了你的话，我也就放心了。"他摆出长者的样子。树民表态："牛书记放心，这对我不算什么！"树民清楚得很，这次审计组，是因为魏文山的举报。

树民打算走的想法，没有丝毫动摇。调动有了眉目，他想到了秦亚娟和高学军。他担心他走了之后，老牛会找他们的小脚，甚至借机拿下他们。更让他担心的是体现他的政绩，也造福一方百姓的棉纺厂和葡萄酒厂，他想

让它们继续红火下去。为了不让他们有后顾之忧，他想到了在柳沽乡当副乡长的老同学王宗斌。

这天，他把王宗斌邀到家里。王宗斌一进门，手中拎着一大兜水果，树民取笑他："你什么时候学会送礼的？这礼实在太轻了！""你想要重礼，还不够资格，这是给两个孩子的。"王宗斌笑着把水果放在一边。王立君在两个孩子后面迎出来，微笑着对常龙、常凤说："叫王叔叔！"两个孩子叫了。王宗斌看着两个孩子，夸奖道："这两个孩子多漂亮啊！嫂子，你真会生，我们那口子咋生不出来呢？""瞧你说的，你儿子虎头虎脑的，我挺喜欢的。"王立君微笑着说。"跟这俩孩子比，差远了。"王宗斌逗了一下两个孩子。"培养出人才，那才是真的。"树民笑着插了一句。"别提了，两个人整天打，谁也不让谁，哪如你们一个好啊。"王立君嘴上这样说，脸上却是写满幸福。"嫂子，你得着便宜还卖乖，要不咱们换换？"王宗斌话音刚落，常龙马上说："换我姐姐！""我才不去呢！换你！换你！"常凤小嘴一噘，跑到里屋生气去了。三个大人被两个孩子的天真逗得笑了起来。

唠了一会儿家常，王立君把两个孩子叫到另一间屋学习去了。树民和王宗斌谈起正题。树民问："你那里情况咋样？"王宗斌说："我们乡经济不行，乡镇企业少，靠着长芦盐厂边上的几个小盐滩还可以，有几个小企业，带死不活的。新发展的养虾池风险太大，一得病，说翻坑就翻坑，去年两千亩水面，十家有八家赔，一赔就是几万，甚至十几万。"树民说："你这副乡长，干得咋样？"王宗斌笑了一下，说："能咋样？活儿没有少干，老妈子抱孩子，都是人家'一把'的，不像你说了算。"树民脸一板："好啊，你敢不忠？还想说了算，野心不小啊！看我不到你们'一把'那儿奏你一本！""谁没野心？癞蛤蟆还想吃天鹅肉呢，傻小子还做梦娶媳妇呢。"王宗斌打趣道。树民也笑了，说："哎呀，也是，这样吧，你干我这'一把'吧，咋样？"王宗斌苦笑一下，说："你别拿我开心了。"树民认真起来，说："真的！"他把他的想法说了。王宗斌直愣愣地听着，皱了一下眉头："上边能想到我？""事在人为嘛！"树民眨了眨眼。王宗斌心领神会，为难地说："农委主任的大门往哪儿开，我都不知道。""你鼻子下面没有嘴？你在前面找，我在老爷子面前给你烧把火。这可是机会！"树民为他指点迷津。"老兄，打住！我明白。"王宗斌说道。两人相视一笑。

第八章

一个月之后，树民调走了，任区经委主任，王宗斌调任李家沽乡任乡长。在同学们的酒宴上，树民得意地说："遥想当年，有谁会想到今天，咱们同学中还会出几个有点儿小影响的人物？"大家发出了会心的笑声。"但是，"树民又说道："千万不要知足，谁知足了，谁就是懦夫！从今往后，必须把自个儿那摊子事干好，谁越混越往下出溜，让人家当球踢、瞧不起，谁就不是咱们的同学！干！"树民的话，把同学们的情绪都调动起来了。随着他一声令下，一杯杯啤酒"咕咚咕咚"被一饮而尽。秦亚娟似乎忘了董振刚在场，对树民说："看你，又不要命了，都是老同学，慢慢喝呗。"树民看着秦亚娟绯红的脸，说："我喝多了？要不咱俩喝一杯，让他们看看。""去你的！"秦亚娟装作生气，离开了座位。

七

新立沽小学教学楼就要破土动工了，树山与区教育局几次协商，王局长答应挤出十几万元。树山让会计张学海到村里的各企业催要资助款。

施工工地的门牌上醒目地写着几个大字：新立沽小学施工工地。在一片清除淤泥的坑池子里，车辆在运送砂石，推土机在"嘟嘟"地平整石料，民工各自忙碌着……树山跟工头儿在说着什么，张学海过来了，把树山拉到一边说："各企业助学捐款都不主动，你看咋办？"树山一听急了，气呼呼从坑池子里上来，掏出"大哥大"，第一个给树海打电话："树海，捐款的事，你是咋想的？"树海正在制衣公司，为难地说："大哥，我现在实在拿不出钱来，还欠着工人三个月的工资呢，资金太紧张，周转不开。""不行！树海，你刚有点儿权力，就不听你大哥我的话了？没钱也得捐！你说捐多少吧？"树山简直就是硬逼了。树海认真了，板着脸说："要不捐五万？""不行，再加五万！"树海苦笑一下，不敢还价，叹口气，说："就这样吧！""款啥时候到位？"树山紧逼一句。"过几天。"树海想了一下说。

晚上，树山把树江叫到他屋里，提起捐款的事，树江态度很坚决："我没钱，不伺候这个！"树山脸一拉，说："你这是说话呢？啊？你挣了些钱，不怕将来扎手？行点儿善事对你有好处，人别光想着自个儿。"树江埋怨大哥："大哥，你净揽这些事！"树山没有心思听他废话，武断地说："啥也

335

别说了，你拿三万，过两天交到村里！"说完出去了。树江刚想说："我才不撇这钱呢！"

树山把会计张学海、出纳小马叫到他的办公室，对他们说："这几天，你们把手上的事放一放，到各企业催捐款，告诉他们，凡是捐款的，都给树碑立传。"一老一少刚想走，树山又说："树海那儿就别去了，过几天他给送十万来，树江那儿也送两三万来。"

一老一少跑了三天，跑完了。张学海向出差回来的树山汇报道："林金江捐了十万，马志林捐了五万，汪玉生捐了三万……"树山没听完，火了："好啊！他们拿这点儿钱对付我啊，我把他们看得太高了！"他点了一支烟，"看来他们是逼着我给他们下指标。好吧，林金江再加十万，马志林再加五万，汪玉生再加三万……"他又加了一句，"跟他们说，限他们十天之内交齐！"张学海和小马领命而去。

这个数目，树山早就计划好了：林金江二十万，树海十万，马志林十万，汪金龙六万，加上教育局的十几万，共计六十多万，原校址卖二十万，别墅小区批地基收二十万，以及小厂散户再捐资二十万，总共可达一百二十万，这样工程才能顺利实施。

下一步，拍卖原校址。此事一公布，几天过去了，竟无一人问津。原来积极想买这块地的林金江也不露头了。他暗地里四处放风："谁买学校那块地，谁上当，那是啥地界？老坟的底子……"村里想买一块地建房子的人家，听了此话，犯嘀咕了，开始犹豫观望。林金江暗自高兴，他要逼树山降价卖给他，他不是逼他多捐十万块钱吗？

树山为此事有些着急。一天，他妹夫郑跃军找到他家，说："大哥，我想买学校那块地。"树山愣了一下，问："你一个人？全买？"郑跃军点一下头："啊！"树山嘬了一下牙花子，又问："你买这个地界，干啥用？""暂时没啥用，买了先放着，等有机会再说。"郑跃军说得如此轻松。树山为难了，树芬曾偷着向他哭诉，这几年郑跃军赌博输掉了四十多万；年三十儿，输红了眼，把那辆旧客运车都输掉了。前些日子，他刚买了一辆跑沧州的大客车。树山不想卖给郑跃军，因为那块地他是加了价的。树山问："树芬同意？""她不同意。"郑跃军实话实说。树山抓住机会了，说："这哪行啊！你花那么多钱买了闲置着，这不是浪费吗？"正说着，树芬匆匆忙忙闯了进

来，气呼呼地说："大哥，你千万别答应他啊！大哥，你答应了吗？"树山也不回答，示意她坐下。树芬也不坐，指着郑跃军，说："大哥，你说说，家里就剩二十万了，非要买那破地界，说那地界有风水。他让风水先生看了，给了人家二百块钱。那老坟的底子，白送给人家，人家都不要，他却当成宝贝。要是好地界，人们都傻吗，早就抢光了。"树芬说到这里，眼圈红了。王春梅从外面进来，一看这场面，以为又是因为玩牌的事，劝道："他大姑，有话慢慢说，又因为啥？"树芬阴沉着脸，说："你让大嫂说，你买那破学校有啥用？"郑跃军也不和她争论，站起来，固执地说："大哥，这个地界我买了，别答应别人了！过两天，我把钱交了。"说完扭头就走了。树芬一听，骂道："你这犟种！你想气死我啊？这日子没法过了……"一时间，树山无法说话。王春梅一个劲儿地劝。树芬又从头到尾数落开了，但郑跃军寻死觅活的那段，她没敢说。她一边哭一边说，越说越生气。王春梅也跟着掉眼泪，附和着说："他大姑父也是的，多好的日子，让他折腾啥样了？"树山插话说："树芬，别哭了，听大哥的，回头我劝劝他。"树芬止住了唠叨。

这天夜里，郑跃军在被窝里抽着烟，跟背对他躺下的树芬说："这几天，想通了吗？"不等妻子回答，他又说，"人要往前看，学校那地界买过来，保证赔不了。它紧靠公路边，又在村南头儿，前面是一条大沟，这就是风水先生说的'先得风水'。以后想找这样的界，打着灯笼也找不到。你放心，现在花二十万，再过几年，三十万也买不到，等人们反应过来，黄花菜都凉了。"树芬哼了一声，口气有些缓和，说："要不是老坟的底子，人们能给你留着？""坟地？咱们庄里原来有好几处坟地，不也都盖上房子了吗？学校那坟地，之前都给平了，能有啥影响？按迷信来讲，阴宅更讲究。你没听古人说吗，家存万贯，不如置地产房产。"郑跃军耐着性子说。树芬转过身来，阴了好几天的脸，有了笑模样，说："就你会治我，我也不跟你置气了，你看着办吧，万一上当，别赖我不拦你。""你同意了？"郑跃军喜出望外。"不同意，你能饶我吗？你答应我一个要求。"树芬说。"你说。"郑跃军纳闷儿。"等批下来，地契我拿着。""没问题。"郑跃军满口应允。这几天，树芬也打着小九九，她想：这样也好，省得他总惦记着这点儿钱，万一他赌瘾上来，给你输个精光，也得受着啊！父母和公婆也劝过她，说置办一块地不是坏事，贵是贵了点儿，好歹是正经事。

郑跃军买下了学校那块地。林金江听说后后悔了,一个劲儿拍大腿,埋怨着大哥林金龙:"唉!大哥,你净瞎支着儿,出馊点子,没难住刘树山,倒让郑跃军抢了先儿。"

汪家林出狱了。晚上,汪玉生和妻子树兰买了水果,去看望刚出狱的二叔。汪玉生的父母也在。叔侄见面,自然亲热一番。一家人说了一阵家常,提起企业的事。汪玉生的二婶,能说会道,是个小人精,笑着对大侄子说:"玉生啊,你二叔刚才还夸你呢,他进去两年多,多亏你替你二叔支撑着厂里那摊子事,年纪轻轻的,不易啊!这回行了,跟你二叔好好干,将来有出息。"汪玉生思量着说:"要不是公司安排,二叔答应,公司还不一定安排谁了呢。"汪家林听着别扭,疑惑地看了一眼汪玉生,他老婆不干了,板起脸来说:"哟,他公司再有权,总不能把你二叔办的厂子,一眨眼的工夫就变成他人的吧?这是哪家的王法?"汪玉生不想争辩,说:"二婶,你老别跟我说,要说跟公司说去!""放屁!你小子,这是说的人话吗?啊?"汪家林站起来骂道。在一旁的汪家林的大哥、汪玉生的父亲不干了,也站起来说:"你们这是干啥?玉生也是有家有口的人了,当着媳妇的面就骂他,你是骂他,还是骂你大哥我?他给你们撑到现在,倒有罪了?"他一甩手,"走!"一家四口都走了。汪家林的老婆追在后面,骂道:"呸!你们还倒打一耙,你敲着铜锣打听打听,世上有没有你们这么不讲理的人家?汪家林为了一个小教员,进去两年多,够窝囊的了,他今儿个出来了,你们不上赶着把我们的厂子给我们,还要耍赖皮,丢人不丢人?呸!没羞没臊的,孩子不懂事,你大人也不懂事?浑不浑啊?"这个小人精这一闹,街坊四邻都被惊动了,跑出来观看。汪家林是红脸汉子,打发孩子叫了好几趟,才把他老婆叫回屋里。

早晨起来,树山准备出门去办事,一开门,迎上了昨天刚出狱的汪家林。两人客套了几句,汪家林急不可耐,提起了他的铸造厂:"树山,这铸造厂还算我的不?"树山笑了,没有正面回答,反问道:"你说呢?"汪家林不高兴了,说:"我听你一个明确的说法。""你坐下再说。"树山说。汪家林不情愿坐了。树山明白,他的老妹夫、汪家林的侄子汪玉生曾跟他探讨铸造厂的事,他想趁他二叔在监狱里,以他有股份为借口,把铸造厂变更到他名下。树山哪有这个权力?他猜测汪家林一定是为此事而来的。

树山说:"家林啊,按理我应该改口,叫你长辈。"汪家林说:"咱

们先叫后不改，还是这样好。"树山笑了，说："玉生是不是说话不好听了？你是叔，他是侄儿，别为一两句话当真。说实话，这两年，玉生把厂子料理不错。你放心，现在的铸造厂，你是承包人。如果承包到期了，在第二轮承包中，有人与你竞争，在同等情况下，先给你。"汪家林一块石头落了地。他满以为昨晚汪玉生的话中有树山的观点。接下来的谈话平和多了。

第九章

一

　　天远物流公司的业务量逐步增加，树海和张瑞惠制定了歇人不歇车、多干多得、少干少得、不干不得的运营机制，公司进入了良性发展的轨道。张瑞惠忙里忙外，有些消瘦了，常住公司的树海打心眼儿里佩服这位能干的女强人。在经理室，张瑞惠打完电话，树海笑着说："张姐，今天我请你一顿便饭，赏光不？"张瑞惠微微一笑，反问道："凭什么？""不凭什么，我就想请你，我自己掏腰包。"树海摆出神秘的样子。"你不说清楚，你自掏腰包，我也不去。"张瑞惠说。"说出来多没意思。"树海说。"我这个人，就怕无功受禄。"张瑞惠微微一笑。"你功劳大大的，功不可没。"树海说出了心里话。"哎呀，你快别说了，我全身直起鸡皮疙瘩。"张瑞惠微笑着，缩了一下脖子。树海认真地说："张姐，真的，不是你带着我上上下下疏通、管理，咱们的业务有这么好吗？这些日子，你也累瘦了。虽然酒桌没少上，但那都是应酬。今天正好没业务，我这个做小弟的，请姐姐一回。"张瑞惠心里一热，眼圈一红，一时间说不出话来。树海心里也不好受。他清楚地记得，这些年的酸甜苦辣。不知有几次，他就像一个人置身于一眼望不到边的荒漠里，不管使出多大的力气，仍找不到走出去的路。如果不是天赐良机，偶然结识了张瑞惠，他绝不会这么快走出事业的低谷，有今天。张瑞惠的感受与他截然相反。树海的话深深地打动了她的心，一颗深受创伤的心。她意识到自己反应过于强烈，有点儿失态时，掩饰道："我瘦了？我本来就这样嘛。"她停顿了一下，"好了，我这当姐的，也享受一下小弟的款待。"两人锁上新购置的办事处的门，树海驾车，向海边的海鲜城驶去。

　　天远物流公司稳定下来了，可是家里的制衣公司发生了点儿问题。客户返款不及时，或者返回了款，公司急于购买布料、添置设备、搞基建等，占用了。按规定，一个季度发一次工资，半年过去了，人们一分钱没见到，不免议论纷纷。有人干脆不干了，有人偷着拿轴线、布头什么的，以此达到

第九章

心理平衡，或者发泄不满。

这天，有人向副经理马志超反映了这种情况，他马上通知保安人员在下班时对可疑的人员进行盘查，结果查出了十一人。马志超手拿着名单，在电话里跟树海说了。树海说："都让她们回家抱孩子去！老子养着她们，她们还糟践老子！"次日，马志超从车间出来，上楼刚到经理室，会计推门进来了，把一张两千五百元的发票递给他。"咋回事儿？"马志超接过发票问。会计说："郑跃凤模仿总经理和你的字体，冒领了这笔钱。"马志超一看签字，火了，抄起电话，告诉了树海。树海骂道："妈的，让她滚蛋！"曾经与王洪金偷情的出纳员郑跃凤，再次丢了差事。这两件事在村里传开了。"……老刘家如今有钱有势，腰杆子粗了，六亲不认，不念旧情乡情了……""他几个月不给人们开工钱，谁没意见……"结果，又有一部分人从制衣厂退出，致使流水线一度停工。没办法，树海从外村，甚至从外地，招聘了一些操作工。这些外地人没有住处，他打发人到各家租房子，又添置了两辆客车，接送外村民工上下班。为了长久打算，他准备建职工宿舍楼。

发了大财的裴洪伟，今非昔比了，说话办事云山雾罩。他的话，十句有九句，让人摸不到东南西北。早晨起来，树花跟裴洪伟说："我和孩子到我爸那儿去一趟，好长时间没去了。""正好给你们送去，我去办事。"吃罢早点，裴洪伟驾车来到了老丈人家。没坐多大一会儿，他说有事，就要走，树花叮嘱道："下午早早来接我们。"裴洪伟答应着出去了。上午十一点多，裴洪伟打来电话："我现在到市里了，下午回不来了，你们打个车回家吧。"树花将信将疑。到了下午，树花打了车，刚到区中心街，一眼扫见聚福酒楼停车场里有一辆车像是裴洪伟的，她定睛一看，正是。树花立刻板起了脸，掏出"大哥大"，拨通了裴洪伟的电话："喂，你到哪儿了？""我正往家赶呢，刚到外环。""编！继续编！你给我滚出来！"树花挂了电话，对司机说，"停车！"司机一踩刹车，在路边不远处停了下来。正在雅间喝花酒的裴洪伟，紧张地从酒楼出来，一看树花两手插着兜站在出租车旁边，他站在大门口很难堪，想过来解释，树花狠狠地瞪了他一眼，一甩手上车走了。

晚上，裴洪伟回到家，一进门，看到树花满脸不高兴，他忙赔笑："今儿个咋这么巧，市里的朋友给我来电话，他那里有一批废钢材，让我看看去，我刚回……"他还想往下编故事，树花咬着牙根儿说："你就编吧，编

341

得再圆点儿！"裴洪伟还硬挺着说："你不信，我不说了。"树花质问道："我问你，你跑到聚福酒楼干什么去了？"裴洪伟狡辩道："好啊，你跟踪我？""哼！别跟我打岔！我问你，你为什么骗我？有什么见不得人的事？"树花继续逼问。"你看，你又说邪词儿了，我是怕你怪我，在家门口喝酒，不去接你们娘俩，才……"裴洪伟皮笑肉不笑，真后怕，万一她脾气上来，闯进酒楼，可就麻烦了，非炸锅不可。

树花哪里肯饶过裴洪伟，硬要他说出实情。裴洪伟被逼无奈，从兜里掏出一沓子钱，往树花面前一扔，说："我干这个去了，给你挣钱去了。"树花看也不看，拾起钱往地上一撒，气呼呼地说："我才不信呢！我知道你是赢是输？""你不信拉倒！"裴洪伟说着就要上西屋去，突然，两个小男孩推门进来了，其中一个哭着告状："你们家彬彬又打我了。"跟在后面的彬彬争辩道："你骂我妈，我就打你！"树花正在气头儿上，拉过彬彬，不管三七二十一，连踢带打。裴洪伟用力把妻子拉到一边，制止道："你疯了？拿孩子出气，打坏了咋办？""打坏了我养着！"树花的犟脾气又上来了。这两个孩子一看，不再吱声，转身溜走了。裴洪伟瞅了树花两眼，看了一眼抽泣的孩子，一甩手出去了。树花气喘吁吁，在屋里骂道："你死在外面，总也别回来！"夫妻俩这样的小战争，时有发生。没有钱的时候，小两口齐心协力，拼命捞钱，虽然累了点儿，但很少吵架。如今，有钱了，夫妻俩动不动就吵起来。

裴洪伟呢，自恃有钱了，不时得闹点儿小幺蛾子，一是赌博，二是喝酒。好的时候往床上一躺，像死猪似的，刚躺下就呼噜震天响；不好的时候，又吐又耍，树花自然要骂上一顿："见了酒就跟见了你亲爹似的，喝醉了到家里耍酒疯啊……"裴洪伟摸透了妻子的脾气，只要火发出去就没事了，所以第二天照样我行我素。

二

企业经营就是这样，随时都会面临着风险，对于新兴的乡镇企业来说，尤其如此。新立沽的机械铸造加工厂和制衣公司，去年明显"降温"了，一时间，两个外贸大厂面临着将要停产的风险。今年以来，外贸形势逐步好转，

第九章

新立沽的工厂又恢复了往日的人气，各种轿车在村中心大街穿梭往来，好不繁忙。树山更是接来送往，好不惬意。

这天，树山正准备出去办事，两个税务人员找到了他，其中一个说明了来意："你们盖教学楼是否上税了？"树山一听，提高了嗓门儿："这不邪了，我们自己掏腰包建教学楼，还上税？谁让你们来的？"另一个税务人员刚想解释，树山不客气了，打断他的话："对不起，我还有急事，如果非要上税，让你们局长来找我！"说着，他便收拾东西。

下午，树山被乡长王宗斌叫到乡里。他一进乡长办公室，王宗斌笑着让座递烟。王宗斌眨着小眼睛说："刚才接到区里的通知，过两天主管教育的李副市长要到咱们区视察，区长说让咱们安排一下，咱们新立沽小学肯定是一站。""这是乡里和学校的事，没村里的事。"树山吸了一口烟。"不对，大哥热心教育，带头建起了教学楼，哪有不到之理，何况区长亲自点名。"王宗斌笑着说。树山无所谓地说："我去了也是摆设。""老兄还是准备一下吧。区长说了，不搞欢迎仪式，学校正常上课。"王宗斌话里有话。树山笑着说："有啥准备的，市长来了，我们是咋做的，就咋说呗。"树山说得很轻松。王宗斌诡秘地笑了笑，说："那是，应该这样，不过，如果提到乡政府支教的话，一定要和上次'普九'验收说的一致……"树山一听乐了，指了一下王宗斌，说："你不提醒，我还真忘了，你还欠我三十万呢，哈哈……"树山想起了去年全区"普九"验收时，新立沽小学的校长高学海按照王宗斌的授意，在汇报中说乡政府投入了三十万资金用于该小学建设。

这天，秋风拂面，凉爽宜人，阳光明媚，晴空万里。新立沽小学大门两侧彩旗招展，院内绿化带中的鲜花争奇斗艳，垂柳碧绿的枝条随风微微起舞。李副市长一行由王区长陪同，来到新立沽小学视察。李副市长下了车，高兴地看了一眼崭新的三层教学楼。迎候市长一行的树山和高学海校长等人，迎上前去，热情地与李副市长、王区长等领导一一握手。王区长指着树山介绍道："这位就是新立沽的村支书兼村农工商总经理刘树山同志。"李副市长一听，笑着称赞："难能可贵啊！如果全市有一半你这样热心教育的村支书，农村小学的发展将会跨越一个新台阶，矮房子、黑孩子将成为历史。"树山也学会说奉承话了："这所新学校，如果没有各级政府的大力支持，仅靠我自己，很难建成。王乡长在乡政府资金非常困难的情况下，还挤出三十万投在这所学校上。"王宗斌笑着说："为了教育，这投入是值得的，这是百年大计。"两人对视，微微一笑。

　　李副市长一行来到会议室听取了王宗斌、高学海的汇报。树山即兴说道："我们还打算进行第二次投资，建一个附属幼儿园，做好校园绿化……希望市长多支持！""不错，市政府一定鼓励像刘支书这样的实干家，尊师重教是应大力提倡的风尚……"李副市长微笑着称赞。之后，李副市长一行饶有兴趣地参观楼上楼下，在一年级教室的走廊处，只听室内的女教师说："哪位同学还自学过别的诗歌？"领导们停下了脚步，只听一个小女孩朗诵道："鹅，鹅，鹅，曲项向天歌，白毛浮绿水，红掌拨清波。"又一个小女孩朗诵道："慈母手中线，游子身上衣。临行密密缝，意恐迟迟归。谁言寸草心，报得三春晖。"一个小男孩朗诵道："锄禾日当午，汗滴禾下土。谁知盘中餐，粒粒皆辛苦。"室内师生热烈鼓掌，李副市长满意地笑了。

　　他们又来到楼外参观。下课了，学校的小喇叭放起了温馨的儿童歌曲："让我们荡起双桨，小船儿推开波浪，海面倒映着美丽的白塔，四周环绕着绿树红墙……"动听的歌声在校园中回荡。树山引领一行人来到校园门口，一块大理石碑上刻着几行小字："新立沽小学始建于公元一九九一年，为其捐资的有郑跃军（二十万）、林金江（二十万）、刘树海（十万）、马志林（十万）、汪玉生（六万）……今立功德碑纪念之……"

　　李副市长看罢碑文，郑重地说："人民教育人民办，新立沽村做得很好……"他们一行在此合影留念。